창 비 세 계 문 학

94

•

# 올리버 트위스트

•

찰스 디킨스

윤혜준 옮김

창비

# 차례

•

Charles Dickens

Oliver Twist

•

# 올리버 트위스트

일러두기

1. 이 책은 Charles Dickens, *Oliver Twist* (Penguin 1966)를 번역 저본으로 삼았다.
2. 본문 중의 각주는 옮긴이의 것이다.
3. 본문 중의 고딕체는 원서에서 이탤릭체나 대문자로 강조한 부분이다.

# 저자 서문

> "그 작가의 어떤 친구들은 외치기를,
> '보세요, 여러분, 이 인간은 악당이긴 하나
> 그럼에도 그 작품은 자연과 같이 사실적이지 않습니까'라고 하고,
> 당대의 젊은 비평가들과 월급쟁이, 견습공 따위들은
> 작품이 천박하다며 불평해댔다."
> ——필딩[1]

이 이야기의 대부분은 원래 어느 잡지에 발표한 것이다. 그런데 연재를 마치고 현재의 단행본으로 출간하자, 일부 고매한 도덕적 집단들은 어떤 고매한 도덕적 이유를 내세워 이 이야기에 반대했다.

그들에 의하면 이 작품에 등장하는 인물들의 일부를 런던 주민 중 가장 범죄자가 많고 가장 타락한 부류에서 택한 점이, 또한 사익스가 도둑놈이고 페이긴이 장물아비며 소년들은 소매치기이고 한 소녀는 창녀라는 점이 상스럽고도 충격적인 사건이라는 것이었다.

그러나 필자는 가장 지독한 악에서 가장 순수한 선에 대한 교훈이 나오지 말라는 법을 아직 깨닫지 못했다. 필자는 늘 이것이 역사상 가장 위대한 사람들이 주장했고, 가장 훌륭하고 현명한 성품을 지닌 이들이 계속 실천해왔으며, 생각 있는 사람이면 누구나 이성

---

1 디킨스에게 많은 영향을 준 18세기 영국의 대표적인 사회소설가로 당대 풍습을 신랄하게 풍자함.

과 경험에 의해 확인한, 널리 인정받는 확고한 진리로 믿어왔다. 이 책을 쓸 당시 필자는, 그들의 말씨가 귀에 거슬리지만 않는다면, 왜 이런 찌꺼기 같은 인생들이 교훈적 이야기를 하기 위한 목적에, 적어도 감칠맛 내는 양념으로라도 쓰이지 말아야 하는지 그 이유를 알 수 없었다. 필자는 또한 세인트 자일스[2]에서도 세인트 제임스[3] 못지않게 이러한 진실을 밝힐 만한 좋은 소재가 썩어나고 있다는 것을 의심하지 않았다.

이러한 뜻을 안고 어린 올리버를 통해 선의 원리가 온갖 역경 속에서도 살아남아 끝내 승리하는 것을 보여주려 했다. 그리고 어떤 동료들 사이에서 그의 성품을 가장 잘 시험해볼 것인가를 고려하다가, 올리버가 어떤 부류의 인간들 손아귀에 가장 자연스럽게 빠져들어갈 만한가를 감안하면서 이 책에 나오는 인물들을 생각해내게 되었다. 이 주제에 대해 필자 스스로와 좀더 진전된 논의를 하게 되면서, 필자의 생각이 기우는 방향으로 계속 나아가야 할 확실한 이유를 많이 찾을 수 있었다. 도둑에 관한 책이라면 필자도 이미 숱하게 읽은 바 있다. 흠잡을 데 없는 옷맵시에다 주머니는 두둑하며 말馬을 팔고 사는 데[4] 안목이 있고, 행동거지가 과감하며 여성들 앞에서 매너가 깔끔하고, 노래와 술, 카드나 주사위 노름 등을 잘하고 가장 용감한 자들과도 적절히 어울릴 만한 (대체로 호감이 가는) 매력적인 친구들에 관해서 말이다. 그러나 (호가스[5]를 제외

---

2 런던 시내의 빈민가 우범지역.
3 런던 서부의 대표적인 부촌.
4 말을 거래하는 일은 오늘날 중고차 거래가 그렇듯이 속임수가 많이 통하는 장사였음.
5 18세기 영국, 특히 런던의 세태를 그린 풍속화가로 디킨스의 풍자적 리얼리즘에 많은 영향을 끼침.

하면) 그들의 볼품없는 실상을 그린 것을 본 적이 없다. 범죄에 연줄을 댄 패거리를 실제 존재하는 그대로 그려내고, 그들의 온갖 흉한 모습 그대로, 그들의 갖은 야비함과 그들 삶의 모든 누추한 참상을 그대로 제시하는 것, 어디로 향하건 거대하고 음침한 교수대가 앞길을 어둡게 하고 늘상 삶의 가장 지저분한 길가를 불안하게 숨어다니는 그들의 실제 모습을 그대로 보여주는 것. 필자의 생각엔 이 일을 하는 것이야말로 무언가 필요한 일을 하는 것이며 사회에 기여하는 일을 시도하는 것처럼 보였다. 그래서 최선을 다해 이 작업을 수행한 것이다.

필자가 아는 한, 이런 식의 인물들을 다룬 모든 책에는 인물들 주변에 뭔가 끌리게 하고 혹하게 하는 매력들을 뿌려놓는다. 심지어 『거지의 오페라』Beggar's Opera⁶에서조차 도둑들은 오히려 엉뚱하게도 부러워할 만한 삶을 누리는 것으로 그려져 있다. 게다가 주인공 격인 맥히스 대위는 그의 통솔력이 갖는 온갖 매력과 이 작품에서 가장 아름다운 아가씨이자 유일하게 순수한 인물이 헌신하는 데 힘입어, 볼테르의 말대로 수천명을 지휘하고 죽음에 정면으로 대들 권리를 돈 주고 샀다는 그 어떤 장교⁷와도 다를 바 없이, 나약한 관객의 흠모와 모방의 대상이 되는 것이다. 존슨⁸이 물은바, 맥히스가 집행유예를 받은 데 고무되어 도둑질을 하게 되는 사람이 있겠는가의 여부는 필자 생각에 문제가 안 된다. 필자는 오히려 맥히스가 사형선고를 받았기 때문에, 또 피첨이나 로킷 같은 인물의 존

6 18세기 전반 필딩과 동시대 작가인 존 게이의 사회풍자적 희곡. 곧이어 언급되는 맥히스, 피첨, 로킷 등은 이 극의 등장인물들임.
7 19세기까지 맥히스와 같은 영국군 장교는 기부금을 지불하고 임관되었음.
8 흔히 존슨 박사로 지칭되는 18세기 영국의 저명한 문필가 겸 문학평론가.

재 때문에, 어느 누가 도둑질을 하려다가 그만두게 되겠는가를 묻겠다. 그리고 이 장교 양반의 화끈한 생활, 준수한 외모, 대단한 성공, 크게 유리한 처지 등을 기억하는 한, 그런 쪽으로 기질이 있는 그 누구도 이 연극에서 맥히스의 생애를 통해 경고가 되는 교훈을 얻기는커녕 오직 명예로운 야심을 추구하는 화려하고 쾌적한 삶의 길만을 보게 될 것임을 확신할 수 있다 ─ 물론 때가 되면 이것은 티번[9]의 교수대로 이어지는 길이긴 하지만.

사실 게이의 재기발랄한 사회풍자는 하나의 보편적인 대상을 향한 것이어서 이런 점에서 그는 교훈적인 예를 보여주는 데 소홀했고 그보다는 다른 효과를 지향하게 됐던 것이다. 에드워드 벌워 경[10]의 칭송할 만하며 강렬한 소설 『폴 클리포드』Paul Clifford에 대해서도 마찬가지 지적을 할 수 있겠는데, 이 소설이 어떤 식으로건 주제의 교훈적 측면을 염두에 두었다거나 또는 그러한 의도라도 있었다고 간주하는 것은 정당하지 않은 일이다.

본 작품의 지면에서 도둑의 일상적인 삶으로 묘사하는 생활양태는 어떤 것인가? 비딱한 저의를 품은 젊은것들에게 이것이 어떤 매력을 가지며, 가장 골 빈 불량청소년들에게 어떤 유혹이 되는가? 여기서는 말을 타고 달빛 어린 황야를 터벅터벅 가는 광경이나, 세상에서 가장 아늑한 술집 구석에서 신나게 놀아대는 장면이나, 매력적인 옷차림, 화려한 무늬, 멋진 레이스, 긴 장화, 잔물결 옷깃을 단 진홍빛 양복, 으슥한 시골길의 행인들을 셀 수 없이 숱하게 공략하는 그 과감함과 자유로움 따위는 단 하나도 찾아볼 수 없을 것이다. 그 대신 춥고 축축하게 노숙이나 하는 심야의 런던 거리며,

────────────────

**9** 공개적인 교수형이 주로 치러지던 런던의 한 장소.
**10** 벌워 리튼이라고도 불리는 디킨스의 선배 작가로 대중적 인기를 많이 누렸음.

온갖 악이 빽빽이 들어차 몸 돌릴 틈조차 없는 추잡하고 숨 막히는 소굴, 너덜거리는 누더기로 겨우 몸이나 가릴까 말까 한 꼴이니, 이런 것들이 무슨 매력이 있겠는가? 이런 것들이 교훈이 되지 않겠는가, 그리고 별로 대수롭지 않게 여겨지는 추상적인 도덕률보다는 무언가 더 의미 있는 것을 속삭이지 않겠는가?

성품이 너무나 고상하고 섬세해서 이런 흉측한 모습들을 참고 보지 못하겠다는 사람들이 있다. 이들이 본능적으로 범죄에 대해 거부감을 갖는 것은 아니다. 다만 범죄자로 나오는 등장인물들을 그들이 먹는 살코기처럼 고급스럽게 치장해야 한다는 것이다. 초록빛이 감도는 벨벳을 입은 마사로니[11]는 매혹적인 인물이지만, 퍼스티언[12]을 입은 사익스는 참고 볼 수 없단다. 마사로니 부인은 짤막한 속치마에 색채 현란한 드레스 차림의 귀부인이니 그림책이나 예쁜 노래 가사에 넣는 석판화 삽화에 모델 삼아 베낄 만하지만, 면 가운에 싸구려 숄을 걸친 낸시의 모습은 생각할 수도 없다는 것이다. 참으로 놀랍게도 미덕은 더러운 스타킹을 보면 고개를 돌린다. 또 놀랍게도 악덕은, 그것을 리본과 약간의 화사한 옷맵시와 결혼을 시켜놓으면, 결혼한 숙녀분들이 그러시듯 성姓을 바꿔서 로맨스[13]가 되는 것이다.

그러나 이 책이 목적으로 삼은 것 중 하나가 (소설의 세계에서) 높은 대우를 받는 이 부류의 인간들의 옷차림에 대해서까지도 엄정하고 꾸밈없는 진실을 보이는 것이었기 때문에, 기존의 범죄소

---

11 디킨스가 비꼬는 귀족 같은 도둑의 전형임.

12 한쪽에만 보풀을 세운 능직 면직물. 흔히 노동계급 또는 이에 준하는 사람들을 대표하는 옷감임.

13 주로 멋진 귀족 악당이 나와서 순진한 여주인공을 유혹하는 식의 플롯을 갖는 대중적 소설 또는 연극. 특히 연극의 경우 멜로드라마라고 불리던 것들을 지칭함.

설에 익숙한 독자들을 위한답시고 미꾸라지의 외투에 난 구멍이나 낸시의 봉두난발에 널려 있는 머리 마는 종잇조각 하나도 빠뜨리지 않았다. 차마 이런 것들을 바라보지 못하겠다는 섬약함을 필자는 결코 신뢰하지 않는다. 그런 사람들 가운데로 들어가 그들을 내 쪽으로 개종해 보려는 의도 역시 없다. 나는 좋건 나쁘건 간에, 그들의 견해를 결코 존중하지 않으며, 그들의 승인을 탐하지 않으며, 그들의 여흥을 위해 쓰지도 않았다. 필자는 감히 이것을 아무 거리낌 없이 천명한다. 왜냐하면 필자가 알기에 영어를 사용하는 작가 중 스스로를 존중하거나 후대 사람들에게 어떤 식으로건 존중을 받는 사람들은 이 까다로운 집단의 취향에 비굴하게 맞춘 예가 없기 때문이다.

다른 한편으로 실례와 선례를 찾아보라면 필자는 영문학의 가장 고매한 산맥에서 이를 발견한다. 필딩, 디포,[14] 골드스미스,[15] 스몰렛,[16] 리처드슨,[17] 매켄지,[18] 이들은 모두 현명한 목적에서, 특히 필딩과 디포의 경우, 영국 땅의 인간쓰레기들을 소설의 세계로 데려왔다. 당대의 도덕주의자요 준엄한 세태비판가인 호가스, 그의 당대와 모든 인간사회의 공통된 특성들을 자신의 위대한 작품 속에 영원히 담아낸 이 호가스 또한 동일한 작업을 단 한치의 타협도 없이 수행해낸 것이다. 이 거물들을 오늘날 그 나라 사람들이 얼마나 높게 평가하고 있는가? 하지만 호가스나 이들이 한창 활동하던 그

---

**14** 『로빈슨 크루소』로 유명한 18세기 소설가.

**15** 디킨스에게 영향을 끼친 18세기 후반의 작가로 풍자적 사회소설의 맥을 이음.

**16** 여행소설과 풍자소설 등을 쓴 18세기 소설가로 초기 디킨스에 큰 영향을 끼침.

**17** 감성적이고 심리적인 서간체 소설로 유명한 18세기 소설가. 필딩과 비슷한 시기에 활동하면서 그와는 다른 소설 경향을 대표함.

**18** 18세기 소설가로 다른 작가들처럼 대가로 평가받지는 않음.

당시를 돌이켜보면, 미미하게 웅웅대며 대드는 그 당시의 벌레떼들이 그들 각자에게 마찬가지 비난을 각기 그때마다 던졌음을 알 수 있는데, 이 벌레들은 죽고 나선 잊히고 말았다.

세르반테스[19]는 그 가당치 않고 말도 안 되는 측면을 보여줌으로써 스페인의 중세 기사도를 비웃어 없앴다. 세르반테스로부터 멀리 떨어져 있는 필자의 미천한 세계에서 필자가 시도한 것은 실제로 존재하는 한 대상의 정떨어지고 혐오스러운 진상을 보여줌으로써 그것을 에워싸고 있는 거짓된 광채를 흐리게 하는 것이었다. 이 시대의 풍습만큼이나 필자 자신의 취향을 참작해서 이것을 타락하고 욕된 진실 그대로 보여주되, 필자가 소개하는 가장 천한 인물의 입에서 귀에 거슬릴 만한 표현은 모두 없애버림으로써, 이들의 존재가 가장 타락하고 사악한 유의 것이라는 사실을 불가피하게 추론하게 했지, 장황하게 말과 행동을 제시함으로써 그것을 증명해 보이고자 하지는 않았다. 특히 낸시를 다루는 데 있어서 이 의도를 계속 명심했다. 이것이 이야기에서 드러나고 있는지, 그리고 어떻게 수행되었는지 하는 문제는 독자의 판단에 맡기겠다.

낸시가 그 야수적인 강도에 몸을 바치는 것이 자연스럽게 보이지 않는다는 지적이 있었다. 그리고 사익스에 대해서도 같은 논리로 ─ 좀 일관되지 않은 논리라고 감히 생각해보지만 ─ 그가 분명 과장되었다고 반대하는 지적들이 있는데, 그의 애인에게 있어서는 부자연스러워 보인다고 반대하던 선한 면모가 사익스에게서는 전혀 보이지 않기 때문이라는 것이다. 이 두번째 비판에 대해서는 다만, 불행히도 세상에는 무감각하고도 둔감한 성품이라 구제불능으

---

**19** 『돈 키호테』로 유명한 스페인의 풍자소설가로 중남미 식민지 개척 등으로 크게 위세를 떨치던 스페인의 전성기 후반에 활동함.

로 완전히 악해지는 경우들이 있지 않은가라는 말로 답하겠다. 이것이 사실이든 아니든 간에 한가지 점에 대해서는 확신할 수 있다. 즉 사익스 같은 인간들이 실제로 존재하며, 이들과 똑같은 공간과 시간을 거치며 똑같은 상황의 흐름을 타고 가까이 지켜본다 해도 그들에게서는 단 한순간의 행동에서도 좀더 나은 인간성을 갖고 있다는 표시가 전혀 보이지 않으리라는 것이다. 이런 자들의 마음속에 유순한 인간적 감성이 죽어 있는지, 아니면 적절하게 건드려 울려야 할 감성의 건반이 녹슬어 있어 찾아내기 힘든 것인지, 필자로서는 알 수 없는 일이다. 그러나 사실이 필자가 말한 그대로임은 확신할 수밖에 없다.

냰시의 행실과 인격이 자연스러우냐 부자연스러우냐, 그럴 법하냐 아니냐, 옳으냐 그르냐를 따지는 것은 사실 쓸모없는 일이다. 그녀의 존재가 사실이기 때문이다. 인생의 이 우울한 그늘을 관찰해본 이라면 누구나 사실이 이러하다는 것을 알 것이다. 필자 주위의 실제 삶을 보고 또 그에 관해 읽으면서 이미 오래전부터 대략 어떠하리라 추측을 했고, 그리고 여러 방탕하고 시끌벅적한 방도로 추적해온바, 필자는 늘 같은 사실을 발견한다.[20] 이 불쌍한 생명이 작품에 처음 등장하는 데서부터 강도의 가슴에 피로 물든 머리를 기대고 죽을 때까지 단 한마디도 과장하거나 지나치게 꾸미지 않았다. 그것은 단연코 하느님의 진리이다. 왜냐하면 그것은 하느님이 이런 타락하고 불쌍한 가슴들에도 남겨놓는 진리요, 아직 머뭇거리며 남아 있는 희망, 또는 잡초로 숨 막히게 덮인 우물에 남아 있

---

**20** 여기서 작가가 직접 지칭하지 않고 암시하는 대상은 다름 아닌 매춘의 문제로 이것을 직접적으로 다루는 것, 게다가 냰시처럼 착한 매춘부를 그려내는 것은 당대 중산층의 문학적 규범을 거스르는 일이었음.

는 마지막 물 한방울이기 때문이다. 거기에는 인간성의 가장 좋은 색조와 가장 나쁜 색조가 다 들어간다. 가장 흉한 색깔의 대부분과 가장 아름다운 색깔 몇가지가 섞여서, 하나의 모순, 비정상, 또는 불가능함으로 보이는 것이다. 그러나 그것은 사실이다. 오히려 사람들이 이를 의심하는 것이 필자에겐 다행한 일이니, 그럴수록 이 이야기를 해줄 필요가 있다는 충분한 확신을(혹시 확신이 필요하다면) 얻기 때문이다.

# 제1장
# 올리버 트위스트가 태어난 장소와
# 당시의 정황을 다룬다

　　그곳이 어딘지 밝히지 않는 편이 여러모로 현명한 일이며 필자 나름대로 가명을 갖다 붙일 의사도 없는 어떤 읍이 있었다. 그 읍의 공공건물 중에서도, 크건 작건 간에 읍이라면 으레 있게 마련인 건물 하나가 자태를 뽐내고 있었으니, 이것은 다름 아닌 구빈원[21]이었다. 그런데 이 구빈원에서, 이 대목에서야 독자에게는 별로 중요한 것이 아니니 다시 말할 필요는 없는 어떤 날 어떤 요일에, 이 장의 제목에 덧붙여놓은 이름을 가진 죽을 목숨이 하나 태어났다. 이 슬픔과 곤경의 세상으로 교구 의사의 손에 이끌려나온 지 한참 후에도 도대체 이 아기가 이름을 받을 때까지 살아 있을지가 상당히 의심스러운 문제였다. 그가 살아남지 못했더라면 십중팔구 이 회고록이 나오지 않았거나, 혹 나왔다 해도 한두 페이지에 축약되어

----

21 영국 국교의 행정단위인 교구의 책임 아래 극빈자들을 반강제적으로 수용하는 곳.

어느 시대 어느 나라를 막론하고 현존하는 가장 단출하고도 충실한 전기의 모범이 되었을 것이다. 구빈원에서 태어난다는 것이 한 인간의 운명으로 가장 운 좋고 시샘할 만하다고 주장할 셈은 아니나, 특별히 이 경우에 있어서는 올리버 트위스트에게 가장 바람직한 일이었다고 말하고 싶다. 실제로 어떠했는가 하면 올리버로 하여금 숨을 쉬는 임무 — 이것은 힘겨운 일이긴 하나 관습상 우리가 편안히 존재하는 데는 필수적인 일인데 — 를 수행하도록 유도하기가 여간 어렵지 않았으니, 그는 한동안 조그만 솜 매트리스 위에 할딱거리며 누워 이승과 저승 사이에 다소 불안정하게 걸쳐 있되, 균형은 분명히 저승 쪽으로 기운 꼴이었다. 그런데 이 짧은 순간에, 올리버가 세심한 친할머니에 외할머니며, 걱정하는 이모에 고모며, 숙련된 산파와 심오한 지혜를 지닌 의사선생 들에 에워싸여 있었더라면 그는 극히 불가피하고도 의심할 바 없이 바로 죽어버렸을 것이다. 그러나 그의 주위에는 정량을 넘게 맥주를 마셔서 눈에 안개가 좀 낀 극빈자 할머니와 이런 일을 도매금으로 처리하는 교구 의사밖에는 아무도 없었던지라 올리버와 자연법칙은 서로 팽팽하게 맞서서 접전을 벌이고 있었다. 결국 올리버는 몇번의 투쟁 끝에 숨을 들이쉬고 재채기를 했다. 나아가 삼분 십오초가 훨씬 지나도록 그 유용한 부속물, 즉 목소리를 소유하지 못했던 그가 사내아이다운 큰 울음을 터뜨려 구빈원 사람들에게 이 교구에 새로운 짐이 던져졌다는 사실을 광고해댔다.

올리버의 허파가 자유롭고도 적절히 작동하고 있다는 최초의 증거가 제시되자 철제 침대에 무심하게 던져놓은 누더기 덮개가 부스럭거렸다. 베개에서 겨우 창백한 얼굴을 든 젊은 여인이 힘없는 목소리로 더듬거리며 말을 했다. "아기나 한번 보고 죽겠어요."

의사는 벽난로 쪽으로 돌아앉아 번갈아가며 두 손바닥을 문질러 녹이고 있었는데, 젊은 여인이 입을 열자 자리에서 일어나 침대 머리맡으로 가더니 그답지 않게 친절한 투로 말했다.

"아니, 아직 죽는다는 이야기는 하면 안 되지."

"안 되고말고요. 하늘이여, 이 불쌍한 것에 복을 내리소서!" 간호원이 끼어들었는데, 그녀는 방 한 귀퉁이에서 아주 흡족해하며 홀짝홀짝 기울이던 초록색 병을 황급히 품에 집어넣으면서 말했다. "이 불쌍한 것에 복을 내리소서. 나만큼 오래 살면 말이우, 자식을 열셋이나 낳았다가 둘 빼곤 다 죽고, 그 둘도 나랑 같이 이 구빈원에 있지만, 하여튼 그때 돼봐요, 어디 그렇게 맥 놓게 되는가. 복을 주소서! 애엄마 노릇이 얼마나 대단한 건데, 게다가 귀여운 새끼까지 있는데 안 될 말이지."

그러나 이렇게 위로 삼아 어머니로서의 밝은 앞날을 전망해준 것도 효험이 없는 것 같았다. 환자는 고개를 저으며 아기를 향해 손을 뻗쳤다.

의사는 아기를 그녀의 팔에 안겨주었다. 산모는 차갑고 창백한 입술을 열렬하게 아기의 이마에 대고 두 손으로 자신의 얼굴을 한번 쓸어내리더니, 주위를 휙 둘러본 후 부르르 떨다가 뒤로 누워버렸고 — 죽고 말았다. 그들은 그녀의 가슴, 손, 관자놀이를 비벼보았으나 피가 아주 굳어버린 뒤였다. 그들은 희망과 위로의 말을 나누었다. 하지만 희망과 위로는 그녀와 남남 사이가 된 지 오래였다.

"이젠 다 끝났소, 아무개 부인." 마침내 의사가 말했다.

"에구 불쌍한 것, 진짜 그렇군요." 아기를 안아올리려 몸을 숙이다 베개 위에 떨어뜨렸던 초록색 병의 마개를 집으면서 간호원이 말했다. "불쌍한 것!"

"아기가 울면 염려 말고 날 부르러 사람을 보내요, 간호원." 의사는 매우 신중한 자세로 장갑을 끼면서 말했다. "아마 틀림없이 애가 성가시게 굴 거요. 그럴 땐 죽이나 한술 먹여보오." 의사는 모자를 쓰고 문으로 가다가 침대 곁에서 잠시 멈추더니 말을 이었다. "참 예쁘장하게 생긴 여자였는데 말이야. 어디서 온 사람이오?"

"간밤에 이리로 데려온 여자예요," 노파가 대답했다. "감독이 지시해서요. 길에 쓰러져 있는 것을 발견했다나…… 꽤 멀리서 걸어온 모양이에요. 신발이 닳아서 누더기가 될 정도였으니까요. 하지만 어디서 왔고 또 어디로 가고 있었는지 아무도 몰라요."

의사는 시신 위로 몸을 숙여 왼손을 잡아들었다. "뻔한 애기군." 그는 머리를 설레설레 흔들며 말했다. "글쎄, 결혼반지도 없이 말이야. 자, 그럼!"

의사 양반은 저녁 먹으러 가버렸고, 간호원은 초록색 병을 한번 더 입에 대더니 벽난로 앞의 낮은 의자에 앉아 아기에게 옷을 입히기 시작했다.

아, 올리버 트위스트는 의복의 위력을 훌륭하게도 예시하는도다! 지금까지 그의 유일한 옷이던 담요자락에 싸여 있는 동안에는 이 아기가 귀족 나리의 아기라고도 할 수 있고 거렁뱅이의 아기라고도 할 수 있었다. 아무리 잘난 체하는 양반이라 해도 그를 잘 모른다면 이 아기의 사회적 지위를 알아맞히기 어려웠을 것이다. 그러나 이제 동일한 직무를 이미 숱하게 수행하느라 누렇게 바랜 캘리코[22] 천으로 된 헌옷으로 그를 감싸고 이름표와 번호표를 달아놓자 올리버는 즉시 자기에 합당한 신분으로 분류되었다 ― 교구가

---

[22] 가로로 짠 올이 촘촘하고 색깔이 흰 무명베.

책임지는 아이, 구빈원 고아, 끼니의 반은 굶고 뼈 빠지게 일만 하는 미천한 처지, 세상을 헤매다니며 쇠고랑을 차거나 구둣발에나 차일 신세, 누구나 경멸하고 아무도 동정하지 않는 인간.

올리버는 원기왕성하게도 울어댔다. 자기가 고아라는 것에다, 자기 목숨이 국교 교회위원과 감독 나리들의 온화하고도 자비로운 손아귀에 달려 있다는 사실을 안다면 아마 더 크게 울어댔으리라.

# 제2장
## 올리버 트위스트의 성장, 교육
## 그리고 식단을 다룬다

 

그후 대략 여덟달 내지 열달 동안 올리버는 체계적으로 진행된 사기와 기만의 희생자였다. 교구가 그를 손수 우유를 먹여 키웠던 것이다. 이 부모 없는 아기의 배고프고 궁핍한 처지는 즉시 구빈원 당국자들에 의해 교구 당국자들에게 보고되었다. 교구 당국자들은 점잖게 목에 힘을 주고, 올리버 트위스트가 필요로 하는 위안과 자양분을 제공할 만한 여성이 도대체 그 구빈원에는 없냐고 구빈원 당국자에게 문의했다. 구빈원 당국자들은 아무도 없는 줄 아뢴다고 겸허히 답했다. 이에 교구 당국자들은 올리버를 '도급 맡기도록,' 즉 3마일 정도 떨어진 구빈원 분원分院으로 급송하도록 어질고도 인자한 결정을 내렸다. 이곳에서는 구빈법[23]을 어긴 죄로 이삼

---

[23] 1834년에 개정된 구빈법은 공리주의적 논리에 따라 '진정한' 구빈 대상을 엄선하고 남녀를 엄격히 격리하는 등 규율과 의무노동을 더욱 강화하여 구빈원을 형무소로 만들고자 했고 이로 인하여 디킨스와 여러 식자들의 비판을 받았다.

십명의 어린 수용수들이, 밥을 너무 많이 먹었다든지 옷을 너무 많이 껴입었다든지 하는 데서 오는 불편 없이 하루 종일 바닥에서 뒹굴고 있었고, 나이 지긋한 아주머니 하나가 일주일에 한명당 7페니 반 시세로 돈을 받고 이 어린 죄수들을 친자식처럼 보살피고 있었다. 일주일에 7페니 반이면 아이 하나쯤은 잘 먹이고도 남을 만한 돈이다. 7페니 반은 아이가 배가 불러 불편할 정도로 많은 음식을 살 수 있는 큰돈이다. 나이가 지긋한 이 아주머니는 지혜와 경륜이 넘치는 분이라 아이들에게 무엇이 좋은지 잘 알았을 뿐 아니라 자신에게 좋은 것이 무엇인지도 매우 정확하게 파악하고 있었다. 그래서 매주 지급되는 식비의 대부분을 자기 몫으로 챙기고 교구의 자라나는 세대에게는 심지어 본원本院보다도 더 적은 음식을 할당해주었으니, 이렇게 가장 깊이 파먹은 우물을 더 파고들어가 먹으면서 자신이 매우 위대한 경험주의 철학자[24]임을 증명해 보였던 것이다.

　누구나 다 아는바, 경험주의 철학자 하나가 말은 먹지 않고도 살 수 있다는 대단한 이론을 주창하고서 이를 얼마나 잘 입증해 보였는지, 자기 말에게 하루에 밀짚 한개만 먹여 그 말을 매우 원기왕성하고 사나운 동물로 만들 참이었으나, 실험이 끝나고 밖으로 나와서 자유롭게 공기를 마시도록 하기 바로 스물네시간 전에 말이 죽어버렸다는 얘기가 있다. 올리버 트위스트를 보호하고 보살피는 책임을 진 이 여성의 경험주의 철학으로는 불행한 일이지만, 그녀의 체계를 운영하는 데서도 대개 이와 유사한 결과가 나타났다. 한 아이가 세상에서 가장 영양가 없고 가장 적은 양의 음식을 먹고 살

----

24 공리주의 경제학자들을 비꼬는 말.

수 있게 궁리해놓자마자, 심술궂게도 십중팔구는 그 아이가 영양실조와 추위로 병이 들거나 제대로 돌보지 않아 불에 데고 잘못하다 질식을 당했던 것이다. 이런 경우는 예외 없이 불쌍한 어린 생명이 저승으로부터 부름을 받아 이승에서는 한번도 보지 못한 하늘에 있는 아버지 앞으로 가게 되는 것이다.

침대틀을 바꾸다가 그대로 뒤집어 눌러 죽이거나 빨래를 삶다가 끓는 물로 데워 죽인 교구 아이 — 비록 빨래라 할 만한 것이 그곳에선 거의 없었으므로 이런 사고는 매우 드문 일이긴 해도 — 에 대해서 가끔 평소보다 더 관심 있게 검시檢屍하는 경우, 배심원들[25]이 감히 골치 아픈 질문을 할 생각을 하거나 교구민들이 들고일어나 진정서에 서명을 해대는 일이 있기도 하다. 그러나 이런 외람된 짓거리들은 교구 의사의 부검 보고서와 말단 교구관의 증언으로 즉각 제동이 걸렸다. 의사는 시체를 해부해 열어본 결과 늘 아무것도 발견되지 않았다고 하며(이는 사실일 가능성이 매우 크다), 말단 교구관은 언제나 교구가 원하는 것은 무엇이든지 맹세코 증언했으니, 이 어찌 헌신적이지 않다 하겠는가. 게다가 교구 이사회는 정기적으로 분원까지 시찰을 다녀오고 그때마다 말단 교구관을 먼저 보내 자신들이 그리로 가고 있음을 미리 알렸다. 그래서 자기들이 직접 가본 바에 의하면 아이들은 언제나 깨끗하고 말쑥해 보이는데 더이상 무슨 문제가 있다고들 난리냐는 것이었다.

이렇게 도급을 맡겨서는 대단히 특출나거나 풍성한 수확을 얻게 되리라고 기대할 수 없다. 올리버 트위스트의 아홉번째 생일에 우리는 창백하고 홀쭉하고 다소 키가 작은 편이며 몸둘레를 재면

_____

25 사인을 가리는 법적 판단을 하는 배심원들.

분명 얼마 안 될 그런 아이를 보게 된다. 그러나 자연적으로 타고 났는지 아니면 부모에게서 물려받았는지, 올리버의 가슴에는 억세 고 건강한 정신이 자라고 있었다. 그리고 이 공공기관의 미비한 식 단 덕택에 그의 기백은 몸속에서 퍼져나갈 자리가 충분했는데, 아 마 그가 아홉번째 생일을 맞게 되었다는 사실 자체도 이러한 사정 에 기인하지 않았는가 생각할 수 있다. 하여튼 이날은 그가 아홉살 되는 날이었고 그는 다른 두명의 어린 신사와 함께 지하 연탄광에 갇혀 생일을 보내고 있었으니, 이들은 감히 흉악하게도 배가 고프 다고 한 죄로 올리버와 함께 실컷 매질을 당한 후 수감 중이었다. 바로 이때 이 집 사감 맨 부인은 뜻밖에 말단 교구관 범블씨가 귀 신처럼 나타나서 대문의 쪽문 고리를 푸느라 애쓰는 것을 보고 깜 짝 놀랐던 것이다.

"어머 세상에! 거기 범블씨, 당신이세요?" 맨 부인이 창밖에다 대고 짐짓 희열에 찬 척하며 말했다. "(애 수전, 올리버랑 나머지 두 애새끼를 위로 올려보내고 곧장 씻겨놔!) 어머나 참! 범블씨가 오셔서 이렇게 뵈니까 참 기쁘네요, 정말!"

그런데 범블씨는 뚱뚱하고 성미가 급한 남자라 이 진심 어린 인 사에 응답하는 대신 작은 쪽문을 무지막지하게 흔들어대더니 말단 교구관의 다리가 아니면 그 어디서도 나올 수 없는 발차기를 문짝 에 한대 날렸다.

"아 참, 내 정신 좀 보게." 맨 부인이 — 이때쯤엔 세 아이를 치워 놓은 후라서 — 뛰어나가며 말했다. "내 정신 좀 봐. 이 귀여운 애 들 때문에 대문에 빗장을 걸어놓은 것을 깜박 잊었군요! 들어오시 죠, 선생님. 범블씨, 어서요."

이렇게 환영의 말을 늘어놓고 무릎절까지 사뿐히 곁들였으니 교회 위원 나리들이라면 마음을 누그러뜨릴 법도 했으나, 이 말단 교구관은 결코 분을 가라앉히질 않았다.

"맨 부인, 이것이, 흠, 예의 바르고 법도에 맞는 행동이오?" 범블씨가 단장을 꽉 쥐며 말했다. "교구의 고아들과 관련된 업무로 온 교구 공무원을, 마, 이렇게 대문 앞에서 기다리게 만들고 말이오. 맨 부인은 자신이 교구에서 파견된 사람으로서 교구의 녹을 받고 있는 처지라는 것을 알고나 있소?"

"실은, 범블씨, 이 귀여운 애들 중에서 특히 당신을 좋아하는 애들이 한둘 있는데, 걔네들한테 지금 오신 분이 당신이라고 말해주고 있었을 뿐이에요." 맨 부인은 굉장히 겸손하게 답했다.

범블씨는 자신의 언변과 위세에 대해서 스스로 대단한 평을 내리고 있었다. 그는 언변을 과시했고[26] 자신의 위세를 입증했으니 이제 누그러질 차례였다.

"좋아, 좋소, 맨 부인." 그는 아까보다 부드러운 목소리로 응답했다. "그럴 수도 있겠지, 그렇겠지. 길을 안내하실까, 맨 부인. 나는 공무상 왔소이다. 그래서 할 말이 좀 있소."

맨 부인은 이 말단 교구관을 바닥에 벽돌이 깔린 작은 거실로 안내해 의자를 권한 후 잔뜩 아양을 떨며 그의 삼각모자[27]와 단장을 탁자에 얹어놓았다. 범블씨는 걸어오느라 이마에 난 땀을 닦으면서 자기만족에 젖어 삼각모자를 응시하며 미소를 짓고 있었다. 그렇다. 미소를 짓고 있었던 것이다. 말단 교구관도 그저 인간일 뿐이니, 범블씨는 미소 짓고 있었던 것이다.

........................................................
**26** '범블'이라는 말이 더듬거린다는 뜻을 가졌음을 풍자.
**27** 18세기식 신사 정장에 따르는 챙을 위로 접은 모자. 디킨스 시대에는 둥근 챙의 원통모자로 유행이 바뀌었다.

"자, 제가 드리는 말씀을 불쾌하게 여기지 마세요." 맨 부인이 매혹적이고 달콤하게 소견을 말했다. "아주 먼 길을 걸어오셨잖아요, 아니면 이런 말씀도 안 드릴 텐데. 자, 뭐 좀 한모금 드시겠어요, 범블씨?"

"아 싫소. 한모금, 단 한모금도 싫소." 범블씨는 위엄은 있지만 그래도 과히 나쁘지 않다는 투로 오른손을 저으며 말했다.

"드실 것 같은데요 뭘." 맨 부인은 상대의 거절하는 어투와 그에 동반된 손짓을 간파하고 말을 받았다. "찬물 조금하고 설탕 한덩어리 타서 딱 한모금만 드세요."

범블씨는 헛기침을 했다.

"자, 딱 한모금만 드세요." 맨 부인은 구변 좋게 설득했다.

"뭔데 그러슈?"

"거 왜, 이곳에 비치해둬야 하는 것 말이에요, 예쁜 녀석들이 어디 아프면 약에 타주는 대피[28]에 넣는 것 있잖아요." 맨 부인이 구석에 있는 찬장을 열고 병과 잔을 내려놓으며 대답했다. "진이에요, 범블씨. 거짓말 않고 정말 진이에요."

"맨 부인, 애들한테 진을 먹이나요?" 칵테일을 만드는 흥미로운 과정을 눈으로 따라가며 범블씨가 물었다.

"아, 예쁜 것들. 그렇고말고요. 좀 비싸긴 하지만 말이에요," 고아들의 유모가 대답했다. "바로 눈앞에서 애들이 아파서 괴로워하는 것을 볼 수가 있어야지요, 글쎄."

"그렇겠지요." 범블씨가 수긍하는 투로 말했다. "암 그렇겠지요. 맨 부인 당신은 인정 많은 여자이니." (이 대목에서 그녀는 잔을 내

---

**28** 대피라는 목사 이름을 딴 어린이용 약으로 진을 타서 먹이게 되어 있고 따라서 진의 다른 이름처럼 쓰인다.

려놓았다.) "일찌감치 기회를 잡아서 이 사실을 교구 이사회에 알리겠소, 맨 부인."(그는 잔을 자기 쪽으로 끌어다놓았다.) "당신은 어머니 같은 심정으로 애들을 대하는군요, 맨 부인."(그는 잔을 저었다.) "나는, 나는 기쁜 맘으로 당신의 건강을 빌며 마시겠소, 맨 부인." 그러고는 잔을 들어 반은 비워버렸던 것이다.

"자, 이제 공무로 돌아와서," 말단 교구관은 가죽수첩을 꺼내며 말했다. "올리버 트위스트라고 대충 이름을 지어준 애가 오늘로 만 아홉살이 됩니다."

"불쌍한 것!" 맨 부인은 왼쪽 눈을 앞치마 자락으로 문질러 빨갛게 충혈시키며 말했다.

"그리고 현상금을 10파운드나 걸었다가 나중에 20파운드로 올리는 등 교구 측에서 사상 초유의, 말하자면 초자연적인 노력을 기울인 것도 아랑곳없이, 우리는 아직 그애 아버지가 누군지, 그애 어머니의 재산이 얼마나 되고, 이름은 뭐고, 처지는 어떤지 하는 것을 전혀 밝히지 못했소." 범블이 말했다.

맨 부인은 놀란 듯 손을 들어 보이다가 잠깐의 명상 끝에 덧붙였다. "그러면 도대체 그애 이름은 누가 지어주었나요?"

이때 말단 교구관은 상당히 뿌듯해하며 몸을 꼿꼿이 세우고 말했다. "내가 지었소."

"범블씨 당신이요!"

"그렇다니까요, 맨 부인. 우리는 귀여운 아가들한테 알파벳순으로 이름을 붙이지요. 바로 그전 애에게 S자로 스워블이라고 이름을 지어줬으니 이번에는 T자, 그래서 트위스트로 애 이름을 지은 거요. 그다음 차례가 될 애는 U자로 언윈이라 하고, 그다음엔 V자로 빌킨스, 이렇게 해서 알파벳 끝자까지 이름을 다 준비해놓고 Z까지 가면 다시 처음부터 시작하는 거요."

"아니, 당신은 제법 글을 아시는 양반이구려, 정말!" 맨 부인이 말했다.

"뭐, 글쎄 좀." 말단 교구관은 칭찬에 아주 흡족해서 말했다. "뭐 그럴지도 모르지요. 아마 그럴 거요, 맨 부인." 그는 물 탄 진을 다 마시더니 덧붙였다. "올리버는 이제 여기 두기엔 나이가 너무 많은 고로, 이사회는 그애를 다시 본원으로 불러오기로 결정했고 그래서 몸소 내가 데리러 온 거요. 그러니 당장 애를 불러와야겠소."

"즉시 데려올게요." 맨 부인은 이렇게 말하면서 아이를 데리러 방에서 나갔다. 잠시 후 올리버는, 그때까지 얼굴과 손을 외피처럼 감싸고 있던 땟국물을 단 한번 씻어서 없앨 수 있는 만큼만 겨우 제거한 채로 그의 자비로운 보호자에 의해 방으로 인도되었다.

"올리버, 이분께 인사 올려라." 맨 부인이 말했다.

올리버는 절을 꾸벅 했는데 반쯤은 말단 교구관에게 그리고 반쯤은 탁자에 놓인 삼각모자에게 한 셈이었다.

"올리버, 나랑 같이 가겠느냐?" 범블씨가 근엄한 목소리로 말했다.

올리버는 누구든지 기꺼이 따라나서겠다고 할 참이었으나 그때 맨 부인이 관리 양반의 의자 뒤에서 무시무시한 얼굴로 자기에게 주먹을 흔들어대는 것을 보았다. 올리버는 즉시 그 뜻을 알아차렸는데, 그 주먹은 숱하게 그의 몸에 박혔던 것이라 그의 기억에도 깊이 박혀 있었다.

"그러면 아주머니도 같이 가시나요?" 가엾은 올리버는 물었다.

"아니, 못 가신다." 범블씨가 대답했다. "하지만 가끔씩 너를 보러 오실 거다."

이 말이 어린 올리버에게 무슨 대단한 위로가 된 것은 아니었다. 하지만 비록 그는 어린 나이였지만 떠나가는 것이 섭섭하다는 시늉을 할 만큼은 눈치가 있었다. 두 눈에 눈물이 고이게 하는 것은 이 아이로서는 그리 어려운 일이 아니었다. 가난과 조금 전까지 당한 학대는 울고 싶은 경우엔 상당히 좋은 도움이 되는 법. 그래서 올리버는 매우 자연스럽게 울었다. 맨 부인은 올리버를 수천번 안아주었고, 올리버한테는 안아주는 것보다 훨씬 더 필요한 것, 즉 버터 바른 빵 한조각까지 안겨주었으니, 행여 구빈원 본원에 도착했을 때 너무 허기져 보이지 않도록 한 배려였던 것이다. 올리버는 빵 한조각을 손에 쥐고 누런 천으로 만든 조그만 교구 모자를 머리에 얹은 채 범블씨에게 이끌려, 그의 암울한 유년기에 밝은 빛을 던져줄 단 한마디의 친절한 말도 단 한번의 친절한 눈길도 받은 적이 없는 그 비참한 집을 떠나갔다. 그럼에도 그는 등 뒤로 울타리 문이 닫히자 앳된 슬픔을 터뜨리고 말았다. 뒤에 남겨두고 가는 가련한 어린 동료들은 비록 미천한 아이들이긴 해도 지금까지 그가 아는 유일한 벗들이었다. 이 넓디넓은 세상에 혼자 버려졌다는 고독감이 이 아이의 마음에 처음으로 스며들었던 것이다.

범블씨는 보폭을 크게 하며 걸었고, 어린 올리버는 금빛 레이스가 달린 범블씨의 옷소매를 꽉 잡고 종종걸음을 치면서, 4분의 1마일쯤을 갈 때마다 "이제 다 왔나요?"라고 묻곤 했다. 이 질문에 범블씨는 매우 짧게 톡 쏘는 대답을 던졌는데, 물을 탄 진 한잔이 특정 체질에 불러일으키는 일시적인 부드러움이 증발해버리자 그는 다시 일개 말단 교구관으로 돌아와 있었기 때문이다.

올리버가 구빈원 담벼락 안에 들어온 지 십오분도 안 되었고 두번째 빵조각을 채 먹어치우지도 못했을 때, 그를 어떤 늙은 여자에게 넘겨주고 나갔다가 돌아온 범블씨는 그날 저녁 이사회가 열린다는 것과 이사님들이 바로 그를 보시려 한다는 통보를 했다.

이사회 소집이 무엇인지에 대해 명확한 개념 정의가 없는 올리버로서는 이 통보를 받고 다소 놀라 도대체 웃어야 할지 울어야 할지 망설였다. 그러나 이 문제에 대해 더 생각하고 말고 할 틈이 없었다. 범블씨가 정신 차리라고 단장으로 머리를 한대 내려치고 또 활달하게 만든다고 등을 한대 내려치고서 따라오라고 한 후, 벽이 하얀 커다란 방으로 그를 데려갔기 때문이다. 피둥피둥 살찐 양반들이 여덟에서 열명쯤 둥근 탁자에 앉아 있고, 탁자 상석에 놓인, 다른 의자보다 좀 높은 안락의자에는 특히 더 피둥피둥하고 달덩이처럼 둥글고 붉은 얼굴의 신사가 앉아 있었다.

"이사님들께 절을 올려라." 범블이 말했다. 올리버는 눈에 남아 있던 눈물 두세방울을 훔쳐낸 뒤, 이사님이 뭔지는 몰라도 탁자는 분명히 알아보고서, 다행히도 탁자에 절을 했다.

"애, 네 이름이 무어냐?" 높은 의자에 앉은 양반이 말했다.

올리버는 신사들이 그렇게 많은 것을 보고 놀라서 부들부들 떨었고, 게다가 말단 교구관이 뒤에서 한대 툭 때리자 그만 울음을 터뜨리고 말았다. 이 두가지 이유로 인해 올리버는 매우 낮고 기어들어 가는 목소리로 대답을 했는데, 그러자 흰 조끼를 입은 한 신사가 그를 보고 바보라고 했다. 그런데 이 말이야말로 기운을 내게 만든 훌륭한 방법이었으니 올리버는 곧 마음을 제법 가라앉혔다.

"애," 높은 의자에 앉은 신사가 말했다. "내 말을 들어라. 넌 네가 고아라는 것을 알고 있겠지?"

"그게 뭔데요, 나리?" 가엾은 올리버가 물었다.

"이놈은 진짜 바보로군…… 그럴 줄 알았어." 흰 조끼를 입은 양반이 매우 단호한 투로 말했다. 만약에 어떤 집단의 한 구성원이 같은 종족의 다른 사람들을 직관적으로 간파할 능력을 갖는 복을 받을 수가 있다면, 이 흰 조끼 입은 양반이야말로 의심할 바 없이 그런 문제에 대해 일가견을 개진할 자격이 있는 사람이었다.

"조용합시다!" 먼저 말을 꺼냈던 신사가 말했다. "너는 아버지도 어머니도 없으며 교구가 너를 길러주고 있다는 것을 알지, 그렇지?"

"네, 나리." 올리버는 구슬프게 울며 대답했다.

"넌 무엇 때문에 우느냐?" 흰 조끼 신사가 물었다. 하긴 매우 이상하기도 했으리라. 도대체 이애가 뭐가 아쉬워서 우는 것인가?

"매일 저녁 자기 전에 기도는 드리겠지?" 걸걸한 목소리의 다른 신사가 말했다. "그리고 너를 먹여 살리는 분들과 돌봐주시는 분들을 위해서도 기도드리고, 기독교 신자답게 말이야, 응?"

"네, 나리." 아이는 더듬거리며 말했다. 마지막에 얘기한 양반은 무의식적으로 진실을 말한 셈이다. 올리버가 이른바 자기를 먹이고 돌보는 사람들을 위해 기도를 했다면 그는 진짜로 기독교 신자, 그것도 매우 독실한 기독교 신자일 것이다. 그러나 그는 기도하지 않았다. 왜냐하면 아무도 기도하는 법을 가르쳐주지 않았기 때문이다.

"좋아, 너는 교육을 받고 쓸모 있는 기술을 배우러 여기에 온 것이다." 높은 의자에 앉은 붉은 얼굴의 신사가 말했다.

"그래서 너는 내일 아침 6시부터 낡은 밧줄의 실밥을 푸는 일[29]을 시작할 것이다." 흰 조끼 입은 퉁명스러운 자가 덧붙였다.

---

**29** 구빈원이나 형무소에 수감된 자들에게 근면을 가르친다는 구실로 시키는 매우 반복적이고 전혀 쓸모없는 '기술'이다.

낡은 밧줄의 실밥을 푸는 간단한 한가지 공정에 이런 두가지 축복을 조합해준 것에 대해, 올리버는 말단 교구관의 지시에 따라 고맙다고 넙죽 절을 한 후 커다란 보호소 건물로 황급히 끌려갔고, 거기서 거칠고 딱딱한 침상에서 훌쩍거리다가 잠이 들어버렸다. 이 혜택받은 나라의 자상한 법률의 실상을 이처럼 숭고하게 보여주는 일이 또 있으랴! 이런 극빈자들을 재워주다니!

불쌍한 올리버! 그는 행복하게도 자기 주위를 의식하지 못한 채 깊이 잠들어서, 이사회가 바로 그날 그의 향후 운명에 가장 구체적인 영향을 끼칠 결정을 내리게 되었다는 것을 전혀 알지 못했다. 그러나 결정은 내려졌다. 결론인즉 —

이 이사 양반들은 매우 현명하고 심오하고 철학적인 분들로, 그들의 관심을 구빈원에 돌리자마자 즉시 발견한 사실이 무엇인고 하니, 그것은 보통 사람들은 죽어도 알 수 없는 사실인데, 가난한 사람들은 구빈원에 있기를 좋아한다는 것이다! 가난한 계급들에게 이곳은 공공오락을 즐기는 단골 장소이며, 공짜로 술 마시는 주막이요, 국가에서 내는 아침, 점심, 간식, 저녁을 일년 내내 얻어먹는 곳이니, 놀고먹고 빈둥거려도 되는 벽돌과 회반죽으로 지은 낙원이라. "그래?" 이사회는 잔뜩 아는 척하며 말했다. "우리야말로 바로 이것을 시정할 위인들이다. 즉시 모든 것을 다 저지하자." 그래서 이들은 규칙을 정했으니, 가난한 사람들은 구빈원에 들어와 점차적으로 굶어 죽든지 구빈원에 안 들어오고 바깥에서 즉각 굶어 죽든지 둘 중의 하나를 택하도록(왜냐하면 그들은 누굴 강제로 다룰 의도는 없기 때문에, 없고말고) 한 것이다. 이런 목적으로 그들은 무제한으로 물을 끌어대도록 수도회사와 계약하고 곡물상에게는 가끔씩 오트밀[30]을 공급하도록 해서, 하루 세끼 묽은 죽과 일주일에 두번 양파 조금, 일요일엔 둥근 빵 반덩어리를 지급하게 했다. 그들은 그밖에도 부인네들에 관한 여러가지 현명하고 어진 규약들을 제정했는데 여기서 일일이 밝힐 필요는 없는 것들이다. 그들은 또한 가난한 부부를 이혼시키는 일을 친절하게도 떠맡아서 '법학박사회관'[31]의 엄청난 소송비를 면할 수 있게 했고, 종전처럼 남편이 가족을 부양하도록 강요하는 대신에 처자식을 남편에게서 떼어놓아 다시 독신자를 만들어주었던 것이다! 구빈원 생활을 안해도 된다는 조건이면 이 두가지 항목을 보고 사회의 모든 계급을 망라해 얼마나 많은 사람들이 구제를 신청하러 몰려들지 헤아릴 수 없을 정도였을 것이다. 그러나 이사들은 선견지명이 있는 분들이라 이 문제를 미리 예방했다. 구제를 구빈원 생활이나 거기서 먹는 묽은 죽과 불가분의 것으로 만들었으니, 사람들은 이것에 놀라서 도망가버렸던 것이다.

올리버가 이곳으로 옮겨진 후 첫 여섯달 동안에는 이 체제가 완전하게 돌아가고 있었다. 처음엔 장의사의 대금청구가 늘어나는 것과, 한두주일 묽은 죽을 먹은 수감자들의 쇠약하고 수척해진 몸에 헐렁해지고 흘러내리는 옷을 줄여주는 것 등으로 인해 다소 비용이 더 들긴 했다. 그러나 극빈자들이 말라서 홀쭉해지는 것과 아울러 구빈원 수감자들의 숫자도 함께 줄어들어 홀쭉해졌으니 이사님들은 희열을 만끽하고 있었던 것이다.

사내애들이 식사를 하는 곳은 커다란 석조 방이었는데, 끼니때

---

**30** 우유, 설탕 등을 섞은 귀리죽.

**31** 런던 중심부의 법률사무소 지역 중 하나로 많은 비용이 드는 복잡한 이혼소송을 하려면 반드시 여기를 거쳐야 했다. 구빈원에서는 부부까지도 남녀를 무조건 갈라놓았기 때문에 돈을 안 들이고 간단히 이혼할 수 있는 셈이라고 비꼬고 있다.

면 방 한 끝의 솥가마 곁에 구빈원장이 배식용 앞치마를 두르고 섰고 아줌마 한두사람이 거들면서 국자로 묽은 죽을 퍼서 아이 하나가 딱 한사발만 받아먹도록 했다. 특별한 절기에 2와 4분의 1온스만큼의 빵을 더 줄 때를 빼고는 말이다. 그릇을 닦을 필요는 절대로 없었다. 아이들이 숟가락으로 반들반들 윤이 날 때까지 닦아 먹었으니. 그리고 이 일이 끝나면(숟가락은 그릇만큼이나 컸으므로 이 일은 절대 오래 걸리는 법이 없었다) 아이들이 어찌나 간절하게 솥가마를 쳐다보는지 마치 가마의 벽돌이라도 삼킬 듯했다. 그러면서 혹시 어쩌다 비껴 도망간 죽 한방울이라도 묻어 있을까 하고 지극히도 부지런히 손가락을 빨아댔다. 사내아이들은 대개 식욕이 왕성한 법. 그러니 올리버와 그의 동료들은 석달 동안 서서히 굶어 죽어가는 고문을 당하는 셈이었고 결국엔 허기로 인해 극히 게걸스러워지고 사나워졌던 것이다. 나이에 비해 좀 큰 편인 한 아이는 이런 고통에 익숙지 않은 터라(자기 아버지가 조그만 음식점을 한 적이 있는 까닭에), 하루에 죽 한사발씩을 더 먹지 못하면 아무래도 어느 날 밤에 자기 옆에서 자는 아이를 잡아먹게 될지도 모른다고 동료들에게 은밀히 암시했는데, 마침 그 옆 아이는 아주 어리고 비실비실했던 것이다. 키 큰 아이는 눈이 사납고 허기져 보였으니 다른 아이들은 암묵적으로 그의 말을 믿었다. 아이들은 회의를 열고 제비를 뽑아서 그날 저녁을 먹은 후에 누가 구빈원장 앞으로 가서 더 달라고 할 것인지를 정했는데, 올리버 트위스트가 뽑혔다.

저녁시간이 되자 아이들은 각자 자리에 앉았다. 구빈원장은 요리사 제복을 입고 솥가마 앞에 자리를 잡았고 그뒤에 극빈자 보조원 아줌마들이 정렬해서 묽은 죽을 배급했다. 그리고 차린 것 없는 공동 식탁에서 긴 식사기도가 있었다. 죽이 금세 사라지자 아이들은 수군대면서 올리버에게 눈짓을 했고 바로 옆에 있던 동료들은 팔꿈치로 그를 찔러댔다. 비록 어린애였지만 올리버는 배고픔에 시달려 지독해졌고 비참함에 치여서 보이는 것이 없었다. 그는 식탁에서 일어나서 주발과 숟가락을 들고 구빈원장에게 다가간 후, 스스로도 자신의 만용에 좀 놀란 기색으로 말했다.

"있잖아요 원장선생님, 조금만 더 주세요."

구빈원장은 뚱뚱하고 건장한 사내였으나 이내 창백해졌다. 그는 몇초 동안 이 꼬마 반역자에 놀라서 넋을 잃고 바라보더니, 가마솥에 기대어 겨우 정신을 차렸다. 보조원들도 아연실색했고, 아이들은 공포에 떨었다.

"뭐야!" 구빈원장은 희미한 목소리로 마침내 입을 열었다.

"있잖아요 원장선생님," 올리버가 답했다. "조금만 더 주세요."

구빈원장은 올리버의 머리를 겨냥해 국자로 한대 내리치고 올리버를 두 팔로 꽉 붙잡은 채 소리를 꽥 질러 말단 교구관을 불렀다.

이사들은 자기들끼리 비밀회의 중이었는데 갑자기 매우 흥분한 범블씨가 방으로 뛰어들어와 높은 의자에 앉은 양반에게 말했다.

"림킨스 이사님, 죄송합니다만, 저, 올리버가 더 달라고 했답니다!" 모두 다 깜짝 놀랐다. 한사람 한사람의 얼굴에 공포가 서렸다.

"더 달라고 했다고!" 림킨스씨가 말했다. "진정하게, 범블. 그리고 내 말에 분명히 대답해. 지금 그애가 규정대로 준 저녁을 다 먹고 더 달라고 했다는 소리로 들리는데?"

"그랬다니까요, 나리." 범블씨가 답했다.

"그놈은 장차 교수형 당할 거야." 흰 조끼 차림의 신사가 말했다. "단언컨대 그놈은 장차 교수형 당할 거라고."

아무도 이 예언 잘하는 신사의 의견을 반박하지 않았다. 이사들은 열띤 토론을 벌였다. 올리버를 즉각 징벌방에 가두라고 명령했고, 다음날 아침 대문에 올리버 트위스트를 교구의 손에서 데려가는 사람이 있다면 5파운드의 사례를 하겠다는 방을 붙였다. 다시 말해서 올리버 트위스트에 5파운드를 얹어서 어떤 직종, 업종, 직업이건 도제[32]를 필요로 하는 이에게 내준다는 광고였다.

"내 평생 이것처럼 확신이 서는 일이 없어." 흰 조끼 차림의 신사가 다음날 대문을 두드리다 이 광고를 읽으며 말했다. "내 평생 이 녀석이 결국 교수형을 당하게 되리라는 것만큼 확신이 서는 일이 없다니까."

필자는 속편[33]에서 이 흰 조끼 신사의 말이 옳은지 아닌지를 보여줄 요량이니, 이 대목에서 올리버 트위스트의 생애가 이처럼 극단적인 종결을 맞게 될지 여부에 대해 귀띔을 하는 것은 이 이야기의 흥미를(도대체 흥미가 좀 있다고 한다면) 감하게 할 것이다.

---

32 도제계약은 어린 노동자를 사숙시키며 일을 배우게 한다는 계약이므로, 부모 같은 보호자가 일정액의 사례금을 선불로 주고 계약을 한다.
33 이 소설이 원래 잡지에 연재되었기에 쓰는 표현이다.

# 제3장
## 올리버 트위스트가 일자리를 얻을 뻔했으나, 얻었다 해도 수입 좋은 한직은 아니었을 것이다

　감히 죽을 더 달라고 하는 불경스럽고도 비속한 범죄를 저지른 후 올리버는 이사님들의 지혜와 자비로 어두운 독방에 일주일 동안 꼼짝없이 수감되어 있었다. 만약 그가 흰 조끼 신사의 예측을 존중하는 마음을 가졌더라면 손수건 한 끝을 벽걸이에 걸고 다른 한 끝에 목을 매달아, 이 현명한 양반이 앞날을 정확히 내다본다는 평판을 차후 영원히 이론의 여지없이 확증해주었으리라 언뜻 생각할 수 있다. 그러나 이 묘기를 공연하는 데는 장애물이 하나 있었는데, 다름 아니라 손수건은 명백히 사치품이라 이사진은 정식 회의에서 차후에 영원히 손수건이 극빈자들의 코 근처에도 일씬거리지 못하도록 엄숙히 선언하고 도장을 찍어놓았던 것이다. 또한 더 큰 장애물은 올리버가 앳되고 순진하다는 것이었다. 올리버는 그저 하루 종일 구슬프게 펑펑 울기만 했고, 길고 음침한 밤이 오면 어둠을 보지 않으려는 듯 조그만 두 손으로 눈을 가리고 한쪽 구석에 쭈그리고 앉아 잠을 청했다. 그러나 다시 또 깜짝 놀라 부르르 떨면서 잠에서 깨어나, 차디차고 딱딱한 벽이 주위의 암울함과 외로움으로부터 자기를 보호라도 해주는 듯 바싹 몸을 기대었다.

그러나 이 새로운 구빈 '체제'의 반대자들은 올리버가 독방에 수감된 시기에 운동의 혜택과 사교의 즐거움 또는 종교적 위안이 허용되지 않았을 것이라고 상상해서는 안 된다. 운동으로는, 마침 날씨가 적당히 쌀쌀했고 게다가 매일 아침 돌을 깔아놓은 안뜰의 펌프 밑에서 범블씨의 입회 아래 세면하는 것이 허용되었으니 범블씨는 단장을 반복적으로 사용해 올리버가 감기에 드는 것을 방지하는 동시에 그의 전신에 따끔한 느낌이 퍼지게 했던 것이다. 사교로 말하자면, 사내애들이 식사를 하는 넓은 방에 이틀에 한번씩 끌려나가 공적인 경고 겸 본보기로 사교적으로 채찍질을 당하는 일이 있었다. 그리고 종교적 위안이라는 은혜를 허락하지 않기는커녕 매일 저녁기도 시간에 똑같은 방에 발로 차넣어져, 이사회의 직권으로 특별조항을 삽입한 아이들의 공동 기원문으로 마음을 달래는 것이 허용되었다. 이 특별조항이란 우리를 선하고 덕스럽고 만족하고 순종하게 해주시며 올리버 트위스트의 죄와 사악함으로부터 지켜주시라는 것이었다. 이렇게 이 기도문은 올리버를 악의 세력이 전적으로 후원하고 보호하는 자, 그리고 사탄의 공장에서 직접 제조된 물품으로 분명히 공표했던 것이다.

올리버의 형편이 이렇게 상서롭고도 안락한 경지에 있던 어느 날 아침, 굴뚝 청소부 갬필드씨는 집주인이 최근 부쩍 재촉하기 시작한 밀린 집세를 낼 방도에 대해 깊이 명상하면서 읍내 대로를 걸어가는 중이었다. 갬필드씨가 아무리 낙천적으로 자금을 계산해봐도 필요한 금액에서 5파운드 이상은 모자랐다. 그가 이 절망적인 산수문제에 봉착해서 자기 머리와 끌고 가는 당나귀에다 번갈아 몽둥이질을 하며 마침 구빈원을 지나다가 대문에 붙은 방에 눈길이 닿았다.

"워-워!" 갬필드씨는 당나귀에게 소리쳤다.

당나귀는 깊은 사념에 빠져 있던 중이었다. 그 작은 수레에 싣고 가는 검댕 두자루를 치워놓고 나면 배추 줄기라도 한두개 푸짐하게 얻어먹지 않을까 생각하고 있었는지, 주인의 명령을 알아차리지 못하고 계속 터벅터벅 가고 있었다.

갬필드씨는 당나귀에, 특히 그의 눈에 사나운 저주를 퍼부으며 으르렁대고 쫓아가서는 머리통을 한대 내리쳤는데, 그것은 당나귀의 두개골만 빼놓고는 그 어떤 두개골도 갈라놓을 법했다. 그리고 당나귀에게 제멋대로 할 수 있는 처지가 아님을 부드럽게 일깨워주는 방편으로 고삐를 잡아채어 턱을 날카롭게 확 틀어쥐었다. 이렇게 해서 당나귀를 돌려놓은 후에 자기가 다시 돌아올 때까지 정신 차리고 있도록 다시 머리통에다 한방을 먹였다. 이처럼 모든 조치를 취해놓고 그는 대문으로 다가가서 방을 읽었다.

마침 흰 조끼 신사가 이사회 회의실에서 심오한 느낌을 피력해놓은 뒤 뒷짐을 지고 대문에 서 있던 참이었다. 그는 갬필드씨와 당나귀 사이의 작은 분쟁을 지켜본 터라 그 친구가 방을 읽으러 다가오자 반가운 미소를 띠었는데, 왜냐하면 즉시 그는 갬필드씨야말로 올리버 트위스트에게 딱 적합한 주인임을 알았기 때문이다. 갬필드씨 또한 그 벽보를 훑어보며 웃음을 머금었으니, 그것은 5파운드가 바로 자기가 바라던 금액이었고, 구빈원의 식단이 어떠한지 알고 있던 터라 그 금액에 딸려 있는 아이는 필시 몸이 홀쭉하고 작아서 굴뚝에 들여보내기 안성맞춤일 것을 알았기 때문이다.

그래서 그는 다시 한번 처음부터 끝까지 방을 한자 한자 따라 읽은 후에 공손히 자기 털모자를 만지며 흰 조끼 신사에게 말을 걸었다.

"나리, 교구에서 거 도제로 보낸다는 이 사내아이 말입니다요." 갬필드씨는 말했다.

"아, 그래." 흰 조끼 신사가 아랫것들 대하는 투로 말했다. "걔가 어쨌다는 건가, 자네?"

"교구 나리들이 그애가 멀쩡하고도 떳떳한 굴뚝 소제업계에서 적당한 일을 배우기를 바라신다면요," 갬필드씨가 말했다. "마침 제가 도제가 하나 필요하거든요. 해서 그애를 데려갈 용의가 있습니다요."

"따라오게." 흰 조끼 신사가 말했다. 갬필드씨는 뒤에서 잠시 머뭇거리면서 당나귀에게 자기 없는 새 도망가지 말라는 경고로 머리통을 한대 더 먹이고 턱을 한번 더 조여놓고 나서, 흰 조끼 신사를 따라 이사들이 올리버를 처음 보았던 방으로 갔다.

"아주 지저분한 직업인데." 갬필드씨가 재차 의향을 전하자 림킨스씨가 말했다.

"어린애들이 굴뚝에서 질식해 죽은 적이 있었지." 다른 신사가 말했다.

"에, 그건 놈들을 내려오게 하느라고 굴뚝에 물로 적신 짚을 때기 때문입니다, 네." 갬필드씨는 말했다. "그러면 순 연기뿐이고 불기는 없는데요, 연기만 가지고는 녀석들을 내려오게 하기가 힘들어요. 그냥 잠만 들게 하는데 놈들이 워낙 자는 걸 좋아해서요. 사내애들이란 게 여간 고집이 세야지요. 게다가 게으르기는 말도 못합니다, 나리들. 화끈화끈하게 불을 지피는 것만큼 그놈들을 잽싸게 내려오게 만드는 게 없지요. 인도적이기도 합니다, 나리들. 왜냐

하니 굴뚝에 끼어 있는 경우에도 발을 달궈주면 빠져나오느라 안 달을 하거든요, 네."

흰 조끼 신사는 이 설명을 들으며 매우 재미있어하는 것 같았으나, 림킨스씨의 눈짓이 그의 유쾌함에 즉각 제동을 걸었다. 그리고 이사들은 몇분간 자기들끼리 논의를 했는데 어찌나 낮은 소리로 수군대는지 그저 "비용절감" "장부를 잘 검토해보면" "보고서가 출판된 게 있는데" 따위의 말들만 들릴 뿐이었고 그나마 그것이 들린 것도 매우 강조해서 자주 반복한 말들이었기 때문이다.

마침내 이사들이 속삭이는 것을 멈추고 자리에 돌아와 엄숙히 좌정하자, 림킨스씨가 말했다.

"우리는 자네의 제안을 고려해본바, 결코 수락할 수 없네."

"절대로 안 돼." 흰 조끼 신사가 말했다.

"확실히 안 돼." 다른 이사들이 덧붙였다.

갬필드씨는 그때 마침 이미 아이들 서넛을 상해해서 죽였다는 누명에 약간 시달리던 터라, 이사들이 무슨 이상야릇한 변덕이 생겨 이 비본질적인 문제가 현재의 논의에 영향을 끼치는 것은 아닌가 하는 생각이 떠올랐다. 그들이 정말 그 점을 고려했다면 평상시 일 처리하는 방법과는 사뭇 다른 것이지만, 갬필드씨는 굳이 그 소문을 다시 들먹거릴 특별한 의사가 없었기에 모자를 두 손에 틀어쥐고 천천히 탁자에서 물러났다.

"그래서 그 아이를 못 데려간다 이거죠, 나리들?" 갬필드씨가 문 가까이에서 멈춰서서 말했다.

"그래." 림킨스씨가 답했다. "그게 아니면, 일이 더럽기 때문에 적어도 자네가 우리가 제시한 사례금보다 좀 덜 받아야 한다고 생각하네."

갬필드씨는 안색이 밝아지면서 날쌘 발걸음으로 탁자로 돌아와서 말했다.

"얼만데요, 그러면, 나리들? 자, 불쌍한 제게 너무 심하게 그러지 마세요. 얼마 주실 건데요?"

"아 글쎄, 3파운드 10실링이면 충분하겠지." 림킨스씨가 말했다.

"그건 10실링이나 더 주는 꼴이네." 흰 조끼 신사가 말했다.

"잠깐만요," 갬필드씨가 말했다. "거 4파운드로 하죠, 나리들. 4파운드로 낙착하시기만 하면 애를 아주 깨끗이 치워버리는 겁니다. 어때요!"

"3파운드 10실링." 림킨스씨는 단호하게 반복했다.

"좋아요, 반씩 양보합시다, 나리들." 갬필드씨가 다그쳤다. "3파운드 15실링."

"한푼도 더 안 돼." 림킨스씨의 단호한 대답이었다.

"진짜 너무하시네요, 나리들." 마음이 흔들리는 갬필드씨가 말했다.

"야, 야, 웃기지 마!" 흰 조끼 신사가 말했다. "돈을 한푼도 안 얹어줘도 싸게 들여놓는 셈일 텐데 뭘 그래. 데려가기나 해, 이 멍청한 친구야. 자네에겐 딱 제격이란 말이야. 가끔씩 두들겨줘야 하겠지만, 그게 본인에게도 득이 될 거라고. 그리고 그애는 생전 배불리 먹어본 적이 한번도 없으니 식대도 그리 비싸게 나올 리 없을 거고. 하하하!"

갬필드씨는 탁자에 둘러앉은 얼굴들을 교활하게 돌아보았고, 모두의 얼굴에 미소가 퍼진 것을 보고는 자신도 점차 미소를 짓게 되었다. 거래는 이렇게 해서 이루어졌고, 범블씨에게는 도제계약서와 함께 올리버 트위스트를 바로 그날 오후 관서로 데려가 행정관도장과 승인을 받도록 하라는 지시가 즉시 내려졌다.

이 결정에 의해 어린 올리버는 지극히 놀랍게도 속박상태에서 풀려났고 깨끗한 옷으로 갈아입으라는 명을 받았다. 이 극히 생소한 체조동작을 겨우 완료하자마자 범블씨는 죽사발과, 기념일에나 나오는 2와 4분의 1온스의 빵을 차려놓은 식탁으로 그를 손수 데리고 갔다. 이 엄청난 광경을 보고 올리버는 매우 구슬프게 울어댔다. 그는 이사들이 마침내 무슨 유용한 목적을 위해 자기를 죽이려는 게 아닌 다음에야 이렇게 배불리 먹여 살찌울 리가 없다고 생각한 것이다.

"올리버, 눈이 빨개지잖니. 음식이나 먹은 다음 고마워해라." 범블씨는 감동적인 어투로 젠체하면서 말했다. "올리버, 넌 이제 도제가 되는 것이니라."

"도제요, 나리?" 아이는 부르르 떨며 말했다.

"그래, 올리버." 범블씨가 말했다. "부모 없는 네게는 부모님만큼이나 어질고 축복받을 이사님들께서 너를 도제로 보내서 생계를 꾸릴 방도를 마련해주고 너를 장성한 사람이 되게 하실 것이니라. 비록 교구로서 3파운드 10실링이나, 올리버야! 무려 3파운드 10실링이란다. 70실링이면 6페니짜리로 쳐서 백오십개나 되는구나! 그것도 아무도 좋아하지 않을 막돼먹은 고아 놈을 위해서 지불하는 거야."

범블씨가 무서운 목소리로 훈시를 늘어놓은 뒤 숨을 돌리려 말을 멈추자, 가엾은 아이의 얼굴에 눈물이 흘러내렸고 아이는 이내 사무치게 흐느꼈다.

"자, 그만." 범블씨는 이번엔 다소 무게를 덜 잡고 말했는데 자기의 웅변력이 불러낸 효과를 보는 것이 흡족스러웠기 때문이다.

"자, 올리버, 그만! 소매로 눈물 닦아. 죽사발에 눈물 떨어뜨리지 말고. 그건 바보 같은 짓이야, 올리버." 물론 그랬다. 왜냐하면 이미 그것은 국물이 흥건한 멀건 죽이었으니.

행정관에게 가는 길에 범블씨는, 올리버가 할 일이란 그저 매우 행복해하는 것처럼 보이고 또 행정관님이 너 도제살이 하고 싶냐 하고 물으면 정말 그렇다고 대답하는 것이라고 일렀다. 올리버는 이 두가지 명령에 따를 것을 약속했는데, 범블씨 쪽에서도 물론 이 중에 어느 하나라도 잘못하면 나중에 어떻게 될지 한번 두고 보라고 올리버에게 귀띔을 해둔 터였다. 그들이 관청에 이른 다음 올리버는 혼자 작은 방에 남겨졌고 범블씨는 그에게 자기가 데리러 올 때까지 가만히 있으라고 경고했다.

거기서 아이는 삼십분간 가슴을 두근거리며 기다리고 있었다. 삼십분이 다 되자 범블씨는 삼각모자를 쓰지 않은 머리를 불쑥 밀어넣고 크게 말했다.

"자, 올리버. 어르신 앞에 가보자꾸나." 범블씨는 이 말을 하면서도 소름 끼치는 위협적인 표정을 지으며 낮은 목소리로 덧붙였다. "내가 아까 한 말 잊지 마, 이 쪼끄만 악당아!"

올리버는 이렇게 다소 앞뒤가 다른 말투에 어리둥절하며 못 알아듣겠다는 투로 범블씨의 얼굴을 바라보았다. 그러나 이 양반은 올리버가 무슨 말을 여쭐 겨를도 주지 않고 당장 문이 열려 있는 옆방으로 끌고 갔다. 그곳은 커다란 창이 있는 넓은 방이었다. 책상 뒤에는 머리에 분을 뿌린 노신사 둘이 앉아 있었는데, 그중에 한사람은 신문을 보고 다른 한사람은 거북이테 안경의 도움을 받아 앞에 놓인 문서를 검토하고 있었다. 림킨스씨는 책상 모서리 쪽에 서 있었고, 갬필드씨는 얼굴을 채 다 씻지도 않은 모습으로 다른 쪽

앞에 서 있었으며, 무뚝뚝해 보이는 사람 두셋 정도가 긴 장화를 신고 서성대고 있었다.

안경 쓴 노신사가 문서를 읽다가 꾸벅꾸벅 졸기 시작했으므로 범블씨가 올리버를 책상 앞에 세워둔 뒤로 시간이 좀 흘러갔다.

"얘가 바로 그 사내애입니다, 나리." 범블씨가 말했다.

신문을 읽고 있던 노신사는 슬쩍 고개를 들더니 옆에 있는 노신사의 소매를 흔들어서 그를 깨웠다.

"아, 그래. 얘가 그 사내애야?" 노신사가 말했다.

"바로 그렇습니다, 나리." 범블씨가 말했다. "행정관님께 절을 올려라, 애야."

올리버는 정신을 차리고 최선을 다해 경의를 표했다. 그는 행정관들 머리에 뿌려진 분에 눈을 맞추고는 이사님들이란 태어날 때부터 머리에 저런 흰 것을 달고 나와 그것 때문에 이사님이 되는 것인지 궁금해하던 중이었다.

"어디 보자." 노신사가 말했다. "이애가 굴뚝 청소 일을 좋아하겠지?"

"나리, 정신 못 차리고 푹 빠져 있습니다요." 범블씨는 아무 말도 안 하는 것이 신상에 좋으리라는 암시로 올리버를 슬쩍 꼬집으면서 대답했다.

"그래서 진짜 굴뚝 청소부가 될 작정이라 이거냐?" 노신사가 물었다.

"만약에 다른 업종에 종사하도록 하면 즉각 도망가버릴 겁니다요, 나리." 범블씨의 답이었다.

"그리고 이 친구가 주인이 될 거다 이건가…… 당신 말이야, 이애한테 잘해주고 잘 먹이고 그렇게 해줄 거야, 응?" 노신사가 말했다.

"제가요, 한다면 합니다요." 갬필드씨가 굴하지 않고 대답했다.

"자네 말투가 거칠구먼, 하지만 보기엔 정직하고 거리낌 없는 듯하네." 노신사가 올리버의 도제살이 사례금을 받겠다는 후보 쪽으로 안경을 돌리며 말했는데, 이 친구의 악당 같은 관상이 확연히 그의 잔혹성을 보장해주었다. 그러나 행정관은 반쯤 눈이 멀고 반쯤 순진한지라, 다른 이들이 분간해내는 것을 똑같이 알아차리리라 기대하는 것은 합당치 않은 노릇이었다.

"그럼요, 그래야지요. 네, 나리." 갬필드씨가 흉측스럽게 곁눈질을 하며 말했다.

"자네가 그런 사람이란 것을 의심치 않네, 이 사람아." 노신사는 안경을 코로 더 바짝 당겨 걸고 잉크병을 찾으며 답했다.

이때야말로 올리버의 운명에 있어서 위기의 순간이었다. 만약 잉크병이 노신사가 생각하는 곳에 있었다면 그는 펜을 거기에 푹 찍어 계약서에 서명을 했을 테고 올리버는 곧바로 끌려갔을 것이다. 그러나 잉크병은 바로 코밑에 있었기 때문에 온 책상 위를 다 찾다가 결국 못 찾았는데, 그 와중에 그는 정면을 똑바로 쳐다보다가 올리버 트위스트의 창백하고 잔뜩 겁먹은 얼굴에 눈길이 닿게 되었던 것이다. 올리버는 범블씨가 경고하는 눈길을 던지고 꼬집어대는데도 불구하고 공포와 두려움이 뒤섞인 표정으로 장래 자기 주인의 혐오스러운 인상을 바라보고 있었는데, 그 표정이 반*소경인 행정관의 눈에도 뚜렷했던 것이다.

노신사는 동작을 멈추고 펜을 내려놓은 뒤 올리버에게서 시선을 돌려, 별 상관 않는다는 투로 기분 좋게 코담배를 맡으려는 림킨스씨를 바라보았다.

"얘야." 책상 너머로 몸을 숙이며 노신사가 말했다. 올리버는 이 소리에 깜짝 놀랐다. 놀라는 것도 당연한 것이, 다정한 말투로 그를 불렀으니 이 낯선 말투에 오히려 겁이 났던 것이다. 그는 심하게 부들부들 떨더니 눈물을 펑펑 쏟았다.

"얘야," 노신사가 말했다. "창백한 걸 보니 겁먹은 것 같구나. 왜 그러니?"

"이봐, 교구관. 애한테서 좀 비켜서." 또다른 행정관이 신문을 내려놓고 관심 있는 표정으로 몸을 앞으로 내밀며 말했다. "자 얘야, 무엇 때문에 그러는지 말해봐, 겁내지 말고."

올리버는 무릎을 꿇고 두 손을 모아 간청하길, 저 무시무시한 사람을 따라가라고 하느니 차라리 자기를 다시 그 어두운 벌방에 처넣고, 굶기고, 패고, 원하시면 죽이라고 명해달라고 했다.

"이것 봐라!" 범블씨가 극히 인상적이고 엄숙하게 두 손을 쳐들고 두 눈을 치켜뜨며 말했다. "이것 봐라! 내가 지금까지 본 교활하고 꾀 많은 고아 놈 중에서 올리버 네가 가장 뻔뻔한 놈이구나."

"닥쳐, 교구관." 범블씨가 이렇게 온갖 형용사를 늘어놓으며 말을 토해내자 두번째 노신사가 말했다.

"나리, 죄송합니다만," 범블씨는 자신의 귀를 의심하며 말했다. "제게 하신 말씀입니까?"

"그래, 자네 입 닥치란 말이야."

범블씨는 놀라서 어안이 벙벙했다. 감히 말단 교구관에게 닥치라니! 이거야말로 도덕의 혁명적 전복이 아닌가!

거북이테 안경을 낀 노신사는 자기 동료를 돌아보며 의미 있게 고개를 끄덕였다.

"우리는 이 도제계약서의 인준을 거부하는 바이오." 노신사가 말하며 문서를 던져버렸다.

"바라옵건대," 림킨스씨가 더듬거렸다. "행정관님들께서 고작 아이 입에서 나온 근거 없는 증언을 가지고 구빈원 당국자들이 부당한 행위를 했다고 생각지 마시길 바랍니다."

"행정관들이 이 문제에 대해서 어떻게 생각하건 여기서 개진할 일은 아니오." 두번째 노신사가 날카롭게 말했다. "이애를 다시 구빈원으로 데려가서 다정하게 보살피시오. 정이 좀 결핍된 것 같으니."

바로 그날 저녁, 흰 조끼 신사는 지극히 확실하고도 명백하게 단언하기를, 올리버가 교수형을 당할 뿐 아니라 덤으로 능지처참까지 당할 놈이라고 했다. 범블씨는 비관적인 태도를 은밀히 암시하는 투로 머리를 설레설레 저으며 올리버에게 좋은 결과가 있기를 바란다고 했고, 이 말에 갬필드씨는 올리버가 자기한테 오게 되길 바란다고 응수했다. 그는 말단 교구관과 대부분의 문제에 대해서는 동의했으나, 이것만은 정반대 방향의 희망인 것처럼 보였다.

다음날 아침, 시민 여러분에게 다시 한번 알리기를 올리버 트위스트를 임대하는 바이니 누구든지 그를 인수하면 5파운드의 사례금을 지불하겠다는 방이 붙었다.

# 제4장

## 올리버는 다른 일자리를 얻어
## 사회생활의 첫발을 내딛는다

명문가에서 성년이 된 젊은이가 현재의 재산소유권이든 복귀재산이든 잔여재산이든 어떤 재산상속으로도 유리한 지위를 획득할 수 없을 때는, 그를 바다로 보내 배를 타도록 하는 것이 매우 일반적인 관례이다. 이사진은 한자리에 모여 이와 같은 참으로 현명하고 건전한 모범을 따라, 올리버를 작은 무역선에 실어서 어디든지 건강에 해로운 항구로 보내는 방편을 궁리했다. 이것은 그 아이를 처리할 최선의 방법처럼 보였다. 어느 날 선장이 저녁식사 후 심심풀이로 그를 채찍질해 죽이거나 철봉으로 그의 뇌를 내리쳐 터뜨릴 법도 했으니, 이 두가지 소일거리는 잘 알려진 대로 이 부류의 신사 양반들이 매우 선호하는 일반적인 오락이었기 때문이다. 이러한 측면에서 사안을 바라보면 볼수록 이사회의 입장에서는 이러한 조치의 이점이 점점 더 많아 보였다. 그래서 그들은 올리버에게 앞으로 확실히 먹고살 방편을 마련해주는 유일한 방법이란 지체 없이 그를 바다로 보내버리는 것이라는 결론을 얻게 되었다.

그들은 예비조사를 하도록 범블씨를 여러차례 파견해서 사고무친의 선실 보이를 구하는 선장을 찾아보도록 했고, 그는 이 임무를 수행한 결과를 전하려 구빈원에 막 들어가던 참이었다. 이때 마침 대문에서 만난 사람이 다름 아닌 교구의 장의사 주인 소어베리씨였던 것이다.

소어베리씨는 큰 키에 깡마르고 뼈마디가 굵은 사람으로, 다 떨어진 검은 옷에 여기저기 기운 검은 양말 그리고 거기에 맞는 검은 신을 신고 있었다. 그의 얼굴은 천부적으로 미소를 짓는 데 적합하게 만들어진 것은 아니었으나 대체로 그는 직업상 명랑하게 구는 습성이 있었다. 범블씨에게 다가가는 그의 발걸음은 탄력이 있었고 얼굴에는 익살을 감춘 표가 났다. 그는 범블씨와 정중하게 악수를 했다.

"지난밤에 여자 두명이 죽어서 치수를 재고 오는 길입니다, 범블씨." 장의사 주인이 말했다.

"그러다 한밑천 잡겠소, 소어베리씨." 말단 교구관은 장의사 주인이 권하는 코담뱃갑에 엄지와 검지를 들이밀며 말했는데, 이 담뱃갑이란 특허를 낸 관의 모양을 따서 정교하게 축소한 것이었다. "정말 당신 한밑천 모으겠구려, 소어베리씨." 범블씨는 친근하게 장의사 주인의 어깨를 지팡이로 툭 치며 말했다.

"그렇게 생각하세요?" 그가 그렇게 될 가능성을 반은 수긍하고 반은 반박하는 투로 말했다. "이사회에서 쳐주는 돈이 꽤 적어요, 범블씨."

"관들은 작지 않나, 뭘." 범블씨가 고위 공직자로서의 품위를 손상하지 않을 정도로 웃음 비슷한 소리를 내며 대답했다.

소어베리씨는 의당 그래야 하듯 이 말에 웃음보가 터져 한참 동안 숨도 안 돌리고 웃어댔다. "그래, 그래요, 범블씨." 마침내 말을 이었다. "그걸 부인할 수는 없지요. 새 급식체제가 도입된 후로 관이 예전보다 좁아지고 얇아진 것만은 사실이니까요, 범블씨. 하지만 뭐 남는 것은 있어야잖아요. 잘 말린 목재란 게 비싼 물건이거든요, 범블씨. 그리고 철제 손잡이는 버밍엄에서 운하로 배달된 거고요."

"글쎄, 뭐." 범블씨가 말했다. "어느 직업이나 다 불리한 점들이 있는 거고, 공정한 이윤이야 물론 당연한 거죠."

"아 물론, 물론이죠." 장의사 주인이 대답했다. "뭐, 이런저런 물품에서 이윤을 못 남겨도 난 결국엔 채워넣잖아요 왜, 헤헤헤!"

"바로 그렇지." 범블씨가 말했다.

"다만 한가지 덧붙이자면," 장의사 주인은 교구관이 도중에 끊은 말을 다시 이으며 계속했다. "다만 한가지 덧붙이자면 범블씨, 매우 크게 불리한 점 하나와 씨름을 해야 하는데, 즉 뚱뚱한 사람들이 가장 빨리 죽어버린다는 거예요. 웬만큼 먹고살고 여러해 동안 세금도 낼 만한 돈이 있던 사람들이 구빈원에 와선 가장 먼저 무너져요. 그리고 범블씨한테만 하는 얘긴데, 계산보다 서너 인치 더 길게 나오는 것이 이윤에 큰 구멍을 내거든요. 특히 저처럼 먹여 살릴 가족이 있는 처지엔 말이에요."

소어베리씨는 피해 본 사람에게 어울릴 화난 투로 말을 했는데, 범블씨는 이것이 교구의 명예에 대한 비난이 될 수 있다고 느끼고 화제를 바꾸는 것이 현명하리라 생각했다. 그는 올리버 트위스트를 가장 먼저 염두에 두던 터라 올리버를 화제로 삼았다.

"그건 그렇고." 범블씨가 말했다. "사내애 하나가 필요한 사람 모르시오, 혹시? 교구에 딸린 도제인데 아주 골칫덩어리예요. 교구의 목에 매달린 연자맷돌[34]이라고나 할까. 하여튼 후한 조건이오, 소어베리씨. 후하게 쳐준다니까!" 이렇게 말하면서 범블씨는 단장을 들어올려 머리 위에 붙은 방에 엄청난 크기의 로마자로 인쇄된 '5파운드'란 글자를 탁탁 소리 나게 세번 두드렸다.

"그래, 바로 이거야." 장의사 주인이 범블씨의 금테 두른 공무원 제복의 옷깃을 잡으며 말했다. "바로 이것을 당신하고 상의하려던 참이었어요. 있잖아요…… 아이고, 이것 참 세련된 단추군요, 범블씨. 전에는 알아보지 못했는데."

"그렇소, 나도 제법 괜찮다고 생각하오." 교구관은 외투를 장식한 커다란 놋쇠 단추를 자랑스럽게 내려다보았다. "문양이 교구의 문장紋章과 같은 것이오…… 선한 사마리아인이 아프고 상처 입은 사람을 치료해주는 그림이죠. 이사회가 정월 초하루에 제게 수여했지요, 소어베리씨. 기억하나요, 왜 자정에 현관 출입구에서 죽은 빈털터리 장사치의 검시에 참석할 때 처음 입었던 거요."

"기억납니다." 장의사 주인이 말했다. "배심원들 판결이 '추위에 노출되고 일반적인 생필품의 결핍으로 인해 사망함' 아니었어요?"

범블씨는 고개를 끄덕였다.

"그리고 그걸 특별판결로 했을 거요, 아마." 장의사 주인이 말했다. "또 몇 마디 덧붙이길 만약에 구조를 맡은 담당관이……"

"뭐라고! 말도 안 돼!" 말단 교구관이 화가 나서 말을 잘랐다. "이사진이 할 일이 없어서 그놈의 무식한 배심원들이 떠드는 것에

--------------------------

**34** '누구든지 나를 믿는 이 소자 중 하나를 실족케 하면 차라리 연자맷돌을 그 목에 달리우고 깊은 바다에 빠뜨리우는 것이 나으니라'(신약성서 마태복음 18:6)며 어린이를 위하라는 예수의 경고에 대한 언급.

일일이 신경을 쓰겠소."

"진짜 그래요." 장의사 주인이 말했다. "그렇죠."

"배심원들이란," 범블씨가 감정이 북받칠 때 으레 그러듯이 단장을 꽉 쥐며 말했다. "배심원들이란 교육도 못 받은 천박하고 비굴한 것들이지."

"그렇지요." 장의사 주인이 말했다.

"도대체 철학이니 경제학이니 하는 것은 요만큼도 아는 것이 없는 것들이." 교구관은 두 손가락을 부딪쳐 경멸하는 투로 딱 소리를 내며 말했다.

"당최 아는 게 없지요." 장의사 주인이 수긍했다.

"난 그들을 경멸하오." 교구관이 얼굴이 벌게져서 말했다.

"저도 그래요." 장의사 주인이 맞장구를 쳤다.

"어디, 그 잘난 척하는 배심원들을 구빈원에 두어주 수감시켜서, 우리 이사회의 원칙과 규칙 아래서 금세 기가 꺾이는 꼴을 좀 봤으면 좋겠소." 말단 교구관이 말했다.

"자, 그쯤 해두시죠." 장의사는 이렇게 말하면서 수긍한다는 투로 미소를 지어 분격한 교구 공무원의 치솟는 화를 잠재우고자 했다.

범블씨는 삼각모자를 벗어 모자 안에서 손수건을 꺼내더니, 분노가 야기한 이마의 땀을 닦아낸 뒤 다시 모자를 썼다. 그러고는 장의사 주인을 돌아보더니 아까보다 가라앉은 목소리로 말했다.

"그런데 그 아이가 어쨌다는 거요?"

"아, 그거요." 장의사 주인이 답했다. "왜 있잖아요, 저도 구빈세[35]를 제법 내는 셈 아닙니까."

---

[35] 영국의 국교의 교구는 하나의 행정단위로서 구빈원 운영 및 여타의 업무에 대한 세금을 징수했다.

"흠!" 범블씨가 말했다. "그래서요?"

"그래서요," 장의사 주인이 말했다. "그만큼 구빈세를 냈으면 말이에요, 챙길 수 있는 만큼은 챙겨야겠다는 생각이거든요. 그래서 그애를 바로 제가 데려갈 생각입니다."

범블씨는 장의사 주인의 팔을 잡아 건물 안으로 끌고 들어갔다. 소어베리씨가 이사진과 오분간 문을 걸어잠그고 밀담을 나눈 뒤 합의한 것이란, 올리버를 그날 저녁 소어베리씨에게 '시험 삼아' 보낸다는 것이었다. 이 표현은 교구 도제의 경우, 주인이 짧은 견습기간 동안 음식을 많이 안 먹이고도 충분히 일을 시킬 수 있다는 것을 확인하면 몇년 계약으로 들여놓고 뭐든지 맘대로 부려먹으라는 뜻이었다.

어린 올리버는 그날 저녁 '어른들' 앞에 불려가서, 그날 밤 장의사 집에 심부름꾼으로 가게 됐다는 것, 그리고 혹시 자기 처지에 대해 불평을 하거나 두번 다시 구빈원으로 돌아온다든지 하면 선원으로 만들어 배를 태워 바다로 보낼 것이며, 거기서는 상황에 따라 물에 빠져 죽거나 머리를 맞아 죽을지도 모른다는 통보를 들었다. 그러나 아이에게서는 일말의 감정표시도 보이지 않았기에, 모두는 올리버가 독한 악당 놈이라고 만장일치로 선언했고, 범블씨에게 명령하여 즉시 그를 데려가라고 했다.

모든 세상 사람 중에서도 유독 이사 양반들은 누가 조금이라도 감정이 결핍된 징표를 보이면 지극히 고결한 체하며 경악을 금치 못했지만, 이 경우에는 특히 더 당황했던 것이다. 그러나 의심의 여지없는 사실인즉, 올리버는 감정이 부족했던 것이 아니라 지나치게 풍부했다. 오히려 그런 까닭에 그간 받아온 심한 학대로 인해 남은 인생을 짐승같이 멍하고 둔감하게 보낼 지경으로 그의 감정이 한창 줄어드는 중이었다. 그는 아무 대꾸 없이 자기의 목적지에 대한 소식을 들었고, 손에 짐을 쥐여주자 — 짐이란 것이 포장지에 싸서 가로세로 1피트에 높이가 3인치 정도였으니 별로 들기 어려울 것도 없었는데 — 모자를 눈 위로 푹 눌러쓰고 다시 한번 범블씨의 외투 소매에 매달려 이 고관 나리에 의해 새로운 고통의 장으로 끌려갔던 것이다.

범블씨는 한참 동안 올리버에게 눈길을 주거나 말을 건네지도 않은 채 끌고 갔는데, 이 말단 교구관은 말단 교구관이 늘 그래야 하듯 고개를 꼿꼿이 쳐들고 걸었다. 바람이 심한 날이라 코트자락이 바람에 날려 그의 깃 접은 조끼와 암갈색 플러시[36] 천 무릎바지가 드러날 때마다 조그마한 올리버는 완전히 옷자락에 휩싸였다. 그러나 목적지가 가까워지자 범블씨는 아이가 새 주인이 심사하기에 적합한 상태인지를 확인하는 것이 좋겠다고 생각했고, 잘 어울리게도 자비롭게 무게를 잡고 내려다보았다.

"올리버!" 범블씨가 말했다.

"예, 나리." 올리버가 낮고 떨리는 목소리로 대답했다.

"모자를 눈 위로 올리고 고개를 들어보아라."

올리버는 즉시 시키는 대로 하면서 놀고 있는 다른 손으로 눈을 재빨리 닦아내긴 했으나, 그의 인도자를 올려다보는 눈에는 눈물 한방울이 남고 말았다. 범블씨가 자기를 엄하게 응시하자 이 눈물방울이 볼을 타고 흘러내렸다. 그리고 눈물이 한방울 두방울 연이어 흘렀다. 아이는 안간힘을 써서 멈추려 했으나 소용없는 노릇이었다. 올리버는 범블씨가 잡고 있는 손을 잡아빼더니 두 손으로 얼

---

[36] 길고 보드라운 보풀이 있는 비단 또는 무명.

굴을 가리고 흐느껴, 그 가늘고 앙상한 손가락 사이로 눈물이 흘러나왔다.

"이봐!" 범블씨가 갑자기 멈춰서서 자기의 책임소관인 어린아이에게 심한 악의가 담긴 눈길을 쏘아대며 외쳤다. "이봐! 내가 지금까지 본 가장 배은망덕하고 막돼먹은 사내 녀석 중에서도 올리버너야말로 제일……"

"아니에요, 아니에요, 나리." 올리버가 울먹이며 그가 익히 아는, 단장을 잡고 있는 손에 매달렸다. "아니에요, 아니에요, 나리. 진짜말 잘 들을게요, 진짜로요, 네? 전 아주 어린애예요, 나리. 그래서 너무, 너무……"

"너무 어쨌다는 거야?" 범블씨가 경악하며 물었다.

"너무 외로워요, 나리. 진짜 너무 외로워요!" 아이가 울며 외쳤다. "누구나 다 절 미워해요. 아, 제발 제게 무섭게 하지 마세요, 네?" 아이는 손으로 가슴을 치고 참으로 슬픈 눈물을 흘리며 동반자의 얼굴을 바라보았다.

범블씨는 좀 놀란 듯이 올리버의 가엾고 의지할 데 없는 표정을 몇초 동안 쳐다보다가 서너번 헛기침을 해서 목을 가다듬고는 "이 골칫덩이 감기" 어쩌고 하면서 중얼거리더니, 올리버에게 눈물을 닦고 착하게 굴라고 한 뒤 다시 한번 그의 손을 잡고 말없이 걸어갔다.

범블씨가 들어왔을 때 장의사 주인은 가게 문을 막 닫은 뒤 그 분위기에 알맞게도 음산한 촛불 밑에서 장부에 뭔가 기입하고 있었다.

"어!" 장의사 주인은 단어 하나를 적다 말고 장부에서 고개를 들며 말했다. "거기 범블, 당신이오?"

"바로 나요, 소어베리씨." 말단 교구관이 말했다. "자, 아이를 데려왔소." 올리버는 인사를 꾸벅 했다.

"아 그래, 얘가 그 사내아이구나." 장의사 주인이 올리버를 좀더 잘 살펴보려고 머리 위로 촛대를 쳐들며 말했다. "부인, 잠깐 이리 좀 와보시겠소?"

소어베리 부인은 가게 뒤편의 작은 방에서, 작은 키에 마르고 짓눌러놓은 것 같은 몸매에 여우 얼굴을 한 여자의 모습을 드러냈다.

"여보," 소어베리씨가 정중하게 말했다. "얘가 전에 말씀드린 구빈원에서 온 그 사내아이랍니다." 올리버가 다시 인사를 꾸벅 했다.

"세상에!" 소어베리씨의 부인이 말했다. "아주 키가 작구나."

"하긴 좀 작긴 작은 편이지요." 범블씨는 올리버가 더 크지 않은 것이 올리버의 탓이기라도 한 듯 그를 바라보며 대답했다. "작긴 작아요, 부인. 어쩔 수 없는 사실이죠. 그러나 자랄 겁니다, 소어베리 부인. 자라날 거예요."

"아 네, 물론 그렇겠지요." 부인이 토라진 투로 대답했다. "우리 집 밥 먹고 우리 집 물 마시고 말이에요. 교구 고아들 데리고 와서 남는 게 있어야지. 나한테는 없다고. 늘 애들 값어치보다도 데리고 있는 비용이 더 드니까. 그래도 남자들은 자기 판단만 믿지. 야! 이 조그만 뼈다귀 자루야, 아래로 내려가!" 소어베리 부인은 이렇게 말하며 옆문을 열고 가파른 계단 밑의 돌 감방으로 올리버를 밀어 넣었는데, 그곳은 축축하고 어두운 석조石造 지하방으로 석탄광 옆에 있었으며 '부엌'이라고 불리는 곳이었다. 거기엔 단정치 못한 계집애가 굽이 닳은 신을 신고 손질이 안 된 파란색 모직스타킹 차림으로 앉아 있었다.

"자, 샬럿." 올리버를 따라 내려온 소어베리 부인이 말했다. "트립한테 주려고 남겨둔 식은 고기 부스러기들을 이애한테 좀 줘라. 아침에 나가 아직 안 들어왔으니 못 먹어도 싸다. 너, 입이 고급이라서 이걸 못 먹는다고는 않겠지, 그렇지?"

올리버는 고기란 말에 눈을 번뜩거리면서 한입에 삼킬 작정으로 부르르 몸을 떨던 터라 그렇지 않다고 대답했고, 그러자 한그릇 가득 뼈에 붙은 고기 찌꺼기가 그의 앞에 놓였다.

뱃속에서는 고기와 술이 썩고, 피는 얼음이요 심장은 강철로 만들어진 피둥피둥한 철학자 선생 중 누구라도 좋으니, 올리버 트위스트가 개도 거들떠보지 않는 이 진미 고기요리에 달라붙어 먹는 것을 좀 봤으면 좋겠다. 허기로 잔뜩 사나워진 올리버가 고기를 갈기갈기 뜯어먹는 이 끔찍한 탐욕을 그의 눈으로 직접 보게 했으면 좋겠다. 이것보다 더 바라는 것이 딱 하나 있는데, 그것은 그 철학자가 이와 똑같은 음식을 올리버와 똑같은 식욕을 갖고 먹는 것이다.

"자 그럼, 다 먹었냐?" 올리버가 식사를 마치자 소어베리 부인이 말했다. 그녀는 올리버의 무시무시한 식욕을 예감하며 말 없는 공포감 속에서 이 광경을 바라보았던 것이다.

더이상 먹을 만한 것이 손에 닿질 않자 올리버는 그렇다고 대답했다.

"그러면 따라와." 소어베리 부인이 침침하고 지저분한 등잔을 집어들고 계단 위로 길을 안내하며 말했다. "네 잠자리는 계산대 밑이다. 관 사이에서 자도 괜찮겠지, 그렇지? 네놈이 좋건 싫건 상관없어. 거기 말고는 아무데도 잘 데가 없으니까. 빨리 와. 밤새 여기서 날 기다리게 할 거야?"

올리버는 더이상 머뭇거리지 않고 새 주인 마나님을 쫓아갔다.

# 제5장
## 올리버는 새 동료들과 어울린다.
## 난생처음 장례식에 참석한 후 주인의 사업에 대해
## 별로 호의적이지 않은 의견을 갖게 된다




장의사 가겟방에 혼자 남겨진 올리버는 작업대에 등불을 내려놓고, 올리버보다 훨씬 나이가 많은 사람들도 금세 느낄 만한 두려움과 공포에 떨며 주위를 둘러보았다. 가게 한가운데에는 만들다 만 관이 검은 버팀목 위에 얹혀 있었는데, 그것이 얼마나 음울하게 보였는지 그는 온몸에 차가운 전율을 느꼈다. 이 음침한 대상에 눈길이 닿을 때마다, 무언가 소름 끼치는 형상이 천천히 고개를 들고 일어나서 그가 공포에 질려 미치는 모습이 거의 눈에 보일 지경이었다. 같은 모양으로 잘라놓은 느릅나무 판자가 정연하게 벽에 기대어 길게 늘어선 것은 희미한 불빛을 받아 꼭 바지주머니에 손을 넣은, 어깨가 높은 귀신들처럼 보였다. 바닥에는 관의 재료로 쓰일 판자며 나무토막, 대가리가 반들거리는 못과 검은 헝겊조각 따위가 널려 있었다. 계산대 뒤쪽의 벽에는 장례식 회장꾼[37] 둘이 뻣뻣하게 풀을 먹인 칼라를 두르고 커다란 살림집 문을 지키고 서 있고 네마리의 검은 말이 끄는 영구마차가 멀리서 다가오는 모습이 생생하게 그려져 있었다. 가게는 갑갑하고 무더웠다. 관 냄새가 공기에 배어 있는 듯했다. 올리버의 양털이불을 쑤셔넣은 계산대 밑의 공간은 마치 무덤처럼 보였다.

올리버를 짓누르는 암울한 감정은 이밖에도 또 있었다. 그는 낯선 장소에 혼자 있었던 것이니, 아무리 잘난 사람이라도 이런 처지에서는 등골이 오싹하고 적막한 느낌을 받는 법이다. 이 아이한테는 자기가 돌볼 친구건 자신을 돌봐줄 친구건 하나도 없었다. 누구랑 막 헤어진 아쉬운 회한도 머리에 남아 있지 않았고, 생생하게 기억하는 사랑하는 얼굴이 마음 깊이 자리 잡고 있는 것도 아니다. 그럼에도 그의 마음은 무거웠고 그 비좁은 잠자리에 기어들어가면서 거기가 자기 관이었으면 좋겠다고 생각했다. 그리고 교회 묘지에 누워, 머리 위에서 높이 자란 풀잎이 바람에 온화하게 흔들릴 때 그윽하고 깊은 종소리에 마음을 달래며 고요하게 영원히 잠들었으면 하고 생각한 것이다.

아침에 올리버는 가게 문을 뻥뻥 걷어차는 소리에 잠에서 깨어났다. 올리버가 급히 옷을 걸치는 동안 그 소리는 화가 난 투로 스물다섯번이나 맹렬하게 반복되었다. 그가 고리를 따기 시작하자 발길질이 그치고 목소리가 들려왔다.

"문 열란 말이야, 야." 문을 걷어차던 다리의 임자가 외쳤다.

"곧 열게요." 올리버가 고리를 풀고 자물쇠를 돌리며 대답했다.

"네가 새로 온 앤가보구나, 그렇지?" 열쇠구멍 사이로 목소리가 들렸다.

─────────────────

**37** 우리의 곡비(哭婢)에 해당되는 사람이지만 정반대로 침묵을 지키고 서 있는 역할이다.

"네." 올리버가 대답했다.

"너 몇 살이냐?" 목소리 임자가 물었다.

"열살이에요." 올리버가 대답했다.

"내가 들어가면 넌 채찍 맞을 줄 알아." 목소리 임자가 말했다. "안 그러나 두고 봐, 이 구빈원 떨거지야. 한번 보자고!" 그런 다음 이렇게 자상한 약속을 해놓은 목소리 임자는 휘파람을 불기 시작했다.

올리버는 앞에 기록되어 있는 매우 의미심장한 말이 지칭하는 과정을 하도 숱하게 겪은지라, 목소리의 임자가 누구건 간에 맹세한 바를 지극히 명예롭게 수행하리란 것을 조금도 의심치 않았다. 그는 떨리는 손으로 빗장을 풀고 문을 열었다.

올리버는 열쇠구멍 사이로 자기에게 말을 건 이 미지의 존재가 몸을 풀러 몇걸음 걸어갔다는 생각에서 길 좌우와 맞은편을 일이초 정도 힐끗 둘러보았으나, 키 큰 자선학교 학생[38] 하나가 집 앞에 있는 기둥에 올라앉아 버터 바른 빵 한쪽을 먹고 있는 것밖에는 볼 수가 없었다. 그는 이 빵조각을 큰 주머니칼로 자기 입에 맞게 쐐기모양으로 자른 후 매우 민첩하게 먹어대고 있었다.

"실례합니다만, 저." 올리버가 손님이 아무도 없는 것을 보고서 결국 말했다. "혹시 문을 두드리셨어요?"

"내가 찼다, 왜?" 자선학교 학생이 대답했다.

"관 주문하러 오셨나요?" 올리버가 순진하게 물었다.

이 말을 들은 자선학교 학생은 흉측하고 사나운 눈초리로 올리버를 보며, 그런 식으로 윗사람들과 농담 따먹기를 하다간 머지않

---

**38** 자선학교에서는 가난한 학생들에게 보잘것없는 교육을 시키면서도 독지가가 누군지를 표시하기 위해 눈에 띄는 교복을 입혔다.

아 관에 들어갈 신세가 될 거라고 말했다.

"너 내가 누군지 잘 모르는 모양인데…… 안 그러냐, 구빈원?" 자선학교 학생이 계속해서 말을 하면서 교육 좀 시키겠다는 투로 기둥 꼭대기에서 엄숙하게 내려왔다.

"네, 잘 모르겠는데요." 올리버가 대꾸했다.

"나는 노어 클레이폴님이시다." 자선학교 학생이 말했다. "그리고 넌 내 밑에 있는 애야. 가게 문이나 열어, 이 게으른 꼬마 악당아!" 클레이폴은 이 말에 곁들여 올리버를 한대 걷어차주고 위엄 있는 자세로 가게에 들어왔는데 모양이 상당히 그럴듯했다. 머리통은 큼직하고 눈알은 자그마한데다 짓눌린 듯한 체격에 묵직한 표정을 한 아이가 어떤 정황에서건 위엄 있어 보인다는 것은 어려운 일이었다. 게다가 이런 매력적인 용모에 덧붙여 빨간 코에 노란 반바지 차림이었으니 더욱 어려울 수밖에.

올리버는 가게 덧문을 떼어 낮이면 그것을 세워두던 집 옆의 작은 안뜰로 문짝을 옮기려 낑낑거리다가, 무게를 이기지 못하고 유리창 하나를 깼다. 그러자 노어는 "너 혼날 거다"라는 말로 위로하고선 손수 그를 도와주었다. 곧 소어베리씨가 내려왔고 잠시 후 소어베리 부인이 나타났다. 올리버는 노어의 예측대로 '혼이 난 후' 이 젊은 양반을 따라 아침을 먹으러 계단을 내려갔다.

"불 가까이로 와, 노어." 샬럿이 말했다. "주인아저씨 아침상에서 괜찮은 걸로 베이컨 한조각 건져놨어. 올리버, 넌 노어님 뒤에 있는 문이나 닫고 빵 굽는 판에 있는 부스러기나 먹어. 차도 거기 있으니까 저기 상자 있는 데로 갖고 가서 빨리 먹어. 가게 보라고 금세 너를 부를 테니, 알았냐?"

"알았냐 인마, 구빈원?" 노어 클레이폴이 말했다.

"나 참, 노어." 샬럿이 말했다. "자긴 진짜 별난 사람이야! 애는 좀 가만 놔두지그래?"

"가만 놔두라고!" 노어가 말했다. "야, 말이야 바른말이지, 누구든지 얘를 가만 내버려두잖아. 얘 아빠나 엄마가 뭐 간섭을 하나, 얘 친척들도 아주 멋대로 살게 놔두잖아. 안 그래, 샬럿? 히히히!"

"아이, 자기 별나기도 해!" 샬럿은 노어와 함께 실컷 웃음보를 터뜨리며 말했고, 그런 다음에 불쌍한 올리버 트위스트가 방에서 가장 추운 구석에서 오들오들 떨며 상자에 앉아 특별히 그를 위해 남겨놓은 상한 음식 부스러기를 먹는 것을 경멸스럽게 쳐다보았다.

노어는 자선학교 학생이긴 해도 구빈원 고아는 아니었다. 자기야 주워온 고아가 아니었으니, 족보를 캐면 바로 옆에 사는 자기 부모에게까지 거슬러올라갈 수 있었다. 모친은 삯빨래 하는 파출부요, 부친은 한쪽 다리에 나무 의족을 단 주정뱅이 퇴역군인으로 일당 2펜스 반에다 셀 수 없는 몇분의 몇 페니를 더한 연금을 받았다. 그 동네 가게에서 일하는 아이들은 벌써 오래전부터 길에서 노어를 보면 '가죽' '자선쟁이' 그리고 이와 유사한 유의 불명예스러운 별명으로 불러댔는데 노어는 대꾸 한마디 없이 꾹 참아냈다. 그러나 운명은 그의 앞에 가장 미천한 자조차도 손가락질하며 깔볼 수 있는 이름 없는 고아 하나를 던져주었으니, 그는 자기가 받은 모욕에 이자를 얹어서 실컷 앙갚음을 한 것이다. 이것은 우리에게 아주 매력적인 화두를 제시한다. 즉 인간의 심성이란 얼마나 아름다운 것이 될 수 있는가, 그리고 그 아름다운 속성이 어떻게 가장 존귀한 고관대작과 가장 비천한 자선학교 학생에게서 공통적으로 개발되는가를 보여주는 것이다.

올리버가 장의사 가게에서 서너주나 한달쯤 머물렀을 때이다.

소어베리씨 내외는 가게를 닫고 조그만 뒷거실에서 저녁을 먹는 중이었는데 소어베리씨가 자기 부인에게 공손한 눈짓을 몇차례 보낸 후 말했다.

"여보……" 그는 말을 더 이을 작정이었으나 소어베리 부인이 유달리 기분 나쁜 기색으로 쳐다보는 바람에 입을 다물었다.

"왜요!" 소어베리 부인이 날카롭게 말했다.

"아니에요, 여보. 아무것도 아니에요." 소어베리씨가 말했다.

"에구, 저런 머저리!" 소어베리 부인이 말했다.

"그게 아니고요, 여보." 소어베리씨가 겸손하게 말했다. "당신이 얘기를 듣기 싫어하는 것 같아서 그랬어요. 무슨 말을 하려고 했냐면……"

"듣고 싶지 않아요." 소어베리 부인이 말을 막았다. "난 아무것도 아니니 제발 나랑 상의할 생각 말아요. 당신의 비밀을 상관하기 싫으니까." 소어베리 부인이 이렇게 말하며 신경질적으로 웃었는데 이는 폭력적인 결과를 예고하는 위협이었던 것이다.

"하지만 여보." 소어베리가 말했다. "난 당신 충고를 듣고 싶어요."

"아니, 아니. 내 의견일랑 묻지 말아요." 소어베리 부인이 애절한 투로 말했다. "다른 사람한테 물어봐요." 그녀는 여기서 또 한번 신경질적으로 웃었는데, 이것은 소어베리씨를 매우 겁나게 했다. 이것은 매우 일반적이고도 널리 인정되는 남편 다루는 법인데, 아주 효과적인 경우가 많다. 실제로 이 웃음은 즉시 소어베리씨로 하여금, 부인께서 특별히 호의를 베풀어 듣고자 하시는 바를 이야기하도록 허락해달라고 빌게 했던 것이다. 십오분도 채 안 되는 짧은 언쟁 끝에 부인은 지극히 품위 있게 허락을 내리셨다.

"그냥 꼬마 올리버에 관한 것인데요, 여보." 소어베리씨가 말했다. "그 아인 정말로 괜찮아 보이는 애예요, 여보."

"당연히 그래야지요, 그만큼 먹어대는데." 마나님이 논평했다.

"그애 얼굴에 우울한 표정이 있는 게 말이오, 여보, 매우 흥미로
워요. 장례식 회장꾼감으론 아주 훌륭하겠어요, 여보." 소어베리씨
가 말을 이었다.

소어베리 부인은 상당히 놀란 표정으로 쳐다보았다. 소어베리씨
는 이것을 알아차리고 이 잘난 부인에게 말할 틈을 주지 않으면서
얘기를 계속했다.

"어른들 장례식에 참석할 보통 회장꾼이 아니고, 여보, 그냥 애
들 장례에서 말이에요. 관 크기에 맞는 회장꾼을 두는 건 아주 새
로운 일이 되겠지요, 여보. 내 말을 믿어도 될 거예요. 정말 멋진 효
과를 낼 거라고요."

소어베리 부인은 장례의 제반절차에 관해 꽤 감각이 발달해 있
는 터라 이 발상의 참신함에 매우 놀랐다. 하지만 현재의 형편에서
는 그 말에 수긍했다가는 자신의 위신을 손상시키는 셈이므로 단
지 왜 그렇게 뻔한 생각을 이제 와서 하게 됐냐고, 그것도 매우 톡
쏘는 투로 남편에게 물었다. 소어베리씨는 이것을 자기의 제안에
대한 암묵적 승인으로 옳게 풀이했고, 따라서 올리버를 즉시 장의
사업의 비법에 입문시킬 것, 그리고 바로 다음번에 장례 서비스를
필요로 하는 계제가 생기면 주인을 따라가도록 당장에 결정했다.

기회는 머지않아 도래했다. 다음날 아침식사를 한 지 삼십분 뒤
에 범블씨가 가게로 들어왔다. 그는 계산대에 단장을 기대놓고는
큼직한 가죽지갑을 꺼내더니 거기서 작은 종잇조각을 골라 소어베
리씨에게 건네주었다.

"아하!" 장의사 주인은 활기 넘치는 기색으로 말했다. "관 주문

이군요."

"관이 먼저, 그리고 교구 부담 장례식은 그 다음이오." 범블씨가 다시 가죽지갑 끈을 채우며 대답했는데, 지갑도 자기처럼 무척 비만했다.

"베이튼이라." 장의사 주인이 종잇조각에서 범블씨한테로 눈을 돌리며 말했다. "한번도 못 들어본 이름인데."

범블씨가 고개를 끄덕이며 대답했다. "완고한 인간들이오, 소어베리씨. 아주 완고하다고. 게다가 거만하기까지 한 모양이고."

"거만하다고요?" 소어베리씨가 비웃으며 외쳤다. "거 진짜 너무 하군."

"아, 아주 넌더리 나지." 교구관이 말을 받았다. "구역질 난대도 요, 소어베리씨!"

"그렇군요." 장의사 주인이 동의했다.

"우리도 그저께 밤에야 처음 그 집안 얘기를 들었는데요." 말단 교구관이 말했다. "뭐 우리가 그 사람들하고 별 상관을 할 일은 아니지만, 같은 집에 사는 여자가 교구위원회로 와서 아주 상태가 안 좋은 여자가 있으니 교구 의사를 보내달라고 청을 한 거요. 의사는 저녁 먹으러 밖에 나가 있어서 의사의 도제가 (아주 똑똑한 친군데 요) 즉석에서 구두약 통에 약을 담아 보냈지요."

"거 참 신속했군." 장의사 주인이 말했다.

"진짜 신속했지!" 교구관이 대답했다. "그런데 그 결과가 어땠는 지, 그 망할 놈들의 배은망덕한 행위가 어땠는 줄 아십니까? 남편 이 자기 마누라 병에 약이 안 맞으니 먹이지 않겠다는 전갈을 보냈 다고요! 바로 일주일 전에 아일랜드인 노무자 둘하고 석탄 나르는 인부 하나에게 먹여서 톡톡히 효험을 본, 쓸 만하고 약효 강하고 몸에 좋은 약을…… 게다가 구두약 병까지 끼워서 한푼도 안 받고 준 것을…… 그걸 안 먹이겠다는 전갈을 보내다니 말이오!"

이 극악무도한 잔학행위의 전모가 범블씨 머릿속에 뚜렷하게 떠오르자 그는 단장으로 계산대를 매섭게 두드렸고 얼굴은 분노로 달아올랐다.

"그래요." 장의사 주인이 말했다. "이런 일은 들어보질……"

"들어보질 못했다니까요." 교구관이 불쑥 말을 뱉었다. "아무도, 아무도 들어본 적이 없는 일이에요. 그렇지만 그 여자는 죽었고 우리가 묻어줘야 하오. 그게 집 약도요. 가능한 한 빨리 해치우시오."

이렇게 말한 범블씨는 교구를 위해 뛰는 열성이 지나친 나머지 삼각모자를 거꾸로 쓰고선 가게 밖으로 뛰어나갔다.

"아니 얼마나 화가 났으면 올리버, 네 안부도 묻지 않고 그냥 가버렸구나!" 소어베리씨가 교구관이 길 저쪽으로 걸어가는 것을 보며 말했다.

"그렇군요, 주인어른." 대화가 진행될 동안 눈에 띄지 않도록 조심스럽게 숨어 있던 올리버가 나와서 대답했는데, 그는 범블씨의 목소리만 생각해도 머리끝에서 발끝까지 부들부들 떨렸다. 그러나 올리버는 범블씨의 눈을 피해 움츠리는 수고를 할 필요가 없었다. 왜냐하면 흰 조끼 신사의 예언에 강한 감동을 받은 이 공무원 양반은 장의사 주인이 올리버를 시험 삼아 떠맡은 이상, 그를 칠년간 완전히 묶어놓아 올리버가 교구로 되돌아오는 위험에서 효과적이고 합법적으로 벗어날 때까지는 올리버 얘기는 피하는 것이 좋다고 생각한 것이다.

"그래." 소어베리씨가 모자를 집으며 말했다. "일을 빨리 해치울수록 더 좋지. 노어, 가게 좀 봐라. 그리고 올리버, 모자를 쓰고 나랑 같이 가자." 올리버는 하라는 대로 직업상의 임무를 수행하러 가는 자기 주인을 따라나섰다.

그들은 그 지역에서 집이 가장 많이 몰려 있고 사람이 가장 많이 사는 동네를 한동안 걸어들어갔다. 그리고 지금까지 지나온 중에서 가장 더럽고 비참한 골목으로 들어가, 그들이 찾는 집을 둘러보았다. 길 양편의 집들은 높다랗고 큼직했으나 매우 낡았고, 거기에는 가장 가난한 계급의 사람들이 세 들어 살고 있었다. 이따금씩 팔짱을 끼고 몸을 반쯤 겹친 채 눈길을 피하며 지나다니는 몇몇 남녀들의 비참한 모습에서 한결같이 드러나는 증거가 아니더라도 아무렇게나 입은 사람들의 옷차림새가 이 사실을 충분히 말해주었다. 셋방의 상당수는 가겟방에 연결돼 있었으나 가게 문은 꽉 잠겨서 곰팡이에 덮인 채 썩어가고 있었고 위층 방들에만 사람이 살았다. 어떤 집들은 낡고 썩어서 위태로워 보였는데, 길거리로 무너져 내리는 것을 막기 위해 벽과 길바닥 사이에 큰 나무 대들보를 꽉 받쳐놓았다. 그러나 이런 터무니없는 거처조차도 집 없는 신세들이 밤마다 드나드는 곳으로 선택된 모양이었으니, 문이나 창문 대용으로 쓰는 거친 판자들 여러개가 원래 위치에서 뜯겨져 한사람이나 들어갈 정도의 구멍을 만들어주고 있었던 것이다. 하수도의 물은 괴어서 부패하고 있었고 더러웠다. 여기저기서 썩어가는 오물 더미 속에 누워 함께 썩어가는 쥐들조차도 굶주림 때문에 끔찍할 정도로 말라 있었다.

올리버와 그의 주인이 멈춰선 집은 문이 열려 있었고 문을 두드리는 고리쇠나 초인종이 없었다. 그래서 장의사 주인은 올리버에게 무서워하지 말고 바싹 따라오라고 하며 어두운 현관으로 길을 더듬어 들어갔고, 첫계단을 다 올라가서 층계참에 있는 문을 우연히 발견하고 주먹으로 두드렸다.

열서너살쯤 되어 보이는 여자애가 문을 열었다. 장의사 주인은 즉시 방에 있는 물건들을 확인하고서 그곳이 자기가 찾는 방임을 알아냈다. 그가 들어가자 올리버도 따라 들어갔다.

방 안에는 불기가 없었으나 남자 하나가 무심하게 빈 벽난로를 향하여 쭈그리고 앉아 있었다. 노파 한사람도 냉랭한 벽난로 앞에 낮은 의자를 갖다놓고 남자 옆에 앉아 있었다. 다른 쪽 구석에는 남루한 아이들이 있었고, 문 반대편의 작게 틈이 난 곳 바닥에는 뭔가가 낡은 담요로 덮여 있었다. 그쪽으로 눈길을 던진 올리버는 부르르 떨었고 자기도 모르게 주인 옆으로 가까이 다가섰는데, 비록 담요로 덮여 있기는 해도 그것이 시체임을 알았던 것이다.

남자의 얼굴은 깡마르고 매우 창백했고 머리카락과 수염은 희끗희끗했으며 눈은 충혈되어 있었다. 노파의 얼굴은 쭈글쭈글한데다 남아 있는 치아 두개가 아랫입술 위로 불쑥 튀어나와 있었으나, 눈빛은 굉장히 번뜩이고 예리했다. 올리버는 노파도 사내도 보기가 겁났다. 그들은 밖에서 봤던 쥐들과 매우 흡사했던 것이다.

"아무도 이 사람에게 가까이 못 가오." 장의사 주인이 시체가 누워 있는 곳으로 접근하자 남자가 사납게 벌떡 일어서며 말했다. "물러서요! 빌어먹을, 물러서란 말이야. 죽고 싶어, 당신!"

"아, 이 양반, 왜 이러시나." 어떤 비참한 상황에도 상당히 익숙한 장의사가 말했다.

"분명히 말해두겠어." 남자가 주먹을 불끈 쥐고 사납게 바닥을 쿵쿵 구르며 말했다. "분명히 말하지만, 아무도 이 사람을 땅에 묻지 못해. 이 사람은 무덤에서 편히 쉴 수 없을 거야. 구더기들이 귀찮게 굴 거라고. 하기야 갉아먹진 못하겠지, 하도 말라서 뼈만 남았으니."

장의사 주인은 이런 넋두리에 별 대꾸를 하지 않고 주머니에서 줄자를 꺼내더니 잠시 무릎을 꿇고 시체 옆에 앉았다.

"에구!" 사내가 울음을 터뜨리며 죽은 여자의 발치에 무릎을 꿇고 주저앉았다. "무릎들 꿇으라고, 무릎 꿇어…… 모두들 죽은 사람한테 무릎 꿇고 내 말 좀 들어봐! 내 마누란 굶어 죽었어. 얼마나 심한지 난 전혀 몰랐는데 열이 오르더니 그다음엔 뼈가 살갗을 비집고 나올 정도였어. 난로에 땔 것도 없고 양초 하나 없었으니 깜깜한 어둠 속에서 죽어갔단 말이야, 어둠 속에서! 숨이 넘어가며 애들 이름을 겨우 불렀지만 그 사람은 애들 얼굴도 보지 못했어. 마누라를 살리려고 길에서 구걸을 했더니 날 감옥에 가두더군. 돌아와보니 죽어가고 있었어. 그러자 내 심장에 있는 피가 다 말라버렸지. 그놈들이 내 마누라를 굶겨 죽인 거야. 모든 걸 다 지켜보신 하느님 앞에 맹세하건대, 그놈들이 굶겨 죽였어!" 그는 두 손으로 머리카락을 쥐어뜯으며 고래고래 비명을 지르고 눈길을 한곳에 고정시킨 채 거품을 물고 바닥에 누워 데굴데굴 굴렀다.

겁에 질린 아이들이 몹시도 울어댔으나, 그때까지 완전히 귀가 먹은 것처럼 잠잠하던 노파가 갑자기 무서운 목소리로 조용히 못하겠냐고 해서 울음을 뚝 그치게 만들었다. 그러고는 아직 바닥에 누워 있는 남자의 목띠를 풀어주고 장의사 주인 쪽으로 비틀비틀 걸어갔다.

"이애가 내 딸이오." 노파가 시신 쪽으로 고갯짓을 하고 백치 같은 곁눈질을 하며 말했는데, 그 눈짓은 그 방에 있는 주검보다도 더 소름 끼치는 것이었다. "세상에, 참 세상에! 진짜 이상하지. 애를 낳은 나는, 그땐 나도 젊은 여자였는데, 나는 팔팔하게 살아 있는

데 얘가 이렇게 차갑고 뻣뻣해져서 누워 있다니! 세상에, 원 세상에……! 생각할수록 말이야, 꼭 무슨 연극 같아. 꼭 연극 같다고!"

이 비참한 늙은이가 섬뜩하게도 재미있다는 듯이 낄낄거리며 중얼대고 있을 때 장의사 주인은 집을 나서려고 돌아섰다.

"잠깐, 잠깐!" 노파가 조금 크게 속삭였다. "내일 묻을 거야, 아니면 모레, 아니면 오늘 밤에? 내 뱃속에서 나온 애니 영구차를 따라나서야 할 텐데, 날씨가 몹시 추우니 외투 하나 크고 따뜻한 걸로 갖다줘. 떠나기 전에 케이크하고 포도주도 좀 먹어야겠고! 아니 됐어, 빵하고, 그냥 빵 한쪽하고 물이나 한잔 주든지. 빵은 좀 먹을 수 있겠지, 그렇지?" 그녀는 문 쪽으로 다시 한걸음 내딛는 장의사의 외투자락을 붙잡고 간절히 말했다.

"그래요, 그래요." 장의사가 말했다. "물론, 원하시는 것은 뭐든지!" 그는 노파의 손아귀에서 옷자락을 잡아떼고 올리버를 끌어당기더니 서둘러 나갔다.

다음날 (그사이 상을 당한 가족들은 범블씨가 손수 갖다준 식빵 2파운드와 치즈 한조각을 배급받았다) 올리버와 그의 주인은 이 비참한 거처로 다시 갔는데, 범블씨는 구빈원에서 상여꾼으로 남자 넷을 데리고 미리 와 있었다. 노파와 사내는 누더기 위로 낡아빠진 검은 망토를 걸쳤고, 관은 못질이 되어 아무것도 덮지 않은 채 상여꾼들 어깨에 올려져 길거리로 들려나갔다.

"이거 보세요, 할머니. 전속력으로 빨리 삽시나!" 소어베리씨가 노파의 귀에 속삭였다. "좀 늦은 셈이에요. 목사님을 기다리게 하면 안 돼요. 자 빨리들 가자고, 어서. 어디 최대한 빨리들 가!"

이렇게 지시를 받은 상여꾼들은 그 가벼운 짐을 메고 타박타박 걸어갔고, 두 조문객은 최대한 가까이 따라갔으며, 범블씨와 소어베리씨는 훨씬 더 민첩한 걸음으로 앞서갔는데, 올리버는 자기 주인만큼 다리가 길지 않았으니 옆에서 뛰어갔다.

그러나 소어베리씨가 생각한 것처럼 서두를 필요는 별로 없었는데, 쐐기풀이 무성한 교회 안뜰 묘지의 우중충한 구석에 교구 비용으로 만들어놓은 묘지에 목사가 아직 도착하지 않았기 때문이다. 교구 회의실 난로 옆에 앉아 있던 교회 서기[39]는 목사가 오려면 한시간 정도 기다려야 하는 게 당연하다고 생각하는 듯했다. 그래서 그들은 관가(棺架)를 무덤 가장자리에 내려놓았고, 두 조문객은 찬 이슬비를 맞으며 축축한 진흙바닥에 서서 침착하게 기다렸다. 구경 삼아 교회 묘지로 몰려온 너덜너덜한 차림의 아이들은 묘비 사이에서 시끄럽게 숨바꼭질을 하거나 그것도 싫증 나면 이리저리 관을 뛰어넘었다. 소어베리씨와 범블씨는 서기와 개인적으로 친분이 있는 사이라 난로 옆에 같이 앉아서 신문을 보고 있었다.

마침내 한시간이 조금 지난 후, 범블씨와 소어베리씨, 서기 등이 갑자기 무덤으로 달려오는 것이 보였다. 바로 그다음에 목사가 중백의[40]를 걸치면서 걸어왔다. 그러자 범블씨는 체면 차리는 셈으로 아이들 한둘을 두들겨팼다. 목사님께서는 사분 남짓한 길이로 줄일 수 있는 한도 내에서는 최대로 많은 장례 기도문을 읽은 다음 중백의를 서기에게 돌려주고 다시 돌아갔다.

"자, 빌!" 소어베리가 무덤 파는 일꾼에게 말했다. "퍼넣지!"

이것은 별로 어려운 일이 아니었다. 무덤이 이미 꽉 차 있어서 맨 위의 관은 지면에서 몇 피트 내려가 있지 않았던 것이다. 일꾼이 흙을 퍼넣고 발로 대충 다져놓고선 어깨에 삽을 메고 가버리자

---

**39** 출생·혼인·사망 신고 등은 국교 교회에 했다.
**40** 영국 국교의 목사가 예식 때 입는 가운.

아이들은 뭐 이렇게 금세 끝나느냐고 투덜대며 따라갔다.

"자, 이봐요!" 범블씨가 상주의 등을 치며 말했다. "묘지 문을 닫아야 한대요."

무덤가에 자리를 잡고 선 때부터 이때까지 한번도 움직이지 않던 남자는 깜짝 놀라 고개를 들고 자기에게 말을 건 사람을 응시하더니, 몇걸음 걸어나가다가 기절해 넘어졌다. 정신이 나간 노파는 (장의사가 벗겨간) 자기 외투가 없어졌다고 슬퍼하느라 그에게 별 신경을 쓰지 않았다. 그래서 사람들은 그에게 찬물 한통을 끼얹었고, 그가 정신을 차리자 묘지 밖으로 무사히 데리고 나갔다. 그리고 그들은 묘지 문을 잠근 후 각기 제 갈 길로 떠났다.

"어떠냐, 올리버." 소어베리씨가 집으로 돌아가며 말했다. "이 직업이 맘에 드냐?"

"네, 그렇습니다." 올리버는 한참 머뭇거리다가 대답했다. "썩 맘에 들지는 않지만요, 주인어른."

"음, 차차 익숙해질 거다, 올리버." 소어베리씨가 말했다. "막상 익숙해지면 아무것도 아니란다, 애야."

올리버는 소어베리씨가 이 일에 익숙해지기까지 얼마나 오랜 시간이 걸렸을까 혼자 생각했다. 그러나 묻지 않는 편이 더 나으리라 생각했고 가게로 돌아와 자기가 보고 배운 것에 대해 심사숙고 해보았다.

# 제6장

## 올리버가 노어의 조롱을 참다못해
## 분노를 행동으로 옮기자 노어는 다소 놀란다

    한달간의 견습기간이 지나자 올리버는 정식으로 도제가 되었다. 마침 그때는 병이 나기 딱 좋은 계절이었다. 상업적인 용어를 쓰자면, 관들이 잘 나가고 있었던 것이다. 올리버는 몇주 안 되는 기간에 꽤 많은 경험을 했다. 소어베리씨의 영리한 궁리는 가장 낙관적으로 생각한 것보다도 훨씬 큰 성공을 거두었다. 나이가 아주 많은 주민들도 그들의 생전에 이렇게 홍역이 유행하고 아이들의 생명에 치명적인 때를 기억할 수 없을 정도였다. 어린 올리버가 무릎까지 내려오는 상장喪章을 모자에 달고, 읍내 어머니들 모두의 형언할 수 없는 탄복을 한몸에 받으며 앞장선 애도행렬이 많기도 참 많았던 것이다. 또한 올리버는 완벽한 장례업자에겐 그리도 중요한 침착한 품행과 냉정한 태도를 완전히 습득하기 위해, 주인을 따라 성인의 장례에도 다녔다. 그리하여 그는 의지가 강한 이들이 시련과 상실을 참아내는 훌륭한 체념과 인내를 관찰할 기회를 여러번 가졌다.

예를 들어 소어베리씨가 어떤 부잣집 노부인이나 노신사의 장례를 치러달라는 주문을 받을 때 보면, 고인의 병환 중에는 주위에 남녀 조카들이 엄청나게 많이 모여 매우 슬퍼하며 가장 공적인 자리에서조차 슬픔을 억제하지 못하다가, 장례식 때는 자기들끼리 제법 쾌활하고 만족스러워하며 마치 아무 근심도 없다는 듯이 매우 자유롭고 명랑하게 떠들어대며 행복해하는 것이었다. 남편들 또한 지극히 영웅적인 차분함으로 부인을 여읜 슬픔을 견뎠다. 부인들도 역시 남편을 잃고 상복을 입을 때면 슬픔의 예복을 입고 비탄에 젖기는커녕 어떻게 하면 상복이 잘 어울리고 매력적으로 보일까 하는 데 마음을 쓰는 듯했다. 하관의식 중에는 비통의 열정에 사로잡혀 있던 신사숙녀분들이 집에 와서는 차 한잔을 다 마시기도 전에 상당히 진정되고 차분해진다는 것 또한 관찰할 수 있었다. 이 모든 것이 매우 유쾌하고 교훈적이었던 만큼 올리버는 이를 크게 경탄하며 지켜보았던 것이다.

올리버 트위스트가 이 훌륭한 분들의 모범을 따라 과연 체념의 경지에 이르게 되었는가의 여부는, 필자가 비록 그의 전기를 쓰는 사람이긴 해도 조금도 자신 있게 확언할 수 없다. 그러나 아주 명백히 말할 수 있는 것은 그는 여러달 동안 노어 클레이폴의 세도와 학대를 줄곧 온순하게 감수했다는 것이다. 노어는 전보다도 더 심하게 그를 괴롭혔으니, 고참인 자기는 자선학교 학생모에 가죽옷 신세인데 신참이 자기보다 더 승진해서 검은 지팡이와 상장을 내려뜨린 모자를 쓰는 것에 시기심까지 발동했던 것이다. 노어가 그러니 샬럿도 따라서 올리버를 학대했고, 소어베리 부인은 그의 확연한 원수였는데 그것은 소어베리씨가 올리버를 감싸고돌았기 때문이다. 그래서 한편으론 이 세사람과 다른 한편으론 차고 넘치게 많은 장례식 사이에서, 올리버는 굶주린 돼지가 실수로 양조장 곡창에 갇혀 있을 때처럼 그렇게 안락한 처지는 아니었던 셈이다.

필자는 이제 올리버의 전기에서 매우 중요한 대목에 이른다. 여기서 기록해야만 하는 그의 한가지 행동은 언뜻 하찮고 별로 중요하지 않게 보일지 몰라도 그의 장래의 전망과 처지에 실질적인 변화를 간접적으로 야기하기 때문이다.

어느 날 늘 저녁 먹는 시간에 올리버와 노어가 부엌으로 내려가서 뼈에 붙은 양고기 한조각과 목뼈 쪽의 가장 맛없는 고기 1파운드 반 정도로 잔치를 벌이려 하는데, 샬럿이 불려올라가 잠시 식사가 지연되었다. 노어 클레이폴은 배도 고프고 심술도 난지라 어린 올리버를 들들 볶고 골리는 것보다 그 시간을 더 값지게 보낼 수는 없으리라고 생각했다.

노어는 이 순수한 오락에 몰두해서 발을 식탁에 턱 얹고는 올리버의 머리카락을 잡아당기고 귀를 비틀면서 올리버가 비겁한 놈이라는 의견을 개진했고, 나아가 그가 교수형을 당하게 되면, 이 바람직한 사건이 언제 일어나건 자기가 가보겠다는 등 쩨쩨하고 성가시게 다양한 문제들을 거론했는데, 참으로 못되고 비뚤어진 자선학교 학생답게 굴었다. 그러나 이렇게 조롱을 해도 예상외로 올리버를 울리지 못하자 노어는 한층 더 익살을 떨고자 했다. 그는 오늘날까지도 재치가 모자라는 이들이, 물론 그들은 노어보다는 명성이 훨씬 더 자자하지만, 사람을 웃기려고 할 때 하는 짓을 시도했다. 그는 좀 개인적인 문제를 건드렸던 것이다.

"야, 구빈원." 노어가 말했다. "너네 엄마는 좀 어떠시냐?"

"울 엄만 돌아가셨어." 올리버가 대답했다. "너 나한테 우리 엄마 얘긴 하지 마!"

이 말을 하면서 올리버의 얼굴이 붉게 달아오르고 숨을 가쁘게 쉬다가 입과 코가 이상야릇하게 뒤틀리자, 클레이폴씨는 이것이 갑자기 격렬한 울음을 터뜨릴 상황이 임박했음을 알리는 전조라고 생각했다. 그는 이런 생각에서 돌격을 재개했다.

"뭐 땜에 죽었니, 구빈원?" 노어가 말했다.

"맘 상해서 돌아가셨대. 간호원 할머니들이 그러셨어." 올리버가 노어의 질문에 답한다기보다는 혼잣말을 하듯 대꾸했다. "그렇게 죽는 게 어떤 건지 알 것 같기도 해!"

"룰룰루 얼레꼴레, 구빈원." 올리버의 볼에 눈물이 흘러내리자 노어가 말했다. "너 뭐 땜에 훌쩍대냐, 응?"

"너 때문에 그런 건 아니야." 올리버가 재빨리 눈물을 훔쳐내며 말했다. "괜히 좋아하지 마."

"흥, 나 때문은 아니라 이거지!" 노어가 빈정댔다.

"그래, 너 때문에 그러는 게 아냐." 올리버가 톡 쏘아붙였다. "됐어. 됐으니까 나한테 울 엄마 얘기 더 하지 마. 알았어? 그게 신상에 좋을 거야!"

"신상에 좋을 거라고!" 노어가 외쳤다. "뭐야! 신상에 좋을 거라고! 야 구빈원, 이게 건방지게. 네놈의 엄마가 뭐? 멀쩡한 여자였다 이거지, 응 그래. 세상에 원!" 그리고 노어는 이 대목에서 고개를 의미 있게 끄덕이며 자기의 조그만 빨강코를 근육운동으로 끌어모을 수 있는 만큼 최대한 추켜올렸다.

"그게 있잖아, 구빈원." 그는 올리버가 가만히 있자 더 대담해져서 가엾게 여기는 투로 빈정대면서 말했다. 이거야말로 세상에서 가장 성질을 돋우는 일이 아닌가. "그게 있잖아, 구빈원. 어쩔 수 없는 거야, 그때도 물론 어쩔 수 없었을 게고. 참 안됐구나, 진짜 다들 널 아주 불쌍히 여기고 있어. 하지만 넌 이걸 알아야 해, 구빈원. 네 엄마는 진짜로 막 굴러먹은 여자였다고."

"너 지금 뭐라고 했어?" 순간 올리버가 갑자기 머리를 들며 물었다.

"진짜로 막 굴러먹은 여자라고 했다, 구빈원." 노어가 뻔뻔하게 대답했다. "그래서 차라리 그때 죽은 게 말이야, 구빈원, 훨씬 다행이라는 거야. 아니면 부녀보호소에서 중노동을 하고 있거나 유배나 교수형을 당했겠지. 아마 중노동이나 유배형보다 교수형이 가장 가능성이 크지, 안 그래?"

올리버는 분노로 벌겋게 달아올라 벌떡 일어나서 의자와 탁자를 집어던졌다. 잔뜩 성이 난 그는 이빨이 딱딱 소리를 내며 부딪칠 정도로 노어의 목을 잡고 마구 흔들어댔고, 있는 힘을 다해 주먹을 날려 노어를 바닥에 눕혀버렸다.

일분 전만 해도 이 아이는 모진 대우를 받아서 말 없고 온순하고 풀 죽은 것처럼 보였다. 그러나 드디어 그의 기백이 깨어 솟아났다. 죽은 어머니에 대한 잔인한 모욕이 그의 피에 불을 붙인 것이다. 그의 가슴은 부풀어올랐고 자세가 꼿꼿해졌으며 눈은 빛나고 생생했으니, 이제 사람 자체가 변해서 자기 발밑에 뻗어버린 비겁한 학대자를 부라린 눈으로 내려다보면서, 전에는 자신도 알지 못했던 활력에 넘쳐 덤벼보라며 버티고 섰던 것이다.

"얘가 날 죽여요!" 노어가 엉엉 울어댔다. "샬럿! 마님! 새로 온 애가 지금 날 죽이고 있어요! 사람 살려, 사람 살려! 올리버가 미쳤어요! 샬-럿!"

노어가 외치는 소리에 샬럿의 큰 비명과 소어베리 부인의 더 큰 비명이 화답했다. 샬럿은 부엌 옆문으로 들어왔으나, 소어베리 부인은 계단에 멈춰서서, 밑으로 내려가는 것이 과연 생명 보존의 요구에 부합되는가에 대해 확신이 설 때까지 주저하고 있었다.

"야, 이 꼬마 놈아!" 샬럿이 비명을 지르며 있는 힘을 다해 올리버를 붙잡았는데 그 힘은 특별히 단련된 웬만큼 힘센 성인 남자 정도는 되었던 것이다. "야, 이 배-은-망-덕-하-고, 사-람-잡-을, 끔-찍-한 악당아!" 그리고 샬럿은 말 한마디 한마디마다 온 힘을 다 모아 올리버에게 한방씩 주먹을 먹이면서 거기다가 싱거울까봐 양념으로 비명을 곁들였다.

샬럿의 주먹은 절대 가벼운 것이 아니었다. 그러나 혹시 그 정도로는 올리버의 분노를 가라앉히지 못할까 염려한 소어베리 부인은 부엌으로 뛰어들어 한 손으로는 올리버를 잡고 다른 손으로는 그의 얼굴을 할퀴면서 거들었다. 이렇게 유리한 형편이 되자 노어는 바닥에서 일어나 뒤에서 올리버를 두들겨팼다.

이것은 오래 계속되기엔 너무 격렬한 운동이었다. 지쳐서 더이상 쥐어뜯고 팰 힘이 없어진 그들은, 버둥거리고 소리를 지르는 등 전혀 기가 꺾이지 않는 올리버를 잡아 광으로 질질 끌고 가서 가두었다. 이렇게 해놓고선 소어베리 부인은 의자에 몸을 던지고 울음을 터뜨렸다.

"에구머니, 기절하시겠네!" 샬럿이 말했다. "빨리, 노어, 물 가져와!"

"아! 샬럿." 머리며 어깨에 노어가 흥건하게 쏟아부은 찬물을 뒤집어쓰고 숨이 가빠 헐떡거리던 소어베리 부인이 있는 힘을 다해 말했다. "아! 샬럿, 우리 모두 잠자다 살해당하지 않은 것이 천만다행이지!"

"아, 참 다행이고말고요!"라는 대답이 나왔다. "그저 바라건대, 이 일을 교훈 삼아 주인어른이 앞으로는 날 때부터 살인마요 강도인 저런 끔찍한 녀석들을 데려오지 않았으면 해요. 불쌍한 노어! 제가 들어갔을 땐 거의 죽어 있었어요, 마님."

"불쌍한 것!" 소어베리 부인이 자선학교 학생 아이를 측은하게 바라보면서 말했다.

노어는 올리버의 정수리가 자기 조끼의 맨 위 단추에 닿을 정도의 큰 키였으면서도, 이렇듯 자신에게 연민이 베풀어지자 소매 안쪽으로 눈을 훔치며 가짜로 눈물 콧물을 훌쩍대는 연기를 했다.

"자, 어쩌면 좋으냐!" 소어베리 부인이 큰 소리로 말했다. "주인 양반은 아직 안 들어왔고, 남자 어른이 하나도 없으니. 저놈이 십분도 안 돼서 저 문을 박차고 나올 텐데." 마침 올리버는 문제의 그 나무판에 맹렬하게 몸을 부딪치고 있었으므로 우려하던 그 일이 일어날 가능성은 매우 높았다.

"에구, 에구. 어쩌지요, 마님?" 샬럿이 말했다. "경찰을 부르지 않는다면 무슨 수가 있겠어요."

"아니면 군대를 부르거나." 클레이폴씨가 제안했다.

"아니야, 아니야." 소어베리 부인이 올리버의 옛 친지를 기억해 내면서 말했다. "범블씨에게 달려가라, 노어. 그리고 당장 이리로 오시라고 해, 일분도 지체 말고. 모자는 안 써도 돼! 빨리! 뛰어가면서 멍든 눈에다 칼을 대고 눌러라. 부은 게 가라앉을 테니."

노어는 대답할 겨를도 없이 전속력으로 달려갔고, 산책 나온 사람들은 모자도 쓰지 않은 채 눈에는 큰 접칼을 대고 허둥지둥 거리를 질주하는 자선학교 아이를 보고 놀랐다.

# 제7장
## 올리버는 여전히 말을 듣지 않고 반항한다

　노어 클레이폴은 가장 빠른 걸음걸이로 단 한순간도 숨을 돌리지 않고 길거리를 내달려 구빈원 문에 다다랐다. 여기서 일이분 쉬면서 몇번 흐느껴 울어 눈길을 끌 만큼 눈물 어리고 공포에 질린 모습을 만든 다음 쪽문을 크게 두드렸다. 그가 문을 연 늙은 극빈자에게 얼마나 구슬픈 얼굴을 보였는지, 가장 좋은 시절에도 구슬픈 얼굴들만 보고 지내온 그 사람조차 놀라서 뒷걸음질을 칠 정도였다.

　"아니, 얘가 왜 그러나!" 늙은 빈민이 말했다.

　"범블 선생님, 범블 선생님!" 노어가 얼마나 그럴듯하게 당황한 체하며 크고 흥분한 투로 외쳤는지 그 소리는 매우 가까이 있던 범블씨의 귀에 들렸을 뿐 아니라 그를 깜짝 놀라게 해서 그는 삼각모자도 쓰지 않은 채 마당으로 달려나왔다. 이것은 매우 진기하고도 놀랄 만한 일로서, 심지어 말단 교구관마저도 급작스럽고 강한 충격을 받으면 순간적으로 침착함과 체통을 잃는 증세에 시달린다는 것을 보여준다.

"아, 범블 선생님." 노어가 말했다. "올리버가요…… 올리버가요……"

"뭐야, 뭐야?" 범블씨가 그의 쇠붙이 같은 눈에 어렴풋이 기뻐하는 기색을 보이며 끼어들었다. "달아난 건 아니지? 혹시 달아났어, 그래, 노어?"

"아녜요, 선생님. 아니에요. 달아난 게 아니고요, 아주 악독해졌어요." 노어가 대답했다. "개가 날 죽이려 했고요, 그다음엔 샬럿, 그다음엔 마님을 차례로. 어휴! 얼마나 아픈지! 너무나 심한 고통이에요, 선생님, 진짜로요!" 노어는 이 대목에서 미꾸라지같이 지극히 다양한 형태로 몸을 쥐어짜고 비틀어서, 올리버 트위스트의 광폭하고 살벌한 공격으로 심하게 다쳐 바로 이 순간 가장 격심한 통증에 시달리고 있음을 범블씨에게 보여주었다.

노어는 범블씨가 자기의 말에 놀란 나머지 꿈적도 못하는 것을 보고 추가적인 효과를 가미하였으니 조금 전보다도 열배나 크게 자기의 끔찍한 상처를 한탄하며 통곡했던 것이다. 그리고 흰 조끼 차림의 신사가 마당을 건너오는 것을 보자 그는 아까보다 더 비극적으로 통곡을 해댔는데, 그는 현명하게도 이 양반의 관심과 분노를 끌어내면 매우 편리하리라고 생각했던 것이다.

그 신사의 주의를 끄는 데는 시간이 그다지 걸리지 않았다. 그는 세걸음도 못 가 화가 나서는 이 강아지 같은 놈팡이가 뭣 때문에 이렇게 오래 짖어대느냐고, 그리고 범블씨에게는 왜 자신이 강아지 소리라고 명명한 일련의 시끄러운 절규들을 제멋대로 지르도록 놓아두느냐고 물었다.

"공짜 학교에서 온 불쌍한 아이입니다만, 이사 어른." 범블씨가 대답했다. "하마터면 트위스트라는 꼬마의 손에 살해당할 뻔했습니다요. 반쯤 죽은 셈이었지요."

"세상에!" 흰 조끼 신사가 별안간 멈춰서며 소리를 쳤다. "그럴 줄 알았어! 처음부터 그 뻔뻔하고 짐승 같은 꼬마 놈이 교수형 당할 거란 예감이 들었지!"

"그놈이 하녀도 죽이려 했답니다요." 범블씨가 창백한 잿빛이 된 얼굴로 말했다.

"주인마님도요." 클레이폴씨가 끼어들었다.

"주인어른도 죽이려 했다고 말한 것 같은데, 노어?" 범블씨가 덧붙였다.

"아니에요. 지금 나가고 안 계세요. 아니면 마찬가지로 죽이려 들었겠지요." 노어가 대답했다. "그러고 싶다고 개가 그랬어요."

"아! 그러고 싶다고 했단 말이지, 얘야?" 흰 조끼 신사가 물었다.

"네, 그랬습니다." 노어가 대답했다. "그리고 말입니다, 나리. 저희 마님이 범블씨께 여쭤라고 하시길 시간을 내서 그리로 당장 와서 매질이라도 해주실 수 없냐고…… 주인어른이 안 계시니까요."

"물론이지, 얘야. 물론 그래야지." 흰 조끼 신사가 다정하게 미소를 지으며 말했고 노어의 머리를 쓰다듬었는데, 노어의 머리는 그의 머리보다 3인치나 더 높이 달려 있었다. "넌 착한 애구나, 아주 착해. 자, 1페니를 주마. 여보게 범블, 단장을 들고 소어베리네 들러서 알아서 처리하게. 봐주지 마, 범블."

"네, 그렇게 하겠습니다." 범블씨가 교구 업무상의 매질에 쓸 목적으로 단장 끝에 둥그렇게 꼬아서 말아놓은 밀랍을 조정하며 대답했다.

"소어베리에게도 봐주지 말라고 이르게. 채찍이나 주먹을 쓰지 않고서는 그놈을 다룰 수 없을 걸세." 흰 조끼 신사가 말했다.

"유념하겠습니다, 이사님." 교구관이 말했다. 그리고 이때쯤 해선 삼각모자와 단장도 임자가 만족할 만하게 준비되었기에 범블씨와 노어 클레이폴은 전속력으로 장의사 가게로 향했다.

그런데 그곳의 형편은 크게 호전되지 않았다. 소어베리씨는 아직 돌아오지 않았고 기운이 조금도 줄어들지 않은 올리버는 여전히 문짝에 발길질을 하고 있었다. 소어베리 부인과 샬럿이 전하는 그의 잔혹한 행동에 관한 얘기는 참으로 놀랄 만한 것이라 범블씨는 문을 열기 전에 먼저 말로 기를 꺾어놓는 것이 현명하리라 판단했다. 이런 목적으로 그는 예비조치 삼아서 밖에서 문을 걷어찬 뒤 열쇠구멍에 입을 대고 그윽하고도 인상적인 목소리로 말했다.

"올리버!"

"이봐, 날 꺼내줘!" 올리버가 안쪽에서 대답했다.

"이게 누구 목소린지 아느냐, 올리버?" 범블씨가 말했다.

"그래." 올리버가 대답했다.

"자네, 이 목소리가 무섭지도 않은가? 내가 말하는 동안 무서워 벌벌 떨고 있지?"

"아니야!" 올리버가 대담하게 대꾸했다.

올리버의 대답이 범블씨가 기대한, 늘 들어오던 것과 너무도 다르자 범블씨는 여간 당황한 것이 아니었다. 그는 열쇠구멍에서 물러서서 허리를 펴 본래 키로 돌아온 후, 경악한 채 세사람의 구경꾼을 말없이 번갈아 바라보았다.

"범블씨, 애가 정말 미친 게 틀림없네요." 소어베리 부인이 말했다. "정신이 반만 있어도 당신에게 감히 그렇게 말하진 못할 텐데."

"미친 게 아닙니다, 부인." 범블씨가 잠시 깊은 명상에 빠져 있다가 말했다. "문제는 고기입니다."

"뭐라고요?" 소어베리 부인이 소리쳤다.

"고기요, 부인. 살코기 말이에요." 범블이 준엄하게 강조하며 대답했다. "당신이 애를 너무 잘 먹인 탓이오, 부인. 당신은 이놈이 제처지에 전혀 걸맞지 않은 인위적인 정기와 기운을 내도록 만든 것이오, 부인. 실용적 철학자들이신 이사님들도 그렇다고 말씀하실 것이오. 도대체 극빈자 놈들이 정기나 기운과 무슨 상관이 있단 말이오? 살아 있는 몸뚱어리나 갖고 있으면 충분할 텐데. 애한테 죽이나 먹여두었으면, 이런 일은 절대로 일어나지 않았을 거요."

"세상에 맙소사!" 소어베리 부인이 경건하게 부엌 천장을 올려다보며 내뱉었다. "내가 너무 후해서 생긴 일이라니!"

소어베리 부인이 올리버를 후하게 대했다는 내용인즉, 아무도 먹지 않을 지저분한 고기 찌꺼기를 넘치게 주었다는 것이다. 따라서 그녀가 범블씨의 막심한 비난을 기꺼이 감내하고 있는 데에는 상당한 온순함과 자기희생이 필요했다. 물론 말이야 바로 하자면 그녀는 생각으로나 말로나 행동으로나 이같은 비난의 대상이 될 만한 일을 범한 적이 없었다.

"음!" 이 귀부인이 다시 눈을 땅으로 내리깔자 범블씨가 말했다. "내 생각으론 이제 우리가 할 수 있는 유일한 일이란 이놈을 하루 정도 광에 가두어서 좀 굶긴 다음에 끄집어내는 것이오. 그리고 남은 도제살이 기간 내내 죽만 먹이는 겁니다. 이애는 출신이 안 좋아요. 아주 흥분을 잘하는 성질을 타고났다고요, 소어베리 부인! 간호원과 의사선생 말이 그애 어미는 보통 여자라면 벌써 몇주 전에 죽었을 정도의 극심한 고생과 고통을 참고 구빈원까지 왔다는 거예요."

범블씨의 논설의 이 대목에서 올리버는 자기 엄마에 대해 뭔가 새로운 언급을 하고 있다는 정도는 알아들을 수 있었기에 다른 소리는 들리지 않을 정도로 크게 쿵쿵거리며 다시 발차기를 시작했다. 이때 소어베리씨가 돌아왔다. 여성분들이 소어베리씨의 화를 돋우기에 가장 적합하리라 생각한 만큼 과장해서 올리버의 위법행위를 설명해주자, 그는 순식간에 광문을 따고 반항하는 도제의 목덜미를 잡아끌고 나왔다.

올리버의 옷은 이미 두드려맞는 와중에 찢어져 있었고 얼굴은 생채기와 긁힌 자국투성이며 머리카락은 이마 위로 헝클어져 있었다. 그러나 화가 나서 상기된 기색은 여전히 남아 있었고 감방에서 끌려나올 때도 기가 죽기는커녕 노어를 대담하게 쏘아보았다.

"너, 착한 앤 줄 알았는데 왜 그랬어, 응?" 소어베리씨가 올리버를 흔들고 뺨을 한대 후려치면서 말했다.

"쟤가 우리 엄마를 욕했어요." 올리버가 대답했다.

"아니, 이 배은망덕한 녀석아. 좀 그러면 어때?" 소어베리 부인이 말했다. "네 어미는 노어가 한 욕보다 더 심한 욕을 먹어도 싸다."

"아니야." 올리버가 말했다.

"뭐가 아니야." 소어베리 부인이 말했다.

"거짓말 하지 마!" 올리버가 말했다.

소어베리 부인은 울음보를 터뜨렸다.

이 울음보는 소어베리씨에게 다른 대안을 찾을 여지를 남겨놓지 않았다. 여기서 그가 올리버에게 가장 혹독한 벌을 내리는 데 잠시라도 주저했다가는, 경험이 풍부한 많은 독자들이 확연히 알듯이, 그는 부부싸움의 모든 선례에 따라서 짐승 같고 몰인정한 남편이요 모욕적인 인간이고 사람 흉내만 내는 미천한 동물 및 기타 이 장의 제한된 지면에 일일이 다 열거하기 어려울 정도의 여러 가지 유쾌한 성품의 소유자로 욕을 먹을 터였다. 공정하게 말하자면 소어베리씨는 자기 힘이 닿는 한 — 그다지 큰 힘은 아니었으나 — 이 아이에게 친절하게 구는 편이었다. 그러는 편이 자기 이해관계에 맞기 때문이며 아니면 자기 마누라가 올리버를 싫어하기 때문인지도 모른다. 그러나 그녀가 울음을 터뜨리자 다른 방도가 없었으니, 그는 즉시 올리버를 두들겨서 소어베리 부인도 만족시키고 범블씨가 뒤따라 교구 단장을 사용하는 것을 불필요하게 만들었던 것이다. 올리버는 그날 내내 펌프 물과 빵 한조각을 벗 삼아 뒤칸 부엌에 갇혀 있었다. 밤이 되자 소어베리 부인이 문 밖에 와서 그의 어머니에 대해 결코 듣기 좋지는 않은 말들을 여러가지 늘어놓은 뒤 문을 열고 안을 들여다보았다. 노어와 샬럿이 비아냥거리고 손가락질하는 동안, 그녀는 그에게 그 음침한 침상으로 올라가 자라고 명령했다.

그저 어린애일 뿐인 올리버가 그날 맛본 수모에 굴복한 것은 결국 침울한 장의사 가겟방의 정적과 적막함 속에 혼자 남겨진 다음이었다. 그는 경멸스러운 눈빛을 하고 모욕을 한 귀로 흘려버렸고, 아프다는 소리 한번 안 하고 매를 견뎌냈다. 자기를 산 채로 불에 태워 죽여도 끽소리 한번 안 할 자존심이 가슴속에서 부풀어오르는 것을 느꼈기 때문이다. 그러나 마주 볼 사람도 얘기를 나눌 사람도 없게 되자 그는 무릎을 꿇고 얼굴을 손으로 가린 채, 하느님이 아시는 인간 심성의 실상 그대로, 어린애가 혹시라도 그렇게도 슬피 울 일이 있을 경우 중에도 가장 구슬프게 울었던 것이다.

올리버는 한동안 그런 자세 그대로 있었다. 그가 일어섰을 때 촛대 위의 촛불은 나지막해진 채 타고 있었다. 그는 조심스레 주위를 살펴보고 주의 깊게 귀를 기울이며 가만히 문을 열고 사방을 둘러보았다.

춥고 어두운 밤이었다. 아이의 눈에는 별들이 그 어느 때보다도 더 멀어진 듯했다. 바람 한점 없었다. 길바닥에 드리워진 나무 그림자는 무덤이나 죽음과도 같이 어둠침침했다. 그렇게도 잠잠했던 것이다. 그는 가만히 다시 문을 닫았다. 꺼져가는 촛불의 도움을 받아 자기 옷가지 몇벌을 겨우 손수건에 묶고 나무의자에 앉아 아침이 오길 기다렸다.

첫새벽의 햇빛이 가게 덧문 사이로 비집고 들어오자 그는 일어나 다시 빗장을 풀었다. 그는 겁먹은 듯 뒤를 한번 돌아보고, 잠시 주저하더니 문을 닫고 한길로 나왔다.

그는 어디로 도망갈까 생각하며 좌우를 번갈아 둘러보았다. 마차들이 나아갈 때 기우뚱거리며 언덕을 올라가는 것을 본 기억이 났다. 그도 같은 길을 택했다. 그는 자기가 알고 있던 들판을 가로질러가다가 다시 큰길로 이어지는 샛길에 이르러 그 길로 재빨리 걸어갔다.

바로 이 길로 범블씨가 자기를 분원에서 구빈원으로 데려왔고 그는 옆에서 종종걸음을 치며 따라왔던 기억이 생생하게 되살아났다. 길은 그 독채 앞으로 곧장 나 있었다. 이런 생각을 하자 가슴이 두근거렸고 다른 길로 돌아가고 싶은 마음도 들었다. 하지만 이미 한참 걸어왔기 때문에 그러다간 시간을 많이 허비하는 셈이었다. 게다가 아주 이른 아침이라 사람 눈에 띌 염려도 거의 없었다. 그래서 그는 그냥 걸어갔다.

그는 분원에 다다랐다. 아직 이른 시간이라 그곳에 수용된 아이들이 돌아다니는 모습은 보이지 않았다. 올리버는 걸음을 멈추고 정원 안을 몰래 둘러보았다. 어린아이 하나가 작은 화단에서 잡풀을 뽑고 있었는데, 그가 손을 멈추고 창백한 얼굴을 들자 자기의 옛 동료 중 하나라는 것을 알게 되었다. 올리버는 떠나기 전에 그 애를 보게 되어 기뻤다. 비록 자기보다 나이는 어렸어도 그애는 자기의 벗이요 놀이 친구였던 것이다. 그들은 정말 숱하게도 함께 얻어맞고 함께 굶고 함께 갇혔던 것이다.

"쉿, 딕!" 아이가 대문으로 달려와 그를 반기느라 난간 사이로 비쩍 마른 팔을 밀어넣자 올리버가 말했다. "누구 일어난 사람 있니?"

"나 빼곤 아무도 없어." 아이가 말했다.

"아무한테도 날 봤단 말 하면 안 돼, 딕." 올리버가 말했다. "난 도망가는 중이야. 사람들이 하도 때리고 괴롭혀서, 딕. 난 멀리멀리 가서 크게 성공할 거야. 어디로 갈지는 아직 몰라. 너 참 창백하기도 하구나!"

"머지않아 난 죽을 거야. 의사가 사람들한테 말하는 것을 들었어." 아이가 옅은 미소를 지으며 말했다. "형 얼굴을 봐서 참 좋다, 정말. 하지만 여기서 머뭇거리면 안 돼. 어서 가, 응?"

"그래, 그래. 작별인사나 하고." 올리버가 대답했다. "다시 만나자, 딕. 우린 꼭 다시 볼 거야! 건강하고 행복하게 지내, 응!"

"나도 그랬으면 좋겠어." 아이가 말했다. "죽은 다음엔 아마 그렇게 되겠지. 하지만 그전엔 안 될 거야. 의사선생님 말이 맞을 거야, 올리버. 왜냐하면 꿈에 천국이나, 천사들, 그리고 깨어 있을 땐 한번도 본 적이 없는 다정한 얼굴들이 자주 나타나거든. 뽀뽀해줘, 형." 아이가 낮은 대문 위로 기어올라 작은 두 팔로 올리버의 목을 감으며 말했다. "잘 가, 형! 하느님이 형을 지켜주실 거야!"

이 축복의 말은 어린아이의 입술에서 나온 것이었지만, 올리버가 지금까지 받은 최초의 축복이었고, 그후 그는 온갖 투쟁과 고생, 곤경과 변화 속에도 단 한번도 이것을 잊은 적이 없었다.

## 제8장
## 올리버가 런던으로 도보여행을 하는
## 도중 괴상한 어린 신사를 만난다

올리버는 샛길이 끝나는 곳에 있는 가축 울타리에 이른 후 다시 큰길로 나오게 됐다. 이제 아침 8시였다. 그는 읍내에서 거의 5마일이나 떨어져 있었음에도, 누군가 자기를 잡으러 쫓아오지나 않을까 두려워하며 달려가다가 덤불 뒤에 숨었다 다시 달려가기를 정오까지 계속했던 것이다. 그러고 나서 이정표 옆에 앉아 쉬면서 어디로 가서 살 것인지를 처음으로 생각하기 시작했다.

그가 앉아 있던 비석에는 큰 글씨로 그 지점에서 런던까지는 딱 70마일이라고 쓰여 있었다. 런던이란 그 이름은 아이의 마음에 새로운 생각들을 연이어 불러냈다. 런던 ─ 그 엄청나게 넓은 곳! 아무도 ─ 심지어 범블씨도 ─ 거기서는 절대 그를 찾지 못할 것이다! 팔팔한 젊은이라면 누구나 런던에 가서 아쉽지 않게 지낼 수 있다는, 그리고 그 넓은 도시에는 촌구석에서 자란 사람들은 전혀 생각하지 못한 먹고살 방도가 있다고 하는 구빈원 노인들의 말을 자주 들은 적이 있다. 거기는 다른 사람이 도와주지 않으면 길거리에서 굶어 죽어야 할, 집 없는 고아가 가기엔 안성맞춤인 곳이었다. 이런 생각들이 머릿속을 스쳐가자 그는 벌떡 일어나서 앞으로 걸어갔다.

그는 자기와 런던 사이의 거리를 4마일쯤 더 좁히고는 목적지에 이르려면 얼마나 고생을 해야 할지 생각해보기 시작했다. 그런 생각을 하면서 그는 걸음을 좀 늦추었고 런던에 다다를 방도에 대해 숙고하게 되었다. 보따리에는 딱딱한 빵 한조각에 꺼칠꺼칠한 셔츠 한벌, 긴 양말 두켤레가 있었다. 호주머니에는 ― 올리버가 평소보다 마무리를 잘했다고 어느 장례식을 치른 후 소어베리가 선물로 준 ― 페니 한닢도 있었다. 올리버는 생각했다. '깨끗한 셔츠는 매우 유용한 물건이고, 기운 양말 두켤레도, 페니 한닢도 마찬가지야. 하지만 겨울철에 65마일을 걸어가는 데는 크게 도움이 되진 않지.' 그러나 다른 사람들의 생각이 대부분 그렇듯이 올리버의 생각도, 어려운 점을 지적하는 것에는 지극히 신속하고 적극적이었지만 어려움을 극복할 수 있는, 실현가능한 방식을 제안하는 데 있어서는 전혀 어쩔 도리가 없었다. 이렇게 그는 별로 소용없는 생각을 한참 하더니 봇짐을 다른 어깨에 바꿔메고 터벅터벅 걸어갔다.

올리버는 그날 20마일을 걸었는데, 그동안 겨우 마른 빵 한조각과 길가의 시골집에서 구걸해 얻어먹은 물 몇모금 빼고는 아무것도 먹지 못했다. 밤이 되자 그는 풀밭으로 발길을 돌려 아침이 될 때까지 누워 있을 작정으로 건초 더미로 기어갔다. 처음엔 두려웠다. 바람이 빈 들 너머로 음침한 신음 소리를 내며 불었고, 그는 춥고 배고프고 평생 그렇게 외로움을 느껴본 적이 없었다. 그러나 너무 많이 걸어서 매우 지쳤기 때문에 즉시 잠에 빠져 모든 근심을 다 잊어버렸다.

다음날 일어나니 춥고 온몸이 굳어 있었다. 배가 얼마나 고팠는지 처음으로 들어선 마을에서 갖고 있던 페니 한닢을 작은 빵 한덩이와 바꿀 수밖에 없었다. 그리고 겨우 12마일밖에 못 갔는데 다시 밤이 다가왔다. 발바닥은 얼얼했고 다리는 맥이 풀려 덜덜 떨렸다. 쓸쓸하고 축축한 바깥 공기를 마시며 또 하룻밤을 잤으니 그의 상태는 더 악화되었고, 다음날 다시 길을 떠나려 할 때는 기어갈 힘도 없었다.

그는 가파른 언덕 밑에서 역마차가 오길 기다리다가 마차 지붕에 올라탄 승객들[41]에게 구걸했으나 신경을 쓰는 사람은 거의 없었다. 혹시 들은 척하더라도, 마차가 고개 위에 닿을 때까지 기다렸다가 있는 힘을 다해 뛰어올라오면 반 페니를 주겠다는 식이었다. 불쌍한 올리버는 마차를 쫓아가봤으나 피로하고 발바닥이 아파 따라갈 수가 없었다. 승객들은 이것을 보고는 반 페니 동전을 다시 집어넣으며 한푼도 못 받을 게으른 강아지라고 그를 욕했다. 그리고 마차는 먼지만 남기고 덜그럭거리며 가버렸다.

어떤 마을에선 페인트칠을 한 판자를 커다랗게 붙여서, 그 지역 내에서 구걸을 하면 감옥에 집어넣겠다고 경고했다. 이것을 본 올리버는 적지 않게 겁을 먹고 가능한 한 신속히 마을에서 벗어나는 것만을 다행으로 여겼다. 다른 곳에서는 여인숙 뜰에 서서 울먹이는 표정으로 행인 한사람 한사람을 쳐다보았다. 그러나 이 과정은 대개 주인 마님이 주위에 서성대는 우편배달부들에게, 저 이상한 애가 분명 뭔가 훔치러 온 것 같으니 쫓아버리라고 하는 명령으

---
41 싼 값을 주고 마차 위나 옆에 타고 여행하는 승객들.

로 종료되었다. 농가에 가서 구걸을 하면 열에 아홉은 개를 풀어놓겠다고 협박했고, 가겟집에 코를 들이밀면 교구관을 들먹였으니 올리버는 겁에 질려서 간이 — 실제로 올리버의 몸속에 들어 있던 것은 몇시간째 그것밖에 없었는데 — 콩알만 해졌다.

사실 마음씨 착한 통행세 징수원과 인정 많은 노파가 아니었다면, 올리버의 곤경은 자기 어머니의 곤경을 끝나게 한 바로 그 방법과 마찬가지로 끝났을 것이다. 다시 말하면 그는 아주 확실히 국도 위에 고꾸라져 죽었을 것이다. 그러나 통행세 징수원은 빵과 치즈를 먹여주었고, 노파는 배가 좌초해서 이 세상 어딘가에서 맨발로 방랑하는 손주가 있던지라, 이 가엾은 고아를 불쌍히 여겨서 줄 수 있는 것은 다 주었고 그리고 그 이상으로 베풀었다. 노파는 친절하고도 다정하게 위로해주고 게다가 동정과 연민의 눈물까지 흘렸으니 그것은 올리버의 영혼에 지금까지 겪은 고통보다 훨씬 더 깊이 새겨졌다.

그가 태어난 고향을 떠난 지 이레가 되는 아침, 올리버는 절뚝거리며 바넷이라는 작은 읍을 천천히 지나가고 있었다. 집집마다 덧창을 모두 내려놓았고 길거리는 텅 비어 있었으니, 일어나서 일을 시작한 사람이 아무도 없는 모양이었다. 해는 아름답게 빛나며 완전히 솟아 있었으나, 먼지를 뒤집어쓰고 발에는 피가 흐르는 채 차디찬 현관 계단에 앉은 아이에게는 외롭고 막막한 자신의 처지만을 비춰줄 뿐이었다.

점차 덧창들이 열리고 차양이 올려지더니 사람들이 여기저기 지나다니기 시작했다. 사람들은 잠시 서서 올리버를 쳐다보거나 아니면 바삐 가다 돌아서서 바라보기도 했지만 그를 도와주거나 어떻게 여기까지 오게 되었는가를 묻는 사람은 없었다. 그는 차마 구걸할 용기도 나지 않아서 그저 앉아만 있었다.

　그렇게 한동안 계단에 앉아서 선술집이 참 많기도 하다고(바넷에선 두 집 중 하나는 크고 작은 주막이었으니) 놀라기도 하고, 지나다니는 역마차들을 멍하니 바라보며 자기가 나이에 걸맞지 않은 용기와 결심을 해서 일주일이나 걸려 해낸 일을 마차들은 어떻게 단 몇시간 만에 쉽사리 완수하는가를 의아하게 여기기도 했다. 그러던 차에, 몇분 전에 무관심하게 자기를 지나쳐간 사내애 하나가 다시 돌아와서 길 반대편에서 자기를 매우 열심히 관찰하고 있다는 것을 알고 올리버는 정신을 차렸다. 처음엔 별 신경을 안 썼으나 아이가 어찌나 계속 자신을 세밀히 관찰하는지 올리버는 고개를 들고 자기도 확실하게 그에게 눈길을 주었다. 그러자 아이는 길을 건너더니 올리버에게 다가와서 말했다.

　"어이, 형씨! 뭔 일이냐?"

　어린 방랑자에게 이런 물음을 던진 아이는 대략 올리버와 같은 또래였으나 이제까지 본 사람 중 가장 괴상한 모습의 아이였다. 그는 들창코에 납작 이마를 한 품위 없는 얼굴이었고, 여느 사내아이들처럼 지저분한 차림이었으나 다 큰 어른처럼 행세하고 있었다. 그는 나이에 비해 작은 편이었고, 다리는 약간 휜데다가 눈매는 작고 날카롭고 못생겼다. 모자는 머리 위에 살짝 얹혀 있어서 언제라도 떨어질 듯 위태로웠는데, 머리의 임자가 이따금씩 머리를 휙 뒤틀어 모자를 원래 위치로 돌려놓는 교묘한 기술이 없었다면 실제로 모자가 떨어졌을 것이다. 그는 발꿈치까지 닿는 어른 코트를 입고 있었고 옷소매를 팔꿈치까지 접어올려 소매 밖으로 손을 내밀었다. 이 조치의 궁극적인 목적은 코르덴바지 주머니에 손을 쑤셔넣는 데 있는 것 같았으니, 손을 주로 거기에다 보관하는 것을 보면 알 수 있다. 전체적으로, 그는 가죽부츠를 신은, 4피트 6인치 아니면 그것도 채 안 되는 키의 어린 신사치고는 아마 가장 으스대고 뽐내는 아이였을 것이다.

"어이, 형씨! 뭔 일이냐고?" 이 괴상한 어린 신사가 젊은 올리버에게 말했다.

"너무 배고프고 피곤해." 올리버가 눈물을 글썽이며 말했다. "아주 먼 길을 걸었어. 일주일 내내 걷기만 했어."

"일주일이나 걸었다고?" 어린 신사가 말했다. "아, 그래. 매부리의 명령이구나, 그렇지?" 올리버의 놀란 표정을 눈치채고 그가 덧붙였다. "그런데, 아마 너는 매부리가 뭔지 모르는 모양이구나, 건달 동지?"

올리버는 문제의 그 매부리란 새의 주둥이를 말하는 게 아니냐고 상냥하게 대답했다.

"어휴, 순진하긴!" 어린 신사가 소리쳤다. "왜, 매부리란 치안판사 아니냐. 매부리 명령으로 걸어가면 곧장 앞으로 가는 게 아니라 언제나 올라가기만 하고 못 내려오는 거야.[42] 풍찻간[43]에서 일한 적 있냐?"

"무슨 풍찻간?" 올리버가 물었다.

"무슨 풍찻간이냐고? 아니 왜 바로 고놈의 풍찻간 있잖아, 하도 작아서 돌항아리[44] 안에서도 돌아갈 정도이고, 바람이 좋을 때보다 바람이 없고 사람들이 맥없을 때[45] 더 잘 돌아가는 거 있잖아. 왜냐

---

42 교수형을 당한다는 뜻.
43 감방에서 죄수가 벌로 밟아 돌리게 만든 쳇바퀴.
44 감방.
45 재수가 없어 잡혀들어갈 때.

하면 바람이 좋아서 재수가 좋을 때야 일꾼을 구하지 못하니까. 어쨌건 가자." 어린 신사가 말했다. "넌 돈 부스러기가 필요할 테니 내가 좀 주지. 하긴 나도 주머니가 쫄아서 순경 한놈에 까치 한마리[46]뿐이지만 이걸로 가는 데까지 가보자. 발딱 일어나서, 자, 자, 뜨자고!"

어린 신사는 올리버가 일어나는 것을 거들고 근처의 식료품가게로 데리고 가서 즉석에서 먹을 수 있는 햄과 작은 빵덩어리 하나를, 그의 표현대로라면 '4페니짜리 밀가루반죽'을 샀다. 그것은 빵 한덩이를 떼어내고 거기다 햄을 집어넣어 햄이 더러워지지 않도록 하는 교묘하고도 편리한 모양으로 되어 있었다. 이 빵을 팔에 끼고 어린 신사는 작은 주막으로 들어가서 술집 뒤편에 있는 바로 안내했다. 거기서 이 불가사의한 젊은이의 주문에 따라 맥주 한 단지가 나왔다. 올리버는 새로 사귄 동무의 권유에 따라 식사를 시작해서 한참 동안 실컷 잘 먹었는데, 그동안 이 괴상한 아이는 이따금씩 올리버를 아주 세심하게 쳐다보곤 했다.

"런던에 간다고?" 이윽고 올리버가 식사를 끝내자 괴상한 아이가 말했다.

"응."

"잘 데는 있어?"

"없어."

"돈은?"

"없어."

괴상한 아이는 휘파람을 불었고 코트 소매가 들어가는 데까지

---

**46** 1실링 반 페니.

주머니에 팔을 깊숙이 집어넣었다.

"넌 런던에 사니?" 올리버가 물었다.

"응. 집에 있을 땐 그렇지." 아이가 말했다. "너 오늘 밤 잘 데가 있어야겠지, 그렇지?"

"응, 정말 그래." 올리버가 대답했다. "고향을 떠난 뒤론 지붕 밑에서 자본 적이 한번도 없어."

"그런 거로 눈살 찌푸리며 걱정하지 마." 어린 신사가 말했다. "난 오늘 밤 안에 런던에 가야 하거든, 그런데 거기 사는 괜찮은 노인 한분을 알지. 그분이 한푼도 안 받고 재워줄 거야, 잔돈도 안 달래…… 그게 그러니까, 그분을 잘 아는 신사가 널 소개하면 말이야. 그런데 그가 혹시 날 모르지 않냐고? 암, 모르고말고! 전혀! 절대로 모르지!"

이러고선 어린 신사는 그의 담론의 마지막 구절은 반어적인 표현이라는 걸 암시라도 하듯 장난스럽게 미소를 지으며 맥주를 다 마셨다.

이렇게 예상치 않게 제안받은 거처는 올리버가 거절하기에는 참으로 매력적이었는데, 더구나 곧이어 그 노신사분이 올리버에게 지체 없이 좋은 일자리를 얻어줄 것이라는 확언이 있었으니 더욱 그랬다. 이렇게 한층 친근하고 은밀한 대화가 이어졌고, 여기서 올리버는 자기 동무의 이름이 잭 도킨스이며 앞에서 언급한 늙수그레한 신사가 그를 보호하고 있으며 특별히 총애한다는 것을 알아냈다.

도킨스씨의 외모로 보아서는, 그의 후견인이 자기가 떠맡아 돌보는 사람들에게 베푸는 편의가 그다지 훌륭하다고 하기는 어려울 것 같았다. 그러나 그가 좀 들뜨고 방종한 말투를 쓰는데다가, 절친한 벗들 간에는 '교묘한 미꾸라지'란 별명으로 더 많이 알려져 있다고 공언을 했으므로 올리버는 이 친구가 원래 방탕하고 경솔한 터라 자기의 은인의 도덕적인 가르침이 먹혀들지 않은 것이겠다고 결론을 내렸다. 올리버는 대략 이런 생각을 하면서 가능한 한 빨리 이 노신사에게 좋은 평을 받은 다음, 이 미꾸라지가 구제불능인 것을 발견하면 ── 아마 그렇게 될 것이 거의 확실한데 ── 그후로 친교의 영광은 거절하기로 은근히 마음을 먹었다.

존 도킨스[47]는 해가 지기 전에 런던에 들어가는 것을 반대했으므로 그들이 이슬링턴 통관소에 이르렀을 때는 밤 11시가 다 되었다. 그들은 에인절을 지나 세인트 존가(街)로 갔고, 거기서 새들러스 웰즈 극장에서 끝나는 작은 길로 접어들어 엑스머스가와 코피스로우를 지나서 구빈원 옆의 좁은 골목으로 갔다. 그리고, 한때 호클리인 더홀이란 이름을 갖고 있던 고풍스러운 땅을 넘어 리틀 새프런 고개에서 그레이트 새프런 고개로[48] 나아갔다. 미꾸라지는 올리버를 뒤에 바싹 따라오도록 하며 재빠른 걸음으로 급히 걸어갔다.

올리버는 자기 인도자를 쫓아가는 데 온 정신을 집중했지만, 지나가는 길 좌우를 힐끗힐끗 돌아보지 않을 수 없었다. 올리버는 이보다 더 더럽고 비참한 곳을 본 적이 없었다. 길은 매우 좁고 질척거렸으며, 공기는 악취로 가득 차 있었다. 조그만 가게들이 여럿 있었으나, 취급하는 유일한 물건은 산더미같이 몰려 있는 어린아이들인 것처럼 보였다. 아이들은 밤에도 문 안팎으로 기어다니거나 집 안에서 비명을 질러댔다. 전반적으로 쪼들리는 그곳에서 오직 술집들만 성황을 이루는 듯했는데 술집에는 아일랜드인 하층민들

---

**47** 잭과 존은 번갈아 쓰는 같은 이름임.
**48** 이상은 시티와 웨스트민스터 사이의 실제 지명으로 19세기 초반의 우범지대.

이 잔뜩 열을 내며 말다툼을 하고 있었다. 큰길에서 여기저기로 갈라져 있는 포장한 샛길이나 안뜰에는 집들이 밀집되어 작은 무리를 이루고 있었고 거기에는 술 취한 남녀가 그야말로 오물 더미에서 뒹굴고 있었다. 그리고 이 집 저 집의 현관에서는 이따금 인상 흉악한 친구들이 조심스레 모습을 드러냈으니 그들은 어디로 보나 결코 선량한 의도를 갖고 건전한 일을 하러 가는 것 같지는 않았다.

올리버가 도망가는 편이 더 낫지 않을까 궁리하던 참에 그들은 언덕 밑에 다다랐다. 그의 안내자는 필드레인 근처의 어느 집 문을 열더니, 그의 팔을 잡고 복도로 끌고 들어와 문을 닫았다.

"뭔 일이냐?" 미꾸라지의 휘파람에 응답해서 밑에서 누군가 소리쳤다.

"알짜배기로 꽝 닫아라!"라는 대답이 나왔다.

이것이 괜찮다는 암호나 신호인 모양인지 복도 저쪽 끝의 벽에서 촛불이 희미하게 비치더니, 난간이 무너져내린 낡은 지하 부엌의 계단에서 한사람의 얼굴이 불쑥 나왔다.

"두놈이구나." 사내가 촛불을 쑥 내밀고 눈에 손을 대고 빛을 가리며 말했다. "하나는 누구냐?"

"새 친구야." 잭 도킨스가 올리버를 앞으로 밀며 말했다.

"어디서 온 애야?"

"깡촌에서 온 숙맥이야. 페이긴 영감은 위층에 있어?"

"어, 손수건을 가려내고 있어. 어서 올라와!" 촛불은 뒤로 치워졌고 얼굴은 사라졌다.

한 손은 자기 동료에게 꽉 잡혀 있었기에 올리버는 다른 손으로 길을 더듬으며 아주 어렵사리 어둠을 헤치고 부서진 계단을 올라갔는데, 그의 안내자는 쉽고 편하게 올라가는 품이 이곳에 매우 익숙한 모양이었다. 그는 뒷방의 문을 열어젖히고 올리버를 끌고 들어갔다.

방의 벽과 천장은 낡고 때가 끼어 새까맣게 변해 있었다. 벽난로 앞에는 칠을 하지 않은 나무탁자가 있었는데, 그 위엔 진저에일 병에 초가 꽂혀 있었고 백랍단지 두세개, 빵 한덩어리와 버터, 접시 하나가 있었다. 벽난로 선반에 끈으로 고정해놓은 프라이팬에서는 소시지가 익고 있었다. 그 앞에는 조리용 포크를 손에 든 매우 쭈글쭈글한 유대인 노인이 서 있었는데, 악당처럼 보이는 그의 혐오스러운 얼굴은 헝클어진 머리카락 한움큼으로 가려져 있었다. 그는 기름때가 밴 플란넬 가운 차림이었는데 목에는 아무것도 매지 않았다. 그는 프라이팬과 빨래건조대에 널린 상당수의 비단 손수건에 동시에 신경을 쓰고 있는 듯했다. 바닥 한구석에는 낡은 부대로 만든 침상 몇개가 나란히 놓여 있었다. 탁자 주위에는 미꾸라지보다 더 나이가 많아 보이지는 않는 사내애들 네댓이 둘러앉아 긴 사기 담뱃대를 물고 중년남자들 같은 분위기를 내면서 술을 마시고 있었다. 이들 모두는 도킨스가 유대인에게 몇 마디 수군대는 곳으로 몰려들었다가 고개를 돌려 올리버를 쳐다보며 씩 웃었다. 조리용 포크를 손에 든 유대인 또한 그렇게 웃었다.

"페이긴, 애가 바로 내가 말한 친구요." 잭 도킨스가 말했다. "올리버 트위스트라고."

유대인은 씩 웃더니 허리를 직각으로 구부려 올리버에게 절을 했다. 그러고는 그의 손을 잡고, 귀하와 친밀한 사이가 되는 영광을 누리게 되길 바란다고 했다. 그러자 담뱃대를 문 어린 신사들은 올리버의 두 손을 매우 힘차게 흔들었는데, 특히 작은 보따리를 잡은 손을 더 세게 흔들었다. 한 어린 신사분은 모자를 받아 걸어주겠다고 안달이었고, 다른 분은 매우 친절하게도, 올리버가 피곤한 것 같으니 잠잘 때 주머니 소지품을 꺼내는 수고를 덜어주겠다며 올리버의 주머니에 손을 쑤셔넣었다. 유대인이 포크를 들어, 친절을 베풀려는 인정 많은 소년들의 머리와 어깨에 아낌없이 팔운동을 하지 않았다면 이런 정중한 대우는 아마 좀더 계속되었을 것이다.

"우린 널 만나서 정말 반갑다, 올리버. 정말이야." 유대인이 말했다. "미꾸라지, 소시지를 옮겨놓고 난로 가까이에 올리버의 나무주발을 하나 갖다놔라. 아, 너 손수건들을 쳐다보고 있구나! 그렇지, 얘? 진짜 많기도 하지, 그렇지? 그저 빨래하기 좋게 한번 펼쳐본 거야. 그게 다야, 올리버. 하하하!"

이 말의 뒷부분에 장단을 맞추느라 이 명랑한 노신사의 전도양양한 제자들은 모두 떠들썩한 웃음보를 터뜨렸다. 그러는 와중에 그들은 저녁을 먹었다.

올리버도 자기 몫을 먹었고, 유대인은 그에게 따뜻한 물을 탄 진을 한잔 주면서 다른 양반이 잔을 써야 하니 한번에 비우라고 말했다. 올리버는 시키는 대로 했다. 잠시 후 그는 자기 몸이 침상에 뉘어지는 것을 느꼈고 곧 깊은 잠에 빠졌다.

# 제9장
## 상냥한 노신사 양반과 그의 전도유망한 제자들에 관한 좀더 자세한 사항들이 나온다

　다음날 아침, 올리버는 안락하고 깊은 잠에서 느지막이 깨어났다. 방에는 유대인 영감 말고는 아무도 없었는데, 그는 아침상에 놓을 커피를 끓이느라 쇠국자로 냄비를 슬슬 저으면서 휘파람을 불어댔다. 그는 아래층에서 조그마한 소리라도 나면 하던 일을 멈추고 귀를 기울이곤 했는데, 별일 아니라고 안심하게 되면 다시 전처럼 휘파람을 불며 커피를 저었다.

　올리버는 잠에서 깨긴 했지만 완전히 정신이 든 것은 아니었다. 인간에겐 비몽사몽간의 몽롱한 상태가 있는데, 이때 우리는 눈을 꽉 감은 채 완전한 무의식 속에서 다섯 밤 동안 꾼 꿈보다 눈을 반쯤 뜬 상태에서 오분 동안에 더 많은 꿈을 꾸며, 또한 자기 주위에 일어나는 일에 대해 반쯤은 의식하게 된다. 우리는 이때, 육체라는 동반자의 제약에서 벗어난 정신이 시공을 박차고 지상에서 솟아오를 때 얼마나 강력한 힘을 발휘하는지 어렴풋이 깨달을 정도로 인간의 정신작용을 인식하는 것이다.

올리버는 바로 이러한 상태였다. 그는 반쯤 뜬 눈으로 유대인을 보았고 그의 낮은 휘파람 소리를 들었으며 냄비에 삐걱대는 것이 국자 소리임을 알아차렸다. 그러나 바로 그 순간에 그 동일한 감각은 머릿속에서, 예전에 알고 있던 모든 사람들과 만나느라 분주했던 것이다.

커피가 다 준비되자 유대인은 냄비를 난로 시렁에 얹었다. 그리고 무슨 일을 해야 좋을지 모르는 듯 잠시 망설이며 서 있다가 돌아서서 올리버를 바라보았고 그의 이름을 불렀다. 올리버는 대답이 없었고, 어디로 보나 잠들어 있는 듯했다.

올리버가 자고 있음을 확인한 유대인은 문 쪽으로 살그머니 다가가서 문을 잠갔다. 그리고, 올리버가 보기에 바닥의 비밀구멍 같은 데서 작은 상자를 꺼내어 탁자에 조심스레 올려놓았다. 뚜껑을 열고 안을 들여다보는 그의 눈은 빛났다. 그는 낡은 의자를 탁자 가까이로 당겨앉더니 상자에서 보석이 번쩍이는 멋진 금시계를 꺼냈다.

"거 참!" 유대인이 어깨를 들썩이며 섬뜩한 웃음으로 오만상을 찌푸리며 말했다. "똑똑한 놈들이야! 똑똑한 놈들이고말고! 마지막까지 버티다니! 목사 영감[49]에게도 어디 있는지 말을 안 했어. 절대 이 페이긴 영감을 찔러바치지 않는다고! 왜 그러겠어? 찌른다고 밧줄이 느슨해지나, 목매다는 것이 일분이라도 더뎌지나. 아니지, 아니고말고! 훌륭해, 아주 훌륭한 녀석들이야!"

유대인은 이렇게 말하고 대충 비슷한 내용의 생각을 중얼대며

---

**49** 사형수의 마지막 고해를 듣는 목사를 지칭함.

시계를 다시 안전한 금고에 넣었다. 그는 상자에서 그런 물건을 적어도 여섯개쯤 더 꺼낸 후 역시 흡족해하며 훑어보았다. 그밖에도 반지, 브로치, 팔찌에 기타 여러 보석류들이 얼마나 굉장한 소재이며 얼마나 값비싼 세공을 했는지 올리버는 도대체 그게 다 뭔지 이름조차도 알 수 없었다.

이런 자질구레한 장신구를 다시 집어넣고, 유대인은 손바닥에 들어갈 정도로 작은 패물을 하나 꺼냈다. 여기엔 무슨 미세한 글자가 새겨진 듯했는데, 유대인은 그것을 탁자에 내려놓고 불빛을 손으로 가린 채 오랫동안 열심히 들여다보았다. 그러다가 마침내 읽기를 단념한 듯이 그것을 집어넣더니 의자에 등을 기대고 중얼거렸다.

"사형이란 정말 좋은 거야! 죽은 사람들이 참회하는 법이야 없지. 죽은 사람들이 거북한 얘기들을 밝혀내는 법은 없거든. 그래, 진짜 우리 장사로 봐선 참 좋은 거야! 다섯놈의 목을 한꺼번에 달아매도 단 하나도 날 속여먹거나 겁이 나서 불어버리진 않았거든!"

유대인은 이렇게 중얼대면서 번쩍이는 검은 눈동자로 앞을 멍하니 바라보다가 올리버의 얼굴을 쳐다보았다. 그때 아무 말없이 호기심에서 자신을 쳐다보는 아이의 눈과 마주쳤다. 이렇게 눈이 마주친 것은 한순간, 생각할 수 있는 한 가장 짧은 순간이었으나, 노인에겐 올리버가 자기를 관찰하고 있다는 것을 알아차리기에 충분했다. 그는 쾅 소리를 내며 상자 뚜껑을 닫았고 식탁에 있던 빵칼을 집어들더니 올리버를 향해 사납게 달려왔다. 그러나 유대인은 매우 떨고 있었다. 겁에 질린 올리버의 눈에도 그의 팔이 허공에서 부들부들 떠는 것이 보였다.

"뭐야?" 유대인이 말했다. "왜 그렇게 날 보고 있어? 잠은 왜 깼어? 네가 본 게 뭐야? 야, 말해봐! 빨리빨리, 죽기 싫으면!"

"그냥 잠이 깼어요. 방해했다면 정말 죄송해요." 올리버는 양순하게 대답했다.

"한 시간 전부터 깨어 있었지, 그렇지?" 유대인이 아이를 사납게 쏘아보며 말했다.

"아니에요, 정말 아니에요!" 올리버가 대답했다.

"정말이냐?" 유대인이 아까보다 한결 사나운 표정을 짓고 협박하는 투로 소리쳤다.

"맹세코, 정말입니다." 올리버가 대답했다. "그렇지 않아요."

"됐다, 됐어, 얘야!" 유대인이 갑자기 원래 태도로 돌아가는 투로 말하며 그저 장난으로 칼을 집어든 것처럼 보이려는 듯 그것을 살짝 만지작거리다 내려놓았다. "물론 알고 있어. 그저 널 좀 놀래주려고 한 거야. 넌 참 훌륭한 애구나. 하하! 그래 올리버, 아주 훌륭해!" 유대인은 키득대며 손을 비볐으나 그럼에도 여전히 불안한 듯 상자를 힐끔거렸다.

"그 예쁜 것들을 봤니, 얘?" 유대인이 잠시 조용히 있다가 상자에 손을 대며 말했다.

"네." 올리버가 대답했다.

"어 그래!" 유대인이 좀 창백해지면서 말했다. "이것들은 내 물건이야, 올리버. 내 조그만 재산이라고. 내가 늙어서 먹고살 게 이게 다야. 사람들은 날 구두쇠라고 한단다, 얘야. 그저 구두쇠, 그뿐이야."

올리버는 이 노신사가 그렇게 많은 시계를 가지고 있으면서도 이렇게 더러운 곳에서 살다니 정말 대단한 구두쇠인가보다 생각했다. 그러나 올리버는 노인이 미꾸라지나 다른 아이들을 보살피려면 돈이 제법 많이 들겠지 하고 생각하면서 유대인에게 공경의 눈빛을 던질 뿐이었다. 그런 다음 이제 일어나도 되겠냐고 물었다.

"물론이지, 애야. 물론이야." 노신사가 대답했다. "잠깐, 거기 문 옆쪽 구석에 물통이 있지? 이리 가져오너라. 세숫대야는 여기 있다, 애야."

올리버는 일어나 방을 가로질러갔고 물통을 들기 위해 잠시 허리를 구부렸다. 그가 다시 고개를 돌리니 상자는 이미 보이지 않았다.

유대인이 시키는 대로 올리버가 세수한 물을 창밖으로 버리자마자 미꾸라지가 돌아왔다. 전날 밤 담배를 피우던 매우 팔팔한 어린 친구도 같이 와서, 자기 이름이 찰리 베이츠라고 정식으로 올리버에게 인사했다. 이렇게 넷은 상에 둘러앉아 커피와 미꾸라지가 모자 속에 넣어온 뜨끈한 빵과 햄으로 아침을 먹었다.

"그래, 아침 내내 일했니, 얘들아?" 유대인이 교활하게 올리버를 힐끗 보며 미꾸라지를 향해 말했다.

"열심히 했죠." 미꾸라지가 대답했다.

"무지하게." 찰리 베이츠가 덧붙였다.

"착하다, 착해." 유대인이 말했다. "그래 미꾸라지, 넌 뭘 갖고 왔니?"

"지갑 두어개요." 그 어린 신사가 대답했다.

"꽉 차 있는 거냐?" 유대인이 열을 내며 물었다.

"제법 그런 셈이죠." 미꾸라지가 초록색과 빨간색 지갑 두개를 꺼내며 대답했다.

"생각보다 그렇게 묵직하진 않구나." 유대인이 안을 자세히 들여다보며 말했다. "하지만 아주 깔끔하게 잘 만들었구나. 진짜 정교한 솜씨야. 안 그러냐, 올리버?"

"네, 정말 그렇군요." 올리버가 말했다. 이 말을 듣고 찰리 베이츠씨는 야단스럽게 웃었는데 올리버는 지금 벌어지는 일이 하나도 우습지 않았던지라 상당히 어안이 벙벙했다.

"그래, 넌 뭘 갖고 왔니, 애?" 페이긴이 찰리 베이츠에게 말했다.

"코닦개요." 베이츠군이 동시에 손수건 네개를 꺼내며 말했다.

"좀 보자." 유대인이 아주 자세히 살펴보며 말했다. "아주 괜찮은 것들이야, 아주 좋아. 그런데 이름을 잘못 새겨놨구나, 찰리. 그러니 바늘로 수놓은 것을 뽑아내야 할 텐데. 우리 올리버에게 그 방법을 가르쳐줘야겠구나, 어때, 올리버, 응? 하하하!"

"원하시는 대로 하세요." 올리버가 말했다.

"너도 찰리 베이츠처럼 아주 손쉽게 손수건을 만들 수 있으면 좋겠지, 그렇지 애?" 유대인이 말했다.

"그래요, 정말. 가르쳐주시기만 한다면요." 올리버가 대답했다.

베이츠군은 이 대답에서 뭔가 절묘하게 우스꽝스러운 것을 발견하고는 또 웃음보를 터뜨렸는데, 이 웃음은 마침 마시고 있던 커피와 마주쳐 엉뚱한 통로로 내려가서 하마터면 그는 제 명이 못 되어 질식사할 뻔했던 것이다.

"애는 정말 무지 숙맥이라니깐!" 찰리가 숨을 돌린 후, 자기의 무례한 행동을 변명하듯이 말했다.

미꾸라지는 아무 말도 하지 않고 있다가 올리버의 머리를 쓸어올려주며 너도 곧 잘 알게 될 거라고 했는데, 노신사는 올리버의 얼굴이 빨개지는 것을 보고선 화제를 바꿔 오늘 아침 교수형장에 사람들이 많이 왔더냐고 물었다.[50] 이 말에 올리버는 점점 더 놀랐

---

[50] 19세기 초까지도 사람들이 구경을 하도록 옥외에서 교수형을 집행했다.

는데, 왜냐 하니 이 두 아이의 대답으로 보아 둘 다 거기 갔던 것이 분명했고 자연히 어떻게 그들이 이처럼 부지런할 수 있는지 궁금했기 때문이다.

아침상을 치우고 나자 유쾌한 노신사와 두 소년은 매우 진기하고도 이상한 놀이를 했는데 그것은 이런 식이었다. 유쾌한 노신사는 바지 주머니 한곳엔 코담뱃갑을, 다른 주머니에는 지갑을 넣었고, 조끼 주머니엔 시계를 차고, 목에는 시곗줄을 맨 다음, 셔츠엔 가짜 다이아몬드 핀을 꽂았다. 그러고는 코트 단추를 끝까지 꽉 채우고 안경집과 손수건을 외투 주머니에 넣은 뒤, 평상시 노신사들이 길을 걷는 모습을 흉내 내며 단장을 짚고 방을 왔다 갔다 했다. 가끔씩 그는 벽난로에 섰다가 문에 섰다가 하면서 가게 진열창을 열심히 바라보는 흉내를 냈다. 그럴 때마다 그는 계속 주위를 둘러보며 소매치기를 당하지 않을까 조심하는 눈치였고, 번갈아 주머니를 톡톡 두드려보며 아무것도 안 잃어버렸는지 확인했는데, 그 모습이 얼마나 자연스럽고도 우스꽝스러웠는지 올리버는 눈물이 날 정도로 웃어댔다. 이러는 동안 두 소년은 줄곧 눈에 안 띄게 숨으며 가까이에서 그를 쫓아갔는데, 그들이 어찌나 민첩하게 움직였는지 노신사는 매번 고개를 돌렸지만 그들의 행동을 따라잡을 수 없을 정도였다. 급기야 미꾸라지가 실수로 발을 밟거나 구두를 걸어차는 척하자 찰리 베이츠는 뒤에서 부딪치며 그 찰나에 극히 비상한 속도로 코담뱃갑, 지갑, 시계, 시곗줄, 셔츠 핀, 손수건, 심지어 안경집까지 다 털어가는 것이었다. 만약 노신사가 주머니에 다른 사람의 손이 들어온 것을 알아차리면 여기 넣었지 하고 소리쳤다. 그러면 놀이가 처음부터 다시 시작되었다.

이 놀이를 수없이 반복하고 있는데, 젊은 숙녀 둘이 젊은 신사들을 보러 들렀다. 한사람은 이름이 벳이었고 한사람은 낸시였다. 둘 다 머리가 길었는데, 머리는 별로 깔끔하지 않게 뒤로 말아올렸고 신발이나 스타킹도 깨끗한 편은 아니었다. 이 여자애들은 꼭 예쁘다고는 할 수 없었지만, 얼굴에 잔뜩 화장을 해서 꽤 건강하고 튼튼해 보였다. 이들의 행동이 남달리 격의 없고 상냥했기에 올리버는 아주 좋은 아가씨들이구나 하고 생각했다. 물론 그랬음이 틀림없겠지만.

손님들은 한참 머물러 있었다. 아가씨 하나가 뱃속이 차갑다고 하자 술이 나왔고 대화는 잔치 분위기로 떠들썩해졌다. 결국 찰리 베이츠가 말굽에 안장을 달자는 의견을 개진했는데, 올리버 생각에 이 말은 나가자는 뜻의 프랑스어인 것 같았다. 왜냐 하니 바로 그후 미꾸라지, 베이츠 그리고 두 젊은 아가씨가, 친절한 유대인 노인이 자상하게도 집어준 용돈을 갖고 함께 나갔기 때문이다.

"자, 애야." 페이긴이 말했다. "참 멋진 생활이지, 그렇지? 걔들은 이제 온종일 노는 거야."

"일은 다 끝낸 건가요?" 올리버가 물었다.

"응." 유대인이 말했다. "그러니까 그게, 돌아다니다 뜻밖의 일감을 만나지 않는다면 말이야. 그런 경우엔 걔들이 또 그냥 넘기지 않거든. 애야, 정말이란다. 걔들을 모범으로 삼아라, 애야. 모범으로 삼아." 그는 벽난로에 부삽을 톡톡 두드리며 말에 힘을 주었다. "걔네들이 하라는 대로 뭐든지 하고, 모든 일에 걔들 충고를 따라라…… 특히 미꾸라지를, 애야. 걔는 진짜 크게 성공할 애야. 그리고 네가 본을 잘 받으면 너도 성공하게 해줄 거다 — 내 손수건이 주머니 밖으로 삐져나와 있잖니, 애?" 유대인이 갑자기 말을 끊었다.

"네." 올리버가 말했다.

"어디 한번 꺼내봐라, 내가 알아차리지 못하게. 오늘 아침 놀이 할 때 그애들이 하던 식으로 말이야."

올리버는 미꾸라지가 하던 대로 한 손으로 주머니의 끝을 잡고, 다른 손으로 가볍게 손수건을 꺼냈다.

"빼냈니?" 유대인이 소리쳤다.

"여기 있어요." 올리버가 자기 손에 있는 것을 보이며 말했다.

"참 똑똑한 애구나, 얘야." 장난스러운 노신사가 만족스러운 듯 올리버의 머리를 쓰다듬으며 말했다. "너보다 더 똑똑한 애는 못 봤다. 자 옜다, 1실링을 주마. 이런 식으로 나가면 넌 당대에 가장 위대한 인물이 될 거야. 자, 이제 이리 오너라. 손수건에서 수를 떠 내는 법을 가르쳐줄 테니."

올리버는 노신사의 호주머니를 터는 것이 위대한 인물이 되는 것과 무슨 상관이 있는지 어리둥절했다. 그러나 자기보다 나이가 엄청 많은 유대인이 어련히 알아서 하시는 말씀이겠거니 하면서 조용히 탁자로 따라가서 곧 새로운 공부에 깊이 열중했다.

# 제10장
## 올리버는 새 동료들의 됨됨이에 대해 좀더 알게 되며
## 큰 대가를 치르고 인생 경험을 한다.
## 짧은 장이지만 매우 중요한 부분이다

올리버는 며칠 동안 유대인의 방에 틀어박혀서 (집으로 엄청나게 많이 가져온) 손수건에서 이름자를 뜯어내고 때로는 앞서 말한 그 놀이에 참가했다. 두 소년과 유대인은 매일 아침 규칙적으로 이 놀이를 했던 것이다. 그러다가 그는 마침내 맑은 공기를 그리워하기 시작했고, 이런저런 기회를 엿보다가 두 동료와 함께 일하러 나가게 해달라고 노신사에게 애원했다.

올리버가 더욱 열심히 일하고자 안달한 것은 노신사의 엄격한 도덕률을 본 바 있기 때문이었다. 미꾸라지나 찰리가 밤에 빈손으로 집에 오면 그는 게으르고 빈둥거리는 습관이 낳는 불행함에 대해 매우 열성적인 설교를 늘어놓았고, 저녁을 굶겨 재움으로써 열심히 살아야 할 필연성을 강조했던 것이다. 한번은 그가 아이들을 걷어차 계단 밑으로 굴러떨어뜨린 적도 있었는데, 이것은 그의 도덕훈계를 극단적으로 몰고 간 예외적인 경우였다.

결국 어느 날 아침, 올리버는 그렇게도 간절히 원하던 허락을 얻어냈다. 이삼일가량 손수건 일감이 떨어졌고 저녁밥상이 좀 초라한 때였다. 아마 이런 이유 때문에 노신사가 허락을 한지도 모를 일이다. 그러나 그게 사실이건 아니건 그는 올리버에게 나가도 좋다고 했고, 찰리 베이츠와 올리버의 벗 미꾸라지가 공동으로 보호 임무를 맡도록 했다.

　이렇게 세 소년은 출정했다. 미꾸라지는 늘 하는 대로 외투 소매를 걷어붙인 채 모자를 삐딱하게 썼고 베이츠군은 주머니에 손을 넣고 어슬렁거리며 걸어갔다. 올리버는 그들 사이에 끼어, 이들이 어디로 가나, 그리고 어떤 제조업 분야의 기술을 먼저 배울까 궁금해하며 따라갔다.

　그러나 이들은 매우 게으르고 볼썽사납게 어슬렁거리며 걷고 있었기에 올리버는 동료들이 노신사를 속이고 아무데도 일하러 가지 않을 거라고 생각하게 되었다. 게다가 미꾸라지는 어린아이들의 모자를 벗겨서 던져버리는 나쁜 버릇이 있었고, 찰리 베이츠는 재산권에 대해 매우 느슨한 관념을 갖고 있다는 것을 보여줬으니, 그는 개천 쪽 가게 진열대에서 사과나 양파를 여러개 훔쳐 주머니에 쑤셔넣었는데, 그 주머니가 얼마나 수용능력이 큰지 입고 있는 양복이 사방으로 터져버릴 것 같았다. 이런 것들이 매우 불량스러워 보였기 때문에 올리버가 자기는 혼자 알아서 돌아가겠다는 의사를 표명할 찰나, 미꾸라지의 행동이 이상야릇하게 변하는 통에 올리버는 갑자기 생각을 다른 쪽으로 바꾸게 되었다.

　그들이 클라큰웰 광장 —— 그곳은 실상과는 걸맞지 않게 아직까지도 '녹지'라고 불린다 —— 에서 멀지 않은 좁은 길목을 막 빠져나오던 참이었다. 이때 미꾸라지가 갑자기 멈춰섰다. 그러고는 입술에 손가락을 대고 매우 조심스럽고 신중하게 두 동행자를 뒤로 물러나도록 했다.

"왜 그래?" 올리버가 물었다.

"쉿!" 미꾸라지가 대답했다. "너 저기 책가게 앞에 있는 영감태기가 보이냐?"

"저기 있는 노신사 말이야?" 올리버가 말했다. "응, 보여."

"저거면 됐어." 미꾸라지가 말했다.

"아주 훌륭한 일감인데." 찰리 베이츠군이 한마디 했다.

올리버는 매우 놀라서 둘을 번갈아 쳐다봤으나, 아무런 질문도 할 수 없었다. 두 소년이 몰래 길을 건너가서, 그가 유심히 보았던 그 노신사의 뒤로 살금살금 다가갔기 때문이다. 올리버는 그들을 쫓아 몇걸음 가다가 더 가야 할지 돌아서야 할지 몰라 우두커니 바라보며 서 있을 뿐이었다.

이 노신사는 머리에 분을 바르고 금테안경을 쓰고 있었는데, 매우 잘사는 사람처럼 보였다. 그는 검정 우단 깃을 단 암녹색 코트에 흰 바지를 입고 옆구리에는 맵시 있는 단장을 끼고 있었다. 그는 가판대에서 책을 하나 집어들고, 그 자리 서서 마치 서재의 안락의자에 앉은 듯 열심히 읽고 있었다. 실제로 그는 그곳이 서재라고 생각했을 가능성이 꽤 있는데, 그가 정신을 몰두한 것으로 볼 때 서점도, 길거리도, 아이들도, 다시 말해서 책 외엔 아무것도 보이지 않는 것이 분명했다. 그는 책을 통독하고 있었다. 한 페이지의 끝에 이르면 그 다음 페이지 첫줄에서 다시 시작해서 매우 큰 관심을 가지고 열심히 읽어내려가고 있었다.

몇걸음 떨어져서 두 눈을 있는 대로 크게 뜬 채, 미꾸라지가 노신사의 주머니에 손을 찔러넣어 손수건을 빼내는 것을 본 올리버의 공포와 놀람은 어떠했겠는가? 그리고 그가 손수건을 찰리 베이츠에게 넘기고 마지막으로 둘이 옆 골목으로 전속력으로 달려가는 것을 보았을 때 말이다.

그 순간 이 아이의 마음에 손수건, 시계, 보석, 유대인에 대한 비밀이 무엇이었는가 하는 깨달음이 한꺼번에 몰려들었다. 그는 두려움으로 온몸에 피가 끓어올라서 마치 화염에 휩싸인 느낌으로 잠시 서 있다가, 당황하고 겁에 질려 도망을 쳤는데 어디로 가는지도 모르면서 있는 힘을 다해 발을 놀려 내달렸다.

이것은 모두 일분 안에 벌어진 일이었다. 올리버가 뛰기 시작한 바로 그 순간 노신사는 주머니에 손을 넣어 손수건이 없어진 것을 확인하고 몸을 획 돌렸다. 그리고 아이 하나가 빠른 속도로 냅다 줄행랑을 치는 것을 보고선, 당연히 그애가 약탈자라는 결론을 내리고 "도둑 잡아라!" 하며 있는 힘을 다해 외친 뒤, 책을 손에 든 채 뒤쫓아갔다.

그러나 고함을 친 사람은 노신사 하나뿐이 아니었다. 미꾸라지와 베이츠군은 큰길로 내달린 다음 사람들의 눈을 피해 바로 다음 골목으로 꺾어들어가 숨어 있었다. 그들은 이 외침을 듣자마자, 그리고 올리버가 뛰는 것을 보자마자 형편이 어떠한지 정확히 알아채고 매우 재빨리 뛰어나가면서 "도둑놈 잡아라!"를 함께 외치며 멀쩡한 시민인 양 추적에 동참했다.

올리버는 비록 철학자들 수하에서 크긴 했어도, 자기의 몸보신이 자연의 첫째 법칙이라는 아름다운 공리에 대해 이론적으로 알고 있지 않았다. 만약 알았다면 그는 이런 일에 대비를 하고 있었을 것이다. 그러나 그렇지 못한 터라 그는 더욱 놀랐던 것이다. 그는 바람처럼 달려갔고 노신사와 두 소년은 우레와 같은 함성을 지르며 뒤를 쫓았다.

"도둑 잡아라, 도둑 잡아!" 이 말엔 마술이 담겨 있다. 장사꾼은 돈주머니를, 짐마차꾼은 마차를 놓고 뛰고, 푸줏간 주인은 고기쟁반을, 빵집 주인은 빵바구니를, 우유장수는 우유통을, 심부름 가는 아이는 보따리를, 어린 학생은 가지고 놀던 구슬을, 도로공사 하는 일꾼은 곡괭이를, 아이는 차던 제기를 집어던진다. 사람들은 허둥지둥 되는대로 질주하며 꽥꽥 비명을 지르고, 골목을 지나며 마주 오는 행인을 쓰러뜨리고, 개들을 부추겨 짖게 하고 닭들을 깜짝 놀라게 하니, 길거리와 광장과 길목이 온통 이 소리로 쩡쩡 울려대는 것이다.

"도둑 잡아라, 도둑 잡아!" 이렇게 외치는 소리는 백가지 목소리로 이어지고 군중이 골목을 돌 때마다 더 늘어난다. 그저 냅다 달리면서 흙탕물을 튀기고 포장도로에는 구둣소리가 따각거리고, 창문들은 열리고 사람들은 뛰어나오고 군중은 앞으로 몰려가니, 펀치와 주디쇼[51]를 보던 관객이 극의 가장 기묘한 대목에서 전부 돌아서서 추격의 무리에 합류하여 함성을 드높이며 "도둑 잡아라, 도둑 잡아!" 소리에 새로운 활기를 더해준다.

"도둑 잡아라, 도둑 잡아!" 인간에겐 뭔가를 사냥하려는 열기가 가슴속 깊이 도사리고 있는 법. 불쌍하고 숨 가쁜 아이 하나가 지쳐 헐떡인다. 표정엔 공포가, 두 눈엔 고통이 서려 있고, 얼굴엔 굵은 땀줄기가 흘러내린다. 그는 온 신경을 다 곤두세워 몰이꾼들보다 한치라도 앞서기 위해 애쓴다. 그들은 바싹 쫓으면서 언제라도 따라잡을 기세로, 점점 힘이 빠져가는 아이에게 더 크게 소리를 지

---

51 당시에 인기 있던 길거리 인형극.

르며 와와거리고 신나서 꽥꽥 고함을 친다. "도둑 잡아라!" 그래, 자비심의 발로라면 제발 이애를 멈추게 해다오!

결국 멈췄구나! 재주 좋게 한방 먹이니. 그는 길가에 쓰러졌고 군중은 그를 둘러싸고 몰려든다. 새로 오는 사람마다 구경 한번 해보려고 옆 사람과 밀치고 난리다. "비켜서쇼, 거!"—"한숨 돌리게 해줘!"—"말도 안 돼! 숨 돌릴 틈을 주지 마."—"신사 양반은 어딨냐?"—"저기 있다, 이리로 오고 있어."—"신사 양반에게 자리 좀 내줘!"—"얘가 그놈입니까?"—"그렇소."

노신사가 억지 친절에 밀려 맨 앞에 있던 몰이꾼들의 손에 이끌려 한가운데로 나왔을 때, 올리버는 진흙과 먼지를 뒤집어쓰고 입에서는 피를 흘리며 정신이 나간 듯 산더미같이 에워싼 얼굴들을 둘러보고 있었다.

"그렇소." 신사가 말했다. "안됐지만 이 아이요."

"안됐다고!" 군중이 웅성댔다. "원 별 농담도!"

"불쌍한 것!" 신사가 말했다. "다쳤구나."

"내가 잡았어요." 매우 메떨어진 친구가 나서며 말했다. "아주 정확히 주먹으로 입을 맞췄습죠. 내 작품입니다."

그자는 씩 웃으며 자기 모자를 만지작거렸는데 수고비를 좀 달라는 기색이었다. 그러나 노신사는 혐오하는 눈빛으로 그를 바라보더니, 빠져나갈 틈을 찾는 듯 불안해하며 주위를 둘러보았다. 실제로 그가 자리를 벗어나려 했을 가능성은 매우 컸고 이 경우 또 한차례 추격전이 벌어졌겠으나, 그때 마침 경관 하나가 군중 틈을 비집고 들어와서(이들은 이런 경우 대개 가장 늦게 도착하는 법인데) 올리버의 목덜미를 잡았다.

"일어나, 인마." 경관이 거칠게 말했다.

"나리, 제가 안 그랬어요. 정말로요, 정말로요. 다른 두 아이가 그랬어요." 올리버가 두 손을 간절하게 움켜쥐고 사방을 둘러보며 말했다. "걔들 여기 어디에 와 있을 거예요."

"아니야, 없어." 순경이 말했다. 그는 비꼬느라고 이렇게 얘기했지만 사실이 또 그러했던 것이, 미꾸라지와 찰리 베이츠는 빠지기 편리한 첫번째 길목에서 튀어버렸던 것이다. "자, 일어나!"

"아이가 다치겠소." 노신사가 동정하며 말했다.

"아니죠, 다치게 안합니다." 순경이 안 그러겠다는 증거로 아이의 윗도리를 등에서 반쯤 벗겨지게 확 젖히며 대답했다. "수작 떨지 마, 나한텐 안 통해. 이 악마새끼, 똑바로 못 서?"

올리버는 서 있을 힘조차 없었지만 겨우 일어섰고 그러자마자 뒷덜미를 붙잡힌 채 빠른 속도로 길거리에서 질질 끌려갔다. 신사는 순경 곁에서 따라갔고, 그보다 한걸음 앞에서 구경하며 가는 재주를 부릴 수 있는 사람들은 모조리 따라오면서 이따금씩 올리버를 힐끗힐끗 돌아보았다. 사내애들은 승리의 함성을 질렀고, 이렇게 그들은 행진해갔던 것이다.

# 제11장
# 치안판사 팽씨를 다루면서 그가 법을 집행하는 방식의
# 사소한 사례를 보여준다

　이 위법행위는 매우 악명 높은 런던 경찰서의 관할구역, 실제로 그 건물 바로 옆 동네에서 저질러진 것이다. 군중은 올리버를 따라 두세 골목을 가다가 머튼 고개라고 불리는 곳으로 내려가는 길까지 따라가는 것으로 만족해야 했고, 거기서 올리버는 낮은 굴다리 아래를 지나 더러운 길목 뒤편의 즉결재판을 실시하는 곳으로 끌려갔다. 그들이 돌아들어간 곳은 포장이 된 작은 안뜰이었는데, 거기서 얼굴엔 구레나룻 한다발을 달고 손엔 열쇠 한다발을 든 뚱뚱한 남자와 마주쳤다.

　"무슨 일이야?" 사내는 대수롭지 않게 말했다.

　"소매치기 꼬마야." 올리버를 체포한 사내가 말했다.

　"당신이 도둑을 맞은 피해자요?" 열쇠 든 남자가 물었다.

　"그렇소." 노신사가 대답했다. "하지만 이애가 실제로 손수건을 가져갔는지는 확신을 못하겠소. 뭐, 이것을 꼭 강력히 문제 삼을 생각은 없소."

"지금 판사님 앞에 가야 해요." 사내가 대답했다. "판사님께선 지금 하시는 일을 곧 끝내실 거니까. 자, 이 교수형감아!"

그는 이렇게 이야기하며 자물쇠를 풀고, 문 안으로 들어가라며 올리버를 초대했는데, 이 문은 돌로 지은 감방으로 이어졌다. 여기서 올리버는 몸수색을 받았지만 아무것도 발견되지 않자 그냥 감금되었다.

이 감방은 지하 부엌[52]의 광 같은 모양과 크기였으나, 다만 그렇게 밝지는 않은 방이었다. 그곳은 도저히 참을 수 없을 정도로 더러웠으니, 그때가 월요일 아침이었는데 다른 데 갇혀 있던 술주정뱅이 여섯명이 그리로 이송돼 토요일 밤부터 거처했기 때문이다. 그러나 이것은 약과다. 우리나라 경찰서에는 매일 밤 가장 하찮은 고소 건으로 — 이 말은 주목할 만하다 — 수많은 남녀가 지하 감방에 갇혀 있는 것이다. 이에 비하면 재판을 통해 유죄판결을 받고 사형집행을 기다리는 가장 끔찍한 범법자들이 수감되어 있는 뉴게이트[53]의 감방은 대궐인 셈이다. 이것이 의심스러운 사람은 이 둘을 비교해볼 일이다.

노신사는 감방 자물쇠가 철컥 잠기자 올리버만큼이나 비참해 보였다. 그는 한숨을 지으며 본의 아니게 이 난리법석의 원인이 된 그의 책으로 눈을 돌렸다.

"저 아이 얼굴에 무언가가 있는 것 같은데." 노신사는 천천히 걸어가면서 깊은 생각에 빠진 듯 책으로 볼을 톡톡 치며 혼잣말을 했다. "뭔가 내 마음을 움직이고 관심을 끄는 게 있는데. 그애는 죄가

---

[52] 당시의 건축방식으로는 지하에 부엌을 배치했다.
[53] 런던의 대표적인 형무소.

없을까? 아마 그래 보이는데…… 그런데, 아 맙소사!" 노신사는 갑작스레 걸음을 멈추고 하늘을 올려보며 외쳤다. "저런 표정을 어디서 봤더라!"

노신사는 몇분간 사색을 하더니 여전히 명상에 잠긴 얼굴을 하고, 뜰로 문이 나 있는 뒤칸 곁방으로 걸어갔다. 그리고 방 한구석으로 가서, 여러해 동안 희미한 장막에 가려져 있던 아는 얼굴들을 마음의 원형극장에 큼직하게 펼쳐보았다. "아니야, 아마 공상일 뿐이겠지." 노신사가 머리를 흔들며 말했다.

그는 다시 이 얼굴 저 얼굴 사이를 왔다 갔다 했다. 여러 얼굴을 떠올리긴 했어도 그렇게도 오랫동안 가려져 있던 장막을 걷어내는 것은 쉽지 않았다. 벗과 적의 얼굴들이 보였고, 그리고 낯선 얼굴들이 수많은 얼굴들을 힐끗힐끗 비집고 나왔다. 이제는 할머니가 되었을 젊고 활짝 핀 아가씨의 얼굴들, 그리고 무덤에 갇혀 섬뜩한 죽음의 노획품으로 변해버린 얼굴들. 그러나 죽음보다 우세한 힘을 가지고 있는 인간의 정신은, 이들을 원래의 신선함과 아름다움으로 치장해서 그 초롱한 눈빛과 해맑은 미소를 다시 불러내고 육체의 가면 속에서 드러나는 영혼의 빛, 죽음을 넘어 속삭이는 아름다움을 되살린다. 그것은 죽음으로 변해도 더욱 아름답고, 땅에서 하늘로 불려갔지만 하늘의 빛이 된 후 천국으로 가는 길을 부드럽고 다정한 빛으로 내리비추는 그 모습들이 되게 하는 것이다.

그러나 노신사는 올리버와 닮은 얼굴을 하나도 생각해낼 수가 없었다. 그래서, 자신으로서는 다행스러운 일이지만 이 양반은 주의가 산만한 노인인지라, 한숨을 쉬며 자기가 다시 불러일으킨 회상들을 그 낡디낡은 책장 속에 묻어두었다.

열쇠 든 남자가 어깨를 툭 치며 따라오라고 하자, 그는 정신을 차렸다. 그는 보고 있던 책을 재빨리 덮었고, 그 즉시 그 유명한 팽씨의 위압적인 안전으로 안내되었다.

법정은 칸막이벽으로 된 정면의 거실이었다. 팽씨는 방 앞쪽 끝에 놓인 긴 책상에 앉아 있었고, 문의 한쪽엔 나무우리 같은 것이 있었는데 그 안에는 이 무시무시한 광경을 보고 벌벌 떠는 가엾은 어린 올리버가 들어 있었다.

팽씨는 깡마르고 등이 긴데다 목을 빳빳이 세운 중키의 남자로 머리카락이 그리 넉넉한 편은 아니었고, 그나마 남아 있는 머리카락이란 것도 머리통 뒤쪽과 옆에서 좀 자라고 있는 정도였다. 그의 얼굴은 엄하고 매우 상기되어 있었다. 그가 몸에 이로운 정도 이상으로 술을 마시는 버릇이 있지 않았다면, 그는 자기 얼굴을 상대로 명예훼손 소송을 했을 것이고 그런 경우 배상금을 톡톡히 챙겼을 것이다.

노신사는 정중하게 인사를 하고 판사의 책상으로 다가가 명함을 놓고 "그게 제 주소와 성명입니다"라고 했다. 그러고는 몇걸음 뒤로 물러서서 공손한 신사답게 머리를 숙이고 질문을 받을 준비를 하고 있었다.

그런데 마침 팽씨는 바로 그때, 조간신문 머리기사 사설을 읽고 있었는데, 그것은 최근 자기가 내린 어떤 판결에 대해 논하면서 내무대신의 특별하고 특수한 경고가 필요하다고 벌써 삼백오십번째 권하는 내용이었다. 그는 화가 잔뜩 나서 성난 얼굴을 들고 쏘아보았다.

"당신 누구요?" 팽씨가 말했다.

노신사는 다소 놀라서 자기 명함을 가리켰다.

"담당형사!" 팽씨가 신문과 함께 명함을 툭 치며 말했다. "이 친군 누구야?"

"제 이름은," 노신사가 진짜 신사답게 말했다. "제 이름은 브라운로우라 합니다. 삼가 요청하건대, 법의 보호를 받고 있는 선량한 시민을 부당하게 모욕하는 이 치안판사의 이름을 알고 싶군요." 브라운로우씨는 이렇게 말하더니 자기 질문에 대답해줄 사람을 찾는 듯 주위를 둘러보았다.

"담당형사!" 팽씨가 신문을 한쪽으로 던지며 말했다. "이 친군 무슨 혐의지?"

"이 사람은 용의자가 아닙니다요, 나리." 담당형사가 말했다. "이애를 고소하러 출두한 겁니다요, 나리."

나리는 이 사실을 매우 잘 알고 있었으나, 그것은 화풀이를 하기에는 훌륭하고 또한 안전한 건수였다.

"이애를 고소하러 왔다고, 그래?" 팽이 브라운로우를 머리에서 발끝까지 훑어보며 말했다. "선서시켜!"

"선서하기 전에 말 한마디 하게 해주시오." 브라운로우씨가 말했다. "다름이 아니라, 내가 이렇게 직접 경험해보기 전엔 이런 일이 있을 수 있다는 것을……"

"입 다무시오, 선생!" 팽씨가 거만하게 말했다.

"못 다물겠소, 선생!" 노신사가 대답했다.

"지금 당장 입 다물지 않으면 법정에서 내보낼 거야!" 팽씨가 말했다. "당신 아주 거만하고 뻔뻔스러운 친구구먼. 어디 감히 치안판사를 협박하려 들어!"

"뭐요!" 노신사가 얼굴을 붉히며 외쳤다.

"선서시켜!" 서기에게 팽이 말했다. "단 한마디도 더 듣지 않겠어. 선서시켜."

브라운로우씨는 무척 화가 났지만, 화를 내면 아이에게 해로우리라 생각했는지 감정을 억누르고 당장 선서를 하겠다고 했다.

"자, 이 아이의 혐의가 뭐야? 무슨 할 말이 있소, 선생?" 팽이 말했다.

"난 서점에 서서 책을⋯⋯" 브라운로우씨가 말을 시작했다.

"입 다무시오, 선생." 팽씨가 말했다. "경관! 경관 어디 갔어? 자, 경관을 선서시켜. 경관, 무슨 일이야?"

경관은 격에 맞는 겸손함을 갖추고 올리버를 체포하게 된 경위를 설명했고, 그리고 그를 수색하니 아무것도 나온 것은 없다며 이상이 자기가 사건에 대해 아는 전부라고 이야기했다.

"증인 있나?" 팽씨가 물었다.

"없습니다, 나리." 경관이 대답했다.

팽씨는 몇분간 조용히 앉아 있다가 고소인에게 몸을 돌리고 감정을 터뜨리며 말했다.

"당신 지금 이 아이를 고소할 거야 말 거야? 선서를 했으니, 자, 거기 서서 증언을 거부하면 법정모독죄로 벌을 줄 테니, 어디 보자고, 빌어먹을⋯⋯"

빌어서 뭘 먹으라는지는 아무도 알 수 없었다. 서기와 간수가 바로 이 대목에서 매우 크게 기침을 한데다가, 서기가 바닥에 무거운 책을 떨어뜨려 ─ 물론 실수지만 ─ 이 말이 들리지 않았기 때문이다.

브라운로우씨는 숱하게 말을 제지당하고 거듭 모욕을 받으며 사건의 정황을 겨우 전달했다. 그는 놀란 와중에 이 아이가 도망가는 것이 보였기 때문에 쫓아갔다고 하면서, 치안판사가 이애가 실제 도둑은 아니더라도 적어도 도둑과 관련이 있다고 생각한다면 법이 허용하는 한 너그러이 처리해줄 것을 바란다고 했다.

"이미 다친 아이요." 노신사는 결론 삼아 말했다. "아이가 진짜로 많이 아픈 것 같아서 걱정입니다." 그는 판사석을 바라보며 매우 강조해서 덧붙였다.

"아! 그래, 정말로!" 팽씨가 비웃으며 말했다. "자, 이 비렁뱅이 꼬마 놈아, 수작 떨지 마. 안 통해. 너 이름이 뭐야?"

올리버는 대답을 하려 했지만 혀가 말을 듣지 않았다. 그는 죽은 듯이 창백해졌고 방 전체가 빙빙 도는 것 같았다.

"이름이 뭐냐고, 이 독한 악당아?" 팽씨가 쩌렁쩌렁 소리를 쳤다. "이봐, 애 이름이 뭐야?"

이것은 판사석 옆에 긴 줄무늬 조끼 차림으로 서 있던 영감에게 한 말이었다. 그는 올리버에게 허리를 굽히고 다시 이름을 물었다. 그는 아이가 진짜로 질문을 이해하지 못한다고 생각했고, 아이가 대답을 못하면 치안판사가 더 화가 나서 심한 형을 선고하리란 것을 알았기에 추측으로 이름을 지어냈다.

"이름이 톰 화이트랍니다요, 나리." 이 마음씨 착한 형사가 말했다.

"아, 말을 직접 못하겠다 이거지." 팽이 말했다. "좋아, 좋아. 사는 곳은 어디냐?"

"아무데나 되는대로랍니다요, 나리." 담당형사가 다시 올리버의 응답을 받아 전하는 시늉을 하며 대답했다.

"부모는 있대?" 팽씨가 물었다.

"갓난아기 적에 양친 다 여의었답니다요, 나리." 담당형사가 늘 하는 대답을 지어냈다.

심문이 이쯤 진행되고 있을 때 올리버는 고개를 들었고 애원의 눈빛으로 물 한모금 주십사고 기어들어가는 소리로 청했다.

"별놈의 말 같잖은 소리!" 팽씨가 말했다. "누굴 바보로 만들려는 거냐?"

"제가 보기엔 애가 진짜로 아픈 것 같습니다요, 나리." 담당형사가 간언을 했다.

"자네가 뭘 안다고 나서나." 팽씨가 말했다.

"형사 양반, 애를 좀 잡아주시오." 노신사가 본능적으로 손을 들며 말했다. "애가 쓰러지겠소."

"저리 비켜서, 담당형사." 팽씨가 잔인무도하게 소리쳤다. "쓰러지려면 쓰러지라고 해."

올리버는 이렇게도 친절한 허락을 받자 기절해 바닥에 쓰러졌다. 법정에서 일하는 사람들은 서로 쳐다보기만 할 뿐 감히 나서서 도울 엄두를 내지 못했다.

"그놈 꾀병인 줄 난 알았지." 팽이 이것이야말로 반박의 여지없는 증거라도 되는 양 말했다. "거기 누워 있으라고 해, 곧 싫증 날 테니."

"이 사건을 어떻게 처리하실 것인지요?" 서기가 낮은 목소리로 물었다.

"즉결로 해." 팽씨가 대답했다. "삼개월 중노동형이다. 다 내보내, 어서."

방문이 열리고 두사람이 정신 잃은 아이를 감방으로 데려갈 준비를 하던 차에 낡은 검은 양복을 입은 점잖으나 가난한 차림새의 중년 남자가 법정으로 뛰어들어와 판사석으로 갔다.

"잠깐, 잠깐! 애를 데려가지 마세요! 제발 잠깐만 기다리시오!" 새로 들어온 사람이 급히 숨을 몰아쉬며 외쳤다.

비록 이와 같이 법정을 주재하는 수호신이 영국 여왕님의 백성들, 특히 가난한 사람들을 대상으로 인권, 명예, 평판, 심지어 목숨에 대해서도 임의로 즉결 권력을 행사하지만, 그리고 이렇게 벽으로 차단된 곳에서 하늘의 천사들이 눈이 퉁퉁 붓도록 울 만한 환상적인 속임수가 매일 자행되지만, 일반 대중은 일간신문을 통하지 않고는 그것을 알 수 없다. 따라서 팽씨는 이렇게 불경스럽게 난리를 피우며 침입한 불청객에 대해 보통 화가 난 것이 아니었다.

"이거 뭐야? 이 사람 누구야? 쫓아내. 다 내보내!" 팽씨가 소리쳤다.

"난 꼭 얘기를 해야겠습니다." 사내가 말했다. "여기서 나가지 않겠어요. 난 그 사건을 다 봤어요. 내가 바로 책가게 주인입니다. 선서할 것을 요구합니다. 난 침묵을 지키지 않을 겁니다. 팽 판사님, 내 말을 들어야만 합니다. 거절하시면 안 됩니다."

이 사람의 말은 옳았다. 그의 태도는 단호했고, 쉬쉬해서 덮어두기에는 문제가 아주 심각해지고 있었다.

"이 사람을 선서시켜." 팽씨가 매우 품위 없이 볼멘소리로 투덜댔다. "이봐, 무슨 말을 하겠다는 거야?"

"내 말 좀 들어보세요." 사내가 말했다. "다른 애 둘하고 여기 있는 피고, 이렇게 셋이 이 신사분이 책 읽고 있을 때 길 저쪽에서 어슬렁대는 것을 보았습니다. 도둑질은 다른 아이가 저지른 거예요. 내가 목격자요. 그리고 이 아이가 너무 놀라 어안이 벙벙해진 것도 보았습니다." 이 훌륭한 책가게 주인은 여기서 숨을 좀 돌린 후 한결 조리 있게 당시의 정확한 정황을 얘기했다.

"왜 진작 오질 않았어?" 팽이 잠시 가만히 있다가 말했다.

"가게를 볼 사람이 아무도 없었어요." 사내가 대답했다. "저 대신

가게를 봐줄 만한 사람은 하나같이 다 도둑 잡는다고 달려갔고, 오분 전까지만 해도 아무도 없었어요. 전 곧장 이리로 달려온 겁니다."

"고소인이 책을 읽고 있었다 이거지?" 팽이 다시 한번 침묵을 지키다 물었다.

"네." 사내가 대답했다. "바로 손에 쥐고 있는 이 책입니다."

"아, 저 책이야?" 팽이 말했다. "책값은 냈나?"

"아뇨, 안 냈습니다." 사내가 웃으며 말했다.

"세상에, 까맣게 잊고 있었군요!" 정신없는 노신사가 외쳤다.

"그 꼴에 불쌍한 애한테 절도죄나 씌우고 있었군!" 팽이 인정 있는 듯이 보이느라 우스꽝스러운 노력을 하며 말했다. "이봐 선생, 나는 당신이 매우 의심스럽고 수치스러운 상황에서 그 책을 소유하게 되었다고 생각해. 물건의 소유주가 고소 안 하는 것을 다행으로 여기라고. 앞으론 조심해, 이 양반아. 아니면 당신은 법적 처벌을 받을 거야. 애를 무죄 석방해. 이제 다 내보내."

"망할……!" 노신사가 그렇게도 오랫동안 꾹 누르고 있던 화를 터뜨리며 소리쳤다. "망할……! 어디 그냥……"

"법정에서 다 내보내!" 치안판사가 말했다. "이봐 자네들, 내 말이 안 들려? 다 내보내라고!"

이 분부에 복종해서 관리들은, 한 손엔 책을 들고 다른 손엔 대나무 단장을 든 채 머리끝까지 화가 나서 덤비는 브라운로우씨를 밖으로 끌고 나갔다.

그가 안뜰에 이르자 화는 순식간에 사라졌으니, 어린 올리버 트위스트가 셔츠 단추는 풀리고 이마는 물에 흠뻑 젖어 길바닥에 쓰러져 있는 것이었다. 얼굴은 죽은 듯이 하얗게 질렸고 온몸은 차디찬 경기로 덜덜 떨리고 있었다.

올리버 트위스트 131

"불쌍한 것, 불쌍한 것!" 브라운로우씨가 그에게 몸을 숙이며 말했다. "누구 마차를 불러주시오, 제발. 지금 당장!"

노신사는 마차를 잡아 올리버를 자리에 조심스레 앉혀놓고 자신은 옆자리에 앉았다.

"같이 가도 되겠습니까?" 책가게 주인이 들여다보며 말했다.

"내 정신 좀 봐, 물론이죠, 어서 오세요." 브라운로우씨가 재빨리 말했다. "당신을 잊었군요. 내 정신이 원! 게다가 여전히 이 불운한 책을 들고 있다니! 어서 타시오. 불쌍한 것! 일분이 급합니다."

책가게 주인은 마차를 탔고 그들은 달려갔다.

# 제12장
## 여기서 올리버는 전례 없이 좋은 대접을 받는다. 어느 그림에 대한 사연이 약간 나온다

마차는 덜거덕거리며, 올리버가 미꾸라지와 함께 처음 런던으로 올 때 지나친 곳과 비슷한 길을 지나가다가, 이슬링턴의 에인절에 다다라서는 다른 쪽으로 방향을 틀어 펜턴빌 근처의 조용하고 그늘진 거리에 있는 깔끔한 집 앞에 멈춰섰다. 지체 없이 침대가 준비되었고, 브라운로우씨는 자기에게 맡겨진 어린아이가 조심스럽고 편안하게 뉘어지는 것을 지켜보았다. 올리버는 그 집에서 매우 친절하고도 따뜻한 보살핌을 받았다.

그러나 올리버는 여러날 동안 자기의 새 친구들이 베푸는 친절을 알지 못하고 있었다. 그후로 해가 여러번 뜨고 지고, 다시 뜨고 졌어도, 아이는 여전히 뒤척이며 침대에 누워 있었고 사람을 바싹바싹 말리고 진을 빼는 열병을 앓으며 여위어갔다. 실제로 죽은 몸을 갉아먹는 구더기보다 살아 있는 신체에 서서히 기어다니는 열병이 사람을 더 앙상하게 만드는 법이다.

마침내 그는 맥없이 깡마르고 핼쑥해져서, 하나의 길고 혼란스러운 꿈 같은 것에서 깨어났다. 그는 침대에서 힘없이 상체를 일으켜 세워 떨리는 팔에 머리를 기댄 채 불안스레 주위를 둘러보았다.

"이 방은 어디지? 내가 어디에 와 있는 거야?" 올리버가 말했다. "여기는 내가 잠들었던 곳이 아닌데."

그는 힘없는 목소리로 중얼거렸으나 누군가 금세 말귀를 알아들은 모양이었다. 침대머리에 쳐진 커튼이 급히 열렸다. 매우 깔끔하고 단정한 옷차림을 한 노부인이 바로 옆의 안락의자에서 뜨개질을 하며 앉아 있다가 커튼을 걷으며 일어선 것이다.

"쉿, 애야." 노파가 부드럽게 말했다. "가만히 있어야 한단다. 아니면 병이 다시 도져. 넌 아주 많이 아팠거든, 진짜 거의 갈 데까지 다 갔었어. 다시 누워라, 어이 착하지!" 노파는 이렇게 말하며 매우 온화하게 올리버를 다시 뒤로 누이고는 이마에 흘러내린 머리카락을 부드럽게 넘겨주었다. 그녀가 참으로 다정하고 애정 어린 표정으로 바라보았기에 올리버는 앙상하고 작은 손으로 그녀의 손을 잡아 자기 목에 감지 않을 수 없었다.

"참 어쩌면!" 노파가 눈물을 글썽거리며 말했다. "진짜 고마워할 줄 아는 애구나. 예쁜 것! 이 아이 엄마가 나처럼 옆에 앉아 애를 볼 수 있었다면 그 심정이 어떨까!"

"아마 보고 계실 거예요." 올리버가 두 손을 모으며 속삭였다. "내 옆에 앉아 계셨던 것 같아요. 거의 그런 느낌이에요."

"그건 열 때문이겠지, 애." 노파가 따뜻하게 말했다.

"아마 그렇겠죠." 올리버가 대답했다. "하늘나라는 여기서 너무 멀고, 그리고 거긴 무척 행복한 곳이니 불쌍한 아이의 침대 곁으로 내려오시진 않겠죠. 하지만 내가 아픈 것을 엄마가 아셨으면 거기서라도 저를 가엾게 여기시겠죠. 엄마도 돌아가시기 전에 몹시 앓았거든요. 하지만 내가 어떻게 됐는지 전혀 모르실 거예요." 올리버가 잠시 침묵한 후 말했다. "내가 아파하고 있는 것을 보셨다면 정말 슬퍼하셨을 거예요. 꿈속에서 엄마를 보면, 엄마 얼굴은 늘 다정하고 행복해 보였어요."

노파는 대답을 하지 않은 채 그저 처음엔 두 눈을 닦더니 그다음엔 이불에 내려놓았던 안경을, 마치 그것도 눈의 일부인 양 닦았다. 그녀는 올리버에게 시원한 음료수를 가져다준 뒤 볼을 톡톡 두드려주며, 가만히 누워 있지 않으면 또 아플 거라고 했다.

그래서 올리버는 가만히 누워 있었다. 한편으로는 매사에 친절한 할머니 말을 잘 듣고 싶었기 때문이고, 다른 한편으로는 이미 말을 많이 해서 완전히 지쳐버렸던 것이다. 그는 곧 포근한 잠에 빠졌다가 촛불의 빛을 느끼고 잠에서 깼는데, 침대 가까이로 다가온 촛불에 비친 것은 한 신사였다. 그는 매우 큼직하고 소리가 큰 금시계를 손에 들고 맥박을 재어본 후 아주 많이 좋아졌다고 했다.

"정말 많이 좋아졌구나. 안 그러니, 얘야?" 신사가 말했다.

"네, 그래요, 선생님." 올리버가 대답했다.

"그래, 그런 줄 알았다." 신사가 말했다. "너 배도 좀 고프지, 그렇지?"

"안 고픈데요." 올리버가 대답했다.

"음! 그래, 그런 줄 알았다. 배는 안 고플 거요, 베드윈 부인." 신사가 매우 현명해 보이는 표정으로 말했다.

노파는 존경한다는 투로 머리를 숙였는데, 이는 의사선생님이 매우 현명하다는 표현인 듯했다. 의사선생 스스로도 그녀와 거의 비슷한 의견을 가진 것 같았다.

"졸리지 않니, 얘야?" 의사가 말했다.

"아뇨." 올리버가 대답했다.

"그래." 의사가 매우 영리하고 만족스러운 표정으로 말했다. "잠은 안 올 거다. 목은 마르지 않니, 어때?"

"네, 선생님, 목이 좀 말라요." 올리버가 대답했다.

"바로 내가 예상했던 대로군요, 베드윈 부인." 의사가 말했다. "이 아이가 목이 마르다는 것은 극히 자연스러운 일입니다. 정말 자연스럽지요. 차를 좀 먹여도 됩니다, 부인. 버터를 바르지 않은 토스트하고요. 환자를 너무 덥게 하진 마시고요, 부인, 또 너무 춥게 해도 안 돼요, 아시겠어요?"

노부인은 무릎절로 답했다. 의사는 시원한 음료를 맛보고 그런 대로 맛이 괜찮다고 말한 후 급히 나갔는데, 아래층으로 내려갈 때 그의 부츠는 매우 당당하고 여유 있게 삐걱삐걱 소리를 냈다.

올리버는 곧 잠이 들었고 다시 깨었을 때는 거의 자정이 다 되어 있었다. 노파는 조금 있다가 올리버에게 다정하게 작별인사를 하고, 막 들어온 뚱뚱한 할머니에게 그를 맡겼는데, 그녀는 작은 보따리에 작은 기도책 한권과 큰 나이트캡을 가져왔다. 이 할머니는 나이트캡을 머리에 쓰고 기도책은 탁자에 얹은 후, 올리버에게 밤샘하러 왔다고 하더니 의자를 난로 가까이로 당기고 꾸벅꾸벅 졸기 시작했다. 그녀는 그 와중에 빈번하게 갖가지 자세로 앞으로 고꾸라지거나 다양한 신음 소리를 내거나 침을 잘못 삼켜 숨이 막히는 등의 변화를 보이곤 했지만, 그녀는 그때마다 코를 세게 비비고 다시 잠에 빠질 뿐이었다.

이렇게 밤은 서서히 깊어갔다. 올리버는 한동안 깨어 있으면서 골풀 양초 가리개가 천장에 반사시키는 작은 원형 불빛을 세기도

하고, 지친 눈으로 벽지의 정교한 무늬를 더듬어보기도 했다. 깊은 적막이 깔린 어두운 방은 매우 숙연했다. 주위를 둘러본 아이의 마음속에, 죽음이 여러날 여러 밤 그곳을 맴돌았고 다시 또 그 무시무시한 죽음의 기운이 그 방을 가득 채울 수 있다는 생각이 떠올랐다. 그러자 그는 베개에 얼굴을 파묻고 하느님께 열심히 기도를 했다.

차츰 그는, 이제 막 고통에서 벗어났을 때만 찾아오는 그런 편안함을 느끼며 깊고 평온한 잠에 빠져들었다. 이런 고요하고 평화로운 휴면에서 깨어나는 것은 고통스러운 일일 것이다. 설사 이것이 죽음이라고 해도, 그 누가 여기서 다시 깨어나 인생의 온갖 투쟁과 격동, 현재의 근심걱정과 미래의 불안, 그리고 그 무엇보다도 진저리나는 과거의 기억으로 돌아가고 싶겠는가!

올리버가 눈을 떴을 때는 밝은 대낮이 된 지 이미 여러시간이 지난 뒤였다. 그는 신나고 즐거운 기분이었다. 무사히 고비를 넘긴 것이다. 그는 다시 사람이 사는 세상에 속하게 된 것이다.

사흘 후, 그는 편안한 의자에 베개로 잘 받치면 앉을 수 있게 되었다. 그는 아직 걷기엔 무리였던 탓에, 베드윈 부인은 그를 안아 자기가 쓰는 1층의 작은 가정부 방으로 데려가도록 했다. 그 방의 난롯가에다 그를 내려놓은 다음 착한 노파도 옆에 앉았다. 그리고 올리버가 이토록 많이 회복된 것을 보고 기쁜 나머지 몹시 울어댔다.

"걱정 마라, 얘야." 노파가 말했다. "그저 한번 실컷 울어보는 것뿐이란다. 그게 다야. 이젠 다 됐어. 맘이 꽤 편해."

"할머니는 제게 잘해주세요." 올리버가 말했다.

"그래, 그런 신경은 쓰지 마, 얘야." 노파가 말했다. "그건 네 고기수프하고는 아무 상관이 없는 일이니까. 자, 수프 먹을 시간이 됐구나. 브라운로우씨가 오늘 아침에 널 보러 오실지 모른다고 의사

선생님이 그랬어. 그러니 최대한 건강하게 보여야 하지 않겠니, 건강해 보일수록 기뻐하실 거야." 노파는 이렇게 말하며 작은 냄비에 한그릇 가득 고기수프를 데우는 일에 몰두했는데, 올리버 생각엔 이 국물은 규정에 맞게 묽게 타면 가장 적게 잡아도 극빈자들 삼백오십명은 먹일 수 있는 성찬이 될 정도의 진국이었다.

"그림을 좋아하는가보구나, 애야." 올리버가 의자 맞은편 벽에 걸린 초상화를 매우 주의 깊게 바라보자 노파가 말했다.

"잘 모르겠어요." 올리버가 화폭에서 눈을 떼지 않고 말했다. "그림을 본 적이 거의 없어서요, 잘 모르겠어요. 저 부인의 얼굴은 참 아름답고 부드럽기도 하네요!"

"아!" 노파가 말했다. "화가들은 늘 부인네들을 실제보다 더 아름답게 그려줘야지 안 그러면 손님이 오지 않는 거란다, 애야. 사진 찍는 기계를 발명한 사람은 아마 성공하지 못할 줄 알았을 법도 한데 말이야. 그건 너무 정직하거든. 너무 정직하다고." 노파는 자신의 예리함에 매우 흔쾌하게 웃으면서 말했다.

"저게, 저게 모습 그대로 그린 그림인가요?" 올리버가 말했다.

"그래." 노파가 고기수프에서 잠시 눈을 들면서 말했다. "저건 초상화야."

"누구 건데요?" 올리버가 물었다.

"거 왜, 난 잘 모르겠구나." 노파가 기분 좋게 대답했다. "아마 너나 내가 알 만한 사람은 아니겠지. 맘에 드는 모양이구나, 애야."

"정말 예쁜걸요." 올리버가 대답했다.

"설마, 너 저 그림이 무서운 것은 아니지?" 노파는 올리버가 두려운 표정으로 그림을 바라보는 것을 보고는 놀라서 말했다.

"아니에요, 아니에요." 올리버가 재빨리 대답을 했다. "하지만 눈이 너무 슬퍼 보이고요, 여기 앉은 데서 보면 나랑 눈을 맞추고 있는 것 같아요. 가슴을 두근거리게 하네요." 올리버가 낮은 목소리로 덧붙였다. "마치 살아 있는 것 같고, 내게 말을 걸고 싶지만 말을 못하는 것 같아요."

"하느님 맙소사!" 노파가 깜짝 놀라며 소리쳤다. "그런 식으로 얘기하지 마라, 애야. 넌 지금 병을 앓고 난 뒤라 몸이 약하고 신경이 예민한 거야. 네 의자를 다른 쪽으로 밀어놓아야겠다. 그러면 그림이 안 보일 테니. 자!" 노파가 자기의 말을 행동에 옮기며 말했다. "어쨌건 이젠 못 보겠지."

그러나 올리버는 마음속의 눈으로, 자리를 옮기지 않은 양 훤하게 그림을 보았다. 하지만 그는 친절한 노파에게 걱정을 끼치지 않으려고 그녀가 자기를 바라볼 때는 상냥하게 미소를 지었다. 베드윈 부인은 애가 좀 나아졌다고 안심하고는 그처럼 엄숙한 상차림에 걸맞게 잔뜩 부산을 떨어가며 소금으로 수프의 간을 맞추고 구운 빵을 조금씩 잘라넣었다. 올리버는 비상한 속도로 음식을 먹어치웠는데 마지막으로 한숟가락을 푹 뜨는 순간 가볍게 문을 두드리는 소리가 들렸다. "들어오세요." 노파가 말하자 브라운로우씨가 걸어들어왔다.

자, 이 노신사는 아주 활달하게 들어왔으나, 올리버를 잘 보려고 안경을 이마로 들어올리고 두 손을 실내복의 옷자락 뒤로 밀어넣었을 때 그의 얼굴이 매우 다양한 모양으로 괴상하게 찌그러지는 것이 아닌가. 병을 앓아서 매우 수척하고 그늘져 보이는 올리버는 자기의 은인에 대한 존경의 표시로 일어서려고 어렵사리 애쓰다가 다시 의자에 주저앉고 말았다. 사실대로 말하자면, 브라운로우씨의 가슴은 인정 많은 보통 노신사 여섯명만큼은 넓었기 때문에, 필자는 충분히 철학적이지 않은 터라 뭐라고 설명할 수 없지만 어떤 수압기의 작동에 의해 그의 눈으로 눈물 한통이 공급되었던 것이다.

"불쌍한 것, 불쌍한 것!" 브라운로우씨가 목청을 가다듬으며 말했다. "오늘 좀 목이 깔깔하군요, 베드윈 부인. 아마 감기에 걸린 모양이에요."

"설마요." 베드윈 부인이 말했다. "쓰시는 물건들은 다 햇볕에 잘 말렸는데요."

"글쎄, 베드윈, 잘 모르겠는데." 브라운로우씨가 말했다. "어제 저녁식사 때 아무래도 좀 축축한 냅킨을 썼던 것 같은데, 어찌됐건 상관없어요. 얘야, 좀 어떠니?"

"매우 행복합니다." 올리버가 대답했다. "제게 베푸신 은혜에 무척 감사하고 있어요, 정말로요."

"착한 아이구나." 브라운로우씨가 점잖게 말했다. "애한테 뭐 좀 먹을 거라도 줬소, 베드윈? 죽이라도 좀?"

"방금 아주 진하게 끓인 고기수프 한그릇을 잘 먹었습니다." 베드윈 부인이 허리를 약간 펴 보이며, 고기수프란 말에 강하게 힘을 주며 얘기했는데, 죽과 잘 만든 고기수프 사이에는 도대체 어떤 유사성이나 연관도 있을 수 없다는 것을 암시하는 듯했다.

"에!" 브라운로우씨가 약간 진저리를 치며 말했다. "포트와인 두어잔이 아이한테 훨씬 더 좋았을걸. 그렇지 않니, 톰 화이트, 응?"

"제 이름은 올리버인데요." 어린 환자가 매우 놀란 표정으로 대답했다.

"올리버라." 브라운로우씨가 말했다. "올리버 뭐냐? 올리버 화이트, 그러니?"

"아니에요, 트위스트예요, 올리버 트위스트요."

"희한한 이름이로구나!" 노신사가 말했다. "판사가 왜 네 이름이 화이트라고 했을까?"

"전 그렇게 말한 적이 없는데요." 올리버가 깜짝 놀라서 대꾸했다.

이 말이 거짓말처럼 들렸기에 노신사는 올리버의 얼굴을 좀 근엄하게 바라보았다. 그러나 이애를 의심하는 것은 불가능했다. 그의 인상의 가늘고 날카로운 윤곽마다 진실이 담겨 있었던 것이다.

"별난 실수도 다 있구나." 브라운로우씨가 말했다. 그는 더이상 올리버를 차근차근 살펴볼 이유가 없었지만 올리버의 생김새가 자기가 친숙히 아는 어떤 얼굴과 닮았다는 생각이 매우 강하게 떠올라서 아이에게서 눈길을 돌릴 수가 없었다.

"제게 화가 나신 것은 아니죠, 설마?" 올리버가 애원하듯 눈을 들며 말했다.

"아니다, 아니야." 노신사가 대답했다. "세상에, 이럴 수가! 베드윈, 와서 저거 좀 봐요!"

그는 이렇게 말하며 급히 올리버 머리 위에 걸린 그림을 가리켰고 그다음엔 아이의 얼굴을 가리켰다. 거기엔 살아 있는 복제품이 있었던 것이다. 두 눈, 머리, 입, 모든 것이 다 똑같았다. 그 순간에는 표정도 똑같아서 아주 세밀한 부분까지도 섬뜩할 정도로 정확하게 베껴놓은 것 같았다.

올리버는 노신사가 왜 갑자기 소리를 질렀는지 알 수 없었다. 왜냐하면 그는 그 소리를 감당할 만큼 튼튼하지 못했기에 깜짝 놀라 기절을 해버렸기 때문이다.

# 제13장
## 유쾌한 노신사와 그의 어린 친구들에게 돌아간다. 이들을 통해서 명석한 독자들께 새 인물을 소개하는데, 이 사람에 대해서는 즐거운 얘깃거리가 많다

이미 앞장에서 매우 명쾌하게 묘사한 대로 미꾸라지와 그의 숙달된 동무 베이츠군이 브라운로우씨의 개인재산을 불법으로 양도한 결과 올리버를 추격하는 야단법석이 벌어졌는데, 그들이 여기에 끼어든 것은, 앞장에서 기회를 만들어서 논급한 대로, 매우 칭송받을 만하고 적절하게 자기 이익에 대한 배려에 따라 움직인 것이다. 충실한 영국인이 가장 먼저 내세우고 자부심을 갖는 자랑거리가 개인 주체의 자유와 개별 시민의 인권인 한에 있어서, 모든 애국적 공인들의 견지에서 보면 이러한 행동이 찬양받을 만하다는 사실을 새삼 독자들에게 호소할 필요가 없다. 이처럼 그들이 자기보신에 힘쓰고 자신의 안전을 걱정한다는 이 훌륭한 증거는, 심오하고도 건전한 판단력을 갖추신 몇몇 철학자분들이 모든 자연행위의 주된 원천이라고 규정한 그 사소한 법칙을 확증해준다는 면에서 거의 같은 수준의 칭송을 받을 만하다고 하겠다. 상기 철학자분들은 자연이라는 이 착한 아줌마[54]의 행동거지를 매우 현명하게도 공리와 이론의 문제로 축소한 바 있고, 또한 그녀의 고양된 지혜와 지식을 매우 산뜻하고도 멋지게 찬미하느라 자연으로부터 사람의 심성과 너그러운 충동, 감성의 문제를 완전히 제거해버렸던 것이다. 왜냐하면 이런 문제들은 보편적인 합의에 의해 인식되기를, 평범한 여자들의 숱한 작은 결점과 심약함을 현격히 초월한 이 여성분의 품위에 전혀 걸맞지 않은 것들이기 때문이다.

이 어린 신사들의 행동이 지닌 그 엄밀한 철학적 속성에 대한 증거가 더 필요하다면, (이 또한 앞서 언급된 바 있지만) 여러사람들이 올리버에게 주의를 집중하자 이 신사들이 추격을 멈추고 집을 향해 가장 빠른 지름길로 돌아갔다는 사실을 당장 제시할 수도 있다. 필자는 비록 저명하고 학식 높으신 현자들께서 결론에 이르는 길로 짧게 질러가는 것은 흔한 관행이라고 주장할 생각은 없지만 (이분들의 여정은 실제로 여러가지 말돌림과 담론상의 비틀거림에 의해 거리를 더 연장시키는 쪽이니, 그것은 마치 술에 취한 이들이 생각이 너무 강하게 몰려와 그 압력을 이기지 못하고 즐겨 비틀거리는 것과 비슷하다), 그럼에도 분명히 밝혀두고자 하는 것은, 여러 굉장한 철학자들은 그들의 이론을 실행하는 데 영향을 끼치리라 예상되는 가능한 모든 우발요인을 미리 방지하는 크나큰 지혜와 예지를 입증해 보이는 것을 그들의 변함없는 관행으로 하고 있다는 점이다. 그리하여 대의를 위해서는 조그만 불의를 행할 수도 있으며, 결과가 정당화되는 한 그 어떤 수단도 택할 수 있다. 어떤 일이 얼마나 정당하고 얼마나 부당한가, 실제로 이 둘의 차이점

----

54 여기서 자연을 여신으로 의인화하고 있다.

이 무엇인가 하는 것은 전적으로 해당 철학자가 자신이 처한 특수한 경우를 감안해서 내리는 명징하고 포괄적이며 공정한 판단에 맡겨지는 법이다.

이 두 아이는 극히 복잡하게 뒤엉킨 좁은 골목을 매우 신속하게 내달리다가 위험을 감수하고 낮고 어두운 다리 밑에 멈춰섰다. 베이츠군은 거기서 말을 할 수 있을 정도로 숨을 돌리느라 잠시 가만히 있다가 즐거움과 기쁨에 넘쳐 소리를 질렀다. 그는 억제할 수 없는 웃음을 터뜨리면서 어느 집 현관의 계단에 몸을 던지고 유쾌함에 도취되어 떼굴떼굴 굴렀다.

"왜 그러냐?" 미꾸라지가 물었다.

"하하하!" 찰리 베이츠는 쩌렁쩌렁 웃어댔다.

"조용히 좀 해." 미꾸라지가 조심스레 주위를 둘러보며 타일렀다. "너 잡히고 싶어서 그래, 이 멍청아?"

"웃겨 죽겠어." 찰리가 말했다. "웃겨 죽겠다고! 그 녀석이 죽자 사자 냅다 도망치다 골목으로 꺾어져 기둥에 쾅 박고도, 마빡도 기둥처럼 강철로 됐는지 다시 그냥 달려가고, 내가 주머니에다 코닦개 손수건을 넣고 뒤에서 꽥꽥거리며 쫓아가는 꼴이라니…… 아이구, 내 골이야!" 베이츠군의 활발한 상상력은 그 장면을 지나치게 선명하게 그려낸 셈이었다. 그래서 그는 자기 골을 언급하는 이 대목에서 다시 현관에서 뒹굴며 아까보다 더 크게 웃어댔다.

"그런데 페이긴은 뭐라고 할까?" 미꾸라지가 물었는데, 자기 친구가 숨을 돌리려 다시 웃음을 멈춘 틈을 타서 문제를 제기한 것이다.

"뭐라고?" 찰리 베이츠가 말을 되풀이했다.

"그래, 뭐라고 하겠냐고?" 미꾸라지가 말했다.

"글쎄, 뭐라고 할까?" 미꾸라지의 태도가 의미심장했기에 찰리는 신나는 웃음을 딱 멈추면서 물었다. "뭐라고 하겠냐?"

도킨스씨는 두어번 휘파람을 불다가 모자를 벗더니 머리를 긁적거리면서 고개를 세번 끄덕거렸다.

"무슨 뜻이야, 그게?" 찰리가 말했다.

"룰루 룰루, 사기 친 돼지고기에 시금치라, 개구리 점프는 안 하고, 게다가 위로 껑충 토끼뜀이라고." 미꾸라지가 그의 식자다운 표정에 약간의 냉소를 띠면서 말했다.

이것은 무어라고 설명을 하는 것 같았지만 만족스러운 대답은 아니었다. 베이츠군은 그렇게 느끼면서 다시 말했다. "무슨 말이야, 그게?"

미꾸라지는 아무 대답도 안 했고 다시 모자를 쓰면서 긴 코트자락을 팔 밑으로 모으고 볼 안쪽으로 혀를 쑥 내밀었다. 그리고 늘 하던 대로 그러나 의미심장하게 콧잔등을 대여섯번 톡톡 두드리더니 길목을 달려 도망쳤다. 베이츠군도 생각에 잠긴 얼굴로 따라갔다.

이런 대화가 있은 지 몇분 후에, 유쾌한 노신사는 왼손엔 짠 소시지 한개와 작은 빵덩어리를 오른손엔 주머니칼을 들고, 삼각대 석쇠 위엔 백랍단지를 얹어놓은 채 벽난로 앞에 앉아 있다가 삐걱대는 계단에서 들리는 발걸음 소리에 번쩍 정신이 들었다. 고개를 돌려 문 쪽에 귀를 기울이며 짙은 붉은색 눈썹 밑으로 날카롭게 눈을 빛내는 그의 창백한 얼굴에는 악당 같은 미소가 서려 있었다.

"어쭈, 이거 봐라!" 유대인이 안색을 바꾸며 투덜댔다. "왜 둘뿐이야? 하나는 어디 갔어? 뭐 잘못된 거 아냐, 이거!"

발걸음 소리는 점점 가까워지더니 층계참에 이르렀다. 문이 서서히 열렸고 미꾸라지와 찰리 베이츠가 들어와 문을 닫았다.

"올리버는 어디 있어, 이 개자식들!" 분격한 유대인이 위협적인 눈초리를 하고 일어서며 말했다. "그애 어디 있어?"

어린 도둑들은 그들의 지도자가 이렇게 별안간 화를 내는 것이 못내 놀라운 듯 쳐다보았다. 그러나 아무 대답도 못했다.

"아이는 어떻게 됐어?" 유대인이 미꾸라지의 목덜미를 잡고서 무시무시한 저주를 퍼부으며 위협했다. "말해봐, 이 망할 놈아. 아니면 목 졸라 죽일 테니!"

페이긴씨가 진짜로 그렇게 할 것처럼 보였기에, 모든 경우 늘 안전한 편에 서는 것이 현명하다고 생각하는 찰리 베이츠는 그다음엔 자기가 목 졸릴 차례가 되리라고 판단한지라, 무릎을 꿇고 크고 잘 수그러들지 않는 지속적인 울음소리, 말하자면 미친 황소와 확성기 소리의 중간쯤 되는 울음소리를 쏟아냈다.

"말 안 할래?" 유대인이 이렇게 버럭 외치면서 미꾸라지를 흔들어댔으니 그가 그 큰 외투 속에 매달려 있는 것은 완전히 기적으로 보였다.

"짭새들한테 물렸어요, 그게 단데 뭘." 미꾸라지가 뿌루퉁해서 말했다. "이거 놔요, 놓으라니깐!" 그리고 단번에 몸을 획 돌려 그의 큰 외투에서 말끔하게 빠져나가 유대인 손에 외투만 남겨놓더니, 미꾸라지는 조리용 포크를 잡고 유쾌한 노신사의 조끼를 향해서 푹 찔렀다. 만약 이것이 효과를 거두었다면 노인에게서는 쉽게 다시 채워넣기엔 다소 많은 양의 유쾌함이 빠져나갔을 것이다.

유대인은 위급해지자 일견 노인답지 않은 민첩함을 발휘해 한 발 비켜서더니 단지를 들어 공격자의 머리에 막 집어던지려 했다. 그러나 찰리 베이츠가 이 순간 그야말로 엄청나게 큰 소리로 울부짖어 페이긴의 주의를 끌자 그는 갑자기 목표를 바꾸어 단지를 이 어린 신사의 정면에 던졌다.

"이거, 웬 난리들이야!" 낮게 깔리는 목소리가 으르렁댔다. "누가 던졌어, 엉? 단지가 아니라 거기 든 맥주가 날아온 게 다행이지, 아니면 누군지 몰라도 나한테 작살났을 텐데. 하긴 누군지 알 만하지. 악마 같고 돈 많고 남들 벗겨먹는 데 이력이 난 끔찍한 유대인 영감태기가 아니고서야 누가 맹물도 아닌 것을 그냥 막 갖다 버릴 형편이겠어. 물도 그냥 버리겠냐, 강물 관리회사를 말끔히 다 사기 쳐먹고 나서야 버리겠지. 왜 이 난리법석이야, 페이긴? 제기랄, 목수건이 완전히 맥주에 절었잖아 이거! 들어와 이 비겁한 쥐새끼야, 왜 밖에 있는 거야? 네 주인이 창피해서 그러는 거야? 들어와!"

이렇게 으르렁거리며 말을 뱉어낸 사람은 어깨가 딱 벌어진 서른다섯살 정도의 사내로, 검은 벨벳 코트와 더러운 담갈색 바지에 구두끈으로 묶은 발목부츠 차림이었고, 거기에 터질 것 같은 장딴지를 가진 두툼한 두 다리를 회색 면스타킹으로 가리고 있었다. 이런 식의 옷차림에서 이런 다리는 족쇄로 치장해놓지 않으면 항상 어딘지 허전하고 불완전하게 보이는 법이다. 그는 누런 모자를 쓰고 알록달록한 더러운 수건을 목에 둘렀는데, 오래전에 닳아버린 수건의 양쪽 끄트머리로 얼굴에 묻은 맥주를 문지르고 있었다. 이렇게 맥주를 다 닦아내자 크고 묵직한 얼굴에 사흘 동안 깎지 않은 턱수염과 매섭게 쏘아보는 두 눈이 드러났는데, 한쪽 눈에는 최근에 주먹에 맞은 듯한 다채롭게 얼룩진 증상이 보였다.

"들어오란 말이야, 안 들려?" 이 매력적인 악한이 으르렁댔다.

얼굴이 스무군데는 긁히고 찢긴 흰 털북숭이 개가 방으로 슬금슬금 들어왔다.

"왜 진작 안 들어온 거야?" 사내가 말했다. "너 건방지게 남들 앞에선 날 모른다고 하고 싶은 거냐, 응? 엎드려!"

그는 발길질을 곁들여 이렇게 명령하여 이 짐승을 방의 한쪽 끝으로 보내버렸다. 그러나 개는 이런 데 꽤 익숙한 모양인지 아주 조용하게 한쪽 구석에 쭈그리고 앉아 끽소리도 없이 매우 불쾌하게 생긴 눈을 일분에 스무번은 끔벅거리면서 방을 둘러보는 일에 몰두했다.

"이봐, 무슨 수작이오? 애들이나 학대하고. 이 탐욕스럽고 욕심 많고 만족할 줄 모르는 늙은 장물아비 같으니!" 사내가 유유하게 자리를 잡으면서 말했다. "애들이 당신을 안 죽이는 게 정말 이상하다니깐, 나라면 당장 그러겠어. 내가 당신 밑에서 도제살이를 했더라면 옛날에 해치웠을 거야. 그리고 그다음에 어디다, 아니야 어디 내다팔 수는 없겠지, 병에 담아놓으면 흉측하게 생긴 희한한 물건으로나 값어치가 있을까. 그만큼 큼직한 병은 있지도 않겠지만."

"쉬, 쉬, 사익스씨." 유대인이 부들부들 떨며 말했다. "그렇게 크게 떠들지 마시게."

"씨는 무슨 놈의 씨." 악한이 대꾸했다. "그럴 땐 늘 뭔가 꿍꿍이 수작이 있잖소. 그냥 이름만 부르라고. 내가 필요할 때 이름값 못할 사람은 아니니까."

"좋아, 좋아, 그럼…… 빌 사익스." 유대인이 비굴하게 굽실거리며 말했다. "기분이 안 좋은 모양이군, 빌."

"그런 셈이오." 사익스씨가 대답했다. "당신도 그야말로 기분이 좀 안 좋은 모양이군, 여기저기 맥주 단지를 집어던지고도 별 탈이 없을 거라고 생각했다면 말이야. 여기저기 나발 불고 다닐 때처럼……"

"이봐, 미쳤어?" 유대인이 아이들을 가리키며 사내의 옷소매를 잡고 말했다.

사익스씨는 자기 왼쪽 귀 아래에 가상의 올가미를 묶고 오른쪽 어깨 쪽으로 고개를 휙 뒤트는 시늉을 했을 뿐인데, 유대인은 이 무언극의 한 장면을 완벽히 이해한 듯했다. 그런 다음, 사내는 은어를 넘칠 정도로 쏟아부으며 ─ 이것을 여기에 그대로 기록하면 상당히 알기 어려운 말이 될 텐데 ─ 술이나 한잔 달라고 했다.

"거기다 독은 타지 말고." 사익스씨가 탁자에 모자를 내려놓으며 말했다.

이 말은 농으로 한 것이었지만, 만약에 그가 유대인이 선반으로 돌아서서 창백한 입술을 꽉 깨물며 보낸 사악한 곁눈질을 볼 수 있었다면 이런 주의가 전혀 불필요한 건 아니었다고 생각했을 것이다. 또한 (어느 경우에건) 술을 증류해내는 재간에서 한걸음 더 나아가 독을 만드는 방법을 알고 싶어하는 마음이 이 노신사의 유쾌한 마음에서 그다지 멀지 않다는 것도 알았을 것이다.

술 두세잔을 벌컥벌컥 마신 사익스씨는 어린 신사들에게 신경을 써주는 은전을 베풀었는데, 이 감지덕지한 행동은 대화로 이어졌고, 미꾸라지는 현 상황에 적합해 보이는 만큼 사실을 바꾸고 불려서 올리버가 붙잡히게 된 이유와 당시의 정황을 소상히 얘기했다.

"혹시나 걔가 우리를 곤경에 빠뜨릴 소리를 하지 않을까?" 유대인이 말했다.

"충분히 그럴 수 있소." 사익스가 악의에 찬 웃음을 씽긋 지으며 대꾸했다. "이제 다 나발 불어서 들통나겠군, 페이긴."

"그리고 또 걱정인 게 뭔고 하니." 유대인은 상대가 끼어든 것에 아랑곳하지 않고 그를 자세히 쳐다보며 말했다. "혹시나 우리가 끝장나면, 끝장날 사람이 여럿 더 있다는 거야. 나보다 자네한테 더

불리하게 될까봐 걱정이라고, 이 사람아."

사내는 깜짝 놀라면서 사납게 유대인을 돌아보았다. 그러나 노신사는 어깨를 귓불까지 으쓱 올리고는 반대편 벽만 멍하니 바라볼 뿐이었다.

한동안 잠잠했다. 이 존경스러운 패거리의 구성원들은 각기 명상에 빠져 있는 것 같았는데, 개도 예외가 아니어서 악의를 품고 입술을 핥는 품이 밖에 나가서 가장 처음 마주치는 신사나 숙녀의 다리를 공격할 것에 대해 사색하는 듯했다.

"누군가 서에 가서 일이 어떻게 됐는지를 알아봐야 할 텐데." 사익스씨가 방에 들어온 후 지금까지의 말투보다 훨씬 낮은 어조로 말했다.

유대인이 고개를 끄덕거리며 수긍했다.

"그애가 불지 않고 형을 받았으면 다시 나올 때까지 걱정할 건 없지." 사익스씨가 말했다. "나오면 그때 개를 돌봐주면 돼. 어떻게든 녀석을 우리 손에 넣어야 돼."

다시금 유대인이 고개를 끄덕거리며 수긍했다.

이러한 행동방향이 사리에 맞는 것임은 실로 명백했다. 그러나 불행히도 이를 채택하는 데에는 강력한 장애가 있었으니, 그것은 미꾸라지, 찰리 베이츠, 페이긴, 윌리엄[55] 사익스씨 등이 하나같이 어떤 이유에서건 경찰서라면 근처에 가는 것마저 격렬하고도 뿌리 깊게 혐오하고 있다는 점이었나.

그들이 얼마나 오랫동안 그렇게 우두커니 앉아서 그다지 즐겁지 않은 불확실한 상태로 서로를 쳐다만 보고 있을 것인가는 추측

---

[55] 빌과 윌리엄은 같은 이름임.

하기 어려웠다. 그러나 이 문제에 대한 추측이 불필요해졌는데, 그 것은 올리버가 앞에서 한번 본 적이 있는 두 아가씨가 갑작스레 들 어와서 대화가 다시 시작됐기 때문이다.

"바로 그거야!" 유대인이 말했다. "벳이 가줄 거야, 그렇지, 얘?"

"어딜?" 아가씨가 물었다.

"그저 저기 서에까지만 가면 된단다, 얘." 유대인이 살살 달래며 말했다.

마땅히 지적해야 할 바가 있거니와, 그것은 이 아가씨는 안 가겠 다고 확실히 말한 것이 아니라 다만 만약 자기가 간다면 자기는 '복 을 받을' 거라는 식으로 강하고 진지한 바람을 표현했을 뿐이라는 점이다. 이렇게 정중하고도 섬세하게 청을 거절하는 것을 보면, 이 젊은 숙녀는 직접적이고 단호한 거절로 동료에게 차마 아픔을 주 지 못하는, 선천적으로 훌륭한 인간성을 타고났음을 알 수 있겠다.

유대인은 안색이 어두워져서 다른 아가씨 쪽으로 고개를 돌렸 는데, 그녀는 빨간색 가운과 초록색 부츠, 노란색 머리 마는 종이로 호사스럽다고는 못해도 화려하게 차려입고 있었다.

"얘, 낸시야." 유대인이 달래는 투로 말했다. "넌 어떠니?"

"소용없으니 아예 말도 꺼내지 마요, 페이긴." 낸시가 대답했다.

"그게 무슨 말이야?" 사익스씨가 퉁명스레 올려보며 말했다.

"말한 대로지 뭐, 빌." 아가씨가 차분하게 대답했다.

"아니, 네가 바로 적격자란 말이야." 사익스씨가 따졌다. "이 동 네에서 널 아는 사람은 아무도 없잖아."

"게다가 난 다른 사람한테 알려지는 것을 원하지도 않아." 낸시 가 여전히 침착한 태도로 대답했다. "난 못 가겠다는 쪽이야, 빌."

"얘가 갈 거요, 페이긴." 사익스가 말했다.

"아니야, 안 가요, 페이긴." 낸시가 호통을 쳤다.

"아니야, 갈 거요, 페이긴." 사익스가 말했다.

그런데 결국 사익스의 말이 옳았다. 협박과 약속과 뇌물을 번갈아 쓰는 통에, 문제의 이 애교 있는 아가씨는 결국 그 임무를 떠맡기로 설득당한 것이다. 그녀는 실제로 자기의 상냥한 친구와 마찬가지의 우려로 망설일 이유가 없었는데, 그녀는 외진 곳이지만 순박한 교외인 랫클리프에서 필드레인 동네로 이사 온 지 얼마 안 되었기 때문에 사익스처럼 다른 사람이 알아볼 것을 걱정하지 않아도 되었다.

그리하여 낸시양은 가운 위에 깨끗하고 하얀 앞치마를 두르고 머리를 만 종이를 밀짚 보닛 밑에 밀어넣고서 — 이 두가지 의류 품목은 동날 줄 모르는 유대인의 재고에서 나온 것인데 — 심부름을 떠날 채비를 마쳤다.

"얘, 잠깐만." 유대인이 보자기를 덮은 작은 바구니를 꺼내주며 말했다. "그걸 들고 가라. 훨씬 더 점잖아 보이는데, 낸시."

"다른 손엔 대문 열쇠를 들고 가게 하라고, 페이긴." 사익스가 말했다. "진짜 그럴듯할 테니."

"그래, 그래, 그렇구나, 얘." 유대인이 여자의 오른손 검지에 커다란 대문 열쇠를 걸어주면서 말했다. "자, 아주 훌륭해! 진짜 훌륭하구나!" 유대인이 두 손을 비비며 말했다.

"아이구, 내 동생! 불쌍하고 예쁘고 귀엽고 순진하고 어린 내 동생!" 낸시양이 울음을 터뜨리고 슬픔을 이기지 못하는 듯 작은 바구니와 대문 열쇠를 비틀어대며 외쳤다. "얘가 어떻게 된 거예요! 어디로 데려갔나요, 네? 아이구, 제발 절 불쌍히 여기셔서 귀여운 이애가 어떻게 된 건지 말씀 좀 해주세요, 신사 여러분!"

낸시양은 이런 식으로 가장 서글프고 가슴 아픈 곡조로 얘기해서 청중들을 한없이 즐겁게 하더니, 일동에게 윙크를 하며 미소를 짓고 사방으로 고개를 끄덕인 뒤 사라졌다.

"아, 참 똑똑한 애야, 그렇지 얘들아." 유대인이 자기의 어린 친구들 쪽을 돌아보며, 그들이 목도한 이 찬란한 모범을 따르도록 말없이 훈계하는 듯이 심각하게 고개를 흔들며 말했다.

"그녀는 모든 여성들의 자랑거리야." 사익스가 잔을 채우고 엄청난 주먹으로 탁자를 내리치며 말했다. "자, 그녀의 건강을 위해서, 그리고 모든 여자들이 다 그녀 같기를 바라면서 건배!"

그밖에도 수많은 찬사들이 완숙한 낸시에게 바쳐지는 동안 이 아가씨는 될 수 있는 대로 서둘러 경찰서로 갔으니, 혼자 길을 걷는 데 따르게 마련인 약간의 두려움에도 불구하고, 잠시 후 무사히 경찰서에 도착했다.

뒷문으로 들어간 그녀는 손에 든 열쇠로 유치장 문 하나를 두드리고 귀를 기울였다. 안에서 아무 소리도 나지 않자 다시 헛기침을 하고 귀를 기울여보았다. 그래도 아무 대답이 없는지라 말을 걸었다.

"놀리, 너니?" 낸시가 부드러운 목소리로 중얼거렸다. "놀리?"

안에는 신발도 신지 않은 비참한 범죄자밖엔 없었는데, 그는 길거리에서 피리를 불다가 붙잡혔으므로, 사회에 대한 범죄사실이 명확히 증명되어 팽씨에게 일개월 징역형을 선고받은 사람이었다. 팽씨는 판결에 곁들여, 그가 그렇게 숨이 남아돌면 그것을 악기에 쓰는 것보다는 바퀴[56] 돌리는 데 좀더 유익할 수 있을 거라는 적

--------

56 형무소 안에서 벌로 밟아 돌리는 바퀴.

합하고도 흥미로운 언급을 했다. 이 죄수는 관에서 사용한다며 압수해간 피리 때문에 슬퍼서 정신이 없었기에 아무 대답도 안 했고, 그래서 낸시는 다음 방으로 가서 문을 두드렸다.

"왜 그래요?" 가냘프고 연약한 목소리가 흘러나왔다.

"여기 어린애 하나 있어요?" 낸시가 미리 좀 훌쩍훌쩍 울고 난 다음 물었다.

"아니요" 하는 목소리가 들렸다. "하느님 맙소사, 아이가 이런 델 오다니."

이 사람은 예순다섯 된 부랑자로 이번엔 피리를 불지 않은 죄, 다시 말해서 밥벌이를 위해 아무 일도 안하고 길거리에서 구걸을 한 죄로 감옥살이를 해야 할 사람이었다. 그 옆방에는 허가 없이 양철냄비를 행상한 죄로 똑같은 형무소에 가게 될 사람이 있었는데, 그는 감히 세무서의 권위에 도전하며 밥벌이를 했던 것이다.[57]

그러나 이 죄수들 둘 다 올리버란 이름이나 그 아이에 대해서 전혀 알지 못했다. 그래서 낸시는 곧장 줄무늬 조끼 차림의 무뚝뚝한 경관에게 가서 현관 열쇠와 작은 바구니를 재빠르고도 효과적으로 사용하여 더 가엾어 보이면서, 몹시도 구슬프게 통곡과 한탄을 해가며 어린 동생의 소식을 물었다.

"여기 잡아놓진 않았다, 애야." 노인이 말했다.

"그럼 어디 있단 말이에요?" 낸시가 정신이 나간 것처럼 비명을 질렀다.

"왜 그 신사가 데려갔잖아." 경관이 대답했다.

"신사라고요? 아니, 세상에 이럴 수가! 신사라니요?" 낸시가 외

---

**57** 불법 노점상을 한 죄.

쳤다.

이렇게 두서없는 질문을 받은 늙은 경관이 매우 상심한 올리버의 누이에게 대답하길, 올리버는 경찰서에서 병이 났고, 한 증인이 나서서 도적질을 한 것은 거기 잡혀 있는 애가 아니라 다른 애라고 입증해서 풀려났다는 것, 고소인이 기절한 아이를 자기 집으로 데리고 갔는데, 거기가 어디냐면 마부한테 길을 일러줄 때 들은 바로는 펜턴빌 근처의 어디라는 것밖에 모른다는 것이었다.

미심쩍고 불확실한 상태에서 몹시 괴로워하던 젊은 여인은 비틀거리며 대문으로 가더니, 거기서 비틀거리는 걸음을 재빠른 뜀박질로 바꿔서 자기 생각에 가장 꼬불꼬불하고 복잡한 길로 유대인의 거처를 향해 달렸다.

빌 사익스씨는 원정을 다녀온 얘기를 듣자마자 곧장 자기 흰 개를 부르고 모자를 쓴 다음 동료들에게 인사말 한마디도 남길 겨를 없이 날쌔게 떠났다.

"그 녀석이 어디 있는지 꼭 알아내야 해. 얘들아, 꼭 찾아내야 해." 유대인이 매우 흥분해서 말했다. "찰리, 넌 이제부터 아무것도 하지 말고 돌아다녀라. 녀석에 대한 소식을 뭐라도 갖고 올 때까지 말이야! 얘 낸시야, 난 올리버를 꼭 찾아야 돼. 너만 믿는다, 얘. 너랑 우리 교묘한 미꾸라지, 너희 둘한테 다 달려 있어! 잠깐, 잠깐." 유대인이 떨리는 손으로 서랍장 고리를 풀면서 덧붙였다. "자 여기, 돈이다, 얘들아. 난 오늘 가게를 닫을 거야. 어디로 찾아오면 날 만날 수 있는지 다 알지! 여기서 일분도 머뭇거리지 마. 얘들아, 바로 당장 나가라고!"

그는 이렇게 말하며 그들을 방에서 밀어낸 뒤 안에서 조심스레 이중으로 문을 잠그고 빗장을 걸었다. 그러더니 뜻하지 않게 올리버에게 들킨 그 상자를 은닉처에서 꺼냈고, 시계며 보석 따위를 서둘러 자기 옷 속에 집어넣었다.

이런 와중에 문을 똑똑 두드리는 소리가 들려 그는 깜짝 놀랐다. "누구야?" 그는 날카롭게 찢어지는 소리로 외쳤다.

"나요!" 미꾸라지가 열쇠구멍 사이로 대답했다.

"뭐야?" 유대인이 성마르게 소리쳤다.

"그놈을 만나면 여기 말고 다른 소굴로 납치해오느냐고 낸시가 묻는데요?" 미꾸라지가 물었다.

"그래, 어디서든 손에 잡히면 말이야. 찾아내, 찾아내기만 해. 그게 다야! 그다음에 어떻게 할 것인지는 내가 알아서 할 테니, 아무 걱정 마." 유대인이 대답했다.

아이는 알았다고 중얼거리더니 자기 동료들을 따라 서둘러 계단을 내려갔다.

"아직 불진 않았어." 유대인이 하던 일을 계속하며 말했다. "놈이 새로 만난 친구들한테 나발을 불어댈 요량이면 아직 주둥아리를 멈추게 할 수는 있으렷다."

# 제14장
## 올리버가 브라운로우씨 댁에서 지내는 생활을 더 자세히 소개하고, 올리버가 심부름 나간 사이에 그림윅이 놀랄 만한 예측을 한다

브라운로우씨의 갑작스러운 외침 때문에 기절한 올리버는 곧 정신을 차렸고, 노신사와 베드윈 부인은 둘 다 그후로는 그 그림에 대한 언급은 조심스럽게 피했다. 실제로 올리버의 과거 행적이나 장래와는 아무 관련이 없는 대화를 나누었고, 화제도 올리버를 자극하지 않으면서 재미있게 해줄 정도에 머물렀던 것이다. 그는 아직은 아침 먹으러 일어나는 것도 힘들었지만, 다음날 가정부 아주머니 방으로 내려왔을 때 그가 맨 처음 한 행동은 혹시 그 아름다운 여인의 얼굴을 볼 수 있을까 하고 간절하게 벽을 쳐다보는 것이었다. 그러나 그의 기대는 수포로 돌아갔으니, 그림은 치워져 있었던 것이다.

"아!" 노파가 올리버의 눈길이 닿는 곳을 지켜보며 말했다. "없어졌지, 그렇지?"

"그렇군요, 할머니." 올리버가 한숨을 지으며 대답했다. "왜 치워버렸나요?"

"왜냐하면, 얘야, 브라운로우씨는 네가 그것 때문에 걱정을 해서 병이 낫는 데 방해가 될지도 모른다고 하셨거든." 노파가 대답했다.

"아닌데요, 진짜 아닌데. 저는 걱정하지 않았어요." 올리버가 말했다. "좋아서 봤던 거예요. 진짜 아주 좋았는데."

"그래, 그래!" 노파가 기분 좋게 말했다. "될 수 있는 대로 빨리 나으렴. 그럼 다시 걸어놓을 테니까. 자! 내가 약속할게! 얘야, 이젠 다른 얘기를 좀 하자꾸나."

이것이 그때까지 올리버가 그림에 대해 알 수 있는 전부였다. 노파는 자기가 아플 때 그렇게도 친절히 대해주었던 분이니 그는 그때만큼은 그림 생각을 더 안 하려고 노력했다. 그는 그녀가 들려주는 여러 얘기를 귀 기울여 들었는데, 그것은 다정하고 잘생긴 남자랑 결혼해서 시골에 살고 있는 상냥하고 예쁜 딸 이야기, 그리고 서인도제도[58]에 있는 회사에서 서기 노릇을 하는 아들이 매우 착해서 일년에 네번씩 참으로 효성스러운 편지를 보내는데, 그 이야기를 하니까 눈물이 날 것 같다는 이야기 등이었다. 아주머니가 한참 동안 자기 자식들의 훌륭함과, 한편으로 가엾게도 이십육년 전에 세상을 떠난 친절하고 자상한 남편의 미덕에 대해 역설하고 나자 차 마실 시간이 되었다. 차를 마신 후 그녀는 올리버에게 카드놀이를 가르쳐주었는데, 올리버는 가르쳐주는 대로 빨리 배웠다. 그들은 매우 흥미롭고 진지하게 카드놀이를 했고, 환자가 물을 탄 따끈한 포도주 한잔과 버터를 바르지 않은 토스트 한쪽을 먹고 나자 잠자리에 들 시간이 되었다.

---

[58] 카리브해 연안과 그 부근 섬들로 자메이카 등의 영국 식민지를 지칭함.

올리버가 원기를 회복하던 이 며칠간은 행복한 나날들이었다. 모든 것이 아주 조용하고 깨끗하고 정돈되어 있었고, 모든 사람들이 친절하고 다정했으니, 지금까지 올리버의 삶을 에워싸고 있던 소음과 소란이 끝나고 마치 천국에 온 것 같았다. 그가 혼자서도 옷을 제대로 입을 만큼 기운을 차리자 브라운로우씨는 양복 한벌에 모자와 구두를 새로 마련해주도록 했다. 입고 있던 헌옷을 맘대로 처분해도 좋다는 얘기를 들은 올리버는, 자기한테 아주 친절히 대해준 하녀한테 옷을 주면서 유대인 헌옷장수한테 팔아서 돈을 가지라고 했다. 그녀는 쾌히 그렇게 처리했다. 유대인 옷장수가 옷을 둘둘 말아 보따리에 넣어 가져가는 것을 창밖으로 내다보던 올리버는 옷이 안전하게 사라져버려 이제는 다시 그런 옷을 입을 일이 없겠다고 생각하며 못내 기뻐했다. 사실인즉, 그것은 처량한 누더기 옷이었고 올리버는 지금까지 한번도 새 양복을 입어본 적이 없었던 것이다.

그림 사건이 있은 지 일주일이 지난 어느 날 저녁, 올리버는 베드윈 부인과 같이 앉아 있었는데, 올리버 트위스트의 상태가 괜찮으면 잠깐 얘기를 하고 싶으니 서재로 올라오라는 브라운로우씨의 전갈이 있었다.

"아이구, 이런, 맙소사! 어서 손 씻고 와라. 머리나 좀 빗겨줄 테니, 애." 베드윈 부인이 말했다. "정말 어쩌면 좋아! 널 부르실 줄 알았더라면 깨끗한 셔츠를 입히고 새 지폐처럼 산뜻하게 만들어놨을 텐데!"

올리버는 노파가 시키는 대로 했고, 그러는 중에도 그녀는 올리버의 셔츠 칼라 장식의 주름을 잡을 시간조차 없다고 매우 서글프게 한탄했다. 그러나 사람을 돋보이게 하는 그 중요한 치장이 헝클어졌음에도 불구하고 올리버는 매우 우아하고 단정해 보였으므로, 그녀는 올리버를 머리끝에서 발끝까지 훑어보며 만족스러운 듯이, 아무리 오랫동안 준비를 했어도 이보다 더 근사할 수는 없을 것 같다고 말하기에 이르렀다.

이렇게 독려를 받고 난 올리버는 서재의 문을 두드렸다. 브라운로우씨의 허락을 받고 그가 들어간 곳은 작은 뒷방이었는데, 책이 잔뜩 차 있었고 창문으로는 쾌적해 보이는 작은 정원이 내다보였다. 브라운로우씨는 창가의 탁자에 앉아서 책을 읽고 있었다. 그는 올리버를 보자 읽던 책을 밀어놓고 탁자 가까이로 와서 앉으라고 했다. 올리버는 시키는 대로 자리에 앉으면서, 세상 사람들을 지혜롭게 만들려고 써놓은 것 같은 이렇게 많은 책들을 다 누가 와서 읽을까 의아해했다. 이것은 올리버 트위스트보다 인생 경험이 많은 사람들도 살아가면서 매일매일 의아하게 여기는 점이다.

"책이 참 많기도 하지, 그렇지 않니, 애야?" 올리버가 바닥에서 천장까지 닿는 서가를 호기심에 가득 차 관찰하는 것을 보고 브라운로우씨가 말했다.

"예, 정말 많네요." 올리버가 대답했다. "평생 이렇게 많은 책은 본 적이 없어요."

"말 잘 들으면 다 읽게 해주마." 노신사가 다정하게 말했다. "그냥 겉표지나 보는 것보다 그게 더 재미날 거다. 물론 경우에 따라선 다르기도 하지. 사실 어떤 책들은 표지만 아주 그럴싸하기도 하거든."

"아마 저렇게 무거운 책들이 그런가보죠." 올리버가 금을 잔뜩 입혀 제본한 큼직한 4절판 책들을 가리키며 말했다.

"꼭 그런 것은 아니다." 신사가 미소를 짓고 올리버의 머리를 쓰다듬으며 말했다. "또 어떤 책들은 크기는 훨씬 작아도 그만큼 무거운 것들이 있단다. 너 똑똑한 어른이 돼서 책을 써보는 것이 어떻겠니, 응?"

"그냥 읽는 게 더 좋을 것 같아요." 올리버가 대답했다.

"그래? 책을 쓰기는 싫고?" 노신사가 말했다.

올리버는 잠깐 생각을 해보더니 결국 책 파는 사람이 되는 것이 훨씬 나을 것 같다고 했는데, 노신사는 껄껄 웃더니 아주 좋은 얘기라고 말했다. 올리버는 뭐가 뭔지 잘 몰랐지만 좋은 얘기라니 그렇게 말하기를 잘했다고 느꼈다.

"그래, 그래." 노신사가 표정을 가다듬으며 말했다. "두려워 마라! 널 작가로 만들지는 않을 테니. 정직한 밥벌이를 배울 수 있다면 벽돌을 만들어도 좋은 일이니 말이다."

"고맙습니다, 선생님." 올리버가 말했다. 이렇게 진지하게 대답하는 태도를 보고 노신사는 다시 웃었고, 본능이란 것이 기묘한 법이니 어떠니 하는 얘기를 했으나 올리버는 무슨 말인지 알아듣지 못했기에 별다른 주의를 기울이지 않았다.

"그건 그렇고," 브라운로우씨가 여태까지보다도 더욱 친절하게, 그러나 올리버가 지금까지 본 것 중에 가장 심각한 태도를 취하며 말했다. "애, 지금부터 내가 하는 말을 주의해서 잘 들어라. 네가 나이 많은 사람들만큼이나 내 말을 잘 알아들을 것을 확신하니까 아무것도 숨기지 않고 털어놓겠다."

"아니, 절 내보낸다는 말씀은 하지 마세요, 제발!" 올리버는 노신사가 심각하게 말을 시작하는 투에 놀라서 외쳤다. "저를 문 밖으로 내쫓아 다시 길거리에서 방황하게 하지 마세요. 여기 있게 해주세요. 여기서 하인 노릇을 할게요. 제가 떠나온 그 비참한 곳으로 저를 다시 보내지 마세요. 불쌍한 아이를 가엾게 봐주세요, 네?"

"얘야." 올리버가 갑작스레 열렬한 탄원을 하는 데 놀라서 노신사가 말했다. "여기서 쫓겨날 걱정은 안 해도 된단다, 네 스스로 그럴 이유를 만들지 않는 한."

"절대로, 절대로 안 그럴게요." 올리버가 나섰다.

"그래야지." 노신사가 대꾸했다. "네가 그런 짓을 하리라 생각하지 않는다. 이전에 난 은혜를 베풀어주려고 한 사람에게 속임을 당한 적이 있긴 하다. 그렇지만 너한테는 강한 확신이 서는구나. 나자신에게조차 설명할 수 없을 정도로 네게는 매우 관심이 쏠린단다. 내가 가장 사랑한 사람들은 깊은 무덤에 묻혀 있어. 비록 내 인생의 행복과 즐거움이 그곳에 함께 묻혀 있긴 해도, 나는 나의 가장 값진 감정들을 영원히 쫓아버리고 내 마음까지 무덤으로 만들어서 잠가두진 않았어. 깊은 불행은 오히려 내가 베풀어줄 정을 한층 북돋고 정화시켜주지."

노신사는 옆 사람보다는 스스로에게 하듯 매우 나지막하게 말했으니, 그후 잠시 조용히 있는 동안 올리버도 가만히 앉아 있었다.

"그래, 그래." 마침내 노신사가 아까보다 더 쾌활한 투로 말했다. "이런 말을 하는 이유는 너는 마음이 여리기 때문에 내가 큰 고통과 슬픔을 겪었다는 것을 알면 내게 더이상 상처를 주지 않으려고 좀더 노력할 거라고 생각해서야. 넌 세상에 친지 하나 없는 고아라고 했는데, 내가 조사를 하느라 해본 바에 의하면 사실이더구나. 네이야기를 좀 들어보자. 어디서 왔으며, 누가 널 키웠고, 내가 널 처음 만났을 때 어떻게 그런 동료들과 어울려 지내게 됐는지. 사실을 말해라. 그러면 내가 살아 있는 한 널 사고무친 신세로 놔두진 않을 거다."

올리버는 훌쩍거리느라 처음 몇분간은 제대로 말을 잇지 못했다. 그의 얘기가 분원에서 자라던 그가 범블씨에게 이끌려 다시 구빈원으로 가는 대목에 이르렀을 때, 대문에서 유난히 성급하게 문을 두드리는 소리가 두번 들렸다. 하인이 계단을 뛰어올라와서 그림윅씨가 오셨다고 했다.

"이리 올라오고 계시냐?" 브라운로우씨가 물었다.

"네, 주인어른." 하인이 대답했다. "집에 머핀 빵이 좀 있냐고 하셔서 그렇다고 하니까 차⁵⁹를 들러 왔다고 하셨습니다요."

브라운로우씨는 미소를 띠면서 올리버에게 그림윅씨는 자기의 오랜 친구이니 태도가 좀 거칠더라도 너무 신경 쓰지 말라고 말했다. 그가 아는 한 그 친구는 근본은 괜찮은 사람이기 때문이라는 것이다.

"저는 아래층으로 내려갈까요?" 올리버가 물었다.

"아니다." 브라운로우씨가 대답했다. "여기 그냥 있어라."

이때 방 안으로 걸어들어온 사람은 두툼한 지팡이에 몸을 의지한 땅딸막한 노신사로, 한쪽 다리는 좀 저는 편이었다. 그는 줄무늬 조끼에 파란 외투를 입고 남경 무명 바지에 각반 차림이었는데, 흰 모자의 넓은 챙은 옆이 접혀올려 초록색이 드러나고 있었다. 촘촘하게 주름이 잡힌 셔츠 장식이 조끼 밖으로 밀려나왔고 그 밑에는 매우 큼직한 철제 시곗줄이 덜렁거리고 있었는데 그 끝엔 열쇠가 매달려 있을 뿐이었다. 하얀 목수건의 끄트머리는 오렌지만 한 크기로 틀어서 뭉쳐놓았다. 그의 표정이 다양하게 뒤틀리는 것은 말로 묘사할 수 없을 정도였다. 그는 말을 하면서 머리를 한쪽으로

---

**59** 늦은 오후 간식으로 간단한 빵을 곁들여 마시는 차.

비틀고 동시에 눈 옆으로 흘겨보는 버릇이 있었으니 이는 보는 이로 하여금 앵무새를 떠올리지 않을 수 없게끔 했다. 그는 나타나자마자 이런 자세로 우뚝 서더니 팔을 뻗쳐 작은 오렌지 껍질을 들어 보이며 볼멘소리로 불만스럽게 외쳤다.

"이봐! 자네 이거 보이나! 내가 남의 집에 방문할 때마다 이 망할 놈의 가난한 외과 의사네 친구 녀석[60]이 계단에 떨어져 있으니 참 놀랍고도 이상한 일이 아닌가? 전에도 오렌지 껍질 때문에 다리를 삔 적이 있었는데 난 언젠간 이놈의 오렌지 껍질 때문에 죽을 것이네. 진짜 그럴 거야. 오렌지 껍질 때문에 죽지 않는다면 내 머리통을 먹어버릴 거라고, 진짜!"

그림윅씨는 거의 언제나 이런 식의 당당한 말로써 자기가 하고자 하는 주장을 뒷받침하고 강조했는데, 그의 경우 이것은 특히 괴상한 말이라 할 수 있다. 논의의 편의상 어떤 신사가 그럴 의향이 있어 자신의 머리통을 먹을 수 있을 정도로 과학이 발전될 가능성을 인정한다 해도, 그림윅씨의 머리통은 유달리 큼직해서 살아 있는 인간 중에 가장 혈기왕성한 이라 해도 앉은 자리에서 단번에 그 머리를 먹어치우겠다는 희망을 품기는 어려울 것이기 때문이다. 머리에 잔뜩 뿌려진 분가루는 아예 논외로 하더라도 말이다.

"내 머리통을 먹어버릴 거라니까." 그림윅씨가 지팡이로 바닥을 내리치며 반복했다. "어, 이건 뭐야!" 그는 올리버를 바라보고 한두 걸음 물러섰다.

"얘가 전에 얘기했던 올리버 트위스트라는 어린애네." 브라운로우씨가 말했다.

---

**60** 오렌지 껍질.

올리버는 절을 했다.

"얘가 열병을 앓았던 그 아이라는 얘긴 아니겠지?" 그림윅씨가 좀더 물러서며 말했다. "잠깐, 아무 말 말게. 내 말을 들어봐." 그림윅씨는 갑자기 무언가를 깨달은 듯 기뻐하며, 열병이 옮을까 두려워하던 것도 다 잊어버린 채 말을 계속했다. "얘가 바로 오렌지를 먹은 애로군! 얘가 오렌지를 먹고 껍질조각을 계단에 던져버리지 않았다면, 이보게, 난 내 머리통과 얘 머리통까지 먹어버릴 거라니까."

"아니야, 아니야, 앤 오렌지를 먹은 적이 없네." 브라운로우씨가 웃으며 말했다.

"자, 모자 벗고 내 어린 친구랑 얘기나 좀 하게나."

"난 이 문제에 대해 깊이 우려하고 있네." 성미 급한 노신사가 장갑을 벗으며 말했다. "우리 집 앞길엔 늘 오렌지 껍질이 좀 널려 있는데, 모퉁이 외과 의원에서 일하는 아이가 갖다놓은 거라는 걸 난 분명히 알고 있네. 어젯밤 어떤 젊은 여자가 그 조그만 놈 하나를 밟고 미끄러져 넘어지면서 우리 집 정원 난간에 부딪혔는데, 그 여자는 곧장 어서 오라고 손짓하는 의원의 빨간 지옥불 같은 등불을 바라보는 게 아니겠나. '그놈한테 가지 마오.' 내가 창문 밖으로 소리쳤지. '그놈은 살인자요! 사람 잡는 덫을 쳐놓은 거요!' 실제로 그놈이 그렇거든. 아니라면 내……" 이 대목에서 성미 급한 노신사는 지팡이로 바닥을 세게 내리쳤는데 이것은 그의 친구들 사이에서, 그가 머리통을 먹어버리겠다는 소리를 안 할 때면 늘상 하는 행동으로 통하는 것이었다. 그러고는 지팡이를 손에 들고 앉은 채로 두껍고 까만 줄에 달려 있는 안경을 꺼내서 올리버를 훑어보았는데, 올리버는 자기가 관찰의 대상인 것을 알고서 얼굴을 붉히며 다시 절을 꾸벅 했다.

"얘가 그 사내애라 이거지?" 그림윅씨가 마침내 말했다.

"얘가 그애야." 브라운로우씨가 대답했다.

"좀 어떠냐, 너?" 그림윅씨가 말했다.

"많이 나았어요, 감사합니다." 올리버가 대답했다.

브라운로우씨는 이 괴상한 친구가 뭔가 불쾌한 말을 할까 걱정이 되어서 올리버에게 아래층에 가서 베드윈 부인한테 차를 올리라는 말을 전하라고 했는데, 올리버는 손님의 태도가 그리 마땅치 않던 터라 기꺼이 심부름을 했다.

"아주 착하게 생긴 아이지, 안 그런가?" 브라운로우씨가 물었다.

"난 잘 모르겠네." 그림윅씨가 뿌루퉁하게 대답했다.

"잘 모르겠다고?"

"몰라, 모르겠어. 난 사내아이들은 다 거기서 거긴 것 같아. 내가 알기엔 그저 두 부류의 아이들이야. 푸석푸석한 곡식가루 같은 애들 아니면 쇠고기 얼굴을 한 애들이지."

"올리버는 어떤 쪽인가?"

"곡식가루같이 푸석푸석해. 내가 아는 어떤 친구의 애는 쇠고기 얼굴을 하고 있는데, 사람들은 아주 좋은 애라고들 하더군. 동그란 머리통에 빨간 볼, 날카로운 눈매를 가진 아주 끔찍한 사내애야. 몸과 팔다리는 파란 옷의 솔기 틈새로 터져나올 것만 같고 목소리는 키잡이에 식욕은 늑대 같다고. 난 못 속여! 못된 놈!"

"자, 그런 것들은 올리버 트위스트와 상관이 없으니, 이애가 자네를 화나게 할 일은 없잖나." 브라운로우씨가 말했다.

"그렇지 않아." 그림윅씨가 대답했다. "이애는 더 심할 수 있어."

여기서 브라운로우씨는 못 참겠다는 듯 기침을 했는데, 그림윅씨는 이것이 아주 만족스러운 것 같았다.

"더 심할 수 있다니까 그래." 그림윅씨가 반복했다. "어디서 온 아이인가, 얘가? 도대체 누구며 뭐 하는 아인지나 알아? 열병을 앓았다고? 뭣 때문에 앓은지는 알아? 선량한 사람들만이 열병을 앓는 것은 아냐, 그렇지 않나? 나쁜 녀석들도 가끔 열병을 앓지, 안 그런가? 난 자메이카에서 주인을 살해한 죄로 교수형을 당한 놈을 아는데, 이 친구는 여섯번이나 열병을 앓았다고. 그래도 그 친구는 감형을 해줘야 한다는 청원을 받지 못했어. 쯧쯧! 말도 안 되는 소리지!"

그런데 사실인즉 그림윅씨도 마음속 가장 은밀한 구석에서는 올리버의 외모와 몸가짐에 유달리 호감이 간다는 것을 인정할 생각이 강했다. 그러나 그는 남의 말에 반대하는 취미를 굳게 간직하고 있었으니, 그날은 특히 오렌지 껍질 때문에 이 취미가 더 날카로워진 것이다. 게다가 그는 속으로 이애가 인상이 좋다 나쁘다 하는 문제에 관해 남의 말을 듣지 않기로 결심하고서, 처음부터 자기 친구의 말에 반대하기로 작정했던 것이다. 브라운로우씨는 친구의 질문에 대해 아직은 하나도 만족스러운 대답을 할 수 없다는 것을 인정했고, 올리버의 과거사에 대한 조사는 아이가 그것을 견뎌낼 만큼 더 회복된 뒤로 미루겠다고 했다. 그러자, 그림윅씨는 악의에 가득 차 킬킬 웃었다. 그리고 가정부가 밤에 접시의 개수를 세는 버릇은 있느냐고 빈정대며 물었으니, 어느 화창한 아침 숟가락 한두개가 없어지지 않는다면 자기 머리통을 기꺼이 기타 등등 하겠다는 것이었다.

브라운로우씨도 성미가 급한 편이었으나 자기 친구의 별난 구석을 알기 때문에 이 모든 것을 기분 좋게 받아주었고, 그림윅씨가 차를 마시면서 친절하게도 머핀이 아주 훌륭하다는 의견을 개진해주었으니 모든 일이 다 부드럽게 넘어갔다. 그리고 올리버는 이 사나운 노신사 앞에 선 시간 중 가장 편안한 느낌으로 함께 간식을 들었다.

"그러면 언제 올리버 트위스트의 생애와 모험의 완전하고 진실되고 특별한 이야기[61]를 들을 텐가?" 간식을 다 먹은 그림윅씨가 올리버를 곁눈질하며 브라운로우씨에게 다시 아까 하던 얘기를 꺼냈다.

"내일 아침." 브라운로우씨가 대답했다. "그때는 얘랑 단둘이 있었으면 해. 내일 아침에 나한테 올라오너라, 10시에, 얘야."

"네." 올리버는 머뭇거리며 대답했는데, 그림윅씨가 뚫어지게 쳐다보는 바람에 정신이 좀 헛갈렸던 것이다.

"내 한가지 일러주지." 그 신사가 브라운로우씨에게 속삭였다. "얘는 내일 아침에 올라오지 않을 거야. 머뭇거리는 것을 봤거든. 자네를 속이고 있는 거네, 이 사람아."

"맹세코 그렇지 않아." 브라운로우씨가 흥분해서 말했다.

"만약 그렇지 않다면, 내 머리통을……" 하고 그림윅씨는 지팡이로 바닥을 내리치며 말했다.

"이 아이가 진실하다는 것을 목숨을 걸고 책임지겠어!" 브라운로우씨가 탁자를 두드리며 말했다.

"그러면 나는 그렇지 않다는 데 내 머리를 걸겠어!" 그림윅씨가 같이 탁자를 두드리며 대꾸했다.

"두고 보면 알게 될 거네." 브라운로우씨가 치미는 화를 삼키며

---

61 전기적 소설류의 제목이 대개 이런 식임.

말했다.

"그렇고말고." 그림윅씨가 조롱하듯 웃으며 대답했다. "알게 되겠지."

그것이 운명이었는지 모르지만, 그때 마침 베드윈 부인이 작은 책 보따리를 들고 와서 탁자에 놓고 막 돌아가려 했다. 그것은 그날 아침 브라운로우씨가 이미 이 이야기에 등장한 바 있는 바로 그 서점 주인한테서 산 책이었다.

"배달 온 애한테 잠시 기다리라고 하오, 베드윈 부인!" 브라운로우씨가 말했다. "돌려보낼 것이 좀 있으니."

"벌써 가버렸는데요." 베드윈 부인이 대답했다.

"쫓아가서 불러봐요." 브라운로우씨가 말했다. "아주 중요한 일이니까. 그 사람 가난한 친구인데 책값을 안 치러줬다고. 또 돌려보낼 책들도 좀 있고."

대문은 열려 있었다. 올리버는 한쪽으로 뛰어갔고 하녀는 다른 쪽으로 뛰어갔으며 베드윈 부인은 현관 계단에 서서 아이를 부르느라 소리를 질렀다. 그러나 사내아이의 모습은 아무데도 없었다. 올리버와 하녀는 숨을 할딱거리며 돌아와서 그 아이를 찾지 못했다고 말했다.

"거 참, 진짜 낭패구먼." 브라운로우씨가 외쳤다. "이 책들은 특별히 오늘 밤에 돌려주려고 했는데."

"올리버를 보내지 그러나." 그림윅씨가 비꼬는 듯한 미소를 머금고 말했다. "애가 틀림없이 무사히 전달하고 오겠지, 안 그래?"

"네, 제가 갖다주게 해주세요, 선생님, 네?" 올리버가 말했다. "쏜살같이 달려갔다 올게요."

노신사는 어떤 일이 있어도 올리버가 밖에 나가면 안 된다고 말할 참이었으나, 지극히 악의에 찬 그림윅씨의 기침 소리를 듣고 그만 그에게 심부름을 신속히 처리시켜 적어도 이 문제만큼은 자기 친구의 의심이 부당하다는 것을 입증하기로 즉시 작정했다.

"그래, 너를 보내마, 얘야." 노신사가 말했다. "책들은 내 책상 옆 의자에 있다. 가지고 내려가거라."

올리버는 뭔가 쓸모 있는 일을 하게 되는 기쁨에 잔뜩 법석을 떨며 책들을 내려 팔에 꼈다. 그는 모자를 든 채 전할 말씀이 무엇인지 기다리고 있었다.

"가서 말이다." 브라운로우씨가 그림윅씨를 슬쩍슬쩍 곁눈질로 보며 말했다. "가서 이 책들을 돌려드리고 또 내가 아직 주지 않은 4파운드 10실링을 지불하러 왔다고 해라. 이게 5파운드짜리 지폐이니 돌아올 때 거스름돈으로 10실링을 가져와야 할 거다."

"십분도 안 걸릴 겁니다, 선생님." 올리버가 진지하게 대꾸했다. 그는 주머니에 지폐를 넣고 단추를 잠그더니 책을 팔에 조심스레 끼고, 공손히 절을 한 후 방에서 나갔다. 베드윈 부인이 대문까지 쫓아나가서 가장 가까운 지름길이 어딘지, 그리고 책장수 이름이 뭐고, 그 동네 길 이름이 어떻게 되는지를 한참 가르쳐주었는데, 올리버는 이 모든 것을 명확히 알아들었다고 말했다. 일을 확실하게 잘하고 감기 걸리지 않게 조심하라는 갖가지 훈계를 더 보탠 후 노파는 다녀오라고 허락했다.

"얼굴이 참 귀엽기도 하지!" 노파가 그의 뒷모습을 바라보며 말했다. "그런데 왠지 눈에서 멀어지는 것을 차마 못 보겠구나."

이 순간 올리버는 쾌활하게 뒤를 돌아보고 고개를 끄덕여 보이더니, 골목을 돌아들어갔다. 노파는 그의 인사에 미소를 지으며 답례했고, 문을 닫고 자기 방으로 돌아갔다.

"어디 보자, 길어야 이십분이면 돌아오겠지." 브라운로우씨가 시계를 꺼내 탁자에 내려놓으며 말했다. "그때쯤엔 어두워질 텐데."

"이봐! 자네 진짜로 개가 돌아올 거라고 생각하나, 그래?" 그림윅씨가 질문했다.

"자넨 안 그런가?" 브라운로우씨가 웃으며 물었다.

그 순간 그림윅씨의 가슴속에는 반대하고 싶은 기분이 강하게 솟아올랐는데 자기 친구의 확신에 찬 미소를 보자 그런 감정은 더 강해졌다.

"그래." 그는 주먹으로 탁자를 꽝 내리치며 말했다. "기대 안 해. 그 아인 새 양복에다 값나가는 책 한질을 들고 주머니에는 5파운드 지폐가 있다고. 녀석은 도둑놈 친구들과 합류해서 자네를 비웃을 거야. 애가 혹시라도 이 집에 돌아오면, 이봐, 내 머리통을 먹어버릴 테야."

그는 이렇게 말하며 의자를 탁자로 더 가까이 끌어당겼고, 두 친구는 시계를 가운데 놓고 결과를 기다리며 잠자코 앉아 있었다.

우리는 스스로의 판단을 아주 중요하게 생각하며, 때로는 무책임하고 성급하게 내린 결론에 자부심을 갖기도 하니, 이러한 점들을 예시한다는 측면에서 여기에서 지적할 만한 것이 있다. 그것은 그림윅씨가 비록 어느 면으로 보나 심보가 나쁜 사람은 아니고 자기의 존경하는 친구가 사기를 당하고 속는 것을 보면 진심으로 유감스러워했겠지만, 그는 그 순간 진짜로 올리버 트위스트가 돌아오지 않기를 극히 진지하고 강렬하게 바랐다는 사실이다.

날이 어두워져서 시계판에 있는 숫자들도 거의 분간할 수 없게 되었다. 그러나 두 노신사는 여전히 시계를 사이에 두고 조용히 앉아 있었던 것이다.

# 제15장
## 유쾌한 유대인 영감과 낸시양이
## 얼마나 올리버 트위스트를 좋아하는지 보여준다

리틀 새프런 고개에서 가장 더러운 지역에 있는 싸구려 주막집의 침침한 응접실, 어둡고 음침한 소굴이라 겨울철엔 온종일 현란한 가스등이 타고 있고 여름철엔 전혀 빛이 들지 않는 그곳에, 강한 술 냄새를 온몸에 풍기는 한 사내가 작은 백랍병과 작은 유리잔 위로 몸을 굽힌 채 앉아 있었다. 그는 벨벳 겉옷에 황갈색 반바지, 발목부츠에 스타킹 차림이었는데, 그 희미한 불빛에서도 숙달된 경찰 첩자라면 그 누구도 주저 없이 그가 사익스씨인 것을 즉시 알아차렸을 것이다. 그의 발치에는 털이 희고 눈이 빨간 개가 앉아 있었는데, 두 눈을 농시에 섬벅이며 주인에게 윙크를 하기도 하고, 방금 생긴 것으로 보이는 주둥이 한쪽의 커다랗게 찢어진 상처를 핥기도 하며 정신을 팔고 있었다. 아마 조금 전에 주인에게 맞아서 생긴 상처인 듯했다.

"조용히 해, 이 쥐새끼야! 조용히 못해!" 사익스씨가 갑자기 정적을 깨면서 말했다. 그의 명상이 개의 윙크 소리에도 방해를 받을 정도로 깊은 것이었는지, 그리고 가만히 있는 짐승을 걷어차는 데서 오는 온갖 위안이 요구될 만큼 어떤 생각 때문에 신경이 예민했는지는 더 논쟁하고 심사숙고할 문제일 것이다. 그 원인이야 무엇이건 결과는 그 개를 발로 한번 찬 다음 동시에 욕지거리를 내뱉는 것이었다.

개란 짐승은 대개 주인이 입힌 상해에 대해 즉각 보복하는 편은 아니나, 사익스씨의 개는 주인과 마찬가지로 삐뚤어진 성미를 갖고 있었고 바로 그 순간 이건 너무 억울하다는 느낌이 강렬하게 몰려온지라, 전혀 주저하지 않고 즉시 이빨로 발목부츠 한쪽을 꽉 물었다. 개는 부츠를 물어 한바탕 흔들고 나서 으르렁대며 긴 의자 밑으로 기어들어가서 사익스씨가 머리를 향해 내던진 백랍병을 겨우 피했던 것이다.

"네놈이 덤비겠다 이거지, 엉?" 사익스가 한 손으로는 부지깽이를 집어들고 다른 손으로는 주머니에서 꺼낸 커다란 접칼을 펴면서 말했다. "이리 와, 이런 생판 악마새끼 같으니! 이리 못 와! 안 들려?"

개는 틀림없이 들었을 것이다. 사익스씨가 거친 목소리 중에서도 가장 거친 어투로 말했으니 말이다. 그러나 개는 자기 목이 잘리는 것에 대해 뭔가 설명할 수 없는 반대의사를 품고 있는 것 같았다. 개는 제자리에 그대로 서서 전보다 더 사납게 으르렁대며 동시에 사나운 야수처럼 부지깽이 끝을 이빨로 꽉 물고 늘어졌다.

개가 이렇게 저항하자 사익스는 더 화가 나서 무릎을 꿇고 한층 맹렬하게 짐승을 공격하기 시작했다. 개는 오른쪽에서 왼쪽으로 몸을 피하며 부지깽이를 덥석 물고 으르렁대며 짖어댔고 사내는 찌르고 욕을 내뱉고 내려치고 신을 저주했으니, 싸움은 이편에게나 저편에게나 지극히 위험한 순간에 이르렀는데, 그때 마침 갑자기 문이 열려 개가 냅다 달아나니 빌 사익스는 부지깽이와 접칼을 든 채 혼자 남게 되었다.

옛말에 이르기를, 손뼉도 마주쳐야 소리가 나는 법이라. 사익스 씨는 개가 맞서 싸워주지 않는 데 실망해서 즉시 분쟁의 반쪽 몫을 새로 들어온 사람에게 넘겼다.

"빌어먹을, 당신 왜 나랑 개 사이에 끼어드는 거요?" 사익스가 사나운 몸짓을 하며 말했다.

"난 그런 줄 몰랐네, 이 사람아. 몰랐다고." 페이긴이 얌전하게 대답했으니, 새로 들어온 이는 바로 유대인이었던 것이다.

"몰랐다고? 이 간땡이에 피 한방울 없는 도둑놈!" 사익스가 으르렁댔다. "소리도 못 들었다고?"

"아무 소리도 못 들었지, 내 목숨에 걸고 맹세하네, 빌." 유대인이 대답했다.

"그래, 아니겠지! 무슨 소리를 들을 리가 있나. 당신이 어디 그럴 사람인가." 사익스가 사납게 비웃으며 받아넘겼다. "어떻게 오가는지 아무도 모르게 몰래 들락날락하니 말이야! 페이긴, 한 삼십초만 전에 당신이 저 개였다면 좋을 걸 그랬어."

"왜 그렇지?" 유대인이 억지로 미소를 지으며 물었다.

"왜냐, 나라에서 똥개들 배짱의 반도 없는 당신 같은 인간의 목숨은 걱정하지만, 개라면 맘대로 죽여도 괜찮으니 말이야." 사익스가 매우 의미 있는 표정으로 접칼을 접으며 대답했다. "그래서 그런다고."

유대인은 손을 비비더니 탁자에 앉아 자기 친구의 농을 웃어넘기는 척했다. 그러나 그는 매우 불안해하는 것이 틀림없었다.

"실컷 웃어보시지." 사익스가 부지깽이를 제자리에 놓고 잔혹스럽게 경멸하는 투로 영감을 훑어보며 말했다. "실컷 웃어보라고. 잠자리에서 당신 혼자 이불을 뒤집어쓰고라면 몰라도, 어디 나를 비웃을 수 있나 보자고. 페이긴, 내가 당신 선수를 잡고 있단 말이오. 빌어먹을, 앞으로도 계속 그럴 거고. 자! 내가 가면 당신도 가게 될 테니 날 잘 보살피라고."

"그래, 암 그렇지, 이 사람아." 유대인이 말했다. "다 알고 있어. 우리, 우리는 피차 이해관계가 얽혀 있잖아, 빌. 서로 얽혀 있다고."

"흠." 사익스는 그 이해관계라는 것이 자기 쪽보다는 유대인 쪽에 더 가까이 있다고 생각하는 것 같았다. "그래, 나한테 할 말이 뭐요?"

"전부 다 용광로에 녹여놓았어." 페이긴이 대답했다. "이게 자네 몫이네. 여보게, 실제로 받을 것보다 좀더 쳐준 거야, 앞으로 자네가 또 내게 친절을 베풀어줄 테니. 그리고……"

"수작 집어치워." 강도가 못 참겠다는 듯 나섰다. "돈 어디 있어? 내놔!"

"그래, 빌, 알았어. 시간을 좀 줘, 시간을 좀." 유대인이 달래듯 대답했다. "자, 여기 있군! 다 그대로야!" 그는 이렇게 말하며 가슴에서 낡은 면 손수건을 꺼내더니 한쪽 끝에 크게 묶인 매듭을 풀고 누런 종이에 싼 작은 꾸러미를 꺼냈다. 사익스는 그것을 냅다 잡아채서 재빠르게 열더니 그 안에 든 금화를 세기 시작했다.

"이게 다요, 응?" 사익스가 물었다.

"다야." 유대인이 대답했다.

"이리 오면서 보따리 풀고 한두개 삼킨 거 아뇨, 응?" 사익스가 의심스럽다는 듯 물었다. "괜히 억울한 체하지 말라고, 벌써 여러 번 그랬으면서. 딸랑이나 흔드시지."

쉽게 얘기하면, 벨을 울리라는 말이었다. 벨소리를 듣고 또다른 유대인이 들어왔는데, 그는 페이긴보다는 젊지만 외모는 역시 야비하고 혐오스러웠다.

빌 사익스는 아무 말없이 빈병을 가리켰다. 그 유대인은 이 암시를 완벽하게 이해하고 병을 채우러 다시 방에서 나갔는데, 그 전에 페이긴과 놀랄 만한 눈짓을 교환했다. 페이긴은 기다리고 있었다는 듯 일순간 고개를 들고 대답으로 머리를 끄덕였으니, 그것은 참으로 은밀한 고갯짓이라 제삼자는 아무리 주의가 깊다 하더라도 눈치채지 못했을 것이다. 사익스 또한 이것을 알아채지 못했는데, 그때 그는 개가 풀어놓은 구두끈을 다시 묶고 있었다. 그가 이런 신호가 오가는 것을 보았더라면, 아마 자기한테 별 이로운 징조는 아니라고 생각했을 것이다.

"누가 왔냐, 바니?" 사익스가 쳐다보고 있으므로 페이긴은 땅에서 눈을 떼지 않은 채 물었다.

"아므도 엄서요." 바니가 대답했다. 그의 말이 마음에서 우러나온 것이 아닌지는 몰라도, 코에서 울려나오는 소리[62]인 것만은 확실했다.

"아무도 없어?" 페이긴이 놀란 투로 물었으니 그것은 아마 바니가 사실대로 말해도 된다는 신호인지도 몰랐다.

"냉시양 배곤 아므도 엄서요." 바니가 대답했다.

"낸시라고!" 사익스가 소리쳤다. "어디 있어? 내가 그애의 타고

---

62 축농증 환자의 코맹맹이 소리.

176

난 재주를 존중하지 않으면, 내 눈깔을 처서 멀게 하라고."

"아래층 바에서 살믄 쇠고기를 먹고 인는데요." 바니가 대답했다.

"이리 올려보내." 사익스가 술을 따르면서 말했다. "이리 올려보내라고."

바니는 허락을 구하는 듯 페이긴의 눈치를 살폈지만 유대인이 가만히 있으며 땅에서 눈을 떼지 않자, 바니는 물러가서 곧 낸시를 데리고 들어왔다. 낸시는 보닛, 앞치마, 바구니, 대문 열쇠 등 모든 것을 다 갖춘 차림이었다.

"냄새를 맡았구나, 그렇지, 낸시?" 사익스가 잔을 내밀며 물었다.

"그래, 빌." 젊은 여자가 술을 들이켜면서 대답했다. "그러고 다니느라 아주 피곤해 죽겠어. 그놈의 애새끼가 아파서 침대 난간에 꽉 갇혀 있거든. 그래서……"

"참, 낸시, 애도!" 페이긴이 올려다보며 말했다.

자, 이때 유대인이 붉은 눈썹을 특이하게 움찟 모으며 움푹 꺼진 눈을 반쯤 감은 것이 낸시양에게 너무 입을 놀리는 것이 아니냐는 경고인지의 여부를 판가름하는 것은 그리 중요한 일이 아니다. 우리가 오직 관심을 갖는 것은 사실일 뿐인데, 사실인즉 그녀는 즉시 말을 멈췄고 사익스씨에게 몇번 우아한 미소를 던지고는 대화를 다른 데로 돌렸다. 십분 뒤에 페이긴씨가 갑작스레 재채기를 하자, 낸시는 숄을 어깨로 올려 걸치고 가야겠다고 말했다. 사익스씨는 자기도 낸시가 가는 방향으로 갈 일이 있다며 동행할 의사를 표했다. 그래서 그들은 함께 떠났는데 개는 주인의 모습이 사라지자마자 뒷마당에서 살금살금 기어나와 약간의 거리를 두고 뒤따라 갔다.

사익스가 방에서 나가자 유대인은 문 밖으로 머리를 불쑥 내밀고 그가 어두운 골목으로 사라지는 것을 지켜보더니 움켜쥔 주먹을 흔들며 심한 욕을 주절거렸다. 그는 흉악한 미소를 머금고 다시 탁자에 앉아서 곧 경찰 범죄공보公報의 흥미로운 부분들을 읽는 데 몰두하기 시작했다.

그때 올리버 트위스트는 자기가 이 유쾌한 노신사로부터 그렇게 가까운 거리에 와 있다는 것을 꿈에도 생각지 못한 채 서점을 향해 가고 있었다. 클라큰웰에 이르렀을 때 그는 실수로 다른 골목으로 접어들었다가 반쯤 가서야 자기의 잘못을 깨달았다. 그러나 그 길이 자신이 목표로 하는 방향으로 이어져 있음을 알았기 때문에 다시 되돌아갈 필요는 없다고 생각했다. 그래서 그는 팔에 책을 낀 채 가능한 한 빠른 걸음으로 나아갔다.

그는 자기가 얼마나 행복하고 만족스러운지를 생각하며, 그리고 바로 그 순간에도 허기진 배를 움켜쥐고 매를 맞으며 울고 있을지 모르는 불쌍한 꼬마 딕을 그저 한번 보기만 한다면 어떤 대가라도 치르겠다는 생각을 하며 걷고 있었다. 그때 한 젊은 여자가 "아이구, 내 귀여운 동생아!" 하고 크게 비명을 질러 그는 깜짝 놀라고 말았다. 그가 무슨 일인가 하고 막 올려다보려는 참에 즉시 누군가의 팔이 자기 목을 꽉 감는 바람에 그는 멈춰설 수밖에 없었다.

"하지 마요." 올리버가 허우적거리며 외쳤다. "날 놔줘요. 누구야? 왜 이러는 거예요?"

여기에 대한 대답이란 그저 껴안은 젊은 여자가 큰 소리로 숱하게 내뱉는 한탄뿐이었는데, 그녀는 한 손에 작은 바구니와 대문 열쇠를 들고 있었던 것이다.

"아이구, 하느님!" 젊은 여자가 말했다. "드디어 애를 찾았어요! 아, 올리버야! 올리버야! 아이구, 이 못된 애야, 너 땜에 내가 얼마나 고생을 했는데! 집에 가자, 애야, 가자고. 아, 애를 찾았어요. 세상에 참 고마우신 하느님, 애를 드디어 찾았습니다!" 이렇게 두서없는 감탄을 하며 또 한번 울음보를 터뜨린 젊은 여자가 얼마나 끔찍스럽게 히스테리를 부렸는지, 때마침 그곳을 지나던 여인 둘이, 옆에서 구경하고 서 있던 머리에 쇠기름이 반들반들한 푸줏간 사내애한테 달려가 의사선생을 불러와야 하지 않겠냐고 물었다. 그러자 게으르다고는 할 수 없어도 좀 빈둥대는 편이었던 푸줏간 아이는 그럴 필요는 없다고 대답했다.

"아니에요, 아니에요, 괜찮아요." 젊은 여자가 올리버의 손을 잡으며 말했다. "전 이제 괜찮아졌어요. 자 집에 곧장 가자꾸나, 이 못된 녀석아! 자!"

"뭣 땜에 그러신데요, 아가씨?" 여인네 중 하나가 물었다.

"아이구, 말도 마세요." 젊은 여인이 대답했다. "한달 전쯤에, 애가 부모님을 두고 도망을 쳤어요. 두분 다 아주 열심히 일하고 선량한 분들이신데요, 도둑놈들이랑 나쁜 패거리들하고 어울려서 어머니 맘을 산산조각 나게 했지 뭐예요."

"어린것이 못되기는!" 한 여자가 말했다.

"집에 가거라, 어서. 이 짐승 같은 꼬마 녀석." 다른 여자가 말했다.

"아니에요." 올리버가 매우 놀라서 대답했다. "난 이 여자를 몰라요. 난 누나가 없어요, 아버지도 어머니도 없고요. 저는 고아란 말이에요, 그리고 펜턴빌에 살아요."

"하는 말 좀 봐, 어쩌면 뻔뻔하기도 해라." 젊은 여자가 외쳤다.

"아니, 낸시 아니야!" 올리버가 그제야 비로소 그녀의 얼굴을 쳐다보고 외쳤다. 그리고 말할 수 없이 놀라서 뒤로 물러섰다.

"거 보세요, 절 알아보네요!" 낸시가 소리치며 구경꾼들에게 호소했다. "자기도 어쩔 수 없겠지. 자, 집에 가게 해주세요. 그래주세요, 맘씨 좋으신 여러분들. 아니면 애가 그 다정한 아버지 어머니, 그리고 제 가슴에 못을 박을 거예요!"

"도대체 뭣 땜에 난리야, 이거?" 한 남자가 발뒤꿈치에 흰 개를 달고 맥줏집에서 불쑥 튀어나오며 말했다. "자, 꼬마 올리버! 네 불쌍한 어머니한테 가자, 이 개자식! 어서 집에 가자고."

"난 이 사람들 식구가 아니에요. 모르는 사람들이에요. 살려줘요! 살려줘요!" 올리버가 사내의 억센 손아귀에서 버둥거리며 외쳤다.

"살려달라고!" 사내가 말을 받았다. "좋아, 널 살려주마, 이 꼬마 악당아! 이 책들은 뭐야? 너 이런 거 훔치고 다녔구나, 그렇지? 이리 내놔." 사내는 이렇게 말하면서 올리버가 쥔 책들을 잡아뺐고 머리를 내리쳤다.

"거 잘한다!" 구경꾼 하나가 다락방 창문에서 소리쳤다. "그놈 정신 차리게 하는 데는 그 수밖엔 없어!"

"암, 그렇고말고!" 졸음에 겨운 얼굴을 한 목수가 다락방 창문에서 맞장구를 치는 표정을 하고 소리쳤다.

"그게 그애한테 효험이 있을 거야!" 두 여인이 말했다.

"그래서 한방 더 먹일 거라고요!" 사내가 대꾸하며 한대 더 때려주고서 올리버의 목덜미를 꽉 붙잡았다. "자, 가자. 이 꼬마 악당아! 자, 황소눈깔, 너 이놈 잘 지켜줘 돼! 잘 지키라고!"

얼마 전에 병을 앓아 쇠약해진 몸을 두들겨맞은데다가 갑작스레 당한 일이라 어안이 벙벙해지고, 개가 사납게 으르렁대고 사내가 포악하게 구는 통에 겁에 질리고, 또한 구경꾼들이 자기가 정말 낸시의 말대로 불량소년이라고 믿는 것에 한껏 위축되었으니 어린 아이가 무슨 수를 쓸 수 있겠는가? 어둠이 깔려 있는데다가 그곳은 저급한 동네였다. 가까운 곳 어디에도 도움을 구할 데가 없었다. 저항하는 것도 소용없는 일. 그는 순식간에 어둡고 비좁은 길목으로, 그가 감히 소리를 내서 몇번 외친 것을 전혀 알아듣지 못하게 할 만큼의 속도로 그들에게 매달려 끌려갔다. 실제로 누가 알아들을 수 있었는지 그렇지 않았는지는 별로 중요한 문제가 아니었다. 소리가 뚜렷이 들렸다 해도 근처에는 관여할 사람이 아무도 없었기 때문이다.

* * *

가스등은 여전히 밝혀져 있었다. 베드윈 부인은 대문을 열어놓고 걱정스레 기다리고 있었고, 하녀는 수십번이나 한길로 달려나가 혹시 올리버가 보이지 않나 살폈고, 두 노신사는 여전히 참을성 있게 시계를 사이에 두고 어두운 거실에 앉아 있었다.

## 제16장
## 낸시가 자기 동생이라고 속여 올리버를 데려온 후
## 올리버가 어떻게 되었는지를 이야기한다

좁다란 골목과 길은 결국 넓은 공터로 이어졌는데, 그곳은 짐승 우리와 그밖에 여기저기 널려 있는 흔적들로 보아서 가축시장이라는 것을 알 수 있었다. 지금까지 그들이 걸어온 그 빠른 속도를 더 이상 버티지 못하고 젊은 여자가 처지자 사익스는 이 지점에 이르러 걸음을 늦췄다. 사익스는 올리버에게 고개를 돌리더니 낸시의 손을 잡으라고 거칠게 명령을 했다.

"안 들려, 인마?" 올리버가 머뭇거리면서 주위를 둘러보자 사익스가 으르렁댔다.

그들은 행인들이 다니는 길에서 완전히 떨어진 어두운 구석에 있었다. 올리버는 저항해도 소용없다는 것을 분명히 알았다. 그가 손을 내밀자 낸시가 꽉 붙잡았다.

"다른 손 이리 내." 사익스가 올리버의 나머지 한 손을 붙잡으며 말했다. "자, 황소눈깔, 가자!"

개가 올려다보며 으르렁댔다.

"이봐!" 사익스가 자기의 다른 손을 올리버의 목에 대고 야만적인 욕을 내뱉으며 말했다. "너 얘가 찍소리만 내도 그냥 덤벼! 알았지!"

개는 다시 으르렁댔고 혀를 내두르며 마치 올리버의 숨통에 지체 없이 달라붙지 못해 안달이라도 난 듯 그를 노려보았다.

"덤비고 싶어 예수쟁이들만큼이나 안달이구나, 아니라면 내 눈깔을 쳐서 멀게 하라고!" 사익스가 소름 끼치는 잔인한 표정으로 만족스러운 듯 짐승을 바라보며 말했다. "자, 도련님, 이제 무슨 일이 닥칠지 잘 아셨으니 언제든지 좋을 대로 소리쳐보시지, 이 개가 금세 그 장난을 끝내줄 테니. 자, 어서 가자, 꼬마야!"

황소눈깔은 보통이 아니게 다정한 이 말투를 고마워하는 표시로 꼬리를 흔들고, 들으란 듯이 다시 한번 으르렁대며 올리버에게 경고를 한 후 앞에서 걸어갔다.

이들이 지나는 곳은 스미스필드[63]였는데 올리버에게는 여기가 정반대로 그로브너 광장[64]인지 어딘지 알 길이 없었다. 밤은 어둡고 안개가 짙었다. 가게의 불빛마저도 짙은 안개를 뚫고 나오지 못할 정도였다. 안개는 시시각각으로 점점 더 짙어져서 길과 집들은 어둑어둑한 수의로 둘러싸인 듯했고, 이는 올리버의 눈에 이 생소한 장소를 더욱더 생소하게 만들고 그의 불안함을 더욱 암울하고 우울하게 했던 것이다.

그들이 서둘러 몇걸음 걸어가던 중에 교회 종소리가 그윽하게

---

**63** 오늘날엔 센트럴마켓으로 불리는 런던의 전통적인 가축시장으로, 다음에 언급되는 대로 사형이 집행되고 바솔로뮤 장이 열리던 곳.
**64** 런던 서부의 고급주택가.

울리며 시간을 알렸다. 첫번째 종소리에 올리버를 이끄는 두 안내자들이 멈춰서서 소리가 나는 방향으로 고개를 돌렸다.

"8시야, 빌." 종소리가 그치자 낸시가 말했다.

"그걸 뭣 하러 말하는 거야, 누군 귀가 없어 못 들어, 엉!" 사익스가 대답했다.

"저기 갇힌 애들도 저 소리를 들을 수 있을까?" 낸시가 말했다.

"물론 그렇고말고." 사익스가 대답했다. "내가 잡혀들어간 그때가 바솔로뮤 장이 설 무렵이었는데, 싸구려 나팔 소리 하나까지도 그 끽끽대는 소리가 안 들리는 것이 없었지. 그날 밤 빵에 갇힌 다음에, 밖에서 나는 난리법석이 그 망할 놈의 낡은 감옥을 얼마나 조용하게 만들었는지, 난 철문에 대갈통을 부딪쳐 깨버릴 뻔했다고."

"불쌍한 것들!" 낸시가 아직도 종소리가 나는 쪽으로 얼굴을 돌리고 섰다가 말했다. "아, 빌, 저렇게 괜찮은 애들이!"

"그래, 너네 여자들이란 기껏 생각한다는 게 그런 거지." 사익스가 대답했다. "괜찮은 애들이라고! 글쎄, 거의 죽은 목숨이나 다름없으니 아무럼 어떠냐."

이렇게 위로의 말을 던진 사익스는 속에서 올라오려는 질투심을 억누르는 듯 올리버의 손목을 더 꽉 잡더니, 그만 가자고 했다.

"잠깐!" 여자가 말했다. "8시가 다시 돌아와서 만약 자기가 교수형을 당하러 끌려나왔다면 난 그렇게 서둘러 지나가진 않을 거야, 빌. 난 픽 쓰러질 때까지 그 장소를 돌고 또 돌 거야, 바닥엔 눈이 덮여 있고 몸을 감쌀 숄 하나 없어도."

"그게 다 무슨 소용이야?" 비감상적인 사익스가 물었다. "쇠톱 하나에 20야드 정도 되는 튼튼하고 다부진 밧줄이라도 던져주지 못할 바에야 네가 50마일을 걸어가든지 아예 걷지 않든지 상관 안

한다. 자, 거기서 설교하고 섰지 말고 가자고."

여자는 웃음을 터뜨리더니 숄을 더 바짝 두르고 걷기 시작했다. 그러나 올리버는 그녀의 손이 떨리는 것을 느꼈고, 가스등을 지나가며 그녀의 얼굴을 올려보았을 때는 얼굴이 무시무시하게 창백해진 것이 보였다.

그들은 인적이 끊기다시피 한 길을 따라 삼십분은 족히 걸어갔고 거의 아무도 마주치지 않았다. 간혹 마주치는 사람도 외모로 보자면 사익스씨와 상당히 비슷한 사회적 위치에 있는 사람들 같았다. 마침내 그들은 중고 옷가게들이 꽉 들어찬 매우 더럽고 좁은 골목으로 접어들었는데, 개는 더이상 경계를 설 일이 없다는 듯 앞서 뛰어가다가 겉보기에는 문을 닫고 사람이 살지 않을 것 같은 어떤 가게의 문 앞에 섰다. 그 집은 거의 무너질 지경이었고, 세를 놓는다고 쓰인 나무판자가 문에 못 박혀 있었는데, 그것은 수년 동안이나 그렇게 걸려 있는 듯했다.

"됐어." 사익스가 조심스레 주위를 둘러보고 말했다.

낸시는 덧문 밑으로 몸을 숙였고 올리버는 벨소리를 들었다. 그들은 길 반대편으로 건너가서 잠시 가로등 밑에 서 있었다. 창틀이 살그머니 올려지는 듯한 소리가 들리더니 곧이어 문이 부드럽게 열렸다. 그러자 사익스는 겁먹은 아이의 목덜미를 매우 무례하게 휘어잡았고, 세사람 모두 즉시 집 안으로 들어갔다.

복도는 아주 깜깜했다. 그들을 맞은 사람이 문고리를 걸고 빗장을 거는 동안 그들은 기다렸다.

"누구 없냐?" 사익스가 물었다.

"없어요." 올리버 생각으로는 전에 들은 적 있는 듯한 목소리였다.

"영감태기는 있겠지?" 그 강도가 물었다.

"있어요" 하고 말하는 목소리가 들렸다. "기가 팍 죽어 있어요. 당신을 보면 무척 반가워할걸, 안 그래요?"

이렇게 대답하는 말투뿐 아니라 목소리 또한 올리버의 귀에 익은 것 같았다. 그러나 이런 어둠 속에선 말하는 사람의 형체를 분간하는 것조차 불가능했다.

"불 좀 켜라, 야." 사익스가 말했다. "이렇게 캄캄해서야 목을 부러뜨리거나 개를 밟고 다니겠어. 혹시 개를 밟으면 다리 안 물리게 알아서들 조심하라고!"

"잠깐 있어봐요, 불을 가져올 테니." 대답 소리가 들렸다. 말한 사람이 뒤로 물러가는 발소리가 났고, 다음 순간엔 존 도킨스씨, 별명으로 교묘한 미꾸라지의 형체가 나타났다. 그는 끝이 벌어진 막대기에 푹 꽂은 수지양초를 오른손에 들고 있었다.

이 어린 신사는 올리버에게 익살스럽게 한번 씩 웃어주는 것 외에는 달리 아는 척을 하지 않았고, 손님들에게 계단을 따라 내려오라고 돌아서면서 손짓을 했다. 그들이 빈 부엌을 지나, 뒤뜰에 지어놓은 듯한, 흙냄새 나는 낮은 지붕의 방문을 열자 요란한 웃음소리가 그들을 환영했다.

"애고, 내 골이야!" 찰리 베이츠군이 외쳤으니, 웃음소리는 그의 허파에서부터 나온 것이었다. "왔구나, 그래! 야, 드디어 왔어! 페이긴, 애 솜 보라고요! 페이긴, 제발 좀 봐줘요! 못 참겠다, 이거 진짜 신나는 일이구먼. 정말 못 봐주겠네. 누구 나 좀 잡아줘, 실컷 좀 웃게 말이야."

이렇게 억누를 수 없는 유쾌함이 터져나오는 통에 베이츠군은 벌렁 나둥그러지더니 익살스러운 즐거움의 황홀경에 빠져 오분 동안이나 허우적거리며 발길질을 해댔다. 그러고선 두 발로 펄쩍 뛰어 일어서서 미꾸라지한테 끝이 갈라진 막대기를 잡아챈 후, 올리버에게 다가가서 그를 빙빙 둘러보는 것이었다. 유대인은 나이트캡을 벗고 굽실굽실하며 이 당황한 아이에게 숱하게 절을 했다. 다소 무뚝뚝한 성격인 편인데다 사업에 방해가 될 때엔 신나서 흥청거리는 법이 거의 없는 교묘한 미꾸라지는 그 와중에도 착실하고 근면하게 올리버의 주머니를 샅샅이 뒤지고 있었다.

"얘 옷 좀 보라니까요, 페이긴!" 찰리가 올리버의 새 조끼에 불이 붙을 정도로 촛불을 바짝 갖다 대면서 말했다. "얘 옷 좀 봐라! 기차게 좋은 옷감에 끝내주게 잘 박아놨구나! 아이구, 내 눈이야, 진짜 죽이네! 이 책들은 또 어떻고! 이거 완전히 신사 나리가 아니고 뭐예요, 페이긴!"

"이렇게 멋지게 잘 지내는 것처럼 보이니 난 기뻐해 마지않는단다." 유대인이 짐짓 겸손을 떨며 말했다. "미꾸라지가 네게 다른 옷을 갖다줄 거다, 얘야. 혹시 이렇게 좋은 양복을 버릴지 모르니까 말이야. 왜 편지 좀 쓰지 그랬어, 오는 중이라고 말이야? 따뜻한 저녁상이라도 좀 차려놨을 텐데."

이 말을 듣고 베이츠군은 다시 왁자그르르 웃음을 터뜨렸는데 그 소리가 어찌나 크던지, 페이긴도 잠시 얼굴을 풀고 미꾸라지마저 미소를 띨 정도였다. 그러나 이 순간 미꾸라지는 5파운드 지폐를 끄집어내는 중이었으니, 그의 유쾌한 기분을 불러낸 것이 농담이었는지 아니면 이 발견이었는지는 알 수 없는 일이었다.

"어이! 거 뭐냐?" 유대인이 지폐를 잡아채자마자 사익스가 한걸음 나서며 물었다. "그건 내 거야, 페이긴."

"아니야, 아니야, 이 사람아." 유대인이 말했다. "내 거야, 빌, 내

거라고. 자네한텐 책을 주지."

"그게 내 것이 안 되면!" 빌 사익스가 마음을 굳힌 듯 모자를 쓰면서 말했다. "그러니까 나랑 낸시 것이 안 되면 이애를 다시 되돌려줄 거야."

유대인이 움찔 놀랐다. 올리버도, 비록 전혀 다른 이유에서였지만 같이 놀랐다. 왜냐하면 그는 이 분쟁이 결국 자기를 다시 데려다주는 쪽으로 결말이 나길 바랐던 것이다.

"자! 넘겨주시지, 응?"

"이거 진짜 불공평해, 빌. 진짜 불공평하다고, 안 그래, 낸시?" 유대인이 질문했다.

"공평하건 안 하건." 사익스가 반박했다. "넘겨달라고, 안 들려! 당신이 끌고 온 애들을 사방으로 찾아다니며 납치해서 다시 돌려주는 데 시간을 쓸 만큼 낸시랑 내가 그렇게 할 일이 없는 줄 아나? 이리 줘, 이 구두쇠 같은 늙은 뼈다귀야. 이리 내놔!"

사익스는 이렇게 점잖게 항의를 하면서 유대인의 엄지와 검지 사이에서 지폐를 쏙 빼내어, 노인의 얼굴을 냉랭하게 쳐다보더니 작게 접어 자기 목수건에다 묶었다.

"이건 우리가 고생한 대가야." 사익스가 말했다. "그 반값도 채 안 되는 거지만. 책 읽기를 좋아한다면, 책은 당신이 가지라고. 아니면 팔아버리든지."

"아주 예쁜 책들인데." 찰리 베이츠가 갖가지 표정으로 얼굴을 찡그리면서 문제의 그 책을 읽는 시늉을 했다. "아주 잘 썼어, 그렇지, 올리버?" 자기를 괴롭히는 사람들을 쳐다보는 올리버의 낙담한 표정을 보고서, 워낙 우스꽝스러운 것들에 대한 감각이 풍부한 베이츠군은 아까보다 더 야단스럽게 또다시 황홀경에 빠져들었다.

"이것들은 그 노신사분의 책이에요." 올리버가 두 손을 쥐어짜며 말했다. "내가 열병을 앓아 거의 죽을 뻔했을 때 집으로 데려가 보살펴주신 그 선하고 친절하신 노신사분의 것이에요. 아, 제발 그걸 돌려보내주세요. 돈과 책들을 다시 돌려보내주세요. 날 평생 여기에 잡아둬도 좋으니, 제발, 제발 그것들만이라도. 그분은 내가 훔친 것으로 아실 거예요. 그리고 그 할머니, 내게 그리도 잘해주신 모든 분들이 다 내가 훔친 것으로 알 거예요. 아, 제발 날 불쌍히 여겨서 그것만이라도 돌려보내세요!"

올리버는 강렬한 비탄에서 나오는 그 모든 힘을 담아 이렇게 말하면서 유대인의 발치에 무릎을 꿇고 필사적으로 두 손을 비벼댔다.

"얘 말이 옳아." 페이긴이 은밀하게 주위를 둘러보고 자기의 덥수룩한 눈썹을 단단하게 뭉쳐놓으면서 말했다. "네 말이 맞다, 올리버. 네가 옳아. 그들은 정말 네가 훔친 것으로 알 거야. 하하!" 유대인이 키득거리면서 손을 비볐다. "일부러 시간을 골랐더라도 이보다 일이 더 잘되지는 않았을 거야!"

"물론 그렇지." 사익스가 대답했다. "얘가 책을 팔에 끼고 클라큰웰로 지나가는 것을 보자마자 난 그걸 알았다고. 모두 아주 잘됐어. 그 친구들 찬송가나 부르는 순해빠진 것들일 거야, 아니면 애초에 얘를 데려가지도 않았겠지. 그리고 별 수소문도 안 할 거야, 왜냐 하니 경찰에 신고하면 애가 체포될 거라고 생각할 테니. 얘는 확실히 안전해."

이런 말들이 오가는 사이에 올리버는 당황해서 무슨 말인지 도통 못 알아듣겠다는 듯 이 사람 저 사람을 번갈아 쳐다보았다. 그러나 빌 사익스의 말이 끝나는 순간, 그는 벌떡 일어서서 방을 사납게 박차고 나가며 살려달라고 비명을 질렀으니 그 소리는 텅 빈

낡은 집의 천장까지 울렸다.

"개를 붙잡아, 빌!" 유대인과 그의 두 제자가 쫓아 달려가자 낸시가 문 쪽으로 뛰어가서 문을 막으며 외쳤다. "개를 붙잡아, 애를 갈가리 물어뜯을 거야."

"그래도 싸지, 뭐!" 사익스가 여자의 손아귀에서 벗어나려고 몸부림을 치며 소리쳤다. "저리 물러서, 아니면 네 골을 벽에다 부딪쳐서 빠개버릴 테니."

"그래도 좋아, 빌. 그래도 상관없단 말이야." 여자가 사내와 격하게 몸싸움을 하며 비명을 질렀다. "개가 애를 물어뜯으면 안 돼, 날 먼저 죽이라고."

"그러면 안 된다고!" 사익스가 사납게 이를 악물면서 말했다. "당장 그만두지 않으면 당장 물어뜯으라고 할 거야."

이 집털이 전문 강도가 여자를 방 한구석으로 멀리 던졌을 때, 유대인과 두 사내애가 올리버를 사이에 끼고 질질 끌면서 돌아왔다.

"이건 또 무슨 일이야!" 유대인이 주위를 둘러보며 말했다.

"이년이 미친 것 같소, 아마." 사익스가 야만스럽게 말했다.

"아니야, 안 미쳤어." 난투 끝에 얼굴이 창백해지고 숨이 가빠진 낸시가 말했다. "아니야, 미친 게 아니야, 페이긴. 아예 그런 생각도 마."

"그러면 잠자코 있지 못해, 엉?" 유대인이 협박하는 눈빛으로 말했다.

"못한다 왜, 그렇게 못하겠다." 낸시가 고래고래 소리를 지르며 대답했다. "자, 어쩔래?"

페이긴씨는 낸시를 포함한 이러한 특정 부류의 인간들의 습성과 관습을 잘 알던 터라, 그 순간 그녀와 대화를 계속한다는 것은 결코 안전한 일이 아니라는 것을 제법 확실히 느꼈다. 그는 모여 있는 사람들에게로 주의를 돌릴 요량으로 올리버에게 몸을 돌렸다.

"그래, 네가 달아나려고 했다 이거지, 애야?" 유대인이 벽난로 구석에 놓여 있던 들쭉날쭉하게 마디가 진 몽둥이를 집어들며 말했다. "그래?"

올리버는 아무 대답도 안 했다. 그는 유대인의 동작을 지켜보며 가쁜 숨을 몰아쉬고 있었다.

"도움을 청하고, 그리고 경찰을 부르고, 그랬어?" 유대인이 아이의 팔을 잡으며 비아냥댔다. "우리가 너의 그 병을 고쳐주지, 꼬마 도련님."

유대인이 몽둥이로 올리버의 어깨를 맵게 한대 내려치고 두대째 치려고 손을 드는 순간, 여자가 앞으로 달려나오며 그의 손에서 몽둥이를 잡아챘다. 그녀는 몽둥이를 벽난로에 집어던졌는데, 어찌나 세게 던졌는지 활활 타오르는 석탄 몇개가 방으로 튀어나올 정도였다.

"애를 패는 건 못 봐주겠어, 페이긴." 여자가 소리쳤다. "애를 잡았으면 됐지 더이상 뭘 바라는 거야? 개를 그냥 놔둬, 놔두라고. 안 그러면 내가 제 명이 되기 전에 교수대에 가는 한이 있더라도 네놈들 몇 녀석 얼굴을 확 긁어버릴 거야."

여자는 이렇게 협박을 토해내며 사납게 발을 굴러댔고, 입술을 꽉 깨물고 두 주먹을 불끈 쥔 채 유대인과 다른 강도를 번갈아 쳐다보았다. 그녀의 얼굴은 스스로 불러일으킨 격노로 인해 아주 창백했다.

"아니 낸시, 왜 그래!" 유대인과 사익스씨가 당황한 기색으로 서로 멍하니 쳐다보던 끝에 유대인이 말했다. "너, 너 오늘 밤은 아주 괜찮은데. 하하! 아주 훌륭한 연기라고, 얘."

"그래?"여자가 말했다. "내 연기가 지나치지 않도록 조심하라고. 안 그러면 당신만 더 손해일 테니, 페이긴. 그러니 지금 말해두지만 날 건드리지 마."

성난 여인에겐 무엇인가 무시할 수 없는 것이 있다. 특히 자포자기한 심정에 동반된 사나운 충동이 그밖의 또다른 강렬한 열정에 더해지면 말이다. 이런 것은 그 어느 남자건 함부로 터뜨리려고 하지 않는 법. 유대인은 낸시양의 격분이 진짜인지 몰랐다는 시늉을 하는 것이 부질없는 일임을 알게 되었다. 그는 몇걸음 뒤로 물러서서 반은 애원하는 조로 반은 겁먹은 투로 사익스를 쳐다보며, 마치 그가 대화를 이어갈 적임자라는 암시를 주는 듯한 눈짓을 했다.

이렇게 무언의 부탁을 받은 사익스씨는 낸시양이 즉각 이성을 찾는 것이 자기의 개인적인 자존심과 영향력에 상관이 있다고 느꼈는지 몇십번 욕설과 협박을 내뱉었고, 이렇게 신속하게 말을 쏟아냄으로써 자신이 말을 풍성하게 발명해내는 재주를 가지고 있다는 것을 당당하게 보여주었다. 그러나 이 말들을 쏘아댄 표적에게서 눈에 띄는 효과가 나타나지 않자, 그는 좀더 실질적인 논의를 벌이는 방법을 택했다.

"너 무슨 생각으로 이러는 거야?"사익스는 이 물음을 신체의 가장 아름다운 부분에 대한 매우 일반적인 욕[65]으로 뒷받침했는데, 이 땅 위에서 이 욕을 오만번 뱉어대는 중에 단 한번이라도 저 하늘나라에서 듣는다면 그 벌로 눈머는 병이 홍역만큼이나 흔해졌을 것이다. "무슨 생각으로 이래? 불을 확 싸질러버릴까보다! 넌 자기가

---

[65] 눈을 멀게 하겠다는 욕.

누군지, 주제나 알고 설치는 거야?"

"그래 알아. 다 알고 있지." 여자는 신경질적으로 웃고 머리를 좌우로 흔들면서, 개의치 않는다는 투를 어설프게 보이며 대답했다.

"그래, 그럼 닥치고 있어." 사익스가 자기 개한테 말을 걸 때 으레 그러듯이 으르렁대면서 응수했다. "아니면 널 아주 오랫동안 잠잠하게 만들 테다."

여자는 아까보다도 불안스럽게 다시 웃었고 재빠르게 사익스에게 눈길을 한번 던지더니, 얼굴을 돌리고 피가 날 정도로 입술을 꽉 깨물었다.

"참 착하기도 하군." 사익스가 경멸하는 투로 그녀를 훑어보며 말을 덧붙였다. "인정 많고 점잖은 척하다니! 네 말대로 이 어린애의 아주 좋은 친구가 될 만한 사람이고말고!"

"전능하신 하느님, 절 도와주세요. 그래, 난 그런 사람이다!" 여자가 화가 나서 외쳤다. "내가 길거리에서 쓰러져 죽어버렸더라면, 아니면 얘를 여기 데려오는 데 한몫하기 전에, 오늘 그렇게도 가까이 지나쳐 간 감옥의 그애들 대신 죽었더라면! 얘는 오늘 밤부터 도둑놈에 거짓말쟁이에 악당에 그저 나쁜 것은 죄다 될 거야. 패지 않더라도 그걸로 이 늙은 놈에게 충분하지 않아?"

"자, 자, 사익스." 유대인이 사익스에게 타이르는 투로 말하면서, 지금 일어나고 있는 일을 매우 열심히 지켜보는 아이들을 가리켰다. "자, 우리 고운 말을 쓰자고, 고운 말, 빌."

"고운 말이라고!" 그녀는 보기에도 무시무시할 정도로 열이 올라서 외쳤다. "고운 말이라고, 이 악당아! 그래, 넌 마땅히 나한테 고운 말을 들을 만하겠지. 내가 얘 나이의 반도 안 되었을 적부터 널 위해 도둑질을 했으니!" 그녀가 올리버를 가리키며 말했다. "난 똑같은 직업에 똑같은 일을 그후로 십이년이나 했던 거야. 그걸 몰라? 말해봐! 모르냐고?"

"그래, 그래." 유대인이 분위기를 가라앉히려는 투로 대답했다. "그랬다면, 그게 바로 네 밥벌이 아니니!"

"그래, 밥벌이다!" 여자가 말을 받았다. 말을 한다기보다는 하나의 지속적이고 격렬한 비명 소리로 연거푸 말을 쏟아내는 편이었다. "이게 내 밥벌이다. 그리고 춥고 더러운 길거리가 내 집이다. 네가 날 오래전에 길거리로 내몬 놈 아니냐, 그리고 밤낮 할 것 없이 죽을 때까지 날 길바닥에 묶어놓을 거고!"

"너 맛 좀 볼래?" 비난에 자극을 받은 유대인이 말을 막았다. "더이상 지껄이면, 그것보다 훨씬 더 쓴맛을 보게 할 거야!"

여자는 더이상 말을 하지 않았으나 주체할 수 없을 정도로 열이 올라 머리와 치마를 쥐어뜯으며 유대인에게 현저한 복수의 징표를 남겨놓았을 정도로 심하게 달려들었다. 그런데 바로 그 순간, 사익스가 그녀의 손목을 잡았으니 그녀는 몇차례 소용없는 저항을 하다가 기절했다.

"이제 됐어." 사익스가 그녀를 구석으로 데려가 누이며 말했다. "이렇게 일을 한번 벌일 때면 얘 팔 힘이 보통이 아니거든."

유대인은 이마를 닦으며 소란이 끝난 것이 큰 다행이라는 듯 미소를 지었으나, 유대인도 사익스도 개도 아이들도 이것이 사업상 부수적으로 있는 아주 흔한 사건이라고밖에는 생각지 않는 것 같았다.

"여자들 데리고 장사하는 데 이게 가장 나쁜 일이라고." 유대인이 다시 곤봉을 갖다놓으며 말했다. "하지만 여자들이란 똑똑하거든, 우리 장사를 여자들 없이 할 수 있나 어디. 찰리, 올리버를 침대에 데려다줘라."

"내일 얘가 이 좋은 양복은 안 입는 것이 좋겠지요, 페이긴?" 찰리 베이츠가 물었다.

"암, 그렇고말고." 찰리가 질문을 하며 씽긋 웃는 것을 유대인이 받아 웃으며 대답했다.

베이츠군은 이 심부름에 아주 즐거워하며 갈라진 막대기에 꽂힌 초를 들고 옆에 있는 부엌으로 올리버를 데려갔는데, 거기엔 그가 전에 잠을 잤던 침상 두세개가 있었다. 베이츠군은 여기서 도저히 참을 수 없는 웃음을 여러차례 터뜨리면서, 옷을 꺼냈다. 올리버가 브라운로우씨 댁에서 벗어버리면서 그렇게도 스스로 축하해 마지 않던 바로 그 옷이었다. 이 옷을 산 유대인이 우연히 페이긴에게 보여주었고, 결국 올리버의 행방에 대한 첫번째 단서가 됐던 것이다.

"말쑥한 놈은 쑥 벗어줘." 찰리가 말했다. "페이긴에게 보관하라고 갖다줄 테니까. 진짜 신나는구먼, 이거!"

가련한 올리버는 마지못해 지시에 따랐다. 베이츠군은 새 옷을 둘둘 말아 팔에 끼고 방에서 나갔고, 어둠 속에 올리버만 남겨둔 채 밖에서 문을 잠갔다.

찰리의 웃음소리에다가, 마침 도착해서 기절한 자기 친구에게 물을 부어주는 등 여성적인 잡무들을 수행하는 베시양의 목소리는 올리버의 현재 처지보다 더 행복한 형편에 놓여 있는 여러사람들을 다 깨워놓을 정도로 요란했다. 그러나 올리버는 병들고 지친 몸. 그는 즉시 깊은 잠에 빠졌다.

# 제17장
## 올리버의 운명이 상서롭지 못한 방향으로
## 계속 흘러가는 중에 위대한 인물이 런던에 나타나서
## 올리버의 평판을 더욱 훼손시킨다

    무대의 관습에 따르면 제법 흉악한 멜로드라마에서는 하나같이 비극적 장면과 희극적 장면이 마치 줄이 쭉쭉 나 있는 베이컨의 붉은 켜와 흰 켜처럼 규칙적으로 번갈아 나온다. 남자 주인공이 속박과 불행의 무게를 이기지 못하고 지푸라기 침상 속에 쓰러져 누우면, 그 다음 장면에서는 충직하지만 별생각 없는 그의 종자가 나와 희극적인 노래로 관객을 즐겁게 해준다. 우리는 여주인공이 거만하고도 인정머리 없는 귀족의 손아귀에 들어가는 것을 가슴을 두근거리며 지켜보게 되는데, 정조와 목숨이 둘 다 위기에 처한 그녀가 목숨을 희생해서 성소를 보존하려고 품에서 은장도를 끼내들이 우리가 기대감으로 잔뜩 흥분하는 순간, 호루라기 소리가 한번 휙 들리면서 우리는 성城의 대연회장으로 곧장 실려가는 것이다. 거기서 머리가 희끗희끗한 집사가, 웃기는 합창곡을 그보다 더 웃기는 가신家臣 한 무리와 부르는데, 이 신하들이란 교회 납골당에서 궁궐까지 여기저기 제멋대로 돌아다니고 떼를 지어 쏘다니며 끊임없이 노래를 흥얼거리는 작자들인 것이다.

이런 변화들은 터무니없는 것으로 보일 수 있다. 그러나 처음 보기보다는 그것이 그렇게 부자연스럽지는 않다. 우리의 실제 삶에서 호화로운 잔칫상에서 임종의 침상으로, 미망인의 상복에서 휴일의 나들이옷으로 전환되는 일들은 한치도 놀라운 것은 아니다. 다만 여기서는 우리가 수동적인 구경꾼이 아니라 분주한 배우라는 것이 다를 뿐인데, 이것이 큰 차이를 낳는다. 극장에서 남의 인생을 흉내 내는 배우들은 급격한 전환과 갑작스러운 감성의 충동에 앞을 보지 못한 채 끌려다니니, 이 광경을 그저 구경이나 하는 사람들 눈에는 이것이 즉시 터무니없고 말도 안 된다는 비난을 받는 것이다.

이야기책에서도 갑작스레 장면이 전환되고 시공이 빠르게 변화하는 것은 오랜 관례에 의해 허용되는 것은 물론이요, 많은 이들이 이것을 작가의 커다란 재주로 여기는지라 ── 이런 비평가들은 소설의 각 장이 끝날 때 인물들이 처해 있는 궁지와 관련해서 작가의 예술적 기량을 평가하는데 ── 본장에 붙인 이 짧은 서론은 아마 불필요한 것으로 생각될 수도 있다. 그렇다 해도 이를 본 전기사가<sup>傳</sup><br>記史家 올리버 트위스트가 태어난 읍으로 돌아갈 참이라는 미묘한 암시를 하는 것으로 간주해준다면 좋겠다. 독자 쪽에서는 의당 이 여행에 훌륭하고 실속 있는 이유가 있으리라고 생각할 것인즉, 만약 그렇지 않다면 군이 필자가 이 여정을 함께하자고 권유할 리가 없을 것이다.

범블씨는 이른 아침 구빈원 대문 앞에 나타난 후, 의연한 몸가짐과 위풍당당한 발걸음으로 하이 스트릿을 걸어올라갔다. 그는 교구관직에 대한 자부심으로 한창 피어올라 있었다. 삼각모자와 외투는 아침햇살에 눈부시게 빛나고, 그는 건강과 힘에 넘쳐 완강하게 단장을 움켜쥐고 있었다. 범블씨는 늘 고개를 높이 쳐들고 다녔지만 이날 아침에는 보통 때보다 고개를 더 높이 들고 있었다. 그의 눈에는 초점이 없고 들뜬 분위기를 풍겼으니, 모르는 사람이 그를 보았다면 말단 교구관의 머릿속에 말로 하기엔 참으로 위대한 사념들이 스쳐가고 있다는 경고가 되었음직했다.

범블씨는 자기한테 공손히 말을 건네는 구멍가게 주인들이나 그밖의 다른 사람들과 대화를 나누기 위해 걸음을 멈추지 않았다. 그는 단지 손을 한번 흔들어 그들의 인사에 답할 뿐이었으며 위엄 있는 보폭을 늦추지 않았고, 마침내 맨 부인이 교구의 배려 속에 유아 극빈자들을 맡아 키우는 곳에 이르렀다.

"망할 놈의 말단 교구관 놈!" 맨 부인이 정원 문을 흔드는 귀에 익은 소리를 듣고 말했다. "이런 이른 아침에 올 사람이 그 인간 아니면 누구겠나! 어머, 범블 선생님. 당신이신 줄 누가 생각했겠어요! 자, 내 정신 좀 봐, 진짜 반가워요, 정말로요! 자, 어서 응접실로 들어오세요, 네?"

앞의 문장은 수전에게 한 말이었고, 뒤에 나온 기쁨의 감탄은 이 훌륭한 부인이 정원 문을 따고 크나큰 성의와 존경 속에 범블씨를 집으로 안내하며 건넨 말이었다.

"맨 부인." 범블씨는 여느 천한 놈팡이처럼 의자에 걸터앉거나 푹 퍼져앉지 않고, 조금씩 그리고 서서히 의자에 앉았다. "맨 부인, 안녕하시오?"

"아 예, 안녕하세요?" 맨 부인이 환하게 미소를 지으며 대답했다. "요즘엔 어떠세요, 교구관님!"

"뭐, 그저 그렇지요, 맨 부인." 말단 교구관이 대답했다. "교구 생활이라는 것이 꽃밭에 들어앉아 있는 것은 아니니까 말이오, 맨 부인."

"아, 참말로 그렇지요, 범블씨." 부인이 맞장구를 쳤다. 만약에 구빈원의 유아들이 이 말을 들었다면 그들 모두는 매우 예의 바르고 적절하게도 이 맞장구에 한목소리로 동의했을 것이다.

"교구 생활이란 것이 말입니다, 부인." 범블씨가 단장으로 탁자를 내려치며 계속 말했다. "신려(심려)와 걱정과 고생의 삶이지요. 하지만 모든 공인들은, 말하자면, 박애(박해)에 시달려야 하니까요."

맨 부인은 말단 교구관이 무슨 말을 하는지 잘 알아듣지 못했지만, 공감의 눈빛을 하고 두 손을 들어올리며 한숨을 쉬었다.

"아, 한숨을 쉴 만하오, 맨 부인!" 말단 교구관이 말했다.

자기가 올바르게 행동했음을 안 맨 부인은 다시 한번 한숨을 쉬었는데, 이 공인은 이에 흡족했는지 만족스러운 미소를 억누르고 엄한 눈초리로 자기의 삼각모자를 바라보면서 말했다.

"맨 부인, 나 런던에 갈 참이오."

"어머, 범블씨!" 맨 부인이 깜짝 놀라 뒤로 물러서며 소리쳤다.

"런던에 말이오, 부인." 불굴의 말단 교구관이 말을 이었다. "역마차 편으로. 두 극빈자하고 말이오, 부인! 재판이 한건 예정되어 있는데 소송해결 건이오. 이사진이 날 임명해서, 날 말이오, 맨 부인, 클라킨웰(클라큰웰) 하급법원에 가서 이 문제를 처리하도록 했소." 범블씨가 어깨에 힘을 주며 덧붙였다. "난 도대체 이 클라킨웰 하급법원이 나를 끝장내려다가 되레 자기네들이 엉뚱하게 당하는 난처한 꼴이 되지나 않을까 매우 궁금하오."

"아이, 그 사람들한테 너무 심하게 하진 마세요, 교구관님." 맨 부인이 달래듯 말했다.

"클라킨웰 하급법원 쪽에서 자초한 일이오, 부인." 범블씨가 대답했다. "그리고 클라킨웰 하급법원이 자기들 예상보다 더 불리하게 당한다 해도 그것은 오직 그들 탓일 것이오."

범블씨가 이렇게 협박조로 말을 토해내는 데에는 상당한 결의와 깊은 목적의식이 담겨 있었으니 맨 부인은 상당히 탄복했던 것이다. 마침내 그녀가 말했다.

"마차를 타고 가신다고요? 극빈자들은 대개 수레에 실어나르는 줄 알았거든요."

"그거야 환자가 있을 때지요, 맨 부인." 말단 교구관이 말했다. "빗줄기가 뿌리는 날이면 병든 극빈자들을 지붕이 없는 수레에 태운다오, 감기 걸리는 것을 방지하기 위해서."

"아, 그래요!" 맨 부인이 말했다.

"원고측 마차가 이 둘을 데려갈 계약을 했는데, 그것도 아주 싸게 데려가는 셈이죠." 범블씨가 말했다. "둘 다 아주 안 좋은 상태에 있으니 그들을 옮겨놓는 것이 땅에 묻는 것보다 2파운드나 싸게 먹힐 수 있어요 — 그러니까 우리가 그 사람들을 다른 교구에다 던져버릴 수 있다면 말입니다. 아마 내 생각엔 그럴 수 있을 것 같소, 우리를 골탕 먹이려고 가는 도중에 죽지 않는 한. 하하하!"

범블씨가 잠시 웃었는데, 그의 두 눈이 다시 삼각모자와 마주치자 그는 엄숙해졌다.

"이거 업무를 잊고 있었군요, 부인." 말단 교구관이 말했다. "자, 이건 이번 달치 당신의 교구 급여요."

범블씨는 종이에 싼 은동전 몇개를 지갑에서 꺼내놓고서 영수증을 써달라고 요청했고, 맨 부인은 영수증을 써주었다.

"얼룩이 많이 지긴 했지만, 교구관님." 어린 고아를 등쳐먹는 이가 말했다. "이만하면 형식이 됐겠죠. 감사합니다, 범블씨, 진짜, 덕분에 이렇게, 감사해요."

범블씨가 맨 부인의 무릎절에 답례해 기분 좋게 고개를 끄덕였다. 그리고 아이들은 어떻게 지내는지 물었다.

"에구, 그 귀여운 것들!" 맨 부인이 감정이 북받쳐 말했다. "아주 잘 지내고 있어요, 귀여운 것들! 물론 지난주에 죽은 둘 빼고는요. 그리고 꼬마 딕하고."

"걔는 좀 나아지지 않았소?" 범블씨가 물었다.

맨 부인은 고개를 저었다.

"그놈 아주 심술궂고 사약(사악)하고 못된 교구 아이군그래." 범블씨가 화가 나서 말했다. "걔 어디 있어요?"

"일분 안에 불러드리지요." 맨 부인이 대답했다. "이봐, 딕!"

몇번 이름을 부른 끝에 딕을 찾아냈다. 맨 부인은 아이의 얼굴을 펌프 밑에 넣었다 뺀 다음 자신의 가운으로 닦고, 그를 말단 교구관 범블씨의 무시무시한 안전으로 데려갔다.

아이는 창백하고 홀쭉했으며 두 볼은 쏙 들어가고 커다란 두 눈만 반짝거렸다. 후줄근한 교구의 옷, 그 불행의 제복이 연약한 몸에 헐렁하게 걸쳐져 있었고 어린 손발은 노인네 팔다리처럼 쇠약했다.

이것이 범블씨의 면전에 서서 덜덜 떨며 감히 바닥에서 눈을 들지 못하고 그저 교구관의 목소리만 들어도 공포에 질리는 이 작은 존재의 모습이었다.

"이 고집쟁이 녀석아, 이 어른을 쳐다보지 못하겠니?" 맨 부인이 말했다.

아이는 온순하게 두 눈을 들어서 범블씨의 눈과 마주쳤다.

"교구살이 딕, 넌 뭐가 문제냐?" 범블씨가 때마침 적절한 익살로 물었다.

"아무 문제 없습니다, 나리." 아이가 힘없이 대답했다.

"나도 의당 그럴 거라 생각해." 맨 부인이 범블씨의 유머에 실컷
웃으면서 말했다. "아무 부족한 것이 없을 거야, 확실해."

"그런데 나리, 저는……" 아이가 머뭇거렸다.

"뭐야 이거!" 맨 부인이 끼어들었다. "너 지금 뭐가 좀 부족하긴
하다고 말할 참인 것 같은데, 그래? 아니, 이 쪼그만 놈이……"

"잠깐, 맨 부인. 잠깐만요!" 교구관이 자기의 권위를 과시하는
듯 손을 들며 말했다. "그래 자네는 뭘 원하는가, 응?"

"있잖아요." 아이가 머뭇거렸다. "누가 글을 써줄 수 있으면 제
대신 종이에 몇 자 적어서요, 그걸 접고 봉해서 저 대신 보관해줬으
면 해요. 제가 땅에 묻힌 뒤에 말입니다."

"아니, 얘가 무슨 말을 하는 거야?" 범블씨가 소리를 높였으니,
이 아이의 진지한 태도와 창백한 모습이 이런 유의 일엔 익숙한 범
블씨의 마음도 약간은 움직였던 것이다. "무슨 말인가, 자네?"

"저는," 아이가 말했다. "제 간절한 사랑을 불쌍한 올리버 트위
스트에게 남겨두고 가고 싶어요. 그래서 도와주는 사람 하나 없이
어두운 밤에 홀로 방황하는 형을 생각하며 혼자 앉아서 울기도 많
이 울었다는 것을 알려주고 싶어요. 그리고 또 일러주고 싶은 게
있어요." 아이가 작은 두 손을 꽉 모아쥐며 아주 열정적으로 말했
다. "제가 아주 어릴 때 죽는 것이 다행이라는 거예요. 제가 혹시 어
른이 될 때까지 살면 천국에 있는 제 어린 누이가 절 잊어버리거
나, 아니면 저랑 달라질까봐 그래요. 우리가 둘 다 어린이면 훨씬
더 행복할 것 같아요."

범블씨는 형언할 수 없이 놀란 표정으로 이 작은 웅변가를 머리

끝에서 발끝까지 훑어보더니 자기 동료를 바라보며 말했다. "맨 부인, 이것들 다 한통속입니다. 그 뻔뻔스러운 안하무인 올리버가 선동질을 해서 다 들쑤셔놨어요!"

"전 도저히 믿을 수가 없어요, 교구관님!" 맨 부인이 두 손을 들고 악의에 찬 눈으로 딕을 바라보며 말했다. "이렇게 독한 꼬마 악당 놈은 처음 본다니깐!"

"얘를 데려가시오, 부인!" 범블씨가 오만하게 말했다. "이것은 이사진에 알려야 할 일이오, 맨 부인."

"여러 이사 양반들께서 이게 제 탓이 아니라는 것을 이해해주시겠죠, 교구관님?" 맨 부인이 애처롭게 울먹이며 말했다.

"그렇게 되도록 하겠소, 부인. 이 사건의 참된 실상을 아시도록 할 테니까." 범블씨가 거만하게 말했다. "자, 데려가시오. 차마 이 놈을 쳐다볼 수가 없소."

딕은 즉시 끌려가서 석탄광에 갇히고 문은 잠겼다. 범블씨는 얼마 안 있다 일어서서 여행준비를 하러 돌아갔다.

다음날 아침 6시에 범블씨는 삼각모자를 원형모자로 바꿔쓰고 어깨 망토가 달린 초록색 오버코트를 입은 후, 법적 처분으로 논란이 된 죄수들을 동반해서 마차의 바깥자리를 잡았고 시간이 되자 이들과 함께 런던에 도착했다. 가는 길에는 두 극빈자들의 비뚤어진 행동에서 야기된 어려움 외엔 별다른 역경이 없었는데, 이 둘이 고집스럽게 계속 부들부들 떨면서 추워죽겠다고 불평해대는 바람에, 범블씨가 단언하기로는 자기는 오버코트를 입고 있었는데도 머리까지 쩡쩡 울리게 이빨이 다닥다닥 부딪쳤고 매우 불편한 느낌이 들었다는 것이다.

이 마음씨 나쁜 인물들에게 잠자리를 잡아준 후, 범블씨는 역마차가 멈춘 그 집에 자리를 잡고 스테이크, 굴 소스, 흑맥주로 간소한 저녁을 먹었다. 그리고 더운물을 탄 진 칵테일 한잔을 벽난로 위에 놓고 의자를 불 가까이로 끌어당긴 후, 도처에 만연한 불평불만에 대해 숱하게 도덕적 명상을 하던 끝에 신문을 읽기 위해 정신을 가다듬었다.

범블씨의 눈이 처음으로 멈춘 곳은 다음과 같은 광고였다.

---

보상금 5기니

올리버 트위스트라는 이름의 사내아이가 지난 목요일 저녁, 펜턴빌의 자기 집에서 도망을 쳤거나 아니면 유괴를 당하여 아직 소식이 없음. 상기 올리버 트위스트를 찾는 데 도움이 되는 정보를 제공하거나, 여러 이유에서 그의 전력에 대해 열렬히 관심을 갖는 본 광고주에게 그에 대한 정보를 제공하는 이에게 상기 보상금을 지불할 것임.

---

그러고는 올리버의 인상착의와 처음 나타난 정황, 그리고 사라진 정황을 자세히 설명했고 브라운로우씨의 주소와 성명이 빠짐없이 나와 있었다.

범블씨는 두 눈을 번쩍 떴고, 서서히 그리고 조심스럽게 여러차례 광고를 읽었다. 그는 오분도 채 못 돼서 펜턴빌로 길을 나섰으니, 이 흥분의 와중에 사실은 물 탄 진을 맛도 못 보고 그대로 남겨두었던 것이다.

"브라운로우씨 계십니까?" 범블씨가 문을 연 하녀에게 물었다.

그녀는 이 물음에 다음과 같이 드물지는 않으나 다소 회피하는 투로 대답했다. "잘 모르겠는데요, 어디서 오셨는지요?"

범블씨가 용건을 설명하느라 올리버의 이름을 발설하자마자 거실 문에서 얘기를 듣고 서 있던 베드윈 부인이 숨넘어갈 정도로 재빨리 복도로 달려왔다.

"들어오세요, 들어오세요." 노파가 말했다. "그애 소식을 들을 줄 알았어. 아, 불쌍한 것! 그럴 줄 알았어! 난 확신했지. 복받을 아이! 난 줄곧 그럴 거라고 말했었지."

이 훌륭한 노파는 이렇게 말을 한 후 서둘러 거실로 되돌아가서 소파에 앉더니 울음을 터뜨렸다. 그러는 동안 그 정도로 다감한 편은 아니었던 하녀가 위층으로 뛰어올라갔다. 그녀는 다시 내려와서 범블씨한테 즉시 자기를 따라오라고 했고, 그는 그대로 했다.

그는 작은 뒷방 서재로 안내되었는데, 그곳에는 브라운로우씨와 그의 친구 그림윅씨가 마개 달린 유리병과 유리잔을 앞에 두고 앉아 있었다. 후자의 신사분이 갑자기 소리를 질렀다.

"말단 교구관이야, 교구의 말단 관리라고! 아니면 내 머리통을 먹어버릴 테다."

"제발 지금 끼어들지 말게." 브라운로우씨가 말했다. "자리에 앉으시지그래요."

범블은 자리에 앉았는데, 그림윅씨의 괴상한 태도에 매우 놀라 어리둥절했다. 브라운로우씨는 방해를 받지 않고 말단 교구관의 얼굴을 살필 수 있도록 등잔을 옮긴 후 다소 성급하게 말했다.

"자, 당신이 광고를 보고 왔다 이거요?"

"네, 그렇습니다." 범블씨가 말했다.

"당신, 진짜 말단 교구관이지, 안 그렇소?" 그림윅씨가 물었다.

"나는 교구 관리입니다, 여러분." 범블씨가 자랑스럽게 응수했다.

"물론이겠지." 그림윅씨가 옆 친구한테 말을 건넸다. "내 그럴 줄 알았네. 어디로 보나 말단 교구관이라니까!"

브라운로우씨는 자기 친구에게 침묵을 지키도록 하기 위해 머리를 점잖게 흔들고는 말을 이었다.

"그 불쌍한 아이가 지금 어디 있는지 아시오?"

"남들이 모르는데 낸들 어찌 알겠소." 범블씨가 대답했다.

"그래, 그럼 이 아이에 대해 아는 것이 도대체 뭐요?" 노신사가 물었다. "말해봐요, 여보. 뭐든지 할 말이 있으면 해보시오. 그래 뭘 알고 있소?"

"뭐 그 아이의 좋은 점을 알고 있지는 않겠지, 그렇잖소?" 그림 윅씨가 범블씨의 생김새를 주의 깊게 훑어본 뒤 빈정대며 말했다.

범블씨는 이 말의 뜻을 재빨리 파악하고는 불길하고 엄숙한 분위기로 고개를 흔들어 수긍했다.

"그것 보게!" 그림윅씨가 의기양양해서 브라운로우씨를 바라보며 말했다.

브라운로우씨는 범블씨의 찌푸린 인상을 근심스럽게 바라보다가 올리버에 대해 알고 있는 바를 가능한 한 간략하게 말해달라고 요청했다.

범블씨는 모자를 내려놓더니 외투 단추를 풀고 팔짱을 낀 뒤 회상하는 투로 고개를 기울였고, 잠깐의 사념 끝에 이야기를 시작했다.

이 이야기를 하는 데에만 이십분은 걸렸고 말단 교구관의 말을 그대로 늘어놓는 것은 지루한 일이 될 것이다. 그 요점인즉, 올리버는 주워온 아이이고 저급하고 사악한 부모 밑에서 태어났다는 것, 또 그는 태어날 때부터 배반, 배은망덕, 사악함 등의 나쁜 성격만을 보여주었다는 것, 또 그가 죄 없는 아이를 살벌하고도 비겁하게 공격하고 야음을 틈타 주인집에서 도주한 것으로 출생지에서의 짧은 경력을 마쳤다는 것이었다. 범블씨는 올리버가 진짜로 자기가 말한 그런 인물임을 증명하는 방편으로, 런던으로 가져온 서류들을 탁자에 내려놓았다. 그리고 다시 팔짱을 끼고 브라운로우씨의 의견을 기다렸다.

"불행히도 모두 사실인 것 같군." 노신사가 서류를 검토한 후 슬프게 말했다. "당신이 알려준 정보의 대가로는 얼마 안 되는 돈이오. 만약 그 아이한테 유리한 정보였다면 이 돈의 세배도 기꺼이 내주었겠지만."

범블씨가 조금만 더 일찍 이 사실을 알았더라면 그는 자기가 아는 짧은 전기를 아주 다른 색조로 꾸며댔을 것이다. 그러나 이제 그러기에는 너무 늦었으니, 그는 엄중하게 고개를 저으며 5기니를 주머니에 챙기고 물러갔다.

브라운로우씨가 몇분간 방을 왔다 갔다 하며 교구관의 이야기에 매우 심란해하는 것 같았기에 심지어 그림윅씨마저도 더이상 그를 놀리는 것을 자제했다.

결국 그는 멈춰서더니 초인종을 과격하게 울렸다.

"베드윈 부인," 가정부가 나타나자 브라운로우씨가 말했다. "그녀석 올리버란 놈, 아주 사기꾼이오."

"그럴 리 없어요. 그럴 리가 없다고요." 노파가 강력히 말했다.

"내가 그렇다고 말하지 않소." 노신사가 날카롭게 반박했다. "그럴 리가 없다는 게 무슨 말이오? 지금 막 그애가 태어날 때부터의 이야기를 다 들었는데 말이오. 알고 보니 지금까지 내내 영락없는 불량소년으로 살아왔다는 것 아니오."

"나는 절대로 믿을 수 없어요." 노파가 단호하게 말했다. "절대로!"

"당신네 나이 든 여자들은 그저 돌팔이 의사나 거짓말투성이 이야기책 말고는 아무것도 안 믿지." 그림윅씨가 우물거렸다. "난 벌써부터 그런 줄 알고 있었어. 왜 애초에 내 충고를 받아들이지 않았나? 걔가 열병만 앓지 않았어도 안 그랬겠지, 응? 뭐 애가 관심을 끈다고, 그래? 관심을 끈다! 참 나!" 그리고 그림윅씨는 과장된 몸짓으로 화롯불을 쑤셨다.

"그앤 아주 사랑스럽고 거기다가 은혜를 아는 상냥한 어린애입니다, 선생님." 베드윈 부인이 화가 나서 대꾸했다. "아이들이 어떤 줄은 내가 잘 압니다, 선생님. 지난 사십년간 경험이 있어요. 이렇게 말할 수 없는 사람들이 아이들에 대해 왈가왈부할 일이 아닙니다. 그것이 제 소견입니다!"

이것은 노총각인 그림윅씨에게 된통으로 한방 먹이는 셈이었다. 그러나 이 신사 양반은 미소를 지을 뿐 아무런 반응도 나타내지 않았으니, 노파는 고개를 치켜들고 다시 연설을 시작할 예비단계로 자기 앞치마의 주름을 폈으나 브라운로우씨가 말을 막았다.

"조용하시오!" 노신사가 실제로는 전혀 그러지 않으면서도 화난 척하며 말했다. "다시는 그 아이의 이름이 내게 들리지 않게 하시오. 그걸 통보하려고 부른 것이오. 다시는, 어떤 핑계로도, 다시는 안 돼요, 주의해요! 자, 이제 가도 좋소, 베드윈 부인. 잊지 말아요! 장난이 아니니까."

브라운로우씨 댁의 여러사람은 아주 슬픈 마음으로 그날 밤을 보냈다.

올리버도 자기의 친절한 친구들을 생각하면 마음이 푹 꺼지는 느낌이었지만, 그들이 무슨 얘기를 들었는지 모르는 것이 그나마 다행이었다. 만약 그 사실을 알았다면 그의 마음은 곧바로 산산이 부서졌을 것이다.

# 제18장
## 올리버가 어떻게 평판 좋은 벗들과 어울려 유익하게 시간을 보내는가에 관한 이야기

다음날 정오경 미꾸라지와 베이츠군이 그들의 일상적 본업에 종사하러 나갔을 때, 페이긴씨는 기회를 잡아 올리버에게 배은망덕이라는 좌시할 수 없는 죄에 대해 긴 훈계를 늘어놓았다. 그는 올리버가 자기를 걱정해주는 친구들 곁을 일부러 떠나 있었고, 게다가 더 심한 것은 그들이 그의 건강 회복을 위해 그렇게도 많은 수고와 비용을 들였는데도 도망가려 함으로써 예사롭지 않은 죄를 범했음을 명확하게 논증했던 것이다. 페이긴씨는 적절한 도움이 없었다면 그만 굶어 죽을 뻔했을 올리버를 자기가 받아들여서 보살펴주었다는 사실을 크게 강조했다. 또한 그는 자기가 자선을 베풀어 비슷한 상황에 있는 어린아이를 구해준 적이 있었는데, 그애가 자기의 신뢰를 받을 만한 가치가 없음이 판명되고 더욱이 경찰과 내통하려다가 불행히도 어느 날 아침 올드 베일리에서 교수형을 당하게 됐다는 음울하고도 감동적인 이야기를 해주었다. 페이긴씨는 이런 참사가 야기된 데서 자기가 담당한 몫을 숨기려 하지 않았고, 오히려 두 눈에 눈물을 글썽거리면서 이 문제의 젊은 인물의 비뚤어지고도 배반적인 행태로 인해 그는 부득이 공범자 증언을 하게 되었음을 개탄해 마지않았다. 그 증언은, 엄밀하게 진실이라고는 할 수 없지만, 자기(페이긴씨)와 몇몇 정선된 친구들의 안전을 위해선 꼭 필요했다는 것이다. 페이긴씨는 결론 삼아서 교수형을 당할 때 느끼는 불편함에 대해 다소 불쾌한 그림을 그려주고, 아주 친근하고 정중하게 예의를 갖춘 다음 올리버 트위스트의 목이 불가피하게 이 기분 나쁜 작동에 맡겨지지 않기를 간절히 바란다는 뜻을 전달했다.

유대인의 말을 듣고 그 속에 담긴 은밀한 협박을 불완전하게나마 알아들은 어린 올리버는 피가 차갑게 식는 것을 느꼈다. 무죄와 유죄가 우연히 동반할 때 법의 정의 그 자체도 서로를 혼동할 가능성이 있다는 것은 올리버도 이미 알고 있었다. 그리고 실제로 이 유대인이 어떤 사실을 너무 많이 알고 있어 불편해진 사람이나 입이 너무 가벼운 사람을 파괴시키는 심오한 계략을 여러번 고안하고 수행했으리란 것도, 이 신사분과 사익스씨 간의 말다툼을 전체적으로 돌이켜볼 때 전혀 불가능한 일은 아니라고 생각했다. 두사람의 말다툼은 대개 과거에 있었던 이런 유의 음모에 관한 것이었다. 올리버는 겁먹은 표정으로 올려보다가 탐색하는 듯한 유대인의 눈빛과 마주쳤는데, 그는 이 주도면밀한 노신사가 자기의 창백한 얼굴과 떨리는 사지를 음미하고 있다는 것을 느꼈다.

유대인은 흉측하게 미소를 짓고 올리버의 머리를 톡톡 두드려주면서, 조용히 지내고 열심히 일하면 아직은 서로 좋은 친구로 지낼 수 있을 거라고 말했다. 그러고는 모자를 집어들고 낡고 너덜너덜한 오버코트를 뒤집어쓴 다음 밖으로 나가서 방문을 잠갔다.

그렇게 해서 올리버는 그날 하루 종일, 또 그뒤로 여러날 동안 대부분의 시간을 그렇게 보냈다. 이른 아침에서 자정까지 아무도 보지 못하고, 오랜 시간 동안 자기 혼자 생각하고 자기 자신과 교류하도록 버려졌다. 그의 생각은 언제나 친절한 벗들, 그리고 그들이 이미 오래전에 갖게 되었을 자신에 대한 좋지 못한 평판으로 되돌아가곤 했으니 이는 참으로 슬픈 일이었다.

일주일 정도 지났을 무렵, 유대인은 방문의 자물쇠를 풀어주었고 올리버는 집 안을 자유롭게 돌아다닐 수 있게 되었다.

그곳은 매우 더러웠다. 위층 방들에는 매우 높은 목제 벽로선반과 큼직한 문, 거기다 칸막이벽과 지붕 가장자리의 장식이 있었는데, 이것들은 비록 오래 방치되어 먼지가 끼고 시커멓기는 해도 여러가지 치장이 돼 있었다. 올리버는 이러한 여러가지 점들로 미루어보아 아주 오래전 유대인 영감이 태어나기 전에, 이 집에는 꽤 훌륭한 사람들이 살고 있었을 것이고 지금은 음침하고 황량해 보여도 한때는 제법 화려하고 말쑥했을 것이라는 결론을 내렸다.

벽과 천장의 모서리마다 거미들이 집을 지어놓았고, 가끔씩 올리버가 조용히 방으로 들어가면 쥐들이 급히 바닥을 가로질러 도망가거나 겁에 질려 구멍으로 달려들어가곤 했다. 이런 것 말고는 다른 생명체의 모습이나 소리가 없었다. 날이 어두워지고 방에서 방으로 배회하다 지치면 그는 종종 대문가의 복도 구석에 쭈그리고 앉아서 살아 있는 사람들과 가능한 한 가까이 있고자 했다. 그리고 그런 자세로 그곳에 앉아 유대인이나 아이들이 돌아올 때까지 귀를 기울이고 시간이 가는 것을 헤아리곤 했다.

곰팡내 나는 덧창들은 방마다 꼭꼭 닫혀 있었고 덧창을 고정시키는 가로봉들은 나무에 단단히 못질이 되어 있으니, 빛이라곤 덧창 위쪽의 동그란 구멍으로 스며들어와 방을 더 침침하게나 하고 이상한 그림자들로 꽉 채우는 정도였다. 그곳엔 또한 바깥쪽에 녹슨 철봉들을 댄, 뒤쪽 다락방 창이 하나 있었는데 여기엔 덧창이 없었다. 올리버는 이곳을 통해서 여러시간 동안 울적한 얼굴로 밖을 내다보곤 했는데, 눈에 띄는 것이라곤 혼란스럽게 밀집된 지붕들, 시커먼 굴뚝과 박공牌栱 끄트머리들뿐이었다. 어떤 때는 멀리 떨어져 있는 집의 난간 위로 희끗희끗한 머리가 보이기도 했으나 그것은 금세 사라져버렸다. 올리버의 그 관측소 창문은 못질이 되어 있었고 수년간의 비와 연기로 침침해진 터라, 밖의 사람들이 그의 모습을 본다거나 목소리를 듣는다는 것은 ― 이럴 가능성은 그가 세인트 폴 대성당 꼭대기 원형 돔 안에 갇혀 있다고 가정할 때만큼이나 희박하지만 ― 어림도 없었고 단지 밖으로 보이는 여러 가지 형체를 분간하는 것이 그가 할 수 있는 전부였다.

어느 날 오후, 미꾸라지와 베이츠군은 외출할 일이 생겼는데, 먼저 거명한 어린 신사분은 몸치장에 신경을 쓰고 싶다는 뜻(공정하게 말하자면 그는 늘 이러한 약점을 보이는 것은 아니었지만)을 표명하기로 작정하고, 선심을 써서 즉시 올리버에게 자기의 치장을 돕도록 명령했다.

올리버는 자기가 도움이 되는 것이 무척 반가웠으며 그 아무리 나쁜 관상이라도 바라볼 얼굴이 있는 것이 참으로 행복했고, 정직한 방법으로 할 수 있는 일이라면 주위 사람들의 기분을 맞춰주는 일을 열망했으므로, 그 제안에 어떤 식으로든 반대할 생각이 없었다. 그는 당장 그러겠다는 의향을 표명했다. 올리버는 바닥에 무릎을 꿇었고, 미꾸라지가 탁자에 앉아 발 하나를 올리버 무릎에 얹자 그는 도킨스씨가 '총총걸음 상자갑 옻칠하기'라고 명명한 일에 몰두했다. 이 말은 쉽게 풀이하면 구두를 닦는다는 뜻이다.

이성적인 동물이 편한 자세로 파이프를 물고 탁자에 걸터앉아 별 신경 안 쓰고 다리 하나를 앞뒤로 슬슬 흔들면서 ── 구두를 닦기 전에 신을 벗어야 하는 불편을 겪거나 다 닦은 후에 다시 신어야 하는 고생을 할 필요가 없이 ── 계속 구두를 닦게 할 때 으레 맛본다는 자유와 독립의 느낌 때문이었는지, 아니면 미꾸라지의 감성을 달랜 담배의 양호함 때문이었는지, 아니면 그의 생각을 부드럽게 해준 맥주의 순한 맛 때문이었는지, 어쨌든 그때 그는 평소 성격과는 다르게 낭만과 정열의 기미를 잠시나마 띤 것이 분명했다. 그는 사색에 빠진 얼굴로 잠시 올리버를 내려다보더니 고개를 쳐들면서 크게 한숨을 쉬었고, 반쯤은 혼잣말로 반쯤은 베이츠군을 향하여 말했다.

"얘가 치기가 아닌 것은 참 안된 일이야!"

"아!" 찰리 베이츠군이 말했다. "얘는 자기한테 뭐가 좋은 것인지 몰라."

미꾸라지가 한숨을 쉬더니 다시 파이프를 물었고, 찰리 베이츠도 그렇게 했다. 그들은 둘 다 몇초간 조용히 담배를 피웠다.

"너 치기가 뭔지도 모르지?" 미꾸라지가 안됐다는 듯이 말했다.

"그게 뭔지는 알 것 같은데." 올리버가 올려다보며 말했다. "그건 도…… 너도 그중에 하나잖아, 안 그래?" 올리버가 말을 흐리며 대답했다.

"그렇지." 미꾸라지가 대답했다. "다른 일은 하라고 해도 안 하겠어." 도킨스씨는 이렇게 자기 의향을 전달한 후 거칠게 모자를 뒤로 젖히며, 마치 반대의견이 있으면 말해주겠느냐고 청을 하듯 베이츠군을 바라보았다.

"그렇고말고." 미꾸라지가 반복했다. "찰리도 그렇고, 페이긴도 그렇고, 사익스도 그렇고, 낸시도 그렇고, 벳도 그렇고, 우리는 사익스의 개까지 빈틈없이 한통속이지. 실은 그 개가 우리 패에서 가장 빈틈없는 놈이지!"

"불고 다니는 버릇도 제일 없고." 찰리 베이츠가 덧붙였다.

"그놈은 증언대에서도 말꼬리를 잡히지 않으려고 끽소리도 안 낼 놈이지. 아니, 거기다 묶어놓고 보름 동안 먹을 걸 주지 않아도 까딱 안 할걸." 미꾸라지가 말했다.

"정말 그렇다고." 찰리가 거들었다.

"아주 묘한 개야. 사람들 속에 있을 땐, 아무리 낯선 사람이 웃거나 노래해도 사나운 표정을 안 짓지!" 미꾸라지가 말을 이어나갔다. "깡깡이 켜는 소리를 들으면 으르렁거리지도 않고! 게다가 자기와 다른 종자의 개들을 못살게 굴지도 않더라고! 전혀!"

"그 녀석은 아주 철두철미한 예수쟁이야." 찰리가 말했다.

이것은 그저 이 동물의 역량에 대한 칭찬으로 말한 것이었지만 또다른 의미에서도 적절한 지적이었다. 다만 베이츠군이 그것을 몰랐을 뿐이다. 철두철미한 기독교도라고 자처하는 꽤 많은 신사 숙녀분들과 사익스씨의 개 사이에는 뚜렷하고도 특이한 유사점들이 있었기 때문이다.

"그래, 그래." 미꾸라지가 빗나간 얘기를 원래 논점으로 되돌리며 말했는데, 이렇게 매사에 자기 직업을 염두에 두는 태도가 그의 모든 행동에 영향을 끼치는 것이었다. "그건 여기 있는 이 쪼끄만 숙맥과는 아무런 상관도 없는 일이야."

"그렇지." 찰리가 말했다. "올리버, 페이긴 밑에서 일하는 게 어때?"

"그래서 당장 한밑천 만들지 않고?" 미꾸라지가 씩 웃으며 덧붙였다.

"그렇게 해서 재산을 모은 다음 은퇴해서 신사처럼 점잖게 살아 보라고. 나는 그럴 생각이거든, 다가오는 다음 다섯번째 윤년에 삼위일체 주간 마흔네번째 화요일에 말이야." 찰리 베이츠가 말했다.

"난 싫어." 올리버가 겁먹은 듯 대꾸했다. "날 그냥 보내줬으면 좋겠어. 난, 난…… 떠났으면 좋겠어."

"하지만 페이긴은 아주 안 떠났으면 좋겠다고 할걸!" 찰리가 응수했다.

올리버는 이것을 아주 잘 알고 있었으나 자기 생각을 더 드러내면 위험할 것 같아 다만 한숨만 쉬고 부츠 닦는 일을 계속했다.

"야!" 미꾸라지가 소리쳤다. "아니, 넌 패기도 없냐? 자존심도 없냐고? 계속 친구들한테 얹혀서 먹고살 거야?"

"제기랄!" 베이츠군이 주머니에서 비단 손수건 두세개를 꺼내 벽장에다 던져넣으며 말했다. "그거 너무 치사하다, 진짜."

"나라면 그렇게 못해." 미꾸라지가 거만스러운 태도로 역겨워하며 말했다.

"하지만 넌 친구를 버리고 가는 짓은 하잖아." 올리버가 희미하게 미소를 지으며 말했다. "그래서 네가 한 일 때문에 다른 사람을 대신 벌받게 하고 말이야."

"그건 말이야," 미꾸라지가 파이프를 저으며 대꾸했다. "페이긴을 생각해서 그랬던 거야. 왜냐 하니 짭새들은 우리가 같이 일한다는 것을 알거든. 우리가 튀지 않았으면 페이긴이 걸려들 뻔했다고. 그렇지 않니, 찰리?"

베이츠군은 고개를 끄덕거려 동의를 표했고 연이어 말을 하려고 했지만, 올리버가 도망가던 장면이 갑작스레 떠올라서, 삼키던 담배 연기가 웃음과 뒤엉켜 머리로 올라갔다가 다시 목구멍으로 내려오는 바람에 콜록대며 기침을 하고 발을 동동 구르며 약 오분 간이나 발작을 해야 했다.

"자, 이봐!" 미꾸라지가 한줌의 실링과 반 페니짜리 동전을 끄집어내면서 말했다. "이거 신나는 인생이라고! 이 돈이 어디서 왔든 무슨 상관이야? 자, 받아. 이걸 집어온 데로 가면 훨씬 더 많이 있어. 너 안 할래, 안 할 거야? 야, 이 별난 얼간이야!"

"그건 못된 짓이야. 그렇지, 올리버?" 찰리 베이츠가 물었다. "미꾸라지는 모가지가 걸릴 거야, 안 그래?"

"무슨 말인지 모르겠어." 올리버가 대답했다.

"뭐 이런 거지, 이 친구야." 찰리는 이렇게 말하며 자기 목수건 한쪽 끝을 잡아서 그것을 공중에다 빳빳하게 세운 후, 머리를 어깨에다 툭 떨어뜨리고 이 사이로 윽 하고 괴상한 소리를 내뱉었다. 이런 생생한 무언극 공연을 통해서 모가지가 걸리는 것과 교수형은 둘이 아닌 한가지임을 나타낸 것이다.

"이게 그 뜻이다." 찰리가 말했다. "잭, 저 녀석이 쳐다보는 꼴 좀 보라고! 내 평생 저렇게 끝내주는 애는 첨 본다니깐. 저 녀석 때문에 웃겨죽겠어, 정말로 그렇다고." 찰리 베이츠군은 다시 한번 속시원하게 웃은 뒤, 눈물이 그렁그렁한 눈을 하고 다시 파이프를 물었다.

"넌 지금까지 아주 잘못 컸어." 올리버가 부츠를 다 닦자 미꾸라지는 아주 만족스럽게 그것을 훑어보면서 말했다. "그래도 페이긴이 널 어떻게든 써먹을 거다. 아니면 지금까지 데려온 애들 중엔 처음으로 네가 소득 없는 애라는 게 판명되겠지. 당장 시작하는 게 너한테 좋을 거야, 네 생각보다 훨씬 일찍 이 업에 손을 대게 될 테니깐. 결국 넌 지금 시간만 허비하고 있는 셈이야, 올리버."

베이츠군은 여러가지 도덕적 훈계를 통하여 이 충고를 뒷받침했는데, 이것이 다 소진되자 베이츠군과 그의 친구 도킨스씨는 자신들의 생활에 따르게 마련인 갖가지 즐거움을 현란하게 묘사하기 시작했고, 올리버가 할 수 있는 최선의 일이란 자기들이 한 것처럼 지체 없이 페이긴의 호감을 사는 것이라는 여러가지 암시를 사이사이에 섞어넣었다.

"그리고 이걸 언제나 네 머리통에 넣어두라고, 짱구야." 미꾸라지가 말을 하는데, 밖에서 유대인이 문을 따는 소리가 들렸다. "네가 코닭개랑 똑딱이를 가져오지 않으면……"

"그런 식으로 얘기하면 무슨 소용이 있냐?" 베이츠군이 끼어들었다. "무슨 말을 하는지 모르잖아."

"네가 손수건과 시계를 가져오지 않으면," 미꾸라지가 올리버에 맞게 대화의 수준을 낮추어 말했다. "다른 놈이 가져갈 거라는 거야. 그래서 잃어버린 놈만 손해고 너도 그만큼 손해를 보는 거니까 아무도 반푼어치라도 더 나을 것이 없어, 그걸 가져간 녀석들만 빼고는. 그러니 너도 개들만큼이나 그걸 가질 권리가 있는 거야."

"맞아, 맞다고!" 올리버가 모르는 사이에 방에 들어온 유대인이 말했다. "그게 한마디로 잘 요약한 거란다, 애야. 한마디로 하면 그래. 미꾸라지 말을 잘 들으라고, 하하하! 얘는 자기 직업의 교리를 잘 알고 있거든."

영감은 이렇게 미꾸라지의 논거를 확증하면서 즐거운 듯 두 손을 비벼댔고, 자기 제자의 능숙함에 기뻐하면서 킬킬 웃었다.

이야기는 더이상 진척되지 않았는데, 그것은 유대인이 베시양, 그리고 미꾸라지가 톰 치틀링이구나 하고 인사를 하는, 올리버가 전에 본 적이 없는 신사와 함께 들어왔기 때문이다. 치틀링은 계단에서 머뭇거리면서 이 숙녀와 신사도의 예를 나누느라 이제야 나타난 것이다.

치틀링씨는 대략 열여덟살 정도로 미꾸라지보다 나이가 많아 보였으나 그 어린 신사를 대하는 데 있어서는 존중해주는 태도가 있었으니, 이것은 타고난 재주와 직업상의 기량에 있어서 자기가 약간 처진다는 의식 때문인 듯했다. 그는 반짝거리는 작은 눈에다 얼굴은 좀 얽었고, 털모자에 어두운 색깔의 코르덴 조끼, 기름때 묻은 퍼스티언 바지와 앞치마 차림이었다. 그의 차림새는 손질이 잘 안 된 편이었는데, 그는 일동에게 '빵살이'가 끝난 지 겨우 한시간 밖에 안 돼서 지난 여섯주 내내 제복을 입은 결과 아직 자기의 사복에 신경을 쓰지 못했다고 변명했다. 치틀링씨는 매우 격렬하게 신경질을 내며 덧붙이길, 그곳에서는 불김으로 옷을 소독하는 새로운 방식을 쓰는데 옷에 구멍이 나도 주州를 상대로 배상을 받지 못하기 때문에 아주 지독하게 위헌적이라는 것이었다. 그는 머리를 깎는 규정에도 똑같은 지적이 해당된다며 이것도 명백히 불법이라고 주장했다. 치틀링씨는 자기의 발언을 마무리 지으며 말하길, 뼈 빠지게 중노동을 한 지난 사십이일간 술 한방울도 맛보지 못했으니 자신이 '석회통만큼 바싹 말라 있지 않다면 자기를 부숴버려도 좋다'고 했다.

"올리버야, 이 신사분이 어디서 오신 것 같으냐?" 유대인이 씩 웃으며 물었고, 다른 아이들은 술병을 탁자에 갖다놓았다.

"전, 잘…… 잘 모르겠는데요." 올리버가 대답했다.

"앤 누구야?" 톰 치틀링이 올리버에게 경멸하는 눈빛을 던지며 물었다.

"내 어린 친구란다." 유대인이 말했다.

"운이 좋군, 그렇다면." 젊은이가 의미 있는 눈으로 페이긴을 바라보며 말했다. "내가 어디서 왔건 상관 마, 꼬마야. 너도 머지않아 그리 가게 될 테니, 내기로 5실링 은화 한개 걸지!"

이 멋진 농담에 아이들은 웃었다. 그들은 같은 주제를 가지고 좀 더 농담을 한 후, 페이긴과 짧게 몇 마디 속삭인 다음 물러갔다.

마지막으로 도착한 사내와 페이긴 사이에 따로 몇 마디가 오간 뒤에 그들은 의자를 불 가까이로 당겨앉았다. 유대인은 올리버에게 옆에 와서 앉으라고 한 후, 듣는 사람의 흥미를 끌도록 계산된 얘깃거리로 대화를 끌고 갔다. 그것은 이 직업의 큰 이점들, 미꾸라지의 숙달된 재주, 찰리 베이츠의 애교, 그리고 유대인 자신의 후한 인심 등이었다. 마침내 이 주제들이 완전히 고갈됐다는 신호들이 보이기 시작하자 치틀링씨의 기력도 마찬가지로 고갈되었으니, 교도소 생활이란 한두주만 지속되어도 피곤한 일이기 때문이다. 따라서 이들이 쉴 수 있도록 베시양은 물러갔다.

이날부터 올리버는 혼자 있는 날이 거의 없었고, 다른 두 아이들과 거의 끊이지 않는 대화를 해야 했는데, 이들은 유대인과 이전에 하던 놀이를 매일 했다. 이것이 자기들의 솜씨를 연마하기 위한 것인지 올리버를 가르치기 위한 것인지는 페이긴씨가 가장 잘 알 일이다. 또 어떤 때는 노인이 괴상하고 진기한 얘기들을 섞어가며 자기가 젊은 시절 저지른 강도질 이야기를 해주었는데, 올리버도 그만 웃음이 터져나와 그러면 안 된다는 느낌에도 불구하고 재미있어하는 모습을 보이지 않을 수 없었다.

요약하자면, 이 교활한 유대인은 이 아이를 올가미에 걸어놓은 것이다. 그를 고독하고 울적한 상태로 있게 하여, 음침한 장소에서 혼자 서글픈 생각이나 하는 것보다 그 누구하고라도 함께 있고 싶게 만든 후, 페이긴은 이제 서서히 올리버의 영혼을 암울하게 만들 독을 주입하면서 그의 영혼을 영원히 변색시키려는 것이었다.

# 제19장
## 주목할 만한 계획을 토론 끝에 결정한다

유대인이 오버코트로 쪼글쪼글한 몸을 감싸고 외투의 깃을 귀까지 올려세워 얼굴의 아래쪽을 완전히 가린 후 그의 소굴에서 나온 것은 비바람 부는 추운 밤의 일이었다. 그는 안에서 문을 잠그고 사슬을 걸어매는 동안 문 앞 계단에 잠시 서서 아이들이 문단속을 잘하는가를 귀 기울여 듣고 있었다. 아이들이 집 안으로 물러가는 발소리가 더이상 들리지 않자, 그는 최대로 속력을 내어 살금살금 도망치듯 골목길을 걸어갔다.

올리버가 끌려가 잡혀 있던 집은 화이트채플[66] 근방에 있었다. 유대인은 잠깐 길모퉁이에 서 있다가 의심스러운 듯 주위를 둘러본 다음 큰길을 건너서 스파이틀필즈 쪽으로 질러갔다.

보도에 깔린 돌은 진흙투성이였고 길거리엔 검은 안개가 공중

--------

[66] 스파이틀필즈, 베스널 그린 등은 런던 동부의 빈민과 노동자 거주지역.

에 떠돌았으며 빗줄기가 느릿느릿 떨어져서 모든 것들은 차갑고 끈적끈적한 느낌이었다. 바로 유대인이 돌아다니기에 알맞은 밤 같았다. 벽과 문지방 아래의 대피소 밑으로 남몰래 미끄러지듯 기어다니는 이 흉측한 노인은 마치 자기가 헤치고 가는 그 진흙과 어둠이 만들어낸 무슨 혐오스러운 파충류처럼 밤을 틈타서 끼닛거리로 고기 부스러기를 찾아 살살 기어다니는 듯했다.

그는 꼬불꼬불하고 좁다란 길을 여러개 지나며 계속 걸어나가 베스널 그린에 다다르더니 갑자기 왼쪽으로 돌아, 그 갑갑하고 인구가 밀집한 지역에는 흘러넘치듯 흔한 초라하고 더러운 골목의 미로로 곧 빠져들었다.

유대인은 그 지역에 매우 친숙한지 날이 어둡고 길이 복잡했지만 조금도 당황하지 않았다. 그는 몇개의 샛길과 골목을 바삐 지나 마침내 멀리 저쪽 끝에 등불이 비치고 있는 한 골목으로 접어들었다. 그는 이 골목에 있는 어느 집 문을 두드렸고 문을 연 사람과 몇마디 중얼거리며 이야기를 주고받은 후 위층으로 올라갔다.

그가 방문 고리를 잡자마자 개 한마리가 으르렁댔고 거기 누구냐고 묻는 사내의 목소리가 들렸다.

"날세, 빌. 나라니깐, 여보게." 유대인이 들여다보며 말했다.

"그러면 들어오쇼." 사익스가 말했다. "엎드려 있어, 이 멍청한 짐승새끼야! 오버코트를 입었다고 악마를 못 알아봐, 인마?"

아마 이 개는 페이긴씨의 외투에 그만 속은 모양이었는데, 유대인이 단추를 풀고 외투를 벗어 의자 등받이에 던져 걸자 개는 원래 앉아 있던 구석으로 다시 물러가며 꼬리를 흔들어 평소의 성격대로 기분이 흡족하다는 표시를 했다.

"어떻소!" 사익스가 말했다.

"좋네, 여보게." 유대인이 대답했다. "아, 낸시!"

이 두번째 인사말에는 자기의 인사를 상대방이 받아들일까 하는 의심이 함축될 만큼의 당혹감이 어려 있었다. 그녀가 올리버를 편들어 페이긴 일에 뛰어든 뒤로 그들은 서로 만난 적이 없었기 때문이다. 이 문제에 관한 그의 의심은, 혹시 그가 진짜 의심을 했더라도, 이 아가씨의 행동에 의해 즉시 사라졌다. 그녀는 난로 울에서 발을 떼더니 자기가 앉아 있던 의자를 뒤로 밀며 페이긴에게 의자를 끌어다 앉으라고 할 뿐 그 문제에 대해서는 더이상 말이 없었던 것이다. 그날 밤은 확실히 매우 추웠기 때문이다.

"진짜 날이 춥구나, 낸시야." 유대인이 피골이 상접한 손을 불에 대고 녹이면서 말했다. "추위가 몸속까지 파고드는 것 같아." 영감이 허리를 만지며 덧붙였다.

"영감의 심장을 관통할 정도라면 진짜로 추운가보군." 사익스씨가 말했다. "여기 뭐 좀 마실 걸 내줘, 낸시. 염병할, 빨랑빨랑 못해! 방금 무덤에서 나온 못생긴 귀신마냥 저렇게 깡마른 늙은 송장이 달달 떨고 있는 걸 보고만 있어도 멀쩡한 사람 병나겠어."

낸시는 재빨리 찬장에서 술병 하나를 가져왔는데, 찬장엔 병이 여러개 있었고 그 모양이 다양한 것으로 보아 여러종류의 술이 있는 듯했다. 사익스는 브랜디 한잔을 따라주면서 유대인한테 마시라고 했다.

"이 정도면 됐어, 됐다고. 고맙네, 빌." 유대인이 잔을 그냥 입술에만 댔다 내려놓으면서 대답했다.

"뭐야! 우리가 당신을 속일까봐 두려운 거요, 그렇소?" 사익스가 두 눈을 빤히 뜨고 유대인을 쳐다보며 물었다. "어휴, 참!"

경멸조로 쉰 목소리를 끙 내뱉은 사익스씨는 잔을 잡아채더니 자기가 마실 잔을 채울 예비조치로 남아 있는 내용물을 화롯불 재에다 던졌다. 그러고는 즉시 잔을 채웠다.

유대인은 자기 동료가 두번째 잔을 입에 털어넣을 때 방을 둘러보았다. 이것은 그가 이미 이곳에 여러차례 와본 적이 있으니 궁금해서라기보다는 매사를 불안해하고 의심하는 그의 버릇에서 비롯된 것이었다. 그곳은 초라하게 가구를 갖춰놓은 방으로, 옷장의 내용물만 아니면 누가 보아도 거기 거주하는 사람은 평범한 노동자라고 생각할 것이다. 의심스러운 물건이라고 해야 구석에 세워둔 두세개의 묵직한 곤봉과 벽로선반에 걸어놓은 '목숨 보존기' 즉 호신용 단장밖엔 눈에 띄지 않았다.

"자," 사익스가 입맛을 다시며 말했다. "난 준비됐소."

"사업 준비?" 유대인이 물었다.

"그렇소." 사익스가 대답했다. "그러니 할 말이 뭔지 해보시오."

"처트시에 있는 금고 있잖아, 빌?" 유대인이 의자를 앞으로 끌면서 아주 낮은 목소리로 말했다.

"그래, 그게 어쨌다는 거요?" 사익스가 물었다.

"아하! 내가 무슨 말 하는지 잘 알면서 왜 그러나, 자네." 유대인이 말했다. "낸시, 이 친구 내 말이 무슨 말인지 알지, 안 그래?"

"아니, 잘 모르겠는데." 사익스씨가 비아냥거렸다. "아니면 알려고 하지도 않든지, 그게 그거지만. 말을 해보시지. 있는 대로 툭 까놓고 말을 하라고. 거기 앉아서 눈이나 끔먹거리면서 삼실나게 하지 말라고. 강도짓 생각을 가장 먼저 해놓고도 아닌 것처럼 내숭 떨지 말란 말이오. 그놈의 젠장할 눈을 그냥! 무슨 말을 하려고 그러는 거요?"

"조용히, 빌, 조용하라고! 남들이 듣는다고, 이 사람아, 남들이

들어." 유대인은 이렇게 터져나오는 화를 막으려고 했지만 공연한 헛수고였다.

"들으라고 해!" 사익스가 말했다. "난 아무 상관없으니까." 그러나 사익스도 사실은 이 일에 상관이 있는지라 생각을 좀 하더니 이렇게 말하면서 목소리를 깔고 조용해졌다.

"자, 자." 유대인이 달래며 말했다. "그저 조심하느라 그런 거지 다른 뜻은 없어. 여보게, 그 처트시에 있는 금고 말이야, 언제 할 거야, 빌? 언제 할 거냐고? 그런 도금은 처음 봤어, 이 사람아, 기가 막힌 거라고!" 유대인이 손을 비벼대고 기대감에 도취해서 눈썹을 추켜올리며 말했다.

"아예 안 할 거요." 사익스가 냉랭하게 대답했다.

"아예 안 한다고!" 유대인이 의자에 등을 기대며 말을 따라 했다.

"안 해, 아예 안 할 거라니깐." 사익스가 대꾸했다. "적어도 우리가 기대했던 것처럼 딱딱 아귀가 맞게 꾸밀 수 있는 일이 아니오."

"그렇다면 일을 제대로 추진한 게 아니잖아." 유대인이 화가 나서 창백해진 얼굴로 말했다. "그런 얘기는 듣기 싫어!"

"그렇지만 얘기는 해야겠소." 사익스가 반박했다. "당신이 뭔데 그런 얘기는 듣기 싫다는 거요? 내가 말해주겠는데, 토비 크래킷이 그곳에서 보름 동안이나 얼쩡거려봤지만 하인 하나도 끌어들일 수가 없었다고."

"빌, 그러니까 자네 얘기가," 상대방이 열을 올리기 시작하자 유대인이 부드러워지며 말했다. "그 집에 있는 두놈 중 어느 하나도 끌어들이지 못했다 이건가?"

"그래, 그렇게 얘기했소." 사익스가 대답했다. "늙은 주인 여편네가 그것들을 지난 이십년간 데리고 있었기 때문에 5백 파운드를 준다 해도 일에 끼지 않을 거라는 거요."

"그렇지만 여보게, 자네 말이 그러니까, 여자들도 못 끌어들였다는 건가?" 유대인이 불만을 토로했다.

"어림 반푼어치도 없다고." 사익스가 대답했다.

"야무진 토비 크래킷도 못해?" 유대인이 미덥지 못한 듯 말했다. "여자들이란 뻔하잖아, 빌."

"안 돼, 심지어 야무진 토비 크래킷도 못했소." 사익스가 대답했다. "자기 말로 가짜 구레나룻에다 카나리아 색깔 조끼를 입고 보름 동안 내내 거기서 어정거렸어도 소용이 없었다고 하던데."

"콧수염에다 장교 바지를 한번 써볼 걸 그랬어." 유대인이 말했다.

"그것도 해봤소." 사익스가 대꾸했다. "그런데 다른 방법만큼이나 그것도 쓸모가 없었다고."

유대인은 이 소식을 듣고서 멍청한 표정으로 있었다. 몇분간 가슴에 턱을 푹 박고서 곰곰이 생각을 하던 끝에 그는 고개를 들고 깊은 한숨을 쉬면서, 만약에 야무진 토비 크래킷이 제대로 보고를 한 거라면 아마 이 일은 물 건너간 건수인 것 같다고 말했다.

"그렇다고 해도, 이건 슬픈 일이네, 여보게. 우리가 작심을 하고서도 그렇게 많은 것을 그냥 잃어버리다니." 영감이 두 손을 무릎에 떨어뜨리면서 말했다.

"그건 그렇소만." 사익스씨가 말했다. "재수가 없어!"

긴 침묵이 이어졌고 유대인은 얼굴을 쭈글쭈글하게 찡그리며 악마 같은 악의를 담은 표정으로 깊은 생각에 잠겨 있었다. 사익스는 페이긴을 간간이 훔쳐보았다. 낸시는 이 집털이 강도를 성가시게 하지 않으려는지, 오가는 얘기를 전혀 못 들은 것처럼 불에다

시선을 고정시킨 채 앉아 있었다.

"페이긴." 사익스가 오랫동안 지속된 침묵을 깨면서 갑자기 말을 꺼냈다. "금화 오십냥을 더 쓸 만한 가치가 있는 일이오, 만약 밖에서 들어가 안전하게 일을 처리한다면?"

"암, 그렇지." 갑자기 정신을 차린 듯 유대인이 말했다.

"합의가 된 거요?" 사익스가 물었다.

"그래, 여보게, 그렇다고." 유대인이 상대방의 손을 잡고 두 눈을 빛냈고, 이 질문 때문에 흥분해서 얼굴의 모든 근육을 씰룩거리며 대꾸했다.

"그렇다면," 사익스가 유대인의 손을 약간 오만하게 밀치며 말했다. "원하는 대로 당장 해치우도록 하겠소. 토비하고 나하고 그저께 밤 그 집 담장을 넘어가서 문이랑 덧문 벽들을 다 두드려봤다고. 밤에는 금고에다 감옥처럼 빗장을 쳐두는데, 우리가 안전하고 조용히 깨고 들어갈 수 있는 곳이 딱 한군데 있긴 하지."

"거기가 어딘데, 빌?" 유대인이 잔뜩 궁금해서 물었다.

"아니 왜," 사익스가 속삭였다. "잔디를 건너가면……"

"그러면?" 유대인이 머리를 앞으로 숙이고 눈은 거의 머리에서 튀어나올 지경이 되어 말했다.

"흠!" 여자가 머리를 거의 움직이지 않은 채 돌아보면서 유대인의 얼굴을 가리키자, 사익스가 갑자기 말을 멈추며 외쳤다. "그게 어디건 상관 마시오. 당신은 나 없인 이 일을 못할 걸 알지만, 당신하고 장사할 때는 늘 안전한 쪽에 있는 것이 최선이지."

"자네 맘대로 해, 맘대로 하라고." 유대인이 대답했다. "뭐 도움이 필요하진 않나? 자네하고 토비면 되겠어?"

"필요 없소." 사익스가 말했다. "그저 타래송곳하고 사내애 하나만 있으면 되지. 송곳은 우리가 갖고 있으니, 애나 하나 찾아주시지.”

“사내애라!” 유대인이 외쳤다. “아, 그럼 그건 창틀이겠구나, 그래?”

“그게 뭐든 상관 말라고!” 사익스가 대답했다. “난 애가 필요하고, 너무 큰 놈이면 안 된다고. 제기랄!” 사익스씨가 회상하듯 말했다. “굴뚝 청소부 네드의 그 어린애만 있다면 얼마나 좋을까! 그 친구는 일부러 자기 아들 키를 안 키우고 한건당 얼마씩 받고 빌려줬거든. 그런데 아이 아비가 빵살이를 하고 그다음엔 청소년선도회가 끼어든 거야. 그 돈 잘 버는 직업을 애한테서 빼앗고 읽고 쓰는 것을 가르쳐서 나중에 도제를 만들었지. 그런 수작들을 부리니 말이야.” 억울하게 당한 것을 떠올리며 점점 분노가 치밀어오른 사익스씨가 말했다. “그렇게들 수작을 부리니 그놈들이 돈만 충분하다면 (돈이 충분히 없는 게 다 신의 섭리지만) 한두해쯤 지나면 우리 업종에서 일하는 사내애들은 대여섯도 채 남지 않을 거야.”

“그렇겠지.” 사익스가 이렇게 말을 늘어놓는 동안 유대인은 다른 생각을 하다가 마지막 말만 알아듣고서 수긍했다. “여보게, 빌.”

“또 뭐요?” 사익스가 물었다.

유대인이 아직 불을 응시하고 있는 낸시를 고갯짓으로 가리키며, 그녀를 방에서 내보내라는 뜻을 비쳤다. 사익스는 그럴 필요가 뭐 있겠냐는 생각인 듯이 성가신 듯 어깨를 으쓱 들어 보였으나, 그의 뜻을 따라서 낸시양에게 맥주 한 단지를 가져오라고 했다.

“지금 맥주 마시고 싶은 게 아니잖아.” 낸시가 팔짱을 끼고 아주 차분하게 앉은 채 말했다.

“가져오라고 하면 가져와!” 사익스가 대답했다.

“웃기지 마.” 여자가 침착하게 응수했다. “어서 계속해요, 페이긴. 난 뭐라고 할지 다 알아, 빌. 날 신경 쓰지 않아도 돼."

그래도 유대인은 머뭇거렸다. 사익스는 좀 놀라서 이 사람 저 사람을 번갈아 쳐다보았다.

"왜, 이 친구가 같이 있다고 신경이 쓰이는 거요, 페이긴?" 마침내 그가 물었다. "이젠 믿어도 될 만큼 오랫동안 아는 사이잖소, 아니면 뭐 악마가 씌었나. 이 여잔 나발 불고 다닐 애가 아냐. 그렇잖니, 낸시?"

"맞아!" 젊은 아가씨가 탁자 쪽으로 의자를 잡아끌고 탁자에 팔꿈치를 얹으며 대답했다.

"그래, 애, 그렇고말고. 네가 그런 애가 아니라는 걸 잘 알아." 유대인이 말했다. "하지만……" 그리고 다시금 늙은이가 말을 멈추었다.

"그런데 뭐요?" 사익스가 물었다.

"혹시, 저, 애가 저번에, 그날 저녁처럼 기분이 상하지나 않을까 해서 그랬을 뿐이야." 유대인이 대답했다.

이 고백을 듣고 낸시양은 커다란 웃음보를 터뜨렸고, 브랜디 한 잔을 삼키더니 도전적인 태도로 머리를 흔들고 "계속 밀고 나가라고!" "끝까지 버텨!" 같은 여러가지 구호를 갑자기 외쳐댔다. 이 말들을 들은 두 신사분은 안심하는 듯했으니, 유대인은 만족스러운 기분으로 고개를 끄덕거린 후 다시 자리에 앉았고, 사익스씨도 마찬가지로 앉았다.

"자, 페이긴." 낸시가 웃으며 말했다. "당장 빌에게 털어놔요. 올리버 얘기 말이야!"

"하! 너 참 똑똑하기도 하구나. 이렇게 날카로운 여자애를 본 적이 없다니까!" 유대인이 그녀의 목덜미를 톡톡 쳐주며 말했다. "내가 얘기하려는 것이 바로 올리버에 관한 것이었다고, 진짜로. 하하하!"

"그애가 어쨌다는 거요?" 사익스가 물었다.

"바로 자네가 쓸 아이네." 유대인이 콧등에 손가락을 대고 기괴하게 싱글거리며 쉰 목소리로 속삭였다.

"그애가!" 사익스가 소리쳤다.

"그애를 데려가라고, 빌!" 낸시가 말했다. "내가 자기라면 그렇게 할 거야. 걔가 다른 애들만큼 뭐 대단하진 않을지 모르지만 지금 필요한 것은 그런 게 아니잖아. 그저 문만 열어주면 되는 거잖아. 내 말을 믿으라고, 빌. 별 탈 없을 애야."

"나도 그렇게 생각하네." 페이긴이 맞장구를 쳤다. "그 아인 지난 몇주간 훈련을 잘 받았고, 이제는 자기 밥벌이를 시작해야 할 때지. 그게 아니더라도 다른 애들은 덩치가 너무 크잖아."

"좋소, 녀석의 몸집이 내가 원하는 딱 그만큼이긴 하니." 사익스씨가 머리를 굴리면서 말했다.

"그리고 빌, 자네가 원하는 것은 뭐든지 할 거란 말이야." 유대인이 끼어들었다. "안 그럴 수 없지. 그러니깐, 확실히 겁을 주면 말이야."

"겁을 주라고!" 사익스가 말을 반복했다. "내 확실히 말해두지만, 뭐 장난으로 겁주는 따위는 아닐 거요. 일에 착수한 뒤 조금이라도 삐딱한 기색이 보이면 내친김에 그냥 끝장을 내주지. 녀석이 살아 있는 꼴을 다시는 못 보게 될 거요, 페이긴. 내게 보내기 전에 그것부터 생각해보시지. 내 말을 명심하라고!" 강도가 침대틀 밑에서 꺼낸 쇠지레를 들고 균형을 잡아보며 말했다.

"다 생각해봤네." 유대인이 힘을 내며 대답했다. "난 이미…… 이미 그애를 잘 살펴봤다고, 아주 자세히…… 자세하게 말이야. 일단 개에게 자기도 우리랑 한통속이라는 것을 느끼게만 해준다면, 일단 그 녀석 맘속에 자기도 도둑질을 했다는 생각을 심어주기만 한다면, 녀석은 우리 것이 되는 거야! 평생 우리 것이. 거 참! 일이 이보다 더 잘되기도 어려울 거야!" 늙은 사내는 팔짱을 끼고 머리와 어깨를 끌어들여 둥그렇게 만들면서 기쁨에 넘쳐 말 그대로 자기 몸을 껴안았다.

"우리 것이라고!" 사익스가 말했다. "당신 거라는 말이겠지."

"뭐 그럴지도 모르지." 유대인이 날카롭게 킥킥 웃으며 말했다. "빌, 자네 맘대로 생각해. 내 거라고 그러지 뭐."

"그런데 도대체," 사익스가 자기의 상냥한 친구를 사납게 노려보며 말했다. "뭣 때문에 얼굴 허여멀건 애새끼 하나를 위해 그렇게 별별 신경을 다 쓰는 거요? 런던 야채시장 바닥에 자빠져 자는 애들 중에서 골라잡을 놈들이 수십명씩 있다는 것을 잘 알면서."

"왜냐하면 그놈들은 내게 아무 쓸모가 없으니까 그런 거라네, 이 사람아." 유대인이 다소 당황한 듯 대답했다. "데려올 만한 가치가 없다고. 말썽이 생기면 걔들은 생겨먹은 모양 때문에 일단 유죄를 받거든, 그러면 난 애들을 다 잃어버리게 되고. 이 아이는, 제대로 잘만 다루면 말이야, 다른 애들 스무명 갖고도 못하는 일을 할 수 있다고." 유대인이 냉정함을 회복하면서 말했다. "반면에 그 녀석이 다시 한번 줄행랑을 놓는다면 그때는 우리도 들통이 나게 돼. 그러니 걔는 꼭 우리랑 한패가 되어야만 한다고. 걔가 어떻게 해서 이리로 오게 됐는지는 상관없어. 녀석이 강도질을 같이 했다는 것만으로 난 그놈을 충분히 좌지우지할 수 있어. 내가 원하는 건 그게 다야. 자, 불쌍한 어린것을 처치해버리는 것보다 이게 얼마나 좋은 방법인가 말이야. 게다가 아이를 처치하는 것은 위험한 일이라 우리도 손해 보게 될 테고."

"언제 할 건데?" 낸시가 이렇게 물으며, 짐짓 인정 있는 체하는 페이긴의 꼴을 보고 혐오감을 느낀 사익스가 난폭하게 소리치는 것을 막았다.

"아 그래, 언제 할 건가, 빌?" 유대인이 말했다.

"토비랑 계획하길, 내일모레 밤으로 정했다고." 사익스가 퉁명스러운 목소리로 대꾸했다. "그 안에 내가 그 친구에게 별다른 얘기를 하지 않으면 말이야."

"좋아." 유대인이 말했다. "그땐 그믐밤이지."

"그렇소." 사익스가 맞장구를 쳤다.

"깨끗이 털어올 준비는 다 됐겠지?" 유대인이 물었다.

사익스가 고개를 끄덕거렸다.

"그리고, 또……"

"아, 다 계획돼 있소." 사익스가 말을 막으며 대꾸했다. "구체적인 것엔 신경 쓰지 말라니까. 내일 밤 그애를 이리 데려오기나 하고. 동트고 한시간 뒤에 런던을 출발할 거요. 그러니 잠자코 물건 녹일 준비나 해두시지. 당신은 그것만 하면 될 거 아니오."

세사람 모두 열심히 참가한 가운데 좀더 토론을 해서 결정하기를, 다음날 날이 저물면 낸시가 유대인네 집으로 가서 올리버를 데려오기로 했다. 이는 페이긴이 교활하게 지적한 대로, 애가 혹시 그 일을 하기 싫어할 경우에라도 바로 최근에 자기를 위해 나서줬던 그 아가씨라면 다른 누구보다도 기꺼이 따라올 거라는 생각에서였다. 또한 그 자리에서 엄숙하게 정한 바에 의하면, 계획된 원정을 위해서 불쌍한 올리버를 윌리엄 사익스씨의 보호와 관리에 전적으로 위임하고, 나아가 사익스는 그의 판단대로 올리버를 처리할 것이며, 혹시 아이가 어떤 재난이나 불운한 일에 처하거나 필요하다 생각되는 그 어떤 벌을 받더라도 사익스는 유대인에게 책임을 지지 않는다는 것이다. 또한, 이 약정이 구속력을 갖게 하기 위해 사익스씨가 돌아와서 행하는 보고의 모든 중요한 세부사항은 야무진 토비 크래킷의 증언에 의해 확인 및 확증받기로 한다는 것이었다.

이렇게 예비사항들을 조정한 후, 사익스씨는 맹렬한 속도로 브랜디를 마시기 시작했고 놀라운 방식으로 쇠지레를 흔들어대며 동시에 매우 비음악적인 노래를 사나운 욕지거리와 뒤섞어서 한마디씩 꽥꽥 불러댔다. 급기야 그는 직업적인 열광의 도가니에 사로잡혀 자기의 집털이 도구가 담긴 상자를 보여주겠다고 고집을 부리고 비틀거리며 상자를 가져왔는데, 그 안에 들어 있는 다양한 도구들의 속성과 기능과 각각의 제조공법의 독특한 아름다움을 설명하려고 상자를 여는 순간, 바닥에 있는 상자에 걸려 넘어지더니 바로 그 자리에서 잠이 들어버렸다.

"잘 자, 낸시." 유대인이 처음 들어올 때처럼 외투로 몸을 감싸면서 말했다.

"잘 가요."

그들의 눈이 마주치자 유대인은 아주 찬찬히 그녀의 눈치를 살폈다. 그녀는 움찔대는 기색을 조금도 보이지 않았다. 그녀는 토비 크래킷이 그런 것처럼 이 문제에 관해서 충실하고 진지했다.

유대인은 다시금 작별인사를 한 다음, 그녀가 등을 돌린 틈을 타서 엎어져 있는 사익스씨의 몸에 몰래 발길질을 한번 해주고는 더듬거리며 아래층으로 내려갔다.

"늘 그런 식이라니까!" 유대인이 집으로 가면서 중얼거렸다. "이런 여자들의 가장 나쁜 점은 아주 사소한 일로 오래전에 잊어버렸던 감정이 다시 되살아나는 것이고, 가장 좋은 점은 그게 오래가지는 않는다는 것이지. 하하! 금보따리를 걸고서 애를 망가뜨리라고!"

페이긴씨는 이런 즐거운 생각으로 시간 가는 줄도 모르고 진흙과 수렁을 지나 자기의 음울한 거처로 돌아왔으니, 그곳에선 미꾸라지가 잠도 안 자고 페이긴이 돌아오기를 초조하게 기다리고 있었던 것이다.

"올리버는 자냐? 불러서 얘기를 좀 하고 싶은데." 이것이 계단을 내려가면서 그가 던진 첫마디였다.

"몇시간 전부터." 미꾸라지가 문을 열어젖히며 대답했다. "자, 여기 있어요!"

아이는 바닥에 마련된 허름한 침상에서 깊이 잠들어 있었다. 불안과 슬픔, 그리고 그 답답한 옥살이 때문에 매우 창백해져서 그는 주검처럼 보였다. 수의를 입고 관 속에 누워 있는 그런 죽음의 모습이 아니라 생명이 막 떠나갔을 때 보이는 그런 모습이었다. 영혼은 지금 막 하늘로 날아갔지만, 영혼으로 인해 신성했으나 이젠 먼지로 변해가는 육신에 아직은 세상의 더러운 공기가 범접하지 못한 모습이었다.

"지금은 안 되겠다." 유대인이 가만히 발길을 돌리면서 말했다. "내일, 내일 하지."

# 제20장
## 올리버가 윌리엄 사익스씨의 손에 넘겨진다

아침에 일어난 올리버는 자기가 신던 신 대신에 두껍고 튼튼한 구두창을 댄 새 신발 한켤레가 침대 곁에 놓여 있는 것을 보고 상당히 놀랐다. 처음에는 이것이 자기가 풀려날 전조일지도 모른다고 생각해 매우 기분이 좋았다. 그러나 이런 생각은 유대인과 함께 아침상에 앉았을 때 곧 사라져버렸다. 그는 올리버를 더욱 놀라게 만들 만한 어조와 태도로 그날 밤 올리버를 빌 사익스의 집으로 데려갈 것이라고 말했다.

"거기, 거기서…… 지내게 되나요?" 올리버가 불안해하며 물었다.

"아니, 아니란다, 얘야. 거기서 지내라는 것이 아니야." 유대인이 대답했다. "우린 널 잃고 싶지 않아. 걱정 마, 올리버, 넌 다시 우리한테 돌아올 테니. 하하하! 널 보내버릴 정도로 우리가 그렇게 잔인하진 않단다, 얘야. 아니지, 아니고말고!"

늙은이는 불 위로 몸을 굽히고 빵 한쪽을 굽고 있다가 뒤를 돌아보며 이렇게 올리버를 놀렸다. 그는 올리버가 아직도 기회만 있으면 도망치려고 한다는 것을 안다는 듯이 킬킬 웃었다.

"아마," 유대인이 올리버를 응시하면서 말했다. "넌 왜 빌네 집에 가는지를 알고 싶겠지, 그렇지?"

올리버는 이 늙은 도둑이 자기의 생각을 훤히 들여다보고 있다는 것을 알고 무심결에 얼굴이 빨개졌지만 과감하게 그렇다, 왜 가는지를 알고 싶다고 말했다.

"왜 가는 것 같니, 네 생각엔?" 페이긴이 질문을 받아넘기면서 물었다.

"진짜로 잘 모르겠어요." 올리버가 대답했다.

"이런!" 유대인이 아이의 얼굴을 자세히 살펴보다가 실망한 얼굴로 돌아서며 말했다. "빌이 네게 얘기해줄 때까지 기다려, 그럼."

유대인은 올리버가 이 문제에 대해 좀더 호기심을 보이지 않는 것에 상당히 짜증이 난 것 같았다. 그러나 사실인즉 올리버는 매우 걱정스러웠지만, 진지하고도 간교한 페이긴의 표정과 자기 자신의 추측이 뒤섞인 통에 그만 당황해서 그 즉시 무슨 일인지 물어볼 수 없었던 것이다. 유대인이 밤이 될 때까지 퉁명스럽게 입을 다물고 있었기에 다시 질문을 할 기회는 없었다. 밤이 되자 유대인은 외출할 준비를 했다.

"촛불을 켜도 좋아." 유대인이 초 하나를 탁자에 얹으며 말했다. "그리고 이건 널 데리러 올 때까지 읽을 책이다. 잘 있어라!"

"다녀오세요!" 올리버가 가만히 대답했다.

유대인은 문으로 걸어가면서 어깨 너머로 아이를 돌아보았다. 그러다가 갑자기 멈춰서더니 올리버야, 하고 불렀다.

올리버가 올려다보자 유대인은 초를 가리키며 불을 켜라고 했다. 올리버는 시키는 대로 했다. 그는 촛대를 탁자에 놓으면서, 눈살을 한껏 찡그린 유대인이 어두운 방 한구석에서 자기를 빤히 바라보고 있다는 것을 알았다.

"조심해라, 올리버! 조심해!" 노인이 경고하는 투로 오른손을 흔들면서 말했다. "그는 아주 거친 사내라서 한번 핏대가 오르면 피흘리는 것쯤은 전혀 개의치 않아. 뭐가 어떻게 되든 아무 말도 하지 말고 시키는 대로만 해. 명심해라!" 그는 이 마지막 말에 강하게 힘을 주면서 다시 섬뜩하게 웃는 표정으로 점차 누그러뜨리더니, 고개를 끄덕거려 인사를 하고 방을 떠났다.

노인이 사라지자 올리버는 손으로 턱을 괴고 떨리는 가슴으로 방금 들은 말을 심사숙고했다. 유대인의 경고에 대해 생각을 하면 할수록 그 말의 목적과 뜻하는 바를 헤아릴 수가 없었다. 도대체 그냥 페이긴하고 같이 있으면 안 되고 꼭 자기를 사익스에게 보내야 할 무슨 이유라도 있는지 도저히 짐작할 수가 없었다. 한동안 사색을 해본 끝에, 일에 적합한 다른 애를 부리게 될 때까지 자신이 집털이 강도에게 가서 허드렛일을 하도록 뽑혔다고 결론을 내렸다. 그는 고생하는 데 익숙해서 이런 변화를 예상하면서도 별로 슬퍼하진 않았다. 그는 몇분 동안 생각에 잠겨 있다가 크게 한숨을 쉬고 나서 불에 탄 심지를 잘라내어 촛불을 밝힌 후 유대인이 두고 간 책을 집어들고 읽기 시작했다.

그는 책장을 넘겼다. 처음에는 별 관심 없이 뒤적거리다가 주의를 끄는 대목을 발견하고는 곧 열심히 책을 읽기 시작했다. 그것은 악명 높은 범죄자들의 생애와 재판에 대한 기록으로서, 책장은 여러사람의 손때가 묻어 더러웠다. 거기에서 그는 피를 얼어붙게 하는 무시무시한 범죄와 적막한 노변에서 은밀히 저지른 살인사건에 관한 이야기, 사람 눈을 피해 깊은 구덩이와 우물에 시체를 숨겨두었지만 아무리 깊이 숨겼다 해도 여러해 뒤에 결국 시체가 솟아올라, 살인자들이 그것을 보고 심하게 발광을 하고 공포에 떨며 죄를 자백하고, 교수대에 목을 매달아 자신의 번뇌에 종지부를 찍어달라고 외치는 이야기 등을 읽었다. 또 그는 책에서, 한밤중에 침대에 누워 있다가 (그들의 말대로라면) 사악한 사념에 이끌려, 생각만 해도 섬뜩하고 오싹하며 끔찍스러운 유혈범죄를 저지르도록 유인을 당해 그대로 실행에 옮겼다는 사람들의 이야기도 읽었다. 이 무시무시한 묘사들이 참으로 사실적이고 생생해서 창백한 책장들은 핏덩이로 붉게 물드는 듯했고, 책에 있는 한마디 한마디의 말들은 마치 죽은 자들의 혼령이 귀에 속삭이는 음울한 목소리 같았다.

아이는 두려움으로 갑자기 부르르 떨면서 책을 덮어 옆으로 밀어버렸다. 그러고는 무릎을 꿇고, 자기가 이런 짓을 하지 않게 해달라고, 만약 이렇게 무섭고 엄청난 범죄를 저지를 운명이라면 차라리 당장 죽게 해달라고 하늘에 기도했다. 그는 점차 평온해져서 낮고 떨리는 목소리로 현재 처해 있는 위험으로부터 구해주실 것을 빌었다. 그리고 아직까지 친구와 친척의 사랑을 알지 못한 버림받은 불쌍한 아이에게 혹시 도움을 주시려면 바로 지금, 사악함과 죄악의 한가운데 적막하게 내버려져 홀로 서 있는 지금 그렇게 해주실 것을 빌었다.

그는 기도를 끝내고 여전히 머리를 손에 파묻고 있다가 부스럭거리는 소리에 깨어났다.

"뭐야!" 그는 문 옆에 서 있는 사람의 모습을 보고 깜짝 놀라서 외쳤다.

"응, 나야. 나라고." 떨리는 목소리가 들렸다.

올리버는 촛불을 머리 위로 쳐들고 문 쪽을 바라보았다. 낸시였다.

"불을 내려놔." 여자가 고개를 돌리며 말했다. "눈이 부셔."

올리버는 그녀가 창백한 것을 보고 어디가 아프냐고 물었다. 여자는 의자에 몸을 던지고 등을 돌린 채 앉더니 손을 비틀면서 아무 대답도 하지 않았다.

"하느님, 용서하세요!" 잠시 뒤에 그녀가 외쳤다. "이럴 줄은 생각 못했는데."

"뭐가 잘못됐어요?" 올리버가 물었다. "내가 도와줄까요? 할 수 있다면 도울게요, 진짜로요."

그녀는 앞뒤로 몸을 흔들더니 목을 붙잡고 꼴딱거리는 소리를 토해내며 숨을 헐떡였다.

"낸시!" 올리버가 소리쳤다. "왜 그래요?"

여자는 두 손으로 무릎을 치면서 발로 바닥을 쿵쿵 굴러대다가, 갑자기 동작을 멈추고 숄을 두르더니 추운 듯 몸을 부르르 떨었다.

올리버는 불을 들쑤셨다. 그녀는 의자를 불 가까이로 끌어당기며 아무 말없이 잠깐 앉아 있다가 마침내 고개를 들고 주위를 둘러보았다.

"가끔 내가 왜 이러는지 잘 모르겠어." 그녀가 옷을 만지느라 분주한 척하며 말했다. "아마 이 습하고 더러운 방 때문이겠지. 자, 숙맥 꼬마야, 준비됐니?"

"같이 따라가야 돼요?" 올리버가 물었다.

"그래. 난 빌이 보냈어." 여자가 대답했다. "넌 나랑 같이 가야 해."

"뭣 때문이죠?" 올리버가 움찔하며 물었다.

"뭣 때문이냐고?" 여자는 눈을 들어 아이의 얼굴과 마주치자 이

내 외면하면서 말을 받았다. "뭐, 해로운 일은 아니야."

"난 못 믿겠어요." 올리버가 그녀를 자세히 지켜보다가 말했다.

"그럼 네 맘대로 생각해." 여자가 억지로 웃으며 대꾸했다. "별 이로운 일도 아니고."

올리버는 자기가 여자의 착한 심성을 움직일 힘이 있다는 것을 간파하고, 순간 그녀에게 자신의 막막한 처지를 동정해달라는 호소할 생각이었다. 그러나 아직 11시가 채 되지 않아서 길거리엔 사람들이 많이 돌아다닐 테고 그중엔 누군가가 자기 얘기를 믿어줄 것이라는 생각이 퍼뜩 머릿속을 스쳐갔다. 이런 생각을 하면서 그는 앞으로 걸어나가 다소 서둘며 준비가 됐다고 말했다.

잠깐 동안 그가 무슨 궁리를 했는지 올리버의 동반자는 놓치지 않았다. 그녀는 그가 얘기를 하는 동안 그를 정밀하게 관찰했고, 자기가 그의 머릿속에서 무슨 생각이 돌아가는지 짐작했다는 것을 충분히 보여주는 눈빛을 던졌다.

"쉿!" 여자가 아이 쪽으로 몸을 숙이며 조심스레 주위를 둘러보고 문을 가리키며 말했다. "소용없는 짓이야. 내가 널 위해 열심히 애써봤지만 다 쓸모없었어. 넌 첩첩이 에워싸여 있어. 네가 혹시 여기서 도망을 가게 된다 해도 지금은 때가 아니야."

그녀가 힘주어 말하는 태도에 깜짝 놀라서, 올리버는 매우 뜻밖이란 표정으로 그녀를 올려다보았다. 그녀는 진실을 말하는 것 같았다. 그녀는 흥분해서 안색이 하얗게 질려 있었고, 진지함 그 자체로 부들부들 떨었다.

"전에도 네가 봉변을 당할 뻔했을 때 한번 구해주었고, 앞으로도 그럴 테고, 현재도 그러고 있는 거야." 여자가 큰 소리로 말을 이었다. "내가 아니라 다른 사람들이 왔으면 너한테 훨씬 더 거칠게 굴었을 테니까. 그 대신 나는 네가 잠자코 있게 하겠다고 약속했으니, 네가 만약 안 그러면 넌 너한테 그리고 나한테도 해만 끼칠 거고, 아마 나를 죽게 만들지도 몰라. 자, 이거 봐! 난 너 때문에 이렇게 당했어. 이 모든 것을 지켜보시는 하느님 앞에서 이게 진짜라는 것을 맹세해."

그녀는 허둥지둥 목과 팔에 난 검푸른 상처를 가리키며 매우 빠르게 얘기를 계속했다.

"이걸 기억해! 그리고 지금 당장은 내가 더이상 너 때문에 고통받지 않게 해줘. 내가 널 도울 수 있다면 도왔겠지, 하지만 그럴 힘이 없어. 그들이 널 해칠 뜻은 없어, 그리고 너한테 무슨 일을 시키든 그건 네 잘못이 아냐. 쉿! 네가 하는 말 한마디 한마디가 내 가슴에 못을 박는 셈이야. 손을 줘. 자, 어서! 손을 이리 내!"

그녀는 올리버가 본능적으로 내민 손을 잡고 입김을 훅 불어 촛불을 끈 다음 그를 끌고 계단을 내려갔다. 어둠에 가려 있는 누군가에 의해 문이 재빨리 열렸다가 그들이 나간 후 다시 재빨리 닫혔다. 세를 낸 이륜마차가 기다리고 있었는데, 여자는 좀 전에 말할 때처럼 맹렬하게 올리버를 끌고 마차로 들어가서 커튼을 닫았다. 마부는 지시도 기다리지 않고 지체 없이 전속력으로 말을 몰고 갔다.

여자는 여전히 올리버의 손을 꽉 잡고 그의 귀에다 이미 전달한 바 있는 경고와 위안의 말을 계속 퍼부었다. 모든 일이 빠르고 급히 진행되어서, 전날 밤 유대인의 발길이 닿았던 그 집 앞에 마차가 섰을 때 올리버는 자기가 어디에 있는지 또 어떻게 그리로 오게 됐는지 거의 생각해볼 겨를이 없었다.

아주 짧은 한순간, 올리버는 아무도 지나다니지 않는 거리로 급히 눈길을 한번 던졌다. 그의 입술엔 도와달라는 외침이 걸려 있었다. 그러나 매우 고민스러운 어조로 자기를 생각해달라고 애원하는 여자의 목소리가 귓가에 생생했으니, 그는 차마 소리를 낼 마음이 들지 않았다. 그가 머뭇거리는 동안 기회는 사라졌다. 그는 이미 집 안에 들어섰고 문이 닫혀버렸다.

"이쪽으로." 그제야 여자가 잡았던 손을 놓으며 말했다. "빌!"

"어이!" 사익스가 계단 위에서 촛대를 들고 나타나서 대답했다. "어! 벌써 시간이 이렇게 됐군. 자, 어서 와!"

이것은 사익스 같은 기질의 사람에게선 좀처럼 보기 드문, 마음에서 우러나온 환영의 인사였다. 낸시는 이 말을 듣고 매우 만족스러워하며 그에게 친절하게 인사를 했다.

"황소눈깔은 톰하고 집에 갔어." 사익스가 그들에게 불빛을 비춰주며 말했다. "그놈은 일하는 데 방해가 될 테니까."

"맞아." 낸시가 맞장구를 쳤다.

"그래, 애를 데려왔군." 그들이 방에 이르자 사익스가 이렇게 말하면서 문을 닫았다.

"응, 여기 이렇게." 낸시가 대답했다.

"조용히 따라오던가?" 사익스가 물어보았다.

"양처럼 조용했어." 낸시가 대꾸했다.

"이 어린 송장한테는 다행스러운 일이군." 사익스가 험악한 표정으로 올리버를 바라보며 말했다. "아니면 내가 고생을 좀 시켜줬을 테니. 자, 꼬마야, 이리 와, 너한테 훈시할 게 있다. 짐깐이면 된디."

사익스씨는 이렇게 그의 새 제자에게 말을 걸면서 올리버의 모자를 벗겨 구석에 던지더니, 탁자에 앉아서 아이의 어깨를 잡아끌어 앞에 세웠다.

"자, 우선, 이게 뭔지 아느냐?" 사익스가 탁자에 놓여 있던 소형 권총을 집어들면서 말했다.

올리버는 안다고 대답했다.

"좋아. 그럼, 이걸 봐라." 사익스가 말을 이었다. "이것은 화약이
고 저기 저것은 총알이고 이것은 낡은 모자 조각인데 탄약을 재어
넣는 거야."

올리버는 언급되는 다양한 물건들이 뭔지 알겠다고 우물댔고 사
익스씨는 연이어 매우 정밀하고 신중하게 권총에 총알을 장전했다.

"자, 이제 장전이 됐지." 사익스씨가 동작을 마치고 말했다.

"네, 그렇군요." 올리버가 대답했다.

"좋아." 강도가 올리버의 손목을 꽉 잡고 총구를 그의 관자놀이
에 바짝 갖다 대며 말했으니, 이 순간 아이는 깜짝 놀라지 않을 수
없었다. "나랑 같이 밖에 나갔을 때 네가 말 한마디만 해도, 내가 너
한테 말 걸 땐 빼고, 이 장전한 총알이 순식간에 네 머리에 박혀 있
을 거다. 그러니, 혹시나 허락도 안 받고 먼저 말을 하기로 작정하
게 되면 먼저 기도부터 올려라."

사익스씨는 그 효과를 더하기 위해 경고의 대상을 향해 인상을
한번 찌푸려주고 계속 말했다.

"내가 아는 한, 네가 만약 그러기로 맘을 먹어서 일이 벌어져도
네 안부를 수소문할 사람은 별로 없어. 그러니 다 널 위해서 이렇
게 망할 놈의 수고를 하며 설명해주는 거야. 알아들어?"

"그 말이 그러니까 한마디로 하면 이거지?" 낸시가 자기 얘기를
심각하게 받아들이라는 듯이 인상을 찌푸리고 올리버를 쳐다보면
서 매우 힘주어 말했다. "혹시 애가 당신의 이번 일에 방해가 되면
아예 나중에 고자질을 할 수 없도록 머리에 총을 쏴버리겠다는 거
지, 차라리 목을 매달릴 각오를 하고서라도 말이야. 일평생 사업상

숱하게 많은 일들을 처리할 때 매번 그랬듯이?"

"바로 그거야!" 사익스씨가 만족한 듯 한마디 했다. "여자들은 몇 마디 말로 요약을 잘한단 말이야. 물론 한바탕 터뜨릴 때는 있는 대로 질질 늘어놓지만. 자, 이제 이 녀석도 확실히 알아들었을 테니, 저녁이나 먹고 떠나기 전에 꾸벅꾸벅 좀 졸아보자고."

이러한 요청에 따라서 낸시는 재빨리 상보를 깔고 잠시 사라졌다가 흑맥주 단지와 양¾머리 요리 한접시를 들고 왔다. 그러자 사익스씨는 '제미'란 영어단어가 양대가리라는 속어도 되고 동시에 그가 직업상 애용하는 정교한 도구인 문 따는 지렛대도 된다는 것에 근거해서 여러가지 유쾌한 재담을 늘어놓았다. 실제로, 이 훌륭한 신사분은 곧 활발히 작업을 하게 될 것을 기대하면서 사기가 치솟고 기분도 좋아졌는데, 그 증거로는 그가 맥주를 단숨에 다 마셔버리고 식사를 하는 내내 욕을 어림잡아 여든번 이상은 안 했다는 것을 들 수 있겠다.

저녁을 다 먹은 후 — 올리버가 별로 식욕이 없었다는 것은 쉽게 짐작할 수 있을 텐데 — 사익스씨는 물 탄 독주 한두잔을 해치우고 침대에 몸을 던지더니, 낸시에게 만약 실수하면 가만두지 않겠다는 욕을 숱하게 하며 정확히 새벽 5시에 깨우라고 했다. 올리버는 동일한 권력자의 명령에 의해 옷을 입은 채 바닥에 매트를 깔고 누웠고, 여자는 난로 앞에 앉아 불을 잘 지피며 지정된 시간에 그들을 깨울 준비를 하고 있었다.

올리버는 낸시가 은밀하게 몇 마디 더 충고를 해줄 기회를 찾고 있을지도 모른다고 생각하여 오랫동안 잠을 자지 않고 누워 있었다. 그러나 여자는 불 앞에 앉아 곰곰이 생각에 잠겨 있을 뿐 가끔 불길을 살릴 때 말고는 움직이지 않았다. 그는 불안하게 그녀를 지켜보다가 지쳐서 결국 잠이 들었다.

그가 깨어났을 때 탁자는 찻잔세트로 덮여 있었고, 사익스는 의자에 걸쳐놓은 오버코트에 여러가지 장비들을 쑤셔넣고 있었다. 낸시는 분주하게 아침을 준비하고 있었다. 촛불이 타고 있고 밖이 어두운 것을 보니 아직 날이 새지는 않은 것 같았다. 게다가 날카로운 빗줄기가 창문을 두드렸고 하늘은 구름에 덮여 어둠침침했다.

"자, 이봐!" 사익스가 인상을 찌푸리자 올리버가 놀라서 벌떡 일어나 앉았다. "5시 반이야! 정신 차려, 아니면 아침은 없어. 벌써 많이 늦었어."

올리버는 금세 세면을 하고 아침을 조금 먹은 후, 사익스의 퉁명스러운 물음에 준비가 다됐다고 대답했다.

낸시는 아이를 거의 쳐다보지 않으면서 그에게 목에 두를 손수건을 던져주었고, 사익스는 어깨 위로 단추를 끼워 입는 커다란 망토를 주었다. 그는 이렇게 차려입고 강도에게 자기 손을 맡겼다. 강도는 잠시 멈춰 서서 외투 옆주머니에 바로 그 권총을 넣어두었다고 협박하는 듯한 시늉을 해 보이더니, 올리버 손을 단단히 잡은 다음 낸시와 작별인사를 나누고 앞장서 걸어갔다.

문 앞에 이른 올리버는 혹시 그녀와 눈을 마주칠 수 있지 않을까 하는 희망에서 한순간 고개를 돌렸다. 그러나 그녀는 다시 벽난로 앞의 원래 자리로 돌아가서 꼼짝 않고 앉아 있었다.

# 제21장
## 원정

　그들이 길을 나섰을 때는 음산한 아침이었다. 비바람이 심하고 하늘은 잔뜩 찌푸린 채 폭풍우를 몰아올 것처럼 보였다. 밤새 비가 많이 왔다. 길에는 물웅덩이가 큼직큼직하게 생겼고 하수구는 넘쳐흘렀다. 하늘에는 새벽의 여명이 나타났으나, 그것은 경관의 암울함을 덜어준다기보다는 오히려 더 음침하게 해줄 뿐이었다. 그 음침한 빛은 가로등이 발하는 빛을 침침하게 만들 뿐, 비에 젖은 지붕과 음산한 거리에 따뜻하고 밝은 색조를 던져주지 않았다. 그 일대에는 아무도 움직이지 않는 것 같았다. 집집마다 창문은 굳게 닫혀 있고 그들이 지나가는 거리는 아무 소리도 없이 텅 비어 있었다.

　그들이 베스널 그린가(街)로 돌아섰을 때 제법 날이 밝아오기 시작했다. 가로등은 많이 꺼져 있었다. 몇 안 되는 시골 짐마차들이 힘겨운 듯 느릿느릿 런던 쪽으로 가고 있었고, 이따금 진흙에 뒤덮인 역마차가 요란하게 달그락거리며 지나갔다. 길을 지나던 역마

246

차의 마부는 무거운 짐을 끄는 짐마차군이 길 한쪽에 잘못 서 있는 바람에 역사무실에 원래 시간보다 4분의 1분 늦게 도착하게 될지 모른다며 경고조로 그에게 채찍을 한대 내려쳤다. 주막들은 벌써 문을 열었고 안에서는 가스등이 타고 있었다. 점차 다른 가게들도 문을 열기 시작했고, 드문드문 지나다니는 몇몇사람들과도 마주치기 시작했다. 일 나가는 인부들이 삼삼오오 무리를 지어 가더니, 그 다음으론 머리에 생선 바구니를 인 남녀, 채소를 가득 실은 당나귀 수레, 살아 있는 가축이나 도살한 소 돼지를 통째로 실은 마차, 우유통을 든 우유배달부 아낙네 등 끊이지 않는 군중들이 합류해서 여러가지 물자를 가지고 도시의 동쪽 교외 주거지로 터벅터벅 흘러나가고 있었다. 그들이 시티[67] 가까이에 왔을 때 소음과 교통량은 점차 증가해서, 쇼어디치와 스미스필드[68] 사이의 길을 헤치고 지나갈 즈음에는 매우 소란스럽고 붐볐다. 다시 밤이 되고 그 다음날 아침 런던 인구의 반이 일어나 부산을 떨기 시작하기 전까지 길거리는 다시 그런대로 한적했다.

사익스씨는 선가와 크라운가로 돌아내려가다 핀스버리 광장을 가로질러 치즈웰가 쪽으로 꺾어들어가 바비칸에 이르렀고, 거기서 다시 롱레인을 거쳐 스미스필드로 들어갔으니, 이곳에서 솟아나는 시끌벅적한 소음은 올리버를 완전히 어리둥절하게 만들었다.

마침 장이 서는 날 아침이었다. 땅은 발목이 빠질 정도로 오물과 진흙으로 덮여 있고, 땀 냄새 나는 가축들로부터 끝없이 올라오는 짙은 김은 굴뚝 꼭대기에 머물러 있는 듯한 안개와 뒤섞여서

**67** 런던의 상업·금융 중심지구.
**68** 이하 지명들은 동쪽에서 걸어온 사익스와 올리버가 런던 중심가 북쪽을 가로질러 서쪽 방향으로 스미스필드 가축시장에 이르는 길임.

무겁게 드리워져 있었다. 커다란 장 한가운데에 있는 가축우리들과 빈자리마다 세울 수 있는 대로 빼곡히 세워놓은 임시 울타리들에는 양들로 가득 차 있었다. 도랑 옆의 기둥마다 소 따위의 가축들이 묶여서 서너줄로 길게 늘어서 있었다. 시골 농부, 도살꾼, 소몰이꾼, 행상꾼, 사내애들, 도둑놈들, 건달패들, 온갖 저급한 떠돌이들이 한데 뭉쳐서 무리를 이루었다. 소몰이꾼의 호루라기 소리, 개 짖는 소리, 소들이 음매음매 하며 첨벙대는 소리, 양들이 매애 하는 소리, 돼지들이 꿀꿀대고 끽끽대는 소리 —— 행상꾼들이 외치는 소리, 꽥 소리를 지르고 욕지거리하는 소리, 사방에서 싸우는 소리 —— 주막마다 울려퍼지는 딸랑딸랑하는 종소리, 으르렁대는 소리 —— 밀고 밀리고 몰아내는 소리, 와와거리고 야야거리고 깩깩대며 지르는 소리 —— 시장의 구석구석에서 울려나오는 흉측한 불협화음의 소리 —— 또한 끝없이 왔다 갔다 하며 군중 속으로 쑥 들어갔다 불쑥 나오는 세수도 면도도 안 한 누추하고 더러운 형상들. 이 모든 것 때문에, 이곳은 사람을 어리벙벙하게 하고 정신을 매우 헛갈리게 했던 것이다.

사익스씨는 아이를 그렇게도 놀라게 한 여러 광경과 소리 들에 아무런 관심도 두지 않고 올리버를 질질 끌고 군중이 가장 빽빽하게 모여 있는 곳을 뚫고 나아갔다. 그는 마주치는 친구들한테 두세 번 목례를 하고 또 그때마다 해장술 한잔 하자는 권유를 거절하면서 줄곧 앞으로 나아가 이 난리법석을 지나 호지어 길을 통해 홀번에 이르렀다.

"자, 꼬마야!" 사익스가 세인트 앤드루 교회의 시계를 올려다보며 말했다. "딱 7시구나! 부지런히 걸어. 뒤처지지 말고, 이 느림뱅이야!"

사익스씨는 이렇게 말하며 동시에 어린 동반자의 손목을 확 잡아챘으니, 올리버는 속보와 구보의 중간 정도인 일종의 총총걸음으로, 집털이 강도가 성큼성큼 내딛는 걸음에 최대한 보조를 맞추며 따라갔다.

그들이 이런 속도로 계속 걸으며 하이드 파크 모퉁이를 지나서 켄싱턴 방면으로 가던 중,[69] 사익스가 걸음을 좀 늦추었는데 그때 뒤쪽 저만치에서 빈 수레가 다가왔다. 수레에 '하운즐로우'라고 적힌 글씨를 보고 그는 마부에게 최대한 정중하게, 혹시 아이즐워스까지 태워줄 수 있겠느냐고 물었다.

"톡 튀어올라오쇼." 사내가 말했다. "당신 아들이유?"

"그래요, 내 아들이오." 사익스가 올리버를 사납게 노려보고 권총을 넣어둔 주머니에 손을 슬쩍 얹으면서 대답했다.

"네 아버지가 네가 따라가기엔 너무 빨리 걷는구나, 안 그러냐?" 마부가 숨이 가빠 헐떡거리는 올리버를 보고 말했다.

"전혀 그렇지 않아요." 사익스가 끼어들며 대답했다. "이 아인 그런 데 익숙해요. 자, 내 손 잡아, 네드. 어서 올라와!"

그는 이렇게 말하고 올리버가 수레에 올라타는 것을 도와주었다. 그러자 마부는 부대 더미를 가리키며 거기에 누워 쉬라고 했다.

그들이 여러개의 이정표를 지나치자 올리버는 사익스가 자기를 어디로 데려가는지 점점 더 궁금해졌다. 켄싱턴, 해머스미스, 치즈윅, 큐 브리지, 브렌트포드를 다 지나갔으나 그들은 이제 막 여행을 시작한 것처럼 한결같이 계속 갔다. 마침내 그들은 '마차집'이라는 이름의 주막에 이르렀다. 거기서 조금 더 나아가면 옆으로 다른 길

---

**69** 동에서 서로 런던을 완전히 가로질러 서쪽 교외로 가고 있음.

이 있는 것 같았다. 여기서 수레가 멈추었다.

사익스는 수레에서 껑충 뛰어내리는 동안에도 올리버의 손을 놓지 않았다. 그는 곧 올리버를 내려놓고 사나운 눈으로 쳐다본 후, 의미심장한 투로 주먹으로 옆주머니를 툭툭 쳤다.

"잘 가라, 얘야." 사내가 말했다.

"애가 좀 뚱해요." 사익스가 올리버의 몸을 흔들면서 대답했다. "이놈은 좀 뿌루퉁하다고요! 그러니 맘 쓰지 마쇼."

"내가 맘 쓸 게 뭐요!" 상대가 수레에 올라타며 대꾸했다. "날씨는 좋구먼, 어쨌건." 그러고는 수레를 몰고 달려갔다.

사익스는 그가 완전히 사라질 때까지 기다렸다가, 올리버에게 옆으로 고개를 돌려보고 싶으면 그래도 좋다고 한 후에 다시금 그를 이끌고 앞장서서 여행을 계속했다.

그들은 왼쪽으로 돌아서서 주막을 약간 지나쳐 오른쪽 길로 접어든 다음 길 양쪽의 큰 정원들과 귀족들의 저택을 여럿 지나치며 한동안 걸어갔고, 맥주 한모금 마시기 위해 잠시 멈췄다가 계속 나아가 읍내에 이르렀다. 여기서 올리버는 어느 집 담장에 제법 큰 글씨로 '햄프턴'이라고 쓰여 있는 것을 보았다. 그들은 들판에서 몇시간 동안 어정거렸다. 마침내 그들은 읍내로 돌아왔고, 그림이 지워진 간판을 달고 있는 낡은 주막으로 들어가서 부엌 화롯가에 앉아 식사를 주문했다.

부엌은 지붕이 낮은 낡은 방으로, 지붕 가운데로 커다란 대들보가 가로지르고 있었다. 화롯가에는 등이 높은 벤치들이 있었는데, 작업복 차림의 거칠게 생긴 사내들이 앉아서 술을 마시며 담배를 피우고 있었다. 그들은 올리버에게 전혀 관심을 갖지 않았고, 사익스에게도 별로 신경을 쓰지 않았다. 사익스 또한 그들에게 별로 신경을 쓰지 않았으므로 사익스와 그의 어린 동지는 주위 사람들에게 거의 방해를 받지 않고 자기들끼리 구석에서 앉아 있을 수 있었다.

그들은 식은 고기 약간으로 저녁을 먹고 나서도 한참 앉아 있었는데, 그동안 사익스씨는 느긋하게 파이프 서너대를 피웠으니 올리버는 더이상 걷지는 않을 것이라는 확신이 들기 시작했다. 올리버는 아침 일찍 일어나서 오랫동안 걸은 탓에 매우 지쳤기 때문에 처음엔 꾸벅꾸벅 졸기 시작하다 피로가 몰려오고 담배 연기에 몽롱해져서 잠이 들어버렸다.

사익스가 흔드는 통에 그가 깼을 때는 제법 어두워져 있었다. 일어나 앉아 주위를 둘러볼 만큼 충분히 정신이 들자 그는 그 훌륭한 작자가 품팔이 농사꾼 한사람과 에일[70] 1파인트를 놓고 사이좋게 대화를 나누고 있다는 것을 알았다.

"그래, 댁이 로워 핼리포드로 가는 길이라고, 그렇소?" 사익스가 물었다.

"그렇소." 사내가 대답했는데, 그는 술 한잔으로 기분이 좀 나빠졌는지 좋아졌는지 어쨌건 약간 취해 보였다. "게다가 꾸물대지도 않을 작정이라 이거요. 오늘 아침 올 때처럼 한짐 끌고 돌아가는 것도 아니니, 내 말이 금세 달려갈 거라고요. 자, 말을 위해서 한잔! 제기랄! 참 좋은 말이라고!"

"우리 애랑 날 거기까지 좀 태워다주실 수 있겠소?" 사익스가 에일을 새로 사귄 친구 쪽으로 밀면서 물었다.

"곧장 가시는 길이라면 그럴 수 있지요." 사내가 술단지에서 눈을 떼면서 대답했다. "그쪽도 핼리포드로 가시는 거요?"

---

**70** 맥주의 일종.

"셰퍼턴까지 계속 갈 작정이오." 사익스가 대답했다.

"좋소, 나 가는 데까지 같이 갑시다." 상대방이 대답했다. "계산은 다 했지, 베키?"

"네, 저분이 다 내셨어요." 여자가 대답했다.

"아니!" 사내가 취기가 도는 위엄을 갖추고 말했다. "그러면 안 된다, 이거요."

"뭘 그래요?" 사익스가 대꾸했다. "맥이 우리를 태워주는데 그 대가로 맥주 한잔 내서 안 될 것 있소?"

이름 모를 이 사내는 매우 심오한 얼굴로 이 논리에 대해 명상을 했다. 그러고는 사익스의 손을 꽉 붙잡고서 그가 진짜 괜찮은 친구라고 말했다. 이에 대해 사익스씨는 농담 말라고 대답을 했으니, 만약 그 농사꾼이 정신이 멀쩡했다면 자기가 진짜 농담을 한다고 생각할 충분한 이유가 있었을 것이다.

그들은 찬사를 몇 마디 더 주고받은 후 모여 있던 사람들에게 인사를 하고 나갔고, 여자는 그사이에 술단지와 잔을 치우고 어슬렁대며 문 밖으로 나가 양손에 술잔을 든 채 그 무리가 떠나는 것을 구경했다.

자기가 없는 자리에서 건배의 대상이 된 그 말은 밖에 서 있었고 수레에 묶여 떠날 채비가 돼 있었다. 올리버와 사익스는 더이상 격식을 차리지 않고 곧바로 마차에 올라탔고, 사내는 '말을 단단히 버텨놓느라' 또한 말구종과 세상 보는 사람들에게 이 날에 버금가는 놈이 있으면 데려와보라고 큰소리를 치느라 일이분가량 더 머뭇거린 후에 올라탔다. 그러고선 말구종에게 말머리를 놓아주라고 했다. 머리가 풀려난 말은 그것을 매우 불쾌하게 사용하였으니, 대단히 거만한 동작으로 머리를 위로 툭 젖히고 반대편 거실 창문 쪽으로 달려가는 등의 재주를 보여준 다음 잠시 뒷다리로 벌떡 서더니 매우 빠른 속도로 출발해서 늠름하게 읍내 밖으로 덜컹거리며 떠나갔다.

참으로 어두운 밤이었다. 강과 주변 늪지대에서 축축한 안개가 솟아올라 적막한 벌판에 퍼져나가고 있었다. 게다가 추위는 살을 파고들었고, 사방은 온통 음침하고 캄캄했다. 아무도 말 한마디 안 했으니, 마부는 졸리기 시작했고 사익스는 그에게 말을 걸 기분이 아니었기 때문이다. 올리버는 놀라움과 걱정 때문에 뒤숭숭한 마음으로 수레 한구석에 웅크리고 앉아, 수척한 나무들이 마치 황폐한 광경을 보고 괴상한 즐거움을 느끼기라도 하듯 바람에 음울하게 흔들리며 만들어내는 이상한 형상을 바라보고 있었다.

그들이 선버리 교회를 지날 때 시계는 7시를 가리켰다. 반대편 나루터 집의 창에 불빛이 보였는데, 그 불빛은 길을 건너 흘러나와 묘지 위로 높이 자란 주목[71]에 한층 음침한 그림자를 던져주었다. 거기서 멀지 않은 곳에서는 졸졸 흘러내리는 물소리가 단조롭게 들렸고, 고목의 잎사귀는 밤바람에 온화하게 움직였다. 그것은 마치 죽은 자들의 안식을 위한 고요한 음악 같았다.

선버리를 지나 다시금 적막한 길에 접어들었다. 거기서 2, 3마일 정도 더 가서 수레는 멈추었다. 사익스는 수레에서 내리더니 올리버의 손을 잡고 다시 걷기 시작했다.

녹초가 된 아이의 기대와는 달리 그들은 셰퍼턴에서 집으로 들어가지 않고 그저 진흙탕과 어둠 속을, 그리고 어둠침침한 오솔길과 차디찬 황무지를 계속 걸을 뿐이었다. 마침내 그리 멀지 않은

---

71 흔히 묏자리에 심는 상록수.

곳에 읍내 불빛이 보였다. 앞을 자세히 바라보던 올리버는 바로 아래 물이 흐르고 있다는 것, 또한 그들이 다릿목으로 가고 있다는 것을 알았다.

사익스는 곧장 나아가 다리 근처까지 가더니 갑자기 왼쪽 둑을 따라 내려갔다.

'물이구나!' 공포에 질려 아찔해진 올리버는 생각했다. '이 외진 곳에서 날 죽이려고 여기까지 데려왔구나!'

막 땅바닥에 주저앉아 자기의 어린 목숨을 지키려고 필사의 저항을 하려던 올리버는 그때 그들이 다 허물어지고 썩어가는 어떤 외딴 집 앞에 서 있다는 것을 깨달았다. 그 집에는 돌이 무너져내린 입구 양쪽으로 창문이 하나씩 있고, 또 위로는 2층에 창문이 있었으나 아무런 불빛도 보이지 않았다. 집은 어두웠고 가구도 치워져 있었는데 어디로 보나 사람이 살고 있는 것 같지는 않았다.

사익스는 여전히 올리버의 손을 붙잡고 낮은 현관 쪽으로 가만히 다가가 빗장을 풀었다. 문을 밀자 그대로 열렸고 그들은 함께 안으로 들어갔다.

# 제22장
## 강도질

"거 누구야!" 그들이 복도 안에 들어서자마자 크게 외치는 쉰 목소리가 들렸다.

"그렇게 난리 치지 마." 사익스가 빗장을 걸며 말했다. "불 좀 켜라, 토비."

"아! 자네구먼!" 같은 목소리가 소리쳤다. "불 좀, 바니, 불! 신사분을 모셔라, 바니. 그것보다 먼저 잠이나 깨시지."

이렇게 말한 사람은 상대에게 장화 벗는 기구나 그와 비슷한 종류의 물건을 던져 잠을 깨우는 것 같았으니, 나무로 된 물건이 격렬하게 떨어지는 소리에 이어 비몽사몽간의 사람이 뭐라고 중얼거리는 소리가 들렸다.

"안 들려?" 같은 목소리가 소리를 질렀다. "저기 빌 사익스가 복도에 와 있는데 공손히 모실 사람 하나 없고, 네놈은 음식에다 별로 세지도 않은 아편이라도 타먹은 것처럼 잠이나 자고 있으니 말이야. 좀 잠이 깨냐, 아니면 쇠촛대로 확실하게 깨워줘?"

이런 말이 들리는 중에 슬리퍼를 질질 끄는 발 두개가 황망히 맨바닥을 가로질러 오더니, 오른편 문에서 나온 것은 먼저 희미한 촛불이었고 그다음은 지금까지 콧소리로 말하는 병에 시달리는 새프런 언덕 주막의 종업원으로 묘사된 바 있는 바로 그 인물의 형상이었다.

"사익스씨!" 바니가 진짜인지 가짜인지 모르겠지만 반가워하며 소리쳤다. "들어오세요, 어서 들어오세요."

"자! 너 먼저 들어가." 사익스가 올리버를 앞세우며 말했다. "더 빨리! 뒤꿈치를 밟아버리기 전에."

사익스는 꾸물거린다고 욕을 내뱉으며 올리버를 앞으로 밀었고, 그들은 지붕이 낮고 어두운 방으로 들어갔다. 그곳엔 연기 나는 벽난로와 망가진 의자 두세개, 탁자 하나와 매우 낡은 소파가 있었다. 이 소파에는 한 남자가 자기 머리보다 훨씬 높게 두 다리를 올리고 큰대자로 누워, 흙으로 빚은 긴 파이프를 피우면서 쉬고 있었다. 그는 커다란 쇠단추를 달고 맵시 있게 재단한 고동색 양복과 오렌지색 목수건, 거칠지만 눈에 띄는 화려한 아랍풍 무늬의 조끼에 담갈색 무릎 반바지를 입고 있었다. 크래킷씨는(그가 바로 이 사람이었으니) 머리통이나 얼굴에 별로 털이 많지 않은 편이었고, 그나마 있는 털은 붉은 색깔이었는데 그것들을 타래송곳 모양으로 길고 꼬불꼬불하게 비틀어놓았다. 그 사이로 가끔씩 찔러넣는 매우 지저분한 손가락에는 커다랗고 천박한 반지가 끼여 있었다. 그는 중키는 조금 더 되어 보이고 다리는 좀 허약한 듯했다. 그러나 이러한 정황이 자신의 승마구두에 대한 탄복을 조금도 손상시키지 않았으니, 그는 이렇게 격상된 위치에 구두를 올려놓고 아주 만족스럽게 감상하고 있었던 것이다.

"어이, 빌!" 그 인물이 문 쪽으로 고개를 돌리며 말했다. "자넬 보니 반갑구먼. 그 일을 그만두려는 게 아닌가 걱정하고 있었지. 그 럴 경우엔 나 혼자 일을 해야 했겠지만. 어이구!"

토비 크래킷씨는 올리버가 눈에 띄자 매우 놀란 듯이 감탄하더 니, 몸을 세워 똑바로 앉은 다음 그 아이가 누군지 물었다.

"그애야. 왜 그애 있잖아!" 사익스가 불 가까이로 의자를 끌어당 기면서 대답했다.

"페이긴시 애들 중 하나라고요!" 바니가 피식 웃으며 외쳤다.

"페이긴네 애라고, 엉!" 토비가 올리버를 바라보며 소리쳤다. "거 참, 아주 쓸모 있겠구나, 예배당에서 늙은 마님들 주머니 털 때 말이야! 애 상판이 밑천이겠어."

"자, 그만해둬." 사익스가 성급하게 끼어들더니 자신의 굼뜬 친 구에게 몸을 숙이고 몇 마디 귓속말을 했다. 그러자 크래킷씨는 껄 껄대며 한바탕 웃고 나서 한참 동안이나 놀란 표정으로 올리버를 쳐다보는 예의를 표했다.

"자," 사익스가 제자리로 돌아오며 말했다. "기다릴 동안 뭔가 먹을 거라도 갖다주면 우리가, 아니면 나라도 좀 기운이 날 거야. 불가에 앉아서 쉬어라, 꼬마 녀석아. 오늘 밤 우리랑 또 나가야 할 거야, 그렇게 멀리는 안 가겠지만."

올리버는 겁먹은 표정으로 사익스를 말없이 올려다보다가 등 없는 걸상을 불가로 끌어당겼다. 그는 욱신거리는 머리를 두 손으 로 괴고 자기가 어디로 왔는지 또 지금 주위에서 무슨 일이 벌어지 는지 거의 알지 못한 채 앉아 있었다.

"자, 여기." 젊은 유대인이 음식 몇조각과 술병 하나를 탁자에 놓자 토비가 말했다. "털이의 성공을 위해!" 그는 건배의 예를 표하느라 일어섰고, 자기의 빈 파이프를 구석에 조심스럽게 갖다놓더니 탁자로 와서 잔에 독주를 채우고 꿀꺽 마셔버렸다. 사익스도 똑같이 했다.

"이 녀석도 한잔 줘." 토비가 술잔을 반쯤 채우며 말했다. "꿀꺽 삼켜봐, 이 순진한 놈아."

"정말로요," 올리버가 불쌍한 표정으로 사내의 얼굴을 쳐다보면서 말했다. "전 정말 못……"

"어서 삼켜봐!" 토비가 메아리치듯 되풀이했다. "내가 네게 뭐가 이로운지 모를까봐 그래? 어서 마시라고 해, 빌."

"마시는 게 좋을걸!" 사익스가 손으로 주머니를 툭툭 치면서 말했다. "염병할 놈! 미꾸라지 패거리 전체보다도 이놈 하나가 더 골치니 말이야. 마셔버려, 이 삐뚤어진 꼬마 도깨비야, 마셔!"

두 남자의 협박에 겁을 먹은 올리버는 허둥대며 잔을 들이켜고 즉시 재채기를 한바탕 했는데, 이것은 토비 크래킷과 바니를 즐겁게 해주고 심지어 무뚝뚝한 사익스씨까지도 미소를 짓게 했다.

그후, 사익스가 식욕을 채운 다음(올리버는 그들이 억지로 먹인 작은 빵조각 말고는 아무것도 먹지 못했다) 두 사내는 잠깐 눈을 붙이기 위해 의자에 몸을 기댔다. 올리버는 난롯가의 자기 의자에 그대로 앉아 있었고, 바니는 담요로 몸을 감싼 채 난로 올 부근의 바닥에 누웠다.

한동안 그들은 잠을 잤는지 아니면 자는 척을 하고 있는지, 벽난로에 석탄을 던져넣으려 한두번 일어난 바니 말고는 아무도 움직이지 않았다. 올리버는 깊은 잠에 빠져서, 음산한 샛길에서 방황하고 어두운 교회 묘지 근방을 헤매는 상상을 하거나 지난 하루의 이런저런 광경들을 다시 추적하다가, 토비 크래킷이 벌떡 일어나며 1시 반이 됐다고 하는 소리에 잠에서 깨어났다.

단번에 나머지 둘도 일어나서 모두 다 분주히 떠날 채비를 했다. 사익스와 그의 동료는 커다란 검은 숄로 목과 턱을 감싸고 오버코트를 걸쳐입었고, 바니는 찬장을 열고 장비들을 꺼내서 주머니에 바쁘게 쑤셔넣었다.

"탕탕이 좀 줘, 바니." 토비 크래킷이 말했다.

"여기 있어요." 바니가 권총 두자루를 꺼내며 대답했다. "손수 장전하세요."

"좋아!" 토비가 권총을 집어넣으면서 대답했다. "밀어붙이개는?"

"내게 있어." 사익스가 대답했다.

"까만 마스크, 열쇠, 타래송곳, 깜둥이 등燈…… 하나도 빼먹은 건 없지?" 토비가 외투 안감에 달린 고리에 작은 쇠지레를 걸어매며 물어보았다.

"다 됐다고." 그의 동료가 대꾸했다. "저기 나무쪼가리 좀 가져와, 바니. 지금 시간이 이렇게 됐구나."

그는 이렇게 말하면서 바니 손에서 굵은 몽둥이를 받았고, 바니는 또 하나를 토비에게 건네준 뒤 올리버의 망토끈을 매주느라 분주했다.

"자, 가자!" 사익스가 손을 앞으로 내밀며 말했다.

올리버는 평소에 본 적이 없는 이 이상한 행동과 분위기, 그리고 억지로 마신 술 때문에 완전히 정신이 나가서 사익스가 내민 손에 기계적으로 자기 손을 맡겼다.

"토비, 아이의 그쪽 손을 잡게." 사익스가 말했다. "밖을 한번 살펴봐, 바니."

바니는 문으로 갔다가 돌아와서 사방이 조용하다고 전했다. 두 강도는 올리버를 사이에 끼고 밖으로 나갔다. 바니는 문을 단단히 걸어잠근 다음 아까처럼 몸을 둘둘 말고 곧 잠이 들어버렸다.

칠흑 같은 밤이었다. 안개는 초저녁보다 더욱 짙어졌고, 비록 빗방울이 떨어지지는 않았지만 축축한 공기 때문에 올리버의 머리카락과 눈썹은 집을 나간 지 몇 분 안 되어 주위에 떠다니는 반쯤 얼어붙은 습기로 뻣뻣해졌다. 그들은 다리를 건너서 아까 본 적이 있는 불빛 쪽으로 계속 걸어갔다. 그들은 애초에 먼 거리에서 출발한 것이 아닌데다가 제법 힘차게 걸어갔기에 곧 처트시에 도착했다.

"읍내를 질러가자." 사익스가 속삭였다. "이 밤에 큰길로 나와서 우리를 볼 사람은 없을 거야."

토비는 수긍했고, 그들은 늦은 시간이라 완전히 인적이 끊긴 작은 읍의 큰길을 바삐 지나갔다. 침실 창문에서 이따금씩 흐릿한 불빛이 새어나왔고, 개들이 목이 쉬도록 짖는 소리가 가끔씩 밤의 정적을 깼다. 그러나 돌아다니는 사람은 아무도 없었다. 그들은 교회의 종이 2시를 칠 무렵엔 읍내를 완전히 빠져나왔다.

그들은 발을 바삐 놀리며 오른쪽으로 난 길로 돌아섰다. 4분의 1마일쯤 걸어들어가 그들은 벽으로 둘러싸인 어느 외딴집 앞에 멈춰섰고, 토비 크래킷은 숨 돌릴 틈도 없이 눈 깜짝할 사이에 담장으로 올라갔다.

"다음엔 애 차례다." 토비가 말했다. "들어올려, 내가 붙잡을 테니."

올리버가 주위를 돌아볼 겨를도 없이 사익스는 올리버의 겨드랑이를 꽉 붙잡았고, 삼사초 후에 토비와 올리버는 담장 반대편 잔디밭에 누워 있게 되었다. 곧바로 사익스가 뒤따라 넘어왔다. 그리고 그들은 집 쪽으로 살금살금 다가갔다.

올리버는 비로소 처음으로, 살인은 아니더라도 집털이와 강도질이 이 원정의 목적이라는 것을 깨닫고 슬픔과 공포로 거의 미칠 지경이 되었다. 그는 두 손을 마주 잡고 자기도 모르게 공포의 비명 소리를 질렀다. 그의 눈에는 뿌연 안개가 어른거렸고 창백한 얼굴엔 식은땀이 맺혔으며, 두 다리에 힘이 빠져 무릎을 꿇고 주저앉았다.

"일어나!" 사익스가 화가 나서 부르르 떨더니 주머니에서 권총을 꺼내며 중얼거렸다. "일어나. 일어나지 않으면 이 잔디에다 네 골을 빠개서 산산이 뿌려놓겠다."

"아! 제발 절 보내주세요!" 올리버가 소리쳤다. "벌판에 가서 죽더라도 절 놔주세요. 다시는 런던 근처에도 안 올게요, 다시는, 다시는요! 아! 제발 저를 불쌍히 여기셔서 도둑질만은 시키지 마세요. 하늘나라의 어여쁜 천사들을 생각해서라도 절 좀 봐주세요!"

이렇게 간절한 호소를 들은 사내는 끔찍한 욕을 하고 권총의 공이치기를 당겨 세웠는데, 그때 토비가 총을 잡아채며 손으로 아이의 입을 막고 집 쪽으로 질질 끌고 갔다.

"쉿!" 사내가 외쳤다. "그건 여기서 안 돼. 한마디만 더 하면, 내가 손수 머리통을 갈라서 죽여줄 거야. 그 편이 소리도 안 나고 좀 더 확실하고 점잖은 방법이지. 자, 빌, 덧문을 비틀어 열라고. 얜 이제 괜찮을 거야, 내가 보장하지. 얘 나이 또래는 더 숙달된 애들도 추운 밤엔 그렇게 일이분간 소동을 피우기도 한다고."

사익스는 이런 일에 올리버를 보낸 페이긴에게 무지막지한 저주가 내리길 빌고서, 원기왕성하게 쇠지레를 놀렸으나 소리는 거의 내지 않았다. 잠시 지체되고 토비의 도움을 좀 받은 후에 그가 언급한 덧문은 돌쩌귀로 돌아가며 열렸다.

그것은 집 뒤쪽의 작은 격자창으로, 땅에서 5피트 반 정도 되는 높이였고 복도 끝의 설거지하는 부엌이나 술 빚는 방으로 나 있었다. 창구멍이 매우 작았기 때문에 그 집 사람들은 문단속을 확실히 할 필요가 없다고 생각한 모양이었으나 올리버 정도의 애를 들여보낼 만큼은 됐던 것이다. 사익스씨가 기술을 잠깐 시범 보인 것만으로도 잠긴 격자창을 푸는 데는 충분했으니, 이제 창도 열리고 말았다.

"잘 들어, 이 꼬마 녀석아." 사익스가 주머니에서 암등暗燈을 꺼내서 올리버의 얼굴을 정면으로 비추며 속삭였다. "널 저 안으로 집어넣을 거야. 이 등을 가지고 앞 계단으로 살그머니 올라가서 작은 거실을 지나 앞문을 따고 우리를 들여보내."

"위쪽에 빗장이 있는데 네 손이 안 닿을 거다." 토비가 끼어들었다. "거실 의자에 올라가거라. 거기 세개가 있거든, 빌, 아주 커다란 일각수 그림이랑 황금 갈퀴가 새겨진 의자들이야. 그게 주인 마나님네 문장紋章이거든."

"야, 조용히 못해?" 사익스가 협박하는 표정으로 말했다. "방문은 열려 있나, 어때?"

"활짝 열려 있지." 토비가 안을 들여다보고 확인한 후 대답했다. "재미있는 건 놈들이 늘 문을 열어둔다는 거야. 안에 있는 개가 잠이 안 오면 복도를 왔다 갔다 하라고 말이야. 하하! 오늘 밤은 바니가 개를 꼬셔냈지. 아주 산뜻해!"

비록 크래킷씨가 겨우 들릴 정도로 가만히 속삭이며 소리 없이 웃었으나 사익스는 조용하라고 위엄 있게 명령했다. 토비는 시키는 대로 했고, 먼저 전등을 꺼내서 바닥에 내려놓은 다음 머리를 창문 아래 벽에 바싹 대고 손은 무릎에 얹어 등으로 발판을 만들었다. 이렇게 하자마자 사익스는 그를 올라타더니 올리버를 다리부터 살짝 창으로 밀어넣고, 옷깃을 쥔 채 집 안 바닥에 안전히 내려놓았다.

"이 전등을 가져가라." 사익스가 방을 들여다보며 말했다. "저기 앞에 있는 계단 보이지?"

올리버는 반쯤 죽은 상태가 되어 겨우 "네" 소리를 했다. 사익스는 권총 총구로 문 쪽을 가리키며 그 끝까지가 다 사정거리라는 것, 그리고 만약에 머뭇거리면 바로 그 순간 죽어 넘어지리라는 것을 잠시 일러주었다.

"일분이면 끝난다." 사익스가 여전히 낮게 속삭였다. "내가 널 놔주자마자 일을 시작해라. 잠깐!"

"무슨 소리야?" 다른 사내가 속삭였다.

그들은 귀를 기울였다.

"아무것도 아니야." 사익스가 올리버를 잡고 있던 손을 놓으면서 말했다. "자!"

정신을 차려야 했던 그 짧은 순간, 아이는 시도를 해보다 죽는 한이 있더라도 마지막 힘을 다해 거실 계단으로 뛰어올라 그 집 식구들을 깨우기로 단단히 결심했다. 이 생각이 머리에 꽉 차서 그는 즉시 그러나 살금살금 나아갔다.

"돌아와!" 사익스가 갑자기 소리를 질렀다. "돌아와! 돌아오라고!"

갑자기 쥐 죽은 듯한 정적이 깨지고 커다란 외침 소리가 이어졌고, 겁이 덜컥 난 올리버는 들고 있던 전등을 떨어뜨린 채 앞으로 나아가지도 도망가지도 못하고 우왕좌왕하고 있었다.

다시 외치는 소리가 반복되자 — 불빛이 나타났고 — 옷을 반

쯤 걸친 사내들이 계단 위에 서 있는 영상이 눈앞에서 빙빙 돌다
가 ─ 불빛이 번쩍하고 ─ 커다랗게 꽝 소리가 났고 ─ 연기가 피
어오르더니 ─ 어딘지는 모르지만 와르르 무너지는 소리가 났
고 ─ 그는 비칠거리며 뒷걸음질을 쳤다.

사익스가 잠깐 사라졌다가 다시 나타나서 연기가 사라지기 전
에 그의 옷깃을 잡아챘다. 그는 벌써 후퇴하기 시작한 사내들에게
권총을 쏘고 아이를 끌어올렸다.

"팔을 더 꽉 잡아." 사익스가 그를 창문으로 끌어내며 말했다.
"여기 숄 좀 줘. 애가 총에 맞았어, 어서! 빌어먹을, 이놈 피 흘리는
것 좀 보게!"

이어서 커다랗게 벨이 울리더니 총소리와 사람들이 외치는 소
리와 뒤섞였고, 울퉁불퉁한 땅을 빠르게 질주하는 걸음에 자기 몸
이 실려가는 느낌이 왔다. 그리고 소리가 점점 멀어지면서 죽음처
럼 서늘한 느낌이 아이의 가슴에 스며들었고 그는 더이상 보지도
듣지도 못했다.

# 제23장
## 범블씨와 한 요조숙녀의 유쾌한 대화가 있고, 말단 교구관조차도 어떤 면에서는 민감할 수 있음을 보여준다

　모질게 추운 밤이었다. 땅을 덮은 눈이 두껍고 단단한 켜로 얼어붙었기 때문에, 골목이나 모서리에 쌓인 눈 더미들만이 울부짖으며 돌아다니는 날카로운 바람에 흩날렸다. 마치 걸려드는 먹이에 더욱 거세진 울분을 쏟아붓듯, 바람은 눈을 난폭하게 잡아채어 구름에 집어넣고 수천의 안개 소용돌이를 만든 후 허공에다 흩뿌렸다. 황량하고 어둡고 살을 엘 듯 추운 날이면 등 따습고 배부른 자들은 좋은 집에서 밝은 화롯가에 둘러앉아 집에 있다는 것을 하느님께 감사할 것이고, 집 없는 이들, 굶주리고 비참한 이들은 길에 쓰러져 죽을 것이다. 이런 날에는 굶주림에 지친 부랑자들은 쓸쓸한 길거리에서 많이도 눈을 감는다. 그들의 죄가 무엇이건, 다시 눈을 뜬다면 이보다 더 모진 세상을 보지는 않을 것이다.
　문 밖에서 이런 일이 벌어지고 있을 때, 이미 독자들에게 올리버 트위스트의 출생지라고 소개한 바 있는 그 구빈원에서 간호부장을 맡고 있던 코니 부인은 자그마한 자기 방의 환한 벽난로 앞에 앉아 적잖이 흡족스레 작은 원탁을 바라보고 있었다. 그 탁자 위엔 그만한 크기의 쟁반이 놓여 있었고, 대개의 간호부장들이 즐기는 가장 감사할 만한 식사에 필요한 모든 것들이 갖춰져 있었다. 사실인즉, 코니 부인은 차 한잔을 마시며 이제 막 기분을 풀려는 참이었다. 그녀는 탁자에서 벽난로로 눈을 돌려, 세상에서 가장 작은 종류의 주전자가 작은 목소리로 작은 노래를 부르는 것을 들었는데 그녀의 내적 만족도는 분명히 증가했고 ── 실제로 얼마나 만족스러웠는지 코니 부인은 미소를 띨 정도였다.

"그래!" 간호부장이 탁자에 팔꿈치를 기대고 사색에 잠긴 채, 벽난로를 쳐다보며 말했다. "분명히 우리가 감사해야 할 것들이 주위에 매우 많아! 진짜 많다고. 우리가 몰라서 그렇지, 참!"

코니 부인은 슬픔에 잠긴 듯 고개를 흔들며 그 사실을 모르는 극빈자들의 무지몽매를 개탄하는 듯하더니, 2온스짜리 양철 차통의 가장 깊숙한 구석에 (자기의 사유재산인) 은수저를 쑥 집어넣고 차를 끓이기 시작했다.

그러나 미미한 물건 하나가 얼마나 인간의 연약한 마음의 평정을 교란시키곤 하는가? 이렇게 코니 부인이 도덕률을 설파하는 중에, 매우 작아 쉽게 채울 수 있는 검은 찻주전자가 넘치기 시작했고 코니 부인은 끓는 물에 손을 살짝 데었다.

"망할 놈의 주전자!" 이 훌륭한 산호부상이 벅난로 시팅에 허둥지둥 주전자를 내려놓으면서 말했다. "이놈의 바보 같은 꼬마 녀석, 겨우 차 두잔밖엔 안 들어가는 놈! 이게 도대체 누구한테 무슨 쓸모가 있겠어." 코니 부인이 잠시 사이를 두고 말했다. "나처럼 불쌍하고 쓸쓸한 인생이 아니라면 말이야. 에구, 내 팔자야!"

간호부장은 이렇게 말하며 의자에 털썩 주저앉아 다시 한번 탁자에 팔꿈치를 기대고 자신의 고독한 운명에 대해 생각했다. 자그마한 주전자와 짝이 없는 찻잔이 그녀의 마음에 (죽은 지 스무해하고도 오년밖에 안 된) 코니씨를 회상하게 했으니 그녀는 감정을 억누르지 못했다.

"두번 다시 갖지 못할 거야!" 코니 부인이 토라져서 말했다. "두번 다시 갖지 못할 거라고…… 그처럼 좋은 것은."

이 언급이 자기 남편에 관한 것인지 아니면 찻주전자에 관한 것인지는 분명하지 않다. 아마 후자일 가능성이 높은데, 그것은 코니 부인이 이 말을 하면서 주전자를 바라보았고 그후에 그것을 집어들었기 때문이다. 그녀가 막 첫잔을 맛보고 있을 때 살그머니 방문을 두드리는 소리가 그녀를 방해했다.

"야, 들어오면 될 거 아냐!" 코니 부인이 날카롭게 쏘아붙였다. "할망구 하나가 또 죽어가는 모양이군. 늘 내가 뭘 먹고 있을 때만 골라서 죽는다니깐. 거기 서서 찬바람 들어오게 하지 말란 말이야. 뭐가 문제야, 어?"

"아무 문제도 아닙니다, 부인. 아무것도 아니에요." 사내의 목소리가 대답했다.

"에구머니!" 간호부장이 한결 상냥한 어조로 외쳤다. "범블씨세요?"

"여기 대령했습니다, 부인." 범블씨가 밖에서 신을 닦고 외투에 묻은 눈을 터느라 잠시 지체하다가 이제 모습을 나타냈는데, 그는 한 손에 삼각모자를 들고 다른 손엔 보따리 하나를 들고 있었다. "문을 닫을까요, 부인?"

숙녀는 선뜻 대답을 하지 않고 수줍어했으니, 문이 닫힌 방에서 범블씨와 담화를 나누는 것이 부적절한 행실이 될까 우려했던 것이다. 범블씨는 이렇게 머뭇거리는 틈을 타서, 또 매우 춥기도 해서 허락 없이 그냥 문을 닫았다.

"날씨가 모질어요, 범블씨." 간호부장이 말했다.

"정말 그렇군요, 부인." 말단 교구관이 대답했다. "반反교구적 날씨라고요 이건. 코니 부인, 우리가 이 복받은 오늘 오후에 4파운드짜리 빵 스무개하고 치즈 한개 반을 배급했는데도 그놈의 극빈자들은 여전히 만족을 안 해요."

"물론 안 하겠지요. 과연 만족할 때가 있을까요, 범블씨?" 간호부장이 차를 홀짝홀짝 마시면서 말했다.

"글쎄 말이오, 만족할 때가 없지요." 범블씨가 맞장구를 쳤다. "글쎄 어떤 사내한테 마누라가 있고 식구도 많은 것을 참작해서 4파운드짜리 빵하고 큰 치즈덩어리 하나를 다 주면 그가 고마워하는 줄 아세요? 고마워한다고요? 도대체 동전 한닢도 아까운 것들이라니깐. 이 작자가 어떻게 나오는가 하면 말입니다, 부인, 글쎄 석탄도 달라고 하는 거예요. 손수건에 담을 만큼이라도 좀 달라고 말이에요! 석탄이라! 석탄 갖고 뭘 할 거야, 제놈이? 치즈 굽는 데다 쓰고는 다시 와서 더 달라고 할 거라고요. 그것들 하는 짓이 그런 식이라고요. 오늘 석탄을 앞치마로 한보따리 싸서 줘도 내일모레쯤엔 또 와서 더 달라고 한다니까…… 석고판만큼이나 아주 뻔뻔스러워요."

간호부장은 이 알기 쉬운 비유에 전적으로 찬동하는 뜻을 표명했고 교구관은 말을 이었다.

"전, 도대체 말입니다." 범블씨가 말했다. "요즘처럼 이 지경까지 이른 적을 본 적이 없어요. 그저께는 한 사내가 ― 댁은 결혼한 적이 있으시니까, 부인, 제가 이런 얘기를 합니다만 ─ 등에 거적때기 하나 걸치지 않고(여기서 코니 부인은 바닥을 내려다본다), 우리 감독님 집에 왔어요. 마침 안에는 저녁 드시러 온 손님들이 있었는데 거기 와서 도와달라고 하는 거예요, 코니 부인. 그냥은 돌아가지 않겠다고 버티니까 모인 손님들은 무척 충격을 받았는데, 감독님은 감자 1파운드하고 오트밀 반 파인트를 내줬지요. 그러자 그 배은망덕한 악당이 이러는 거예요. '세상에, 도대체 이게 내게 무슨 소용이오? 차라리 쇠테안경을 하나 주시지그래!' 감독님이 준 것을 다시 뺏으며 말했어요. '좋아, 그럼 아무것도 못 줘.' '그럼 길거리에서 죽어버릴 거요!' 하고 부랑자가 말하자 감독님이 '안 되지, 어딜. 안 돼'라고 하시더군요."

"하하! 그것 참 잘하셨군요! 진짜 그라넷씨답군요, 그렇지요?" 간호부장이 끼어들었다. "그래서요, 범블씨?"

"그래서요, 부인," 교구관이 대꾸했다. "그는 돌아갔고, 진짜로 길거리에서 죽어버렸어요. 별 고집스러운 가난뱅이를 다 봤다니까요!"

"제가 지금까지 들은 그 어떤 얘기보다도 더 심하군요." 간호부장이 힘을 주어서 논평을 했다. "하지만 범블씨, 어쨌건 원외院外구제라는 것이 나쁜 것은 아니잖아요? 당신은 경험이 많으신 양반이니 잘 아시겠지요. 어때요?"

"코니 부인," 자신의 우월한 식견을 의식한 사람이 짓는 그런 미소를 머금고 말단 교구관이 말했다. "원외구제란 말이오, 잘만 관리하면, 잘만 관리하면, 부인, 교구의 안전장치예요. 원외구제의 가장 큰 원칙은 극빈자들에게 그들이 원하지 않는 것만 정확히 골라서 주어야 한다는 거죠. 그러면 지쳐버려서 구걸하러 오질 않거든요."

"세상에!" 코니 부인이 외쳤다. "참 기발하군요, 정말!"

"그래요. 우리끼리 하는 얘기지만, 부인," 범블씨가 대답했다. "그것이 가장 큰 원칙이라고요. 그래서 바로 그 시건방진 신문을 보면, 병든 일가족에게 구제품으로 치즈조각을 내주었다는 사례들이 늘 나오잖아요. 전국 어디서나 마찬가지예요, 코니 부인. 그것이 요즘 규칙이죠. 그렇지만……" 교구관이 보따리를 푸느라 잠시 말을 멈추었다. "이것은 공무상 비밀이니 함부로 발설하면 안 됩니다, 부인. 우리처럼 교구 관리들 사이가 아니라면 말입니다. 이건 교구에서 환자실용으로 주문한 포트와인이오. 진짜로 신선하고 순수한 포트와인인데 오늘 오후에 통에서 꺼낸 거요. 종소리처럼 해맑아요, 가라앉는 것도 하나 없이!"

범블씨는 첫번째 병을 불빛에 들어 보이고 그 탁월함을 시험해 보기 위해 흔들었다. 그런 다음 두병을 다 서랍장 위에 얹어놓고 병을 쌌던 수건을 접어 조심스럽게 주머니에 집어넣더니 떠나려는 듯 모자를 들었다.

"돌아가시는 길이 추울 텐데요, 범블씨." 간호부장이 말했다.

"바람이 쌩쌩 불지요, 부인." 범블씨가 코트 깃을 올리며 대답했다. "사람 귀를 잘라가고도 남을 정도예요."

간호부장은 작은 주전자에서 눈길을 돌려 문 쪽으로 가는 말단 교구관을 보았다. 말단 교구관이 작별인사의 예비조치로 기침을 하자 그녀는 수줍어하며, 혹시…… 혹시 차나 한잔 같이 안 하시겠냐고 물었다.

범블씨는 즉시 옷깃을 다시 내리고 모자와 단장을 의자에 얹은 후 다른 의자를 탁자 가까이로 끌어왔다. 그는 천천히 자리에 앉으면서 숙녀를 바라보았다. 그녀는 작은 주전자에 눈길을 고정시키고 있었다. 범블씨가 다시 기침을 하고 희미하게 미소를 지어 보였다.

코니 부인은 찬장에서 찻잔과 잔받침을 하나씩 더 가져오느라 일어섰다. 다시 자리에 앉은 그녀의 눈이 다시금 그 늠름한 말단 교구관의 눈과 마주쳤으나, 그녀는 볼이 발그레하게 상기된 채 차를 끓이는 일에 몰두했다. 범블씨는 다시금 기침을 했는데 이번엔 아까보다 더 큰 소리였다.

"달게 해드려요, 범블씨?" 간호부장이 설탕통을 집으면서 물었다.

"아주 달게 해주세요, 부인." 범블씨가 대답했다. 그는 이렇게 말하면서 코니 부인에게 눈길을 고정시켰는데, 도대체 말단 교구관이 부드럽게 사람을 바라본 적이 있다면 바로 이 순간 범블씨가 그 말단 교구관이었다.

준비된 차가 말없이 건네졌다. 범블씨는 빵조각이 자기 반바지의 광휘를 더럽히는 것을 막기 위해 무릎에 손수건을 펴고 먹고 마시기 시작했다. 그는 가끔씩 깊은 한숨을 쉬어 이 즐거움에 변화를 주었으니 이것이 식욕에 해가 되기는커녕 오히려 차와 토스트 분과에서의 그의 작업을 더욱 촉진시키는 것 같았다.

"고양이를 키우시는군요, 부인." 새끼들에 둘러싸여 불을 쬐고 있는 고양이를 바라보며 범블씨가 말했다. "고양이 새끼들도 있네요!"

"제가 고양이를 얼마나 좋아한다고요, 범블씨, 아마 모르시겠죠." 간호부장이 대답했다. "그 녀석들이 어쩌면 그렇게도 행복해하고 어쩌면 그렇게도 야단법석이고 어쩌면 그렇게도 즐거워하는지 제겐 제법 친구가 돼주거든요."

"썩 괜찮은 고양이들이군요, 부인." 범블씨가 동의를 표하면서 대답했다. "아주 가정적이고요."

"그래요!" 간호부장이 열정적으로 대답했다. "게다가 자기들 집을 아주 좋아하니 그것도 즐거운 일이고요, 물론."

"코니 부인." 범블씨가 찻숟가락으로 박자를 맞추며 천천히 말했다. "내가 하려는 말은, 부인, 고양이든 고양이 새끼든 당신과 같이 살면서 도대체 집을 안 좋아한다면 그놈은 멍청이일 거라는 얘깁니다, 부인."

"아이, 범블씨!" 코니 부인이 항변했다.

"사실을 숨겨봤자 무슨 소용 있습니까, 부인." 범블씨가 일종의 애정 어린 위엄을 갖추고 천천히 찻숟가락을 흔들며 자신의 말을 두배로 인상적으로 만들었다. "그런 놈은 기꺼이 물에 빠뜨려 죽이겠소."

"그러면 당신은 잔인한 남자가 되네요." 간호부장이 교구관의 잔을 받으려 손을 내밀면서 쾌활하게 말했다. "게다가 아주 냉정한 남자도 되고요."

"냉정하다고요, 부인?" 범블씨가 말했다. "냉정하다?" 범블씨는 더이상의 말없이 자기의 컵을 내밀면서 그것을 받는 코니 부인의 작은 손가락을 지그시 눌렀고, 손을 펴서 레이스가 달린 자기 조끼를 두번 탁탁 두드리더니 크게 한숨을 쉬었다. 그러고는 의자를 벽난로에서 조금 더 멀리 물렸다.

그곳에 있는 것은 둥근 탁자였다. 코니 부인과 범블씨는 벽난로 근처에서 서로 별로 거리를 두지 않고 얼굴을 마주한 채 앉아 있었다. 범블씨가 탁자에 붙은 채 벽난로에서 물러나며 자기와 코니 부인 사이의 거리를 더 늘렸으니, 일부 분별 있는 독자들은 틀림없이 이 행동에 대해 경탄하며 이를 범블씨 쪽에서 취한 아주 영웅적인 행위로 간주하고자 할 것이다. 그도 시간, 장소, 기회에 따라서는 부드럽게 빈말을 중얼거리고 싶은 유혹을 받기도 한다. 그러나 이러한 빈말은 경박하고 생각 없는 이들의 입술에는 잘 어울릴지 몰라도 이 땅의 판사님들, 의원님들, 장관님들, 시장님들과 그밖의 고위공직자들로서는 헤아릴 수 없이 체통을 떨어뜨리는 것이고, 특히 무엇보다도 말단 교구관의 품위와 위엄을 떨어뜨리는 것이었으니, 말단 교구관이란 (잘 알려진 대로) 그들 중 가장 엄격하고 가장 요지부동해야 하는 직책이다.

그러나 범블씨의 의도가 무엇이었건 간에(물론 가장 좋은 의도였겠지만), 벌써 두번이나 언급한 대로 불행히도 탁자가 둥그런 모양인 까닭에 범블씨가 의자를 조금씩 조금씩 움직이는 것은 결국 둘 사이의 거리를 좁히는 일이었다. 원을 크게 그리며 계속 돌아 마침내 그의 의자는 간호부장의 의자에 바싹 붙게 되었다. 정말로 두 의자는 서로 딱 맞닿았고 그제야 범블씨는 멈추었다.

자, 이때 만약 간호부장이 의자를 오른쪽으로 움직였으면 불에 데었을 것이고 왼쪽으로 갔으면 범블씨의 팔에 안겨버렸을 것이다. 그러니 (그녀는 분별 있는 간호부장이고 또한 이러한 결과를 분명히 한눈에 예견했는지라) 그 자리에 그대로 있으면서 범블씨에게 차를 한잔 더 건넬 뿐이었다.

"냉정하다고요, 코니 부인?" 범블씨가 차를 저으며 간호부장의 얼굴을 올려다보고 말했다. "코니 부인, 당신도 냉정한가요?"

"맙소사!" 간호부장이 소리쳤다. "독신 남성이 하기엔 아주 괴상한 질문이군요. 뭘 알고 싶은 건가요, 범블씨?"

말단 교구관은 마지막 한방울까지 차를 다 마신 후 토스트 한쪽을 해치우고 무릎에 떨어진 부스러기를 털어버리더니, 입술을 닦고 유유하게 간호부장에게 키스를 했다.

"아니, 범블씨!" 이 분별 있는 숙녀는 속삭이는 소리로 말했는데 어찌나 심하게 놀랐는지 목소리도 크게 내질 못했던 것이다. "범블씨, 소리 지를 거예요!" 범블씨는 아무런 대꾸도 하지 않고, 천천히 그리고 위엄 있는 투로 간호부장의 허리를 안았다.

숙녀는 이미 소리를 지르겠다는 의사를 표한 바 있고, 이런 대담한 짓을 거듭 당하고 물론 소리를 지를 참이었으나, 문을 두드리는 소리에 이런 수고는 불필요해졌다. 그 소리가 나자마자 범블씨는 깜짝 놀라 매우 민첩하게 포도주병 쪽으로 뛰어가서 굉장히 격렬하게 술병의 먼지를 닦기 시작했기 때문이다. 그러자 간호부장은 날카롭게 누구냐고 물었다. 갑작스러운 놀라움이 극한 공포를 반감시키는 데 효력이 있다는 것을 보여주는 진기한 물리적 예로서 여기서 지적할 만한 것이 있으니, 그것은 그녀의 목소리가 사무적이고 매서운 태도를 제법 회복했다는 사실이다.

"마님, 다름이 아니오라, 샐리 할멈이 막 가고 있다는데요." 말라비틀어지고 섬뜩하게도 못생긴 극빈자 노파가 문에 손을 댄 채 말했다.

"뭐야, 그래서 그게 나랑 무슨 상관이야?" 간호부장이 화를 내며 물었다. "내가 그 할멈을 살릴 수는 없잖아, 안 그래?"

"그렇지요, 마님. 그렇고말고요." 노파가 손을 들며 말했다. "아무도 그럴 수야 없지요, 전혀 손쓸 수 없을 지경이니까요. 저도 갓난애들부터 튼튼한 장정들까지 사람 죽는 건 숱하게 봤습니다만, 죽음이 오고 있을 때는 확실히 알아볼 수 있어요. 그런데 할멈이 무슨 근심이 있나봐요. 발작을 안 할 때는——그럴 때가 별로 없어요, 아주 괴로워하며 죽어가고 있으니깐——마님께서 꼭 들으셔야 할 이야기가 있다고 하거든요. 마님이 오시기 전엔 안 죽겠대요."

이 말을 들은 훌륭한 코니 부인은 윗사람을 고의로 성가시게 하지 않고는 죽지도 못하는 할망구들에 대해 갖가지 욕을 퍼붓고, 손에 걸리는 대로 두꺼운 숄을 서둘러 걸치더니 범블씨에게 무슨 일이 있을지도 모르니 다시 돌아올 때까지 그냥 있어달라고 짧게 부탁했다. 그녀는 전갈하러 온 노파에게 빨리 걸으라고, 밤새 계단에서 절뚝거리고 있을 거냐고 닦달하며, 매우 우아하지 못하게 뒤따라 방을 나섰고, 가는 길 내내 잔소리를 했다.

혼자 남은 범블씨의 행동은 다소 설명하기 어려운 것이었다. 그는 찬장을 열어 찻숟가락 개수를 세고, 설탕집게의 무게를 달아보고, 은제 우유단지를 자세히 살펴보고 진짜 은인지 확인하며 자신의 궁금증을 해소한 뒤에, 삼각모자를 삐딱하게 쓰고 매우 엄숙하게 춤을 추며 탁자를 꼭 네바퀴 돌았다. 이 범상치 않은 공연을 마친 후 그는 다시 삼각모자를 벗고 벽난로를 등진 채로 다리를 쭉 뻗고 앉아 머릿속으로 정확한 가구 재산목록을 작성하고 있는 듯 보였다.

## 제24장
## 매우 불쌍한 주제를 다루는 짧은 장이지만,
## 이 전기에서는 큰 비중을 차지할 수도 있다

간호부장의 고요한 방에 소란을 일으킨 노파는 죽음의 전령으로서 매우 적합했다. 나이를 먹어 허리는 구부러졌고 중풍으로 사지는 후들후들 떨렸으며 힐끗대는 곁눈질로 인해 얼굴은 찌그러져서, 자연의 작품이라기보다는 어떤 사나운 연필이 그려놓은 기괴한 형상에 더 가까웠다.

오호라! 자연이 만들어준 그대로의 아름다움으로 우리를 기쁘게 하는 것들이 어찌 그리 적은가! 이 세상의 근심과 슬픔과 궁핍함이 마음을 바꿔놓는 것처럼 얼굴 또한 바꿔놓으니, 오직 이러한 고뇌들이 잠들어 움켜쥔 손을 영원히 놓을 때만, 시야를 더럽히는 구름이 지나가고 맑은 하늘이 보이는 것이다. 죽은 이들의 얼굴이 굳어지고 경직된 상태에서도 오래전에 잊혔던 잠자는 갓난애의 표정으로 누그러져 인생 초기의 모습으로 변하는 것은 흔한 일이다. 그들의 표정이 얼마나 차분하고 얼마나 평화로운 모습으로 되돌아가는지, 행복한 어린 시절의 그들을 알던 이들은 경외심을 느끼며 관 옆에 무릎을 꿇고 이 속세에서 천사의 모습을 보는 것이다.

늙은 꼬부랑 할멈은 비틀거리며 복도와 계단을 지나 위층으로 올라가면서, 동행자가 내뱉는 잔소리에 뭐라고 웅얼웅얼거리며 대꾸했다. 그러다 결국 숨이 차서 발걸음을 멈춘 노파는 뒤에서 알아서 쫓아가기로 하고 등불을 건네주었다. 날쌘 상관은 병든 할멈이 누워 있는 방으로 발을 들여놓았다.

그곳은 텅 빈 다락방으로, 한쪽 끝에서는 희미한 등불이 타고 있었다. 노파 한사람이 침대 곁을 지키고 서 있었고, 교구 약사의 도제가 화롯가에 서서 깃펜으로 이쑤시개를 만들고 있었다.

"추운 밤입니다, 코니 부인." 이 젊은 신사가 간호부장이 들어오자 인사를 했다.

"아주 춥군요, 정말." 간호부장이 가장 정중한 어조로 말하면서 가볍게 무릎절을 했다.

"거래업자들한테 좀더 좋은 석탄을 대라고 해야겠어요." 약사의 도제가 녹슨 부지깽이로 난로의 석탄덩어리를 부수면서 말했다. "이런 것들은 추운 밤에 쓸 것이 못 돼요."

"그것은 이사회의 선택사항입니다." 간호부장이 대답했다. "그분들이 할 수 있는 최소한의 일은 우리가 따뜻하게 지내게 해주는 거예요, 우리가 사는 곳도 얼마나 모질다고요."

병든 할멈의 신음 때문에 대화는 중단되었다.

"아!" 젊은이가 침대 쪽으로 얼굴을 돌리면서 마치 환자에 대해 완전히 잊고 있었던 것처럼 말했다. "거의 끝장난 겁니다, 코니 부인."

"네, 그런가요?"

"만약 두어시간 더 간다면 놀랄 일이지요." 약사의 도제가 이쑤시개 끄트머리를 다듬는 데 열중하며 말했다. "오장육부가 다 망가졌어요. 환자가 졸고 있나요, 할머니?"

간호하는 노파가 상태를 확인하느라 침대 위로 몸을 숙이더니 그렇다고 고개를 끄덕였다.

"그러면 아마 그대로 가버릴지도 몰라요, 당신이 난리법석만 피우지 않으면." 젊은 남자가 말했다. "불을 바닥에 내려놓아요. 그래야 간호부장이 보실 수 있을 테니."

노파는 시키는 대로 했지만 고개를 설레설레 흔들어서 여자들이란 그렇게 쉽게 죽지 않는다는 뜻을 비치고는, 그때 돌아온 다른 노파 옆의 자기 자리로 돌아갔다. 간호부장은 못 참겠다는 표정으로 숄로 몸을 감싼 채 침상 끝에 앉았다.

약사의 도제는 이쑤시개 제조를 끝낸 후 난로 앞에 자리를 잡고 십여분 동안 이쑤시개를 잘 써먹더니, 좀 따분해졌는지 코니 부인에게 수고하란 말을 남기고 뒤꿈치로 살살 도망가버렸다.

그들이 한동안 침묵을 지키며 앉아 있을 때, 두 노파는 침대에서 일어나 난로로 몸을 굽히면서 불을 쬐려고 시들어버린 손을 폈다. 불길은 그들의 쪼그라든 얼굴에 괴기스러운 빛을 던졌고, 그런 자세에서 낮은 목소리로 얘기를 시작하는 노파들의 흉측한 얼굴을 더욱 끔찍하게 만들었다.

"무슨 말을 더 했어, 애니, 나 없을 때?" 전갈하러 다녀온 노파가 물었다.

"한마디도 안 했어." 상대방이 대답했다. "한동안 자기 팔을 꼬집고 뜯고 했지만, 내가 손을 붙잡으니 곧 지쳐버리더라고. 별로 힘이 안 남아 있어, 그래서 쉽게 조용히 만들 수 있었지. 내가 비록 교구 배급을 받아먹고 사는 처지지만, 난 늙은이치곤 그리 약한 편은 아니지. 아니야, 아니라고!"

"데운 포도주는 마셨어? 의사가 먹이라고 한 것 말이야." 먼저 말을 건 노파가 물었다.

"먹이려고 애를 썼지." 상대방이 대꾸했다. "하지만 이를 꽉 물고 어찌나 컵을 세게 쥐고 늘어지던지 겨우 다시 뺏어올 수밖에 없었어. 그래서 내가 그냥 마셨지, 내 몸엔 좋을 것 아니야!"

두 할멈은 조심스럽게 주위를 돌아보면서 아무도 엿듣지 않는 것을 확인하고 불 가까이로 몸을 움츠리며 맘껏 낄낄거렸다.

"생각나지 왜," 처음 말을 했던 노파가 말했다. "저 할망구도 똑같은 짓을 하고 한창 신이 나서 농담을 하던 때 말이야."

"그래, 늘 그랬었지." 상대방이 대꾸했다. "저 할멈은 아주 유쾌한 성격이었어. 손수 밀랍인형처럼 말끔하고 깨끗하게 치운 시체들이 아주아주 많았지. 옛날부터 내 눈으로 그걸 봤고…… 또 옛날부터 내 손으로 그것들을 만졌어. 내가 숱하게 도와줬잖아, 왜."

노파는 이렇게 말하면서 떨리는 손가락을 앞으로 쭉 펴더니 얼굴 앞에서 의기양양하게 흔들었다. 그러고는 주머니를 뒤적거려 오래되어 색이 바랜 양철 코담뱃갑을 꺼내더니, 활짝 벌린 동료의 손바닥에 몇 알을 떨어뜨려주고 자기 손바닥에도 몇 알을 털었다. 그러는 동안 간호부장은 죽어가는 할멈이 혼수상태에서 깨어나기를 초조하게 지켜보다가 난롯가의 노파들에게 얼마나 더 기다려야 하느냐고 앙칼지게 물었다.

"조금만 있으면 될 거예요, 마님." 두번째 노파가 그녀의 얼굴을 올려다보며 대답했다. "누구든 죽음은 오래 기다리지 않아도 돼요. 침착해야 됩니다, 침착해야 돼! 금세 우리 모두를 데리러 온다니까요."

"닥치지 못해, 이 노망난 천치야!" 간호부장이 엄하게 말했다. "이봐, 마사, 말해봐. 저 할멈이 전에도 이랬어?"

"자주 그랬어요." 첫번째 노파가 대답했다.

"하지만 다시는 안 그럴 거예요." 두번째 노파가 덧붙였다. "그러니까, 딱 한번만 더 정신이 돌아올 거라고요…… 그리고 마님, 주의하세요. 아주 잠깐뿐일 테니!"

"길건 짧건 간에," 간호부장이 딱딱거리며 말했다. "정신이 돌아올 때 난 여기 없을 거야. 그러니 둘 다 잘 들어, 다시는 공연한 일로 신경 쓰게 하지 마. 이 집에 있는 노파들이 죽어나갈 때마다 들여다보는 게 내 임무가 아냐. 그러고 싶지도 않고…… 그건 쓸데없이 일을 더하는 셈이니까. 명심해, 이 버르장머리 없는 할망구들아. 한번만 더 날 바보 취급하면 버릇을 확실히 고쳐놓을 테다, 내 장담해!"

그녀가 뛰어나가려 하는 순간, 침대 쪽으로 몸을 돌린 두 노파가 소리를 질러서 그녀는 뒤를 돌아보았다. 환자는 곧바로 몸을 일으키고 그들을 향해 두 팔을 뻗고 있었다.

"저건 누구야?" 할멈이 공허한 목소리로 외쳤다.

"쉿, 쉿!" 두 노파 중 하나가 할멈에게 몸을 굽히며 말했다. "누워, 누우라고!"

"살아 있는 한 다시는 눕지 않을 거야!" 할멈이 버티면서 말했다. "꼭 해줄 얘기가 있어! 이리 와! 더 가까이! 당신 귀에 속삭일 수 있게 말이야."

할멈은 간호부장의 팔을 꽉 잡아 침대 옆 의자에 강제로 앉히고 말을 시작하려 했는데, 주위를 둘러보다 두 노파가 잔뜩 궁금해하며 얘기를 엿들으려고 몸을 앞으로 숙인 것을 알아챘다.

"저것들은 내보내." 할멈이 졸린 듯이 말했다. "어서! 어서!"

두 노파는 서로 맞장구를 치면서, 가엾은 것이 정신이 가물가물해져서 자기랑 가장 친한 친구들도 못 알아본다고 한탄을 잔뜩 쏟아내기 시작했다. 그리고 절대로 곁에서 떠나지 않겠다고 고집을 피웠다. 그러나 그들의 상급자는 그들의 등을 떠밀어 내보낸 후, 문을 닫고 침상 곁으로 돌아왔다. 이렇게 따돌림을 당한 노파들은 어투를 바꿔서 샐리 할멈이 취했다고 열쇠구멍으로 소리를 쳤으니, 그럴 법도 한 것이, 그녀는 약사가 처방한 적정량의 아편을 먹은데다가 이 훌륭한 노파들이 너그러운 마음씨에서 몰래 복용시킨 물을 탄 진 한잔이 약효를 나타내기 시작해 고생하는 중이었기 때문이다.

"이제 내 말을 들어봐." 죽어가는 할멈이 마지막으로 남은 힘을 모두 불러내는 엄청난 노력을 하며 말했다. "바로 이 방에서…… 바로 이 침대에서 아주 예쁘고 젊은 여자를 간호한 적이 있어. 얼마나 걸었는지 온통 상처투성이던 발에다 먼지와 피가 뒤범벅인 채로 이 구빈원으로 실려온 여자애였지. 그녀는 사내아이를 낳고 죽었어. 자, 어디 보자…… 그때가 몇년이었더라!"

"몇년이면 어때?" 듣고 있던 여자가 성급히 말했다. "그 여자가 어쨌다는 거야?"

"그래." 병든 할멈이 다시 이전의 노곤한 상태로 되돌아가면서 중얼거렸다. "뭐가 어쨌냐고……? 뭐가…… 옳지!" 그녀가 사납게 벌떡 일어나며 외쳤는데, 얼굴은 벌겋게 달아오르고 두 눈은 이마에서 튀어나올 듯했다. "내가 그 여자 물건을 빼앗았어, 내가 그랬다니까! 몸이 차갑게 식기도 전에 말이야…… 분명히 몸이 식기도 전에, 내가 그걸 훔쳤다고!"

"도대체 뭘 훔쳤다는 거야, 나 원?" 간호부장이 도움을 청하는 듯한 몸짓을 하면서 소리쳤다.

"그것!" 할멈이 상대의 입에 손을 갖다 대며 대답했다. "그것이 그 여자가 가진 전부였어. 몸을 따뜻하게 감쌀 옷가지도 필요했을 거고 먹을 것도 필요했겠지만 고이 간직하고 있었다고, 자기 가슴에 말이야. 금으로 된 거였어, 분명히 그랬다고! 아주 훌륭한 금이었지, 자기 목숨을 살릴 만한 물건이었다고!"

"금이라!" 간호부장이 말을 받으면서, 다시 뒤로 쓰러지는 할멈에게 몸을 굽혔다. "계속해, 그래, 계속하라고! 애엄마가 누구였지? 그게 언제였어?"

"그 여자가 내게 그 물건을 잘 보관해달라고 당부했지." 할멈이 신음하며 대답했다. "주위에 있던 유일한 여자가 나였으니 내게 맡긴 거야. 그 여자애가 자기 목에 걸고 있는 그것을 처음 보여줬을 때 나는 벌써 맘속으로 훔쳤다고, 게다가 그 여자애가 죽은 것도 내 탓일지 몰라! 그 사실을 알렸다면 아마 사람들이 그 사내애한테 좀더 잘해줬을 텐데!"

"뭘 알렸다면 그랬다는 거야?" 상대방이 말했다. "말해봐!"

"사내애가 자라면서 엄마하고 아주 비슷해졌어." 할멈은 질문에 개의치 않고 두서없이 늘어놓았다. "그애 얼굴을 보면 그 일을 도저히 잊을 수 없었지. 불쌍한 여자! 불쌍한 것! 게다가 그 여자는 그렇게도 어린 나이였다고! 팔다리도 아주 부드럽고! 잠깐만, 얘기해줄 것이 더 있어. 다 얘기한 것은 아니지, 그렇지?"

"그래, 그래." 죽어가는 할멈의 말들이 점점 희미해지자 간호부장은 한마디도 놓치지 않으려고 고개를 기울이며 대답했다. "빨리 얘기해, 너무 늦기 전에!"

"그 아이의 엄마가," 여인이 아까보다 더 격렬하게 애를 쓰며 말했다. "죽음의 고통이 시작될 때, 애엄마가 내게 귓속말로 얘기했어. 만약에 자기 애가 무사히 태어나서 잘 자라면, 언젠가 불쌍한 자기 엄마가 누군지 알게 돼도 그리 부끄럽지 않을 날이 올 거라고 말이야. '아이고 하느님!' 그 여자가 가느다란 두 손을 모아쥐면서 말했어, '이애가 아들이건 딸이건 이 험난한 세상에서 벗이 돼줄 사람, 세상에 내버려진 이 외롭고 쓸쓸한 아이를 가엾게 여길 사람들을 불러모아주세요!' 하고 말이야."

"애 이름은?" 간호부장이 물어보았다.

"올리버라고 했어." 할멈이 희미하게 대답했다. "내가 훔친 금은 말이야……"

"그래, 그게…… 어떻게 됐지?" 상대가 외쳤다.

그녀는 대답을 꼭 들으려고 몸을 숙이다가 본능적으로 뒤로 물러섰다. 노파는 천천히 그리고 뻣뻣하게 몸을 세우면서 다시 앉는 자세가 되었다가 두 손으로 침대 덮개를 움켜쥐며 뭔가 웅얼웅얼거리더니 쓰러져 죽었던 것이다.

"완전히 죽었나보네!" 노파 중 하나가 문을 열고 서둘러 들어오면서 말했다.

"결국은 아무 얘기도 아니더라고." 간호부장이 무심하게 걸어나가면서 말했다.

두 노파는 어디로 보나 자기들의 끔찍한 임무를 수행할 준비로 분주했으므로 대꾸할 겨를이 없었고, 이제 시체 주위에는 두 사람만 남아 서성거리게 되었다.

## 제25장
## 이야기는 다시 페이긴씨와 그의 동업자들로 돌아간다

지방의 구빈원에서 이러한 일이 벌어지고 있을 때, 페이긴씨는 그 낡은 소굴에 —여자가 올리버를 데리고 나온 바로 그곳에 —들어앉아 미미하게 연기만 나는 불 앞에서 곰곰이 생각을 하고 있었다. 무릎에 풀무 한쌍을 얹어놓은 것으로 보아 불을 좀더 세게 지피려 한 모양이나, 그는 깊은 생각에 빠졌는지 풀무 위에 팔을 얹고 엄지손가락으로 턱을 받친 채 멍하니 녹슨 화로 울을 응시하고 있었다.

그의 등 뒤에 있는 탁자에서는 교묘한 미꾸라지, 찰리 베이츠군, 그리고 치틀링씨가 둘러앉아 휘스트 카드놀이에 열중하고 있었는데, 미꾸라지가 베이츠군과 치틀링씨를 상대해서 두사람 몫을 하고 있었다.[72] 첫번째로 거명한 신사의 얼굴은 언제나 유별나게 영리

---

72 휘스트는 네사람이 있어야 할 수 있는 놀이임.

해 보였지만, 놀이의 규칙을 꼼꼼히 따르고 치틀링의 패를 주의 깊게 읽는 동안에는 더욱 흥미로운 표정을 짓고 있었다. 그는 이따금씩 기회가 주어질 때마다 상대의 패에 갖가지 진지한 눈길을 던지며 옆 사람의 카드를 관찰하고, 그에 따라 자신의 놀이를 현명하게 이끌고 있었다. 때는 추운 밤이었으니, 미꾸라지는 집 밖에서 늘 하는 대로 모자를 쓰고 있었다. 그는 또한 사기 담뱃대를 물고 있었는데, 기분전환을 위해 탁자 위의 1쿼트들이 단지를 기울여 술을 마실 때만 잠깐 파이프를 내려놓았을 뿐이다. 단지 안에는 이 모임에 편의를 제공하기 위한 물을 탄 진이 찰찰 넘치고 있었던 것이다.

베이츠군도 놀이에 열중했으나, 자기의 숙달된 친구보다는 흥분을 잘하는 편이라 좀더 자주 물 탄 진을 마셨고, 더욱이 잡다한 농담이나 쓸데없는 말들을 늘어놓는 데 몰두하는 듯했으니, 이 모든 것은 과학적인 삼판양승제에는 매우 어울리지 않았다. 실제로 미꾸라지는 그와 가까운 사이인 만큼 이와 같은 부적절한 행실에 대해 여러번 심각하게 충고했다. 그러나 베이츠군은 이런 것들을 지극히 기분 좋게 받아들였다. 그는 단지 자기 친구에게 '날려버려라'느니, 자루에 머리를 집어넣으라느니, 혹은 이와 비슷한 식으로 교활하게 돌려대는 재담으로 응수할 뿐이었는데, 치틀링씨는 그가 이런 표현들을 적절하게 적용하는 것을 보고 상당히 탄복했다. 그런데 놀라운 것은 이 베이츠와 치틀링 패가 변함없이 진다는 것, 그리고 베이츠는 이런 정황에 화를 내기는커녕 오히려 대단히 즐거워한다는 것인데, 그가 얼마나 즐거워했는지 판이 끝날 때마다 매우 소란스럽게 웃으면서 태어나서 이렇게 신나는 카드놀이는 처음 본다고 할 정도였다.

"이건 내리 두판을 다 이긴 거네." 치틀링씨가 조끼 주머니에서 반 크라운짜리 은화를 꺼내면서 실쭉한 얼굴로 말했다. "자네 같은 친구는 처음 보네, 잭. 하는 족족 이기다니. 찰리랑 나는 패가 좋을 때도 아무것도 못하니 말이야."

말의 내용 때문인지 아니면 처량한 말투 때문인지 찰리 베이츠는 매우 즐거워하며 잇따라 소리쳐 웃었는데, 유대인은 이 소리를 듣고 몽상에서 깨어나 무슨 일이냐고 물었다.

"무슨 일이냐고요, 페이긴?" 찰리가 외쳤다. "카드놀이하는 걸 좀 봤어야 했는데. 토미 치틀링이 나랑 짝을 지어서 미꾸라지와 빈자리를 상대했는데, 단 한점도 이기질 못했어요."

"그래, 그래!" 유대인이 그 이유를 이해 못하지 않는다는 것을 충분히 보여주느라 피식 웃으면서 말했다. "다시 한번 해봐, 톰. 한 번 더 해보라고."

"고맙지만 페이긴, 난 더 안 할래요." 치틀링씨가 대답했다. "난 질렸다고요. 저기 저 미꾸라지가 내리 재수가 트여서 도저히 상대를 못 하겠다고요."

"하하! 얘야." 유대인이 대답했다. "네가 미꾸라지를 이기려면 아침 일찍 일어나야 할 거다."

"아침이라고요!" 찰리 베이츠가 말했다. "얘를 이기려면 밤새 부츠를 신고 자고, 눈에 쌍안경을 달고, 목에는 오페라글라스를 걸어야 할 거라고."

도킨스씨는 달관한 사람처럼 이렇게 후한 잔사를 매우 님님히 받아들였고, 패를 떼서 그림카드가 먼저 나오는 사람에게 1실링씩 주기로 하는 내기를 하자고 거기 모인 신사들에게 제안했다. 그러나 아무도 도전을 받아들이지 않고 또한 그때쯤엔 파이프를 다 피워버린지라, 그는 노름 칩으로 사용했던 백묵조각으로 탁자에다 뉴게이트 감옥의 평면도를 스케치하면서 내내 특이하게 날카로운 소리로 휘파람을 불며 시간을 보냈다.

"너 정말로 따분하구나, 토미!" 한참 침묵이 흐른 뒤에 미꾸라지가 갑자기 하던 일을 멈추고 치틀링에게 말을 걸었다. "페이긴, 얘가 지금 무슨 생각을 하는 줄 알아요?"

"내가 어떻게 알겠니?" 유대인이 열심히 풀무질을 하면서 고개를 돌려 주위를 둘러보며 말했다. "잃은 돈이나 생각하겠지, 아니면 막 떠나온 작은 시골 별장을 생각하나, 어? 하하! 그런 거겠지?"

"전혀 그렇지 않아요." 치틀링씨가 막 대답을 하려고 할 때 미꾸라지가 말을 끊었다. "찰리, 넌 뭐라고 생각하니?"

"글쎄, 내 생각엔 말이야." 베이츠군이 씩 웃으며 대답했다. "얘가 베시한테 유난히 다정하게 구는 거 같은데. 거 봐, 얼굴이 빨개지잖아! 아이고, 내 눈깔이야, 이거 정말 웃겨서 정신이 없네! 토미 치틀링이 사랑에 빠지다니! 아이고, 페이긴, 페이긴! 이런 신나는 일이 있다니!"

치틀링씨가 연정의 포로가 됐다는 생각에 완전히 압도당한 베이츠군은 의자 등받이 쪽으로 어찌나 격렬하게 주저앉았는지 그만 균형을 잃고 바닥에 곤두박질쳤으나, (이 사고가 그의 유쾌함을 전혀 경감시키지 않았는지) 그는 쭉 뻗어서도 웃음을 그치지 못하다가 다시 제자리로 돌아온 후 또 한차례 웃기 시작했다.

"얘한테 신경 쓰지 마라." 유대인이 도킨스씨에게 눈짓을 하고 나무라듯 풀무 주둥이로 베이츠군을 툭 치면서 말했다. "베시는 훌륭한 여자애야. 걔를 확 잡으라고, 톰. 확 잡아."

"내 말은요, 페이긴." 얼굴이 새빨개진 치틀링씨가 대답했다. "그게 여기 있는 사람들과는 아무 상관도 없는 일이라는 거예요."

"상관없지." 유대인이 대답했다. "찰리가 지껄이는 걸 개의치 마, 얘. 신경 쓰지 말라고. 베시는 좋은 여자애야. 걔가 시키는 대로만 해라, 톰. 그러면 넌 한밑천 잡을 거다."

"그래서 난 늘 걔가 시키는 대로 하고 있다고요." 치틀링씨가 대답했다. "걔의 충고가 아니었다면 내가 빵살이를 하지 않았겠지. 하지만 당신한테도 잘된 일이었잖아요. 안 그래요, 페이긴? 육주 정도 사는 건 뭐 별거 아니잖아요? 누구한테건 조만간 한번은 오는 일이니. 별로 밖으로 나다니고 싶지 않은 겨울에 겪는 게 좋잖아요, 페이긴?"

"그렇지 물론, 얘." 유대인이 대답했다.

"다시 한번 들어가는 것도 상관없겠지, 톰, 그렇지?" 미꾸라지가 찰리와 유대인에게 눈을 찡긋하며 물어보았다. "벳만 괜찮다면 말이야."

"그래, 상관없어." 톰이 화가 나서 대답했다. "자, 됐지. 참 나! 이렇게까지 얘기할 수 있는 사람 어디 나와보라고 해요, 어, 페이긴."

"아무도 없지, 얘야." 유대인이 대답했다. "단 한놈도 없어, 톰. 그렇게 할 애는 너밖에 없어. 하나도 없다고, 얘."

"그 여자를 불었다면 난 깨끗이 털고 나올 수 있었다고, 안 그래요, 페이긴?" 이 얼뜨기 푼수가 화가 나서 계속 말을 이었다. "내가 한마디만 하면 될 일이었지, 안 그래요, 페이긴?"

"물론 그랬지, 얘야." 유대인이 대답했다.

"그렇지만 난 나발 불지 않았다고, 안 그래요, 페이긴?" 톰이 매우 수다스럽게 질문에 질문을 쏟아부으며 물었다.

"그랬지, 그야 물론이지." 유대인이 대답했다. "넌 너무 배짱이 든든해서 그러지 않지. 아주 든든한 편이라고, 얘야!"

"그런지도 몰라요." 톰이 대꾸하며 주위를 둘러보았다. "그리고 내가 그렇다고 해도 그게 뭐가 웃기는 일이에요, 어, 페이긴?"

유대인은 치틀링씨가 상당히 흥분한 것을 보고 아무도 웃지 않는다는 것을 확인시켜주었고, 거기 모인 사람들이 진지하다는 것을 증명하려고 주로 그의 성미를 건드리는 베이츠군의 동의를 구했다. 그러나 불행히도, 찰리는 평생 이렇게 심각했던 적이 없다는 대답을 하려고 입을 여는 순간 매우 격한 웃음이 터져나오는 것을 피할 수 없었으니, 능욕을 당한 치틀링씨는 별다른 예고의 격식도 없이 쏜살같이 방을 가로질러 무례한 자에게 한방을 먹이려고 쫓아갔다. 추적을 피하는 데 능숙했던 베이츠는 주먹을 피해 몸을 숙였고, 타이밍이 하도 절묘해서 주먹은 유쾌한 노신사의 가슴팍에 꽂혔다. 페이긴은 숨이 가빠 할딱거리며 벽으로 주춤거리며 물러섰고, 치틀링씨는 매우 난감한 표정으로 그 모습을 쳐다볼 뿐이었다.

"잠깐!" 순간 미꾸라지가 소리쳤다. "딸랑이 소리를 들었어." 그는 등불을 들고 위층으로 살금살금 올라갔다.

패거리가 어둠 속에 그대로 있는 동안, 좀 성급하다는 듯이 초인종이 다시 울렸다. 잠시 후에 미꾸라지가 다시 나타나자, 페이긴이 이상한 듯이 속삭였다.

"뭐야!" 유대인이 외쳤다. "혼자야?"

미꾸라지는 그렇다고 고개를 끄덕이며 손으로 촛불을 가린 채, 찰리 베이츠에게 무언극으로 이번만은 까불지 않는 게 좋을 거라는 사적인 귀띔을 했다. 이렇게 우정 어린 배려를 해준 그는 유대인의 얼굴을 응시하면서 지시를 기다렸다.

노인은 누런 손가락을 물고 몇초간 명상을 했다. 그러는 동안 뭔가를 크게 우려하고 최악의 소식을 들을까 두려워하는 듯 그의 얼굴은 흥분으로 움찔거렸다. 마침내 그는 고개를 들었다.

"어디 있어?" 그가 물었다.

미꾸라지는 천장을 가리키며 방에서 나가려는 듯한 몸짓을 했다.

"그래." 유대인이 이 무언의 질문에 대답했다. "이리 데려와. 쉿! 조용해, 찰리! 조심해서, 톰! 살살 하라고!"

찰리 베이츠와 조금 전까지도 그의 적이었던 톰은 자신들에게 내려진 이 간략한 지시를 조용히 그리고 즉각 따랐다. 불을 든 미꾸라지가 허름한 작업복 차림의 사내 뒤를 따라 내려올 즈음에는, 아무 소리도 들리지 않아 그들이 어디에 있는지를 알아차릴 수 없었다. 사내는 재빨리 방을 쭉 훑어보더니 얼굴 아래를 가렸던 커다란 목도리를 끌어내려 세수도 면도도 안 한 야위고 거친 얼굴을 드러냈으니, 바로 그는 야무진 토비 크래킷이었다.

"잘 지내셨나, 페기?" 이 훌륭한 작자는 유대인에게 인사로 고개를 끄덕이며 말했다. "내 목도리를 털모자 안에 찔러넣어라, 미꾸라지. 나갈 때 쉽게 찾을 수 있도록 말이야. 자, 시간이 벌써 이렇게 됐구나! 넌 머지않아 이 약삭빠른 영감보다 더 쓸 만한 강도가 되겠어."

그는 이렇게 말하며 작업복을 벗어 허리춤에 두르고 화롯가로 의자를 끌어당겨 앉은 후 다리 하나를 시렁에다 얹었다.

"자, 이거 보시오, 페기." 그는 수심에 찬 얼굴로 자기의 긴 장화를 가리키면서 말했다. "구두약 한방울이라도 바른 게 인젠지 기억도 안 난다고. 거품 한방울도 못 발랐어, 세상에! 이봐요, 날 그렇게 쳐다보지 말라고. 천천히 다 말할 테니. 뭐 좀 먹지 않고는 사업 얘기를 못하겠으니 먹을 거나 내놓으시지, 사흘 만에 처음으로 조용히 배 좀 한번 채워보자고!"

유대인은 미꾸라지에게 먹을 것을 있는 대로 탁자로 가져오라는 몸짓을 한 후, 강도의 반대편에 앉아서 그가 한가해지기를 기다렸다.

  외관으로 판단하건대, 토비는 서둘러 입을 열 생각이 전혀 없었다. 유대인은 처음에는 그의 얼굴을 침착하게 바라보는 것으로 만족하며 그가 가져온 정보에 대해 무슨 단서라도 잡을까 기대했으나 소용없는 일이었다. 그는 매우 피곤하고 지쳐 보였으나, 그의 얼굴은 평소대로 만족스럽고 편안한 기색이었다. 먼지가 앉은 턱수염과 구레나룻 사이에서 야무진 토비 크래킷의 자기만족적이고 능글맞은 웃음은 전혀 손상되지 않은 듯했다. 그러자 유대인은 안달이 나서 그가 입에 넣는 음식 하나하나를 쳐다보며 몹시 흥분해서 방을 왔다 갔다 했다. 모든 것이 다 소용없었다. 토비는 짐짓 지극히 태연스레 계속 음식을 먹다가 더이상 못 먹을 만큼 배가 차자 미꾸라지에게 나가라고 한 후, 문을 닫고 물을 탄 독주잔을 휘저으며 말을 하려고 마음을 가라앉혔다.

  "첫째로 그리고 무엇보다도 먼저, 페기." 토비가 말했다.

  "그래, 그래." 유대인이 의자를 끌어당기며 끼어들었다.

  크래킷씨는 술을 한모금 마신 뒤, 진이 아주 훌륭하다고 말했다. 그러고 나서 낮은 벽난로 선반에 발을 얹고 부츠를 눈높이에 맞춰놓은 후 조용히 말을 이었다.

  "첫째로 그리고 무엇보다도 먼저, 페기." 강도가 말했다. "빌은 잘 있소?"

  "뭐야!" 유대인이 놀라 벌떡 일어나면서 비명을 질렀다.

  "아니, 무슨 말을 하는……" 토비가 창백해지면서 입을 열었다.

  "무슨 말이라니!" 유대인이 사납게 발을 쿵쿵 구르면서 소리쳤다. "걔들 어디 있어? 사익스하고 아이 말이야! 어디 있냐고? 어디로 갔었던 거야? 어디 숨어 있냐고? 왜 이리로 안 온 거야?"

"털이는 실패했소." 토비가 희미하게 말했다.

"그건 나도 알아." 유대인이 주머니에서 꺼낸 신문조각을 가리켰다. "그밖엔?"

"애가 총에 맞았소. 우린 뒤쪽 벌판으로 튀었지, 애를 끼고 곧장 질러갔소. 울타리를 넘고 개천을 건너서 말이야. 놈들이 아주 바짝 쫓아왔다고. 제기랄! 동네 사람들이 다 깼다니까, 개들도 몰려오고."

"아이는?"

"빌이 그애를 등에 업고 바람처럼 휙 내달렸소. 우린 멈춰서서 양쪽에서 애를 끌어안고 뛰려고 했는데, 애가 고개를 떨어뜨리고 차갑게 식더라고. 놈들은 우릴 아주 바짝 쫓아오고 있었어, 그래서 각자 걸음아 날 살려라, 아니면 교수대다 하고 줄행랑을 쳤소! 우린 헤어졌고 어린놈은 도랑에 버려진 거요. 살았건 죽었건 내가 아는 것은 그게 다요."

유대인은 더이상 말을 들으려 하지 않으며 커다란 소리를 꽥 질렀고, 머리카락을 두 손으로 쥐어뜯으며 방문을 열고 집에서 뛰쳐나갔다.

# 제26장
## 수상한 인물이 등장하며, 이 전기와 떼어놓을 수 없는 여러 일들이 일어난다

 

노인은 길모퉁이에 이르러서야 토비 크래킷이 전해준 소식으로 인한 충격에서 깨어났다. 그가 평소보다 빠른 걸음을 전혀 늦추지 않고 허둥지둥 앞으로 나아가고 있을 때, 갑자기 마차가 쏜살같이 지나쳤다. 위험이 임박한 것을 본 행인들이 우렁차게 외치는 소리에 그는 다시 인도로 물러섰다. 될 수 있는 대로 큰길은 모두 피하고 구석진 길과 뒷골목으로 슬그머니 걸어들어가 결국 그는 스노우 고개에 다다랐다. 여기서 그는 아까보다 더 빨리 걸었고 머뭇거리지 않고 나아가 다시 어떤 길목으로 꺾어들어갔는데, 그곳에 이르러서야 자기 천성에 맞는 데에 왔다고 의식했는지 평소대로 발을 질질 끌며 걸음을 늦추고 숨도 편하게 쉬는 것 같았다.

스노우 고개와 홀번 고개가 만나는 지점 근처에, 시티 쪽에서 나올 때 보면 오른쪽으로 새프런 고개로 통하는 좁다랗고 음침한 골목이 하나 있다. 이곳에 있는 지저분한 가게들에는 형형색색의 중고 비단 손수건들이 커다랗게 한다발씩 진열되어 있었다. 바로 여기가 소매치기들한테서 이런 종류의 물건을 사들이는 장사치들의 거주지역인 것이다. 이런 손수건들은 수백개씩 창문 밖 걸이못에 대롱대롱 매달렸거나 문기둥에 나부끼고 있었고, 안쪽의 선반에도 쌓여 있었다. 필드 거리는 좁은 지역이긴 해도, 이발소, 다방, 맥줏집, 생선튀김집이 들어차 있어 그 자체로 일종의 상가를 이루고 있다. 이곳은 좀도둑들의 중앙시장으로, 이른 아침과 해가 질 무렵에는 말 없는 상인들이 찾아와 집 뒤쪽의 어둠침침한 거실에서 거래를 한 다음 이상하게 온 것만큼이나 이상하게 사라졌다. 여기선 옷장수, 신기료장수, 낡은 천 장사치들이 좀도둑들을 위해 가게 간판 대신 자기들의 상품을 진열해놓는다. 여기선 또한 녹슨 쇠나 골제품骨製品, 곰팡내 나는 모제품이나 리넨류가 더미째로 쌓여 때 묻은 다락에서 부식되고 썩어가고 있었다.

유대인이 접어든 곳은 바로 이런 장소였다. 그는 이 거리의 창백한 거주민들 사이에 잘 알려진 인물이었으니, 뭘 팔거나 사려고 밖을 내다보던 자들은 그가 지나치자 친숙하게 고갯짓을 했다. 그는 인사를 받고 마찬가지 방식으로 응답했지만 그 이상의 친숙한 태도는 보이지 않았다. 유대인이 길의 반대쪽 끝에 이르러 키 작은 한 장사꾼에게 말을 걸었는데, 그는 창고의 문 앞에서 작은 어린이용 의자에 자기 몸을 최대한 밀어넣고 앉아 파이프 담배를 피우고 있었다.

"아니, 페이긴씨. 당신을 보기만 해도 눈병이 나을 정도로 반갑구려!" 이 존경스러운 상인은 유대인이 안부를 묻자 이렇게 대답했다.

"동네가 좀 더웠다네, 라이블리." 페이긴이 눈썹을 추켜세우면서 두 손을 겹쳐 가슴에 얹고 말했다.

"그래, 나도 그런 불평을 들은 적이 한두번 있지요." 장사꾼이 대답했다. "하지만 곧 다시 식어버리는걸, 안 그렇소?"

페이긴이 그렇다는 뜻으로 고개를 끄덕거렸다. 그는 새프런 고개 쪽을 가리키면서, 오늘 밤 저기에 누가 왔냐고 물었다.

"저기 '절름발이'에 말이오?" 사내가 물었다.

유대인이 그렇다고 고갯짓을 했다.

"어디 보자." 상인이 생각에 잠기며 말했다. "그래, 그곳으로 내가 아는 사람들이 대여섯명쯤 들어갔는데, 당신 친구는 없었던 것 같소."

"사익스는 없었다, 이건가?" 유대인이 실망한 얼굴로 물었다.

"발견불가인즉 실종이라, 변호사들 용어로 말이오." 조그마한 사내가 고개를 흔들며 아주 교활한 표정으로 대답했다. "오늘 저녁엔 내가 거래하는 쪽으로 물건 가져온 거 없소?"

"오늘은 없네." 유대인이 돌아서며 말했다.

"절름발이에 올라가는 거요, 페이긴?" 조그마한 사내가 뒤에서 소리를 질렀다. "잠깐만! 거기서 같이 한잔 하는 게 어때요!"

그러나 유대인은 돌아보며 손을 흔들어 혼자 있고 싶다는 뜻을 표했고, 게다가 조그마한 사내는 의자에서 쉽사리 몸을 빼낼 수가 없었으니, 절름발이 주막의 간판은 당분간 라이블리씨의 임석을 맞이할 기회를 잃게 된 것이다. 그가 간신히 일어섰을 때는 유대인이 벌써 사라져버렸기 때문에 라이블리씨는 그의 모습을 찾아볼까 하고 뒤꿈치를 들었으나 허사였고, 다시금 그 자그마한 의자에 몸을 눌러넣었다. 그는 길 건너 가게의 주인여자와 마주 보며, 의심과 불신이 뒤섞인 투로 서로 고개를 설레설레 흔들고 나서, 매우 심각한 태도로 다시 파이프를 물었다.

세 절름발이, 또는 그냥 절름발이란 고객들 간에 친숙하게 알려진 이 업소의 간판이었는데, 이곳은 앞서 사익스씨와 그의 개가 등장한 바 있는 바로 그 주막이다. 페이긴은 바에 있는 사람에게 그저 손만 한번 들어 보인 후 바로 2층으로 올라갔고, 방문을 열고 살며시 안으로 들어가 누구를 특별히 찾는 것처럼 눈 위에 손을 대고 걱정스레 주위를 둘러보았다.

방에는 가스등 두개가 밝혀져 있었는데, 줄무늬의 덧창이 현란한 등불을 가리고 있었고 꼭꼭 쳐놓은 빛바랜 붉은 커튼 때문에 밖에서 안이 들여다보이지 않았다. 등불에 그을려 더러워지는 것을 방지하기 위해 천장에는 시꺼먼 칠을 했다. 방 전체가 빽빽한 담배 연기로 가득 차 있어서 처음에는 아무것도 분간할 수 없을 정도였다. 그러나 문이 열려 연기가 빠져나감에 따라, 귀를 울리는 소음만큼이나 혼란스럽게 뒤섞여 있는 머리들을 점차 분간할 수 있게 되었다. 그 장면이 차츰 눈에 익숙해지면서 수많은 남녀가 기다란 탁자 주위에 모여 있는 것이 보였다. 탁자의 상단 끄트머리에는 회의용 망치를 손에 든 사회자가 앉아 있고, 멀리 구석에는 시퍼런 코를 하고 치통 때문에 붕대로 얼굴을 친친 감은 전문 음악가 신사가 피아노를 딩동거리고 있었다.

페이긴이 살그머니 들어왔을 때 이 전문 음악가가 전주곡 투로 건반을 한번 훑자, 일동은 노래를 청하며 웅성거렸다. 이 소리가 가라앉자 젊은 여자 하나가 4절짜리 민요로 손님들을 즐겁게 해주었고, 반주자는 절과 절 사이에서 곡조를 있는 대로 크게 연주했다. 노래가 끝나자 사회자가 소감을 발표했고, 그다음엔 사회자의 양옆에 앉아 있던 전문 음악가 신사들이 자청하여 이중창을 해 대단한 박수를 받았다.

이 모임에서 현저하게 두드러지는 몇몇 얼굴을 관찰하는 것은 매우 호기심을 끄는 일이다. 우선 (그 술집의 주인인) 사회자가 있었는데, 그는 거칠고 험악하고 덩치가 큰 사내로 노래가 진행되는 동안 두 눈을 이리저리 굴리며 즐겁게 노느라 정신이 없는 것 같으면서도 벌어지는 일 하나하나를 눈여겨보고 있었으며, 게다가 아무것도 놓치지 않을 만큼 아주 날카롭게 귀를 기울이고 있었다. 그의 주위엔 가수들이 있었는데, 그들은 전문가답게 관객들의 찬사를 무덤덤하게 받아넘겼고, 찬사를 보내는 시끌벅적한 손님들이 내민 열두개쯤 되는 물 탄 독주잔들을 돌아가면서 한잔씩 받아먹었다. 손님들의 얼굴에는 거의 모든 종류의 악이 거의 모든 단계로 다 표현되어 있어서, 그 혐오스러움은 억제할 수 없을 정도로 보는 이의 주의를 끌어당겼다. 온갖 간교함, 난폭함, 술주정이 그곳에서 가장 강렬하게 표출되고 있었다. 그리고 여인들에게는, 바라보는 순간 사라져버릴 듯한 젊음의 신선함이 마지막으로 언뜻언뜻 남아 있거나, 아니면 여성다운 흔적이 완전히 사라지고 없었다. 여자들은 겨우 소녀 또래거나 그저 갓 아가씨가 되어 아무도 성년기에 이르지는 않았는데, 이들은 이 음산한 광경에서도 가장 어둡고 가장 슬픈 부분을 이루고 있었다.

페이긴은 별다른 감정의 동요 없이 행사가 진행되는 동안 얼굴 하나하나를 열심히 훑어보았으나, 그가 찾는 얼굴은 보이지 않았다. 마침내 그는 사회를 보는 사내와 눈이 마주치는 데 성공해서 살짝 고갯짓을 한 후, 들어올 때와 마찬가지로 조용히 방에서 나왔다.

"그래, 페이긴씨, 무슨 일이오?" 사내가 층계참까지 쫓아나오면서 물었다. "합석해서 놀지 않겠소? 다들 하나같이 반가워할 텐데."

유대인은 성마르게 고개를 저으면서 속삭였다. "그 친구 말이야, 여기 있어?"

"없소." 사내가 대답했다.

"바니한테서도 아무 소식 없고?" 페이긴이 물었다.

"없어요." 이렇게 대답한 사람은 바로 절름발이의 주인이었다. "완전히 잠잠해질 때까지 꿈쩍도 안 할 거요. 정말로, 그쪽에선 지금 냄새를 맡고 여기저기 뒤지는 중이라니, 그애가 섣불리 움직이다간 당장 들통나고 말 거라고. 바니 녀석은 괜찮을 거요, 무슨 일이 있다면 내가 소식을 들었을 테니. 장담하지만, 바니는 잘하고 있을 거라고. 그 녀석은 그냥 놔둬요."

"그 친구 있잖아, 오늘 밤에 이리로 오나?" 유대인은 아까처럼 누구라고 말은 하지 않으면서도 강조해서 물었다.

"몽스 말이오?" 술집 주인이 머뭇거리면서 물었다.

"쉿!" 유대인이 말했다. "그래."

"확실해요." 사내가 바지의 시계주머니에서 금시계를 꺼내면서 대답했다. "조만간 이리 올 겁니다. 한 십분만 기다리면 여기로……"

"아니야, 아니야." 유대인이 성급하게 말했다. 문제의 그 인물을 만나고 싶다 해도 일단 상대가 거기 없다는 데 안도하는 듯했다. "내가 이리로 저를 보러 왔었다고 전해줘, 그리고 오늘 밤 날 찾아오라고 하고. 아니야, 내일로 하지. 여기 지금 없으니 내일이면 시간은 충분하겠지."

"좋소!" 사내가 말했다. "그밖에 또 전할 말은?"

"그거면 됐네." 유대인이 계단을 내려가며 말했다.

"그런데 말이오." 상대방이 난간 너머로 쳐다보며 쉰 목소리로 속삭였다. "지금이야말로 진짜 팔아넘기기 좋은 때요! 지금 필 바커가 여기 와 있는데 완전히 취해서 어린애라도 가서 잡아올 수 있을 정도라고."

"그래! 하지만 아직 필 바커의 때가 아니야." 유대인이 올려다보며 말했다. "우리가 필을 치워버리기 전에, 그 친구는 아직 할 일이 더 있어. 그러니 모인 손님들에게 다시 돌아가게, 여보게. 그리고 신나게들 놀라고 하게…… 놀 수 있을 때 말이야. 하하하!"

집주인은 노인의 웃음에 답해 같이 웃고서 손님들에게로 돌아갔다. 유대인은 혼자 있게 되자마자 이전의 불안하고 근심스러운 표정으로 돌아갔다. 그는 잠시 궁리를 한 후에 한필짜리 삯마차를 불러타고 베스널 그린 쪽으로 가자고 했다. 그는 사익스씨의 거처에서 4분의 1마일 정도 떨어진 데서 마차를 보내고, 나머지 얼마 안 되는 거리를 도보로 갔다.

"자, 여기 뭔가 꿍꿍이수작이 있다면, 이 아가씨야, 너한테서 알아내고 말 거다, 네가 아무리 교활하다 해도." 유대인이 문을 두드리면서 중얼거렸다.

문을 연 여자가 그녀는 자기 방에 있다고 말했다. 페이긴은 가만히 위층으로 기어올라가서 기척도 없이 그냥 문을 밀고 들어갔다. 젊은 여자는 혼자 있었다. 탁자에 머리를 대고 엎드려 있었고 머리카락은 온통 흐트러진 채였다.

'얘가 술을 마시고 있었구나.' 유대인은 덤덤하게 생각했다. '아니면 그냥 기분이 안 좋아서 저러겠지.'

늙은 사내가 이런 생각을 하면서 문을 닫기 위해 몸을 돌렸는데, 그 소리를 듣고 여자가 깨어났다. 그녀는 무슨 소식이 있느냐고 캐물었고, 토비 크래킷의 얘기를 전해들으면서 페이긴의 약삭빠른 얼굴을 자세히 살펴보았다. 얘기가 끝나자 그녀는 조금 전의 자세로 다시 쓰러져서는 한마디도 안 했다. 그녀는 신경질적으로 촛불을 밀치고 한두번 자세를 바꾸면서 바닥에 발을 끌었는데, 이것이 전부였다.

이렇게 침묵이 흐르는 동안, 유대인은 사익스가 몰래 돌아온 흔적이 없는지 확인하려는 듯 초조하게 방을 둘러보았다. 그는 조사 결과에 만족했는지 두세번 기침을 했고, 또 그때마다 대화를 개시해보려고 노력했다. 그러나 여자는 돌로 된 사람을 상대하는 양 그에게는 전혀 신경을 쓰지 않았다. 마침내 그는 다시 한번 시도를 했으니 두 손을 마주 비비며 최대한 달래는 듯한 어조로 말했다.

"그러면 지금 빌이 어디 있을 것 같니, 애야?"

여자가 끙끙대며 잘 알아들을 수 없는 소리로 모르겠다고 했는데, 숨 막힌 소리가 새어나오는 것을 보면 울고 있는 것 같았다.

"그리고 그 아이도 말이야." 유대인이 그녀의 얼굴을 훔쳐보려고 눈을 부릅뜨며 말했다. "불쌍한 어린것! 도랑에 버려졌으니 말이야, 낸스, 생각만 해도 원!"

"그애는," 여자가 갑자기 고개를 들며 말했다. "우리랑 있는 것보다도 거기 있는 게 더 나아. 빌한테 해만 돌아오지 않는다면, 개가 그 도랑에서 쓰러져 죽어서 그대로 썩어버리는 게 낫다고요."

"뭐야!" 유대인이 깜짝 놀라서 외쳤다.

"그래, 그렇다고요." 여자가 그의 눈을 쳐다보며 대꾸했다. "내 눈에서 그애가 없어지고 그래서 최악의 상황이 끝나버렸다는 것을 알았으면 좋겠다고. 개가 내 주위에 있는 것을 감당할 수가 없어요. 그애를 보면 난 나 자신과 당신네들 모두에게 반항하게 된단 말이에요."

"피이!" 유대인이 경멸하는 투로 말했다. "너 취했구나."

"내가 취했다고?" 여자가 쓰디쓰게 소리쳤다. "내가 취했다면, 그건 당신 탓이야! 당신 맘대로 했다면 언제 내가 안 취하게 놔뒀 겠어, 지금은 예외지만…… 농담에 기분이 상하셨나보군, 그래요?"

"그래." 유대인이 사납게 대꾸했다. "기분이 상했다."

"기분을 바꿔봐요, 그러면!" 여자가 웃으면서 응수했다.

"바꾸라고!" 유대인이 소리쳤다. 그는 그날 저녁 내내 성가셨던 데다가 상대방이 뜻밖에 뻣뻣하게 나오자 한없이 화가 났던 것이 다. "그래, 바꾸고말고! 내 말 잘 들어, 이 갈보야. 잘 들으란 말이 야. 난 여섯 마디만 하면 사익스의 목을 매달게 할 수 있어. 녀석의 황소 목젖을 내 손가락 안에 넣은 것만큼이나 확실하게 말이야. 녀 석이 돌아왔는데 아이를 혼자 남겨두고 왔다든지, 만약 애가 죽었 거나 도망가버려서 그애를 내게 돌려주지 못하면, 네가 손수 녀석 을 죽여버려. 녀석을 교수대에 보내고 싶지 않다면 말이야. 바로 이 방에 발을 들여놓는 순간 그렇게 하라고. 그렇게 안 하면, 명심해 라, 그땐 너무 늦을 테니!"

"그게 다 무슨 소리죠?" 여자가 엉겁결에 소리쳤다.

"무슨 소리냐고?" 화가 난 페이긴은 미친 듯이 계속 말을 이었 다. "그애는 내겐 수백 파운드 값어치가 나가는 놈이야. 안전하게 돈 벌 수 있는 기회가 굴러들어왔는데, 내가 휘파람만 불어도 목숨 이 날아갈 주정뱅이 깡패 놈의 객기 때문에 그 돈을 잃어야 되냐 이거야! 게다가 난 천부적인 악마 같은 놈한테 묶여 있는 처지라, 그럴 생각이 없어서 그렇지 충분히 그럴 수 있는 힘이……"

노인은 숨을 쉬려고 헐떡거리면서 말을 찾아 더듬거리다가, 순 간 분노의 홍수를 멈추고 태도를 완전히 바꾸었다. 한순간 전만 해 도 두 눈을 부릅뜬 채 주먹은 허공을 불끈 움켜쥐고 얼굴은 격정으로 새파랗게 질려 있었으나, 지금은 의자에 웅크리고 주저앉아 자기가 무슨 비밀이라도 누설한 것은 아닐까 하는 걱정에 덜덜 떨고 있었다. 짧은 침묵이 흐른 뒤, 그는 자기 동료를 돌아볼 용기를 냈다. 그녀가 아까처럼 정신을 차리기 전의 그 멍한 상태로 있는 것을 보자, 그는 다소 안도를 하는 것 같았다.

"낸시야, 애!" 유대인이 평소의 쉰 목소리로 말했다. "내 말이 신경에 거슬렸니, 응?"

"이젠 날 좀 그만 성가시게 해요, 페이긴." 여자가 나른하게 고개를 들면서 대답했다. "빌이 이번엔 실패했지만 다음에 잘할 거예요. 그동안 여러번 일을 잘해줬잖아요. 그리고 할 수 있으면 앞으로도 많이 할 거고, 또 못할 땐 어쩔 수 없는 거고요. 그러니 더이상 그 얘긴 하지 말자고요."

"그애에 대해서는, 애야?" 유대인이 불안하게 손바닥을 비비며 말했다.

"그애도 다른 사람들처럼 재수를 따르는 거죠 뭐." 낸시가 황급하게 끼어들었다. "그리고 다시 얘기하지만, 난 차라리 걔가 죽어서 더이상 해를 안 당하고, 당신한테서도 벗어나길 바란다고요…… 그러니깐 빌한테 무슨 해가 되지 않는다면 말이에요. 그리고 토비가 깨끗이 도망갔다면 빌도 제법 안전할 거예요, 빌은 어느 때건 토비 같은 작자 둘 값어치는 하니까."

"소금 선에 내가 말한 것은 어떻게 생각해, 응?" 유대인이 번쩍이는 눈으로 그녀를 응시하면서 언급했다.

"나한테 뭘 시키려고 한 얘기라면 처음부터 다시 해야 할 거예요." 낸시가 대꾸했다. "만약에 그렇다면 내일까지 기다리는 게 좋을 거예요. 당신이 와서 한 일분간 정신이 들었지만, 이제 다시 어지러워요."

　페이긴은 몇가지 질문을 더 던졌으니, 이것은 그가 실수로 내뱉은 말에서 이 여자애가 뭔가를 알아챘는가를 확인하려는 취지에서였다. 그러나 그녀는 모든 질문에 거침없이 대답을 했고 샅샅이 훑어보는 그의 눈초리에도 거의 동요하지 않아서 어지간히도 취해 있다는 최초의 인상이 확인되었다. 실제로 낸시는 이 유대인의 여자 제자들이 흔히 보이는 약점에서 예외가 아니었으니, 아주 어릴 적부터 술을 못 하게 하기는커녕 자꾸 마시라고 부추김을 받았던 것이다. 그녀의 흐트러진 모습과 방 전체에 가득 찬 진 냄새가 유대인의 추정이 옳다는 확증을 분명히 제공했다. 앞에 묘사한 대로 일시적으로 격렬해진 그녀는 처음엔 둔감해졌다가, 그다음엔 복잡한 감정으로 잦아들어 눈물을 흘렸다. 일분 뒤엔 이내 또 '죽는소리 하지 마!'라는 등 횡설수설하면서 신사숙녀를 막론하고 행복하게 된다면 못할 일이 뭐가 있을까를 다양하게 헤아렸으니, 한때 이런 유의 일에 대해서는 제법 경험이 많았던 페이긴은 아주 흡족해하며 그녀가 매우 많이 취했다는 것을 알았다.

　이러한 사실들을 알고 마음속의 걱정을 푼 다음에, 그리고 그날 밤 들은 이야기를 여자에게 전해주고 자기 눈으로 사익스가 아직 돌아오지 않았다는 것을 확인하는 이중의 목적을 달성한 후, 페이긴씨는 탁자에 머리를 얹고 잠든 그의 젊은 친구를 그대로 놔둔 채 자기 집으로 발길을 돌렸다.

　자정이 되려면 한시간 정도 남았을 때였다. 날이 어둡고 몹시 추웠기 때문에 그는 밖에서 빈둥거리고 싶은 생각이 별로 없었다. 길거리에 몰아치는 날카로운 바람이 먼지나 진흙과 함께 행인들도 싹 치워버린 듯했는데, 혹시 나와 있는 사람들이 있다 해도 어디로 보나 서둘러 집으로 돌아가는 기색들이었다. 그러나 유대인에게는 바람이 제대로 방향을 잡아 불어주었으니, 가는 길로 돌풍이 일어나 냅다 몰아칠 때마다 그는 몸을 부르르 떨면서도 바람을 타고 곧장 나아갔다.

그가 자기 동네 길모퉁이에 이르러 주머니에서 대문 열쇠를 찾고 있을 때, 깊은 그림자에 가려진 돌출된 출입구에서 시커먼 그림자가 나타나더니 길을 건너 눈에 안 띄게 미끄러지듯 다가왔다.

"페이긴!" 그의 귀 가까이에 속삭이는 목소리가 들렸다.

"아!" 유대인이 재빨리 몸을 돌리며 말했다, "자네……"

"그렇소!" 낯선 사람이 말을 가로막았다. "여기서 두시간째 기다리고 있었소. 도대체 어디를 갔다오는 거요?"

"자네 일로 다녀왔어, 여보게." 유대인이 불안해하며 자기 동료를 쳐다보았고, 대답을 하면서 걸음을 늦추었다. "밤새 자네 일로 돌아다녔다고."

"아, 물론이겠지!" 낯선 사내가 냉소적으로 말했다. "그래, 어떻게 됐소?"

"별로 안 좋아." 유대인이 말했다.

"나쁜 일은 아니겠지, 설마?" 낯선 자가 불쑥 멈추더니 깜짝 놀란 표정으로 상대방을 바라보며 말했다.

유대인이 고개를 저으며 대답하려는 참에 낯선 사내는 그를 막고 막 다다른 집을 가리켰다. 그는 너무 오래 서 있느라 피가 완전히 식어버려서 몸속으로 바람이 쌩쌩 지나다니는 것 같으니 할 말이 있으면 안에 들어가서 하자고 했다.

페이긴은 이 야심한 시간에 손님을 집으로 데려가는 것이 탐탁지 않은 눈치였고, 안에도 불을 지펴놓은 건 아니라고 중얼거렸다.

그러나 자기 동료가 단호하게 재차 청하자 문고리를 풀었고, 자기가 등불을 찾는 동안 가만히 문을 닫으라고 했다.

"무덤처럼 아주 어둡구먼." 사내가 더듬더듬 몇걸음을 내디디며 말했다. "서두르쇼!"

"문을 닫게." 페이긴이 복도 끝에서 속삭였다. 그 순간 커다란 소리를 내며 문이 닫혔다.

"내가 그런 게 아니오." 사내가 더듬거리고 걸어오면서 말했다. "바람이 불어 그랬든지 아니면 그냥 혼자 닫힌 모양이오. 둘 중의 하나겠지 뭐. 불을 잘 비춰줘요, 아니면 이 망할 놈의 구멍 속에서 어딘가에 부딪쳐서 내 골이 깨져버리겠소."

페이긴은 살금살금 부엌 계단을 내려갔다. 그는 잠시 사라졌다가 불을 켠 촛대를 들고 토비 크래킷이 아래층 뒷방에서, 애들은 앞방에서 자고 있다는 소식을 갖고 돌아왔다. 그는 사내에게 따라오라고 하면서 위층으로 안내했다.

"할 이야기가 있으면 여기서 하자고." 유대인이 2층의 방문 하나를 활짝 열면서 말했다. "덧창엔 구멍이 나 있고, 우린 이웃 사람들에게 절대로 불빛을 보여주지 않으니, 촛불은 계단에 놔두자고. 자!"

유대인은 이렇게 말하면서 방문의 맞은편 위쪽 계단에 촛대를 놓고 방으로 안내해 들어갔는데, 그곳에는 망가진 안락의자와 커버가 없는 낡은 소파 같은 것이 문 뒤에 있을 뿐 다른 가구라곤 아무것도 없었다. 낯선 사내는 지친 듯 소파에 앉았고, 유대인은 맞은편에 안락의자를 끌어다놓고 상대와 얼굴을 마주하고 앉았다. 방은 그렇게 어둡지 않았다. 문이 약간 열려 있어 밖에 있는 촛불이 반대쪽 벽에 희미하게 반사되고 있었다.

그들은 한동안 낮은 소리로 대화를 했다. 앞뒤가 없는 말들이 이따금씩 흘러나올 뿐이라 제대로 알아들을 수는 없었지만, 만약 듣는 사람이 있다면 낯선 사내의 말에 페이긴이 변명을 하고 있다는 것, 그리고 그 사내가 상당히 초조해한다는 것을 쉽게 짐작할 수 있었을 것이다. 그들이 이렇게 말을 나눈 지 십오분이나 되었을까, 몽스 ─ 유대인은 대화 중에 낯선 사내를 이 이름으로 몇차례 불렀는데 ─가 목소리를 약간 높이면서 말했다.

"다시 말하지만, 계획이 아주 나빴다고. 왜 다른 애들과 함께 여기 데리고 있으면서 당장 비실대고 징징거리는 소매치기로 못 만드는 거요?"

"말하는 것 좀 보게!" 유대인이 어깨를 으쓱해 보이며 소리쳤다.

"아니, 그렇게 하고 싶어도 못했을 거란 말이오?" 몽스가 단호하게 물었다. "다른 애들한테는 벌써 숱하게 그렇게 하지 않았소? 기껏해야 열두달 동안만 참을성 있게 했으면, 애한테 실형을 떨어뜨리고 종신형 같은 걸로 별 탈 없이 나라 밖으로 유배라도 보냈을 거 아니오?"

"그렇게 되면 누가 좋겠나, 여보게?" 유대인이 공손하게 물었다.

"바로 나요." 몽스가 대답했다.

"하지만 나한텐 좋을 게 없어." 유대인이 유순하게 말했다. "그 애가 내게 쓸모 있을 수도 있으니까. 거래를 할 때는 양쪽 당사자가 다 있어야 하고, 양쪽의 이해타산을 모두 고려해야 하는 것이 당연한 일 아닌가, 안 그래, 이 친구야?"

"그래서?" 몽스가 물었다.

"난 그 애를 사업용으로 훈련시키는 게 쉽지 않다는 것을 알았지." 유대인이 대답했다. "똑같은 상황에서도 그애는 다른 애들과 같지 않았다고."

"빌어먹을, 그랬겠지!" 사내가 내뱉었다. "아니면 벌써 도둑놈이 됐을 것 아니오."

"난 그애를 타락시킬 만한 무슨 약점을 잡고 있질 못했어." 유대인이 불안한 표정으로 자기 동료의 얼굴을 보면서 계속 말했다. "그앤 아직 손을 더럽히질 않았거든. 겁을 줄 만한 게 뭐 없었어. 처음에 그런 것이 없으면 다 헛수고잖아. 그러니 뭘 할 수 있었겠나? 미꾸라지랑 찰리하고 같이 내보내? 처음에 그랬다가 당한 것을 생각하면, 여보게, 말도 말아. 우리가 한꺼번에 다 끌려들어갈까봐 얼마나 걱정했다고."

"아니, 그게 뭐 내 탓인가?" 몽스가 말했다.

"물론 아니지, 이 사람아!" 유대인이 다시 말을 이었다. "지금 그걸 탓하자는 것이 아니야. 왜냐 하니 만약에 그 일이 없었다면 자네가 우연히 그애를 보고 누군지 알아채지 못했을 거고, 걔가 자네가 찾고 있던 아이라는 것도 영영 몰랐을 거 아냐. 자! 그런데 내가 그 여자를 시켜 애를 다시 데려다놓으니까, 이젠 이 여자애가 또 애를 싸고도는 거야."

"그런 년은 목을 졸라버리라고, 그냥!" 몽스가 참을 수 없다는 듯 말했다.

"아니, 아직 그럴 수는 없다고, 이 사람아." 유대인이 미소를 지으며 말했다. "그리고 그런 식의 일처리는 우리한테는 맞지 않지, 그렇지 않다면 아무 때나 기꺼이 그렇게 했을 거라고. 난 그 여자애들이 어떤지 잘 알아, 몽스. 그 꼬마가 독해지기 시작만 하면 금세 무슨 나무토막인 양 거들떠보지도 않을 거야. 자넨 애를 도둑으로 만들고 싶다 이거지. 만약에 애가 살아 있다면 이번에는 내가 그렇게 만들 수 있어. 그리고 만약에, 만약에……" 유대인이 상대방에게 더 가까이 다가가면서 말했다. "이것 보라고. 그럴 가능성이 좀 있거든…… 만약 최악의 상황이 돼서 개가 죽는다면……"

"개가 죽어도 그건 내 책임이 아니오!" 사내가 겁에 질린 표정으로 말을 막으며 떨리는 손으로 유대인의 팔을 붙잡았다. "그걸 명심하라고, 페이긴! 난 그 일에 전혀 끼어들지 않았다고. 무엇이든 좋지만 개가 죽는 것만은 반대라고 처음부터 말하지 않았소. 난 피를 흘리지는 않겠어. 그건 탄로가 나게 마련이고, 사람을 끝까지 따라다니며 괴롭히지. 만약에 개가 총에 맞아 죽었다고 해도 그건 내 탓이 아니오, 알겠소? 이놈의 지옥 같은 소굴을 확 태워버릴라! 저건 뭐야?"

"뭐가?" 유대인이 벌떡 일어서는 이 겁쟁이의 몸을 두 팔로 붙잡으면서 소리쳤다. "어디 뭐가 있어?"

"저기!" 사내가 희미하게 빛나는 반대편 벽을 보면서 대답했다. "저 그림자! 어떤 여자의 그림자를 봤다고. 망토에 보닛을 쓰고 단숨에 벽을 스쳐가는 것을 봤단 말이오!"

유대인이 잡고 있던 팔을 놓아주었고 그들은 방에서 요란스럽게 달려나갔다. 촛불은 바람에 흔들리며 제자리에 그대로 있었다. 그 불빛 속에 그들 눈에 보인 것은 그저 텅 빈 계단과 자신들의 새하얗게 질린 얼굴뿐이었다. 그들은 주의를 집중해서 열심히 귀를 기울였지만 집 안엔 깊은 침묵만 맴돌 뿐이었다

"자네 헛것을 봤구먼." 유대인이 촛불을 들고 상대를 돌아보며 말했다.

"맹세코 분명히 봤다니까!" 몽스가 부들부들 떨면서 대답했다. "처음 봤을 때는 앞으로 허리를 굽히고 있었는데, 내가 소리를 지르니까 쏜살같이 뛰어갔다고."

유대인이 경멸의 눈초리로 자기 동료의 창백한 얼굴을 흘끗 보더니, 따라오고 싶으면 따라오라고 한 후 계단을 올라갔다. 그들은 방을 모조리 다 뒤져보았지만 어디나 썰렁하고 가구 하나 없이 텅 비어 있을 뿐이다. 그들은 복도로 걸어내려갔고 아래층 다락도 뒤져보았다. 낮은 벽마다 퍼렇게 곰팡이가 피어 있었고 달팽이와 벌레들이 지나간 자국이 촛불에 반들거리며 빛나고 있었다. 그러나 모든 것은 죽은 듯이 고요했다.

"어떻게 생각하나, 이제?" 그들이 다시 복도로 나왔을 때 유대인이 말했다. "우리들 말고는 이 집에 토비하고 애들밖엔 없네. 그리고 그애들도 걱정 없어. 이걸 봐!"

유대인은 증거로 주머니에서 열쇠 두개를 꺼냈고, 둘의 대화에 방해가 되지 않도록 아까 집으로 들어왔을 때 먼저 아래층으로 가서 그들의 방문을 밖에서 잠갔다고 설명했다.

이러한 여러가지 증언으로 몽스씨는 머뭇거릴 수밖에 없었다. 아무리 수색을 해도 아무것도 나오지 않자 그의 주장은 점점 약해졌다. 그러자 그는 징그럽게 몇번 웃으면서 자기가 흥분해서 헛것을 본 것 같다고 자백했다. 그러나 그는 갑자기 그때가 1시가 지났음을 깨닫고는 그날 밤에 더이상 대화를 계속하는 것을 사양했다. 그리하여 이 사이좋은 한쌍은 헤어졌다.

# 제27장
## 지극히 무례하게 숙녀를 버리고 간
## 앞장에서의 죄를 갚는다

    미천한 작가의 신분으로서 말단 교구관처럼 위대하신 몸을 벽난로에 기대고 코트자락을 양팔 밑으로 둘둘 말아올린 채, 내킬 때까지 우두커니 기다리게 하는 것은 전혀 법도에 맞는 일이 아닐 것이다. 더군다나 이 말단 교구관이 다정하고 친근하게 바라보았고 달콤한 말을 속삭였던 — 이러한 인물에게서 이런 말을 듣는 한 세상의 어떤 처녀나 부인이건 가슴이 설레지 않을 수 없을 텐데 — 숙녀를 마찬가지의 상태로 방치해두는 것은 작가의 지위나 여성에 대한 도리에 맞지 않는 일이리라. 따라서 펜을 들고 백지에 이 글을 적어가는 필자는 — 자기 처지를 알고 또한 이 땅에서 높고도 중요한 권위가 위임된 분들에게 적절한 경의를 표할 줄 안다고 믿기에 — 이들에게 그 지위에 합당한 존경심을 전하는 바이며, 그 지극히 높은 직급과 (여기에서 비롯되는) 굉장한 덕망이 작가에게 정언적으로 요구하는 순종의 예를 갖추고 서둘러 이분들을 다루고

자 한다. 실제로 바로 이를 위해 필자는 이 자리에서 말단 교구관의 신성한 권력을 운위하고, 말단 교구관이란 오류를 범하는 법이 없다는 논지의 논술을 개진할 계획이었다. 이것은 올바른 생각을 가진 독자에게 즐거우면서도 유익할 수밖에 없을 것이나, 불행하게도 시간과 지면의 부족으로 인해 좀더 편리하고 적절한 기회로 미루지 않을 수 없다. 그때가 되면 다음과 같은 점을 증명할 준비가 되어 있으니, 그것은 제대로 소양을 갖춘 말단 교구관, 즉 교구 교회에서 공식적 임무를 띠고 재직하는 교구 구빈원 소속 말단 관리는 직분의 권위와 덕망에 맞게 인간으로서 가장 뛰어난 최고수준의 자질을 갖고 있다는 것이다. 아울러 회사의 일반 직원이나 법정의 말단 관리, 심지어 분회당 말단 관리들은 (분회당 말단 관리들은 다소 예외이긴 해도 여전히 한참 아래 급인데) 자신들이 이러한 훌륭한 점들을 갖추고 있다고 전혀 주장할 수 없다는 것이다.

범블씨는 다시 찻숟가락을 세어보고 설탕집게를 달아보고 우유단지 하나하나를 자세히 살펴보더니, 의자에 깐 말털 시트의 미세한 점에 이르기까지 가구들의 정확한 상태를 완벽하게 확인했다. 그는 각 과정을 대여섯번씩 반복하고 나서야, 코니 부인이 돌아올 시간이 되었다고 생각했다. 생각은 생각을 낳는 법. 코니 부인이 오는 소리가 들리지 않자 범블씨는 그녀의 서랍장 내부를 대충 훑어보며 호기심을 해소하는 일이 별 탈 없이 시간을 보내기에 알맞은 방법이 되리라 언뜻 생각했다.

열쇠구멍에 귀를 대고 방으로 다가오는 사람이 아무도 없다는 것을 확인한 후, 범블씨는 맨 밑에서부터 시작해서 세개의 긴 서랍의 내용물들과 친숙해지기 시작했다. 서랍에는 말린 라벤더 잎사귀를 뿌리고 헌 신문지에 끼워 조심스럽게 보관해둔, 유행에 잘 맞고 감이 좋은 여러가지 옷가지들이 가득 차 있었는데, 그는 그것을 보고 대단히 만족한 것 같았다. 이윽고 오른쪽 구석의 서랍에 이르러(거기엔 열쇠가 있었다) 그 안에 작은 맹꽁이자물쇠로 잠긴 상자가 있는 것을 보고 그것을 흔들었는데, 동전이 딸랑거리는 듯한 경쾌한 소리가 났다. 이 소리를 듣고 난 범블씨는 당당한 걸음으로 벽난로로 돌아와서, 처음의 자세를 다시 취하며 근엄하고 단호한 투로 말했다. "난 하고 말 거야!" 그는 이렇게 놀라운 선언을 한 다음, 마치 자신이 그렇게 재미난 녀석인 것을 질책이라도 하듯이 익살맞게 십분간 머리를 흔들고 나서 매우 즐겁고 재미있다는 투로 자기 다리의 윤곽을 내려다보는 것이었다.

그가 이렇게 평온하게 자기 다리를 탐사하는 일에 몰두하고 있을 때, 코니 부인이 방 안으로 급히 들어와 숨을 몰아쉬며 난롯가의 의자에 몸을 던지더니 한 손으로 두 눈을 가리고 다른 손은 가슴에 얹은 채 헐떡거렸다.

"코니 부인." 범블씨가 간호부장에게 몸을 숙이며 말했다. "왜 그러십니까, 부인? 무슨 일이 있었어요, 부인? 제발 대답 좀 해봐요, 이거 걱정이 돼서…… 꼭……" 범블씨가 놀란 통에 '가시방석에 앉은 기분이다'라는 말을 금세 생각해내지 못하고 대신 "가시밭에 서 있는 기분이오"라고 말했다.

"아, 범블씨!" 숙녀가 외쳤다. "지독하게도 난처했어요!"

"난처했다고요, 부인?" 범블씨가 소리쳤다. "누가 감히 그런 짓을……? 이거, 보나마나군!" 범블씨가 타고난 위엄을 갖추며 신중하게 말했다. "악독한 극빈자 놈들이 그랬군!"

"생각만 해도 끔찍해요!" 숙녀가 치를 떨며 말했다.

"그러면 아예 생각을 하지 마시죠, 부인." 범블씨가 대꾸했다.

"생각 안 할 수가 없다고요." 숙녀가 훌쩍거렸다.

"뭘 좀 마시겠소, 부인?" 범블씨가 달래듯이 말했다. "포도주 좀 드릴까요?"

"세상에나, 안 돼요!" 코니 부인이 대답했다. "전 못해요…… 아! 오른쪽 구석에 있는 선반 맨 위에…… 아!" 이 훌륭한 숙녀는 이렇게 말하면서 정신 나간 사람처럼 손가락으로 찬장을 가리키며 발작을 하듯 부르르 몸을 떨었다. 범블씨는 찬장으로 달려가서 이처럼 앞뒤가 맞지 않게 지목된 선반에서 1파인트들이 초록빛 병을 잡아채더니 찻잔에 따라 숙녀의 입술에 갖다 댔다.

"좀 낫군요." 코니 부인이 그것을 반쯤 마신 후 의자에 몸을 기대며 말했다.

범블씨는 하늘에 감사하는 눈빛으로 경건하게 천장을 올려다보고, 다시 컵 가장자리로 눈길을 내린 후 자기 코앞까지 잔을 들어올렸다.

"페퍼민트예요." 코니 부인이 가냘픈 목소리로 외치면서 말단 교구관을 향해 부드럽게 미소를 지었다. "맛을 보세요! 다른 것도 조금…… 아주 조금 타두었거든요."

범블씨는 미심쩍은 표정으로 이 약의 맛을 보았고, 입맛을 다시더니, 또 한번 맛을 보고 빈잔을 내려놓았다.

"괜찮죠?" 코니 부인이 말했다.

"진짜 그렇군요, 부인." 교구관이 이렇게 말하면서 간호부장 옆으로 의자를 당기고 왜 그렇게 언짢았느냐고 다정하게 물었다.

"아무것도 아니에요." 코니 부인이 대답했다. "그냥 제가 바보 같고, 흥분 잘하고, 연약해서 그래요."

"연약하다니요, 부인." 범블씨가 의자를 좀더 가까이 당기며 반박했다. "당신이 연약하다고요, 코니 부인?"

"우리 모두 연약한 존재들이지요." 코니 부인이 일반적인 원칙을 내세웠다.

"그건 그렇지요." 말단 교구관이 말했다.

그후 일이분간 양쪽에서 아무 말도 없었다. 그러다가 범블씨는 코니 부인의 의자 등받이에 미리 갖다놓은 자기의 왼손을 들어 그녀의 앞치마 끈을 조금씩 휘감는 것으로써 그러한 논지를 예시했다.

"우린 모두 연약한 존재들이지요." 범블씨가 말했다.

코니 부인은 한숨을 쉬었다.

"한숨 쉬지 마세요, 코니 부인." 범블씨가 말했다.

"어쩔 수가 없군요." 코니 부인이 말했다. 그리고 다시금 한숨을 쉬었다.

"이 방은 참 안락하군요, 부인." 범블씨가 주위를 둘러보면서 말했다. "여기에다 방 하나만 더 있으면, 부인, 아주 완벽하겠군요."

"혼자 쓰기엔 너무 넓겠죠." 숙녀가 중얼거렸다.

"둘이 쓴다면 그렇지도 않죠." 범블씨가 부드러운 어투로 응수했다. "에, 코니 부인?"

코니 부인은 말단 교구관의 말을 듣고 고개를 떨구었고, 말단 교구관도 코니 부인의 얼굴을 보기 위해서 고개를 숙였다. 코니 부인은 매우 적절하게 고개를 돌렸고, 손수건을 집으려다가 무심결에 범블씨의 손에 자기 손을 갖다놓았다.

"이사회에서 석탄은 대주지요, 안 그렇소, 코니 부인?" 말단 교구관이 그녀의 손을 다정하게 꼭 쥐면서 물었다.

"양초도 그래요." 코니 부인이 응답으로 범블의 손을 살짝 쥐어주면서 대답했다.

"석탄, 양초, 그리고 집세도 공짜라." 범블씨가 말했다. "아, 코니 부인, 당신은 정말 천사이십니다!"

숙녀는 이러한 감정의 폭발에 넘어가지 않을 만큼 강하지는 않았다. 그녀는 범블씨의 팔에 푹 안겼고, 신사는 격앙되어 그녀의 정숙한 코에다 열정적인 키스를 했다.

"참으로 교구적인 완벽함이로다!" 범블씨가 열광하여 소리쳤다. "슬라우트씨의 병세가 오늘 밤 더 악화됐다는 것을 아시나요, 날 사로잡은 그대여?"

"네." 코니 부인이 수줍은 듯 대답했다.

"의사 얘기로는 그 친구 기껏해야 일주일도 안 남았다더군요." 범블씨가 계속했다. "그 사람이 여기 구빈원장이니 그가 죽으면 빈자리가 날 테고, 그 자리는 메워져야 할 것이오. 아, 코니 부인, 그렇게만 된다면! 우리의 마음과 살림을 결합할 절호의 기회요!"

코니 부인은 훌쩍거리며 울었다.

"한마디만 더 할까?" 범블씨가 수줍어하는 미녀에게 몸을 숙이면서 말했다. "아주 짧고도 짧게, 딱 한마디만 더 할까, 축복받은 나의 코니?"

"그…… 그…… 그래요!" 간호부장이 한숨 쉬듯 말했다.

"한마디만 더," 말단 교구관이 이어서 말했다. "한마디만 더 할 수 있도록 사랑하는 그대의 감정을 좀 가라앉혀주오. 언제 할까요?"

코니 부인은 두번씩이나 말을 하려 했으나 두번 다 실패했다. 마침내 그녀는 용기를 내서 범블씨의 목에 두 팔을 걸고 그가 좋다면 최대한 빨리 하자고, 그리고 그에게 '못 말리는 자기'라고 말했다.

일이 이렇게 다정하고도 만족스럽게 처리되자, 계약은 페퍼민트 칵테일을 다시 한잔 가득 따라 나누는 것으로 엄숙히 재가되었으니, 이것은 숙녀의 마음이 동요하고 흥분했기 때문에 특히 더 필요한 절차였다. 술을 마시는 중에 그녀는 범블씨에게 노파의 죽음을 알려주었다.

"좋아." 신사가 페퍼민트를 홀짝 마시면서 말했다. "내가 집에 가는 길에 소어베리네 들러서, 내일 아침에 사람을 보내라고 하지. 그것 때문에 놀랐던 거요, 당신?"

"뭐 별거 아니었어요, 자기." 숙녀가 대답을 얼버무렸다.

"뭔가 있었을 것 같은데, 당신." 범블씨가 다그쳤다. "나한테만 살짝 말해주지 않겠어?"

"지금은 안 돼요." 숙녀가 대꾸했다. "나중에 언제 날 잡아서, 우리가 결혼한 다음에 얘기해요, 자기."

"결혼한 후에라!" 범블씨가 소리쳤다. "구빈원에 있는 어떤 녀석이 건방지게 군 것은 아니겠지……"

"아뇨, 아니에요, 자기."

"만약에 그런 일이 있다면……" 범블씨가 말을 이었다. "만약에 누구건 감히 그 천한 눈을 들어 이 아름다운 얼굴을 쳐다보기만 하면 그냥……"

"감히 그러지 못할 거예요, 자기." 숙녀가 대답했다.

"안 그러는 게 신상에 좋겠지!" 범블씨가 주먹을 불끈 쥐면서 말했다. "교구 안에서건 교구 밖에서건 어떤 녀석이든 감히 그런 짓을 하는 것을 보면, 두번 다시 그러지 못하도록 만들어놓을 거야!"

이렇게 말하면서 격렬한 몸짓으로 장단을 맞추지 않았다면 숙녀의 매력에 대해 그다지 칭송하지 않는 것으로 보였을지도 모른다. 그러나 범블씨가 이렇게 협박을 하며 여러 호전적인 몸짓을 동반했으니, 그녀는 이렇게 자기에게 헌신하는 것에 매우 감동하고 찬탄해 마지않으면서 단언하기를, 그는 정말 귀여운 비둘기라고 했다.

그후 이 귀여운 비둘기는 자신의 외투깃을 세우고 삼각모자를 눌러쓰더니 미래의 반려자와 길고도 다정한 포옹을 나눈 다음, 차가운 밤공기에 다시 한번 과감히 맞서서 나아갔다. 그는 남자 극빈자들이 수용된 건물에 몇분간 들러서, 자기가 쓴맛을 적절히 보여주며 구빈원장의 임무를 수행할 수 있는지를 확인할 목적으로 그들을 좀 괴롭혔다. 자기의 자격에 대해 확신이 서자, 범블씨는 가벼운 마음으로, 또한 승진을 하리라는 미래의 밝은 전망을 그려보며 그 건물을 떠나갔다. 장의사에 다다를 때까지 그의 머리에는 이런 생각이 가득 차 있었던 것이다.

그런데 소어베리 내외는 차를 곁들인 저녁식사를 하러 나가서 없었다. 노어 클레이폴은 먹고 마시는 두가지 기능을 편리하게 실행하는 데 꼭 필요한 이상으로는 자발적으로 몸을 움직이기 싫어하는 사람이었으니, 이미 폐점할 시간이 지났건만 가게 문은 닫혀 있지 않았다. 범블씨가 단장으로 계산대를 몇번 두드렸으나 아무도 나와 보지 않았다. 그는 가게 뒤쪽의 작은 거실 유리창으로 불빛이 비치는 것을 보고 무슨 일이 벌어지는지 남의 집 안을 엿볼 맘을 먹었는데, 막상 벌어지고 있는 일을 보자 보통 놀란 것이 아니었다.

저녁상이 준비되어 있었는데, 탁자는 빵과 버터, 접시들과 유리잔들, 흑맥주단지와 포도주병으로 꽉 차 있었다. 식탁의 윗자리에는 노어 클레이폴씨가 안락의자 팔걸이에 다리 하나를 얹고 축 늘어진 채 앉아서, 한 손에는 접칼을 그리고 다른 손에는 버터를 바른 큼직한 빵조각을 들고 있었다. 그의 뒤에 샬럿이 바짝 붙어서서

통에서 굴을 꺼내 까주고 있었는데, 클레이폴씨는 놀라운 식욕으로 그것을 게걸스럽게 삼켜주는 은혜를 베풀고 있었다. 이 어린 신사의 코 주위가 유달리 빨갛고, 오른쪽 눈이 찌그러져 움직이지 않는 것으로 보아 그가 술에 좀 취해 있음을 알 수 있었다. 그가 매우 맛있게 굴을 먹는 것이 이 증상들을 확증해주었다. 이것은 열이 나는 뱃속을 시원하게 식혀주는 굴의 고유한 성질을 한껏 음미하는 것이 아니라면 달리 충분하게 설명할 길이 없는 현상이다.

"이거 아주 먹음직스럽게 통통한 놈이야, 노어, 자기!" 샬럿이 말했다. "맛을 좀 봐, 어서, 이것만은 꼭."

"굴이란 참 맛있는 거구먼!" 굴을 삼킨 클레이폴씨가 말했다. "좀 많이 먹으면 속이 불편해지는 것이 참 안된 일이야, 그렇지, 샬럿?"

"진짜 잔인한 일이지." 샬럿이 말했다.

"맞아." 클레이폴씨가 수긍했다. "넌 굴 안 좋아하니?"

"썩 좋아하진 않아." 샬럿이 대답했다. "난 자기가 먹는 걸 보는 게 좋아, 노어. 내가 직접 먹는 것보다도 말이야."

"그래!" 노어는 사색에 잠기는 듯했다. "참 별나구나!"

"하나 더 먹어." 샬럿이 말했다. "여기 아가미가 아주 섬세하고 예쁜 놈이 하나 있어."

"이제 더이상 못 먹겠다." 노어가 말했다. "정말 미안해. 이리 와, 샬럿. 키스해줄게."

"뭐야!" 범블씨가 방 안으로 뛰어들면서 말했다. "다시 한번 말해보시지."

샬럿은 비명을 지르고 앞치마로 얼굴을 가렸다. 클레이폴씨는 발을 땅에 대는 것 이상으로 자세를 바꾸지 못하고, 술에 취한 채 공포에 질려 말단 교구관을 바라보았다.

"다시 한번 말해봐, 이 사악하고 뻔뻔스러운 녀석아!" 범블씨가 말했다. "감히 그런 말을 해, 응? 그리고 이 건방진 왈가닥 년, 감히 사내를 부추기다니? 키스를 한다고!" 범블씨는 매우 화가 나서 소리쳤다. "하 참!"

"진짜 그러려는 것은 아니었어요!" 노어가 울먹이며 말했다. "얘가 늘 나한테 키스하고 그런다고요, 내가 좋아하건 싫어하건."

"아니, 노어." 샬럿이 원망하듯 소리쳤다.

"네가 그러잖아, 저도 잘 알면서!" 노어가 반박했다. "얘가 늘 그런다고요. 범블 선생님, 있잖아요, 얘가 내 턱을 쓰다듬고, 그리고 별별 수작을 다 건다고요, 네!"

"시끄러워!" 범블씨가 엄하게 외쳤다. "아가씨는 아래층으로 내려가시지. 노어, 가게를 닫아. 주인어른이 오시기 전에 한마디라도 더 하면 어떻게 되나 보자. 그리고 들어오시면 범블 선생님이 내일 아침식사 후에 노파용 내관內棺을 보내라고 했다고 전해. 알았나, 자네? 키스라니!" 범블씨가 두 손을 치켜들면서 외쳤다. "교구 관할지역의 아랫것들의 죄와 사악함이 아주 끔찍할 정도로다! 의회가 이런 혐오스러운 행실을 심각하게 다루지 않는다면 이 나라는 망할 거야, 그리고 농군다운 인격은 영원히 사라져버릴 거고!" 말단 교구관은 이렇게 말하면서 고매하고도 암울한 기분으로 성큼성큼 걸어 장의사네 집에서 나갔다.

이제 우리가 이만큼 범블씨가 자기 집으로 가는 길을 따라갔고 노파의 장례에 필요한 모든 준비를 다 했으니, 어린 올리버 트위스트의 안부를 물으러 길을 떠나, 그가 아직도 토비 크래킷이 내버려둔 도랑에 누워 있는지를 확인해보기로 하자.

# 제28장
## 올리버를 돌보며 그의 모험을 계속 추적한다

"빌어먹을 놈들, 늑대한테 목덜미를 갈기갈기 물어뜯겨라!" 사익스가 이빨을 으드득 갈면서 내뱉었다. "내가 네놈들을 덮쳤다면 더 쉰 목소리로 짖어대게 만들었을 텐데 말이야."

사익스는 매우 필사적으로 사납게 으르렁거리며 이런 욕지거리를 하면서, 무릎을 구부려 그 위에 부상당한 아이를 내려놓고 잠시 추적자들을 돌아보았다.

안개와 어둠 때문에 눈으로 분간해낼 수 있는 것은 거의 없었다. 그러나 사내들의 커다란 외침이 허공에 울리고, 경보 종소리에 흥분한 인근의 개들이 짖는 소리가 사방에서 울려오고 있었다.

"멈춰, 이 겁쟁이 개새끼야!" 강도가 토비 크래킷 뒤에다 대고 소리를 쳤는데 토비는 그의 긴 다리를 최대한 이용해서 이미 저만치 앞질러가고 있었던 것이다. "멈춰!"

그가 반복해서 소리를 지르자 토비는 그 자리에 꼼짝 안 하고 멈쳐섰다. 자기가 권총 사정거리에서 확실히 벗어났는지 자신이 없었고, 사익스가 자기와 장난칠 기분이 아닐 것이기 때문이었다.

"애를 같이 데리고 가잔 말이야." 사익스가 자기 공모자를 부르면서 격렬하게 소리쳤다. "돌아와!"

토비는 돌아가겠다는 시늉을 하긴 했으나, 천천히 걸어오면서 별로 내키지 않는다고, 낮은 목소리로 헐떡거리며 말했다.

"더 빨리 와!" 사익스가 아이를 발치의 도랑에다 내려놓고 주머니에서 권총을 꺼내며 소리쳤다. "내 앞에서 허튼수작 부리지 마."

이 순간 쫓아오는 소리는 더욱 커졌다. 사익스가 다시 한번 돌아보니 뒤쫓아오던 사람들이 벌써 지금 자기가 서 있는 밭의 울타리를 기어올라오고 개 두어마리는 그들보다 몇걸음 앞선 것을 알 수 있었다.

"이젠 다 끝장이야, 빌!" 토비가 소리쳤다. "애를 놔두고 줄행랑치라고." 크래킷씨는 이렇게 마지막 충고를 해주고서, 적에게 확실하게 붙잡히느니 자기 친구한테 총을 맞을지 모르는 게 낫다고 생각하며 꽁무니를 빼고 전속력으로 질주했다. 사익스는 이빨을 꽉 다문 채 뒤를 한번 둘러본 후, 쭉 뻗어버린 올리버의 몸 위에다 조금 전에 그를 급히 감쌌던 망토를 던져놓았다. 그러고는 추격하는 사람들의 주의를 분산시키려는 듯, 아이가 누워 있는 지점에서 울타리 정면과 나란한 방향으로 뛰었다. 그는 그 울타리와 직각으로 만나는 또다른 울타리에서 약 일초간 멈췄고, 허공에 권총을 높이 흔들면서 단번에 한발을 쏘고 금세 사라져버렸다.

"어이, 어이, 그만!" 후미에서 겁먹은 듯한 외침이 들려왔다. "핀처! 넵튠! 이리 와, 이리 와!"

개들 또한 자기 주인들과 마찬가지로 지금 하고 있는 놀이에 특별한 흥미를 느끼지 못했는지 이 명령에 즉각 응했다. 이때쯤엔 세 남자가 밭으로 조금 나아가서는 서로 상의를 하느라 멈춰서고 있었다.

"내 충고는, 아니면 적어도 내 명령은 말이야," 그중 가장 뚱뚱한 사람이 말했다. "즉시 집으로 돌아가자는 걸세."

"자일스씨가 좋다면 저도 뭐든지 좋아요." 그보다 키가 작은 사내가 대답했는데, 그는 절대 날씬한 몸집은 아니었고, 매우 창백하고 매우 정중했다. 겁먹은 사람들이 대개 그렇듯이.

"나도 예의 없는 사람으로 보이고 싶진 않습니다, 여러분." 개들을 돌아오라고 불렀던 세번째 사내가 말했다. "자일스씨가 잘 알아서 하신 말씀이겠죠."

"물론입니다." 키가 좀 작은 사내가 대답했다. "그리고 무엇이건 자일스씨가 하시는 말씀이라면 우리 분수에 반대할 수도 없지요. 안 돼요, 안 된다고요. 전 제 처치(처지)를 압니다! 타고난 운수 덕분에 제 처치를 알지요." 사실인즉, 이 키 작은 사내는 진짜로 자기 처지를 잘 아는 듯했고, 더군다나 현재의 처지가 전혀 바람직하지 않다는 것을 아주 분명히 아는 듯했는데, 왜냐하면 그는 말을 하면서 이빨을 타닥거리며 떨고 있었기 때문이다.

"브리틀스, 자네 겁을 먹었군." 자일스씨가 말했다.

"아니에요." 브리틀스가 말했다.

"뭐가 아냐?" 자일스가 말했다.

"그건 거짓말이에요. 자일스씨." 브리틀스가 말했다.

"거짓말쟁이는 자네야, 브리틀스." 자일스씨가 말했다.

자, 이 네번의 반박은 자일스씨의 조롱에서 야기된 것이고, 자일스씨의 조롱은 집으로 돌아가는 책임을 칭송의 허울 아래 자신이 덮어쓴 것에 대한 분노에서 야기된 것이었다. 세번째 사내가 지극히 철학적으로 이 분쟁을 종식시켰다.

"뭐가 문제인지 내가 말해주겠소, 여러분." 그는 말했다. "우리 모두 겁을 먹은 것입니다."

"당신도 자기 입장을 밝히라고." 그중 가장 창백한 자일스씨가 말했다.

"바로 그러고 있습니다." 사내가 대답했다. "이러한 정황에서 겁을 먹는 것은 자연스럽고 적절한 일이오. 사실 나는 겁을 먹었소."

"저도 그래요." 브리틀스가 말했다. "하지만 남한테 당신 겁먹었지 하고 그렇게 톡 튀게 말해줄 필요는 없잖아요."

이렇게 솔직하게 서로 인정을 하자 자일스씨는 누그러져서 자기도 겁을 먹었다고 즉시 자백했다. 이에 셋이 일제히 뒤로돌아를 하더니 완전한 만장일치 속에서 집으로 달리다가, 자일스씨가 (그중에서 가장 숨을 헐떡거렸고 갈퀴를 들고 뛰느라 거북했던지라) 매우 훌륭하게도 멈춰서자고 고집을 했고 자신이 성급하게 말을 한 것에 대해 사과를 했다.

"하지만 놀랍지 않나?" 자일스씨가 해명을 마친 후에 말했다. "사람이 흥분해서 피가 끓으면 못할 일이 없다니깐. 아마 난 누굴 죽이고 말았을 거야. 분명 그랬을 거라고. 우리가 그놈들 중 하나를 붙잡았다면 말일세."

다른 두사람도 비슷한 예감을 가졌고 자일스처럼 그들의 혈기도 다시 가라앉았기에, 자기들의 기분이 왜 이렇게 갑자기 변했을까 다소간의 추측을 했다.

"난 무엇 때문에 그랬는지 알아." 자일스씨가 말했다. "그 울타리 때문이었지."

"정말 그런 것 같아요." 브리틀스가 그 말을 즉시 인정하면서 소리쳤다.

"내 말을 믿어도 될 거야." 자일스씨가 말했다. "바로 그 울타리가 흥분의 도가니를 식혔다고. 난 거기를 기어올라갈 때 흥분이 갑자기 식어버리는 것을 느꼈다네."

놀라운 우연의 일치지만 다른 두사람에게도 바로 똑같은 순간에 똑같이 불쾌한 기분이 엄습해왔다는 것이다. 따라서 그 원인이 울타리라는 것은 매우 명백했다. 특히, 세사람 모두 바로 그때 강도들을 보았음을 기억했기에 기분의 변화가 일어난 시점에 대해서는 의문의 여지가 없었기 때문이다.

이 대화는 도둑들을 불시에 덮친 두 남자와 헛간에서 자다가 그의 두 잡종 개들과 함께 분기하여 추적에 동참한 떠돌이 땜장이 사이에서 이루어진 것이었다. 자일스씨는 저택의 주인마님의 집사와 청지기 노릇을 겸하고 있었고, 브리틀스는 아주 어린아이일 때부터 그 집에서 일을 한 머슴이었는데 서른살이 넘었음에도 불구하고 아직도 앞길이 창창한 소년으로 취급받고 있었다.

그들은 이렇게 서로 격려를 주고받았다. 그러나 여전히 아주 가까이 붙어서서, 바람이 가지 사이로 휙 하고 불어올 때마다 근심스럽게 주위를 둘러보았다. 그렇게 하면서 세사람은, 도둑들의 사격 표적이 되지 않도록 나무 밑에 놓아둔 등잔 쪽으로 서둘러 돌아갔다. 그들은 등잔을 집어들고 집을 향해 최대한 빠른 걸음으로 돌아갔다. 그들의 희미한 형체를 더이상 분간할 수 없게 된 한참 뒤에도, 마치 그들이 날쌔게 질러간 습하고 음울한 공기가 숨을 내쉬는 듯 멀리서 불빛이 반짝거리며 춤을 추는 것을 볼 수 있었다.

서서히 새벽이 다가오자 공기는 더욱 차가워졌고, 안개는 짙은 연기처럼 땅을 따라 감돌았다. 풀잎은 촉촉했고 오솔길과 저지대는 온통 진흙과 물기로 가득했는데, 습기 찬 바람이 음산하게 불어와 깊은 신음 소리를 내면서 지나갔다. 올리버는 사익스가 버리고 간 그 지점에서 여전히 꼼짝도 안 하고 정신을 잃은 채 누워 있었다.

아침은 빠르게 다가왔다. 희미한 새벽의 여명이 ── 그것은 낮의 탄생이라기보다는 밤의 죽음이었는데 ── 흐릿하게 하늘에 가물거리자, 대기는 날카롭게 살을 에는 듯했다. 어둠 속에서 음침하고 무시무시해 보이던 형체들은 점점 더 뚜렷해져서 차차 눈에 익숙한 모양들로 굳어졌다. 굵은 빗방울이 빠르게 떨어지면서 낙엽이 진수풀에 시끄럽게 재잘거렸다. 그러나 올리버는 몸을 두드리는 비를 느끼지 못했으니, 여전히 진흙 침상 위에서 아무의 도움도 없이 의식을 잃은 채 쓰러져 있었던 것이다.

마침내 고통에 찬 낮은 신음 소리가 주위에 가득한 정적을 깨뜨렸다. 아이는 신음을 하면서 잠에서 깨어났다. 숄로 대충 감아놓은 왼팔은 마비되어 겨드랑이에 축 늘어져 있었고, 붕대로 사용한 숄은 피로 푹 절어 있었다. 그는 너무나 기운이 없어서 겨우 몸을 일으켜 앉을 수밖에 없었다. 그후 그는 도움을 청하려고 힘없이 주위를 돌아보았고 다시 통증으로 신음했다. 춥고 기진맥진하여 뼈 마디마디를 덜덜 떨면서 일어서려 했으나 머리끝에서 발끝까지 부르르 떨더니 그만 다시 쓰러지고 말았다.

그렇게도 오랫동안 혼수상태에 빠져 있다가 잠시 정신을 차린 올리버는, 그냥 거기 가만히 누워 있으면 분명히 죽을 거라고 경고를 하는 듯한 가슴속의 섬뜩한 구역질에 자극을 받아서 두 발로 일어선 뒤 걸으려고 노력했다. 머리는 어지러웠고, 술 취한 사람처럼 앞뒤로 비틀거렸다. 그러면서도 그는 가까스로 몸을 지탱하고, 고개를 가슴에 푹 숙인 채 어디로 가는지는 몰라도 넘어질 듯 앞으로 나아갔다.

그런데 이제 그의 머릿속으로 온갖 당혹스럽고 복잡한 생각들이 밀려왔다. 그는 화가 나서 서로 말다툼을 하는 사익스와 크래킷 사이에서 여전히 걸어가는 것 같았는데, 그들이 하던 말들이 그대로 귓가에 맴도는 것이었다. 그러다가 그가 쓰러지지 않으려고 필사적인 노력을 하며 자신에게로 주의를 돌리면, 자기가 그들에게 얘기를 하고 있는 것이었다. 그리고 그 전날처럼 사익스와 단둘이서 타박타박 걷다가 그림자 같은 사람들이 지나쳐갈 때 강도가 그의 손목을 꽉 쥐는 것이 느껴졌다. 갑자기 그는 총성에 놀라 뒤로 물러섰다. 커다란 고함 소리들이 허공으로 퍼져갔고, 눈앞에 불빛이 번쩍거리고, 어떤 보이지 않는 손이 그를 서둘러 끌고 갔다. 모든 것은 다 시끄럽고 혼란스러웠다. 이렇게 재빠르게 지나치는 환상들 사이로 무엇인가 분명치 않은 불안한 통증이 스쳐가며 그를 끊임없이 지치게 하고 괴롭혔다.

이렇게 그는 비틀거리면서 앞에 나타나는 담장 대문들과 울타리 틈을 거의 기계적으로 느릿느릿 지나가서 큰길에 다다랐다. 그때 비가 몹시 퍼붓기 시작해서 그는 정신을 차렸다.

그는 주위를 둘러보았고, 그리 멀지 않은 곳에 집이 한채 있는 것을 보았다. 거기까지라면 충분히 갈 수 있을 듯했다. 자기의 처지를 가엾게 여겨서 그 집 사람들이 동정을 베풀지도 모를 일이었다. 그렇지 않다고 해도, 사람들 가까이서 죽는 것이 적막한 벌판에서 외로이 죽는 것보다는 더 나을 것이라고 생각했다. 그는 최후의 시도를 위해 온 힘을 다해 비틀거리며 그쪽으로 발을 움직였다.

집 근처에 이르자, 이 집을 어디선가 본 적이 있다는 느낌이 찾아왔다. 자세한 것은 전혀 기억이 나지 않았지만 집의 형체와 모습이 어딘가 친숙해 보였다.

저 정원의 담벼락! 그가 전날 밤 무릎을 꿇고 두 사내에게 자비를 베풀어달라고 빌었던 잔디밭이 있는 곳이다. 그들이 털려고 했던 바로 그 집이었다.

올리버가 이 장소를 알아본 순간 얼마나 강렬한 두려움이 엄습해왔는지 그는 상처의 고통도 잊고 오직 도망갈 생각만 하게 되었다. 도망이라! 그는 겨우 서 있을 힘밖에 없었다. 설령 그가 힘이 넘쳤다 한들 연약하고 어린 몸이 가긴 어디로 갈 것인가? 그는 대문을 밀었다. 문은 잠겨 있지 않았기에 옆으로 휙 열렸다. 그는 비틀거리며 잔디밭을 걸어가 계단으로 기어올라간 후 희미하게 문을 두드렸다. 그러고는 힘이 다 빠져서 작은 현관의 기둥에 기대어 쓰러져버렸다.

그때는 마침 자일스씨, 브리틀스, 그리고 땜장이가 부엌에서 다과를 들며 간밤의 피로와 공포 때문에 소모한 원기를 회복하던 참이었다. 그렇다고 자일스씨가 늘 아랫사람들이 자기한테 친하게 구는 것을 받아주는 편은 아니었다. 오히려 그는 그들에게 상냥하면서도 고고하게 처신하는 버릇이 있었으니, 이는 그들을 만족시켜주면서도 반드시 자신의 우월한 사회적 지위를 상기시켰다. 그러나 죽음과 화재와 강도질은 모든 사람을 다 동등하게 만드는 법. 그래서 자일스씨는 부엌의 난로 울 앞에 다리를 쭉 뻗고 앉아, 왼팔을 탁자에 기대고 오른팔로는 예를 들어가며 상세하고도 정밀하게 강도사건에 대해 설명하고 있었으니, 청중들은 (그중에도 특히 주방장 아줌마와 하녀가) 숨을 죽이고 흥미롭게 듣고 있었던 것이다.

"그때가 2시 반쯤 되었을 걸세." 자일스씨가 말했다. "아니면 뭐

3시 가까이 되었다 해도 별 상관은 없겠지만. 어쨌건 내가 잠이 깨서 침대에서 뒤척이는데(여기서 자일스씨는 의자에서 몸을 뒤척이고 식탁보 한 모퉁이를 끌어올려 그것이 이불인 양 덮는 시늉을 했다), 무슨 소리가 들리는 것 같지 않았겠나."

여기까지 이야기했을 때 주방장은 얼굴이 창백해져서 하녀아이에게 문을 닫으라고 했는데, 그는 브리틀스한테 대신 부탁을 했고, 브리틀스는 또 땜장이한테 부탁을 했으나 그는 못 들은 척했다.

"……소리가 들렸다고." 자일스씨가 계속 말을 이었다. "처음엔 내가, '이건 환청이야'라고 했지. 그러고선 잠을 청하려는데 다시 그 소리가 또렷하게 들리지 않겠어."

"무슨 소리였어요?" 주방장이 물었다.

"뭘 부수는 소리 같더라고." 자일스씨가 주위를 돌아보며 말했다.

"그것보다는 육두구 강판에 철봉을 맹렬히 내려치는 소리와 더 비슷했는데요." 브리틀스가 의견을 제시했다.

"자네가 들을 때쯤엔 그랬어." 자일스씨가 응수했다. "하지만 그때쯤엔 뭘 부수는 소리였다고. 난 이불을 걷고, 침대에 앉아서 귀를 기울였지." 자일스씨가 다시 식탁보를 걷어 둘둘 말면서 얘기했다.

주방장과 하녀는 동시에 "어머나!" 하는 소리를 토해냈고 의자를 서로 더 가까이 끌어당겼다.

"지금도 그 소리가 내겐 제법 훤하게 들리는군." 자일스씨가 말을 이었다. "'누군가가 문 아니면 창문을 따고 들어오려 하는군, 자, 어떻게 한다?' 난 말했지. '저 불쌍한 아이 브리틀스를 깨워야겠다. 아니면 침대에서 고스란히 죽음을 당할 거야. 자기도 모르는 사이에 그애의 목젖이 오른쪽에서 왼쪽으로 잘려나갈 거야, 자기도 모르는 사이에' 하고 나는 말했지."

이 대목에서 모든 눈이 다 브리틀스에게로 돌아갔고, 브리틀스는 입을 딱 벌리고 눈을 동그랗게 뜬 채 말하는 이를 응시했다. 그의 얼굴에 서린 공포감은 전혀 누그러들지 않았다.

"난 이불을 툭 내던졌어." 자일스씨가 식탁보를 내던지고 주방장과 하녀를 매우 무섭게 보며 말했다. "침대에서 살그머니 나와 윗도리를 걸치고 그다음에……"

"여자분들 앞인데요, 자일스씨." 땜장이가 중얼거렸다.[73]

"……신발을 신었단 말이야." 자일스씨가 그를 돌아보면서 이 말에 매우 강하게 힘을 주었다. "매일 저녁 접시세트와 함께 위층으로 올려보내는 장전한 권총을 집어들고 살금살금 브리틀스 방으로 갔지. 그를 깨운 후에 말했어, '브리틀스, 놀라지 말게!'"

"그러셨지요." 브리틀스가 낮은 목소리로 말했다.

"'브리틀스, 내 생각으로는 우린 죽은 거나 마찬가지야'라고 내가 말했지." 자일스가 계속 이어나갔다. "'하지만 겁먹지는 말게나'라고 했고."

"브리틀스가 진짜 겁을 먹었나요?" 주방장이 물었다.

"전혀 안 그랬지." 자일스씨가 대답했다. "전혀 흔들리지 않았어…… 에, 거의 나만큼이나."

"내가 거기 있었다면 놀라서 그 자리에서 죽어버렸을 거야, 진짜로." 하녀가 소견을 피력했다.

"넌 여자잖아." 브리틀스가 좀 기가 살아서 대꾸했다.

"브리틀스 말이 옳아." 자일스씨가 인정한다는 듯이 고개를 끄덕거리며 말했다. "여자들이 그러는 것은 당연한 일이겠지. 그러나 우

---

**73** 당시에는 '바지'라는 '외설스러운' 말은 숙녀 앞에서 못하게 되어 있었음.

리는 남자들이잖아. 우린 브리틀스 방 난로 시렁에 있던 암등을 들고, 말하자면 칠흑 같은 어둠 속에서 계단을 더듬으며 내려갔네."

자일스씨가 얘기에 적절한 제스처를 가미하기 위해 자리에서 일어나 눈을 감고 두어걸음 걸어나가다, 갑자기 나머지 사람들과 마찬가지로 놀라서 눈을 동그랗게 뜨고 서둘러 의자로 다시 돌아갔다. 주방장과 하녀는 비명을 질렀다.

"문 두드리는 소리가 났어." 자일스씨가 완벽하게 평정을 유지하는 체하며 말했다. "누구 문 좀 열지."

아무도 움직이지 않았다.

"이런 아침에 문 두드리는 소리가 나다니, 참 괴상한 일이로군." 자일스씨가 주위의 창백한 얼굴들을 둘러보고, 아주 멍한 표정으로 말했다. "하지만 문은 열어야 할 것 아닌가. 안 들리나, 누구 좀?"

자일스씨가 이렇게 말하면서 브리틀스를 바라보았다. 그러나 이 젊은이는 천성이 겸손하고, 자기야 별것 아닌 사람이라는 생각에서 이 질문이 자기에겐 해당되지 않는다고 여겼는지 아무튼 아무 대답도 하지 않았다. 자일스씨는 땜장이에게 호소하는 눈길을 던졌으나 그는 갑자기 잠이 들었다. 여자들은 물론 논외였다.

"브리틀스가 문을 여는 걸 누군가 지켜볼 사람들이 필요하다면," 자일스씨는 잠시 침묵이 흐른 뒤 말했다. "나는 그중의 하나가 될 용의가 있네."

"나도 그렇소." 땜장이가 갑자기 잠들었던 만큼이나 갑자기 잠에서 깨어나 말했다.

브리틀스는 그만 이 조건을 수락하고 말았고, 일동은 (덧창을 열면서 알게 된 일이지만) 그때가 한낮이라는 사실을 깨닫고 다시 안도하면서 개들을 앞세우고 위층으로 올라갔다. 두 여자는 아래에 남아 있기가 무서웠기 때문에 맨 뒤에서 쫓아왔다. 자일스씨의 충고에 따라 그들은 모두 큰 소리로 떠들면서 밖에 있는 악한에게 자신들이 수적으로 우세하다는 것을 경고했고, 이 똑같이 꾀 많은 신사의 두뇌에서 나온 뛰어난 책략으로 거실에서 개들의 꼬리를 실컷 꼬집어 야만스럽게 짖도록 만들었던 것이다.

이런 예비조치들을 취한 후에, 자일스씨는 (그가 기분 좋게 말한 대로라면 도망치지 못하도록) 땜장이의 팔을 꽉 붙잡고 문을 열라는 명령을 내렸다. 브리틀스는 시키는 대로 했고, 일동은 겁먹은 듯 서로의 어깨 너머로 고개를 내밀고 쳐다보았으나, 그들이 목도한 무시무시한 대상이란 겨우 불쌍하고 나이 어린 올리버 트위스트가 기진맥진해서 무거운 눈꺼풀을 들고 묵묵히 동정을 간청하는 모습뿐이었다.

"겨우 어린애 아냐!" 자일스씨가 용맹스럽게 땜장이를 뒷전으로 밀어붙이며 소리쳤다. "아니, 이애가 무슨 일로…… 아니, 브리틀스…… 이거 봐…… 모르겠어?"

문을 열면서 문 뒤로 가 있던 브리틀스는 올리버를 보자마자 크게 비명을 질렀다. 자일스씨가 아이의 다리와 (다행히도 부러지지 않은) 팔을 하나씩 들어 안으로 끌고 들어와 거실 바닥에 큰대자로 눕혔다.

"잡았어요!" 자일스씨가 매우 흥분해서 계단 위에다 대고 고함을 질렀다. "도둑놈 하나를 잡았습니다, 마님! 여기 도둑 잡았다고요, 아가씨! 부상을 당했어요, 아가씨! 제가 쏜 놈이에요, 아가씨, 브리틀스는 불을 비추고 있었고요."

"……등불로 말입니다, 아씨." 브리틀스가 소리가 더 잘 들리도록 입에 한 손을 대고 외쳤다.

주방장과 하녀는 자일스씨가 강도를 잡았다는 소식을 전하려고 뛰어올라갔고, 땜장이는 교수형을 당하기도 전에 죽으면 안 된다고 올리버를 깨우느라 분주했다. 이렇게 난리법석을 떨고 있는데 부드러운 여자의 목소리가 들렸고, 그러자 주위가 즉시 잠잠해졌다.

"자일스!" 계단 위에서 속삭이는 목소리가 들렸다.

"여기 있습니다, 아가씨." 자일스씨가 대답했다. "놀라지 마세요, 아가씨. 전 별로 다치지 않았습니다. 뭐 이놈이 필사적으로 저항을 하진 않았거든요, 아가씨! 제가 그놈을 즉시 굴복시켰어요."

"쉿!" 아가씨가 대답했다. "여러분이 도둑만큼이나 고모님을 놀라게 해드리고 있어요. 그 불쌍한 사람이 많이 다쳤나요?"

"지독하게 다친 것 같습니다, 아가씨." 자일스가 형언할 수 없을 만큼 스스로 흡족해하며 대답했다.

"보아하니 막 숨이 넘어갈 것 같은데요, 아가씨." 브리틀스가 아까처럼 고함을 쳤다. "한번 내려와서 보지 않으실래요, 혹시 죽을지도 모르니까요, 아가씨!"

"쉿, 제발 좀. 자, 옳지!" 숙녀가 대꾸했다. "잠시만 좀 조용히 기다려요, 고모님한테 말씀드릴 테니."

이렇게 말한 여자는 목소리만큼이나 부드럽고 상냥하고 경쾌한 발걸음으로 사라졌다. 그녀는 곧 돌아와서 부상당한 사람을 위층 자일스씨 방으로 조심해서 데리고 올라오도록 했고, 브리틀스에게 조랑말에 안장을 얹고 즉시 처트시로 가서 최대한 빨리 순경과 의사를 데려오라는 지시를 전했다.

"그렇지만 오셔서 먼저 한번 보지 않으시겠어요, 아가씨?" 자일스씨는 올리버가 무슨 희귀한 새라도 되고 자기가 솜씨 좋게 쏴서 맞히기라도 한 것처럼 자랑스레 말했다. "한번 살짝만이라도요, 네?"

"지금은 싫어요, 무슨 일이 있어도." 아가씨가 대답했다. "불쌍한 사람! 아! 좀 친절하게 다뤄요, 자일스, 제발!"

이 늙은 집사는 상대방이 돌아서자, 친자식을 보듯이 그녀에게 자랑스럽고 찬탄해 마지않는 눈길을 던졌다. 그러고는 올리버에게 몸을 숙이고, 여자들에게서나 볼 수 있는 세심한 염려를 하면서 위층으로 그를 데리고 올라가는 것을 도왔다.

# 제29장
# 올리버가 몸을 의탁한 집의 식구들을 소개한다

현대적인 우아함이라기보다는 고풍스러운 안락함이 느껴지는 가구가 놓인 깔끔한 방에서 두 숙녀가 훌륭하게 차려진 아침상에 마주 앉아 있었다. 자일스씨는 위아래로 검은 집사옷을 세심하게 잘 차려입고 시중을 들고 있었다. 그는 식기 찬장과 식탁의 중간쯤 되는 곳에 자리를 잡고 있었다. 몸을 있는 대로 꼿꼿이 세우고 고개는 뒤로 젖혀 한쪽으로 약간 기울이고, 왼쪽 다리를 약간 앞으로 내민 채 오른손은 조끼에 찌르고 왼손은 밑으로 내려뜨려 쟁반을 잡고 있었으니, 마치 자신의 가치와 비중에 대해 아주 만족스러워하며 서 있는 것 같았다.

두 숙녀 중의 한사람은 제법 나이가 많았으나, 그녀가 앉아 있는 떡갈나무 의자의 높은 등받이도 그녀만큼 꼿꼿하지는 않았다. 그녀는 지극히 꼼꼼하고 단정한 옷차림을 하고 있었는데, 유행이 지난 옷에 당시의 유행을 약간 가미하여, 옛 복식의 효과를 손상시키는 게 아니라 더 돋보이게 하고 있었다. 그녀는 두 손을 식탁 위에 모으고 의연히 앉아 (나이를 먹었어도 시력이 거의 약화되지 않은) 눈으로 그녀의 어린 동료를 주의 깊게 응시하고 있었다.

젊은 숙녀는 아리땁게 활짝 피어난, 여성으로선 봄에 해당하는 시기에 있었다. 혹시 천사가 선량한 신의 사명을 지니고 인간의 형태를 부여받았다면, 바로 그녀의 형상을 하고 있으리라 생각해도 그다지 불경스럽지 않을 그런 나이였다.

그녀는 겨우 열일곱살이었다. 그녀의 몸이 얼마나 여리고 정교한 틀로 빚어졌는지, 또 그녀가 얼마나 부드럽고 상냥하며 얼마나 순수하고 아름다웠는지, 이 땅은 그녀에게 맞지 않고 속세의 거친 인간들은 그녀에게 어울리는 동료가 아닌 듯했다. 그녀의 깊고 푸른 눈에서 빛나며 고상한 머리에 새겨진 지성의 모습은 나이에 비해 월등했으며 이 세상 사람답지 않을 정도였다. 그러면서도 풍부한 변화를 지닌 상냥하고 선량한 표정과 얼굴에서 춤추는 수천개의 빛으로 인해 그녀에겐 그늘진 구석이 없었다. 무엇보다도 그 쾌활하고 행복한 미소는 가정을 위하여, 그리고 화롯가의 평화와 행복을 위하여 만들어진 것이었다.

그녀는 부지런히 식탁의 잔시중을 들고 있었다. 어쩌다 눈을 들어서 노부인의 눈길과 마주치면 그녀는 소박하게 땋아놓은 이마 위의 머리카락을 장난스럽게 걷어올렸다. 그녀는 그러면서 환한 표정을 지었으니, 어찌나 정겹고 꾸밈없는 아리따움이었는지 축복받은 정령들이 그녀를 바라보며 미소 지을 만할 정도였다.

"그런데 브리틀스가 간 지 벌써 한시간이 다 됐네, 그렇지?" 노부인이 잠깐 가만히 있다가 말했다.

"한시간하고 이십분입니다, 마님." 자일스씨가 검은 리본에 달린 은시계를 꺼내보면서 대답했다.

"그 아인 언제나 느리구나." 노부인이 말했다.

"예, 브리틀스는 항상 느린 아이입니다, 마님." 시중드는 자가 대답했다. 게다가 브리틀스가 삼십년 가까이 느린 아이였다는 것을 보면, 앞으로도 빠른 아이가 될 가능성은 별로 없어 보인다는 것이었다.

"나아지기는커녕 더 악화되는 것 같아." 노부인이 말했다.

"다른 아이들하고 노느라 늦는다면 변명의 여지가 전혀 없겠지요." 젊은 여자가 미소를 지으며 말했다.

자일스씨는 자기도 정중한 미소를 지어 보이는 것이 적절한 일일까 고려하는 중이었는데, 이때 단필 이륜마차 한대가 대문으로 다가왔다. 거기서 뚱뚱한 신사 하나가 뛰어나오더니 곧장 문으로 달려왔다. 그는 어떤 신비한 과정을 통과한 듯 재빨리 집 안으로 들어오더니, 방으로 불쑥 들어서다 자일스씨와 아침상을 둘 다 뒤엎을 뻔했다.

"이런!" 뚱뚱한 신사가 소리쳤다. "친애하는 메일리 부인, 얼마나 놀랐는지. 게다가 또 한밤중에 말이오…… 이런 경우는 진짜 들어본 적이 없습니다!"

이렇게 위로를 하면서 뚱뚱한 신사는 두 숙녀와 악수를 했고, 의자에 앉더니 다들 어떠시냐고 물었다.

"돌아가시지 않은 게 다행입니다. 진짜 겁에 질려서 돌아가실 뻔했겠지요." 뚱뚱한 신사가 말했다. "왜 저한테 사람을 보내지 않았습니까? 맙소사, 제 하인이 일분이면 왔을 거고, 저도 그랬을 거요. 제 조수도 아주 기뻐했을 테고. 누구건 이런 경우에는 그랬을 거라고요. 세상에, 세상에! 그렇게 예기치 못한 일을 당하다니! 게다가 한밤중에 말이오!"

의사는 강도가 예고도 없이 한밤중에 침입했다는 사실에 특별히 더 언짢아하는 것 같았다. 마치 집털이 분야에 종사하는 신사분들의 확립된 관례가 대낮에, 그리고 우편으로 한 이틀 전에 미리 오겠다는 약속을 하고 사업을 처리하는 것인 양.

"그리고 당신 로즈양도," 의사가 젊은 숙녀에게 고개를 돌리며 말했다. "난⋯⋯"

"아! 저도 정말 놀랐어요." 로즈가 그의 말을 막으며 말했다. "그보다 위층에 불쌍한 사람이 하나 있는데, 고모님은 선생님께서 가서 좀 봐주셨으면 해요."

"아! 그렇지요, 참." 의사가 대답했다. "그랬지요. 내가 알기론 그게 자일스, 자네의 작품이었다 이거지."

자일스씨는 열심히 찻잔을 치우다가 얼굴이 매우 발갛게 달아올라, 명예롭게도 자기가 그런 일을 했다고 말했다.

"명예라, 어?" 의사가 말했다. "글쎄, 난 잘 모르겠는데. 뒤꼍 부엌에서 도둑을 쏜 것이 열두걸음 떨어져 있는 결투 상대를 쏘아맞힌 것만큼 명예로운 일인지도 모르지. 자네가 결투를 했고 그쪽에서 허공에다 총을 쐈다고 치자고."

자일스씨는 문제를 이렇게 가볍게 다루는 것이 자신의 영광을 부당하게 축소하려는 시도라고 생각하고 정중하게 대답하기를, 자기 같은 부류의 인간들이 판단할 일은 아니나 본인 생각에는 그것이 상대편에게 농담거리는 되지 않을 것이라고 했다.

"그래, 옳은 말이야!" 의사가 말했다. "그 사람은 어디 있나? 길을 안내하게. 그럼 돌아가는 길에 다시 뵙겠습니다, 메일리 부인. 저게 도둑이 들어온 창이겠죠? 참, 믿을 수가 없다니깐!"

그는 계속 얘기를 하면서 자일스씨를 따라 위층으로 갔다. 그가 올라가는 동안에 독자에게 알려줄 것은, 로스번씨는 그 동네의 의사로서 반경 10마일 안에서는 그냥 '의사선생'으로 불리는 사람인데, 그가 뚱뚱한 이유는 잘 먹어서라기보다는 기분 좋게 살기 때문이라는 것이다. 그 공간의 다섯배쯤 되는 지역에서 세상의 어떤 탐험가가 나서도 찾아낼 수 있는 가장 친절하고 진실되고, 더욱이 별난 노총각이었다.

의사는 당사자나 숙녀들이 예상한 것보다 훨씬 더 오랫동안 나타나지 않았다. 마차에서 커다랗고 넓적한 상자가 2층으로 올려졌고, 침실 초인종이 좀 자주 울리는 편이었으며, 하인들은 끊임없이 위아래로 오르내렸다. 이러한 것을 통해 마땅히 내릴 수 있는 결론인즉, 위에서 뭔가 심상치 않은 일이 벌어지고 있다는 것이다. 마침내 그는 돌아왔다. 그리고 환자의 안부를 묻는 걱정스러운 질문을 받고 매우 모호한 얼굴로 조심스럽게 문을 닫는 것이었다.

"이건 참 범상치 않은 일이군요, 메일리 부인." 의사는 문이 열리지 않게 하려는지 문에 등을 대고 서서 말했다.

"위험한 지경은 아니겠지요, 설마?" 노부인이 말했다.

"제가 이 상황에서 범상치 않다는 것은 그런 것이 아닙니다." 의사가 대답했다. "위험할 정도는 아닙니다만, 도둑을 아직 못 보셨나요?"

"네." 노부인이 대답했다.

"아니면 그에 관해 뭐 들으신 얘기라도?"

"없어요."

"죄송합니다만, 마님." 자일스씨가 끼어들었다. "제가 거기에 대해 말씀드리려 할 때, 막 로스번 선생님이 들어오셨어요."

사실인즉, 자일스씨는 처음에는 자기가 총을 쏜 상대가 기껏해야 소년이었다는 것을 자백할 마음을 먹을 수 없었다. 자기의 용맹에 대해 굉장한 찬사를 받았던지라, 그는 달콤했던 몇분간 진상에 대한 설명을 미룰 수밖에 없었던 것이다. 그 짧은 몇분 동안 그는 불굴의 기백이라는 명성의 최고정점에 서서 한껏 뻐겼던 것이다.

"로즈가 그 사람을 봤으면 했는데, 내가 말도 꺼내지 못하게 했어요." 메일리 부인이 말했다.

"흠!" 의사가 대꾸했다. "외관상 놀랄 만한 것은 아무것도 없어요. 제 앞에서 그를 보는 건 괜찮지 않을까요?"

"꼭 필요한 일이라면, 그래도 되겠지요." 노부인이 대답했다.

"그렇다면 필요하다고 하겠습니다." 의사가 말했다. "어떤 경우에도, 만약 그를 보는 것을 미뤄둔다면 분명 깊이 후회할 겁니다. 그는 이제 아주 조용하고 편안하게 있어요. 허락하신다면…… 로즈양, 같이 들어가시겠습니까? 조금도 두려워할 게 없어요, 내 명예를 걸지요!"

# 제30장
## 올리버의 새로운 손님들이
## 그에 대한 생각을 이야기한다

의사는 그들이 범인의 모습을 보면 뜻밖으로 호감을 갖게 될 거라고 수다스럽게 여러번 장담한 후, 젊은 숙녀에게 팔을 끼게 하고 나머지 한 손을 메일리 부인에게 내민 다음, 매우 격식을 갖추고 위엄 있게 위층으로 안내했다.

"자," 의사가 침실 문고리를 살며시 돌리면서 속삭이듯 말했다. "그를 어떻게 생각하시는지 좀 들어봅시다. 그는 최근 들어 면도를 한 적이 없지만 그래도 전혀 사나워 보이지 않아요. 그렇지만 잠깐! 먼저 방문객을 맞아도 될 상태인지 봅시다."

그는 한발 앞서 들어가 방 안을 들여다보았다. 그러고는 그들에게 가까이 오라고 손짓을 했고, 그들이 들어오자 방문을 닫고 침대의 커튼을 열었다. 거기에는 그들이 목도할 것으로 예상했던 완강하고 시꺼먼 얼굴의 깡패 대신에 그저 통증과 피로에 녹초가 된 아이 하나가 깊은 잠에 빠져 있었다. 다친 팔은 부목을 대고 붕대로 감아 가슴 위에 포개놓았고, 머리를 기댄 다른 팔은 베개 위로 흐트러진 긴 머리카락에 반쯤 가려 있었다.

이 훌륭한 신사는 커튼을 손에 쥐고 일이분간 말없이 내려다보았다. 그가 이렇게 환자를 지켜보고 있을 때, 젊은 숙녀는 살며시 그의 앞을 지나쳐 침대 곁의 의자에 앉아 올리버의 머리카락을 쓸어넘겨주었다. 환자에게 몸을 숙일 때 그녀의 눈물이 그의 이마에 떨어졌다.

이러한 동정과 연민의 표시가 그 아이로서는 한번도 알지 못했던 사랑과 애정이 넘친 즐거운 꿈을 꾸게 해준 듯 아이는 잠결에 몸을 뒤척이며 미소를 지었다. 부드러운 선율이나 고요한 장소에서 보는 잔물결, 또는 꽃의 향기나 친근한 목소리를 대할 때, 이와 같이 이 생에서는 한번도 실재하지 않았던 장소들의 희미한 추억이 마음속에 갑자기 떠올랐다가 이내 숨결처럼 사라지게 된다. 이것은 이미 오래전에 사라져버린, 한층 행복한 세계에 대한 순간적 기억이 우리의 마음속에 일깨워놓은 것일 듯하고, 그런 세계는 그 어떤 정신의 의식적 노력으로도 기억해낼 수는 없는 것이다.

"이게 어떻게 된 일일까?" 노부인이 외쳤다. "이 불쌍한 아이가 강도들 밑에서 도둑질을 배웠을 리는 만무한데!"

"악의 신은 여러 신전에 깃들여 있는 법이오. 겉모습이 곱다고 악의 신을 섬기지 않는다고 누가 말할 수 있겠습니까?" 의사가 다시 커튼을 닫으면서 한숨을 쉬었다.

"하지만 그렇게도 어린 나이에요?" 로즈가 다그쳤다.

"친애하는 아가씨," 의사가 침통하게 고개를 흔들면서 응수했다. "범죄는 죽음과 마찬가지로 늙고 쭈글쭈글한 사람들한테만 국한되는 것이 아니오. 더 젊고 더 고운 자들도 흔히 범죄의 수행자들로 선택되지요."

"하지만, 진짜로, 진짜로 이 가냘픈 아이가 자진해서 이 사회에서 가장 나쁜 부랑자들과 어울려다녔다고 믿으세요?" 로즈가 걱정스러운 듯이 말했다.

의사는 충분히 그럴 수 있다고 생각할 수밖에 없다는 투로 고개를 끄덕거렸고, 환자에게 방해가 되어선 안 된다며 그들을 옆방으로 데려갔다.

"저 아이가 나쁜 애였다고 쳐요." 로즈가 말을 이었다. "하지만 저 애가 얼마나 어린지 생각해보세요. 저애가 어머니의 사랑이나 가정의 안락함을 전혀 몰랐을 수 있다는 것을 생각해보세요. 학대받고 주먹질을 당해서, 아니면 배가 고파서 저들과 한패가 되어 억지로 죄를 짓게 됐는지도 모르잖아요. 고모님, 친애하는 고모님, 제발 이것을 감안해주세요, 이 병든 아이가 감옥에 끌려가기 전에 말이에요. 일단 그렇게 되면 저애를 바른 길로 가게 할 가능성은 완전히 사라지는 셈이잖아요. 아! 고모님께서 절 사랑하시고 다정하게 대해주셔서 전 부모님이 안 계신 슬픔을 한번도 느껴보지 못했어요. 하지만 고모님이 계시지 않았다면 이 불쌍한 아이처럼 그 누구의 도움도 그 누구의 보호도 받지 못했을 거예요. 너무 늦기 전에 아이에게 동정을 베푸세요!"

"내 귀한 자식아," 노부인이 눈물 흘리는 소녀를 가슴에 안았다. "넌 내가 그 아이의 머리털 하나라도 다치게 할 거라고 생각하니?"

"아니, 아니요!" 로즈가 간절하게 대답했다.

"정말로 그렇단다." 노부인이 말했다. "내 인생도 이제 얼마 남지 않았어. 내가 남들에게 자비를 베푼 만큼 내게도 하느님께서 자비를 베푸시겠지! 이 아이를 구하려면 어떻게 해야 하지요, 선생님?"

"생각 좀 해봅시다, 부인." 의사가 말했다. "생각 좀 해보자고요."

로스번씨는 주머니에 손을 쑤셔넣은 채 방을 오락가락하다가 종종 멈춰서서 발뒤꿈치로 몸의 균형을 잡으며 무시무시하게 인상을 찡그리곤 했다. 그는 "그래 바로 그거야" "아니야, 그렇지 않아" 하는 소리를 여러번 외치고서, 그때마다 왔다 갔다 하며 다시 인상을 찡그리더니 결국 완전히 멈춰서서 이렇게 말했다.

"제게 자일스와 머슴아이 브리틀스를 겁주는 일을 완전히, 무한정으로 위임해주시면, 이 문제를 처리할 수도 있을 것 같습니다. 자일스가 이 집에서 오랫동안 충직하게 일한 가신이라는 것은 저도 잘 압니다. 하지만 수천가지 방법으로 보상을 해주실 수 있어요. 명사수라고 상을 내릴 수도 있고요. 반대하진 않으시죠?"

"그것 말고 아이를 보호하는 방법이 없다면 할 수 없지요." 메일리 부인이 대답했다.

"다른 방법은 없습니다." 의사가 말했다. "다른 방법은 없다고요. 제 말을 믿으세요."

"그렇다면 우리 고모님은 선생님께 전권을 부여하십니다." 로즈가 눈물을 글썽이며 미소를 짓고 말했다. "그러나 꼭 필요한 이상으로 불쌍한 그 사람들을 가혹하게 다루지는 마세요."

"로즈양," 의사가 반박했다. "오늘 당신은 자기 외의 모든 사람들이 다 몰인정하다고 생각하는 것 같소. 한창 크고 있는 남성들을 생각해서라도, 난 그저 결혼에 적격인 어떤 젊은 친구가 최초로 당신에게 청혼할 때 로즈양이 지금처럼 너그럽게 받아주길 바랄 뿐이오. 내가 그 젊은 친구가 되어서 바로 지금 이 순간 이렇게 유리한 기회에 청혼할 수 있으면 좋았겠소."

"선생님도 불쌍한 브리틀스만큼이나 나이만 먹은 어린애라니까요." 로즈가 얼굴을 붉히며 대꾸했다.

"좋아." 의사가 껄껄 웃으면서 말했다. "그렇다면 그것도 별로 어려운 일이 아니겠군. 그나저나 아이 문제로 돌아와서, 우리가 합의해야 할 큰 논점은 아직 처리하지 않았소. 내 생각에 애는 한시간쯤 지나면 일어날 거요. 비록 내가 아래층에 있는 저 돌대가리 순경 녀석에게는 아이가 움직이거나 말을 하게 되면 목숨이 위태롭다고 일러놓았지만, 사실 우리야 아이와 얘기를 나눠도 큰 탈은 없을 것 같소. 자, 난 이 단서만은 달겠소 — 난 여러분들 앞에서 그 아이를 시험해볼 것이고, 만약에 하는 말을 들어봐서 진짜 나쁜 놈이라고 (그럴 가능성은 충분한데) 판단되고, 또 여러분의 냉철한 이성으로도 그렇다는 것이 증명되면, 그를 자기 운명에 맡겨두고 더이상 우리 쪽에서 어떤 개입도 하지 맙시다."

"안 돼요, 고모!" 로즈가 애원했다.

"그래야 됩니다, 고모님!" 의사가 말했다. "합의가 된 겁니까?"

"저애가 악에 빠져 나쁘게 됐을 리가 없어요." 로즈가 말했다. "그것은 불가능해요."

"좋아요." 의사가 대꾸했다. "그렇다면 더더욱 내 제안에 응할 이유가 있는 것이오."

결국에 이들은 약정을 맺었고 양측은 이에 따라 다소 초조해하면서 올리버가 깨어나길 기다리며 앉아 있었다

두 숙녀는 로스번씨의 예상보다 더 오랫동안 기다려야 할 운명이었다. 왜냐하면 한시간이 지나고 또 한시간이 지나도 올리버는 여전히 깊이 잠들어 있었기 때문이다. 그들이 인정 많은 의사로부터 아이가 마침내 이야기를 할 만큼 정신을 차렸다는 소식을 들었을 때는 실제로 저녁이 다 되어 있었다. 의사는 아이가 몹시 앓았

고 출혈이 심해서 기운이 없지만, 뭔가를 얘기하려고 애쓰는 것 같으므로 다음날 아침까지 가만히 있으라고 하는 것보다는 차라리 말할 기회를 주는 것이 더 좋겠다고 했다. 아니면 그냥 쉬게 놔두었으리라는 것이다.

대화는 오랫동안 계속되었다. 올리버는 그들에게 자기의 간단한 이력을 다 이야기해주었는데 그는 통증과 기력의 부족 때문에 이야기를 종종 멈추지 않을 수 없었다. 그 어둑어둑해진 방에서 병든 아이가 힘없는 목소리로 나열하는, 매정한 인간들이 빚어놓은 진저리 나는 죄악과 참화의 목록을 듣는 것은 숙연한 일이었다. 아! 우리가 같은 인간들을 압제하고 혹사시킬 때 인간의 잘못에 대한 숨겨진 증거들이 무겁게 떠 있는 검은 구름처럼 비록 느리긴 해도 어김없이 하늘나라로 올라가 우리의 머리에 내세에서 받을 복수를 쏟아부으리란 것을 단 한번이라도 생각한다면, 우리가 단 한순간이나마 상상 속에서 어떤 권력으로도 질식시킬 수 없고 어떤 거만함으로도 쫓아낼 수 없는 사자死者들의 뜻깊은 증언을 듣는다면, 하루하루의 인생살이가 가져오는 폐해와 불법, 고통과 불행, 잔인함과 잘못됨이 그 어디에 설 자리가 있겠는가?

그날 밤 다정한 손길이 올리버의 베개를 부드럽게 만들어주었고, 그가 잠이 들었을 때는 사랑스럽고 마음 착한 이가 그를 지켜주었다. 그는 어찌나 평온하고 행복했는지 한마디도 더 하지 않고 그대로 죽어도 소원이 없을 정도였다.

이런 중요한 대화가 끝나고 올리버가 다시 안정을 취하자, 의사는 눈을 비비며 왜 갑자기 약해졌냐고 자기 눈을 꾸짖더니 자일스 씨와 한판 붙으러 아래층으로 갔다. 거실 부근에는 아무도 없었기 때문에, 그는 부엌에서 신문訊問을 개시하는 것이 좀더 효과적이리라 생각하고 부엌으로 내려갔다.

그곳 가정의회의 하원에는 하녀들, 브리틀스, 자일스씨, 땜장이 (그는 공로가 인정되어 다음날 하루 종일 실컷 먹고 즐기도록 초대받았다), 그리고 경관이 모여 있었다. 마지막으로 언급한 신사는 큼직한 단장에 큼직한 머리통과 큼직한 이목구비, 큼직한 발목 부츠를 갖추고 있었는데, 그 덩치에 걸맞은 양의 에일 맥주를 마신 것처럼 보였고, 실제로 또 그러했던 것이다.

여전히 그 전날의 모험이 화제였다. 의사가 들어왔을 때 자일스씨는 자기의 침착함에 대해 부연설명을 하고 있었고, 브리틀스는 에일 잔을 손에 든 채 자기의 상관이 이야기를 시작하기도 전부터 나서서 모든 것을 확증하고 있었다.

"가만히 앉아 있게!" 의사가 손을 저으면서 말했다.

"고맙습니다, 선생님." 자일스씨가 말했다. "마님하고 아씨가 에일을 좀 내주라고 하셨습니다, 선생님. 그리고 좁은 제 방에서 마시는 것보다 여럿이 같이 마시고 싶어서 잔을 들고 여기 있는 겁니다."

브리틀스가 낮은 소리로 중얼거리며 선창했는데, 만장하신 신사 숙녀 여러분들에게는 자기와 어울려주셔서 감사하다는 표현으로 들렸다. 자일스씨는 선심 쓰는 투로 주위를 둘러보았는데, 마치 그들이 제대로 처신만 하면 절대로 자신에게 버림받지 않을 거라고 말하는 듯했다.

"환자는 오늘 저녁에 좀 어떻습니까, 선생님?" 자일스씨가 물었다.

"그저 그렇지." 의사가 대답했다. "그런데 당신이 이 일로 궁지에 빠진 것 같아서 걱정이라고, 자일스씨."

"혹시나 하시려는 말씀이, 선생님," 자일스씨가 떨면서 말했다.

"그애가 죽을지도 모른다는 것은 아니겠지요. 그 생각만 하면 끔찍해요. 어린애의 목숨을 끊어놓을 생각은 아니었어요. 여기 있는 브리틀스도 그런 생각이 아니었어요. 우리 읍에 있는 은접시들을 모두 다 준다 해도 안 되지요, 선생님."

"그게 문제가 아니오." 의사가 비밀스럽게 말했다. "자일스씨, 당신 기독교인인가?"

"네, 그렇다고 생각합니다." 자일스씨가 매우 창백해져서 더듬거렸다.

"어이, 자네는 어떤가?" 의사가 브리틀스를 날카롭게 돌아보며 말했다.

"아이고 맙소사, 선생님!" 브리틀스가 매우 격렬하게 소스라치면서 대답했다. "저도…… 자일스씨와 같습니다."

"그러면 나한테 얘기해봐." 의사가 말했다. "둘 다 말이야, 자네 둘 다! 위층에 있는 그 아이가 어젯밤 작은 창문으로 침입한 바로 그 아이라고 맹세할 수 있나? 어서 말해봐! 자! 책임질 각오들을 하고 말이야!"

세상에서 가장 온화한 사람들 중 하나라고 하는 의사가 이렇게 무섭고 화난 말투로 다그쳤으니, 에일을 마신데다 흥분까지 겹쳐 머리가 상당히 흐리멍덩해진 자일스씨와 브리틀스는 멍한 상태에서 서로를 빤히 쳐다보았다.

"이 사람들의 대답을 잘 들으시오, 경관. 알았소?" 의사가 이렇게 말하며, 이 훌륭한 경관에게 더욱 예리해지라는 듯 매우 엄숙한 투로 집게손가락을 설레설레 흔들고 자기 콧잔등을 톡톡 두드렸다. "머지않아 뭔가가 밝혀질 것이오."

경관은 최대한 현명한 표정을 짓더니 굴뚝 구석에 아무렇게나 기대놓았던 그의 공무집행용 곤봉을 집어들었다.

"아시다시피 이것은 단순히 신원확인의 문제요." 의사가 말했다.

"그렇습니다, 선생님." 경관이 매우 격렬하게 재채기를 하면서 대답했는데, 그것은 에일을 서둘러 마시다가 술이 엉뚱한 곳으로 흘러들어간 때문이었다.

"자, 봅시다. 여기 강도사건이 벌어졌소." 의사가 말했다. "총에서 나온 화약 연기가 자욱하고 경보 종소리가 울리고 어두워서 정신이 산만한 두사람이 한 사내아이를 언뜻 보았습니다. 이튿날 아침, 또 한 아이가 바로 그 집으로 왔고, 단지 팔에 붕대를 하고 있다는 이유로 이 사람들이 그를 난폭하게 잡아끌어서 — 이렇게 해서 아이의 목숨이 굉장히 위태로워졌는데 — 그가 도둑이라고 맹세를 합니다. 자, 문제는 과연 이 사람들의 주장이 사실로 입증되느냐는 것입니다. 만약 아니라면 이들은 어떤 처지에 놓이게 되는 것이오?"

경관은 심오하게 고개를 끄덕였다. 그가 말하길, 이것이 법이 아니라면 그 무엇이 법이겠냐고 했다.

"다시 당신들에게 묻겠네." 의사가 쩌렁쩌렁 울리게 소리쳤다. "당신들 스스로 엄숙히 맹세하고 이 아이의 신원을 증명할 수 있겠나?"

브리틀스는 자일스씨를 의심쩍은 듯 바라보았으며, 자일스씨는 브리틀스를 의심쩍은 듯 바라보았다. 경관은 귀에다 손을 대고 대답을 놓치지 않으려 했으며, 두 여자와 땜장이는 몸을 앞으로 굽혀 귀를 기울였고, 의사는 날카롭게 주위를 둘러보았다. 바로 그때 대문에서 종소리가 나고, 동시에 바퀴 소리가 들렸다.

"런던 형사들이구나!" 브리틀스가 어디로 보나 매우 안도하는 기색으로 소리쳤다.

"누구라고?" 의사가 소리를 쳤으니, 이제는 그가 안색이 변할 차례였다.

"보우가<sup>街</sup> 형사들[74]이라고요, 선생님." 브리틀스가 촛대를 들면서 대답했다. "저랑 자일스씨가 오늘 아침에 이리 오라고 했습니다요."

"뭐야?" 의사가 외쳤다.

"네, 그렇습니다." 브리틀스가 대답했다. "제가 역마차 편에 전갈을 보냈는데, 왜 안 오나 궁금해하던 차입니다."

"자네가 연락했다고, 응? 빌어먹을 놈의 이…… 이 느려터진 마차들이 저주를 받을 일이군그래." 의사가 걸어나가며 말했다.

---

**74** 런던 경시청이 정식으로 발족하기 전의 형사들을 이렇게 불렀음.

# 제31장
## 위태로운 처지에 빠지다

"누구십니까?" 브리틀스가 사슬은 풀지 않은 채 문을 조금 열고, 손으로 촛불을 가리며 빠끔히 내다보았다.

"문을 여시오." 밖에서 한 남자가 대답했다. "오늘 전갈을 받고 보우가에서 온 형사들이오."

그 말을 듣고 안심한 브리틀스가 문을 있는 대로 활짝 열어젖히자 긴 외투를 입은 풍채 좋은 남자가 서 있었다. 그는 더이상 아무 말도 하지 않고 걸어들어와 마치 거기 사는 사람인 양 태연하게 깔개에 구두를 닦았다.

"이봐 젊은이, 누구 좀 보내서 내 동료를 도와주겠나?" 형사가 말했다. "마차에서 말을 돌보고 있단 말이야. 한 오분이나 십분쯤 마차를 넣어둘 데가 있나?"

브리틀스가 그렇다고 대답을 하고 한 건물을 지목하자, 풍채 좋은 사내는 다시 대문으로 가서 마차를 세워두고 있는 동료를 도왔다. 그러는 동안 브리틀스는 찬탄해 마지않으며 이들을 촛불로 비춰주고 있었다. 그런 다음 그들은 집 안으로 들어와 거실로 안내되었고, 외투와 모자를 벗어서 생긴 모습 그대로를 드러냈다.

문을 두드린 사람은 쉰살쯤 되어 보이는 중키의 뚱뚱한 인물로, 번드르르한 검은 머리카락을 제법 짧게 깎았고, 반쯤 기른 구레나룻과 둥그런 얼굴, 그리고 날카로운 눈을 갖고 있었다. 다른 사람은 붉은 얼굴을 한 깡마른 체구에 긴 장화를 신고 있었는데, 다소 험악한 표정이었고 들창코라서 인상이 좋지 않은 남자였다.

"블레이더즈와 더프가 여기 왔다고 주인장께 아뢰지그래?" 뚱뚱한 사내가 머리를 부드럽게 매만지고 수갑 한벌을 탁자에 탁 내려놓으면서 말했다. "아! 안녕하십니까, 선생님. 괜찮으시다면 단둘이 조용히 얘기 좀 하실까요?"

그는 모습을 드러낸 로스번씨에게 이렇게 말하고 브리틀스에게 물러가라는 손짓을 하더니, 두 숙녀를 데려온 후에 문을 닫았다.

"이분이 주인마님이십니다." 로스번씨가 메일리 부인을 가리키며 말했다.

블레이더즈씨는 허리를 숙여 인사하고 권하는 대로 의자에 앉아 모자를 바닥에 내려놓은 후, 더프에게 따라 하라고 손짓했다. 이 두번째 신사는 점잖은 사교에 별로 익숙하지 않거나 아니면 그것을 불편하게 여기는 것 같았는데 ─ 아마 둘 중의 하나일 것이다 ─ 다리 근육을 몇번 이리저리 모아보더니 자리에 앉았고, 앉고 나서도 좀 당혹스러워하며 들고 있던 단장의 머리부분을 입안에 쑤셔넣었다.

"자, 여기서 벌어진 강도사건 말이오, 선생." 블레이더즈가 말했다. "정황이 어떻게 된 것이오?"

로스번씨는 시간을 벌려는 듯이, 여러가지 완곡한 표현을 섞어서 다시 장황하게 상황을 설명했다. 블레이더즈씨와 더프씨는 잘 알겠다는 표정으로 이따금씩 서로 고개를 끄덕거리며 얘기를 들었다.

"직접 현장을 보기 전에는 물론 뭐라고 말할 수가 없소만, 얘기를 듣고 떠오른 생각인즉 ─ 이 정도까지는 확실히 말할 수 있습니다만 ─ 촌뜨기의 짓은 아니라는 것이오. 어때, 더프?" 블레이더즈가 말했다.

"분명히 아니지." 더프가 대답했다.

"그런데 숙녀분들을 위해서 촌뜨기란 말을 쉽게 풀이하자면, 당신 얘기는 그러니까 그게 시골 사람이 한 짓은 아니라는 거죠?" 로스번씨가 미소를 지으며 말했다.

"바로 그렇소, 선생." 블레이더즈가 대답했다. "강도사건에 대해서는 지금 하신 말씀이 전부인가요, 네?"

"그렇습니다." 의사가 대답했다.

"자, 그런데 하인들이 떠들고 있는 그 사내아이 얘기는 뭡니까?" 블레이더즈가 말했다.

"아무것도 아니에요." 의사가 대답했다. "놀란 하인 중 하나가 그애가 강도사건과 관련됐다고 멋대로 생각한 것일 뿐이오. 하지만 말도 안 되는 소리, 진짜 얼토당토않지요."

"그렇다면 아주 쉽게 처리되겠구면." 더프가 한마디 했다.

"이 사람 말이 맞습니다." 블레이더즈가 확증하는 투로 고개를 끄덕거리며, 마치 한쌍의 캐스터네츠라도 되는 양 수갑을 갖고 놀면서 언급했다. "그애가 누군가요? 자기가 누구라고 하던가요? 어디서 온 아이지요? 하늘에서 뚝 떨어지지는 않았을 것 아니오, 안 그래요, 선생?"

"물론 그렇죠." 의사가 초조한 듯이 두 숙녀를 힐끗 보면서 대답했다. "난 그애의 얘기를 다 알지요. 곧 그 얘기를 합시다. 그런데 먼저 도둑들이 침입했던 장소를 한번 보고 싶지 않으세요?"

"물론이지요." 블레이더즈가 대꾸했다. "현장을 먼저 조사해보는 것이 좋겠소. 하인들은 그다음에 신문하도록 하고. 그게 대개 일을 처리하는 방식이오."

그러자 등불이 준비되었고 블레이더즈와 더프는 그 동네 경관과 브리틀스, 자일스, 다시 말해 모든 사람들의 수행을 받으며 복도 끝에 있는 작은 방에 들어가 창밖을 내다보았고, 그다음엔 잔디밭을 돌아나가 창을 통해 안을 들여다보았고, 그다음엔 촛불을 달라고 해서 덧창을 조사했고, 그다음엔 등불을 달라고 해서 발자취를 조사했고, 그다음엔 갈퀴를 달라고 해서 덤불을 쑤셔보았다. 구경꾼들이 숨죽이며 바라보는 가운데 모든 조사가 끝나자 그들은 다시 집 안으로 들어왔고, 자일스씨와 브리틀스는 전날 밤의 모험에서 자기들이 담당했던 역할을 멜로드라마적으로 재연했다. 이들은 이것을 여섯번도 넘게 재공연했는데, 첫번째에는 한가지, 마지막으로 반복할 때는 열두가지의 중요한 측면에 대해 서로를 반박했다. 이것이 극점에 이르자 블레이더즈와 더프는 방에서 나가 오랫동안 서로 상의를 했는데, 그 비밀스러움과 엄숙함으로 말하자면 탁월한 의사들이 얽히고설킨 의학상의 난점을 의논하는 것은 단지 애들 장난으로 보일 정도였다.

이러는 동안 의사선생은 옆방에서 매우 불안하게 서성거렸고, 메일리 부인과 로즈는 걱정스러운 얼굴로 마주 보고 있었다.

"이거 원." 그가 여러차례 재빨리 몸을 돌리던 끝에 우뚝 멈춰서면서 말했다. "진짜 어떻게 해야 할지 모르겠는데."

"그 사람들한테 불쌍한 아이의 얘기를 있는 그대로 다시 해주면 틀림없이 그를 용서해줄 거예요." 로즈가 말했다.

"그렇지 않소, 친애하는 아가씨." 의사가 머리를 흔들면서 말했다. "난 그렇게 생각하지 않아요. 그들도 그렇고 더 높은 법집행인들도 그럴 것이오. 결국 그들은 그 아이가 누구냐고 묻지 않겠소? 도망친 아이잖소. 항간의 상식이나 가능성으로만 판단한다면 아이의 이야기는 매우 의심스러운 것이지요."

"선생님은 틀림없이 믿으셨잖아요." 로즈가 말을 막았다.

"나야 믿었지, 이상한 얘기이긴 해도. 아마 그래서 내가 멍청한 늙은이인지도 모를 일이지." 의사가 대꾸했다. "그러나 그게 숙달된 경관들에게 통할 이야기는 아니라고 생각하오."

"왜 그렇죠?" 로즈가 물었다.

"왜냐하면 말이오, 어여쁜 반대신문관님." 의사가 대답했다. "왜냐 하니, 그들의 눈으로 보면 보기 좋지 않은 점들이 많은 이야기이기 때문이오. 그애의 얘기는 좋지 않아 보이는 부분들만 증명할 수 있고 좋게 보이는 부분들은 하나도 증명할 수가 없소. 이 망할 놈의 친구들은 '왜'와 '어째서'를 꼭 알고 싶어하고, 아무것도 그냥 넘기지 않거든요. 그애가 하는 얘기로만 봐도, 자기는 상당기간 도둑들과 한패였고, 어떤 신사를 소매치기했다는 혐의로 경찰서에 끌려갔었고, 다시 그 신사의 집에서 어디라고 설명하거나 지목할 수 없고 정황도 모르는 곳으로 강제로 끌려갔다는 것 아니오. 그는 몹시도 자기를 좋아하는 사내들의 손에 이끌려 자기가 원하건 그렇지 않건 처트시로 와서 집을 털도록 창문으로 밀어넣어졌소. 그 다음엔 그가 집안 사람들에게 막 소리를 쳐서 스스로 떳떳해질 수 있을 바로 그 순간, 어쭙잖은 잡종개 같은 집사가 튀어나와서 총을 쐈다는 것 아니오! 마치 그애가 자신에게 이로운 일을 하는 걸 일부러 방해한 것처럼! 이걸 이해하지 못하겠소?"

"물론 이해하지요." 로즈가 씩씩거리는 의사를 보고 미소를 지으면서 대답했다. "그래도 여전히 전 그 얘기에서 이 불쌍한 아이에게 죄를 씌울 수 있는 대목은 없다고 생각하는데요."

"그래," 의사가 대답했다. "물론 없다고! 당신네 여자들의 밝은 눈을 축복하소서! 좋은 일인지 나쁜 일인지는 몰라도, 여자들은 어떤 문제건 늘 한가지 측면밖에는 보지 않는다니깐, 그러니까, 언제나 가장 먼저 보이는 면 말이야."

의사는 이렇게 경험에서 우러나오는 결론을 피력한 후, 주머니에 두 손을 집어넣고 아까보다 더 빠른 속도로 방을 왔다 갔다 했다.

"생각을 하면 할수록," 의사가 말했다. "우리가 그 사람들에게 사실대로 이야기를 해주면 끝없는 곤란과 어려움이 야기되리라는 생각이 듭니다. 그 얘기를 믿지 않을 것이 분명해요. 설령 그들이 결국 아이에게 아무런 해를 입힐 수 없다 해도, 사태를 질질 끌고 나가서 그 문제에 관해 여러가지 의심스러운 점들을 밝혀내면 아이를 불행에서 구출하려는 당신들의 계획도 사실상 방해를 받을 것이오."

"아 참! 어쩌면 좋을까?" 로즈가 외쳤다. "세상에, 세상에! 왜 그 사람들은 오라고 한 거지?"

"진짜 왜들 그랬어!" 메일리 부인이 큰 소리로 말했다. "난 무슨 일이 있어도 그들을 이리로 부르지 않았을 텐데."

"내가 아는 바는 이것이오." 로스번씨가 아주 절박한 느낌에서 차분하게 자리에 앉으며 마침내 말했다. "우리는 시치미를 딱 떼야 합니다. 좋은 목적을 위해서 하는 일이니 변명거리는 있겠지요. 애가 열이 몹시 나고 더이상 말을 할 상태가 아닌 것, 이것이 한가지 위안이 될 것이오. 가능한 한 최선을 다해봅시다. 최선의 방편이 거짓말을 하는 것이라 해도 그것이 우리 탓은 아니오. 들어오세요!"

"자, 선생." 블레이더즈가 그의 동료를 따라 방으로 들어오면서 말했다. 그리고 뭐라고 더 말을 하기 전에 문을 꼭 닫았다. "이 사건은 내부 공모가 아닙니다."

"내부 공모라니, 도대체 그게 뭐요?" 의사가 급히 물었다.

"그건 말입니다, 숙녀분들." 블레이더즈가 그들 쪽으로 몸을 돌리면서, 숙녀들의 무지는 동정하지만 의사의 무지는 경멸한다는 투로 말했다. "하인들이 관련된 경우를 말합니다."

"이 사건에선 아무도 의심할 만한 사람이 없어요." 메일리 부인이 말했다.

"아마도 그렇겠지요, 부인." 블레이더즈가 대답했다. "하지만 만에 하나 하인들이 관련됐는지도 모를 일이지요."

"바로 그 점 때문에 더욱 수상합니다." 더프가 말했다.

"우리는 이 사건이 도시에서 온 녀석들의 짓이라고 생각합니다." 블레이더즈가 보고를 계속했다. "솜씨가 일급이거든요."

"매우 훌륭해요, 진짜로." 더프가 낮은 목소리로 논평했다.

"두사람이 있었던 것입니다." 블레이더즈가 계속했다. "그리고 그들은 아이를 하나 데리고 있었지요. 그것은 창문 크기를 보면 명백한 사실입니다. 현재로선 이 정도가 말할 수 있는 전부예요. 당장 위층에 있는 사내애를 보고 싶은데요, 괜찮으시다면."

"먼저 뭘 좀 한잔 드리지 않으실래요, 메일리 부인?" 의사가 말했다. 새로운 생각이 떠오른 것처럼 그의 얼굴이 밝아졌다.

"참! 그렇군요!" 로즈가 진지하게 소리쳤다. "원하신다면 당장 갖다드리겠어요."

"아니, 이거, 감사합니다, 아가씨!" 블레이더즈가 외투자락으로 입을 닦으면서 말했다. "이런 유의 업무는 좀 목이 마르는 일이거든요. 뭐 간단한 것으로 한잔하죠, 아가씨. 우리 때문에 공연히 애쓸 필요는 없어요."

"뭘 드시겠어요?" 의사가 젊은 숙녀를 따라 찬장 쪽으로 가면서 물었다.

"괜찮으시면, 독주나 한방울 타주시죠, 의사선생." 블레이더즈가 대답했다. "런던에서 여기까지 오는데 아주 추웠어요, 부인. 독주는 늘 기분을 따뜻하게 만들어주더라고요."

이 흥미로운 말은 메일리 부인에게 전해졌는데, 그녀는 매우 정중하게 대답을 했다. 그녀에게 이런 이야기를 하는 동안 의사는 방에서 살짝 나갔다.

"아!" 블레이더즈가 술잔 밑의 손잡이 쪽을 살짝 드는 것이 아니라 왼손의 엄지와 검지로 술잔 밑바닥을 꽉 끼워 가슴까지 치켜들며 말했다. "전 지금까지 이런 상황들을 꽤 많이 봤습니다, 숙녀분들."

"에드먼턴 뒷골목 금고털이 말이야, 블레이더즈." 더프가 동료의 기억을 일깨웠다.

"그것도 뭐 이거랑 비슷한 식이었지, 그렇지?" 블레이더즈가 대꾸했다. "코주부 칙윗의 짓이었어, 틀림없이."

"자넨 언제나 그 친구 짓이라고 하지만 그것은, 내가 말해주지, 집안 귀염둥이 짓이었다네. 코주부는 나만큼이나 그 일하곤 상관이 없다고." 더프가 대답했다.

"집어치워!" 블레이더즈가 반박했다. "내가 더 잘 알아. 자네 그런데 코주부가 자기 돈을 강탈당했을 때를 기억하나? 그건 진짜 깜짝 놀랄 일이었지! 적어도 내가 지금까지 본 어떤 소설책보다도 더 재미있다니깐."

"그게 무슨 사건이었는데요?" 이 반갑지 않은 손님들이 기분이 좋은 것처럼 보이자 로즈가 그것을 부추기려고 애쓰며 물었다.

"강도사건입니다, 아가씨. 아무도 해결하지 못할 뻔한 사건이었어요." 블레이더즈가 말했다. "그 코주부 칙윗이……"

"코주부란 코가 큰 사람을 말합니다." 더프가 끼어들었다.

"이 숙녀분도 그것쯤은 아신다고, 안 그래요?" 블레이더즈가 물었다. "자넨 늘 방해를 한단 말이야, 동지! 코주부 칙윗은요, 아가씨, 배틀 브릿지 근처에서 주막을 하고 있었어요. 또 자기 집 큰 광에서 닭싸움이랑 오소리몰이 같은 놀이판을 열어서 젊은 신사들이 많이 구경하러 오기도 했고요. 나도 종종 가봤는데 아주 똑똑하게 놀이를 관리하더라고요. 당시 그는 혼자 살고 있었는데, 어느 날 밤 300 하고도 27기니를 가방째로 도둑맞은 거예요. 한밤중에 자기 침실에서요. 키가 크고 한쪽 눈에다 검은 안대를 댄 사내가 침대 밑에 숨어 있다가 가방을 집어들고 재빨리 창문으로 뛰어내렸죠. 2층밖에 안 됐으니까요. 그는 매우 날쌔게 일을 해치웠지만 코주부 친구도 또한 날쌨다는 겁니다. 그는 그 소리에 잠이 깨서 침대에서 쏜살같이 뛰어내려 도둑놈 뒤에다 나팔총을 쏘면서 온 동네 사람들을 다 깨워놨거든요. 사람들이 도둑을 추적하다가 주위를 돌아보니 코주부가 강도를 쏘아 맞혔다는 것을 알아냈어요. 왜냐 하니 좀 떨어져 있던 담장까지 핏자국이 죽 나 있었고 거기서 범인을 놓쳤으니까요. 그래서 인가받은 요식업자 칙윗씨의 이름이 다른 파산선고자들과 함께 관보官報에 공시됐어요. 이 불쌍한 사람을 위해서 온갖 종류의 성금이다 기부금이다 뭐다 해서 하여튼 잔뜩 모였어요. 그래도 그는 자기가 입은 피해 때문에 매우 낙담해서, 사나흘 동안 길거리를 왔다 갔다 하며 어찌나 절망적으로 머리카락을 쥐어뜯었는지 많은 사람들은 그가 스스로 목숨을 끊지나 않을까 걱정을 할 정도였지요. 그러던 어느 날, 그가 아주 허둥대며 서에 와서 치안판사하고 개별 면담을 했는데, 판사는 한참 얘기를 나누더니 종을 울려 젬 스파이어즈(젬은 사복형사였어요)를 부른 다음, 가서 칙윗 씨를 도와 도둑놈을 잡으라고 명령했어요. '스파이어즈, 내가 그놈을 봤소. 어제 아침에 우리 집 앞을 지나가더라고요.' 칙윗이 말했죠. '왜 가서 목덜미를 확 낚아채지 않았나요?' 스파이어즈가 말했소. '하도 느닷없어 깜짝 놀랐어요, 이쑤시개 하나로도 내 골을 갈라놓을 수 있을 정도였다고요.' 불쌍한 사내가 이러는 것이었어요. '하지만 우린 그놈을 확실히 잡을 수 있을 거요. 밤 10시와 11시 사이에 다시 지나갔거든요.' 스파이어즈는 이 소리를 듣자마자 한 이틀 거기서 머물러야 할 경우에 대비해 깨끗한 속옷과 머리빗을 주머니에 넣고 따라나섰어요. 그리고 모자를 쓴 채 작은 주막 창문의 붉은 커튼 뒤에 자리를 잡고 앉아 한순간에 바로 튀어나갈 준비를 다 하고 있었지요. 그는 거기서 밤늦도록 파이프 담배를 피우고 있었는데, 그때 갑자기 칙윗이 '자, 여기 왔어! 도둑 잡아라! 살인마!' 하는 소리를 지르는 것이었어요. 젬 스파이어즈가 쏜살같이 달려나갔더니, 칙윗이 크게 외치면서 길을 질러 내달리는 것이 보였어요. 스파이어즈는 냅다 달리고, 칙윗도 냅다 달리고 사람들이 다 돌아봤어요. 사람들이 모두 다 '도둑이야!' 하고 외치고, 칙윗 자신도 계속 미친 듯이 소리를 쳤어요. 스파이어즈는 모서리를 돌아서는 순간 그의 자취를 놓치고 여기저기로 뛰어다니다가, 몇몇사람들이 모여 있는 것을 보고 그리로 달려들어갑니다. '누가 범인이오?' '빌어먹을 것!' 칙윗이 말합니다. '또 놓쳤어!' 참 놀라운 일이었지만, 아무데서도 범인이 안 보이니 그들은 다시 주막으로 돌아갔습니다. 다음날 아침 스파이어즈는 다시 자기 자리에 앉아, 커튼 뒤에서 키 크고 눈에 검은 안대를 댄 사내를 잡으려고 두 눈이 저리도록 감시하고 있었어요. 그러다가 휴식을 취하려고 일분 정도 눈을 감을 수밖에 없었는데, 바로 그 순간에 칙윗이 '여기 왔다!' 하고 냅다 소리를 지르는 것을 들었지요. 그가 당장 뛰어나가보니 칙윗이 저만치 앞서 달려가고 있었어요. 그 전날보다도 두배나 더 먼 거리를 달리며 추격했지만 또 범인을 놓쳤다는 겁니다! 이렇게 한두번을 더 했으니, 드디어 이웃 사람들의 반쯤은 악마가 칙윗씨 집을 털고 장난을 치는 것이라고 했고, 다른 반은 불쌍한 칙윗씨가 슬픔에 빠져 그만 미쳐버렸다는 의견이었습니다."

"젬 스파이어즈는 뭐라고 했어요?" 의사가 물었다. 그는 이 이야기가 시작되고 나서 조금 뒤에 방으로 들어왔던 것이다.

형사가 다시 말을 이었다. "젬 스파이어즈는 오랫동안 아무 말도 하지 않고 겉으로는 안 그런 척하면서도 들을 얘기는 다 들었는데, 이걸로 봐서 그는 일을 할 줄 아는 사람이었어요. 어느 날 아침 그는 술집으로 곧장 들어가서 자기 코담뱃갑을 꺼내며, '칙윗, 누가 당신 집을 털었는지 알아냈소' 하고 말하자 칙윗이 대답했죠. '그래요? 아 친애하는 스파이어즈, 그저 내게 복수할 기회만 주시오. 그러면 맘 편히 죽을 수 있겠소! 아, 친애하는 스파이어즈, 그 악당이 어디 있는 것이오!' 스파이어즈가 코담배를 조금 집어들고 말했소, '이봐! 이젠 수작을 집어치우시지! 당신이 범인이잖아.' 사실이 그랬어요, 또 그렇게 해서 돈도 족히 잘 벌었고요. 그럴듯하게 보이느라 그렇게 지나치게 연극을 안 했더라면 아무도 눈치채질 못했을 거라고요!" 블레이더즈가 술잔을 내려놓고 수갑을 맞부딪쳐 쩽그랑 소리를 내면서 말했다.

"아주 희한한 얘기군요, 정말로." 의사가 논평을 했다. "자, 이제 괜찮으시면 위층으로 가실까요?"

"좋으실 대로요." 블레이더즈가 대꾸했다. 두 형사는 로스번씨를 바짝 쫓아 올리버의 침실로 올라갔고, 자일스씨는 일행의 앞에서 촛불을 켜들었다.

올리버는 졸고 있었는데, 지금까지 어느 때보다도 가장 열이 심한 듯했다. 그는 의사의 도움으로 일분여 동안 침대에서 몸을 세우고 겨우 앉아 무슨 일이 벌어지고 있는지 전혀 의식하지 못한 채 낯선 사람들을 쳐다보았다. 사실인즉, 그는 자기가 어디에 있는지 또 무슨 일이 일어났는지 기억을 못하는 듯했다.

로스번씨가 조용히 그러나 여전히 매우 강하게 힘주어 말했다. "이 애가 바로 그 소년이오. 저기 뒤쪽에 있는 아무개네 땅에 장난삼아 몰래 들어갔다가 스프링총에 부상을 당하고 오늘 아침 이 집에 도움을 청하러 왔는데, 지금 촛대를 들고 있는 이 영리한 양반이 즉시 붙잡아 마구 다뤄서 애의 목숨을, 내가 의사로서 증명할 수 있지만, 상당히 위태롭게 만들어놓았소."

블레이더즈와 더프는 자신들의 관심사에 자일스씨가 천거되어 올라오자 그를 쳐다보았다. 당황한 집사는 그들을 흘낏 바라보다가 올리버를 흘낏 보았고, 올리버를 흘낏 보다가 지극히 우스꽝스럽게도 두려움과 당혹감이 뒤섞인 표정으로 로스번씨를 바라보았다.

"당신 지금 그걸 부인하려는 것은 아니겠지, 설마?" 의사가 올리버를 다시 조심스레 누이며 말했다.

"다 잘해…… 잘해보려고 한 일입니다, 형사님!" 자일스씨가 대답했다. "얘가 그 아이인 줄 알았어요. 아니면 이 아이 일에 참견 안했을 겁니다. 전 원래 비정한 성격이 아닙니다, 형사님."

"그 아이였다고 생각했다?" 수석 경관이 물었다.

"강도가 데려온 아이 말입니다, 형사님!" 자일스씨가 대답했다. "그들…… 그들이 분명히 애를 하나 데리고 있었다고요."

"그래? 아직도 그렇게 생각하시오?" 블레이더즈가 질문했다.

"뭘 말입니까?" 자일스씨가 심문자를 멍하니 바라보며 대답했다.

"아직도 똑같은 아이라고 생각하느냐는 말이오, 이 멍청한 양반아." 블레이더즈가 못 참겠다는 듯 대꾸했다.

"잘 모르겠는데요, 정말 잘 모르겠어요." 자일스씨가 비참한 얼굴을 하고 말했다. "그렇다고 맹세는 못하겠습니다."

"어떻게 생각하쇼?" 블레이더즈가 물었다.

"전 어떻게 생각해야 할지 모르겠어요." 가엾은 자일스씨가 대답했다. "전 얘가 그 아이는 아니라고 생각합니다. 사실, 아닌 것이 거의 확실합니다. 그럴 수가 없겠지요."

"이 사람 술 마시다 왔소, 선생?" 블레이더즈가 의사 쪽으로 몸을 돌리면서 질문했다.

"원 당신, 참으로 멍청한 친구로구먼!" 더프가 지극히 경멸스러운 듯이 자일스씨를 보며 말했다.

이렇게 짧은 대화가 진행되는 동안 로스번씨는 환자의 맥을 짚고 있었는데, 그는 침대 곁의 의자에서 일어나 말하기를, 형사들이 이 문제에 대해 별 의심스러운 점이 없다면 옆방으로 가서 거기서 브리틀스를 부르자고 했다.

이러한 제안에 따라 그들은 옆방에서 다시 회의를 열었는데, 브리틀스는 불려와서 자신과 자기의 존경하는 상관을 새로운 자가당착과 앞뒤가 맞지 않는 혼란스러운 상태에 휘말리게 했을 뿐이었다. 결국, 그 어떤 것에 대해서도 특별한 해명을 해주지 못하고 다만 자신이 크게 속고 있었다는 사실만을 밝혀준 셈이었다. 실제로 그는, 진짜 그애를 당장 자기 앞에 데려와도 식별하지 못하겠고, 올리버가 그 아이라고 생각한 것은 자일스씨가 그렇게 얘기했기 때문이며, 또 자일스씨가 오분 전에 부엌에서 자기가 좀 성급하지 않았나 매우 걱정했다는 등의 말을 늘어놓았다.

그밖에도 여러가지 기발한 추측이 나왔는데, 자일스씨가 도대체 누굴 쏴서 맞히기나 한 것인지에 대한 의문이 제기되었다. 그가 쏜 것과 한쌍이 되는 다른 권총을 조사해보니 그 안에는 화약과 누런 포장지 말고는 더 파괴적인 장전물이 없는 것으로 판명되었다. 이러한 사실은 의사를 뺀 모든 사람들에게 상당히 인상적인 일로 받아들여졌는데, 의사는 미리 십분 전에 총알을 꺼내두었던 것이다. 그러나 그 누구도 자일스씨보다 더 인상적인 사람은 없었다. 그는 몇시간 동안 동료 인간에게 치명적으로 부상을 입혔다는 두려움 속에서 괴로워하던 차에, 이 새로운 생각에 강력히 매달려서 흔쾌히 동조한 것이었다. 결국 형사들은 더이상 올리버에 대해 신경을 쓰지 않았으며, 처트시 순경을 그 집에 남겨둔 채 다음날 아침에 다시 올 것을 약속하며 읍내로 숙박을 하러 나갔다.

다음날 아침, 간밤에 수상쩍은 행동을 하다 체포된 두 남자와 한 아이가 킹스턴 임시 유치장에 잡혀 있다는 소문이 떠돌자, 블레이더즈와 더프는 킹스턴으로 떠났다. 그러나 수상쩍은 행동이라는 것은 신문을 해보니 한가지 사실로 축소가 되었다. 즉, 그들이 남의 건초 더미 밑에서 자다가 발견되었다는 것인데 이것은 비록 엄청난 범죄이긴 하지만 겨우 징역형밖엔 줄 수 없었다. 더군다나 영국 법의 자비로운 눈으로 보면, 또한 국왕의 백성에게 고루 사랑을 베푸는 영국 법의 정신에 비춰보면, 이러한 행위는 문제의 잠자던 자 또는 잠자던 자들이 폭력을 수반한 강도행위를 저지른 죄로 사형에 처해져야 한다는 충분한 증거가 되지 않는 일이었다. 그리하여 블레이더즈와 더프는 그리로 갈 때만큼이나 현명하게 다시 돌아왔다.

간단히 말해서, 좀더 신문을 해보고 훨씬 더 많은 대화를 나눈 끝에, 인근의 치안판사는 올리버가 혹시라도 호출을 당할 경우에 즉시 출두시키겠다는 메일리 부인과 로스번씨의 공동 보증을 쉽게 받아들였다. 블레이더즈와 더프는 기니 두어푼을 보수로 받고[75] 사건에 대해 서로 엇갈린 의견을 가지고 런던으로 돌아갔는데, 후자의 신사는 모든 상황을 숙지해서 고려해볼 때 이 강도미수 사건은 집안 귀염둥이의 짓이라는 신념으로 기울었던 반면, 전자는 그와 대등하게 맞서 이 사건의 기막힌 솜씨를 위대한 코주부 칙윗씨의 것으로 인정하고 싶어했다.

그러는 중에 올리버는 메일리 부인, 로즈, 그리고 인정 많은 로스번씨가 합심하여 보살핀 결과 점점 건강을 회복했다. 감사의 마음이 용솟음치는 열렬한 기도를 하늘에서 듣는다면 ─ 만약 그렇지 못하다면 기도란 게 다 무슨 소용이겠는가! ─ 이 고아 소년이 그분들께 내려주십사 기원하는 축복은 그들의 영혼에 깊이 스며들어 화평과 행복을 널리 퍼뜨릴 것이다.

---

**75** 경찰청이 정식으로 발족하기 전에는 이러한 사적인 사례가 이들의 주된 수입원이었음.

# 제32장
## 올리버가 친절한 친구들과
## 함께 시작한 행복한 생활에 관하여

올리버의 병은 가벼운 것이 아닌데다가 여러 증상이 겹쳐 있었다. 부러진 팔 때문에 통증이 심했고 부상에 대한 조치가 늦어진 것 말고도, 차갑고 습한 공기에 노출된 탓에 열과 오한이 나서 여러주 동안 계속되었으므로 그의 모습은 아주 딱해 보였다. 그러나 마침내 그는 차차 회복되기 시작하더니 이따금씩 말을 할 수 있게 되자, 상냥한 두 숙녀분의 선량함을 참으로 깊이 느끼고 있고, 다시 힘이 돌아와 기력을 회복하면 감사의 마음을 보여주기 위해 무엇이든지 하고 싶다고 눈물 어린 말로 몇 마디 했다. 가슴에 가득 넘쳐나는 사랑과 보은의 마음을 보여줄 수 있는 일, 미미할지라도 그들의 인정 어린 친절이 쓸모없이 허비된 것이 아님을 증명할 수 있는 일을 해서 그들의 자선으로 인해 불행과 죽음에서 벗어난 이 불쌍한 아이가 진심으로 그들에게 헌신하고 싶다고 말했다.

"불쌍한 것!" 어느 날 올리버가 창백한 입술에서 우러나오는 감사의 말을 하려고 사력을 다해 애쓰는 것을 보고 로즈가 말했다. "네가 원한다면 앞으로 우리를 도와줄 기회가 많을 거야. 우린 시골로 내려갈 텐데 고모님이 너도 함께 데려가실 거야. 조용한 장소, 맑은 공기, 그리고 즐겁고 아름다운 봄날 속에서 너는 며칠 안에 회복될 거야. 넌 우리를 위해 여러가지 일을 하게 될 거야, 네가 그 수고를 감당할 수만 있다면."

"수고라고요!" 올리버가 외쳤다. "아! 다정한 아가씨, 제가 그저 당신을 위해 일할 수만 있다면, 아가씨의 꽃에 물을 주고 새들을 돌보며 당신을 기쁘게 해드릴 수만 있다면, 하루 종일 뛰어다니며 아가씨를 행복하게 해드릴 수만 있다면, 어떤 대가를 치러도 괜찮아요!"

"그럴 필요까진 없어." 메일리양이 미소를 지으며 말했다. "왜냐하면, 이미 얘기한 대로, 넌 우리를 위해 여러가지 일을 하게 될 거고, 우리를 즐겁게 해주려고 네가 지금 약속한 것의 반만큼만 수고를 해도 우리는 매우 행복할 거야."

"행복이라고요, 아가씨!" 올리버가 소리쳤다. "그렇게 말씀하시다니 정말 친절하시군요!"

"내가 말로 다 하지 못할 만큼 넌 우리를 행복하게 해줄 거야." 젊은 숙녀가 대답했다. "친애하는 고모님이, 네가 얘기한 그런 참혹한 불행에서 사람을 구출해내셨다고 생각하니 말할 수 없이 기쁘구나. 하지만 그분의 선함과 연민을 받은 사람이 진심으로 감사와 애정을 갖고 있다는 것을 알게 되니 그것은 네가 생각하는 이상으로 훨씬 더 기쁜 일이란다. 내 말을 알아듣겠니?" 그녀가 올리버의 사려 깊은 얼굴을 지켜보면서 물었다.

"네, 아씨. 네!" 올리버가 진지하게 대답했다. "하지만 전 지금 제가 좀 배은망덕하다고 생각했어요."

"누구한테?" 젊은 숙녀가 질문했다.

"얼마 전까지 절 그렇게도 잘 돌봐주신 그 친절한 신사분과 다정한 유모 할머니한테 말이에요." 올리버가 대꾸했다. "만약 그분들이 제가 얼마나 행복한지를 아신다면 틀림없이 매우 기뻐하실 거예요."

"나도 그럴 거라고 믿어." 올리버의 은인이 응답했다. "로스번씨는 네가 여행을 할 수 있을 만큼 낫기만 하면 너를 데리고 그분들을 뵈러 간다는 약속을 벌써 하셨단다."

"그러셨나요, 아씨?" 즐거움으로 얼굴이 밝아진 올리버가 소리쳤다. "그분들의 친절한 얼굴을 다시 본다면 기뻐서 어쩔 줄 모를 거예요!"

올리버는 머지않아 여정의 노고를 감내할 만큼 기력을 회복했다. 그래서 어느 날 아침 그와 로스번씨는 메일리 부인의 작은 마차로 출발했다. 그들이 처트시 다리에 도착했을 때, 올리버는 매우 창백해져 크게 소리를 질렀다.

"얘가 왜 그러나?" 의사가 평소대로 법석을 떨면서 소리쳤다. "너 뭘 봤니? 무슨 소리를 들었어, 뭐가 느껴지니, 어?"

"저거요, 선생님." 올리버가 마차의 창밖을 가리키며 소리쳤다. "저 집이요!"

"그래, 그게 어쨌다는 거냐? 멈춰, 마부. 여기 세우라고." 의사가 소리쳤다. "저 집이 어떻다는 거냐, 얘야, 어?"

"도둑들이요…… 그들이 절 데려갔던 집이에요!" 올리버가 속삭였다.

"제기랄, 그렇다면!" 의사가 소리쳤다. "이봐, 거기! 날 내려줘!"

그러나 마부가 마차에서 내려주기도 전에 그는 어떻게 했는지 이미 마차에서 뒹굴다시피 뛰어나와 그 폐가 쪽으로 달려가서는 미친 사람처럼 문을 걷어찼다.

"뭐야?" 작은 꼽추 사내 하나가 이렇게 말하며 문을 벌컥 여는 바람에 의사는 막 걷어차던 추진력으로 인해 하마터면 복도에 고꾸라질 뻔했다. "무슨 문제요?"

"무슨 문제냐고!" 의사가 한순간의 예고도 없이 그의 목덜미를 잡아채면서 소리를 질렀다. "큰 문제지. 강도사건이 문제란 말이야."

"그러면 살인사건도 문제가 될 거다." 꼽추 사내가 차갑게 대꾸했다. "당신 손을 안 치우면 말이야. 내 말 안 들려!"

"들린다." 의사가 자기의 포로를 힘껏 흔들면서 말했다. "어디 있어? 그 망할 놈의 악당 같은, 이름이 뭐더라…… 사익스, 맞아 그거야. 사익스 어디 있어, 이 도둑놈아?"

꼽추 사내는 극도의 놀라움과 분노에 사로잡힌 듯 그를 빤히 쳐다보다가, 민첩하게 몸을 비틀어 의사의 손아귀에서 벗어나더니 끔찍한 욕설을 잇따라 퍼붓고는 다시 집 안으로 들어갔다. 그러나 의사는 문이 닫히기 전에 단 한마디의 상의도 없이 거실로 뛰어들어갔다. 그는 불안한 듯 사방을 둘러보았지만, 가구 하나도, 사람이건 물건이건 어떤 흔적도, 심지어 찬장의 위치마저도 올리버의 묘사와 다른 것이 아닌가!

"자!" 꼽추 사내가 그를 날카롭게 노려보고 있다가 말했다. "당신 이렇게 난폭하게 내 집에 들어온 의도가 뭐야? 우리 집을 털러 왔어, 날 죽이러 왔어? 어느 쪽이야?"

"강도질이나 살인을 하러 오는 사람이 쌍두마차를 타고 오겠냐, 이 말도 안 되는 늙은 흡혈귀야!" 신경질이 난 의사가 말했다.

"그럼 뭘 원하는 거야?" 꼽추가 물었다. "경을 치기 전에 당장 꺼지지 못해? 염병할 놈아!"

"내가 나가고 싶을 때 나간다." 로스번씨가 다른 방을 들여다보며 말했는데 그곳도 올리버의 설명과는 도대체 닮은 구석이 없었다. "언젠가는 네 정체를 밝혀내고 말 거다, 이 친구야."

"그래?" 추악하게 생긴 불구자가 비꼬았다. "혹시 날 찾게 되면 이리 와. 너한테 겁먹으려고 내가 미쳤다고 여기서 혼자 이십오년씩이나 산 줄 알아? 꼭 이 일의 대가를 지불하게 해줄 테다. 넌 꼭 대가를 지불하게 될 거야." 기형적으로 생긴 작은 악마는 이렇게 말하면서 격분한 나머지 미친 사람처럼 끔찍한 비명을 지르며 바닥에서 춤을 추었다.

"진짜 바보 같은 짓이군, 이거." 의사가 혼잣말로 내뱉었다. "아이가 잘못 본 모양이야. 자! 그거나 주머니에 집어넣고 문 닫고 들어앉아 있어." 그는 이렇게 말하며 꼽추에게 돈을 좀 던져주고 마차로 돌아갔다.

사내는 마차의 문 앞까지 따라오면서 지극히 사나운 욕설과 저주를 계속 퍼부었다. 로스번씨가 마부에게 무언가 얘기를 하러 돌아섰을 때 꼽추는 마차 안을 들여다보면서 일순간 올리버를 쳐다보았는데, 어찌나 날카롭고 사나우며 동시에 분노와 앙심에 찬 눈초리였는지 올리버는 몇달 동안 자나깨나 그 눈초리를 잊어버릴 수가 없었다. 그는 마부가 자리를 잡고 앉을 때까지 계속 가장 무시무시한 욕설을 내뱉었다. 그들이 다시 길을 떠날 때까지도, 저만치에서 격앙된 분노에 정신이 나가 발로 땅을 쿵쿵 구르며 머리카락을 쥐어뜯는 그를 볼 수 있었다.

"난 참 바보야!" 의사가 한동안 가만히 있다가 말했다. "올리버야, 넌 내가 그런 줄 진작 알았니?"

"아니요, 선생님."

"그러면 앞으론 그렇다는 것을 잊어버리지 마라."

"바보라고." 의사가 다시 몇분간 가만히 있다가 말을 했다. "만약에 거기가 맞는 장소였고, 바로 그 녀석들이 거기 있었다고 해도, 내가 혼자서 뭘 할 수 있었겠니? 날 도와주는 사람이 있었다 해도, 공연히 이쪽만 들통나고 쉬쉬해서 처리해놓은 이 사건만 불가피하게 실토한 셈이 된 것 말고 무슨 소득이 있었겠냐고. 하지만 그렇게 된다고 해도 싸. 난 언제나 충동적으로 행동하다가 이런저런 곤경에 처한단 말이야. 내가 정신을 좀 차리는 계기가 됐을 수도 있겠지."

그런데 사실인즉, 이 훌륭한 의사는 지금까지 늘 충동적으로 행동했지만 그를 지배하는 충동의 속성에 대해 별로 나쁜 평을 받지 않았다. 그는 어떤 특별한 곤경이나 불행에 연루되기는커녕 자기를 아는 모든 사람들로부터 가장 따뜻한 존경과 존중을 받았기 때문이다. 진실을 그대로 말하자면, 그는 올리버의 이야기를 확증하는 물증을 확보할 수 있는 첫번째 기회가 왔을 때 실패한 데 실망해서 일이분간 화가 좀 나 있었던 것이다. 그러나 그는 곧 기분을 돌렸고, 자기 질문에 대한 올리버의 대답이 여전히 솔직하고 일관되며 지금까지 그랬듯이 성실하고 진실하다는 것을 발견하고 그후로 아이의 말을 완전히 믿기로 마음을 먹었다.

올리버는 브라운로우씨가 사는 거리의 이름을 알았으므로 그들은 곧장 그곳으로 말을 몰고 갈 수 있었다. 마차가 그곳으로 돌아들어갔을 때, 올리버는 가슴이 얼마나 격렬하게 뛰었는지 거의 숨도 못 쉴 지경이었다.

"자, 얘야, 어떤 집이지?" 로스번씨가 물었다.

"저기! 저기예요!" 올리버가 열심히 창밖을 가리키면서 대답했다. "저 흰 집요. 아! 빨리요! 제발 빨리 가요! 떨려서 죽을 것만 같아요."

"자, 자." 선한 의사가 그의 어깨를 톡톡 두드려주면서 말했다. "곧 그분들을 만나게 될 거다. 네가 무사하고 건강한 것을 보면 아주 기뻐하시겠지."

"아! 그러시길 바랍니다!" 올리버가 소리쳤다. "제게 정말 잘해주신 분들이지요. 아주, 아주 잘해주셨어요."

마차가 굴러 나아갔다. 그러다 멈추었다. 아니었다. 그 집이 아니고 다음 집이었다. 몇걸음 더 나아가서 마차가 다시금 멈추었다. 올리버는 기대로 가득 찬 행복의 눈물을 흘리면서 창문을 올려다보았다.

그런데 이런! 흰 집은 비어 있었고 창문에는 '임대함'이라는 방榜만 붙어 있었다.

"옆집 문을 두드려봐." 로스번씨가 올리버의 팔을 잡으면서 소리쳤다. "혹시 이 옆집에 살던 브라운로우씨가 어떻게 됐는지 아시오?"

하녀는 잘 모르겠다며 가서 물어보겠다고 했다. 그녀는 곧 돌아오더니, 브라운로우씨는 재산을 다 팔고 육주 전에 서인도제도로 가버렸다고 말했다. 올리버는 두 손을 맞잡은 채로 힘이 빠져 뒤로 주저앉았다.

"집 보는 아주머니도 같이 가셨나?" 로스번씨가 잠깐 머뭇거리다가 물었다.

"그렇습니다." 하녀가 대답했다. "노신사, 집 보는 아주머니, 그리고 브라운로우씨의 오랜 친구인 한 신사분, 이렇게 셋이 같이 가셨대요."

"그럼 다시 집으로 가자." 로스번씨가 마부에게 말했다. "이 망할 놈의 런던에서 벗어나기 전엔 말을 먹이려고 멈출 것도 없어!"

"서점 주인은요, 선생님?" 올리버가 말했다. "전 그쪽으로 가는 길을 아는데요. 그 사람을 보고 가지요, 네, 선생님? 꼭 뵙자고요!"

"이 불쌍한 아이야, 하루 안에 이만큼 실망했으면 충분하다." 의사가 말했다. "우리 둘 다에게 충분해. 우리가 서점 주인을 찾아가면 그가 죽었다는 얘길 들을 게 확실해, 아니면 자기 집을 불태웠다든지, 아니면 도망갔다든지. 아냐, 곧장 집으로 가자!" 흥분한 의사의 말에 따라 그들은 집으로 돌아갔다.

이 쓰라린 실망은 행복의 와중에도 올리버에게 많은 슬픔과 애통을 불러일으켰다. 왜냐하면 그는 병상에 누워 있는 동안, 브라운로우씨와 베드윈 부인이 자기한테 해줄 말을 생각하고, 그들이 자기에게 해준 것들을 돌이켜보며 여러차례 즐거워했기 때문이다. 잔혹하게 그들과 떨어져 있는 자신의 처지를 슬퍼하면서 보낸 기나긴 밤과 낮이 얼마나 많았는가를 얘기해주는 것이 얼마나 기쁜 일일까를 생각하며 기분 좋아했던 것이다. 또한 결국에는 그들에게 자기에 대한 의심을 해소시킬 수 있다는 희망과 어떻게 그가 강제로 끌려갔는가를 설명할 수 있다는 희망이 최근의 많은 시련 속에서 그에게 힘을 주고 버티게 했던 것이다. 그런데 그들이 그렇게도 멀리 가버렸고, 더구나 자기가 사기꾼이요 도둑놈이라는 믿음 — 아마 그가 죽는 날까지 해명되지 않고 그대로 남아 있을 믿음 — 을 갖고 갔다는 생각은 그가 감당하기엔 너무도 힘겨운 것이었다.

그러나 이러한 상황에도 불구하고 그의 은인들의 행동은 전혀 변화가 없었다. 다시 보름이 지난 후에 제법 따뜻한 날씨가 시작되고 나무와 꽃들이 어린 잎사귀와 풍성한 꽃송이를 내밀자, 그들은 처트시의 집에서 몇달 동안 떠나 있을 준비를 했다. 그렇게도 페이긴의 탐욕을 자극했던 그 접시를 은행에 맡기고, 자일스와 다른 하인들은 집을 보기 위해 남기로 했다. 그들은 올리버를 데리고 그다지 멀지 않은 시골의 독채 별장으로 떠났다.

이 병약한 아이가 내륙지방의 향기로운 공기를 마시며 푸른 언덕과 울창한 숲속에서 느끼는 즐거움과 기쁨, 마음의 평화와 아늑한 평정을 어찌 다 표현할 수 있을까! 갑갑하고 시끄러운 곳에서 고통에 지쳐 사는 사람들의 마음속에 평화와 정적의 장면들이 스며들어, 피로에 지친 가슴에 상쾌함을 전해주는 것을 그 누가 말로 다 할 수 있을까! 복잡하고 꽉 막힌 길거리에서 고된 노동으로 일생을 보내며 변화라는 건 기대하지도 못하는 사람들, 관습이 실제로 제2의 천성이 되어버린 사람들, 자기들이 날마다 걸어다니는 좁은 테두리를 이루고 있는 벽돌 하나, 돌 하나를 사랑하게 된 사람들. 이런 사람들조차도 죽음의 손길이 닿을 때면 마지막으로 잠깐이라도 자연의 얼굴을 보고자 열망하곤 한다는 것이다. 그들 또한 지난날의 고통과 기쁨의 장면들에서 멀리 떨어진 곳에 오게 되면 즉시 새사람이 되는 것처럼 보인다는 것이다. 그들은 햇살이 비치는 신록으로 날마다 조금씩 다가가면서, 하늘과 언덕과 들판과 반짝이는 물살을 보고 마음속에 추억들을 되살리니, 하늘나라를 미리 맛봄으로써 자기 몸이 급격히 쇠약해지는 것을 위로받는다. 그리하여 마치 바로 몇시간 전에 창문 밖으로 쓸쓸히 지켜본 석양이 그들의 침침하고 희미한 눈에서 사라지듯이 자신도 평화롭게 무덤으로 쓰러져 들어가는 것이다! 평화로운 시골풍경이 일깨워주는 추억은 이 세상의 것들, 혹은 이 세상의 사념이나 희망이 아니다. 이러한 추억은 우리의 마음에 부드럽게 스며들어, 사랑했던 이들의 무덤에 놓을 새 화환을 만드는 법을 가르치며, 우리의 생각을 정화하고, 그 앞에서 오랜 원한과 혐오를 삭이게 한다. 그러나 이 모든 것 밑에는, 생각 없이 사는 사람의 마음속에조차, 아주 오래전 아득히 먼 시간에 이런 느낌을 가지고 있었구나 하는 미완성의 희미한 의식이 깔려 있다. 이것이 다가올 먼 훗날에 대한 엄숙한 생각을 불러내고 자만과 그 밑에 깔린 속된 마음을 가라앉히는 것이다.

그들이 도착한 장소는 아주 아름다운 곳이었다. 올리버는 지금까지 지저분한 군중들 속에서, 소란과 말다툼의 한가운데서 지냈기에 새 세상에 온 기분이었다. 장미와 인동넝쿨이 담장에 매달려 있고, 담쟁이넝쿨이 나무줄기를 휘감으며 기어올라가고, 정원의 꽃들은 달콤한 향으로 공기를 향기롭게 했다. 바로 옆에는 아담한 교회 묘지가 있었는데, 커다랗고 보기 흉한 비석들로 가득 찬 것이 아니라 푸른 떼와 이끼로 덮인 소박하고 작은 분봉들이 가득했고, 그 밑에 마을의 노인들이 잠들어 있었다. 올리버는 이곳에 자주 들러, 자기 어머니가 누워 있을 처량한 무덤을 때때로 생각하며 남몰래 훌쩍거리기도 했다. 그러나 그는 머리 위 높은 하늘을 바라보며 어머니가 땅에 누워 있는 게 아니라고 생각하며 어머니를 위해서 슬프게, 그러나 아픔 없이 울었다.

행복한 나날들이었다. 낮에는 평화롭고 평온했으며 밤이 와도 두렵거나 걱정이 되지 않았다. 비참한 감옥에서 괴로운 나날을 보내거나 비참한 인간들과 어울리지 않아도 되었고, 그저 즐겁고 행복한 생각들만 있었을 뿐이다. 그는 매일 아침 작은 교회당 근처에 사는 백발의 노신사에게 가서 공부했는데, 노신사는 매우 친절하게 대해주고 공을 들여 열심히 가르쳤고, 올리버는 그를 즐겁게 해주려고 열심히 노력했다. 그리고 메일리 부인과 로즈와 산책을 하며 그들이 책에 대해 얘기하는 것을 듣거나, 아니면 그늘진 곳에서 그들 가까이에 앉아 젊은 숙녀가 책 읽는 것을 들었는데, 너무 어두워져서 글자가 보이지 않을 때까지 마냥 그렇게 있고 싶었다. 그리고 다음날 배울 공부를 준비해야 했다. 그는 정원이 내다보이는 작은 방에서 열심히 공부하다가, 서서히 저녁이 다가와 숙녀들이 다시 산책을 나가면 함께 따라나가 그들이 하는 말을 즐겁게 들었다. 그러면서 혹시나 자기가 기어올라가서 따다줄 꽃이 있거나, 뭔가 그들이 잊은 것이 있어 집으로 달려가서 가져올 때면 매우 행복해했으니, 더이상 날쌜 수 없을 정도로 부지런히 심부름을 했던 것이다. 날이 제법 어두워져서 집으로 돌아오면 젊은 숙녀는 피아노 앞에 앉아 경쾌한 곡조를 연주하거나, 낮고 부드러운 목소리로 고모가 좋아하는 옛 노래를 부르곤 했다. 이런 때는 촛불을 밝혀놓지 않았는데, 올리버는 창가에 앉아 저도 모르게 평온한 기쁨의 눈물을 흘리며 그 달콤한 음악을 들었다.

그리고 일요일이 되면, 지금까지의 일요일과 얼마나 다르게 하루를 보냈던가! 그리고 그 행복한 시절의 다른 날들과 마찬가지로 얼마나 행복했던가! 아침이면 창가에 초록색 나뭇잎이 펄럭이고, 밖에서는 새들이 지저귀고, 나지막한 현관으로 달콤한 공기가 살며시 스며들어와 그 수수한 건물을 향기로 가득 채우는 조그마한 교회당이 있었다. 가난한 사람들이 얼마나 깔끔하고도 깨끗했고, 얼마나 경건하게 무릎을 꿇고 기도했는지, 그들은 함께 모이는 것을 지겨운 의무가 아니라 즐거움으로 느끼는 듯했다. 비록 찬송하는 소리가 거칠기는 해도 그것은 진심 어린 것이었고 (적어도 올리버의 귀에는) 지금까지 그가 교회에서 들었던 그 어떤 음악보다 더 아름답게 들렸다. 그후에는 늘 하던 대로 산책을 하고 농부들의 깨끗한 집을 여러곳 방문했다. 밤이 되면 올리버는 지난 일주일간 공부한 성서 한두 장章을 읽었는데, 자기가 목사라도 된 것보다 더 자부심을 갖고 그 의무를 즐거이 수행했다.

올리버는 아침 6시에 일어나 들판을 돌아다니며 멀리 떨어져 있는 산울타리들을 뒤져 야생화 꽃다발을 한다발씩 들고 돌아오곤 했고, 골똘히 생각하고 신경을 써서 꽃을 가장 잘 돋보이게 배치해 아침 식탁을 장식하곤 했다.

또한 메일리양의 새를 위해 신선한 개쑥갓을 갖다놓아야 했는데, 동네 서기의 능숙한 지도 아래 그 분야에 대해서 공부를 하던 올리버는 아주 감탄할 만한 솜씨로 새장을 꾸미곤 했다. 이렇게 새들이 멋지고 말쑥하게 하루를 맞을 수 있도록 준비해놓은 다음에는 대개 마을에 가서 어려운 이들에게 자선을 베푸는 심부름을 했다. 그 일이 없을 때는 이따금 녹지에서 크리켓놀이를 했다. 그 일도 없을 때는 정원을 가꾸거나 화초를 손질했는데, 올리버는 (그의 스승의 본업이 정원사였기에 그 밑에서 배웠는데) 진심으로 열심히 했으니, 로즈양이 나타나서는 그가 한 일 하나하나에 대해 수천 가지 칭찬을 해주곤 했다.

이렇게 석달이 흘러갔다. 그 석달은 세상에서 가장 축복받고 은혜를 입은 사람들의 생애에서도 아주 온전한 행복이었을 것이니 올리버에게는 진정한 희열의 시간이었다. 한편에는 가장 순수하고 가장 다정한 너그러움이 있고 다른 한편에는 가장 진실되고 열렬하며 영혼에서 우러나는 감사가 있었으니, 당연히 그 짧은 기간이 지날 무렵에 올리버 트위스트는 노마님과 그녀의 조카딸에 완전히 가정적으로 동화되었다. 또한 그가 어리고 민감한 마음으로 그들을 따르는 것에 응답해서 숙녀들이 올리버에 대한 자부심과 애착심을 갖게 된 것은 지극히 당연한 일이었다.

# 제33장

## 올리버와 벗들의 행복에 돌연 제동이 걸린다

　봄은 빨리 지나가고 여름이 왔다. 마을이 처음에는 아름다웠다면 이제는 완전히 타오르는 듯 풍요로움의 절정에 다다랐다. 연초의 몇달 동안 큰 나무들은 메마르고 헐벗은 것처럼 보였으나 이제는 강한 생명력과 활력으로 터질 듯했다. 나무들은 초록빛 팔을 메마른 땅 위로 쭉 뻗어 휑하게 노출된 장소들을 멋지게 그늘진 곳으로 바꿔놓았다. 이 그윽하고 쾌적한 그늘 아래서는, 햇빛에 푹 젖은 채 눈앞으로 펼쳐진 넓은 벌판을 바라볼 수 있었다. 대지는 가장 화려한 초록색 망토를 걸쳤고 가장 풍요로운 향기를 내뿜었다. 그때는 한해의 전성기요 가장 왕성한 때였으므로 만물은 활기에 넘쳐 번성하고 있었다.

　작은 시골집에서는 여전히 조용한 생활이 계속되었고, 식구들 사이에는 전과 같이 상쾌하고 평온한 기운이 퍼져 있었다. 올리버는 이미 오래전에 활기를 되찾고 건강을 회복했다. 많은 사람들은 건강할 때와 병이 들었을 때 심경의 변화를 겪지만, 올리버가 주위 사람들에게 갖는 따뜻한 감정은 아무런 변화도 없었다. 병고에 시달리며 사소한 시중 하나까지도 간호하는 사람들에게 의지할 수밖에 없었을 때와 마찬가지로 그는 상냥하고 붙임성 있는 다정한 아이였다.

어느 아름다운 밤에 그들은 보통 때보다 더 오래 산책을 했다. 낮에는 유달리 더웠는데 밤이 되자 달이 아주 밝고 바람이 시원하게 불어와 매우 상쾌했기 때문이다. 로즈 또한 매우 기분이 좋았기에, 그들은 즐겁게 대화를 나누면서 걷다가 평소에 산책하던 지역을 훨씬 더 넘어섰다. 메일리 부인이 다소 피곤해했기 때문에 그들은 서서히 집으로 돌아왔다. 젊은 숙녀는 장식이 없는 보닛만 벗은 채 보통 때처럼 피아노 앞에 앉았다. 몇분간 무심히 건반을 두드리던 그녀는 곧 낮고 엄숙한 가락을 연주하기 시작했다. 그런데 연주가 계속되던 중 그녀가 흐느끼는 듯한 소리가 났다.

"애, 로즈야!" 노부인이 말했다.

로즈는 대답이 없었고 다만 어떤 고통스러운 생각을 하다가 그 말에 정신을 차린 듯 조금 더 빠르게 연주했다.

"로즈, 애야!" 메일리 부인이 서둘러 일어서서 그녀에게 몸을 굽히며 소리쳤다. "왜 그러니? 눈물을 흘리고! 애야, 뭐 때문에 속이 상했어?"

"아무것도 아니에요, 고모. 아니에요." 젊은 숙녀가 대답했다. "저도 왜 그런지 모르겠어요. 뭐라고 설명할 수가 없어요. 하지만 좀……"

"어디 아프니, 애야?" 메일리 부인이 나섰다.

"아니에요, 아니에요! 아프지는 않아요!" 로즈가 대답했는데, 그녀는 무언가 죽음처럼 차가운 기운이 몸을 스쳐가는 듯 부르르 몸을 떨었다. "곧 괜찮아질 거예요. 창문을 좀 닫아주시겠어요, 네?"

올리버는 서둘러 그녀의 요청에 따랐다. 젊은 숙녀는 기운을 내려고 애쓰며 좀더 활달한 곡조를 연주하려 했지만 그녀의 손가락은 맥없이 건반 위에 떨어졌다. 그녀는 두 손으로 얼굴을 감싸고 소파에 쓰러져서 이제는 억제할 수 없게 된 눈물을 터뜨렸다.

"애야!" 노부인이 그녀를 두 팔로 안으면서 말했다. "네가 이러는 것은 처음이구나."

"될 수 있으면 고모를 놀라게 해드리지 않으려고 했어요." 로즈가 응답했다. "하지만 많이 노력했지만 어쩔 수가 없군요. 아무래도 무슨 병이 난 것 같아요, 고모."

그녀는 실제로 아팠다. 촛불을 가져와 얼굴을 비추자, 집으로 돌아온 지 얼마 안 된 사이에 벌써 대리석처럼 하얗게 변해버린 그녀의 안색이 드러났다. 아름다움은 사라지지 않았으나 표정은 확실히 변해 있었고, 그 부드러운 얼굴에는 지금까지 한번도 본 적이 없는 수척한 기색이 나타났다. 다시 일분이 지나자 이제는 홍조가 확 퍼지더니, 그 부드럽고 파란 눈에 황폐한 기운이 엄습해왔다. 이것은 마치 지나가는 구름이 던진 그림자처럼 다시 사라졌다. 그리고 그녀는 다시 한번 죽은 듯이 창백해졌다.

노마님을 걱정스럽게 지켜보던 올리버는 그녀가 로즈의 모습을 보고 픽 놀랐다는 것을 알 수 있었다. 사실 올리버 또한 놀랐던 것이다. 그러나 그녀가 이것을 가볍게 넘기는 체하는 것을 보고 자기도 그렇게 하려고 노력했다. 이것이 효과적이었는지 노마님이 로즈에게 이제 밤이 되었으니 가서 쉬라고 하자, 로즈는 아까보다 활기 있고 기분도 좋아진 것처럼 보였다. 그녀는 아침에 일어나면 틀림없이 괜찮아질 거라면서 그들을 안심시켰다.

메일리 부인이 돌아오자 올리버가 말했다. "아마 아무 일도 아니겠지요? 오늘 밤엔 별로 안 좋아 보이셨습니다만……"

노마님은 그에게 아무 말도 하지 말라고 손짓했고 어두운 방 한 구석에 가서 한동안 조용히 앉아 있었다. 마침내 그녀가 떨리는 목소리로 말했다.

"아무 일도 아닐 거다, 올리버. 난 몇 년 동안 그애하고 아주 행복하게 지냈어. 아마 너무 행복했는지도 모르지. 내게 불행이 닥칠 때가 된 모양이야. 하지만 그게 이건 아니겠지."

"뭐가요?" 올리버가 물었다.

"아주 크나큰 충격이겠지," 노마님이 말했다. "그리도 오랫동안 내게 위로와 행복이 되어준 이 귀한 아이를 잃어버린다면 말이야."

"아! 하느님 안 돼요!" 올리버가 황급히 소리쳤다.

"나도 그러길 빈다, 애야!" 노마님이 두 손을 움켜쥐며 말했다.

"진짜로 그렇게 끔찍한 일이 생기지는 않겠지요?" 올리버가 말했다. "두시간 전까지만 해도 멀쩡하셨는데."

"지금은 매우 아프단다." 메일리 부인이 응답했다. "그리고 더 나빠질 것이 확실해. 아, 가여운 로즈! 아, 그 아이가 없다면 난 어떻게 살까!"

그녀가 크나큰 슬픔에 빠졌기에 올리버는 자신의 감정을 억제하고, 마님에게 그러지 마시라고 위로까지 했고, 귀한 아가씨를 위해서라도 좀더 침착하시라고 진지하게 부탁했다.

"그리고, 마님." 올리버가 참았던 눈물을 터뜨리면서 말했다. "아! 아가씨가 얼마나 젊고 착하신지를 생각해보세요. 아가씨가 주위 사람들에게 얼마나 많은 기쁨과 평안을 주는가를요. 전 확신합니다. 정말 확실해요. 마님을 위해서, 그렇게 인자하신 마님을 위해서라도, 또 아가씨 자신을 위해서, 그리고 아가씨에게 기쁨을 얻는 모든 사람들을 위해서 아가씨는 절대 죽지 않을 거예요. 아가씨가 그렇게 젊은 나이에 죽도록 하늘이 절대로 내버려두지 않을 거라고요."

"쉿!" 메일리 부인이 올리버의 머리에 손을 얹으며 말했다. "넌 아이처럼 생각하는구나, 불쌍한 것. 하지만 넌 내가 뭘 해야 하는지 가르쳐주었다. 내가 잠시 그것을 잊고 있었구나, 올리버. 하지만 날 용서해주렴. 난 나이를 많이 먹어서 질병과 죽음을 참으로 많이 봤단다. 그것이 살아남은 사람들에게 남겨주는 고통을 알거든. 젊고 착한 사람들이라고 해서 사랑하는 사람들을 위해 반드시 오래 사는 것이 아니라는 것도 잘 알고 있어. 이것은 슬픔에 잠긴 우리에게 위안을 주기도 하지. 하느님은 정의로우시거든. 그리고 이러한 일들은 이 세상보다 더 밝은 세계가 있다는 것을 감동적으로 가르쳐준단다. 그리고 그곳으로 가는 길이 멀지 않다는 것도. 하느님의 뜻이 이루어지시길! 난 그애를 사랑한단다. 얼마나 사랑하는지는 오직 하느님만이 아실 거야!"

메일리 부인은 이렇게 애써 말을 하면서 마찬가지의 노력으로 한탄을 자제했고, 이야기를 하며 몸을 가다듬은 후 차분하고 굳건한 태도를 취했으니, 보고 있던 올리버는 매우 놀랐다. 그가 더 놀란 것은 이 굳건함이 지속된다는 것, 그리고 로즈를 간호하는 동안 메일리 부인이 언제나 민첩하고 침착했고, 자신이 해야 할 모든 일들을 겉으로는 심지어 쾌활한 듯이 움직였다는 점이다. 올리버는 어렸고, 힘겨운 여건 아래서 굳은 심지를 가진 사람들이 해낼 수 있는 역량에 대해서 알지 못했다. 당사자들 스스로도 거의 알지 못하는 법인데 그가 어떻게 알 수 있었겠는가?

그리고 아주 초조한 밤이 이어졌다. 아침이 오자 메일리 부인의 추측은 틀림없이 들어맞았다. 로즈는 아주 심하고 위험한 열병의 초기단계였다.

"올리버, 우리는 적극적으로 처신해야 하고, 쓸데없는 슬픔에 빠져선 안 된다." 메일리 부인이 입술에 손가락을 대고 그의 얼굴을 뚫어지게 바라보며 말했다. "이 편지를 최대한 빨리 로스번씨에게 보내야 한다. 장이 서는 읍내로 이것을 들고 가라. 들판에 나 있는 샛길로 가면 거기까지 4마일도 채 안 될 거야. 거기서 말편으로 곧장 처트시로 보내야 한다. 여관에 있는 사람들이 그렇게 해줄 거야. 난 네가 그 일을 확실히 해내리라 믿는다, 아무렴."

올리버는 아무 대답도 없이 다만 빨리 떠나려고 안달이 난 듯했다.

"여기 편지가 하나 더 있단다." 메일리 부인이 잠시 생각을 하다 말을 이었다. "하지만 이것을 지금 보내야 할지, 아니면 로즈의 상태를 보면서 기다려야 할지를 잘 모르겠구나. 최악의 경우라고 생각되지 않는 한 보내지 않으려고 했는데."

"이것도 처트시로 가는 건가요, 마님?" 올리버가 초조해서 떨리는 손으로 편지를 받으려 하며 물었다.

"아니." 부인은 이렇게 말하면서도 무심코 그것을 올리버에게 건네주었다. 올리버가 언뜻 보니 그것은 시골 어느 큰 넝수의 집에 사는 해리 메일리씨에게 보내는 것이었으나, 그것이 구체적으로 어디인지는 몰랐다.

"이것도 보낼까요?" 올리버는 초조하게 올려다보며 물었다.

"아니다." 메일리 부인이 다시 그것을 가져가며 대답했다. "내일까지 기다려보련다.”

그녀는 이렇게 말하며 올리버에게 손지갑을 주었고, 그는 더이
상 지체하지 않고 출발해서 가능한 한 최대의 속력으로 냅다 달려
갔다.

그는 날쌔게 들판을 달렸고, 때로는 밭과 밭 사이의 작은 길을
질러서 달려갔다. 금세 양쪽으로 높이 자란 밀에 가려 거의 보이지
않다가, 곧 또 풀을 깎고 건초를 만드는 일꾼들이 부지런히 일하는
넓은 벌판으로 나오곤 하면서, 이따금 몇초 동안 숨을 돌린 것 말
고는 한번도 멈추지 않았으니, 그는 몸이 매우 뜨겁게 달아오르고
먼지를 뒤집어쓴 채 읍내의 작은 장터에 다다랐다.

그는 멈춰서서 여관을 찾았다. 그곳에는 흰색 은행과 붉은색 양
조장, 노란색 읍사무소가 있었다. 그리고 한구석에는 커다란 건물
이 있었는데, 초록색 나무들이 사방을 온통 둘러싸고 있었고 그 앞
에 ‘조지’라는 간판이 붙어 있었다. 그는 이것을 보자마자 서둘러
그리로 갔다.

그가 대문간에서 졸고 있던 우편배달부에게 얘기를 하자, 올리
버가 원하는 것이 무엇인지를 들은 우편배달부는, 그를 말구종에
게 보냈고, 말구종은 또 올리버의 얘기를 다시 다 들은 후에 여관
주인에게 보냈다. 주인은 큰 키에 파란 목수건과 흰 모자 차림으로
암갈색 무릎 반바지에다 거기에 어울리는 부츠를 신고 있었는데,
마구간 문 옆의 펌프에 기대어 은제 이쑤시개로 이를 쑤시는 중이
었다.

이 신사는 계산서를 작성하러 매우 점잖은 걸음으로 안으로 들
어갔는데, 계산서를 작성하는 데 또 시간이 오래 걸렸다. 계산서가
준비되고 계산을 다 한 후에도 말에 안장을 얹고 마부를 준비시켜

야 했으니, 이것만으로도 십분은 족히 잡아먹었다. 그러는 동안, 올리버는 어찌나 절망적인 상태로 안절부절못하고 걱정을 했는지, 할 수만 있다면 자기가 말에 껑충 올라타서 전속력으로 다음 역마소까지 달려가고 싶을 정도였다. 결국에 모든 준비가 되어, 올리버는 명령 반 애원 반으로 신속히 전달하라고 하며 작은 소포를 건네주었다. 마부는 말에 박차를 가하며 울퉁불퉁한 장터의 포장도로를 달그락거리며 달려나가 읍내를 벗어났고, 몇분 뒤에는 유료도로를 따라 질주했다.

도움을 청하는 전갈을 보냈고 시간을 허비하지 않았다는 것을 느낀 올리버는 제법 뿌듯했던지라 다소 가벼운 마음으로 서둘러 여관 뜰로 나왔다. 대문 앞을 막 돌아나가던 차에 그는 실수로, 외투로 몸을 싸고 여관 문에서 나오던 키 큰 남자와 부딪쳤다.

"하!" 사내가 올리버를 쳐다보더니 갑자기 몸을 움츠리면서 말했다. "이게 무슨 귀신이 곡할 노릇이야?"

"죄송합니다." 올리버가 말했다. "아주 급히 집으로 가던 중이라 나오시는 것을 못 봤습니다."

"죽일 놈!" 사내가 커다랗고 검은 눈으로 아이를 흘겨보며 혼잣말로 내뱉었다. "설마 했더니! 경칠 놈의 자식, 이놈은 돌무덤에서도 벌떡 일어나서 내 길을 막을 거야!"

"죄송합니다." 올리버가 이 낯선 사람의 사나운 모습을 보고 어리둥절해서 더듬거렸다. "다치시지는 않았나요!"

"뼈가 썩어버릴 놈!" 사내가 이를 꽉 깨물고 매우 격정적으로 중얼거렸다. "내가 용기를 내서 한마디만 해버렸다면 하룻밤 만에 이놈을 치워버릴 수 있었을 텐데. 네 머리에 저주가 내리고, 네 가슴속엔 시커먼 죽음이 들어가라, 이 도깨비 같은 꼬마 놈아! 여기서 뭘 하고 있는 거야?"

사내는 두서없이 말을 내뱉으며 주먹을 흔들어대고 이를 악물었다. 그는 한대 칠 것처럼 올리버에게 다가갔으나 이내 바닥에 벌렁 넘어져서 몸을 비비 꼬고 입에 거품을 물며 발작을 하는 것이었다.

올리버는 잠시 이 미친 사람(올리버는 그렇게 생각했는데)의 무시무시한 발작을 쳐다보다가, 도움을 청하러 집으로 뛰어들어갔다. 그가 무사히 여관으로 실려들어가는 것을 본 올리버는 허비한 시간을 만회하려고 집을 향해 가능한 한 빨리 뛰어갔다. 그는 막 헤어진 그 사람의 별난 행동을 돌이켜 생각하고는 참으로 놀라고 또 약간은 두려워졌다.

그러나 이 정황이 그의 기억에 오래 남지는 않았다. 그가 집에 다다랐을 때는 다시 마음을 써야 할 일이 아주 많았기에, 자신에 대한 생각은 기억에서 모두 밀어내버렸다.

로즈 메일리의 병세는 급격히 악화되더니 자정이 되기 전에 헛소리를 하기 시작했다. 그 지역에 사는 의술인이 그녀의 병석을 지키고 있었는데, 그는 그녀를 처음 본 후에 메일리 부인을 옆으로 데려가서 지극히 위험한 지경에 이르렀다고 병세를 진단했다. "사실대로 말해서, 만약 회복된다면 그건 기적이나 다름없을 것입니다." 그가 말했다.

그날 밤 올리버가 침대에서 벌떡 일어나 몰래 밖으로 나간 후 살금살금 계단을 내려가서 병실에서 무슨 소리가 들리지 않나 귀 기울인 적이 얼마나 많았는가! 갑자기 쿵쿵거리는 발소리가 들려서, 생각하기에도 끔찍한 무슨 일이 일어난 것이 아닐까 걱정스러워 몸이 떨리고 이마에 식은땀이 솟아난 적이 얼마나 많았는가! 깊은 무덤의 가장자리에서 비틀거리는 이 다정한 사람의 생명과 건강을 기원하는 그의 탄원의 고뇌와 열정에 비교한다면 그가 지금까지 했던 다른 기도는 과연 얼마나 열렬한 것이었다고 할 수 있겠는가!

아, 간절히 사랑하는 이의 생명이 백척간두에 있을 때 속수무책으로 곁에 서 있는 그 두려움과 팽팽한 긴장감이라니! 아, 마음속으로 떼 지어 몰려와 우리의 생각 속에 강한 영상을 불러내 가슴을 격렬히 두근거리게 하고 숨을 가쁘게 만드는 고통스러운 사념들이라니! 어떻게 해볼 도리가 없는 고통과 위험 앞에서 손을 놓고 앉아 있는 절망과 안타까움. 우리의 무력함을 깨달으며 느끼는 울적함과 서글픔. 어떤 고문이 이것에 버금갈 것인가. 열병이 한창 심해진 시간에 어떤 회상이나 노력이 이런 고통을 덜어줄 수 있을까!

아침이 왔고, 작은 시골집은 적막하고 고요했다. 사람들은 가만가만 속삭이며 말을 했고, 대문에는 걱정스러운 얼굴들이 이따금씩 보였는데, 여자들과 아이들은 눈물지으며 돌아갔다. 올리버는 꼬박 하룻밤을 새우고 어두워진 뒤에도 몇시간씩이나 정원을 가만히 왔다 갔다 했다. 그는 매순간 병실을 올려다보았고, 죽음이 그 안에 길게 드러누워 있기라도 한 듯, 어두워진 창문을 보며 몸을 부르르 떨었다. 늦은 밤에 로스번씨가 도착했다. "어려운 상태요." 선한 의사가 몸을 돌리면서 말했다. "그렇게도 젊고 사랑스러운 아가씨지만, 거의 가망이 없소."

또다시 아침이 되었다. 하늘 아래에는 아무런 불행과 걱정도 없다는 듯이 밝은 햇살이 비쳤다. 그녀 주위에선 풀 한포기, 꽃 한송이까지 활짝 피어났고, 생명과 건강과 기쁨의 소리와 그런 정경들이 그녀를 사방에서 에워싸고 있었다. 그러나 이 아름다운 아가씨는 병상에 누워 빠른 속도로 쇠약해져갔다. 올리버는 고색창연한 교회 뜰로 가서 푸른 잔디로 덮인 봉분에 걸터앉아 그녀를 위해 조용히 기도하며 눈물을 흘렸다.

참으로 평화롭고 아름다운 풍경이었다. 햇빛 찬란한 경치에는 밝음과 유쾌함이, 여름새들의 노래에는 쾌활함이, 머리 위로 쾌주하는 떼까마귀의 날쌘 비상에는 자유로움이, 이 모든 것들에는 생명과 즐거움이 넘쳐났다. 그러므로 아이가 쓰라린 눈을 들어 주위를 돌아보았을 때 지금은 죽음을 위한 때가 아니라는 것, 하찮은 생명체조차 모두 즐겁고 쾌활한데 로즈가 죽을 리는 만무하다는 것, 그리고 무덤이란 춥고 울적한 겨울에나 맞는 것이지 햇빛과 향기에는 맞지 않는다는 생각이 본능적으로 들었다. 그는 수의란 늙고 꼬부라진 사람들을 위한 것이지, 결코 그 귀신 같은 옷주름으로 젊고 우아한 형체들을 감쌀 수는 없다고 생각했다.

별안간 조종弔鐘 소리가 이 아이다운 생각들을 모질게 흔들어놓았다. 또 한번 울리는 종소리! 그리고 또! 장례식에서 울리는 소리였다. 한떼의 초라한 문상객들이 대문으로 들어왔는데, 어린애가 죽었는지 하얀 상장喪章을 달고 있었다. 사람들은 모자를 벗은 채 무덤 옆에 서 있었고, 거기엔 어머니가 ─ 한때 어머니였던 사람이 ─ 눈물 흘리는 사람들의 행렬에 섞여 있었다. 그러나 태양은 밝게 비추었고 새들은 노래했다.

올리버는 집 쪽으로 돌아서서 아가씨가 베풀어준 수많은 친절에 대해 생각하고, 자기가 그녀에게 얼마나 많은 감사와 애착의 마음을 갖고 있는지를 보여줄 기회가 다시 오길 바랐다. 그는 그녀에게 헌신적으로 봉사했기 때문에 태만하거나 생각이 부족했다고 자책할 이유는 없었다. 그럼에도 그의 눈앞에는 좀더 열성적이고 진지할 수 있었으리라 생각되는 수백가지의 작은 일들이 떠올랐다. 우리는 주위 사람들을 대하는 데 조심할 필요가 있다. 모든 죽음은 살아남은 사람들에게 부주의해서 잃어버린 것들, 못해준 일들, 잊어버린 일들, 보상해줄 일들을 자꾸 생각나게 하기 때문에, 이러한 회상은 우리에게 가장 뼈아픈 것이다. 속절없는 회한처럼 깊은 회한도 없다. 이러한 고통을 피하고 싶다면, 시간이 있을 때 이 사실을 기억하도록 하자.

그가 집에 갔을 때 메일리 부인은 작은 거실에 앉아 있었다. 올리버는 그녀를 보고 가슴이 철렁 내려앉았다. 그녀는 한번도 조카딸의 침상에서 떠난 적이 없었으니, 무슨 일로 그녀가 거기에 나와 있을까 하며 두려움에 떨었던 것이다. 로즈는 의식을 잃고 깊은 잠에 빠졌다고 한다. 올리버는 그녀가 이 잠에서 깨어나 회복해서 생명을 찾거나, 아니면 그들과 작별하고 세상을 떠날 거라는 사실을 알게 되었다.

그들은 몇시간 동안 귀를 기울이고 말하는 것도 두려워서 가만히 앉아 있었다. 입도 대지 않은 음식상은 치워졌다. 그들은 생각은 다른 데 가 있다는 눈빛으로 저무는 태양을 지켜보았다. 태양은 점점 더 낮게 가라앉다가 마침내 떠나간다고 예고하는 듯 그 찬란한 색조로 하늘과 땅을 덮고 있었다. 그들의 예민한 귀에 발걸음 소리가 다가오는 것이 들렸다. 로스번씨가 들어오자 그들은 둘 다 무의식적으로 문으로 뛰어갔다.

"로즈는요?" 노마님이 소리쳤다. "어서 말해주세요! 전 감당할 수 있어요. 가슴 졸이는 신상은 견딜 수 없어요! 아, 말해주세요! 제발!"

"진정하셔야 합니다." 의사가 그녀를 부축하며 말했다. "차분하세요, 친애하는 부인, 부디."

"절 놔줘요, 제발! 내 귀여운 아이! 그애가 죽었구나! 죽었어!"

"아닙니다!" 의사가 열정적으로 외쳤다. "선하고 자비로우신 하느님의 덕택으로 그녀는 앞으로 오래오래 살아서 우리 모두를 축복해줄 수 있게 됐어요."

부인은 무릎을 꿇고 두 손을 맞잡으려고 했다. 그러나 그토록 오랫동안 그녀를 지탱하던 힘이 단 한마디의 감사의 말과 함께 하늘나라로 날아가버려서, 그녀는 자신을 위해 뻗은 로스번씨의 다정한 두 팔에 쓰러지고 말았다.

# 제34장
## 이즈음에 등장하는 한 젊은 신사에 관해 소개가 될 만한 사실과 올리버가 겪는 새로운 모험을 이야기한다

　그것은 감당할 수 없을 만큼 큰 행복이었다. 올리버는 이 뜻밖의 소식에 어리벙벙해지고 넋을 잃어서, 울 수도 말할 수도 진정할 수도 없었다. 그는 무슨 일이 벌어지고 있었는지 이해할 수 없었는데, 한참 동안 조용한 저녁의 공기를 마시며 돌아다닌 후에 긴장을 풀어주는 울음보를 한차례 터뜨리고 나서야, 일순간 지금 일어난 이 즐거운 변화와 지탱할 수 없을 정도로 무거운 괴로움이 사라졌다는 것을 완전히 실감하는 듯했다.

　그가 병실을 장식하려고 특별히 세심하게 꺾은 꽃을 한아름 안고 집으로 돌아올 때는, 빠르게 어둠이 짙어가고 있었다. 그가 큰길을 따라 활달하게 걷고 있을 때, 뒤에서 광폭한 속도로 다가오는 마차 소리가 들렸다. 뒤를 돌아보니 사륜 역마차 한대가 전속력으로 달려오고 있었다. 말들은 질주해오는데 길은 좁았으므로 그는 마차가 지나쳐갈 때까지 담장에 기대어 있었다.

마차가 쏜살같이 지나가는 순간, 올리버는 하얀 나이트캡을 쓴 남자 하나를 흘끗 볼 수 있었는데, 워낙 순식간이어서 제대로 알아볼 수 없었지만 그의 얼굴은 눈에 익었다. 또다시 일이초가 지난 후, 나이트캡이 마차의 창밖으로 불쑥 나오더니 쩌렁쩌렁한 목소리로 마부에게 멈추라고 소리를 질렀고, 마부는 급히 말을 세웠다. 그러자 나이트캡이 다시 한번 나타나더니 올리버의 이름을 부르는 같은 목소리가 들렸다.

"어이! 올리버군, 어떻게 됐어요? 로즈 아씨 말이오! 올-리-버군!"

"거기 자일스인가요?" 올리버가 마차 문으로 달려가며 소리쳤다.

자일스씨는 무언가 대답을 하려고 그의 나이트캡을 다시 밖으로 쑥 내밀었는데, 마차의 한구석에 앉아 있던 한 젊은 신사가 갑자기 그를 뒤로 끌어당기고는, 매우 궁금한 듯이 어떻게 됐느냐고 물었다.

"한마디로!" 신사가 소리쳤다. "나아졌나 아니면 나빠졌나?"

"나아졌어요, 아주 많이요!" 올리버가 황급히 대답했다.

"하느님 감사합니다!" 신사가 외쳤다. "확실하지?"

"아주 확실합니다." 올리버가 대답했다. "바로 몇시간 전부터 호전되기 시작했어요. 그리고 로스번 선생님이 이젠 모든 고비가 지나갔다고 하셨어요."

신사는 더이상 한마디도 안 하고 마차 문을 열고 뛰어나오더니 서둘러 올리버를 팔에 안고 그를 옆으로 데려갔다.

"정말로 확실하지? 뭘 잘못 알고 있을 가능성은 없나, 안 그래?" 신사가 떨리는 목소리로 물었다. "실현되지도 않을 희망을 갖게 해서 날 속이지 말고."

"세상에, 제가 왜 그러겠습니까." 올리버가 대답했다. "진짜로 제 말을 믿으셔도 돼요. 로스번 선생님 말씀이 그러니까 아가씨가 앞으로 오래오래 살면서 우리를 축복해주실 거라고 했어요. 그렇게 말씀하시는 것을 들었다고요."

그렇게도 벅찬 행복이 시작된 그 장면을 회상하면서 올리버의 눈엔 눈물이 고였고, 신사는 몇분간 얼굴을 돌리고 가만히 있었다. 올리버는 그가 훌쩍거리는 소리를 여러차례 들었다고 생각했으나 새로운 얘기를 꺼내서 그를 방해하고 싶지 않았고 ─ 그의 느낌이 어떠하리라는 것을 잘 알 수 있었기 때문에 ─ 저만치 떨어져 서 있으면서 꽃다발에 신경을 쓰는 척했다.

이러는 동안 자일스씨는 하얀 나이트캡을 쓰고 마차의 디딤판에 앉아 두 팔꿈치를 무릎에다 받치고 흰 점을 수놓은 파란색 면손수건으로 두 눈을 훔치고 있었다. 이 정직한 친구가 감정을 가짜로 꾸며낸 것이 아니란 점은 젊은 신사가 말을 걸려고 몸을 돌렸을 때 그를 바라보는 눈이 빨갛게 충혈된 것으로 충분히 증명이 되었다.

"자네는 마차를 타고 어머니께 먼저 가는 게 좋겠네, 자일스." 그가 말했다. "난 그냥 천천히 걸으면서 어머니를 뵙기 전에 시간을 좀 가질 생각이야. 내가 곧 간다고 전하게나."

자일스씨가 마지막으로 흐트러진 얼굴을 손수건으로 손질하며 말했다. "해리 도련님, 죄송합니다만 우편배달부에게 그 말을 전하도록 하시면 매우 감사하겠습니다. 제가 이런 꼴로 있는 것을 허녀들이 보면 곤란하니까요. 만약 그런다면 더이상 그들 앞에서 제 권위가 서지 않을 것입니다."

"좋아." 해리 메일리가 미소를 지으며 대꾸했다. "맘대로 하게. 짐은 그 사람더러 가져가라고 하고, 원하면 우리를 따라오게나. 다만 그 나이트캡을 다른 모자로 바꾸지그래, 아니면 우리가 미친 사람들인 줄 알겠어."

자일스씨는 자기가 점잖지 못한 의관을 갖춘 것을 깨닫고 나이트캡을 잡아채 주머니에 넣더니 대신 마차에서 꺼낸 의젓하고 건전한 모양의 모자를 썼다. 그런 다음에 우편배달부는 말을 몰고 갔고 자일스와 메일리씨와 올리버는 한가하게 뒤쫓아갔다.

이렇게 함께 걸으면서 올리버는 이따금씩 관심 있고 흥미로운 눈초리로 새로 만난 사람을 슬쩍 쳐다보았다. 그는 스물다섯살 정도인 것 같았고 중키였으며, 잘생긴 얼굴은 진실해 보였고, 태도에서는 부담 없는 호감이 느껴졌다. 나이가 많고 적은 차이가 있어도 그는 노마님을 빼닮은 모습이어서, 어머니라는 말을 쓰지 않았더라도 올리버는 어렵지 않게 그들의 관계를 짐작할 수 있었다.

그가 집에 도착하자 메일리 부인은 걱정스러운 얼굴로 아들을 기다리고 있었다. 이들의 만남에서는 물론 양쪽 모두 큰 감정이 오갔다.

"어머니!" 젊은이가 속삭였다. "왜 미리 편지를 하지 않으셨어요?"

"썼단다." 메일리 부인이 대답했다. "하지만 생각을 바꿔서 로스번 선생님의 의견을 들을 때까지 편지를 갖고 있기로 맘을 먹었다."

"하지만," 젊은이가 말했다. "하마터면 끔찍한 상황이 벌어질지도 몰랐잖아요. 만약에 로즈가…… 차마 그 말을 입에 담지 못하겠지만…… 이 병이 다른 식으로 결말이 났다면, 어머니는 스스로를 용서하지 못할 뻔하셨잖아요! 저도 다시는 행복이라는 것을 모를 뻔했고요!"

메일리 부인이 말했다. "그런 일이 실제로 벌어졌다면, 해리, 아마 네 행복은 완전히 무너져내렸을 거야. 네가 여기에 하루 일찍 오거나 하루 늦게 와도 아무런 상관이 없었을 거다."

"제가 불행해질지도 모른다는 걸 누가 의심하겠어요, 어머니?" 젊은이가 대꾸했다. "아니 왜 제가 그럴지도 모른다고 말을 돌려야 합니까? …… 아니에요…… 네, 정말로 불행할 거예요…… 어머니도 잘 아시잖아요…… 아시는 것이 틀림없어요!"

"난 그애가 한 남자가 줄 수 있는 가장 훌륭하고 순수한 사랑을 받을 만하다는 것을 안다." 메일리 부인이 말했다. "그애의 헌신과 애정은 보통의 보답이 아니라, 두고두고 오래 지속될 깊이 있는 보답을 받아야 한다는 것도 알고 있지. 내가 이것을 느끼고 있고 게다가 사랑하던 사람의 변심이 그애의 마음을 아프게 하리라는 것을 알기 때문에 내 임무를 수행하기가 그렇게도 어렵게 느껴졌던 거야. 또 마음속에서 그렇게 많은 갈등에 부딪쳤던 거고. 내게는 엄밀한 법도를 따르는 것으로 보이는 이 길을 택할 때 말이다."

"참 몰인정하십니다, 어머니." 해리가 말했다. "아직도 제가 자기 마음도 모르고 자기 영혼의 충동도 볼 줄 모르는 어린애라고 생각하십니까?"

"내 아들아," 메일리 부인이 그의 어깨에다 손을 올려놓으면서 대답했다. "젊었을 때는 마음속에 자유분방한 충동들이 많지만 오래가지 않아. 그리고 이 중에 어떤 충동들은 충족되고 나면 덧없어지고 마는 거란다." 부인이 아들의 얼굴을 응시하면서 말했다. "무엇보다도, 내 생각으로는 만약에 열성적이고 열렬하고 야심적인 남자가 오명을 가진 부인을 맞게 되면, 그 오명이 그녀의 탓이 아니더라도 냉정하고 심보가 더러운 사람들은 그것을 빌미로 그녀와 그녀의 아이들 또한 괴롭힐 거야. 그리고 남편이 성공을 하는 만큼 정확히 비례해서 그를 더욱 비난하고 그를 조롱의 대상으로 삼을 거야. 그래서 그가 아무리 품성이 너그럽고 선해도 어느 순간, 젊은 시절에 맺은 그 관계를 후회할 수 있는 거야. 그리고 아내는 남편의 그런 생각을 아는 고통을 또 겪어야 할 것이고."

"어머니," 젊은이가 못 참겠다는 듯이 말했다. "그렇게 행동한다면 그는 이기적인 짐승으로, 사람이란 소리를 들을 수도 없고, 어머니가 묘사하는 그 여자를 상대할 자격이 없는 놈입니다."

"지금은 그렇게 생각하겠지, 해리." 그의 어머니가 대답했다.

"그리고 또 앞으로도 영원히 그럴 것입니다!" 젊은이가 말했다. "지난 이틀 동안 제가 겪은 정신적 고통은 어쩔 수 없이 어머니께 제 열정을 고백하도록 만드는군요. 어머니도 잘 아시다시피, 저의 열정은 어제오늘의 이야기이거나 가볍게 생겨난 것이 아니에요. 로즈에게, 그 어여쁘고 상냥한 여자에게! 저는 한 남자가 한 여자에게 줄 수 있는 가장 확고한 마음을 주었습니다. 저는 그녀 말고는 아무런 생각도, 전망도, 삶의 희망도 없습니다. 그러니 제게는 참으로 중요한 이 문제에 대해 반대하신다면, 제 평화와 행복을 빼앗아 바람에 날려버리시는 일이 될 겁니다. 어머니, 이 문제에 대해서 또 저에 대해서 재고해주세요. 어머니께서는 행복을 그리도 하찮게 보시는 것 같은데, 그렇게 생각지는 마세요."

"해리야," 메일리 부인이 말했다. "그건 내가 따뜻하고 섬세한 마음씨를 가진 사람들을 생각해서 그들이 상처받지 않게 하고 싶기 때문이다. 어쨌든 지금으로선 이 문제에 대해서 이미 충분히 얘기를 했다, 필요 이상으로."

"그렇다면 이 문제는 로즈의 판단에 맡겨두지요." 해리가 나섰다. "어머니의 의견을 지나치게 고집해서 제 앞길을 방해하지는 않으시겠지요?"

"그럴 리가 있니." 메일리 부인이 대꾸했다. "하지만 난 네가 잘
생각해서……"

"이미 생각해봤다고요!"라고 성급한 답변이 나왔다. "어머니, 저
는 여러해 동안 생각했어요. 제가 진지하게 생각할 수 있게 된 뒤
로는 늘 그렇게 해왔습니다. 제 감정은 변하지 않은 채 그대로입니
다. 앞으로도 그대로일 거고요. 그러니 왜 저의 감정을 토로하는 것
을 고통스럽게 미뤄야 합니까? 무슨 이득이 있다고요? 아닙니다!
전 떠나기 전에 로즈에게 제 진심을 전하겠습니다."

"그렇게 해라." 메일리 부인이 말했다.

"어머니 태도에는 그녀가 제 말을 냉랭하게 받아들이리라는 암
시가 있는 것 같습니다, 어머니." 젊은이가 말했다.

"냉랭하진 않겠지." 노마님이 응답했다. "전혀 그렇지 않아."

"그렇다면요?" 젊은이가 다그쳤다. "그녀가 다른 사람을 사랑하
고 있나요?"

"아니다, 정말로." 그의 어머니가 대답했다. "내가 잘못 보았는
지도 모르지만, 그애는 이미 너를 무척 좋아하는 것 같더라. 내가
하려는 말은……" 노마님이 말을 하려는 자기 아들을 막으면서 말
을 이었다. "이번 기회에 너의 모든 것을 걸기 전에, 너의 희망이 절
정까지 다다르기 전에, 내 아들아, 잠시만이라도 로즈의 내력에 대
해 생각해보라는 거야. 그애도 자신의 출생이 의심스럽다는 것을
알기 때문에 그것이 그애의 결정에 어떤 영향을 끼칠지 생각해보
라는 거야. 우리에게 헌신적이고, 또한 중요한 일이나 사소한 일이
나 고운 마음씨를 다해 자기를 완전히 희생하는 것이 그애의 특징
이었다는 것을 감안해서 말이다."

"무슨 말씀이시죠?"

"그 뜻은 네 스스로 알아내보아라." 메일리 부인이 대답했다. "난 그애한테 가봐야 한다. 하느님의 축복을!"

"오늘 밤에 다시 뵐 수 있을까요?" 젊은이가 간절하게 말했다.

"되는대로 하자." 부인이 대답했다. "로즈한테 다녀온 다음에."

"제가 여기 와 있다는 걸 전해주실 거죠?" 해리가 말했다.

"물론이지." 메일리 부인이 대답했다.

"그리고 제가 얼마나 걱정을 하고 괴로워하는지, 얼마나 보고 싶어하는지도 말씀해주세요. 그래주실 거죠, 어머니?"

"그러마." 노마님이 말했다. "내가 그렇게 다 일러주마." 그리고 아들의 손을 다정히 잡아주고 서둘러 방에서 나갔다.

이렇게 분주한 대화가 진행되는 동안 로스번씨와 올리버는 방한구석에 있었다. 로스번씨는 해리 메일리에게 손을 내밀어 악수를 청했고 그들은 진심으로 반가워하며 인사를 주고받았다. 그런 다음 의사는 젊은 친구에게서 여러가지 질문을 받고 환자의 상태에 대해 정확히 설명해주었는데, 그것은 올리버의 얘기만큼이나 위로가 되고 희망적인 것이었다. 자일스씨도 분주하게 짐가방을 나르며 열심히 귀 기울여 이 설명을 모두 들었다.

"요즘엔 뭐 쏘아맞힌 것 좀 없나, 자일스?" 의사가 설명을 마치고 물어보았다.

"별것 없습니다." 자일스씨가 눈밑까지 벌게져서 대답했다.

"도둑을 잡았다거나 강도의 인상착의를 확인했다든가 하는 것 말이야." 의사가 말했다.

"아무것도 없습니다." 자일스씨가 매우 심각하게 대답했다.

"그래." 의사가 말했다. "거 참, 듣기에 안됐구먼. 자네는 그런 종류의 일에 능란한데. 그래, 브리틀스는 잘 있나?"

"그 아이는 잘 있습니다, 선생님." 자일스씨가 아랫사람들을 거느리는 평소의 어조로 말했다. "그리고 선생님께 존경의 인사를 전해달라고 하더군요."

"좋아." 의사가 말했다. "자네를 보니 생각나는 게 있구먼, 자일스. 내가 이렇게 서둘러서 이리로 오기 전에 말이야, 내가 자네의 선하신 주인마님의 청에 따라 자네를 위해서 작은 심부름을 한 적이 있다네. 구석으로 잠깐 오겠나?"

자일스씨는 매우 의젓하게 그러나 다소 놀라는 표정으로 구석으로 가서 의사와 속삭이며 짧은 면담을 하는 영예를 누렸고, 얘기가 끝나자 여러차례 절을 하고 매우 위엄 있게 물러갔다. 이 면담의 내용은 거실에서는 공개되지 않았으나 부엌에서는 즉시 밝혀졌으니, 자일스씨는 곧장 부엌으로 가서 에일 한잔을 달라고 한 후에 매우 눈에 띄는 장엄한 분위기로 선언하기를, 주인마님이 강도미수 사건 때의 자신의 용감한 행동을 참작하여 그 지역 은행에 오직 자신만이 쓸 수 있도록 25파운드를 예금해두었다고 한 것이다. 이에 두 하녀는 두 손과 두 눈을 들고서 이제 자일스씨가 제법 우쭐거릴 거라고 짐작했으나, 자일스씨는 셔츠 장식을 잡아 펴면서 "아닐세, 아니야"라고 대답했고, 만약에 자기가 아랫사람들에게 거만하게 군다고 생각되면 그렇다고 얘기를 해달라, 그러면 고맙겠다고 했다. 그리고 그는 자기의 겸손을 예시하는 여러가지 얘기를 늘어놓았는데, 이 모든 것들이 마찬가지로 호의적인 갈채를 받았고, 위대한 분들의 소견이 보통 그러하듯 대체로 독창적이고 적절한 얘기였다.

위층에서도 유쾌하게 저녁시간을 보냈다. 의사는 매우 기분이 좋았고, 해리 메일리도 처음에는 피곤하고 울적했지만 이 훌륭한 신사의 쾌활한 성격에 영향을 받지 않을 수 없었다. 의사는 매우 다양한 재담과 직업상의 회고담들, 그리고 가벼운 농담으로 자기의 성격을 보여주었다. 이것은 올리버가 지금까지 들은 것 중에서도 가장 괴상하고 재미있는 이야기들이라 그만큼 많이 웃었고, 의사도 아주 만족스러워하며 도에 넘치게 웃었는데, 해리도 따라서 맘껏 웃을 수밖에 없었다. 이렇게 그들은 그 상황에서는 가능한 최대로 즐거운 모임을 가졌고, 아주 늦은 시간에야 헤어져 가볍고 고마운 마음으로 최근의 불안과 걱정 끝에 매우 필요로 했던 휴식을 취하러 갔다.

올리버는 다음날 아침 기분 좋게 일어나서 여러날 동안 느끼지 못했던 큰 희망과 즐거움 속에서 이른 아침에 맡은 일들을 수행하느라 여기저기 돌아다녔다. 새들이 노래를 할 수 있게끔 새장은 다시금 원래 자리에 걸렸다. 그 아름다움과 향기로 로즈를 기쁘게 할 수 있도록, 찾을 수 있는 가장 아름다운 야생화들을 다시금 모았다. 걱정스러운 아이의 슬픈 눈에는 지난 여러날 동안 아무리 아름다운 것이라도 우울함이 어려 있는 듯했지만 이제는 그것이 마술처럼 사라져버렸다. 이슬은 초록빛 잎사귀들 위에서 더욱 밝게 반짝였고, 풀잎 사이의 공기는 더욱 아름다운 음악으로 살랑거리는 것 같았고, 하늘도 더 파랗고 밝아 보였다. 우리 마음의 상태가 외적 대상들의 외관에 끼치는 영향은 바로 이러한 것이다. 자연과 동료 인간들을 바라보고 모든 것이 다 어둡고 음침하다고 외치는 인간들은 옳다. 다만 그 침침한 색깔들은 그들 자신의 뒤틀린 눈과 마음의 반영인 것이다. 실제 색조는 섬세하기 때문에 좀더 맑은 눈으로 보지 않으면 안 된다.

여기서 지적할 만한 것은 올리버가 그 무렵에 아침 나들이를 혼자 하지 않았다는 사실이다. 해리 메일리는 올리버가 꽃을 한아름 안고 집에 오는 것을 본 첫날 아침 이후로는 갑자기 꽃에 대한 열정에 사로잡혀 꽃꽂이에 대단한 감각을 보여주며 그만 그의 어린 동료를 한참 앞질러버렸다. 올리버는 이런 점들에서는 뒤처졌지만, 어디로 가면 가장 좋은 꽃을 찾을 수 있는지를 잘 알았다. 그들은 매일 아침 함께 그 근방을 찾아헤매면서 피어 있는 꽃 중 가장 아름다운 것들을 집으로 가져왔다. 이제 젊은 아가씨의 창문은 활짝 열렸다. 그녀는 풍요로운 여름 공기가 흘러들어와 그 신선함으로 활기를 되찾는 것을 아주 좋아했다. 격자창 바로 안쪽에는 매일 아침 아주 조심스럽게 다듬어놓은 꽃다발이 늘 꽃병에 꽂혀 있었다. 올리버는 작은 꽃병이 주기적으로 다시 채워지긴 해도 시든 꽃들은 절대로 버려지지 않는다는 것, 그리고 의사가 정원에 나올 때마다 변함없이 창문을 올려다보고 아침 산책을 나가면서 지극히 의미심장하게 고개를 끄덕거린다는 것을 알아채지 않을 수 없었다. 그러는 가운데 하루하루는 빨리 흘러갔고, 로즈는 속히 회복되고 있었다.

비록 아가씨가 주로 방 안에 있었고 이따금씩 메일리 부인하고 가볍게 걷는 것 외엔 저녁 산책이 없었지만 올리버가 한가하게 시간을 보낸 것은 아니었다. 그는 두배나 부지런히 백발 노신사의 가르침을 받았고 얼마나 열심히 노력을 했는지 빠른 진도에 스스로도 놀랄 정도였다. 이렇게 공부에 열중하던 중 그는 뜻밖의 사건으로 굉장히 놀라고 고민을 하게 되었다.

그가 늘 앉아서 열심히 책을 읽던 방은 집 뒤쪽 1층에 있었다. 그곳은 조용한 시골집 방으로 격자창이 나 있었는데, 그 주위로 재스

민과 인동넝쿨이 창틀로 기어올라와 달콤한 향기로 방을 가득 채웠다. 창문은 정원을 내다보게 되어 있었고 정원에서는 쪽문 하나가 작은 잔디밭으로 나 있었다. 그 너머로는 모두 훌륭한 목초지와 숲이었다. 그 방향으로는 인가가 더 없었으니 거기서 바라보는 경관은 매우 광활했다.

어느 아름다운 저녁, 땅거미가 내리기 시작할 때 올리버는 창가에 앉아 열심히 책을 읽고 있었다. 그는 한동안 책에 몰두하고 있었는데, 그날은 몹시 무더웠고 또 공부를 하느라 상당히 애를 썼기 때문에, 그가 차츰차츰 그리고 서서히 잠에 빠져들었다 해도 그건 그 책의 저자 ─ 그가 누구였건 간에 ─ 에 대한 모욕은 아니었다.

우리에게 때때로 엄습해오는 어떤 종류의 잠에 빠지면 몸은 속박되어 있지만 정신은 주위 사물들에 대한 감각을 받아들이면서 제멋대로 돌아다니는 경우가 있다. 무겁게 짓눌리는 느낌과 기력이 약화되는 느낌, 그리고 생각이나 동작을 전혀 조절하지 못하는 상태를 수면이라고 한다면, 이것도 수면은 수면이다. 그렇지만 이 경우 우리는 주위에서 벌어지는 모든 것에 대해 의식하게 되는데, 이럴 때 꿈을 꾸면 그 당시 현실의 말과 소리가 놀라울 정도로 빠르게 우리의 영상과 연결되어 현실과 가상은 매우 이상하게 뒤섞이고 드디어는 이 둘을 분리하는 것이 거의 불가능해진다. 그런데 이러한 상태에서는 이것이 가장 특기할 만한 현상도 아니다. 의심의 여지가 없는 한가지 사실은, 우리의 촉각과 시각이 그 당시에는 죽어 있다고 해도, 우리가 자면서 하는 생각과 우리 앞에서 벌어지는 환영은 그저 가만히 있을 뿐인 외적 대상들의 영향을, 그것도 실질적인 영향을 받는다는 것이다. 이 대상들이 우리가 눈을 감을 당시에 가까이 있지 않았거나 이들이 근접하는 것에 대해서 알지 못했을 경우에도 말이다.

올리버는 자신이 자기의 작은 방에 있다는 것, 그리고 그의 책들이 자기 앞의 책상에 놓여 있다는 것, 그리고 밖에서는 넝쿨 사이로 달콤한 공기가 살그머니 움직인다는 것까지도 아주 완벽하게 알고 있었다. 그래도 그는 자고 있었다. 갑자기 장면이 바뀌었다. 공기가 무거워지고 갑갑한 느낌이 들었고, 그는 공포로 몸이 달아올라 자기가 다시 유대인의 집에 있다는 생각이 들었다. 거기서 흉측한 노인이, 늘 자리 잡고 있던 한구석에 앉아 그 옆에서 얼굴을 돌리고 앉은 또다른 사내에게 속삭이고 있었다.

"조용하게, 여보게!" 그는 유대인이 이렇게 말한다고 생각했다. "얘가 맞아, 확실해. 그만 가자고."

"맞다고!" 다른 사내가 대답하는 듯했다. "그럼 내가 이놈을 잘못 봤을 수 있다고 생각했소? 한떼의 악마가 이 녀석과 똑같은 모습으로 둔갑하고 그 사이에 얘가 서 있다고 해도 이놈은 무언가 달라서 분간해낼 수 있어. 만약에 50피트 아래에다 묻어놓고 그 무덤 위로 나를 데려가면, 그놈이 그 아래 묻혀 있다는 푯말이 없더라도 아마 찾아낼 거요. 살이 말라비틀어질 놈, 난 그럴 수 있을 거라고!"

사내가 어찌나 무시무시한 혐오감을 갖고 말하는 것처럼 느껴졌는지 올리버는 공포에 잠이 깨어 벌떡 일어섰다.

하느님 맙소사! 도대체 무엇이 그의 가슴을 두근거리게 하고 그의 목소리와 움직일 힘을 빼앗아버리는가! 저기 ― 저기 ― 창문에 ― 아주 가까이에 ― 그가 놀라서 뒤로 물러서기 전에는 거의 몸이 닿을 정도로 가까이에서, 안을 들여다보는 사내와 눈을 마주쳤으니 바로 유대인이 거기 서 있지 않은가! 그리고 그의 옆에는 분노인지 두려움인지, 아니면 양쪽 모두 때문인지, 얼굴이 하얗게 변해서 오만상을 찌푸린, 바로 여관 뜰에서 올리버에게 말을 건 사람이 있었다.

단 한순간, 한번 흘깃하고 번쩍하더니 눈앞을 스쳐 그들은 이내 사라져버렸다. 그러나 그들은 그를 알아보았고 올리버도 그들을 알아보았다. 그리고 그들의 얼굴 표정은, 마치 돌에 깊게 새겨져 태어날 때부터 자기 앞에 두고 늘 보아온 것처럼 올리버의 기억에 강하게 각인되었다. 그는 한순간 놀라서 발을 떼지 못한 채 굳어 있었다. 그러다 창문을 뛰어넘어 정원으로 달려가 큰 소리로 도움을 청했다.

# 제35장
## 올리버의 모험은 만족스러운 결과를 낳지 못하고, 해리 메일리와 로즈는 아주 중요한 대화를 나눈다

올리버가 외치는 소리를 듣고 집안 사람들이 달려갔을 때, 올리버는 창백하고 흥분한 상태로 집 뒤편 초원 쪽을 가리키면서 겨우 "유대인이요! 유대인이요!" 하는 소리를 내고 있었다.

자일스씨는 무슨 뜻인지 몰라서 우왕좌왕했으나, 해리 메일리는 지각이 좀더 민첩했고 모친에게 올리버의 이야기를 들었기 때문에 당장에 그 뜻을 알아들었다.

"놈이 어느 쪽으로 갔니?" 그가 구석에 있는 묵직한 막대기를 들면서 물었다.

"저쪽이요." 올리버가 그늘이 달아난 방향을 가리키면서 대답했다. "한순간에 사라졌어요."

"그러면 도랑에 있겠군!" 해리가 말했다. "따라와! 그리고 최대한 내 뒤에 붙어 있어라." 이렇게 말하면서 그는 담장을 훌쩍 뛰어넘은 후, 다른 사람들이 뒤를 바싹 쫓아가는 것이 지극히 어려울 정도로 쏜살같이 뛰어갔다.

자일스는 힘닿는 대로 열심히 뒤쫓았고 올리버도 따라갔다. 일이분 정도 지나서는 산책을 나갔다가 막 돌아온 로스번씨가 그들 뒤를 따라 울타리를 껑충 뛰어넘어 생각보다 훨씬 더 민첩한 동작으로 달리며 무시할 수 없는 빠른 속도로 뒤쫓아왔고, 그러는 내내 뭣 때문에 그러냐고 엄청나게 소리를 질러댔다.

그들은 단 한순간도 멈추지 않고 계속 달려갔다. 올리버가 가리킨 들판 쪽으로 선두가 꺾어들어가서 도랑과 울타리를 샅샅이 뒤지기 시작할 때야, 나머지 일행이 간신히 선두를 따라잡았다. 올리버는 그제야 로스번씨에게 이처럼 맹렬하게 추격을 하게 된 정황을 설명할 수 있었다.

수색은 소득이 없었다. 최근에 생긴 발자국조차 보이지 않았다. 그들은 이제 사방 3, 4마일 정도로 펼쳐진 들판이 훤히 보이는 작은 언덕 꼭대기에 올라섰다. 왼쪽 계곡에는 마을이 있었으나 올리버가 가리킨 방향을 따라 그곳에 가려면 벌판으로 돌아갔어야 했을 텐데 그 짧은 시간에는 어림도 없는 일이었다. 오른쪽에는 목초지 주변으로 울창한 숲이 있었지만 같은 이유로 그들은 그 은신처에도 이르지 못했을 것이다.

"꿈을 꾸었던 모양이구나, 올리버." 해리 메일리가 말했다.

"아니에요. 정말로 아닙니다." 올리버가 그 늙은 영감의 얼굴을 생각해내고 부르르 몸을 떨면서 대답했다. "꿈이라기에는 너무 똑똑히 보았어요. 저는 두사람 다 봤어요, 지금 여러분들을 보는 것만큼이나 똑똑하게 말이에요."

"다른 사람은 누구였니?" 해리와 로스번씨가 함께 물어보았다.

"제가 말씀드린 바로 그 사람, 여관에서 갑자기 마주친 사람이었어요." 올리버가 말했다. "서로가 분명히 마주 보았기 때문에 그 사람이라는 걸 맹세할 수 있어요."

"그들이 이쪽으로 갔다고?" 해리가 질문했다. "확실하니?"

"그 사람들이 창문에 서 있었다는 것만큼이나 확실합니다." 올리버가 집 정원과 초원 사이의 담장을 가리키면서 대답했다. "키 큰 사내는 바로 저리로 뛰어넘었고, 유대인은 오른쪽으로 몇걸음 뛰어가더니 저 틈새로 기어나갔어요."

두 신사는 진지한 얼굴로 말하는 올리버를 지켜보다가 서로를 바라본 후 그의 말이 틀림없는 것 같다고 수긍하는 듯했다. 그러나 어느 쪽을 보아도 서둘러 도주한 사람들이 쿵쿵거리고 지나간 흔적을 찾을 수가 없었다. 풀들은 길쭉하게 자라나 있었지만 자기들이 밟은 것 외에는 어디에도 짓밟혀 쓰러진 데가 없었다. 도랑의 양옆과 가장자리는 축축한 진흙이었는데 거기서도 신발 자국이나 몇시간 안에 누군가 지나간 듯한 흔적을 발견해낼 수 없었다.

"참 이상하구나!" 해리가 말했다.

"이상하다고?" 의사가 말을 받았다. "블레이더즈와 더프라 해도 아무것도 알아낼 수 없을 거야."

수색은 필시 소용없는 짓일 것 같았지만 그들은 밤이 되어 더이상 탐색을 할 수 없게 될 때까지 단념하지 않았고, 그때가 되어서도 마지못해 포기를 했다. 자일스는 이 낯선 사람들의 인상착의에 대한 올리버 나름의 가상 정확한 진술을 가지고 마을의 주막 여러 군데로 파견되었다. 둘 중에서 적어도 유대인은, 혹시 술을 마시거나 주위를 어슬렁거렸다면 어떤 경우에라도 충분히 기억에 남을 만큼 특이하게 생긴 편이었지만, 자일스씨는 이 불가사의함을 해소하거나 경감할 만한 아무런 정보도 가져오지 못했다.

다음날 다시 수색이 시작되었고 조사를 재개했으나 전날 이상으로 성공적이지는 않았다. 그 다음날 올리버와 메일리씨는 이들에 대해 뭔가 정보를 얻지 않을까 해서 장이 서는 읍내로 갔으나 그들의 노력은 여전히 결실을 맺지 못했다. 며칠 후, 대부분의 사건들이 더이상 신기함을 지탱할 밑천이 떨어지면 슬그머니 사라져버리듯이, 이 사건도 잊혀졌다.

그사이 로즈는 급속히 회복되고 있었다. 그녀는 방에서 나와 밖으로 나갈 수 있게 되었고 다시 가족들과 어울리며 그들의 가슴속에 기쁨을 가져다주었다.

그런데, 비록 그 작은 모임에 눈에 띄는 행복한 변화가 찾아왔고 시골집에는 다시 쾌활한 목소리와 즐거운 웃음소리가 들렸지만, 때때로 평시에 없던 제약감이, 심지어 로즈 자신에게도 깃들곤 했는데 올리버는 이것을 눈치채지 않을 수 없었다. 메일리 부인과 그녀의 아들은 문을 닫고 한참 동안 상의하는 일이 자주 있었고, 로즈가 눈물의 흔적을 보인 적도 여러번이었다. 로스번씨가 처트시로 돌아갈 날을 잡은 후에는 이런 증상들이 더 많이 생겼고, 젊은 아가씨와 또 하나 누군가의 평화에 영향을 끼치는 무슨 일이 진행되고 있음이 분명해졌다.

마침내 어느 날 아침, 로즈가 아침식사를 하는 거실에 혼자 있을 때 해리 메일리가 들어와 좀 머뭇거리더니 잠깐 얘기를 해도 되겠냐며 허락을 구했다.

"잠깐…… 몇 마디면…… 될 거요, 로즈." 젊은이가 자기 의자를 그녀 쪽으로 끌어당기면서 말했다. "내가 하려는 말은 당신도 이미 알고 있을 거요, 내 가슴의 가장 소중한 희망을 당신이 모르지는 않을 테니. 비록 당신이 내 입술로 그렇게 말하는 것을 아직 듣지는 못했지만 말이오.”

로즈는 그가 들어올 때부터 매우 창백했으나 그것은 최근에 앓은 병 때문일 수도 있었다. 그녀는 다만 옆에 있는 화초를 향해 몸을 숙이고 그가 말을 계속하기를 조용히 기다렸다.

“난, 난…… 이미 여기를 떠났어야 했소.” 해리가 말했다.

“그렇지요, 정말로.” 로즈가 대답했다. “이렇게 말하는 것을 용서하세요. 전 그러셨기를 바랍니다.”

“난 그 어떤 것보다도 두렵고 고통스러운 걱정 때문에 이곳으로 오게 됐소.” 젊은이가 말했다. “나의 모든 바람과 희망이 달려 있는 소중한 사람을 잃어버린다는 두려움이었소. 당신은 죽어가고 있었소, 이 세상과 하늘나라 사이에서 떨면서 말이오. 젊고 아름답고 선한 이들에게 병마가 엄습해오면 그들의 영혼은 저도 모르는 사이에 그 찬란한 영원의 안식처로 간다는 것을 우리는 알고 있소. 또한 우리는, 하느님 굽어 살피소서! 우리 인간 중에서 가장 훌륭하고 가장 아름다운 사람들이 피어나는 도중에 그만 시들어버리는 일이 아주 흔하다는 것도 알고 있소.”

이 말을 듣는 도중에 이 온화한 여자의 눈에 눈물이 고였다. 그녀가 몸을 숙이고 있는 꽃으로 한방울의 눈물이 떨어져 그 봉오리에서 밝게 빛나며 꽃을 더욱 아름답게 만들었다. 그것은 마치 밖으로 흘러넘친 그녀의 싱그럽고 젊은 마음이 자연의 가장 아름다운 것들과 동류임을 자연스럽게 주장하는 것 같았다.

젊은 남자가 열정적으로 계속 말을 이어나갔다. “한 인간이, 하느님의 천사같이 아름답고 거짓 없는 한 인간이 삶과 죽음 사이에서 퍼덕거렸소. 아! 그녀 앞에 자기의 고향인 그 먼 나라가 펼쳐졌을 때 그녀가 이 세상의 슬픔과 재난으로 돌아오리라고 그 누가 기대할 수 있었겠소! 로즈, 로즈, 저 위에서 내리쬐는 빛이 땅에 던지는 희미한 그림자처럼 당신이 사라져버리고 있음을 아는 것, 여기 머물러 살아야 하는 이들을 위해 당신이 남아 있을 희망이 없다는 것, 왜 당신이 가버려야 하는지 알지 못하는 것, 그렇게도 많은 뛰어난 사람들이 어린 시절 젊은 나이에 일찍이 훨훨 날아간 저 찬란한 영역에 당신이 속한다고 느끼는 것, 그러면서 이 모든 위안 속에서도 사랑하는 이들에게로 당신을 되돌려줄 것을 기도하는 것 ─ 이 모든 것들은 감당하기에는 참으로 심란한 일들이었소. 나는 밤낮으로 이런 일들을 겪으면서, 당신이 나의 헌신적인 사랑도 모르고 세상을 떠나는 것이 아닐까 하는 두려움과 걱정과 이기적인 후회들이 빗발쳐 몰려와서 내 지각과 이성은 그 와중에서 거의 마비될 정도였소. 당신은 회복을 했소. 날마다 시시각각으로 어떤 건강의 샘물이 한방울씩 돌아와서 당신 안에서 기력 없이 순환하던, 소모되고 미약한 생명의 물줄기에 뒤섞여 다시금 그것을 높고 힘 있는 밀물로 솟아오르게 했소. 난 당신이 거의 죽음에 근접한 상태에서 생명으로 돌아오는 것을, 간절함과 깊은 애정으로 인해 축축해진 눈으로 지켜보았소. 내가 이런 일을 당하지 않았으면 좋았으리라고 말하지 말아요, 이 일이 모든 인류를 향한 내 마음을 부드러워지게 만들었으니."

"그런 뜻이 아니었어요." 로즈가 울먹이며 말했다. "난 다만 당신이 여기를 떠나 다시금 고상하고 고매한 것들을 추구하기를, 당신에게 값어치 있는 일들로 다시 돌아가길 바랄 뿐이에요."

"내가 값어치 있게 추구할 일은 없습니다. 가장 고상한 존재에게도 이보다 더 값있는 일은 없어요. 당신이 갖고 있는 그런 마음을 얻으려고 분투하는 것보다 말이오." 젊은 남자가 그녀의 손을 잡으면서 말했다. "로즈, 내 소중한 로즈. 만약에 한 남자가 진정으로 정직하고 열렬한 사랑을 느낀 적이 있다면 내가 당신에게 품은 사랑이 바로 그것이오. 내가 당신을 얻을 수 있도록 노력해도 좋다고 말해주오. 여러해 동안, 여러해 동안…… 난 그대를 사랑해왔소. 내가 입신양명해서 자랑스럽게 집으로 돌아와 이것이 오직 당신과 함께 나누기 위해서 추구한 일이라고 말해줄 수 있기를 희망하면서 말이오. 그리고 그 행복한 순간에, 내가 소년 시절에 차마 말로는 표현하지 못한 애정의 징표들을 보였던 것을 상기시키고 우리 사이에 맺어진 지난날의 무언의 계약을 이행하듯 당신에게 구혼하는 것을 몽상하면서 말이오! 그 시간은 아직 오지 않았소. 그러나 아무런 명성도 얻지 못하고 어린 시절의 꿈도 실현하지 못한 지금, 난 그리도 오랫동안 당신의 것이었던 내 마음을 받아달라고 제안하는 것이오. 내 제안에 대한 당신의 답변에 내 모든 것을 걸고자 하오."

"당신의 행동은 늘 친절하고 고결했지요." 로즈가 요동치는 감정을 억누르면서 말했다. "제가 고마워할 줄 모르는 둔감한 여자는 아니라고 생각하실 테니, 그런 마음으로 제 대답을 들어보세요."

"내가 당신을 얻을 자격을 갖기 위해 노력해도 된다는 거지요? 그렇죠, 내 사랑하는 로즈?"

"저를 잊으려고 노력하셔야 한다는 겁니다. 친밀하고 오랜 동료로서가 아니라, 왜냐하면 그런 경우 저도 깊은 상처를 받을 테니까요, 사랑의 대상으로서 말이에요. 세상을 들여다보세요. 그리고 당신이 자랑스럽게 사로잡을 수 있는 여인들이 얼마나 많은지 생각해보세요. 원하신다면 제게 다른 사람에 대한 열정을 털어놓으세요. 제가 가장 충실한 친구가 돼드릴게요."

이러고는 잠깐 침묵이 흘렀는데, 그동안 한 손으로 얼굴을 가리고 있던 로즈는 맘 놓고 눈물을 흘렸다. 해리는 여전히 그녀의 다른 손을 잡고 있었다.

"그러면 그 이유는, 로즈, 그렇게 결심한 이유는 무엇이오?" 마침내 그가 낮은 목소리로 말했다.

"그것을 아실 권리가 있으시니 말씀을 드리지요." 로즈가 응답했다. "당신은 무슨 말을 해도 제 결심을 바꿔놓을 수는 없을 거예요. 그것은 제가 꼭 지켜야 하는 의무입니다. 다른 사람과 또한 제 자신에 대한 의무예요."

"자신에게?"

"그래요, 해리. 제 자신에 대한 의무란, 친척도 가진 것도 없고 이름에 오점이 있는 여자가 당신의 첫번째 열정에 치사하게 굴복하고 달라붙어서 당신의 모든 희망과 계획에 장애가 되었다는 의심을 당신의 친구들에게 주어선 안 된다는 거예요. 당신과 당신 가족들에 대한 저의 의무는, 당신이 그 너그럽고 따뜻한 품성 때문에 당신의 출셋길에 스스로 커다란 장애가 되는 것을 예방하는 거예요."

"나에 대한 당신의 감정도 그 의무감과 같은 거라면……" 해리가 말을 시작했다.

"그렇지 않아요." 로즈가 매우 상기된 얼굴로 대답했다.

"그렇다면 그대도 나를 사랑하오?" 해리가 말했다. "그렇다고만 해주오, 사랑하는 로즈. 그렇다고만 말해주어 이 심한 실망의 괴로움을 달래주오!"

"그럴 수만 있다면, 내가 사랑하는 그이에게 커다란 해를 끼치지 않고 그럴 수만 있다면……" 로즈가 대답했다.

"내 사랑의 고백에 다른 대답을 할 수 있을 거라고?" 해리가 말했다. "적어도 그것만은 내게 숨기지 마오, 로즈."

"그래요." 로즈가 말했다. "잠깐!" 그녀가 손을 빼면서 덧붙였다.
"왜 우리가 이 괴로운 대화를 더 오래 끌어야 하나요? 제게는 지극
히 괴롭지만 그럼에도 영원한 행복을 만들어줄 이야기였어요. 왜
냐하면 제가 한때 당신의 호의로, 지금 제가 누리는 높은 자리를
차지한 적이 있었다는 것을 생각만 해도 진짜 행복할 테니까요. 그
리고 당신이 인생에서 매번 성취하는 승리가 저에게 새로운 용기
와 신념을 주어 기운을 돋게 할 테니까요. 안녕, 해리! 우리가 오늘
만났던 식으로는 더이상 만나지 마요. 하지만 이 대화로 인해 우
리 사이에 생길 뻔했던 그 관계가 아니라면 우리는 오랫동안 그리
고 행복하게 서로 맺어질 수 있어요. 진실되고 진지한 마음에서 우
러나오는 기도가 진실함과 성실함의 근원에서부터 불러낼 수 있는
모든 축복으로 당신의 성공을 빌게요!"

"한마디만 더, 로즈." 해리가 말했다. "당신이 반대하는 이유를
그대 스스로의 말로 설명해주오. 당신의 입술로 직접 하는 말을 들
어봅시다!"

"당신 앞에 펼쳐져 있는 전망은 찬란합니다." 로즈가 단호하게
대답했다. "공인으로 살고자 하는 사람에게 도움이 되는, 대단한
재능과 유력한 인맥으로 얻을 수 있는 모든 영예가 당신을 위해 준
비되어 있습니다. 그러나 이 인맥이란 거만한 사람들로 이루어졌
으니, 저는 제게 생명을 주신 어머니를 경멸할 만한 사람들과 어울
리고 싶지 않고, 또 어머니의 자리를 그렇게 잘 메워주신 그분의
아들에게 불명예나 실패를 가져다주기 싫습니다." 잠시 동안 유지
했던 단호함이 사라져버리자 젊은 아가씨는 고개를 돌리면서 말했
다. "한마디로 제 이름에는 세상 사람들이 무고한 사람에게 씌우는

412

오점이 붙어 있어요. 전 이것을 제 자신의 핏속에서만 간직하고 그 누구에게도 옮겨주고 싶지 않아요. 그러면 저 혼자 비난받는 것으로 족할 테니까요."

"한마디만 더, 로즈. 사랑하는 로즈! 한마디만 더!" 해리가 그녀 앞으로 바싹 다가서며 소리쳤다. "만약에 내가 세상 사람들이 말하듯이 불운해서 이름 없고 단조로운 삶을 살아갈 운명이었다면…… 내가 가난하고, 병들고, 무기력한 처지였다면…… 당신이 그때도 내게서 돌아섰겠소? 혹시 내가 출세하여 부귀와 명예를 얻으리라 생각하고 이렇게 망설이는 것이 아니오?"

"대답하라고 다그치지 마세요." 로즈가 대답했다. "그것은 문제가 되지 않아요. 앞으로도 그럴 거고요. 대답을 재촉하는 것은 부당하고 매정한 일입니다."

"그대의 대답이 내가 감히 바라는 대로라면," 해리가 반박했다. "그것은 나의 외로운 길에 빛줄기를 비추어 내 앞에서 그 길을 밝혀줄 것이오. 그저 몇 마디만 잠깐 해주는 것이, 그 어떤 것보다 그대를 사랑하는 사람에게 그렇게 해주는 것이 헛된 일은 아니오. 아, 로즈! 나의 열렬하고 변함없는 애정의 이름으로, 내가 그대를 위해 겪은 모든 고통과 또 내가 앞으로 감내하도록 운명 지어진 그 모든 것들의 이름으로 청하니, 이 질문 하나만은 대답해주오!"

"그렇다면, 만약에 당신의 운명이 달리 정해졌다면," 로즈가 대답했다. "만약에 당신이 저보다 그렇게 월등하지 않고 아주 조금만 더 나은 처지였다면, 만약 제가 어떤 평화롭고 한적하고 소박한 곳에서 당신에게 도움과 위안이 되고, 야심적인 명망가들 사이에서 흠과 약점이 되지 않는다면 이런 시련을 겪지 않아도 되겠지요. 전 지금 여러모로 아주 행복해요. 하지만 그렇게만 된다면, 해리, 그

이상 더 행복할 수 없겠다고 고백해야겠군요."

　이런 고백을 하는 동안, 로즈의 마음에는 오래전 소녀 때 간직했던 옛 희망들이 분주하게 떠올라 몰려왔다. 그러나 옛 희망들이 시들어서 되돌아올 때 늘 그렇듯이 눈물이 쏟아졌고, 이 눈물은 그녀의 마음을 가라앉혀주었다.

　"이렇게 약해지는 것은 어쩔 수 없군요. 하지만 제 결심은 더욱 굳어질 뿐이에요." 로즈가 손을 내밀면서 말했다. "그만 헤어져야 해요, 정말."

　"한가지만 약속해주오." 해리가 말했다. "한번만, 단 한번만 더…… 그러니까 일년 안에, 더 앞당겨질 수도 있겠지만…… 이 문제에 대해서 마지막으로 그대와 얘기할 수 있도록 말이오."

　"저의 옳은 결심을 바꾸라고 강요하시는 것이라면," 로즈가 우울한 미소를 지으며 대답했다. "그것은 헛수고일 거예요."

　"아니요." 해리가 말했다. "그대의 뜻대로 지금 한 말을 반복하는 것을 듣기 위해서라도…… 결국 또 반복하더라도 말이오! 난 그대 앞에 내가 소유하게 될 그 어떤 지위나 재산도 다 내놓겠소. 그리고 그대가 여전히 현재의 결정에 집착한다면, 난 당신의 마음을 바꾸려고 어떤 말이나 행동도 하지 않겠소."

　"그렇다면 그렇게 하세요." 로즈가 응답했다. "단지 아픔만 하나 더 늘어날 뿐이겠지만, 그때쯤엔 저도 잘 감당할 수 있겠지요."

　그녀는 다시 손을 내밀었다. 그러나 젊은 남자는 그녀를 가슴에 안고 그 아름다운 이마에 단단히 키스를 해둔 다음 서둘러 방에서 나갔다.

# 제36장
## 매우 짧은 장으로 위치상 별로 중요하게 여겨지지 않을지 모른다. 그러나 바로 앞장의 후편으로, 때가 되면 이어질 속편에 대한 열쇠로서 꼭 읽어야 한다

"그래서 자네는 여전히 똑같은 생각이고, 오늘 아침 내 여행의 동반자가 되기로 작정했다 이거지, 응?" 의사와 올리버의 아침상에 해리 메일리가 합석을 하자 의사가 말했다.

"선생님 마차에 자리를 하나 내주시면요"라는 대답이었다. "제가 생각을 바꿨다고 생각하셨나요?"

"사실을 말하자면, 충분히 그럴 수 있다고 생각했지." 의사가 대꾸했다. "자네들 젊은 친구들이란 얼마나 변덕이 심한지, 바람이 불기만 하면 날쌔게 뺑뺑이를 도는 저기 교회당 꼭대기의 바람개비는 거기에 비하면 움직이지 않는 거나 마찬가지라니깐. 적어도 그것은 늘 원을 그리며 돌아가지만 자네들은 사각형으로, 각을 지어서, 그리고 온갖 교묘한 지그재그를 그리면서 다니잖아."

"선생님 같은 노친네들은 매우 훌륭하게도 장중하고 흔들리지 않는 목표의식을 가지셨으니 우리들의 비행을 야유하실 권리가 있죠." 해리가 웃으면서 응수했다.

의사가 말했다. "나야 내 엄숙한 직업이나 나이 먹은 다리에 어울리지 않는 빠른 속도로 유대인인지 기독교도인지 그 불가사의한 악당들 뒤를 쫓아다니거나, 일주일에 여덟번이나 열번씩 뭔가 지극히 터무니없는 짓을 해서 내 친구들을 즐겁게 해주는 것, 그 정도가 불규칙한 내 생활의 전부지. 하지만 자네는 삼십분 이상을 같은 생각이나 의도를 가진 적이 없단 말이야!"

"언젠가는 그렇지 않다고 말씀하실 겁니다." 해리가 알 수 없는 이유로 얼굴이 붉어져서 말했다.

"그러길 바라네," 로스번씨가 대답했다. "솔직히 말해서 그럴 것 같지는 않지만. 어제 아침에 자네는 여기 머물면서 효성스러운 아들처럼 어머니를 모시고 바닷가로 갈 거라고 아주 성급하게 결심을 했지. 정오가 되기 전에는 런던에 가겠다면서 내가 가는 데까지 동행하는 영예를 베풀겠다고 선언했네. 그러더니 밤에는 무슨 수수께끼처럼 숙녀분들이 일어나기 전에 떠나자고 재촉을 했잖아. 그 결과 저 어린 올리버가 온갖 특이한 식물들을 찾아서 초원을 돌아다녀야 할 지금 이 아침상에 꽉 묶여 있게 된 거야. 참 안됐어, 그렇지, 올리버?"

"선생님과 메일리씨가 떠나실 때 제가 집을 비웠다면 매우 죄송하게 생각했을 것입니다." 올리버가 대꾸했다.

"참 훌륭한 아이구나." 의사가 말했다. "집으로 돌아오면 날 보러 한번 오너라. 그건 그렇고 진지하게 얘기해서, 해리, 고관대작 나리들이 무슨 전갈을 했기에 자네가 갑자기 가지 못해 안달을 하는 건가?"

"고관대작이라고요?" 해리가 대답했다. "제 생각에는 그 명칭에

지극히 위엄 있는 제 숙부님을 포함시키시는 듯한데, 제가 여기에
온 후로 그분은 전혀 소식을 전해오신 적이 없어요. 또 요즈음에는
그분들을 수행해야 할 일이 있을 것 같지도 않고요."

"그래," 의사가 말했다. "자네 참 별난 친구구먼. 하지만, 물론 그
사람들이 크리스마스 전 선거에서 자네를 의회에다 집어넣겠지.
하기야 그렇게 급격한 이동과 변화는 정치생활의 채비로서는 그리
나쁘지 않지. 그건 필요한 과정이거든. 좋은 훈련은 늘 바람직해,
경주가 지위를 위한 것이건 우승패를 위한 것이건, 싹쓸이 내기 경
마건 간에 말이야."

"하지만 (선생님의 적절한 비유를 계속 사용한다면) 훈련을 받
는 사람이나 경주에 참가한 말이 전혀 달릴 의사가 없다고 가정한
다면요," 해리가 말했다. "그러면 어떻게 되지요?"

"그러면 그 녀석은 말이 아니고, 자기랑 상관없는 일로 그만큼
헛수고를 한 바보 당나귀겠지." 로스번씨가 대답했다. "하지만 그
런 가정은 경주에 참가해서 이길 것이 분명한 자네와는 상관없으
니, 난 그에게 합당한 자연사自然史적인 위치를 주저 없이 부여하겠
네."[76]

해리 메일리는 이 짧은 대화에 이어서 의사가 깜짝 놀라 비틀거
릴 정도의 말을 두어 마디 하려는 듯했으나, 다만 "어디 두고 보시
죠"라고 말했을 뿐 더이상 화제를 잇지 않았다. 그뒤 곧 역마차가
문 앞에 당도했고 자일스가 짐을 가지러 들어오자 맘씨 좋은 의사
는 짐 싣는 것을 보러 부산을 떨며 나갔다.

"올리버야," 해리 메일리가 낮은 목소리로 말했다. "나랑 얘기

-------

[76] 당나귀로 분류한다는 뜻.

좀 하자."

올리버는 메일리씨가 부르는 대로 창문 구석으로 다가갔고, 그의 태도에 슬픔과 들뜬 기분이 뒤섞여 있는 것을 보고 매우 놀랐다.

"이젠 글을 잘 쓸 수 있니?" 해리가 올리버의 팔에 손을 올려놓으면서 말했다.

"그렇다고 생각합니다만." 올리버가 대답했다.

"난 한동안 다시 집에 오지 못할 거야. 네가 내게 편지를…… 보름에 한번, 그러니까 이주일에 한번씩 월요일마다 런던 중앙우체국으로 보냈으면 해. 그래주겠니?"

"아! 물론입니다. 아주 영광스러운 일입니다." 올리버가 이러한 임무를 위임받은 것에 매우 기뻐하면서 외쳤다.

"우리 어머니하고 메일리양이 어떻게…… 어떻게 지내는지 알고 싶어." 젊은이가 말했다. "그분들이 어디로 산책을 나가 무슨 얘기를 하고, 그녀가…… 아니 그분들이 행복하게 잘 지내는지를 한장 정도로 써서 내게 보내면 돼. 내 말 알아듣겠니?"

"아, 네, 잘 알겠습니다." 올리버가 대답했다.

"그분들한테는 아무 얘기도 하지 마." 해리가 급하게 서두르면서 말했다. "어머니가 걱정하셔서 내게 더 자주 편지를 쓰시게 될 수도 있어. 그것은 그분에게 수고와 심려를 끼쳐드리는 것이야. 이것은 우리 둘 사이의 비밀로 하자. 그리고 꼭 모든 것을 다 얘기해줘야 한다! 너만 믿는다."

올리버는 자신의 중요성을 느끼고 제법 우쭐해하며 명예스럽게 생각해서, 비밀을 지키고 또 숨김없이 소식을 전하겠다고 진지하게 약속했다. 메일리씨는 그를 잘 돌봐주고 보호하겠다는 여러가지 보증의 말을 하고 떠났다.

의사는 마차 안에 있었고, 자일스씨는 (좀더 남아 있기로 했기 때문에) 문을 열고 기다리고 있었고, 하녀들은 정원에서 구경을 했다. 해리는 격자창을 슬쩍 올려다보더니 마차에 껑충 올라탔다.

"갑시다!" 그가 소리쳤다. "세게, 빨리, 전속력으로! 날아가지 않는 이상 오늘 내 기분을 맞추기 힘들 거야."

"어이!" 의사가 서둘러 앞 창문을 내리면서 기수장에게 소리쳤다. "날아가기는커녕 아주 처지는 속도가 아니면 내 기분을 맞추기 힘들 거야, 그러니 정신 차리고 차분하게 가게나, 알았어?"

사내는 미소를 짓고 모자를 만지더니 로스번씨의 명령보다는 해리의 명령에 가까운 속도로 달려갔다. 로스번씨는 창문 밖으로 머리를 불쑥 내밀고 격렬하게 항의했지만 아무 소용이 없었다.

마차는 딸랑딸랑거리고 덜컹덜컹대면서 먼지구름에 거의 가려진 채 굽이굽이 길을 따라갔다. 거리가 멀어져서 소리는 더이상 들리지 않았고 마차가 질주하는 모습만이 눈에 보였다. 마차는 이따금 사이에 끼어드는 물체나 꼬불꼬불한 길 때문에 완전히 사라졌다가 다시 보였다 했다. 이윽고 먼지구름도 더이상 보이지 않게 되자 바라보는 사람들은 각각 흩어졌다.

그런데 그곳에는, 마차가 수 마일이나 멀어진 후에도 시선을 고정시킨 채 마차가 사라진 그 지점을 바라보는 한사람이 있었다. 해리가 눈을 들어 창문을 쳐다보았을 때, 로즈는 자신을 가린 하얀 커튼 뒤에 앉아 있었던 것이다.

"아주 씩씩하고 행복해 보이는구나." 이윽고 그녀가 말했다. "안 그러면 어쩔까 하고 한동안 걱정했는데. 내가 잘못 생각했어. 참 다행이야, 아주 다행이지."

눈물은 슬픔의 표시일 뿐 아니라 반가움의 표시이기도 하다. 그러나 창가에서 시름에 잠긴 채 여전히 같은 방향을 응시하며 앉아 있는 로즈의 얼굴에 흘러내리는 눈물은 기쁨보다는 슬픔을 말해주는 것 같았다.

# 제37장
## 독자는 여기서 대조적인 상황을 만나는데, 결혼생활에서 그리 드물지 않은 일이다

범블씨는 쓸쓸한 벽난로를 우울하게 응시하며 구빈원 거실에 앉아 있었는데, 때는 여름이었으니 차갑게 번들거리는 난로의 표면에 희미한 햇빛이 반사되어 흐릿하게 빛날 뿐이었다. 천장에는 파리 잡는 망이 매달려 있었는데, 그는 음울한 생각에 잠겨서 이따금 그곳을 올려다보았다. 무심한 날벌레들이 그 번지르르한 망사 주위를 배회하는 가운데 범블씨는 깊은 한숨을 내쉬곤 했고, 그때마다 그의 얼굴에는 한층 우울한 그림자가 퍼져갔다. 범블씨는 사색에 잠겨 있었다. 아마 날벌레들이 자신의 과거에 있었던 어떤 고통스러운 대목을 회상시킨 것 같았다.

보는 이의 가슴에 후련하면서도 한편으로는 울적한 기분이 드는 것은 단지 범블씨의 우울함 때문만이 아니었다. 그의 신체와 밀접히 연관된 여러 외관으로 보아 그가 사업상의 위치에 있어서 큰 변화를 겪었음을 알 수 있었다. 레이스를 단 겉옷, 그리고 삼각모자, 이것들은 어디에 있는가? 그는 여전히 무릎 반바지를 입고 그 아래에 짙은색 면스타킹을 신고 있었으나 그것이 이전의 그 반바지는 아니었다. 옷자락 밑이 넓은 겉옷은 이전에 입던 그 겉옷과 비슷했다. 그러나, 아, 얼마나도 다른 옷차림인가! 그 막강한 삼각모자는 검소한 원형모자로 대치되어 있었다. 범블씨는 더이상 말단 교구관이 아니었다.

인생에 있어서 어떤 종류의 승진은, 그것으로 얻는 실질적인 보상들과는 별개로, 거기에 따르는 겉옷과 조끼에서 특유의 가치와 위엄을 얻는 경우들이 있다. 육군 원수에게는 정복이, 주교에게는 비단 앞치마가, 법률고문에게는 비단 가운이, 말단 교구관에게는 삼각모자가 있다. 주교에게서 비단 앞치마를, 말단 교구관에게서 삼각모자와 금빛 레이스를 벗겨버린다면 그들이 무엇이 되겠는가? 인간, 그저 인간일 뿐. 그들을 승진시켜서 더 높은 자리에 앉혀보라. 검은 비단 앞치마와 삼각모자를 벗겨놓으면 그들은 이전의 위엄을 상실하고 대중들에 대한 영향력도 다소 깎일 것이니. 때로는 위엄, 그리고 거룩함조차도 사람들이 상상하는 것 이상으로 겉옷과 조끼의 문제가 된다.

범블씨는 코니 부인과 결혼했고 구빈원 원장이 되었다. 다른 말단 교구관이 대신 권좌에 앉은 것이다. 새 교구관에게 삼각모자, 금빛 레이스의 겉옷, 단장, 이 세가지를 모두 이어준 것이다.

"내일이면 두달이 되는구나!" 범블씨가 한숨을 쉬면서 말했다. "한평생이나 된 것 같아."

범블씨의 말은 이 팔주라는 짧은 기간에 모든 행복이 집중되었다는 뜻일 수도 있겠으나, 그 한숨에는 매우 많은 의미가 담겨 있었다.

"나 자신을 팔아먹은 거야." 범블씨가 동일한 사념의 연속선을 쫓아가며 말했다. "찻숟가락 여섯개, 각설탕 집게 한벌, 우유단지 하나, 중고가구 약간에다 현금 20파운드에 말이야. 아주 알맞은 가격에 넘겼어, 더럽게 싸구려로!"

"싸구려라고!" 범블씨의 귀에 날카로운 목소리가 들렸다. "어떤 대가를 치러줬어도 당신에겐 비싼 거야. 정말로 당신을 데려온 값은 충분히 치렀다고, 하늘에 계신 주님이 그걸 아실 거야!"

범블씨가 돌아서니 그의 흥미로운 배우자의 얼굴과 마주치게 되었는데, 그녀는 그의 불평 몇 마디만을 엿들어 제대로 이해하진 못했으나 어림잡아 한번 찔러본 것이었다.

"이것이," 범블씨가 감상적이면서도 위엄 있게 말했다. "이것이 작은 2층 방에서 나를 못말리는 자기라고 불렀던 그 목소리인가? 이것이 온통 양순하고 상냥하고 영리한 그 사람이란 말인가?"

"정말 그래, 참 안됐지만." 그의 배필이 대답했다. "하지만 영리하지는 않은 편이야, 내가 영리했다면 이렇게 희생을 할 만큼 생각이 없진 않았겠지."

"희생이라고, 부인?" 신사는 대단히 퉁명스러운 투로 말했다.

"잘도 지껄이는군." 숙녀가 대꾸했다. "하늘에 맹세컨대, 난 그런 말을 입 밖에 내기도 싫을 정도야."

"항상 그렇지만은 않은 것 같은데." 범블씨가 응수했다. "그 말은 늘 당신 입에서 나오고, 그리고 늘 입에 붙은 소리요. 여보, 부인."

"그래서 어쨌다는 거야." 부인이 소리쳤다.

"나를 좀 쳐다봐주시겠소." 범블씨가 그녀를 똑바로 쳐다보면서 말했다. ('만약 이 여자가 이런 눈빛에도 버틴다면,' 범블씨가 혼잣말을 했다. '뭐든지 버텨내겠지. 내가 알기로 극빈자들에게는 단

한번도 실패한 적이 없는 눈빛이야. 이게 이 여자에게 효력이 없다면, 내 힘은 다 없어져버린 거야.')

아주 지극히 조금만 눈을 부라려도 극빈자들의 기를 충분히 죽였던 것이 그들이 음식을 가볍게 섭취하는 관계로 별로 왕성한 상태가 아니었기 때문인지 아니면 전<sup>前</sup> 코니 부인이 독수리 눈빛에 특별히 끄떡없는 사람이었는지는 논란의 여지가 있는 문제이다. 사실인즉, 이 간호부장은 범블씨의 찌푸린 인상에 전혀 압도되지 않았고, 오히려 그것을 아주 경멸스럽게 대하며 심지어 진짜로 경멸하는 것 같은 코웃음 소리까지 냈던 것이다.

이렇게도 지극히 뜻밖의 소리를 듣고 범블씨는 처음에는 믿지 못하는 것 같더니 그다음엔 놀란 표정을 했다. 이윽고 그는 좀 전의 상태로 되돌아갔고, 자기 짝의 목소리를 듣고 다시 정신을 차릴 때까지 멍하니 있었다.

"하루 종일 그렇게 코나 골고 앉아 있을 거야?" 범블 부인이 물었다.

"나는 적당하다고 생각할 때까지 여기 앉아 있을 거요, 부인." 범블씨가 대꾸했다. "그리고 비록 지금 코를 골고 있지는 않지만, 나는 코도 골고 하품도 하고 재채기도 하고 웃고 울고, 기분이 내키는 대로 할 거요, 내 특권이 그러하니만큼."

"뭐, 당신의 특권이라고!" 범블 부인이 이루 말할 수 없을 정도의 경멸조로 비웃으며 말했다.

"그래, 그렇게 말했소, 부인." 범블씨가 말했다. "남자의 특권이란 명령하는 것이오."

"그러면 여자의 특권은 뭐지, 도대체?" 하고 코니씨의 미망인이 소리쳤다.

"복종하는 것이오, 부인." 범블씨가 호통을 쳤다. "불행한 당신의 죽은 남편이 그것을 가르쳐야 했소. 그랬다면 아마 지금까지 살아 있을지도 모르지. 그랬으면 좋았을 것을, 가엾은 사람!"

범블 부인은 결정적인 순간이 도래했다는 것, 이쪽 아니면 저쪽에서 지배권을 잡기 위한 결정적이고도 최종적인 일격이 도래하리라는 것을 한눈에 간파하고는, 죽어 없어진 이에 대한 얘기가 나오자마자 의자에 주저앉아 범블씨에게 매정한 야수라고 커다랗게 비명을 지르며 발작적으로 울음을 터뜨렸다.

그러나 눈물이 범블씨의 영혼으로 길을 찾아들어갈 성질의 물건은 아니었다. 그의 마음은 방수防水였다. 세탁을 할 수 있는 비버 가죽 모자가 비를 맞으면 맞을수록 더 좋아지는 것처럼 그의 신경은 눈물 소나기에 의해 더욱 단단해지고 튼튼해졌는데다가, 눈물이란 나약함의 징표로서 그만큼 자신의 힘에 대해 암묵적으로 인정하는 셈이었으므로 그는 기분이 좋았고 우쭐했던 것이다. 그는 그 훌륭한 부인을 매우 흡족한 표정으로 바라보고서 마음껏 울라고 부추기는 투로 말했다. 그는 의사들이 울음을 건강에 좋은 운동으로 간주한다는 말을 덧붙였다.

"눈물은 허파를 열고, 얼굴을 씻어주며, 눈운동을 시키고, 마음을 부드럽게 가라앉힌다는 거야." 범블씨가 말했다. "그러니 실컷 울라고."

범블씨는 이렇게 익살을 늘어놓으며 벽에 박힌 못에서 모자를 집어들고, 자기의 우월함을 적절한 방식으로 과시했다고 느끼는 사내가 그러하듯이, 모자를 날렵하게 한쪽으로 비딱하게 쓴 다음 주머니에 두 손을 찔러넣고 온몸으로 상당한 여유와 장난기를 드러내 보이면서 문 쪽으로 어슬렁거리며 걸어갔다.

그런데 코니 부인을 역임한 바 있는 이 여자는 부부관계의 전술에 대해 많은 경험이 있었으니, 그녀는 코니씨에게 혼인을 승낙하기 전에, 역시 세상을 떠난 또다른 훌륭한 신사와 결합한 적이 있었던 것이다. 그녀는 우는 것이 손으로 공격하는 것보다 덜 귀찮기 때문에 눈물을 흘리는 작전을 썼던 것이다. 그러나 그녀는 범블씨가 곧이어 알아채듯이 후자의 방법을 시도할 준비도 상당히 되어 있었다.

범블씨가 이러한 사실을 깨달았다는 첫번째 증거는 쿵 하는 둔탁한 소리에 실려왔고, 뒤이어 즉시 방의 반대쪽으로 그의 모자가 날아간 것이다. 그의 모자를 벗기는 예비조치를 취한 이 숙달된 부인은 한 손으로 그의 목덜미를 단단히 쥐고 다른 손으로 (뛰어난 활력과 민첩한 동작으로) 소나기 같은 주먹질을 퍼부었다. 이렇게 한 후에 그녀는 약간 변화를 주기 위해 그의 얼굴을 할퀴고 머리카락을 쥐어뜯었다. 이렇게 그의 죄에 필요하다고 생각한 만큼 충분한 벌을 내린 다음, 그를 의자에 밀어버렸으니, 다행히도 마침 그 의도에 맞게 의자가 거기에 놓여 있었던 것이다. 그리고 어디 다시한번 그 특권에 대해서 얘기를 할 테면 해보라고 으름장을 놓았다.

"일어나!" 범블 부인이 명령조로 말했다. "그리고 여기서 썩 꺼져, 나한테 한번 지독하게 당하기 싫으면."

범블씨는 이 지독한 것이 무엇일까 몹시 궁금해하면서 매우 비참한 얼굴로 일어났다. 그는 모자를 집어들고 문 쪽을 바라보았다.

"가는 거야, 마는 거야?" 범블 부인이 물었다.

"물론 갑니다, 여보. 간다고요." 범블씨가 좀더 빠른 동작으로 문쪽으로 가면서 대꾸했다. "난 그럴 생각은 없었지만…… 갑니다, 여보! 당신이 너무 격렬해서, 난 정말……"

이 순간에 범블 부인은 격투의 와중에 비뚤어진 양탄자를 바로 잡으려고 황급히 앞으로 걸어나왔다. 범블씨는 즉각 방에서 뛰어나갔는데, 자기가 채 마무리하지 못한 문장에 대해 두번 다시 생각지도 못한 채 최근까지 코니 부인이었던 이에게 격전지를 완전히 내주었다.

"믿을 수 없어." 범블씨가 헝클어진 옷을 가다듬으며 복도를 기어 내려가면서 말했다. "그런 부류의 여자인 줄 몰랐는데. 만약에 극빈자 놈들이 이 사실을 안다면 난 교구의 웃음거리가 될 거야."

범블씨는 지독한 불의의 기습을 받았고 끔찍하게 패배를 한 셈이었다. 그는 약한 자를 못살게 구는 성향이 명백히 있었고 자질구레한 가혹행위를 하면서 상당한 쾌감을 얻었는데, 따라서 그는 (말할 필요도 없이) 겁쟁이였다. 이것은 결코 그의 품성에 대한 비하가 아닌데, 그것은 지극한 존경과 흠모의 대상이 되는 많은 공직자들도 유사한 약점에 시달리기 때문이다. 사실 이것은 오히려 그에게 유리하라고 한 말이지 그 반대는 아니며, 그가 자기 직분에 대한 적절한 자격을 갖추었다는 느낌을 독자에게 전달해줄 목적으로 한 말이다.

그러나 그의 망신은 아직 다 끝난 것이 아니었다. 그는 구빈원을 한바퀴 둘러보면서 난생처음으로, 구빈법이 사람들한테 너무 심했다고, 자기 마누라를 교구에게 떠맡겨놓고 도망친 남자들은 벌을 줄 것이 아니라 고생을 많이 한 갸륵한 사람들로서 상을 내려야 한다고 생각했다. 범블씨는 대개 여자 극빈자들이 모여 교구의 속옷 빨래를 하는 방에 다다랐는데, 거기서 얘기 소리가 흘러나오고 있었다.

"흠!" 범블씨는 타고난 위엄을 모두 불러모아서 말했다. "적어도 이 여자들은 내 특권을 계속 존중할 거야. 이봐! 이봐, 거기! 이 왈패들아, 이렇게 떠들면 어쩌자는 거야?"

범블씨는 이렇게 말하며 문을 열고 매우 사납고 화가 난 듯이 걸어들어갔지만 금세 지극히 면목 없고 움츠러든 투가 되었으니, 그의 눈길이 뜻밖에도 그의 안방마님의 형상에 머물렀기 때문이다.

"여보." 범블씨가 말했다. "난 당신이 여기 있는 줄 몰랐어요."

"내가 여기 있는 줄 몰랐다고!" 범블 부인이 말을 되풀이했다. "당신이야말로 여기서 뭘 하자는 거야?"

"난 이 사람들이 너무 말이 많아 일을 제대로 못한다고 생각했거든요, 여보." 범블씨가 마음에 걸린다는 듯 빨래통 앞에 있는 두 노파를 흘깃거리며 말했는데, 그들은 구빈원장이 굽실거리는 것을 보고 감탄의 말을 주고받고 있었다.

"그래 이 사람들이 말이 많다고 생각했다고?" 범블 부인이 말했다. "그게 당신하고 무슨 상관인데 그래?"

"왜, 여보⋯⋯" 범블씨가 고분고분하게 말했다.

"그게 당신하고 무슨 상관이냔 말이야?" 범블 부인이 다시 물었다.

"정말 그렇군. 당신이 이곳의 간호부장이니까, 여보." 범블씨가 수긍했다. "하지만 난 당신이 여기 없을지도 모른다고 생각했어요."

"내가 분명히 일러주지, 범블씨." 그의 안방마님이 대꾸했다. "우리는 당신이 참견하는 것을 전혀 원치 않아. 당신은 자기랑 상관없는 일에 끼어드는 것을 지나치게 좋아한단 말이야. 그래서 구빈원에 있는 모든 사람들이 당신이 등을 돌리자마자 비웃는 거고, 당신이 늘 바보처럼 보이는 거라고. 저리 가, 어서!"

범블씨는 참을 수 없는 심정으로 두 노파가 재미있어하며 킥킥

거리는 것을 지켜보고서 잠시 머뭇거렸다. 범블 부인의 인내심은 잠시의 지체도 허용하지 않았기에, 그녀는 비누거품이 가득 찬 양푼을 집어들고 문 쪽을 가리키며, 그 뚱뚱한 몸에 비눗물을 뒤집어쓰지 않으려면 당장에 나가라고 명령했다.

범블씨가 무슨 일을 할 수 있었겠는가? 그는 낙담한 듯 주위를 둘러보고 슬그머니 나갔는데, 그가 문에 이르렀을 때 킥킥거리는 여인네들의 웃음소리가 참을 수 없는 요란한 웃음으로 터져나왔다. 이것으로 이제 끝장이었다. 그들의 눈으로 보아도 그의 처지는 강등된 것이었다. 그는 바로 극빈자들 앞에서 자기의 신분과 지위를 상실한 것이다. 그는 그 드높고 화려한 교구관직에서 실추해서 여편네에 코를 꿰인 가장 낮은 처지로 떨어진 것이었다.

"겨우 두달 사이에 이렇게!" 쓸쓸한 생각에 가득 찬 범블씨가 말했다. "두달이라! 단지 두달 전만 해도 교구 구빈원에 관한 한, 나는 나 자신뿐 아니라 모든 사람들의 주인이었는데, 그런데 이젠……!"

그것은 너무 심한 일이었다. 범블씨는 (몽상에 잠겨서 현관까지 이르러서) 대문을 열어준 아이의 뺨을 한방 갈기고, 얼빠진 사람처럼 길거리로 걸어나갔다.

그는 한 길로 걸어가서 다른 길로 되돌아나오곤 했으니, 이러한 운동은 비탄의 열정을 누그러뜨렸고 뒤이어 감정이 급변하는 통에 갈증이 났다. 그 많은 술집들을 그냥 지나치다가 마침내 샛길에 있는 어떤 술집 앞에 멈춰섰는데, 내려놓은 발 너머로 슬쩍 들여다보니 술집 거실에는 손님 하나밖에 없었다. 그 순간에 비가 심하게 내리기 시작했다. 이것이 그를 결심하게 만들었다. 범블씨는 발을 들여놓았고, 마실 것을 주문하고는 바를 지나쳐서 길에서 들여다보았던 방으로 들어갔다.

거기에 앉아 있던 사내는 키가 크고 거무튀튀했는데 커다란 망토를 입고 있었다. 그는 그곳 사람인 것 같지는 않았고, 옷에 묻은 땟물과 수척한 얼굴로 보아 먼 길을 여행해온 것 같았다. 그는 범블이 들어오자 슬쩍 곁눈질을 했으나, 목례를 한 범블에게 고개를 끄덕거리지도 않았다.

낯선 사내가 친숙하게 굴었더라도 범블씨는 두사람 몫만큼의 충분한 위엄을 갖고 있었기에, 말없이 물 탄 진을 마시면서 대단한 허세와 격식을 풍기며 신문을 보았다.

그러나 때마침, 이런 식으로 동석을 하게 될 때 매우 흔히 일어나는 일이지만, 범블씨는 낯선 사내를 몰래 훔쳐보고 싶은 참을 수 없이 강렬한 유혹을 이따금씩 느꼈다. 그리고 그때마다 낯선 사내도 바로 그 순간 자기를 훔쳐보고 있음을 알고 당혹스러워하며 눈을 돌리곤 하였다. 사내의 매우 특이한 눈빛 때문에 범블씨는 더욱 당황했는데, 그의 눈은 예리하게 번뜩였으나 불신과 의심의 그림자에 가려져 지금까지 그가 본 그 어떤 눈빛과도 달리 보기에 불쾌했다.

그들이 이런 식으로 서로의 눈길을 몇번 마주친 다음에 낯선 사내가 거칠고 굵은 목소리로 침묵을 깼다.

"댁이 나를 찾고 있었소?" 그가 말했다. "아까 창문으로 들여다볼 때 말이오."

"글쎄, 특별히 그런 것은 아니오만. 혹시 댁의 이름이……" 여기서 범블씨는 말을 멈추었다. 그는 낯선 사람의 이름이 궁금했는데 상대가 조급하게 말을 마저 채워주지 않을까 생각했던 것이다.

"나를 찾던 것은 아니었군." 낯선 사내가 입으로 조용히 빈정거리는 표정을 지으며 말했다. "아니면 내 이름을 알았을 것 아니오. 그걸 댁은 모르는구면. 이름은 묻지 말라고 하고 싶소."

"해를 끼치려는 뜻은 아니었소, 젊은이." 범블씨가 위풍당당하게 한마디 했다.

"그리고 해를 끼친 것도 없소." 낯선 사내가 말했다.

짧은 대화에 이어 다시 침묵이 흘렀다. 다시금 낯선 사내가 침묵을 깼는데, 손에 들고 있던 날짜가 지난 신문을 밀어놓으며 다시 입을 열었다.

"전에 댁을 본 적이 있는 것 같소." 그가 말했다. "그때는 당신 옷차림이 달랐소. 난 그저 길거리에서 댁을 지나쳤지만 다시 보니 알아볼 것 같군요. 당신 여기서 한때 교구관이었지요, 안 그래요?"

"그렇소." 범블씨가 약간 놀라며 말했다. "교구의 관리였소."

"그렇군." 상대방이 고개를 끄덕거리며 대꾸했다. "당신이 교구관이었을 때 본 것 같소."

"그래, 그래요?" 범블씨가 낯선 사내를 주의 깊게 쳐다보며 모든 홀아비들, 세금 미납자 및 그밖에 떠올릴 수 있는 온갖 구빈법 위반자들을 마음속에 그려보았다. "난 당신을 기억하지 못하겠는데."

"당신이 날 기억한다면 기적이겠지." 상대방이 냉정하게 말을 했다. "당신, 지금은 뭐요?"

"구빈원 원장이오." 범블씨가 천천히 그리고 인상적으로 대꾸하면서, 이렇게 하지 않을 경우 낯선 사내가 취할지도 모르는 부적절한 친숙함을 견제했다. "구빈원 원장이라오, 젊은이!"

"결혼도 했고?" 낯선 사내가 질문했다.

"그렇소." 범블씨가 불안한 듯 앉은 채로 움찔거리며 말했다. "내일이면 두달째요."

"느지막하게 결혼을 한 셈이군요." 낯선 사내가 말했다. "글쎄, 늦는 편이 아예 안 하는 것보다는 낫지."

범블씨가 인류를 올바로 인도하기 위해서는 이 격언을 뒤집어서 '아예 안 하는 것이 늦는 편보다 낫다'는 말이 되어야 한다는 의견을 개진하려는 참에, 낯선 사내가 그를 막았다.

"당신은 언제나 그랬듯이 여전히 자신의 이해관계를 염두에 두고 다니겠지요?" 낯선 사내는, 이 질문에 깜짝 놀라 눈을 치켜뜬 범블씨를 날카롭게 쳐다보면서 말을 이었다. "이봐요, 주저할 것 없이 안심하고 대답하라고요. 난 당신을 잘 알고 있으니까 말이오."

"내 생각으로는 결혼한 남자란," 범블씨가 손으로 자기 눈을 가리고 매우 당황한 태도로, 상대를 머리끝에서 발끝까지 살펴보면서 대답했다. "기회가 닿는다면 정직하게 돈벌이를 하는 것을 주저하지 않을 것이오. 홀몸일 때보다 더 그렇지요. 교구의 관리들은 정중하고 정당한 방식으로 약간의 특별사례가 있다면, 그것을 거절할 만큼 봉급이 후한 편은 아니오."

낯선 사내는 사람을 잘못 보지는 않았다는 듯이 미소를 짓고 다시 고개를 끄덕이며 종을 울렸다.

"이 잔을 다시 채워주쇼." 그가 범블씨의 빈잔을 주인에게 건네면서 말했다. "아주 독하고 뜨겁게 타주시고. 당신은 그런 걸 좋아하시죠, 아마?"

"너무 독하게는 말고." 범블씨가 우아하게 헛기침을 하면서 대답했다.

"무슨 말인지 아시겠지, 주인장!" 낯선 사내가 무뚝뚝하게 말했다.

주인은 미소를 지으며 사라졌다가 잠시 후에 김이 무럭무럭 나는 술잔을 갖고 돌아왔는데, 한모금을 꿀꺽 마시고 난 범블씨의 눈에 눈물이 핑 돌았다.

"자, 내 말을 들어보시오." 낯선 사내가 방문과 창문을 닫은 후에 말했다. "난 오늘 이곳에 당신을 찾으러 왔소. 내가 당신을 첫째로 염두에 두고 있을 때, 악마가 자기 친구들한테 이따금 던져주는 우연에 의해 당신이 내가 앉아 있는 바로 이 방으로 걸어들어온 것이오. 내가 묻는 말에 빨리 대답해주시오. 나는 이 저주받을 밤이 오기 전에 내가 묵으려고 생각한 곳에 도착하고 싶소. 가는 길은 적막하고 날은 어두우니, 이것들은 모두 내가 혼자일 때는 혐오하는 것들이오. 내 말을 듣고 있소?"

"듣고 있소." 범블씨는 술잔 속에 이 수수께끼에 대한 해답이 들어 있기라도 한 듯 술을 마시면서 말했다. "그러나 내가 댁의 말을 이해한다고 말하는 것은, 글쎄, 현재로선 좀 과장이겠지."

"아주 쉽게 말하겠소." 낯선 사내가 말했다. "난 당신한테서 정보를 좀 얻고 싶소. 그리 대단한 것은 아니지만 공짜로 달라는 것은 아니오. 이것부터 미리 공표해놓겠소."

그는 이렇게 말하면서, 딸랑거리는 동전 소리가 밖에서 들리지 않게 하려는 듯이 금화 두닢을 탁자 너머로 슬그머니 밀었다. 범블씨가 진짜 금화인지 신중하게 살펴본 후 매우 만족스러워하며 조끼 주머니에 챙겨넣자 그는 계속 말을 이었다.

"당신의 기억을 돌이켜서…… 어디 보자…… 작년 겨울로부터 한 십이년 전으로 갑시다."

"그건 아주 오래전인데." 범블씨가 말했다. "좋소. 그렇게 했소."

"장면은 구빈원이오."

"좋아요!"

"그리고 때는 밤이고."

"알았소."

"그리고 장소는, 그게 어디가 됐건, 하여튼 비참한 갈보들이 자기들한테는 허용되지 않는 생명과 건강을 세상에 내지르는 그 미친 구석이오. 깩깩 우는 아기들을 낳아 교구에 떠넘기고 자기들의 수치를, 망할 것들, 무덤에다 숨긴단 말이야!"

"분만실 말인가, 응?" 범블씨는 낯선 사내가 흥분해서 하는 말을 잘 따라잡지 못하면서 말했다.

"그렇소." 낯선 사내가 말했다. "한 사내아이가 거기서 태어났소."

"어디 사내애들이 한둘이어야지." 범블씨가 의기소침해서 고개를 흔들며 말했다.

"염병할 새끼 악마 놈들!" 낯선 사내가 소리쳤다. "난 한놈에 대해서 얘기하고 있소. 순진하고 창백한 얼굴을 한 개자식인데 여기 관 짜는 집에서 도제살이를 하다가 ─ 그놈이 제 관을 짜고 그 안에다 제 몸을 집어넣고 못질을 해버렸으면 좋았으련만 ─ 나중에 런던으로 도망쳤다고들 하는 애 말이오."

"아니, 당신 지금, 올리버! 꼬마 트위스트를 말하는 거구먼!" 범블씨가 말했다. "그 아이를 기억하고말고, 물론. 그 녀석보다 더 고집 센 꼬마 악당이 없었다고……"

"내가 듣고 싶은 것은 그애에 관해서가 아니오. 그 얘긴 충분히 들은 바 있소." 낯선 사내는 불쌍한 올리버의 사악함에 내해 일장 연설을 시작하려는 범블씨를 막으면서 말했다. "한 여자에 관한 것이오. 그애의 어미를 간호했던 할망구 말이오. 지금 어디 있소?"

"어디 있냐고?" 범블씨가 술기운으로 좀 익살스럽게 말했다. "난처한 질문이군. 어디로 갔건 거기는 산파 일이 없을 테니, 아무튼 실직 중일 거야."

"무슨 말이오?" 낯선 사내가 근엄하게 물었다.

"할멈이 작년 겨울에 죽었다는 뜻이오." 범블씨가 대꾸했다.

사내는 이 말을 듣더니 시선을 고정시켜 범블씨를 처다보았는데, 그뒤 한동안 눈길을 돌리지 않고 바라보는 기색이 좀 공허하고 멍한 게 무슨 생각에 잠긴 듯했다. 그는 이 소식을 듣고 한참 동안 안도해야 하는지 실망해야 하는지 모르는 표정이다가, 마침내 전보다 편하게 숨을 쉬면서 눈을 돌리고, 별일 아니라고 했다. 그는 이렇게 말하고 일어섰는데 술집에서 나가려는 것 같았다.

그러나 범블씨도 충분히 교활한 사람이었으니, 그는 그의 배필이 소유하고 있는 어떤 비밀을 돈을 받고 처분할 기회가 열렸음을 즉각 알아차렸다. 그는 샐리 할멈이 죽던 밤을 잘 기억하고 있는데, 마침 그날 일어난 일들은 그때를 회상하게 할 좋은 계기가 되었으니, 그것은 그날 밤이 코니 부인에게 청혼을 한 때였기 때문이다. 그리고 비록 범블씨의 부인은 자기만이 알고 있는 비밀을 그에게 알려주지는 않았지만, 그는 그 문제가 구빈원 간호원이었던 노파가 올리버의 어린 생모를 시중들 때 일어난 어떤 일과 관계있음을 알 만큼은 얘기를 들었던 것이다. 그는 이 상황을 황망하게 머리에 떠올리면서 은밀한 기색으로 낯선 사내에게 이르기를, 한 여자가 노파가 죽기 바로 직전에 문을 걸어잠그고 방 안에 같이 있었는데, 그가 알고 싶어하는 문제에 대하여 그녀가 뭔가를 밝혀줄 수 있을 거라고 했다.

"어떻게 하면 그 여자를 찾을 수 있겠소?" 낯선 사내가 방심을 했다가 놀란 듯이 말했는데, 그가 두려워하는 것이 (그것이 무엇이건 간에) 이 정보에 의해서 새로이 되살아났음이 명확히 드러났다.

"오직 나를 통해야 가능한 일이오." 범블씨가 대꾸했다.

"언제?" 낯선 사내가 성급하게 소리쳤다.

"내일." 범블씨가 응답했다.

"저녁 9시로 합시다." 낯선 사내가 종잇조각을 꺼내 초조함이 드러나는 글씨체로 강가 근방의 외진 곳의 주소를 적었다. "저녁 9시에 그 여자를 이리로 데리고 오시오. 비밀리에 행동하라는 말은 할 필요가 없겠지. 그러는 게 당신에게도 이득이 될 테니."

그는 이렇게 말하고 나서 술값을 치른 후에 문 쪽으로 먼저 걸어 나갔다. 그는 갈 길이 서로 다르다고 짧게 한마디를 하고서, 다음날 밤 약속시간을 강조해서 반복하더니 더이상의 인사도 없이 떠났다.

주소를 흘깃 쳐다본 교구 공무원은 거기에 이름이 적혀 있지 않다는 것을 알았다. 낯선 사내가 그리 멀리 가지 않았기에 그는 이름을 물으러 뒤를 쫓아갔다.

"왜 그러시오?" 범블씨가 그의 팔을 잡자 사내가 재빨리 몸을 돌리면서 소리를 질렀다. "왜 따라오는 거요?"

"그저 물어볼 것이 하나 있어서." 범블씨가 주소를 가리키며 말했다. "여기서 당신을 어떤 이름으로 찾아야 할지?"

"몽스!" 사내는 이렇게 대꾸를 하고 황급하게 가버렸다.

# 제38장
## 범블씨 내외와 몽스씨의 저녁 면담에서
## 오고 간 이야기를 설명한다

갑갑하게 구름이 덮여 잔뜩 흐린 여름날 저녁이었다. 온종일 음침했던 구름이 촘촘하고 굼뜬 수증기 더미로 퍼져나가 이미 큼직한 빗방울을 떨어뜨리며 사나운 폭풍우를 예견하는 것 같았다. 이때 범블씨 내외는 읍내의 중심가에서 벗어나 1마일 반쯤 떨어진, 강가의 낮고 불결한 늪지대 위에 여기저기 흩어져 있는 무너져가는 집들 쪽으로 발걸음을 돌렸다.

그들은 둘 다 낡고 남루한 겉옷을 둘러쓰고 있었는데, 그것은 아마 비도 피하고 남들의 눈도 피하는 이중의 목적에 맞아떨어지는 듯했다. 남편은 호롱불을 들고 있었지만 불은 꺼져 있었다. 또한 그는 몇걸음 앞에서 터벅터벅 걸었는데 마치 아내에게 자신의 묵직한 발자국을 밟고 오는 혜택을 누리도록 하는 것 같았다. 그들은 깊은 침묵 속에서 걸어갔는데 범블씨는 이따금씩 발걸음을 늦추고 자기의 반려자가 따라오는지 확인하려는 듯 고개를 돌렸고, 그녀가 바로 뒤에서 바싹 따라오고 있음을 확인하고는 다시 보폭을 고쳐서 상당히 빠른 속도로 목적지를 향해 갔다.

그곳은 성격이 사뭇 분명한 장소였다. 왜냐하면 이곳은 이미 오랫동안 저급한 건달들 말고는 그 누구도 살지 않는 데로 알려져왔으며, 그들은 자기의 노동을 통해 생계를 꾸리는 것처럼 갖가지로 위장을 했지만 주로 약탈과 범죄를 저질러서 먹고사는 사람들이었기 때문이다. 그곳은 허술한 오두막들의 집합처였는데, 어떤 집들은 급하게 벽돌로 대충 쌓아놓았고 어떤 집들은 낡고 벌레 먹은 선박 목재로 지은 것들이었다. 그것도 질서 있게 나란히 세워진 것이 아니라 그냥 뒤죽박죽 섞여 있었고, 대부분의 집은 강둑에서 몇 피트 안 되는 곳에 서 있었다. 물이 새는 보트 몇대가 진흙땅으로 끌어올려져 주변의 난쟁이 담장에 꽉 묶여 있었다. 노나 밧줄 타래 따위가 여기저기 널려 있어 처음 보기엔 이 비참한 오두막집 사람들이 강에서 뭔가 일을 해가며 사는 것 같았다. 하지만 이렇게 전시된 물건들이 부서지고 쓸모없는 상태라는 것을 지나가면서 흘깃 보기만 해도 이것들은 외관을 그럴듯하게 보이려고 갖다 둔 것이지 실제로 사용하는 것은 아니라고 어렵지 않게 추측할 수 있다.

이 한덩어리의 움막들 한가운데 커다란 건물이 서 있었는데, 건물의 위쪽 층들은 인접한 강물 위로 비죽 나와 있었다. 예전에는 공장 같은 것으로 사용되던 그 건물이 한때는 주위의 인가에 사는 사람들에게 일거리를 제공해주었을 것이다. 그러나 지금은 이미 황폐해진 지 오래였다. 생쥐, 구더기, 그리고 습기로 인해 건물의 기초가 되는 말뚝들은 힘을 잃어가며 썩고 있었고, 건물의 상당 부분이 이미 물속으로 가라앉아 남은 부분은 어두운 물줄기 위로 비틀거리며 구부러져 있었다. 그것은 꼭 자기의 옛 동료를 따라 똑같은 운명에 빠지려고 유리한 기회를 기다리고 있는 듯했다.

이 훌륭한 부부가 멈춰선 곳은 바로 이 황폐한 건물 앞이었고, 그때 멀리서 최초의 천둥소리가 허공에 울려퍼지며 격렬하게 비가 쏟아지기 시작했다.

"그 집이 아마 여기 어딜 텐데." 범블이 손에 든 종잇조각을 보며 말했다.

"이봐 거기!" 위에서 소리치는 목소리가 들렸다.

범블씨가 소리 난 쪽으로 고개를 쳐들자 2층에서 문 밖으로 상반신을 내밀고 있는 사람이 보였다.

"잠깐 가만히 있어요, 일분만." 목소리가 외쳤다. "내가 곧 내려갈 테니." 이런 소리가 들리더니 머리가 사라지고 문은 닫혔다.

"저 사람인가요?" 범블씨의 마나님이 물었다.

범블씨는 그렇다고 고개를 끄덕거렸다.

"그러면 내가 한 말을 명심해요." 간호부장이 말했다. "그리고 될 수 있는 대로 말을 적게 해요, 괜히 당장에 들통나게 하지 말고."

범블씨는 매우 후회하는 눈빛으로 건물을 바라보다가 이 일을 더이상 진행시키는 것이 그다지 현명하지 않은 듯하다는 의견을 막 개진할 참이었으나, 그때 몽스의 모습이 나타나서 기회를 놓치고 말았다. 몽스는 그들이 서 있는 곳 근처의 작은 문을 열고 안으로 들어오라고 했다.

"들어와요!" 그는 발을 구르면서 성급하게 소리쳤다. "언제까지 날 여기 세워둘 거야?"

여자는 처음엔 머뭇거리다가 재촉받기 전에 대담하게 걸어들어 갔다. 범블씨는 뒤에 처지기가 창피했거나 아니면 무서웠는지 쫓아들어왔지만, 매우 불안해하여 평소 그의 주된 특징이던 남다른 위엄은 거의 보이지 않았다.

"무슨 놈의 악마가 거기서 비를 맞으며 서 있게 했소?" 몽스가 뒤로 빗장을 채운 뒤에 고개를 돌려 범블에게 말을 걸었다.

"우리, 우리는 그저 바람에 몸을 식히고 있었을 뿐인데." 범블이 걱정스럽게 주위를 둘러보면서 말을 더듬거렸다.

"몸을 식힌다고!" 몽스가 반박했다. "사람이 제 몸에 달고 다니는 지옥불은 지금까지 내린 비나 앞으로 내릴 비를 다 합치더라도 끌 수 없지. 그렇게 쉽게 몸을 식힐 수는 없을 거요, 천만에!"

이런 듣기 좋은 연설을 한 몽스는 불쑥 간호부장에게로 몸을 돌려 눈을 내리깔고 그녀를 보았다. 그러자 쉽게 동요하지 않는 그녀조차도 부득이 그의 눈길을 피해 고개를 숙이는 수밖에 없었다.

"이 사람이 그 여자인가보군, 그렇소?" 몽스가 물었다.

"에헴! 바로 그 여자요." 범블씨가 자기 부인의 경고를 잊지 않고 대답했다.

"당신은 아마 여자들이란 도대체 비밀을 지킬 수 없다고 생각하는 모양이지요?" 간호부장이 끼어들었는데 그녀는 이렇게 말하며, 탐색하는 듯한 몽스의 눈빛을 되받아 바라보았다.

"여자들이란 한가지 비밀만은 들통날 때까지 줄곧 지킨다는 것은 알고 있소." 몽스가 경멸하듯 말했다.

"그게 뭔데요?" 간호부장이 물었다.

"부정을 저지른 것이오." 몽스가 대답했다. "그래서 똑같은 이치로, 어떤 여자가 교수형이나 유배를 당할 만한 비밀을 알고 있다면 난 그 여자가 그것을 발설할까봐 걱정하지 않는다 이거요, 적어도 나는! 알아듣겠소, 마나님?"

"모르겠는데." 간호부장이 대꾸했는데, 말을 하면서 다소 얼굴을 붉혔다.

"물론 모르겠지!" 몽스가 말했다. "당신이 어떻게 알겠어?"

그는 두 친구에게 미소를 짓는지 인상을 찡그리는지 어중간한 표정을 보이며 다시금 그들에게 따라오라고 했다. 그들은 지붕은 낮지만 꽤 넓은 방을 서둘러서 질러갔다. 그가 다시 위층의 창고로 이어지는 가파른 계단, 아니 차라리 사다리라고 해야 좋을 데를 오르려 하는 중에 구멍 사이로 번갯불이 번쩍 하고 흘러들어오더니 잇따라 천둥소리가 울려 그 무너질 듯한 건물을 온통 흔들어놓았다.

"저 소리를 좀 들어봐!" 그가 뒤로 물러나며 소리쳤다. "들어보라고! 우르릉거리고 꽝꽝대면서 마치 악마들이 숨어 있는 수천개의 동굴에서 메아리치는 것 같군. 불을 싸질러버릴 저놈의 소리! 진짜 싫다고!"

그는 잠시 조용히 있었다. 그러다가 갑자기 얼굴에서 손을 떼었는데 뒤틀어지고 변색된 그의 얼굴을 보고 범블씨는 말도 못할 지경으로 불안해졌다.

"이따금씩 발작이 일어납니다." 범블씨가 놀라는 것을 보고 몽스가 말했다. "때로는 천둥 때문에 그러기도 하지요. 이젠 신경 쓸 것 없어요. 이번에는 다 지나갔으니."

이렇게 말하면서 그는 앞질러 사다리를 올라가서 서둘러 방의 덧창을 닫고, 천장의 육중한 대들보에 도르래로 감아놓은 밧줄 끝에 달린 등을 내렸다. 그 등은 밑에 놓인 낡은 탁자와 의자 세개에 희미한 빛을 비추었다.

"자," 세사람이 모두 자리에 앉자 몽스가 말했다. "빨리 본론에 들어갈수록 모두에게 이로울 것이오. 이 여자가 사정을 알고 있다 이거죠?"

이 질문은 범블씨에게 한 것이었으나 그의 아내가 선수를 치며 대답하기를 자기가 잘 알고 있다고 귀띔했다.

"그 할멈이 죽던 날 밤에 당신이 같이 있었고, 당신이 뭔가를 들었다는 이 사람 말이 틀림없소?"

"당신이 말한 그 아이의 어미에 관해서 말이오." 간호부장이 그의 말을 가로막았다. "그렇소."

"첫번째 질문은 그녀가 무슨 이야기를 했느냐는 것이오." 몽스가 말했다.

"그것은 두번째 질문이에요." 여자가 상당히 신중하게 말했다. "첫째는 그 이야기가 얼마나 값어치가 나가느냐는 것이죠."

"그걸 어떤 놈이 알겠소, 무슨 얘기인지도 모르는데?" 몽스가 물었다.

"당신보다 더 잘 알 사람은 없겠지, 틀림없어." 범블 부인이 대답했으니, 그녀의 배우자가 충분히 증언할 수 있듯이 그녀는 기가 죽을 사람은 아니었던 것이다.

"흠!" 몽스가 의미심장하게 그리고 매우 궁금해하는 눈빛으로 말했다. "돈을 줄 만한 것이 뭔가 있다 이거지?"

"그럴지 모르죠"라는 것이 차분한 대답이었다.

"뭔가 그 여자한테서 받은 것," 몽스가 말했다. "차고 있던 것이나, 무슨……"

"먼저 돈을 거는 것이 좋을 거예요." 범블 부인이 말을 막았다. "얘기를 들어보니, 당신이야말로 내가 이 이야기를 해줄 상대라는 것을 확신할 수 있군요."

범블씨는 자기의 배필한테 그가 원래 알고 있는 것 이상으로 그 비밀에 대해서 들은 바가 없는 까닭에, 목을 빼고 눈을 둥그렇게 뜬 채 대화를 듣고 있다가, 놀라움을 감추지 못하며 아내와 몽스를 번갈아 보았고, 몽스가 비밀을 밝히는 데 얼마를 원하느냐고 진지하게 묻자 더할 수 없을 정도로 놀랐던 것이다.

"그게 당신한테 얼마의 값어치가 있는 것이죠?" 여자가 아까처럼 차분하게 물었다.

"그거야 한푼의 값어치도 없을 수 있고 아니면 20파운드일 수도 있겠고." 몽스가 대답했다. "말을 해봐요. 그래야 어떤 쪽인지 알지."

"말한 액수에 5파운드를 더해서 금화로 25파운드를 줘요." 범블 부인이 대답했다. "그럼 내가 아는 전부를 얘기해줄 거요. 그전에는 절대 안 돼요."

"25파운드라고!" 몽스가 주춤거리며 외쳤다.

"난 될 수 있는 대로 수수하게 말한 거요." 범블 부인이 대답했다. "게다가 별로 큰돈도 아니니까."

"듣고 나면 아무것도 아닐 수 있는 하찮은 비밀의 대가로 큰돈이 아니라고!" 몽스가 조바심이 나서 말했다. "더군다나 지난 십이 년 이상이나 죽어서 누워 있던 케케묵은 얘긴데!"

"이런 문제들은 좋은 포도주처럼 잘 묵었다가 시간이 지나면서 가치가 두배가 되는 일이 자주 있지요." 간호부장은 여전히 단호하게 냉정한 태도를 유지하면서 대답했다. "죽어서 누워 있다니, 앞으로 만 이천년 아니면 천이백만년 동안 죽어서 누워 있다가도 결국 이상한 이야기들을 해줄지 당신이나 나나 모르는 일이에요!"

"만약 내가 아무것도 아닌 것에 돈을 내는 것이라면?" 몽스가 머뭇거리면서 물었다.

"그러면 쉽게 되찾을 수 있을 거예요." 간호부장이 대답했다. "나는 그저 여자일 뿐이고, 이렇게 여기 혼자서, 보호받지 못한 채 있으니까요."

"혼자가 아니지, 여보. 보호받지 못하는 것도 아니고." 범블씨가 공포로 전율하는 목소리로 의견을 내놓았다. "내가 여기 있지 않소, 여보." 범블씨의 이가 다닥다닥 떨렸다. "게다가 몽스씨는 교구의 손발 같은 사람들에게 폭력을 쓰기엔 지나치게 신사적이시니. 몽스씨는 내가 젊은이가 아니라는 것도 알고 있어요, 여보. 그리고 내가, 말하자면 한창때를 넘긴 사람이라는 것도. 그러나 분명히 말해두었소. 몽스씨가 틀림없이 들었으리라고 말할 수 있소, 여보. 내가 매우 단호한 관리이고, 한번 성질이 나면 힘이 보통이 아니라고 말이오. 성질이 좀 나게만 해보라고, 그저."

범블씨는 이렇게 말하면서 매서운 결단력으로 등잔을 꽉 붙잡으며 가엾게도 허세를 부렸다. 그러나 하나하나의 행동에서 드러나는 겁먹은 기색은 그가 성질이 좀 나도록 할 필요가 있다는 것을 명백히 보여주었다. 더군다나 극빈자들이나 이런 목적을 위해 특별히 체중감량 훈련을 받은 그밖의 개인 또는 개인들을 상대로 한 것이 아닌 한, 적지 않게 성질이 나야만 그가 뭔가 호전적인 시늉이라도 보여줄 수 있을 것 같았다.

"당신은 바보야." 범블 부인이 대답했다. "그러니 혀를 안 놀리는 것이 좋을걸."

"더 낮은 목소리로 말할 수 없다면 여기 오기 전에 그 혀를 잘라버릴 걸 그랬지." 몽스가 냉혹하게 말했다. "그래! 이자가 당신 남편이라 이거요?"

"이자가 내 남편이라고!" 간호부장이 질문을 받아넘기면서 킥킥 웃었다.

"당신들이 들어올 때부터 그렇게 생각했소." 몽스는, 말을 하면서 자기 남편을 쏘아보는 부인의 성난 눈길에 주목하며 대꾸했다.
"그럴수록 더 좋소. 두사람을 상대할 때는 그들이 서로 일심동체란
것을 알게 되면 그만큼 덜 주저하게 되니. 본격적으로 시작합시다.
자, 이것 보시오!"

그는 옆주머니에 손을 쑤셔넣은 후 즈크[77] 가방을 꺼내 금화
25파운드를 세어 여자에게 내밀었다.

"자," 그가 말했다. "그것을 집어넣으시오. 이 저주받을 천둥이
지금 지붕 꼭대기에 부딪치려고 오는 것 같으니, 그것이 지나가면
당신 얘기를 들어봅시다."

천둥소리는 실제로 훨씬 더 가깝게, 거의 그들의 머리 위에서 떨
리다가 부서지는 것 같았다. 주위가 잠잠해지자 몽스는 탁자에서
얼굴을 쳐들고 여자가 무슨 말을 하는지 들으려고 고개를 앞으로
숙였다. 두 남자가 열심히 얘기를 듣느라 작은 탁자 위로 몸을 숙
이고, 여자 또한 자기가 속삭이는 소리가 들리도록 몸을 숙이자 세
사람의 얼굴은 거의 맞닿았다. 매달아놓은 등의 희미한 불빛이 직
접 그들을 내리비춰 그들의 얼굴은 더욱 창백하고 불안해 보였는
데, 가장 깊은 음침함과 어둠에 둘러싸인 그들의 얼굴은 지극히 끔
찍했던 것이다.

"샐리 할멈이라고 불린 그 여자가 죽었을 때," 간호부장이 말을
시작했다. "나랑 단둘이 있었어요."

"다른 사람은 아무도 없었소?" 몽스가 여전히 텅 빈 소리로 속삭
이면서 물었다. "다른 침대에 병든 거지나 천치가 있진 않았고? 누
가 듣거나 혹시 알아들을 가능성이 있는 사람이라도?"

77 무명실 따위로 두껍게 짠 직물.

"한사람도 없었어요." 여자가 대답했다. "단둘이었어요. 할멈의 몸에 죽음이 덮쳐올 때 오직 나 혼자만이 그 옆에 서 있었으니까요."

"좋소." 몽스가 그녀를 주의 깊게 바라보며 말했다. "계속하시오."

"할멈은 어떤 젊은 여자에 대해 얘기했어요." 간호부장이 말을 이었다. "몇년 전에, 바로 할멈이 죽어가는 그 방에서 게다가 바로 그 침대에서 아기를 낳았던 여자에 대한 얘기였어요."

"그래?" 몽스가 자기 어깨 너머를 흘끗 보면서 떨리는 입술로 말했다. "염병할! 일이 어떻게 그렇게 되나!"

"아이는 어젯밤 당신이 이 사람에게 말한 바로 그 이름의 애요." 간호부장이 남편을 향해서 무심하게 고개를 끄덕거리며 말했다. "아이 엄마는 그 간호원에게 물건을 도둑맞은 사람이고."

"살아 있을 때?" 몽스가 물었다.

"죽은 다음이에요." 여자가 부르르 떠는 듯이 대답했다. "할멈은 죽은 애엄마가 마지막 숨을 거두며 아기를 위해 맡아달라고 한 물건을 채 피가 식지도 않은 시체에서 훔쳤던 거예요."

"그걸 팔아먹었나요?" 몽스가 궁금증으로 혈안이 되어서 물었다. "팔았냐고요? 어디로? 언제? 누구한테? 얼마나 오래전에?"

"할멈은 아주 힘겹게 그 말을 하더니 쓰러져서 죽었어요." 간호부장이 말했다.

"아무 말도 더 안 하고?" 억지로 소리를 낮추었기 때문에 더욱 사납게 들리는 목소리로 몽스가 외쳤다. "거짓말이야! 누구랑 장난치자는 거야? 말을 더 했다고. 내가 당신네들의 목숨을 찢어발기는 한이 있더라도 그게 무엇이었는지 알고야 말겠다."

"단 한마디도 더 안 했소." 여자는 (범블씨와는 정반대로) 어느 모로 보든지 이 이상한 사내의 격렬한 행동에 전혀 동요하지 않으면서 말했다. "그런데 할멈이 반쯤 움켜쥔 손으로 내 가운을 힘껏 잡고 있었어요. 그래서 그녀가 죽은 것을 보고 간신히 손을 떼어내다가 그 손에 더러운 종잇조각 하나가 쥐어져 있는 것을 보았어요."

"그 안에는……" 몽스가 몸을 앞으로 내밀면서 끼어들었다.

"아무것도 아니었어요." 여자가 대답했다. "전당포 보관증이었죠."

"뭘 맡긴 표였소?" 몽스가 물었다.

"차근차근 얘기를 해줄게요." 여자가 말했다. "내 생각으론 할멈은 돈이 좀 될까 하고 한동안 그 장신구를 보관하다가 전당포에 잡힌 거예요. 돈을 저축하고 긁어모아 해마다 전당포 이자를 물면서 물건이 넘어가는 것을 막은 거죠. 혹시나 거기서 뭔가가 생기면 다시 찾으려 한 거지요. 하지만 아무것도 생기지 않았어요. 그리고 내가 당신한테 말했듯이 그녀는 온통 닳아 누더기가 된 종잇조각을 손에 쥐고 죽었던 거요. 이틀 뒤면 만기였는데 나도 언젠가는 그 물건에서 뭔가 나올 거라고 생각했고, 그래서 저당물을 찾아왔어요."

"그게 지금 어디 있소?" 몽스가 재빨리 물었다.

"여기 있어요." 여자가 대답했다. 그리고 그것을 치워버리게 되어 다행이라고 생각했는지, 프랑스제 시계도 겨우 들어갈까 말까 한 작은 염소가죽 가방을 급히 탁자에 내던졌다. 몽스는 와락 달라붙어 떨리는 손으로 가방을 열었다. 안에는 작은 로켓[78]이 들어 있었고 그 안에 두개의 머리타래[79]와 검소한 금제 결혼반지가 있었다.

"반지 안에는 '애그니스'라고 새겨져 있어요." 여자가 말했다. "성姓은 빈칸으로 남겨뒀고, 그다음엔 날짜가 있는데 아이가 태어

[78] 사진이나 기념품 등을 넣어 목걸이에 다는 금·은으로 만든 작은 갑.
[79] 주로 연인들이 정표로 주고받는 선물.

난 날로부터 일년 전의 날짜였어요. 내가 아는 건 그 정도예요."

"이게 다요?" 몽스가 작은 꾸러미의 내용물을 샅샅이 그리고 열심히 살펴본 다음에 말했다.

"그래요." 여자가 대답했다.

범블씨는 얘기가 끝났는데도 25파운드를 다시 가져가겠다는 말이 없어 다행이란 듯 길게 숨을 내쉬었다. 그리고 그는 용기를 내서, 이제 막 대화가 끝날 때까지 아무런 제지도 받지 않고 코로 똑똑 떨어지던 땀을 닦았다.

"난 그 얘기에 대해서 아무것도 몰라요, 추측 이상으론." 짧은 침묵이 흐른 후에 그의 아내가 몽스에게 말을 걸었다. "또 알고 싶지도 않아요. 모르는 편이 더 안전할 테니까. 하지만 두가지 문제에 대해선 묻고 싶은데요."

"물어보시오." 몽스가 다소 놀란 기색으로 말했다. "하지만 내가 대답을 할 것인지는 또다른 문제요."

"……그러면 문제가 셋인데." 범블씨가 익살을 부리느라 한마디 했다.

"그 물건이 나한테서 얻어내리라고 예상한 것이었나요?" 간호부장이 물었다.

"그렇소." 몽스가 대답했다. "또다른 질문은?"

"당신은 그것을 어떻게 할 작정인가요? 나한테 불리하게 사용될 수 있나요?"

"절대로 아니오." 몽스가 대꾸했다. "그건 나한테도 마찬가지요. 여기를 보시오! 하지만 단 한걸음도 앞으로 나오지 마시오, 당신들의 목숨이 잡초만큼의 값어치라도 있다면."

그는 이렇게 말하면서 갑자기 탁자를 옆으로 밀치고 마루 판자에서 쇠고리를 잡아당겨 큼직한 뚜껑문을 들어올렸는데, 그것은 범블씨의 발치 가까이에서 열려 이 신사는 몹시 허둥지둥하며 몇 걸음 뒤로 물러섰다.

"내려다보시오." 몽스가 그 아래로 등불을 내리면서 말했다. "나를 두려워하지 마시오. 내가 맘만 먹었다면 당신들이 그 위에 앉았을 때 아주 조용하게 밑으로 떨어뜨려버릴 수도 있었소. 그게 내 책략이었다면 말이오."

이렇게 독려를 받은 간호부장은 문의 가장자리로 다가갔고 심지어 범블씨도 호기심에 이끌려서 똑같이 행동하는 모험을 했다. 밑에서는 폭우로 수량이 늘어난 혼탁한 물살이 쏜살같이 흘러가고 있었고, 퍼렇게 이끼 낀 진흙 더미에 걸려 소용돌이치는 물소리 때문에 그밖의 다른 소리는 들리지 않았다. 이전에 그 아래에는 물레방아가 있었는데, 지금은 몇개 남지 않은 썩은 말뚝과 아직도 남아 있는 기계의 파편에 세차게 부딪친 물살이 전진을 가로막는 장애물들의 헛된 노력을 뒤로하고 한결 힘을 얻어 앞으로 내달리는 듯했다.

"저 아래로 사람을 던지면 내일 아침엔 어디쯤 가 있겠소?" 몽스가 캄캄한 구멍 속에 등불을 앞뒤로 흔들면서 말했다.

"강 아래로 20마일은 떠내려가서, 게다가 산산조각이 나 있겠지." 범블은 생각만 해도 아찔한 모양이었다.

몽스는 품 안에서 서둘러 쑤셔넣었던 작은 꾸러미를 꺼내더니 그것을 바닥에 놓인, 도르래의 부속인 납추에 붙잡아매어 물살에 던졌다. 그것은 곧바로 쭉 떨어지더니 거의 들리지 않을 정도로 철벅 소리를 내고 물을 가르며 사라져버렸다.

세사람은 서로의 얼굴을 바라보았고 한결 자유롭게 숨을 쉬는 것 같았다.

"자!" 육중하게 원래 위치로 떨어지는 뚜껑문을 닫으면서 몽스가 말했다. "책에서 말하듯이 바다가 죽은 자들을 토해낸다 해도 금과 은은 떠오르지 않을 것이고, 저 쓰레기도 그중에 있을 거요. 우리는 더이상 할 얘기가 없으니 이 즐거운 모임을 해산합시다."

"얼마든지요." 범블씨가 매우 민첩하게 한마디 했다.

"당신 머리통 안에다 혀를 조용히 놔둘 거지, 응?" 몽스가 협박하는 눈빛으로 말했다. "당신 부인은 걱정이 안 되지만."

"날 믿어도 좋을 거요, 젊은이." 범블씨가 사다리 쪽으로 서서히 몸을 숙이면서 지극히 예의 바르게 대답했다. "우리 모두를 위해서 말이오, 젊은이. 나를 위해서도, 몽스씨."

"당신은 내 이름을 안 쓰는 연습이나 하라고, 알겠소?" 범블이 언급한 사람이 말했다.

"물론." 범블씨가 여전히 뒤로 물러서며 대답했다.

"그리고 우리가 어디서건 다시 만나더라도, 서로 아는 체할 일은 없을 거요. 알아듣겠소?" 몽스가 인상을 찡그리며 말했다.

"어떤 일이 있어도 당신한테나 또 당신에 대해서도 한마디도 안 할 거요. 믿어도 좋소, 젊은이." 범블씨가 말했다.

"당신을 위해서라도 그 말을 들으니 반갑구먼." 몽스가 의견을 말했다. "등잔에 불을 붙이시오! 그리고 최대한 빨리 여기서 떠나시오."

대화가 이 대목에서 끝난 것은 다행한 일이었는데, 만일 그렇지 않았더라면 사다리에서 6인치밖에 안 되는 곳에서 몸을 구부리고 있던 범블씨는 틀림없이 아래층으로 곤두박질했을 것이다. 그는 몽스가 밧줄에서 떼어낸 자기 등에 불을 붙여들고 대화를 더이상이어나가려는 생각 없이 조용히 내려갔고 부인이 뒤따라왔다. 몽스는 계단에 멈춰서서 밖에서 빗방울 치는 소리와 물살이 흐르는 소리 외엔 아무런 소리도 들리지 않는다는 것을 확인하고 후미에서 쫓아왔다.

그들은 매우 조심스럽게 서서히 아래층 방을 질러갔다. 몽스는 그림자가 보일 때마다 깜짝깜짝 놀랐고, 범블씨는 땅에서 1피트 정도 위로 등불을 들고 초초한 마음으로 숨겨진 뚜껑문이 없나 살피면서, 놀랄 만큼 조심스러울 뿐 아니라 그런 체구의 신사로서는 믿기 어려울 정도의 가벼운 발걸음으로 걸었다. 몽스는 가만히 빗장을 풀어서 그들이 들어왔던 대문을 열었다. 두 내외는 그들의 비밀스러운 친구와 고개만 끄덕여 인사를 나누고 비가 내리는 컴컴한 밖으로 나왔다.

그들이 가자마자, 몽스는 혼자 남은 게 참을 수 없을 정도로 싫었는지 아래층 어느 구석에 숨어 있던 아이를 불러냈다. 그 아이에게 등불을 들려 앞세우고 그는 막 나왔던 방으로 돌아갔다.

## 제39장
## 독자와 이미 친숙해졌을 훌륭한 인물들을 소개하고, 몽스와 유대인이 어떻게 그들의 존경스러운 머리를 맞대고 수군거렸는지 보여준다

앞장에서 언급한 세명의 훌륭한 작자들이 앞서 이야기한 대로 그들의 작은 사업을 처리한 바로 그 다음날 저녁, 윌리엄 사익스씨는 낮잠에서 깨어나 잠에서 덜 깬 목소리로 몇시나 되었냐고 투덜거리며 물었다.

사익스씨가 질문을 던진 방은 처트시 원정 이전에 살던 그 방이 아니었다. 비록 그 도시의 같은 동네에 있고 또 옛날에 살던 데서 별로 멀리 떨어져 있지는 않았지만 그곳은 외관상 그의 옛집처럼 바람직한 거처는 아니었다. 초라하고 가구도 별로 없는 매우 좁은 방으로, 그저 비스듬한 지붕에 난 작은 창문을 통해서 빛이 들어올 뿐이었으며 갑갑하고 더러운 골목에 잇닿아 있었다. 이 멋진 신사분이 최근에 형편이 좀 안 좋아졌다는 흔적도 없지 않았는데, 가구가 매우 부족하고 안락함이 전혀 없는데다가 여분의 옷가지나 속옷 등의 작은 동산動産이 사라진 것은 극심하게 빈곤한 형편을 말해주었다. 만약에 조금이라도 더 자세한 입증이 필요하다면, 초라하고 수척한 사익스의 상태가 이 증상들을 충분히 확인해주었을 것이다.

이 집털이 강도는 그의 흰 코트를 실내복 삼아서 두르고 침대에 누워 있었는데, 시체같이 수척한 병색과 더불어 더러운 나이트캡과 일주일 동안 자란 뻣뻣하고 검은 수염은 그다지 좋아 보이지 않는 몰골을 드러내고 있었다. 개는 침대 옆에 앉아서 이따금씩 생각에 잠긴 표정으로 그의 주인을 바라보다가, 바깥쪽 길이나 집 안의 아래층에서 무슨 소리가 나면 귀를 쫑긋 세우고 낮은 소리로 으르렁거렸다. 창가에 앉아서 강도가 늘 입고 다니는 낡은 조끼를 분주히 꿰매는 한 여자가 있었으나, 곁에서 간호를 하느라 또 궁핍에 시달리느라 너무도 창백해지고 깡말라서, 사익스씨의 질문에 대답하는 목소리만 아니었다면 그녀가 이 이야기에 이미 등장한 바 있는 바로 그 낸시라고 알아보기 힘들었을 것이다.

"7시가 조금 지났어." 여자가 말했다. "오늘 밤은 좀 어때, 빌?"

"맹물처럼 힘이 없어." 사익스씨가 자기의 눈과 다리에 저주를 퍼부으며 대답했다. "이봐, 좀 거들어줘. 나를 이 무지막지한 놈의 침대에서 벗어나게 해달라고."

병이 났다고 해서 사익스씨의 성미가 부드러워진 것은 아니었기에 여자가 그를 일으켜세워 의자에 앉히자 그는 제대로 못하겠냐고 여러가지 욕을 내뱉으며 여자를 한대 후려쳤다.

"눈물 짜는 거야, 너?" 사익스가 말했다. "자! 거기서 칭얼거리고 서 있지 마. 기껏해야 눈물이나 짜고 있을 거면 아예 끊어버리자고. 내 말이 들려?"

"듣고 있어." 여자가 얼굴을 옆으로 돌리고 억지로 웃음을 지으며 대답했다. "머릿속으로 또 무슨 별난 생각을 하고 있는 거야?"

"옳지! 생각을 고쳐먹었구나, 그렇지?" 사익스가 그녀의 그렁그렁한 눈물을 주시하면서 으르렁댔다. "그게 네 신상에 좋지."

"저기, 오늘 밤에 나한테 심하게 굴겠다는 뜻은 아니겠지, 빌." 여자가 그의 어깨에 손을 올리며 말했다.

"아니냐고!" 사익스가 소리쳤다. "왜 그러면 안 되지?"

"그렇게 숱한 밤 동안," 달콤한 어조 같은 것이 실린 여성스럽고 상냥한 목소리로 그녀가 대답했다. "그렇게 숱한 밤 동안 난 침착하게 자기를 간호하고 돌봤어, 마치 아이를 다루듯이. 그래서 오늘 저녁 처음으로 자기가 기운을 회복하기 시작했는데, 만약에 그걸 생각했다면 나를 그런 식으로 대하지는 않았을 거야, 안 그래? 자, 자, 그러지 않겠다고 말해봐."

"알았어, 그럼." 사익스씨가 응답했다. "안 그럴게. 아니, 빌어먹을, 이 여자 왜 또 눈물 짜는 거야!"

"아무것도 아니야." 여자가 의자에 몸을 던지면서 말했다. "나한테 신경 쓰지 마. 곧 끝날 테니까."

"뭐가 끝난다는 거야?" 사익스씨가 야만적인 목소리로 물었다. "또 무슨 바보 같은 짓을 하려는 거야? 일어나서 부지런히 일이나 해. 너희 여자들이 늘 지껄이는 그 말도 안 되는 소리로 날 속일 생각 말고."

다른 때라면 이런 투로 몇 마디 충고를 하면 원하는 효과가 나타났을 것이다. 그러나 여자는 진짜로 힘이 없고 기진맥진했던지라, 사익스씨가 이런 상황에서 자기의 협박을 장식하곤 하던 몇 마디의 적절한 욕설을 입 밖에 내기도 전에 의자 등받이에 머리를 젖히고 기절해버렸다. 낸시양의 발작은 대개 별다른 남의 도움 없이 혼자 몸부림을 치다가 깨어나는 격렬한 종류의 것이었기 때문에, 사익스씨는 이 보기 드문 위급상황에서는 어떻게 해야 할지 잘 몰랐다. 그는 신을 저주하는 욕설을 조금 뱉다가 이런 치료방법이 전혀 효과가 없다는 것을 깨닫고는 도와달라고 소리를 쳤다.

"뭐가 문젠가, 여보게?" 페이긴이 안을 들여다보며 말했다.

"좀 도와줄 수 없겠소?" 사익스가 조급하게 대답했다. "거기 서서 수다나 떨면서 피식피식 웃지 말고!"

페이긴은 깜짝 놀라 소리를 지르더니 서둘러 여자를 간호하기 시작했고, 존 도킨스(별칭 교묘한 미꾸라지)는 그의 덕망 있는 친구를 따라 방에 들어와 손에 들고 있던 보따리를 바닥에 급히 내려놓았다. 그러더니 바로 뒤에 있던 찰리 베이츠군의 손에서 병을 잡아채어 이빨로 단숨에 마개를 따더니 그 내용물 약간을 환자의 목에 흘려넣었는데, 그러기 전에 실수를 예방하고자 자신이 먼저 맛을 보았다.

"풀무질을 해서 신선한 바람을 좀 쐬게 해줘, 찰리." 도킨스씨가 말했다. "그리고 낸시의 손등을 탁탁 치라고요, 페이긴. 빌이 속치마를 푸는 동안."

상당히 열성적으로 한꺼번에 취해진 이 조치들은 ─ 특히 이 과정에서 자기 역할을 유례없는 즐거움으로 생각한 듯한 베이츠군이 맡은 임무는 ─ 머지않아 기대했던 효과를 가져왔다. 여자는 점차 정신을 회복해서 침대 옆의 의자로 비틀거리며 다가가더니 베개에다 얼굴을 파묻었다. 사익스씨는 다소 놀란 채로 뜻밖에 나타난 손님들과 상대하게 되었다.

"아니, 무슨 놈의 사악한 바람이 불어 여기까지 왔나?" 그가 페이긴에게 물었다.

"사악한 바람이 아니라고, 여보게. 사악한 바람은 결코 좋은 것을 가져다주지 않지만, 난 아주 좋은 것들, 자네가 보면 반가워할 것들을 가져왔거든. 얘 미꾸라지야, 보따리를 풀어라. 그리고 오늘 아침 우리가 가진 돈을 다 털어서 구한 약소한 물건들 좀 꺼내서 빌에게 보여주렴."

미꾸라지는 페이긴이 시키는 대로, 낡았지만 제법 큼직한 식탁보로 된 보따리를 풀었다. 그 안에 들어 있는 물건들을 찰리 베이츠에게 하나씩 건네주자 그는 그 물건의 희귀함과 훌륭함에 대해 갖가지 찬사를 늘어놓으며 탁자에 내려놓았다.

"이런 토끼고기 파이는 없다고, 빌." 이 어린 신사가 큼직한 고기 파이를 꺼내 보이며 큰 소리로 말했다. "이런 맛있는 고기에다 그렇게도 연한 다리라. 빌, 뼈도 그냥 입안에서 녹으니까 발라낼 필요가 없고, 또 이건 42페니짜리 녹차 반 파운드인데 얼마나 맛이 강한지 끓는 물에 타면 거의 주전자 뚜껑을 날려버릴 정도라고요. 이건 촉촉한 설탕 1파운드 반인데 깜둥이들이 그렇게 좋은 질을 만드느라 죽어라고 일을 했다고, 정말로 말이야! 4파운드 밀기울빵 반덩이가 두개에다 신선한 치즈 1파운드, 두겹 글로스터 치즈조각에다, 금상첨화로 이제까지 마셔본 술 중에서 가장 훌륭한 놈으로 한병!"

베이츠군이 마지막으로 찬사를 늘어놓으면서 자신의 큼직한 주머니 어디선가 마개를 단단히 막은 큰 포도주병을 꺼내는 순간, 도킨스씨가 자기가 들고 있던 병에서 독주 원액을 한잔 따랐다. 병자는 한순간도 머뭇거리지 않고 그것을 곧장 목구멍에 털어넣었다.

"자!" 페이긴이 매우 흡족하게 손을 비비며 말했다. "자네 이제 됐네, 이제 됐다고."

"됐다고?" 사익스씨가 소리쳤다. "당신이 하도 오래 나타나지 않아서 난 스무번도 넘게 그냥 끝장날 뻔했어. 사람을 삼주 이상이나 이 지경으로 내버려두면 어떻게 해, 이 배신자 불량배야?"

"아니, 이 친구 하는 말 좀 들어봐라, 얘들아!" 페이긴이 어깨를 으쓱해 보이며 말했다. "우리가 이렇게 아주 홀-륭-한 것들을 갖다주었는데도 말이다."

"물건들은 그런대로 괜찮군." 사익스씨가 식탁 위를 훑어보고 좀 누그러져서 말했다. "하지만 뭐라고 변명을 할 거요. 왜 나를 배도 곯고, 몸도 축나고, 지폐도 떨어지고, 다 동이 난 상태로 여기 내버려뒀냐고. 이 망할 놈의 삼주 내내 내가 저기 저 개새끼밖에 안 되는 것처럼 거들떠보지도 않고? ─ 개를 밑으로 밀어봐라, 찰리!"

"나 참, 이렇게 웃기는 개는 처음 본다니깐." 베이츠군이 시키는 대로 하면서 소리쳤다. "시장 보러 가는 노파처럼 음식 냄새를 맡는단 말이야! 이놈은 무대에 나가면 출세할 거야, 그렇고말고. 게다가 이 땅의 연극을 부흥시키기까지 할 거라고." 이렇게 해학적인 토로에 몰입하던 베이츠군이 자기의 농담에 어찌나 큰 웃음을 터뜨렸는지, 무서운 황소눈깔이 (인간혐오적 기질의 개였으므로) 완전히 발작적으로 짖어댔고 그것을 멈추게 하느라 그의 주인은 온갖 영향력을 동원해야 했다.

"닥치지 못해." 여전히 화가 나서 으르렁대는 개가 침대 밑으로 후퇴하자 사익스가 소리쳤다. "이 말라깽이 장물아비 영감아, 뭐라고 변명할 말이 있냐고, 응?"

"난 한두주 정도 런던을 떠나 있었다고, 여보게, 일이 좀 있어서." 유대인이 대답했다.

"그럼 나머지 보름 동안은?" 사익스가 물었다. "날 구멍에 갇힌 병든 쥐새끼마냥 여기 내버려둔 나머지 보름은 어떻고?"

"나도 어쩔 수가 없었어, 빌. 여러사람 앞에서 길게 설명을 할 수가 없다고. 하지만 내 명예를 걸고 하는 말이지만 나도 어쩔 수가 없었어."

"당신 뭐에다 건다고?" 사익스가 지극히 혐오스러워하며 볼멘소리를 했다. "이봐! 거기 그 파이 한조각만 잘라줘, 너희들 아무나. 입맛을 버려서 못쓰겠다, 아니면 그 말이 목구멍에 걸려서 숨막혀 죽을 거야."

큼직한 파이 한접시를 황급하게 갖다주자 사익스씨는 한동안 조용히 칼과 포크를 놀리다가 마침내 접시를 밀어버리고 미꾸라지의 병에서 또 한잔을 가득 따라 마신 후, 유대인에게 다음과 같은 연설을 늘어놓았다.

"내가 사실대로 말해주겠소, 페이긴. 난 당신 일을 해주다가 당신이 몰아넣은 그 잘난 소동에 걸려들어서, 오랫동안 축축한 데서 얼쩡거리며 지겹도록 몸을 피해 있느라고 학질에 걸렸소. 내 목도 날아가고 동시에 당신의 그 곰팡내 나는 낡은 부대에 금덩어리를 쌓아놓도록 도와준 가장 훌륭한 일손도 날아갈 뻔한 그 난리법석에 걸려서 말이오. 당신은 내가 하도 바닥을 기어서 어떤 값을 쳐주건 아무 일이나 하게 될 때까지 나를 굶기고 쪼그라들게 내버려뒀지. 내가 하는 말은 이거야, 다시 한번 그렇게 나를 대접해보라고, 판을 엎어버릴 테니. 이렇게 다시 고생을 하니 그냥 목을 매달아버리겠어. 게다가 당신도 똑같은 대들보에 매달리는 쾌감을 맛보기 위해 훨씬 더 빨리 내 목을 매달 거라고. 다시 한번 날 그렇게 대접해봐, 육주도 안 돼서 우리 둘이 허공에 둥둥 매달려 춤을 추게 될 테니. 아니면 당신이 도둑놈이 아니고 내 이름도 빌 사익스가 아니야. 더이상은 말을 할 수 없지."

"화를 내지 말라고, 여보게." 페이긴이 온화하게 권고했다. "난 자네를 잊은 적이 없다고, 단 한번도."

"그러시겠지! 당신이 그런 적이 없다고 내가 장담을 하겠어." 사익스가 씁쓸하게 웃으며 응답했다. "내가 여기 누워 몸을 부들부들 떨고 열이 펄펄 끓을 때 당신은 음모와 계략을 꾸미고 있었겠지. 빌에게 이 일을 시켜야지, 아니 빌에게 저 일을 시켜야지, 빌이 기운을 차리면 시키는 대로 일을 다 할 거야, 그것도 똥값으로. 이제 빌이 일을 할 만큼 빈털터리가 됐겠지 하면서 말이야. 저애가 아니었으면 난 죽었을 거야."

"그것 보게, 빌." 페이긴이 말꼬리를 움켜쥐며 항의했다. "'저애가 아니었으면'이라고! 자네에게 이렇게 쓸모 있는 여자를 두게 해준 것이 바로 이 가엾은 페이긴 영감이 아니면 누구였겠나?"

"그 말은 진짜야, 하늘도 아실 거야!" 낸시가 급히 앞으로 나오면서 말했다. "그만 해요, 그만 하라고."

낸시가 등장하자 대화가 새로운 방향으로 돌아섰다. 아이들은 약삭빠른 유대인 영감의 간교한 눈짓을 받고 그녀에게 술을 자꾸 권하기 시작했는데 그녀는 아주 조금씩 받아먹었다. 그러는 동안 페이긴은 평소에 볼 수 없던 쾌활한 기분이 되어 사익스씨의 협박을 가벼운 조롱 정도로 받아주었고, 게다가 술병을 반복해서 사용한 사익스씨가 선심 써서 해준 한두 마디의 서투른 농담을 듣고 매우 신나게 웃기까지 하면서 사익스씨의 화를 가라앉혔다.

"다 좋아." 사익스씨가 말했다. "하지만 난 오늘 밤 당신한테서 돈을 좀 얻어야겠다고."

"난 지금 동전 한닢도 가진 게 없어." 유대인이 대답했다.

"그러면 당신 집에는 엄청나게 많겠군." 사익스가 반박했다. "거기서 좀 가져와야겠구먼."

"엄청나게 많다니!" 페이긴이 두 손을 쳐들면서 소리쳤다. "난 진짜 얼마 가진 게 없어서……"

"얼마가 있는지는 난 몰라. 분명히 당신도 잘 모를 거요, 그걸 다 세자면 제법 오래 걸릴 테니까." 사익스가 말했다. "하지만 어쨌건 오늘 밤에 당장 돈이 좀 있어야겠소, 분명히 말하지만."

"그래, 그래." 페이긴이 한숨을 쉬며 말했다. "내가 미꾸라지를 바로 보내지."

"그렇게는 안 돼." 사익스가 대꾸했다. "미꾸라지는 요리조리 너무 잘 빠져나가서 이리 오는 것을 잊어버리거나, 길을 잃거나, 함정을 피하느라 어쩌고 하면서 못 올 거요, 아니면 당신이 시키는 대로 무슨 핑계를 대든지. 일을 분명히 하기 위해서 낸시를 보내 돈을 가져오게 할 거요. 나는 그동안 누워서 낮잠이나 잘 거고."

상당한 흥정과 언쟁 끝에 페이긴은 가불금액을 5파운드에서 3파운드 6페니로 깎고 자기한테 남는 것은 집안살림 할 18페니뿐이라고 여러차례 엄숙한 맹세를 하며 주장했다. 사익스씨는 그 이상이 어렵다면 어쩔 수 없겠다고 퉁명스럽게 말했다. 미꾸라지와 베이츠군이 찬장에 먹을 것을 넣는 동안 낸시는 페이긴과 같이 집으로 따라갈 준비를 했다. 유대인은 자기의 다정한 친구와 작별한 후 낸시와 아이들을 데리고 집으로 갔고, 그러는 사이에 사익스씨는 침대에 몸을 던져 이 아가씨가 돌아올 때까지 잠이나 자며 시간을 보낼 준비를 했다.

얼마 후 그들은 페이긴의 거처에 도착했는데, 거기서는 토비 크래킷과 치틀링씨가 열다섯판째 카드놀이에 열중하고 있었으니 치틀링이 졌다는 것과 그가 열다섯번째에서 마지막 6페니를 잃었다는 것은 말할 필요도 없으리라. 크래킷씨는 신분이나 정신적 소양에서 자기보다 현저히 아래인 이 신사분과 같이 놀고 있는 것이 들통나자 다소 창피해하는 것 같았는데, 그는 하품을 하고 사익스의 안부를 물은 다음 모자를 집어들고 돌아갈 채비를 했다.

"누구 들른 사람은 없었나, 토비?"페이긴이 물었다.

"사람 다리라곤 얼씬도 안 했소."크래킷이 옷깃을 세우면서 대답했다. "싸구려 맥주처럼 아주 심심했지. 이렇게 오랫동안 집을 본 대가로 괜찮게 값을 쳐줘야 할 거요, 페이긴. 빌어먹을, 난 무료 봉사하는 배심원만큼이나 주머니가 비었으니. 내가 이 젊은 친구를 즐겁게 해줄 만큼 훌륭한 인간성이 아니었다면 뉴게이트 감옥만큼이나 푹 잠들었을 거야. 끔찍하게 따분했다고, 아니라면 날 잡아잡수쇼!"

토비 크래킷씨는 이런 식의 얘기를 지껄이고는 자기가 딴 돈을 걷어모으고, 자기 같은 거물이 받을 대우로서는 전혀 맞지 않는다는 듯 거만한 투로 조그만 은화들을 조끼 주머니에 쑤셔넣었다. 그런 다음 그는 한껏 으스대며 매우 우아하고 점잖게 방에서 나갔다. 치틀링씨는 그의 다리와 부츠가 시야에서 사라질 때까지 여러차례 흠모의 눈길을 던진 다음 일동에게 확언하길, 그분을 한번 뵙는 데 6페니씩 열다섯번 내는 것은 그분을 사귀는 데 드는 돈치고는 싼 편이라고, 그래서 자기가 잃은 돈을 손톱의 때만큼이나 하찮게 여긴다는 것이었다.

"너 참 묘한 애로구나, 톰!"그의 말을 듣고 베이츠군이 매우 우스워하며 말했다.

"전혀 그렇지 않아."치틀링씨가 대답했다. "내가 그런가요, 페이긴?"

"아주 똑똑한 친구지, 얘야." 페이긴이 그의 어깨를 툭툭 쳐주고
그의 다른 제자들에게 윙크를 하며 말했다.

"게다가 크래킷씨는 진짜 대단한 멋쟁이죠, 안 그래요, 페이긴?"
톰이 물었다.

"의심할 여지가 없지. 얘야."

"그리고 그분과 사귀는 것도 영광스러운 일이지요, 안 그래요,
페이긴?" 계속 톰이 말했다.

"정말 그렇단다, 얘야. 재들은 크래킷이 자기들은 상대해주지 않
으니까 질투하는 거야."

"아!" 톰이 의기양양해서 외쳤다. "그래서 그러는구나! 그분이
내 돈을 다 따갔지만 난 언제라도 나가서 더 벌어오면 되지, 안 그
래요, 페이긴?"

"물론 그럴 수 있지, 그리고 그건 빠르면 빠를수록 좋아, 톰. 그러
니 당장에 네가 잃은 돈을 만회하여라. 더이상 시간 낭비하지 말고.
미꾸라지야! 찰리야! 일할 시간이 됐다. 자! 10시가 다 됐는데 아무
것도 한 일이 없잖니."

이렇게 암시를 받은 아이들은 낸시에게 고개를 꾸벅 숙여 인사
를 한 후, 각자 자기의 모자를 집어들고 방에서 나갔다. 미꾸라지와
그의 활달한 친구는 길을 나서며 치틀링씨를 흉보는 여러가지 재
담을 즐겼는데, 사실 의당 지적해야 할 바는 치틀링씨의 행동이 그
다지 유별난 것은 아니었다는 점이다. 그 도시에서는 상당수의 혈
기왕성한 젊은이들이 치틀링씨보다 훨씬 더 비싼 값을 치르고 상
류사회에 발을 들여놓으려 하고, (앞서 논급한 바로 이 상류사회를
형성하는) 수많은 멋진 신사분들은 야무진 토비 크래킷과 동일한

462

터전에서 자신들의 명성을 세우기 때문이다.

"자," 아이들이 방에서 나가자 페이긴이 말했다. "내가 가서 돈을 가져올게, 낸시야. 이건 그저 애들이 가져오는 자질구레한 물건들을 보관하는 작은 벽장 열쇠란다, 얘야. 나는 내 돈이 있는 곳을 절대로 잠가두질 않아. 뭐 잠가둘 만한 것이 없거든, 얘야. 하하하! 그럴 만한 것이 없다고. 이 장사는 별로 남는 게 없어, 낸시. 고생만 실컷 하고. 하지만 난 주위에 어린 친구들이 있는 게 좋아. 그래서 내가 다 부담하는 거야, 다 부담한다고."

낸시는 자기도 장사가 어느 정도 되는지는 유대인만큼이나 잘 안다는 듯이 고개를 끄덕거렸다. 페이긴은 초에 불을 붙이고 열쇠를 집어든 다음 위층으로 갈 채비를 했는데, 그때 마침 아이들 중 하나가 대문을 나서다가 누군가와 마주치는 소리를 듣고 갑자기 멈춰섰다.

"쉿!" 유대인이 열쇠를 급히 품 안에 숨기며 말했다. "저게 누구야? 잘 들어봐!"

여자는 팔짱을 끼고 탁자 앞에 앉아 사람이 온 것에 대해 전혀 관심이 없고, 그 사람이 누구인지 누가 오든지 가든지 전혀 상관을 안 하는 것 같았다. 그런데 한 남자가 중얼거리는 목소리가 그녀의 귀에 들렸다. 그녀는 소리를 듣자마자 곧장 보닛과 숄을 벗어, 번개같이 신속한 동작으로 탁자 밑에 집어넣었다. 유대인이 곧바로 몸을 돌리자 그녀는 지금까지의 지극히 재빠르고 격렬했던 행동—페이긴은 내내 등을 돌리고 있었으므로 그것을 보지 못했으나—과 매우 놀라운 대조를 이루는 나른한 어조로 집 안이 후덥지근하다고 불평을 한마디 했다.

"젠장!" 하던 일을 방해받은 데 짜증이 난 듯 그가 속삭였다. "내가 기다리고 있던 사람이야. 아래층으로 내려오고 있구먼. 그 사람이 여기 있는 동안 돈에 대해서는 한마디도 하지 마라, 낸스. 오랫동안 머물지는 않을 거야. 십분도 안 있을 거라고, 얘야."

바깥 계단에서 사내의 발걸음 소리가 들리자 유대인은 뼈만 앙상한 집게손가락을 입술에 대고서 촛불을 들고 문으로 다가갔다. 그는 방문객과 동시에 문에 이르렀고, 손님은 방으로 성급하게 들어왔는데 그는 낸시 가까이에 와서야 그녀가 있다는 것을 알았다.

그 사람은 몽스였다.

"그저 내가 데리고 있는 젊은 애들 중 하나일세." 몽스가 낯선 사람을 보고 뒤로 물러서자 페이긴이 말했다. "그냥 있어라, 낸시."

여자는 탁자 가까이로 다가가서 별로 신경 쓰지 않는다는 무심한 눈빛으로 몽스를 힐끗 쳐다보고는 눈을 돌렸다. 그러나 그가 페이긴 쪽으로 몸을 돌렸을 때 그녀가 다시 한번 그를 훔쳐보았는데, 얼마나 의미심장한 눈빛으로 예리하게 탐색을 했는지 만약 구경꾼이 있어 이 태도의 변화를 관찰했다면 이 두가지 눈빛이 똑같은 사람한테서 나온 것이라 믿기 어려울 정도였다.

"언제 이리로 돌아왔나?" 유대인이 손에 든 초에서 촛농을 떼어내며 말했다.

"두시간 전에." 몽스가 대답했다.

"그 사람을 만나봤나?" 유대인이 물었다.

"그렇소." 상대방이 고개를 끄덕이며 대답했는데, 대답의 어조뿐 아니라 그 고갯짓에도 깊은 의미가 담긴 듯했다.

"무슨 소식이 있나?" 페이긴이 물었다.

"대단한 거지요."

"그래, 좋은 소식인가?" 페이긴은 자신이 낙관적인 태도를 보이면 상대방을 성가시게 할까봐 머뭇거리면서 물었다.

"나쁘진 않소, 어쨌건." 몽스가 미소를 지으며 대답했다. "이번엔 내가 아주 신속하게 움직였소. 둘이 얘기 좀 합시다."

여자는 몽스가 자신을 가리키고 있다는 것을 알았으나, 탁자 쪽으로 몸을 바싹 붙인 채 방에서 나가겠다는 소리는 하지 않았다. 유대인은 그녀를 내쫓으려고 하면 그녀가 큰 소리로 돈 얘기를 할까봐 걱정스러웠는지, 위층을 가리키면서 몽스를 방에서 데리고 나갔다.

"우리가 저번에 갔던 그 끔찍한 구멍은 아니겠지." 그녀는 사내가 계단을 올라가면서 하는 말을 들을 수 있었다. 페이긴은 웃으며 대답했는데 그녀에게는 들리지 않았다. 바닥이 삐걱거리는 소리로 보아서 그는 동료를 3층으로 안내하는 것 같았다.

집 안에 메아리치는 그들의 발걸음 소리가 멎기도 전에, 여자는 신발을 벗고 머리 위에 가운을 대충 뒤집어쓴 다음 팔을 그 안에다 감아서 혹시 지나다니다 그림자가 생기더라도 누군지 알아볼 수 없게 한 후, 문 앞에 서서 숨을 죽이고 유심히 귀를 기울였다. 소리가 멈추는 그 순간에 그녀는 방에서 슬쩍 나와 믿기 어려울 정도의 부드러운 동작으로 살금살금 계단을 올라가서 위편의 어둠 속으로 사라졌다.

방에는 십오분 정도 아무도 없었는데, 여자가 아까와 마찬가지로 신비롭게 가벼운 발걸음으로 슬쩍 돌아왔고 곧이어 두 남자가 내려오는 소리가 들렸다. 몽스는 당장 길을 나섰고 유대인은 돈을 가져오려고 다시 위층으로 갔다. 그가 돌아왔을 때 여자는 숄과 보닛을 매만지면서 떠날 준비를 하는 것처럼 보였다.

"진짜 오래 걸리는군요, 페이긴." 그녀가 조급한 듯이 말했다.

"돌아가면 빌이 아주 기분이 좋겠어요."

"나도 어쩔 수 없었다, 얘야." 유대인이 말했다. "그 신사가 비단과 우단 조금을 은밀히 처분해달라는 일이야, 하하! 아니, 낸스." 유대인이 촛불을 내려놓으면서 깜짝 놀라 소리쳤다. "왜 이렇게 창백하니?"

"창백하다고요?" 여자는 그를 차분하게 바라보려는 듯이 눈에 두 손을 대고 그의 말을 되받았다.

"아주 끔찍해. 혼자 어떻게 하고 있었기에 그래?"

"뭐 별것 아니에요. 이 갑갑한 데서 얼마나 오래인지 모를 만큼 앉아 있어서 그런가." 여자가 대수롭지 않게 대답했다. "자! 그만 가게 해줘요, 어서."

페이긴은 동전 한닢 한닢마다 한숨을 내쉬면서 액수를 세어 그녀의 손에다 건네주었다. 그들은 더이상 아무 말도 않고 헤어지면서 다만 "안녕"이란 말만 주고받았다.

큰길에 다다르자 그녀는 현관 층계에 쪼그리고 앉았다. 잠시 매우 당황해서 길을 나서지 못하는 듯했다. 그러다가 그녀는 갑자기 일어서서 사익스가 기다리고 있는 곳과는 정반대 방향으로 서둘러 발걸음을 재촉했고, 걸음은 급기야 격렬한 뜀박질로 변했다. 그녀는 한참을 달리다가 완전히 기진맥진해져서 숨을 돌리려고 멈춰섰다. 그녀는 마치 갑자기 정신을 차린 양, 그리고 자기가 하려고 애쓰는 일을 도저히 할 수 없는 것이 한탄스러운 양 두 손을 움켜쥐고 눈물을 터뜨렸다.

눈물이 그녀를 안정시켰기 때문인지, 아니면 자기 처지가 완전히 절망적인 상태임을 느꼈기 때문인지 그녀는 뒤돌아섰다. 그녀는 한편으론 허비한 시간을 보충하고, 한편으론 격렬하게 소용돌이치는 자신의 생각과 보조를 맞추기 위해 매우 빠르게 반대쪽으로 걸어나가 곧 강도가 기다리는 거처에 다다랐다.

그녀가 사익스씨 앞에서 혹시나 어떤 동요를 드러내 보였다 하더라도 그는 전혀 눈치채지 못했다. 그는 다만 돈을 가져왔느냐고 묻고 그렇다는 대답을 듣더니 만족한 듯 으르렁 소리를 내뱉고는 베개를 베고 그녀 때문에 방해받은 잠을 다시 잤다.

* * *

그녀로서는 다행스럽게도, 돈을 소유하게 된 사익스씨는 다음날 먹고 마시는 일로 매우 분주했고 그 때문에 대체로 그의 거친 성질은 아주 부드러워졌으므로, 그는 그녀의 행동거지에 대해 꼬투리를 잡을 시간도, 그럴 생각도 없었다. 결심하는 과정에서 보통이 아닌 갈등과 싸워 이겨야 하는 어떤 대담하고도 위태로운 일을 저지르기 직전에는, 누구나 방심하고 초조한 태도를 보이게 마련이다. 눈이 날카로운 페이긴이라면 틀림없이 그녀가 이런 태도를 보이고 있음을 간파했을 것이다. 그러나 사익스씨는 이를 분별할 만한 섬세함을 갖지 못했고, 누구에게건 퉁명스럽고 거칠게 굴 뿐이지 그 이상 더 예민한 의심에 시달리는 법은 없었기 때문에 게다가 이미 언급한 대로 유달리 기분이 좋았기 때문에 그녀의 품행에서 이상한 점을 전혀 발견하지 못했던 것이다. 또한 그는 그녀에 대해서는 거의 염려하지 않았기 때문에 그녀의 동요가 전보다 훨씬 더 눈에 띄었다 해도 의심했을 가능성은 별로 없었다.

날이 저물자 여자는 더욱 흥분하기 시작했다. 그녀는 밤이 되어 집털이 강도가 술에 취해 잠들 때까지 곁에 앉아 있었는데, 그녀의 볼이 평시와 다르게 창백했고 눈에서 불꽃이 타올라 사익스조차도 놀라서 그것을 눈치챘을 정도였다.

열병을 앓아 쇠약해진 사익스씨가 침상에 누워서 열을 가라앉히려고 뜨거운 물과 함께 진을 마시고 있었는데, 잔을 채워달라고 낸시에게 서너번째로 잔을 내밀 때 처음으로 이런 증상들이 눈에 띄었던 것이다.

"아니, 이런 빌어먹을!" 사내가 여자의 얼굴을 응시하다가 두 손으로 침대를 잡고 몸을 일으키면서 말했다. "완전히 송장이 다시 살아난 것처럼 보이네. 무슨 일이야?"

"무슨 일이냐고!" 여자가 대답했다. "아무것도 아니야. 왜 그렇게 빤히 쳐다보는 거야?"

"무슨 수작이야, 이거?" 사익스가 그녀의 팔을 잡고 거칠게 흔들면서 물었다. "뭐야? 무슨 꿍꿍이야? 무슨 생각을 하고 있는 거지?"

"그냥 여러가지 생각을 하는 거야, 빌." 여자가 부르르 떨면서 손으로 두 눈을 누르며 대답했다. "하지만, 세상에! 그게 뭐 별나다고 그래?"

그녀가 이 마지막 말을 억지로 쾌활한 척 꾸며대자, 그는 좀 전에 사납고 굳은 표정을 보았을 때보다 더 깊은 인상을 받은 것 같았다.

"내가 뭔지 말해주지." 사익스가 말했다. "열병에 걸린 게 아니라면 뭔가 분위기가 이상하고 위험스러워. 너 혹시…… 아니야, 빌어먹을! 그럴 리는 없을 거야!"

"뭐가?" 여자가 물었다.

"이만큼," 사익스가 그녀에게 시선을 고정시키고 혼잣말을 하듯 말했다. "이만큼 야무진 계집애가 없다고, 아니면 석달 전에 저 여자의 목을 따버렸을 거야. 열병이 나려고 그러는 거야, 맞아."

이렇게 스스로를 납득시키고 힘을 낸 사익스는 바닥이 드러나게 잔을 쭉 들이켜고 욕지거리를 몇 마디 중얼거리더니 약을 달라고 했다. 여자는 매우 민첩하게 벌떡 일어서더니 그에게 등을 돌리고 재빨리 약을 따랐다. 그리고 그가 약을 다 마실 동안 그의 입술에 잔을 받쳐주었다.

"자," 강도가 말했다. "이리 와서 내 옆에 앉아 있어, 원래 네 얼굴을 하고서 말이야. 아니면 정작 필요할 때 너 스스로도 몰라볼 정도로 얼굴을 확 바꿔버릴 테니까."

여자는 시키는 대로 했다. 사익스는 그녀의 손을 꽉 잡고 베개에 기대어 그녀의 얼굴로 눈을 돌렸다. 그의 눈은 감겼다가 다시 떠졌고, 다시 또 감기고, 다시 또 떠졌다. 그는 불안하게 뒤척거리며 자세를 바꾸고 이삼분씩 졸다가, 겁에 질린 눈빛을 하고 벌떡 일어나서 주위를 멍하니 둘러보곤 하더니, 몸을 일으키는 바로 그 순간에 갑자기 깊고깊은 잠에 떨어졌다. 그녀를 잡은 손아귀의 힘이 느슨해졌고 치켜들었던 팔이 옆으로 뚝 떨어져서, 그는 깊은 혼수상태에 빠진 사람처럼 누워 있었다.

"로드넘[80]이 드디어 효과를 발휘하는구나." 여자가 침대 옆에서 일어나면서 중얼거렸다. "지금도 너무 늦었을지 몰라."

그녀는 황망히 보닛과 숄을 걸치고, 수면제를 먹었음에도 사익스의 무거운 손이 자기 어깨를 붙잡기라도 할까봐 이따금씩 두려운 마음으로 주위를 둘러보았다. 그녀는 침대 위로 가만히 몸을 굽히고 강도의 입술에 키스를 했다. 그러고는 소리가 나지 않도록 방

--------------------------------------------------

**80** 물에 타마시는 아편.

문을 살그머니 여닫고 서둘러 집에서 나왔다.

야경꾼이 큰길로 이어지는 어두운 골목을 지나가며 9시 반이라고 외치며 다녔다.

"9시 반이 지난 지 오래되었나요?" 여자가 물었다.

"십오분만 있으면 10시를 알리는 종을 칠 거요." 사내가 그녀의 얼굴로 등불을 치켜들면서 말했다.

"그런데 한시간 안으로는 그곳에 갈 수 없을 텐데." 낸시는 이렇게 중얼거리며 그를 스쳐지나 빠르게 길을 질러갔다.

스파이틀필즈 쪽에서 런던의 서부지역으로[81] 가는 뒷골목과 큰길에는 이미 많은 가게들이 문을 닫고 있었다. 시계가 10시를 알리는 종을 치자 그녀는 더욱 초조해졌다. 그녀는 양옆의 행인들을 팔꿈치로 밀치며 좁은 인도를 따라 쏜살같이 달려갔다. 그녀는 말들의 머리 밑으로 내달리다시피 하며, 한떼의 사람들이 여기저기서 열심히 건너갈 기회를 살피고 있는 복잡한 길거리를 건너갔다.

"저 여자 미쳤군!" 사람들이 그녀가 달려가는 뒷모습을 돌아보면서 말했다.

도시에서 비교적 부유층들이 사는 지역에 이르자 길거리에는 상대적으로 인적이 뜸했는데, 그녀가 냅다 달려가는 모습을 보고 행인들은 더욱 큰 호기심을 느꼈다. 어디를 그렇게 유별난 속도로 가는지 궁금해 빠른 걸음으로 뒤쫓아오는 사람도 있었다. 몇몇은 그녀를 앞질러가서 뒤돌아보며, 도무지 줄어들지 않는 그녀의 속도에 놀라기도 했다. 그러나 그들도 하나씩 뒤처졌고, 그녀가 목적지 근처에 다다랐을 때는 주위에 아무도 없었다.

---

81 빈곤한 런던 동부에서 부유한 런던 서부로.

그곳은 하이드 파크 근처의 조용하고 말쑥한 거리에 있는 가족용 호텔[82]이었다. 현관 앞에 달린 화려한 램프의 불빛을 따라 그녀가 그곳에 이르렀을 때 시계는 11시를 알렸다. 그녀는 결정을 못한 것처럼 몇걸음 배회했지만, 시계 소리가 들리자 결심을 굳힌 듯 곧장 홀 안으로 들어갔다. 수위의 자리는 비어 있었다. 그녀는 자신 없는 기색으로 주위를 둘러보다가 계단을 향해서 나아갔다.

"이봐, 아가씨!" 깔끔하게 차려입은 여자가 뒤쪽 문에서 내다보면서 말했다. "누구를 찾아왔지?"

"여기서 머물고 있는 숙녀분." 여자가 대답했다.

"숙녀분이라고!" 하는 대답이 멸시의 눈빛과 어우러져나왔다. "어떤 숙녀?"

"메일리양." 낸시가 말했다.

젊은 여자는 이때쯤 해서 낸시의 차림새를 눈치챈지라, 다만 경멸조의 고결한 눈빛으로만 대답하고 응대할 남자를 하나 불렀다. 낸시는 그 사람에게 다시 부탁을 반복했다.

"누가 찾는다고 얘기를 할까요?" 웨이터가 물었다.

"그건 말해봤자 소용없어요." 낸시가 대답했다.

"용건은요?" 사내가 말했다.

"그것도 말할 필요가 없어요." 여자가 응답했다. "난 그 아가씨를 꼭 봐야 해요."

"자!" 사내가 그녀를 문 쪽으로 밀면서 말했다. "수작 집어치워. 어서 꺼지라고."

"들려나가기 전에는 안 나가!" 여자가 격렬하게 소리쳤다. "당신

---

**82** 지방에 사는 부유층들에게 일정기간 집 전체를 임대해주는 소규모 호텔.

들 둘이서도 그건 어림없을 거야. 아무도 없어요, 여기." 그녀가 주위를 둘러보면서 소리쳤다. "나 같은 불쌍한 사람을 위해서 한마디 전갈을 전해줄 사람이?"

이 호소는 다른 하인들과 함께 구경하고 있던 착하게 생긴 남자 요리사에게 효과가 있었으니, 그는 앞으로 걸어나와서 끼어들었다.

"가서 얘기를 전해주지, 조. 그래주겠어?" 이 사람이 말했다.

"무슨 소용이 있어요?" 사내가 대답했다. "아가씨가 이런 여자를 만나볼 거라고 생각하시진 않겠죠, 설마?"

수상쩍은 낸시의 신분을 언급한 이 말은 하녀 네명의 가슴에 다량의 순결한 분노를 불러일으켰다. 이들은 이 인간은 여성의 치욕이라고 열변을 토하며, 그녀를 무자비하게 도랑에 던져버려야 한다고 강력하게 주장했다.

"날 어떻게 하건 맘대로들 해요." 여자가 다시 남자들 쪽으로 고개를 돌리고 말했다. "하지만 먼저 내 부탁을 들어줘요. 전능하신 하느님을 위해서라도 이 전갈을 전해달라고 부탁합니다."

맘씨 좋은 요리사가 중재해서 결국 처음에 나타났던 사내가 전갈을 전하기로 했다.

"뭐라고 하지요?" 사내가 계단에 한 발을 얹고서 말했다.

"어떤 젊은 여자가 메일리양과 단둘이 꼭 할 말이 있다고 한다고요." 낸시가 말했다. "아가씨가 한마디만 들으면 용건을 들어주는 게 좋을지 아니면 사기꾼으로 몰아 밖으로 쫓아버려야 좋을지를 알게 될 거라고요."

"이봐." 사내가 말했다. "당신 너무 과장하는 거 아니야!"

"그대로 전해줘요." 여자가 단호하게 말했다. "그리고 대답을 들려줘요."

사내는 계단을 뛰어올라갔다. 낸시는 창백한 얼굴로 숨을 헐떡이며 그 자리에 서서, 순결한 하녀들이 큰 소리로 수다스럽게 떠드는 경멸의 표현들을 입술을 떨면서 들었다. 사내가 돌아와서 젊은 여자더러 위층으로 오란다는 말을 하자 하녀들은 더욱 큰 소리로 비난했다.

"이 세상에서 단정하게 살아봤자라고." 첫번째 하녀가 말했다.

"놋쇠가 정련된 황금보다 더 좋다니깐." 두번째가 말했다.

세번째 하녀는 "숙녀들이란 도대체 어떻게 된 사람들이야" 하고 의아해하는 것으로 만족했는데, 넷째가 "창피해!"라고 선창을 하자 이 사중창으로 정숙한 여신女神들이 결론을 맺었다.

낸시는 마음속에 더 중요한 문제들이 있었으므로 이런 것에 개의치 않고 떨리는 다리로 사내를 쫓아가서, 천장의 등불이 내리비치는 작은 대기실로 갔고, 사내가 물러가자 그곳에 혼자 남게 되었다.

# 제40장
## 이상한 대화 장면으로, 바로 앞장의 속편이다

낸시의 인생은 길거리에서, 런던에서 가장 소란한 매춘굴과 범죄 소굴에서 허비되었으나 여전히 그녀에게는 여성의 원래 속성이 어디엔가 남아 있었다. 그녀는 자기가 들어온 문의 반대편 문으로 다가오는 가벼운 발걸음 소리를 듣고, 조금 후에 그 작은 방에서 펼쳐질 엄청난 대조의 광경을 생각했다. 그녀는 자신에 대한 깊은 수치심으로 부담을 느끼면서, 면담하고자 했던 상대와 대면하는 것을 거의 감당할 수 없을 정도로 움츠러들었다.

그러나 이런 바람직한 감정들과 씨름하는 것은 자존심이었는데, 그것은 가장 고매하고 자신에 찬 인간들뿐 아니라 가장 저급하고 타락한 인간들도 가지고 있는 결점인 것이다. 도둑과 깡패들의 미천한 동료이며 저급한 소굴에 버려진 부랑자, 교수대의 그늘에서 사는 감방과 감옥선[83]의 인간 찌꺼기들과 한패거리 — 이러한 타락한 존재조차도 자존심을 느끼고는, 여성적 감성의 미미한 빛줄기

474

를 드러내 보이는 것은 스스로 나약한 짓이라 여겼다. 그러나 사실은 그 여성적 감성이야말로 그녀를 인간성에 연결해주던 유일한 것이었으니, 그것은 그녀의 소모적인 삶이 아주 어린 나이에는 그렇게도 많았던 인간성의 흔적을 말소해버렸기 때문이다.

그녀가 눈을 들자 앞에 나타난 사람이 그저 가냘프고 아리따운 소녀라는 것을 알았다. 그러고는 눈길을 바닥으로 깔더니 개의치 않는 척하면서 고개를 들어올리고 말했다.

"만나기가 참 힘들군요, 아가씨. 내가 화가 나서 다른 사람처럼 그냥 가버렸다면 당신은 언젠가 후회했을 거예요. 그럴 만한 이유가 있어요."

"당신한테 거칠게 군 사람이 있다면 정말 미안합니다." 로즈가 대답했다. "잊어버리세요. 왜 저를 만나려고 했는지 얘기해주세요. 제가 당신이 찾은 사람이거든요."

이렇게 대답하는 친절한 어조와 달콤한 목소리, 다정스러우며 거만하거나 불쾌한 기색이 없는 것이 완전히 뜻밖이어서 그녀는 울음을 터뜨리고 말았다.

"아, 아가씨, 아가씨!" 얼굴 앞에 두 손을 열정적으로 움켜쥐고 그녀가 말했다. "당신 같은 사람이 더 많았다면 나 같은 사람은 훨씬 적어질 거예요…… 진짜로, 진짜로!"

"앉아요." 로즈가 진지하게 말했다. "당신이 곤궁이나 역경에 처해 있다면 할 수 있는 한 기꺼이 도와드리겠어요. 진짜예요. 앉으세요."

"그냥 서 있게 해줘요, 아가씨." 여자가 여전히 울면서 말했다.

---

83 유배형을 받고 떠나는 죄수들을 태우는 배.

"그리고 나를 더 잘 알기도 전에 그렇게 다정하게 얘기하지 말아요. 벌써 밤이 깊어지고 있군요. 문은, 문은…… 닫았어요?"

"그래요." 로즈는 필요한 경우에 도움을 더 빨리 얻을 수 있도록 몇걸음 물러서며 말했다. "왜요?"

여자가 말했다. "왜냐하면 나와 다른 사람들의 목숨을 당신의 손에 맡기려 하기 때문이에요. 난 어린 올리버가 펜턴빌에 있는 집에서 나왔을 때 그를 페이긴 영감, 그 유대인에게 끌고 간 그 여자예요."

"당신이!" 로즈 메일리가 말했다.

"내가요, 아가씨!" 여자가 말했다. "내가 바로 당신이 소문으로만 들었던 그 악명 높은 인간이에요. 도둑들과 같이 살고, 런던 거리에서 내 눈과 감각이 처음 열렸다고 기억하는 그 순간부터 더 나은 삶도, 도둑들이 해준 말보다 더 친절한 말도 알지 못했던 그런 인간이에요. 하느님이 날 알아서 하시겠지! 대놓고 나를 꺼리셔도 괜찮아요, 아가씨. 난 당신 생각보다 나이가 어리지만 그런 것엔 아주 익숙해요. 내가 사람들로 북적거리는 인도를 헤치고 지나갈 때면 가난한 집 여자들도 뒤로 물러선다고요."

"이런 끔찍한 일이 있을 수가!" 로즈가 본의 아니게 그녀의 이상한 동료로부터 물러서며 말했다.

"소중한 아가씨, 당신은 무릎을 꿇고 하늘에 감사하세요." 여자가 외쳤다. "당신은 어릴 적부터 당신을 돌봐주고 보살펴줄 친구들이 있었고, 한번도 추위와 배고픔, 난폭함과 술주정 그리고…… 그리고…… 최악의 상태에 처해보지 않았으니까요. 나는 요람에 있을 때부터 그랬어요. 그렇게 말해도 될 거예요. 도랑과 수렁이 내 요람이었고, 또 내 임종 자리가 될 거니까."

"참 가엾어라!" 로즈가 목메어 말했다. "당신 얘기를 듣자니 가슴이 미어지는군요!"

"당신의 선량함으로 하느님의 축복을 받으시기를!" 여자가 응답했다. "내가 때때로 어떤 사람이 되는지를 아신다면 진짜로 나를 가엾게 여길 거예요. 하지만 오늘은 내가 엿들은 것을 얘기해주려고 몰래 나왔어요. 그 사람들은 내가 여기 있는 것을 알면 분명히 날 죽여버릴 거예요. 당신, 몽스란 이름의 남자를 아시나요?"

"아니요." 로즈가 말했다.

"그는 당신을 알아요." 여자가 대답했다. "그리고 당신이 여기 있는 것도 알고요. 내가 당신을 찾아낸 것도 그가 이곳 얘기를 하는 것을 들었기 때문이에요."

"난 그런 이름은 한번도 들은 적이 없는데." 로즈가 말했다.

"그러면 아마 그가 우리한테는 다른 이름을 쓰는가보군요." 여자가 대답했다. "나도 그럴 법하다는 생각을 벌써 했었어요. 얼마 전에, 올리버가 강도들에게 끌려가서 당신네 집으로 들이밀어진 그날 밤이 얼마 지나지 않아, 나는 그 사람이 의심스러워서…… 그 자하고 페이긴이 어둠 속에서 하는 얘기를 몰래 엿들었어요. 내가 무슨 소리를 들었는가 하니, 몽스…… 내가 당신에게 아느냐고 물은 그 사람이……"

"네." 로즈가 말했다. "아까 그 사람 말이지요."

"……그 몽스가," 여자가 계속했다. "우리가 올리버와 처음 헤어진 날, 두세명의 아이들하고 같이 있는 올리버를 우연히 보게 되었고, 그 즉시 그 아이가 바로 자기가 찾던 애라는 것을 알았다는 거예요, 그가 왜 올리버를 찾는지는 알 수 없지만. 그가 페이긴과 계약을 맺기를, 올리버를 다시 끌고 오면 일정액을 주고 또 도둑으로 만들면 얼마를 더 주겠다고 했는데, 뭔가 남모르는 목적이 있어서 그랬겠지요."

"무슨 목적일까요?" 로즈가 물어보았다.

"그것을 알아내려고 귀 기울이고 있을 때 그가 벽에 비친 내 그림자를 봤어요." 여자가 말했다. "들키지 않고 제때 피하는 일이라면 나만큼 잘할 수 있는 사람도 흔치 않아요. 난 달아났고, 어젯밤이 되어서야 다시 그를 보게 됐어요."

"어젯밤엔 무슨 일이 있었나요?"

"얘기해줄게요, 아가씨. 어젯밤에 그 사람이 다시 왔어요. 그들은 다시 위층으로 갔고, 나는 그림자가 눈에 띈다 해도 나라는 게 들통나지 않도록 몸을 감싸고 문에서 엿들었어요. 내가 들은 몽스의 첫마디는 이랬죠. '그래서 그 아이의 신원을 밝혀줄 유일한 증거물은 강바닥에서 잠자고 있고, 그 물건을 아이의 어미로부터 받았던 할망구는 관 속에서 썩고 있다 이거요.' 그들은 웃으며 일이 성공했다고 하더군요. 몽스는 아이에 대해서 얘기하다가 매우 사나워져서 말하길, 이 어린 악마의 돈을 무사히 갖게 되긴 했지만 될 수 있으면 다른 방법을 쓰고 싶다고 했어요. 올리버를 이 도시의 감옥이란 감옥에 골고루 몰아붙이다가 그애를 이용해 실컷 이득을 남기고, 페이긴이 쉽사리 처리할 수 있는 어떤 죽을죄를 짓게 해서 목을 달아매게 하면, 부친이 유언으로 떠벌린 것이 무효가 되니 정말 신나는 일이라는 거예요."

"그게 다 무슨 얘긴가요!" 로즈가 말했다.

"진실이에요, 아가씨, 내 입술에서 나온 말이지만." 여자가 대답했다. "그런 다음 그자가 우리 귀에는 익숙하지만 당신한테는 생소하게 들릴 욕을 하면서 말했어요. 자기의 목숨을 위태롭게 하지 않으면서 아이의 목숨을 빼앗고 자신의 증오심을 충족할 수 있다면 그렇게 할 거라고요. 하지만 그럴 수가 없으므로 올리버의 삶의 전기마다 지키고 서 있겠다는 거예요. 그의 출생과 과거 전력을 이용하면, 여전히 올리버에게 해를 끼칠 수 있다는 거죠. 그가 말하기를 '쉽게 말해서, 페이긴, 당신이 유대인이긴 해도, 내가 내 동생 올리버를 위해 고안해낼 그런 덫은 아직 본 적이 없을 거요'라고 했어요."

"동생이라고!" 로즈가 소리쳤다.

"그렇게 얘기했어요." 낸시는 불안한 듯 주위를 돌아보며 말했다. 그녀가 얘기를 시작한 뒤로 사익스의 환영이 계속 쫓아다녔으므로 내내 그렇게 뒤를 돌아보곤 했던 것이다. "더 있어요. 그가 당신과 다른 숙녀분 얘기를 하며, 올리버가 당신네들 손에 들어간 것이 하늘의 뜻이거나 아니면 악마의 장난 같다고 하면서 웃었어요. 그나마 다행스러운 것이 있다면 그것은 당신들이 두 발로 걷는 당신네 강아지가 누군지 알아내려고 수천수만 파운드라도 돈만 있다면 아끼지 않을 것이기 때문이라고 했어요."

"당신 지금 그자가 그 말을 진지하게 했다는 건가요?" 로즈가 창백해져서 말했다.

"그는 몹시 성이 나서 진지하게 말했어요." 여자가 고개를 저으면서 대답했다. "증오심이 발동되면 그는 진지한 사람이 돼요. 난 그보다 더 심한 짓을 하는 사람들을 많이 알아요. 하지만 몽스가 하는 말을 한번 듣느니 그들이 한꺼번에 하는 말을 열두번 듣겠어요. 시간이 늦어지고 있어요, 그리고 이런 용건으로 여기 왔었다는 의심을 받으면 안 되니까 집에 가야 해요. 빨리 돌아가야 합니다."

"그러면 내가 무얼 할 수 있어요?" 로즈가 말했다. "당신이 없으면 이렇게 전해준 얘기를 내가 어떻게 하겠어요? 돌아간다고요! 왜 스스로 그렇게 끔찍하게 그리는 동료들한테 돌아가려고 하나요? 옆방에서 바로 한 신사분을 모셔올 테니까 그분한테 이 말을 다시 해준다면 반시간 안에 당신을 안전한 장소에 데려다줄 수 있습니다."

"돌아갈래요." 여자가 말했다. "돌아가야만 해요. 왜냐하면…… 당신같이 순진한 아가씨한테 어떻게 설명할 수 있을까? 왜냐하면 내가 얘기한 남자들 중에서 가장 절박한 처지의 한 사내가 있어요. 난 그를 떠날 수 없어요. 안 되지요. 심지어 내가 현재의 삶에서 구제받을 수 있다 해도 말입니다."

"당신은 일전에 이 소중한 아이를 편들어준 적이 있었고," 로즈가 말했다. "또 엄청난 위험을 무릅쓰고 당신이 들은 바를 얘기해주러 여기에 왔어요. 나한테 한 말이 진실임을 확신시키는 당신의 태도로 보나, 명백하게 뉘우치는 당신의 기색과 수치심을 보더라도 난 아직도 당신의 마음을 돌려놓을 수 있다고 믿어요. 아!" 이 진지한 여자는 눈물이 흘러내리자 손을 모으고 말했다. "같은 여자의 한사람으로서 하는 간청을 못 들은 척하지 마세요…… 아마 내 생각엔, 당신에게 이렇게 동정과 연민의 목소리로 호소한 사람이 내가 처음일 테니까요. 내 말을 들으세요, 당신을 구해드릴게요, 더 나은 삶을 위해서."

"아가씨," 여자가 무릎을 꿇으면서 소리쳤다. "다정하고 부드럽고 천사 같은 아가씨, 이런 말로 나를 축복한 것은 당신이 진짜 처음이에요. 여러해 전에 그런 말을 들었다면 아마 나는 죄와 슬픔으로 가득 찬 인생에서 벗어났을 거예요. 하지만 지금은 너무, 너무 늦었어요!"

"회개와 속죄를 하기에 너무 늦은 건 아니에요." 로즈가 말했다.

"늦었습니다." 여자가 마음속의 고뇌에 시달리면서 소리쳤다. "난 이제 그를 떠날 수 없어요! 나 때문에 그를 죽게 할 수는 없어요."

"꼭 그렇게 해야만 되나요?" 로즈가 물었다.

"어떻게 하더라도 그를 구할 수는 없어요." 여자가 외쳤다. "내가 지금 한 말을 다른 사람들한테 해서 그들 일당이 잡힌다면 그는 분명히 죽을 거예요. 그는 가장 겁이 없고, 언제나 그렇게도 잔인했으니!"

"그럴 수가 있어요?" 로즈가 큰 소리로 말했다. "그런 남자 때문에 미래의 희망을 모조리 버리고, 당장에라도 확실하게 구원받을 수 있는데 그것을 포기할 수 있어요? 그것은 미친 짓이에요."

"뭐가 뭔지 모르겠어요." 여자가 대답했다. "내가 알고 있는 것은 다만 사실이 그렇다는 것뿐이에요. 그것도 나 혼자만이 아니라 나만큼이나 타락하고 비참한 수백 명의 다른 여자들도 그렇다는 것이에요. 나는 돌아가야 해요. 나의 잘못에 대한 신의 저주인지는 모르겠지만 나는 온갖 고통과 학대를 받으면서도 그 사람한테 끌려요. 내가 결국 그 사람 손에 죽게 될 것을 알더라도, 내 생각에는 아마 그럴 거예요."

"내가 어떻게 해야 하나요?" 로즈가 말했다. "당신을 이렇게 떠나가게 해서는 안 될 텐데."

"그래야 합니다, 아가씨. 당신은 나를 보내주실 거예요." 여자가 일어서며 대꾸했다. "내가 당신의 선량함을 믿었고, 또한 당신에게 어떤 약속이건 하게 만들 수 있었지만 그러지 않았으니, 당신은 내가 가는 것을 막지 않을 것입니다."

"그렇다면 당신이 전해준 정보를 가지고 어떻게 해야 하나요?"

로즈가 말했다. "이 숨겨진 비밀을 조사해서 밝혀내지 않는다면 그 비밀을 내게 말해준 것이 어떻게 올리버에게 도움이 되겠어요? 당신이 도와주지 못해 애태우는 그 올리버에게 말이에요?"

"당신 주위에 이 이야기를 비밀리에 듣고 어떻게 해야 할지 친절하게 충고해줄 신사분이 있을 것 아니에요." 여자가 대답했다.

"하지만 필요한 경우가 생기면 어디서 당신을 찾을 수 있을까요?" 로즈가 물었다. "나는 그 무시무시한 사람들이 어디에 사는지를 알고 싶은 것이 아니라, 단지 일정한 시간을 정해 당신이 지나치거나 서성거릴 장소가 어디 없느냐는 거예요."

"내 비밀을 굳게 지키고, 아가씨 혼자나 아니면 이 일을 알고 있는 단 한사람하고만 온다고 약속할 수 있어요? 그리고 나를 감시하거나 미행하지 않겠다는 것도?" 여자가 물었다.

"엄숙하게 약속합니다." 로즈가 대답했다.

"매주 일요일 밤 11시부터 시계가 자정을 알릴 때까지," 여자가 머뭇거리지 않고 말했다. "런던교 위를 걸어다니겠어요, 내가 살아 있는 한."

"잠시만 더 있으세요." 여자가 서둘러 문 쪽으로 움직이자 로즈가 나섰다. "다시 한번 당신의 처지를, 그리고 거기에서 벗어날 기회가 있다는 것을 생각해보세요. 당신은 나한테 당연히 요구할 수 있어요, 자발적으로 이런 중요한 소식을 갖고 온 사람으로서뿐만 아니라 구원의 여지없이 버려진 여인으로서도 말입니다. 당신은 그 강도떼에게, 그리고 그 사내한테 돌아갈 건가요, 단 한마디면 자신을 구할 수 있는데도? 무엇이 당신을 홀리기에 다시 돌아가 사악함과 불행에 매달리게 하는 것인가요? 아! 당신 마음속에는 내가 감화시킬 실마리가 하나도 없나요! 이 끔찍한 열정에 맞서서 당신에게 호소할 수 있는 것은 아무것도 남아 있지 않나요!"

"당신처럼 어리고 착하고 아름다운 아가씨들도," 여자가 차분하게 대답했다. "누군가에게 마음을 내주면, 사랑은 그들을 어떤 일이라도 할 수 있게 만듭니다. 당신처럼 집도 있고, 친지들도 있고, 그리고 구혼자들도 있고, 마음을 가득 채울 모든 것이 다 있는 경우에도 말이에요. 관뚜껑 말고는 확실한 지붕이 없고, 병들어 아플 때 보호소 간호원 외엔 친구가 없는 나 같은 여자들이 어떤 사내한테 타락한 마음을 내주고 그가 우리의 비참한 인생살이 내내 비어 있던 자리를 메워준다면, 그 누가 우리가 치유되리라고 기대할 수 있겠어요? 우리를 불쌍히 여기세요, 아가씨…… 불쌍히 여기세요, 우리에게 여자의 감정 중 단 한가지만 남아 있고 그것이 준엄한 판결에 의해 위안과 자존심이 아니라 맹렬한 고통을 더욱 증대시키는 원인이 되어버렸다는 것을 말이에요."

로즈가 잠시 가만히 있다가 말했다. "그럼, 돈이라도 가져가세요. 돈이 좀 있으면 정직하게 살 수 있을 거예요…… 적어도 우리가 다시 만날 때까지는, 네?"

"한푼도 받을 수 없어요." 여자가 손을 저으며 대답했다.

"당신을 도우려는 저의 성의에 마음을 닫지 마세요." 로즈가 조용히 앞으로 다가서며 말했다. "정말로 당신을 돕고 싶어요."

"아가씨, 당신이 날 도와주는 최선의 길은," 여자가 손을 움켜쥐고 대답했다. "내 목숨을 당장 앗아가는 거예요. 내가 어떤 사람인지 생각하면 오늘 밤처럼 슬픈 적은 없었기 때문이에요. 내가 살아온 그 지옥에서 죽지 않고 여기서 죽는 것만 해도 대단한 일이겠지요. 다정한 아가씨, 하느님이 당신을 축복하시길. 그리고 내가 내 머리에 자초한 치욕만큼이나 많은 행복을 당신의 머리에 내려주시길!"

　이 불행한 여인은 이렇게 말하고 큰 소리로 훌쩍거리면서 돌아
갔고, 로즈 메일리는 현실이 아니라 언뜻 스쳐간 꿈만 같았던 이
놀라운 대화에 압도되어 의자에 주저앉은 뒤 어지러운 생각을 가
다듬으려고 애썼다.

# 제41장
## 새로이 발견된 사실들이 나오고, 불행과 마찬가지로 놀라움도 혼자 오는 법이 거의 없다는 것을 보여준다

로즈의 상황은 참으로 보통의 시련이나 어려움이 아니었다. 그녀는 올리버의 이력을 휩싸고 있는 비밀을 밝히고 싶은 매우 열렬하고 불타오르는 욕망을 느꼈지만, 막 대화를 나눈 그 비참한 여자가 순수하고 꾸밈없는 태도로 자신에게 당부한 비밀을 신성하게 여길 수밖에 없었다. 그녀의 말과 태도는 로즈 메일리의 가슴에 와닿아 자신의 보호 아래 있는 어린아이에 대한 사랑과 뒤섞였으며, 그만큼이나 진실되고 열성적으로 버림받은 그 여자를 참회와 희망으로 돌려놓고자 하는 애정 어린 바람을 느꼈다.

그들은 런던에서 단지 사흘간만 머물다가 멀리 해변가로 가서 몇 주를 보낼 예정이었다. 그때는 그 첫날 밤 자정이었다. 그녀는 마흔여덟시간 안에 취할 수 있는 행동을 어떤 방향으로 결정할 것인가? 혹은 아무에게도 의심받지 않고 여행을 연기할 수 있을 것인가?

로스번씨는 그들과 같이 있었고 나머지 이틀 동안에도 그럴 것이었다. 그러나 로즈는 이 탁월한 신사분의 급한 성미를 잘 알고 있었다. 그녀는 그가 분노를 터뜨리자마자 올리버를 다시 납치했던 사건에서 앞잡이 노릇을 한 이를 격노의 대상으로 삼을 것을 명백히 예견했다. 이런 이유로 그녀가 낸시를 옹호하는 말을 할 때, 경험 많은 사람이 옆에서 도와주지 못하는 상황이라면 로스번씨에게 비밀을 위탁할 수는 없었다. 이리하여 그녀는 메일리 부인에게 비밀을 털어놓는 것도 지극히 조심스럽고 신중하게 할 생각이었으니, 메일리 부인은 틀림없이 우선 이 훌륭한 의사와 상의하려고 할 것이기 때문이다. 법조인의 자문을 구하는 방편을 택하는 것은, 그녀가 그 방법을 알았다 해도 같은 이유에서 거의 생각할 수 없는 일이었다. 한번은 해리에게 도움을 구해볼까 하는 생각이 들기도 했다. 그러나 그들이 마지막으로 헤어질 때의 정황이 떠올랐고—이런 생각을 하자 그녀의 눈엔 눈물이 고였는데—그가 그때쯤엔 자기를 잊고 행복하게 지낼 텐데 다시 그를 불러들이는 것은 스스로를 비열하게 만드는 일로 느껴졌다.

이런 여러가지 생각 때문에 마음이 혼란스러웠고, 이렇게 생각들이 연이어 떠오를 때 이렇게 하는 것이 좋은 듯하기도 하고 저렇게 하는 것이 좋을 듯하기도 하다가 이것도 저것도 다 안 되겠다는 생각이 들어 로즈는 불안한 불면의 밤을 보냈다. 다음날 혼자 생각을 더 해보다가 그녀는 해리의 자문을 구하자는 절박한 결론에 이르렀다.

그녀는 생각했다. '이리로 돌아오는 그가 고통스럽다면 나한테는 얼마나 더 고통스러울 것인가! 하지만 어쩌면 오지 않을지도 몰라. 편지를 보내겠지, 아니면 와서도 애써서 나를 피할 수도 있고…… 작별할 때처럼 말이야. 그이가 그럴 줄을 거의 생각 못했지만, 하지만 피차에게 잘된 일이었어.' 그리고 여기서 로즈는 펜을 떨어뜨리고 마치 소식을 전해줄 바로 그 종이가 자신의 우는 모습을 보면 안 된다는 듯이 고개를 돌렸다.

그녀는 펜을 집어들었다가 다시 내려놓는 것을 오십번은 반복하며 첫째 줄의 첫마디도 쓰지 못한 채 편지를 어떻게 쓸까 곰곰이 생각에 생각을 거듭했다. 그러던 중에, 길에서 자일스씨의 호위를 받으며 산책을 하던 올리버가 격하게 흥분해서 매우 숨 가쁘게 방으로 들어왔는데, 그는 뭔가 아주 놀란 것 같았다.

"왜 그렇게 당황하니?" 로즈가 그를 맞으러 다가가며 물었다.

"저도 왜 그런지 모르겠지만, 목에 뭐가 걸려서 숨을 못 쉴 것 같아요." 아이가 대답했다. "오, 아가씨! 결국 그분을 보게 되고, 내가 오직 진실만을 말했다는 것을 아가씨가 아시게 되리라는 생각만 해도!"

"난 네가 진실이 아닌 것을 말했다고 한번도 생각한 적이 없어." 로즈가 그를 달래면서 말했다. "뭐 때문에 그래? ……누구 얘기를 하고 있는 거야?"

"그 신사분을 봤어요." 올리버는 말이 제대로 나오지 않았다. "제게 잘해주신 그 신사분요. 우리가 그렇게도 자주 얘기했던 그 브라운로우씨 말이에요."

"어디서?" 로즈가 물었다.

"마차에서 나오셨어요." 올리버가 기쁨의 눈물을 흘리면서 대답했다. "그리고 집으로 들어가셨어요. 난 그분에게 말을 걸지 않았어요…… 말을 걸 수가 없었어요. 왜냐하면 그분은 절 보시지 못했고요, 저는 너무 떨려서 그분 앞으로 다가갈 수가 없었거든요. 하지만 자일스가 나 대신 그분이 그 집에 사시는지 물어보니까 그렇다고 했어요. 자, 이것 보세요." 올리버가 종잇조각을 펴며 말했다. "여기 있어요. 여기가 그분이 사시는 곳이에요…… 전 여기로 바로 갈 거예요! 아, 어쩌나! 그분을 만나서 다시 그분의 말씀을 들으면 기분이 어떨까요!"

이런 소리 말고도 앞뒤가 맞지 않는 감탄을 연발하여 주위가 매우 산만해진 와중에 로즈가 주소를 읽어보니, 스트랜드에 있는 크레이븐가였다. 그녀는 이 기회를 활용하기로 즉시 결정했다.

"어서!" 그녀가 말했다. "전세마차를 불러오라고 하고, 같이 갈 준비를 해라. 단 일분도 지체하지 않고 너를 그리로 바로 데려갈 거야. 고모님한테는 그저 우리가 한시간 정도 나갔다 온다고 할 테니, 될 수 있는 대로 빨리 준비를 해라."

올리버는 더이상 서두르라는 재촉을 받을 필요가 없이 서둘렀고, 그들은 오분도 채 안 되어 크레이븐가로 가고 있었다. 그곳에 도착하자 로즈는 노신사에게 그를 맞이할 준비를 시킨다는 구실로 올리버를 마차에다 놔두고, 하인을 통해 자기의 명함을 올려보내면서 매우 급박한 용건으로 브라운로우씨를 만나고 싶다는 청을 했다. 하인은 곧 돌아와서 올라오시라고 했다. 메일리양이 그를 따라서 위층으로 가자 암녹색 양복을 입은 자비로운 생김새의 노신사가 있었다. 그에게서 별로 떨어지지 않은 곳에 별로 자비로워 보이지는 않는 또 한명의 노신사가 남경 무명 무릎바지에 각반을 차고 앉아 있었는데, 그는 자기의 두 손을 두꺼운 단장에 모아쥐고 그 위에 턱을 얹고 있었다.

"아이구." 암녹색 양복 차림의 신사가 매우 황급히 일어나며 정중한 태도로 말했다. "죄송합니다, 아가씨…… 전 또 귀찮게 졸라대는 사람이 왔나 했습니다만…… 저를 용서해주시길 바랍니다.

앉으시지요, 어서."

"선생님이 브라운로우씨이신가요?" 다른 신사를 바라보다가 지금 말을 한 사람으로 눈길을 돌리면서 로즈가 말했다.

"그것이 제 이름입니다." 노신사가 말했다. "이 사람은 제 친구 그림윅씨입니다. 그림윅, 몇분간만 우리 둘이 있게 해주겠나?"

"제 생각엔," 메일리양이 끼어들었다. "지금으로서는 대화를 나누는 데 저 신사분에게 자리를 비켜주시는 불편을 끼쳐드리지 않아도 될 것 같습니다. 제가 알고 있는 것이 정확하다면 저분도 제가 말씀드리고자 하는 용건에 대해서 알고 계실 테니까요."

브라운로우씨는 고개를 숙였다. 매우 뻣뻣하게 인사를 하고 의자에서 일어난 그림윅씨는 또 한번 매우 뻣뻣하게 인사를 하고 다시 의자에 앉았다.

"제 말씀을 들으시면 선생님은 틀림없이 무척 놀라실 겁니다." 로즈가 자연히 당황해서 말했다. "하지만 매우 소중한 저의 어린 친구에게 굉장한 자비와 선함을 보여주신 적이 있으신 만큼 다시 그 아이에 대한 얘기를 듣는 일에 관심이 있으시리라고 확신합니다."

"그렇소!" 브라운로우씨가 말했다. "그 아이의 이름이 무엇인지 물어도 될까요?"

"올리버 트위스트로 알고 계신 아이입니다." 로즈가 대답했다.

그녀의 입술에서 이 말이 나오자마자, 탁자에 놓인 커다란 책에 몰두하는 척하고 있던 그림윅씨는 책을 쾅 하고 뒤집어버리고는 의자에 등을 기대면서 누그러들지 않는 놀라움 외의 모든 표정을 얼굴에서 모두 내보낸 채 오랫동안 멍하니 앞을 쳐다보았다. 그러다가 그렇게 많은 감정을 드러내 보인 것이 창피한 듯 몸을 이전의 자세로, 말하자면 경련하듯이 갑자기 앞으로 되돌려놓은 후 정면을 바라보며 길고 깊은 휘파람 소리를 냈는데, 그 소리는 허공으로 날아가는 것이 아니라 그의 위장의 가장 안쪽 구석으로 사라져버리는 듯했다.

브라운로우씨도 자신의 놀라움을 이와 똑같이 기이한 방식으로 표현하진 않았지만 그만큼 놀랐다. 그는 의자를 메일리양 가까이로 끌어당기고서 말했다.

"당신이 언급하신바, 다른 사람들은 아무도 알지 못하는 이른바 저의 자비와 선함은 완전히 논외로 해주실 것을 부탁합니다, 아가씨. 그리고 제가 한때 그 불쌍한 아이에 대해 가졌던 좋지 못한 인상을 바꿔놓을 증거를 제시할 수 있다면 모쪼록 들려주시기 바라오."

"나쁜 놈! 그놈이 나쁜 놈이 아니라면 난 내 머리통을 먹어버릴 거야." 그림윅씨가 복화술腹話術로 얼굴 근육은 하나도 움직이지 않은 채 볼멘소리를 냈다.

"그 아이는 고상한 품성과 따뜻한 마음을 가지고 있습니다." 로즈가 얼굴을 붉히면서 말했다. "그리고 그에게 나이에 맞지 않을 만큼 시련을 주는 것이 온당하다고 생각하신 권력자[84]께서는 그의 가슴에, 그보다 여섯배나 더 나이를 먹은 어른들 앞에서도 면목이 서게 할 애정과 감성을 심어주셨습니다."

"난 겨우 예순하나밖에 안 되었소." 그림윅씨가 여전히 경직된 얼굴로 말했다. "그리고 악마가 장난을 치지 않는 한 그 올리버란 아이가 적어도 열두살은 됐을 테니, 그 말은 내게 적용될 수 없다고 봅니다."

"내 친구에게 신경 쓰지 마십시오, 메일리양." 브라운로우씨가

---

[84] 하느님.

말했다. "진짜 그렇게 생각해서 하는 말은 아니니까요."

"왜 아냐, 난 그렇게 생각해서 한 말이라고." 그림웍씨가 으르렁 댔다.

"아니야, 그렇지 않아." 브라운로우씨가 매우 화가 치밀어오르는 것처럼 말했다.

"머리통을 먹어버릴 거야, 만약에 아니라면." 그림웍씨가 으르렁댔다.

"머리통을 쳐서 날려버려도 싸지, 만약 그렇다면." 브라운로우씨가 말했다.

"어디 누가 그렇게 하겠다고 나서는지 무척 보고 싶군." 그림웍씨가 단장으로 바닥을 두드리면서 대꾸했다.

이 정도까지 나간 후에 두 노신사는 각기 코담배를 맡고 그다음에는 악수를 했으니, 그것이 그들의 변함없는 관례였던 것이다.

"자, 메일리양." 브라운로우씨가 말했다. "다시 당신이 인간애로 인해 그렇게도 많은 관심을 보이는 그 문제로 돌아갑시다. 그 불쌍한 아이에 대해서 어떤 정보를 갖고 있는지 알려주시오. 허락해주시면 저는 서두 삼아, 제 능력이 닿는 모든 방법을 동원해 그애를 찾으려 했다는 점과, 또한 제가 이 나라를 떠난 후로 그애가 저를 속이고 이전의 동료들에게 도둑질하도록 사주받았다는 저의 첫인상은 상당히 흔들리게 되었다는 점을 말씀드리고자 합니다."

로즈는 생각을 가다듬을 시간을 가졌던지라 당장에 몇 마디 자연스러운 말로 올리버가 브라운로우씨의 집을 떠난 후에 겪은 일들을 얘기했다. 그리고 낸시가 말해준 정보는 그 신사에게만 알려주려고 남겨둔 후, 올리버의 유일한 슬픔이란 지난 몇달간 그의 은인과 친지를 만나지 못한 것뿐이었음을 확인시키는 것으로 결론을 맺었다.

"하느님께 감사할 일이오!" 노신사가 말했다. "이것은 정말 제게 커다란 행복입니다. 큰 행복이에요. 하지만 당신은 아직 그 아이가 어디 있는지는 말씀해주지 않으셨습니다, 메일리양. 제가 당신을 탓하는 것을 용서해주셔야 합니다만…… 왜 아이를 데려오지 않으셨나요?"

"아이는 대문 앞에 세워둔 마차에서 기다리고 있습니다." 로즈가 대답했다.

"대문에요!" 노신사가 소리쳤다. 그러면서 그는 서둘러 방에서 나가 계단을 내려간 후, 마차 발판을 올라가서 단 한마디도 없이 마차 안으로 들어갔다.

그가 나가고 방문이 닫히자, 그림윅씨는 고개를 쳐들고 의자에 앉은 채 의자의 뒷다리 중 하나를 축으로 삼고 단장과 탁자의 도움을 받아 연이어 세바퀴를 돌았다. 그는 이런 동작을 보인 후 일어나서 적어도 열두번은 절뚝거리면서 가능한 한 빨리 방을 왔다 갔다 하다가 갑자기 로즈 앞에 멈춰서서는 그녀에게 한마디 서론도 없이 곧장 키스를 했다.

"쉿!" 젊은 숙녀가 이 유별난 조처에 다소 놀라 일어서자 그가 말했다. "두려워 마요. 난 당신의 할아버지 나이는 되니까. 아가씨는 아주 상냥한 사람이야. 내 맘에 들어. 드디어 오는구나!"

실제로 그가 민첩한 동작으로 단번에 몸을 던져 원래 자리로 돌아왔을 때 브라운로우씨가 올리버를 데리고 돌아왔는데, 그림윅씨는 매우 친절하게 그를 맞아들였다. 그녀가 그 순간에 느낀 만족감이 여태까지 올리버를 위해 맘 쓰고 걱정한 그 모든 것에 대한 유일한 보답이었다고 해도 로즈 메일리는 넉넉할 것 같았다.

"참, 우리가 잊어버리면 안 될 사람이 또 있어요." 브라운로우씨가 벨을 울리면서 말했다. "베드윈 부인을 이리 올라오라고 하게."

나이든 가정부는 소환에 매우 신속히 응답을 했고, 문에서 무릎절을 한번 하고는 지시를 기다리고 있었다.

"아니, 요즘은 점점 더 눈이 나빠지는구먼, 베드윈." 브라운로우씨가 약간 성을 내는 투로 말했다.

"네, 그래요." 노파가 대답했다. "제 나이쯤 되면 사람의 눈이란 해마다 나빠지게 마련이죠."

"그거야 나도 할 수 있는 말이오." 브라운로우씨가 대꾸했다. "하지만 안경이나 좀 쓰고, 왜 오라고 했는지 한번 보는 게 어때요?"

노파는 주머니를 뒤져서 안경을 찾기 시작했다. 그러나 올리버의 인내심은 이렇게 새로이 야기된 시련에 견디지 못했고, 즉각적인 충동에 이끌려 그녀의 팔로 뛰어들었다.

"아이고, 하느님. 이게 웬일이야!" 노파가 그를 안으면서 외쳤다. "내 착한 아이로구나!"

"아, 다정한 유모 할머니!" 올리버가 소리쳤다.

"돌아왔구나…… 돌아올 줄 알았다고." 노파가 그를 팔에 안으면서 말했다. "참 좋아 보이는구나, 다시 진짜 신사의 자제 같은 옷차림을 하고 말이야! 그 오랜 세월 내내 어디 가 있었니? 아! 여전히 상냥한 얼굴이지만 안색은 좋아졌구나, 여전히 부드러운 눈이지만 더 밝아 보이고. 난 네 얼굴과 눈, 그리고 조용한 미소를 한번도 잊은 적이 없지. 내가 젊고 씩씩했을 때 죽은 내 소중한 아이들 곁에 나란히 있는 모습을 매일 봤다고." 이 선한 사람은 이렇게 말을 늘어놓으면서 금세 올리버를 떨어뜨려 세워놓고 얼마나 자랐는지 보다가 금세 다시 그를 껴안고 손가락으로 머리를 쓸어주곤 하면서 그의 목에 기대어 웃다가 울다가 했다.

　브라운로우씨는 그녀와 올리버가 지난 얘기들을 하도록 놔두고 다른 방으로 로즈를 안내해 거기서 그녀가 낸시와 나눈 이야기를 전부 들었는데, 그는 적지 않게 놀라고 곤혹스러워했다. 로즈 또한 자기 친구 로스번씨에게 먼저 그 이야기를 털어놓지 않은 이유를 설명했다. 노신사는 그녀가 신중하게 행동했다고 생각했고, 당장 이 훌륭한 의사와 엄숙하게 상의하겠다고 약속했다. 이 계획을 가능한 한 신속히 실현하기 위해 그는 그날 저녁 8시에 호텔로 방문하기로 했고, 그러는 동안 메일리 부인에게 지금까지 일어난 모든 일들을 조심스럽게 알려주기로 했다. 이러한 예비조치들을 조정한 후에 로즈와 올리버는 집으로 돌아갔다.

　착한 의사가 매우 화를 낼 거라는 로즈의 생각은 결코 과대평가가 아니었다. 그는 낸시의 이야기를 듣자마자 협박과 저주를 뒤섞어 퍼부으며 그녀를 블레이더즈와 더프 두사람의 교묘한 수사의 첫번째 피해자가 되도록 만들겠다고 협박을 했고, 실제로 이 양반들의 도움을 얻으러 출발하려는 예비동작으로 모자를 썼다. 한편으론 그 자신 또한 화를 잘 내는 성미인 브라운로우씨 편에서 이에 맞서는 격렬함을 보이고, 다른 한편 그의 충동적인 목적을 포기하게 만들 가장 적합한 논리와 상황을 제시해 그를 말리지 않았더라면 틀림없이 그는 단 한순간도 그 결과를 고려하지 않은 채 첫번째 돌발행동으로 자신의 의향을 실행에 옮겼을 것이다.

　"그러면 도대체 무슨 놈의 일을 해야 하는 거요?" 이 충동적인 의사가 두 숙녀가 있는 곳으로 다가오며 말했다. "그 모든 부랑자 놈들과 계집들에게 감사의 결의를 하고, 우리의 약소한 존경의 뜻과 아울러 올리버에게 보인 그들의 친절함에 대한 조그만 성의의 표시로 그들 각각에게 100파운드씩 받아주십사 간청해야 하나요?”

"꼭 그런 것은 아니지요." 브라운로우씨가 웃으면서 대꾸했다. "다만 점잖고 조심스럽게 일을 진행해야 한다는 겁니다."

"점잖고 조심스럽게라고!" 의사가 소리쳤다. "난 그것들을 하나같이 싹 쓸어서 그냥……”

"그들을 어떻게 하든지 상관없소." 브라운로우씨가 말을 막았다. "하지만 그렇게 하는 것이 우리의 목적을 달성하게 할 수 있을지는 생각을 해보시오."

"무슨 목적이요?" 의사가 물었다.

"간단히 말해서 올리버의 부모가 누구인지를 밝히고, 만약에 그 이야기가 사실이라면 사기에 의해서 빼앗긴 그의 유산을 찾아주는 것이지요."

"아!" 로스번씨가 손수건으로 몸을 식히면서 말했다. "그것을 깜빡 잊을 뻔했습니다."

"생각해보세요." 브라운로우씨가 말을 계속했다. "그 불쌍한 여자를 완전히 논외로 하고, 그 여자의 안전을 위태롭게 하지 않으면서 그 악당들을 법의 심판대에 세울 수 있다고 합시다. 그것이 우리의 목적에 무슨 도움이 되겠습니까?"

"적어도 몇놈의 목을 달아매는 거죠, 모든 가능성을 고려할 때." 의사가 제안을 했다. "그리고 나머지는 유배를 보내고."

"좋소." 브라운로우씨가 미소를 지으며 대답했다. "하지만 그들은 어차피 때가 되면 그런 결과를 자초할 것이고, 내 생각엔 우리가 개입해서 그것을 앞당기는 것은 매우 우스꽝스러운 짓이며 우리 자신의 이익에…… 아니 적어도 올리버의 이익에, 어차피 마찬가지지만…… 정반대 방향으로 가는 것 같습니다."

"어째서요?" 의사가 물었다.

"이런 이유입니다. 우리가 몽스라는 자를 굴복시키지 않는 한 이 비밀을 밑바닥까지 밝히는 것은 분명 매우 어려울 겁니다. 그것은 오직 계략에 의해서, 그리고 그가 강도들에게 둘러싸여 있지 않을 때 붙잡아야 가능합니다. 왜냐 하니, 그가 만약에 체포됐다 해도 우리에겐 그에게 불리한 증거가 없기 때문입니다. 그는 (내가 아는 한, 혹은 우리에게 밝혀진 사실대로라면) 그 강도들과 그들의 강도짓에도 전혀 상관이 없습니다. 그가 풀려나지 않는다 해도, 악당이요 부랑자로서 감옥에 들어가는 것 외에 더이상의 죄로 처벌될 가능성은 없습니다. 그리고 물론 그후로도 영원히 그의 입은 고집스럽게 닫혀서, 우리의 목적으로 보면 그는 귀먹은 벙어리요 장님이요 천치나 다름없어질 것입니다."

"그렇다면," 의사가 성급한 어조로 말했다. "내가 선생께 다시 묻겠는데, 선생은 그 여자한테 한 약속을 꼭 지키는 것이 온당하다고 생각하십니까? 가장 선하고 친절한 의도로 한 약속이지만 사실은……"

"이 문제에 대해 논란을 하지 맙시다, 친애하는 아가씨." 브라운로우씨가 말을 하려고 나서는 로즈를 막으면서 말했다. "약속은 지켜야 합니다. 나는 그것이 조금이라도 우리의 일을 방해하리라고 생각하지 않습니다. 하지만 우리가 구체적인 행동방향을 결정하기 전에 그 여자를 만나볼 필요가 있습니다. 법에 맡기는 것이 아니라 우리가 자체적으로 몽스를 처리한다는 양해 아래, 그녀가 그를 지목해줄 것인지, 그렇게 하는 것이 싫거나 그럴 수 없다면 우리가 그를 식별할 수 있도록 그가 사는 곳과 그의 인상착의를 설명해줄 것인지를 확인하기 위해서 말입니다. 그녀는 다음 일요일 밤까지는 볼 수가 없는데 지금이 화요일입니다. 나는 그동안 우리가 감쪽같이 조용히 지내고 올리버 자신에게도 이 문제를 비밀로 할 것을 제안합니다."

로스번씨는 닷새씩이나 일을 미루어두자는 이 제안을 이리저리 뒤틀린 얼굴로 받아들이긴 했어도, 더이상 나은 방도가 떠오르지 않는다는 것도 부득이 인정하지 않을 수 없었다. 로즈와 메일리 부인이 둘 다 매우 강력하게 브라운로우씨 편을 들어 이 신사분의 제안은 만장일치로 통과되었다.

브라운로우씨가 말했다. "나는 또한 내 친구 그림윅씨의 도움을 청하고 싶습니다. 그는 별난 사람이긴 해도 빈틈이 없고, 우리에게 실질적인 도움이 될 겁니다. 그가 변호사로 훈련을 받은 사람이라는 말도 해야겠군요. 이십년간 단 한건의 사건의뢰를 받아 재판진행 신청을 한 적밖에 없기 때문에 변호사직을 혐오하며 그만두긴 했습니다만. 이게 그 친구를 추천하는 얘기인지 아닌지는 여러분들이 판단하셔야 되겠습니다."

"저는 선생의 친구분을 불러들이는 데 이의가 없습니다, 저도 제 친구를 부를 수만 있다면요." 의사가 말했다.

"투표에 부치기로 하죠." 브라운로우씨가 대답했다. "그게 누굽니까?"

"이 마님의 아들이자 이 아가씨의…… 오랜 친구지요." 의사가 메일리 부인 쪽으로 몸짓을 하며 그녀의 조카딸에게 의미 있는 눈길을 던지는 것으로 말을 맺었다.

로즈는 얼굴을 새빨갛게 붉혔으나 이 안건에 대해서는 (아마 가망이 없는 소수의견이라 느꼈는지) 귀에 들릴 만한 반대의견을 내지 않았고 이에 따라 해리 메일리와 그림윅씨는 위원회에 추가되었다.

"우리는 물론 런던에 머물러 있을 것입니다." 메일리 부인이 말했다. "이 조사가 성공하리라는 작은 희망이라도 남아 있는 한에는 말이에요. 우리 모두가 그렇게도 깊이 관심을 갖고 있는 이 문제에 대해서 저는 그 어떤 수고나 비용도 아끼지 않을 것입니다. 그리고 여러분이 실낱같은 희망이라도 남아 있다고 제게 확인시켜주시는 한 열두달이 되더라도 여기 머무를 용의가 있습니다."

"좋습니다!" 브라운로우씨가 맞장구쳤다. "그리고 주위에 있는 얼굴들을 보니, 왜 제가 올리버의 이야기가 확인될 때까지 기다리지 않고 그렇게 갑자기 영국을 떠나게 되었는지를 묻고 싶은 것 같습니다. 하지만 당분간은 묻지 마시라는 조건을 세우고자 합니다. 적당한 때가 되면 여러분들이 질문하기 전에 제가 이야기를 해드리겠습니다. 제 말을 믿어주십시오. 저는 선의에 의해서 이런 요청을 하는 것이니까요…… 그렇지 않으면 저는 전혀 실현될 수 없는 희망을 불러일으키고 가뜩이나 충분하게 많은 어려움과 실망을 더 증가시킬 뿐일 것입니다. 자! 저녁이 준비되었다고 하고 어린 올리버가 옆방에 혼자 있는데, 지금쯤이면 우리가 자기를 데리고 있는 것에 싫증 나서 자기의 등을 밀어 세상으로 쫓아버릴 음험한 음모를 꾸미고 있다고 생각하기 시작할 겁니다."

노신사는 이렇게 말하며 메일리 부인에게 손을 내밀고 그녀를 저녁상이 차려진 방으로 안내했다. 로스번씨는 로즈를 이끌고 뒤따라갔으니 회의는 현재로서는 실질적으로 종료된 것이다.

# 제42장

## 올리버의 옛 친구였던 인물이 천재적 재능을 뚜렷이 과시하며, 런던의 유명인사가 된다

사익스씨를 달래서 재운 낸시가 자진해서 떠맡은 임무를 지니고 로즈 메일리에게 서둘러 가던 그날 밤에, 본 전기傳記가 관심을 가지는 것이 마땅한 두사람이 그레이트 노스가街를 통해 런던으로 오고 있었다.

그들은 한쌍의 남녀였다. 아니면 암수 한쌍이라고 하는 것이 더 나을지도 모르는 일이다. 남자는 정확한 나이를 추정하기 어려운, 길쭉한 안짱다리로 비틀거리며 걷는 깡마른 인간 중의 하나였으니 ─ 그런 인간들은 소년이었을 때는 덜 자란 어른 같아 보이고, 거의 성년이 되었을 때는 너무 웃자란 소년처럼 보인다. 여자는 아직 어렸으나 끈으로 맨 무거운 등짐의 무게를 버티고 갈 만큼 건장하고 다부진 체구였다. 그녀의 동료는 별로 많은 짐을 지고 있지는 않았고, 다만 어깨에 걸친 작대기에, 흔한 손수건으로 싼 제법 가벼워 보이는 작은 보따리가 덜렁거리며 매달려 있을 뿐이었다. 이러한 상황은 여간 길지 않은 그의 다리와 더불어 그로 하여금 쉽게 자기 동료보다 여섯걸음은 앞서갈 수 있게 했는데, 그는 이따금 성급하게 고개를 홱 돌려 뒤를 돌아보았으니 우물쭈물하는 동료를 탓하며 좀더 빨리 오라고 재촉하는 것 같았다.

그들은 이런 식으로, 런던으로 질주해 들어가는 역마차들에게 길을 내주기 위해 옆으로 비켜설 때를 빼면 시야에 들어오는 물체들에 거의 신경을 쓰지 않고 먼지 나는 길을 힘겹게 걷다가 하이게이트 구름다리 밑을 지나게 되었는데, 그때 앞에 가던 여행객이 걸음을 멈추더니 못 참겠다는 듯이 소리 내어 동료를 불렀다.

"거 빨리 못 오겠나? 거 참 게으름뱅이구나, 샬럿."

"짐이 무겁단 말이야, 정말로." 여자가 거의 숨이 넘어갈 정도로 지친 몸을 이끌고 쫓아오며 말했다.

"무겁다고! 무슨 소리 하는 거야? 도대체 넌 뭐 하라고 생겨먹었는데 그래?" 남자가 자기의 조그마한 보따리를 다른 쪽 어깨에 옮겨메며 대꾸했다. "어, 저것 봐라, 또 쉬고 있어! 참 나, 거 너처럼 사람 인내심을 바닥내는 애도 없을 거야, 엉!"

"아직도 멀었어?" 여자가 길가의 둑에 기대어앉아, 땀이 줄줄 흘러내리는 얼굴을 쳐들고 물었다.

"멀었냐고? 거의 다 왔어." 긴 다리의 방랑객이 앞을 가리키며 말했다. "저기를 봐! 저것이 런던의 불빛이라고."

"적어도 2마일은 족히 되어 보이는데." 여자가 낙담해서 말했다.

"2마일이건 20마일이건 상관 마." 노어 클레이폴이 말했으니 이자가 바로 그였던 것이다. "일어나서 따라오기나 해, 아니면 경고삼아 발길로 차버릴 테다."

노어의 붉은 코는 화가 나서 더욱 붉어졌고, 협박을 실행에 옮길 준비가 완전히 끝난 듯이 말을 하며 길을 건너자 여자는 더이상 아무 말도 하지 못하고 일어서서 그와 나란히 터벅터벅 앞으로 걸어갔다.

"오늘 밤은 어디서 머물 작정이야, 노어?" 그녀가 몇백 야드는 걸은 후에 물었다.

"내가 어떻게 아나?" 노어가 대답했는데, 그는 걷는 것이 힘들어서 성질이 상당히 곤두서 있었다.

"가까운 데면 좋겠어." 샬럿이 말했다.

"아니야, 너무 가까운 데는 안 돼." 클레이폴씨가 대답했다. "자! 가까운 데는 안 되니까 아예 생각도 마."

"왜 안 돼?"

"내가 너한테 안 된다고 하면 안 되는 거지, 왜 그러느니 무엇 때문이니 하는 설명이 필요한가." 클레이폴씨가 위엄을 갖추고 대답했다.

"그래도 그렇게 까다롭게 굴 필요는 없잖아." 그의 동료가 말했다.

"도시 밖에서 가장 먼저 보이는 주막에서 묵다가 소어베리가 뒤쫓아와 그 늙은 코빼기를 들이밀고 우리한테 수갑을 채워서 수레에다 처넣고 끌고 가면 꼴좋겠다, 안 그래?" 클레이폴씨가 비아냥거리는 투로 말했다. "안 돼! 되도록 가장 좁은 길 사이로 흔적 없이 사라져버려야 해. 그리고 가장 눈에 안 띄는 후미진 집에 갈 때까지 멈춰선 안 된다고. 제기랄, 거 넌 내가 굴릴 머리가 있다는 것을 행운으로 알고 고마워해야 할 거다. 만약 우리가 처음에 일부러 다른 길을 잡아서 시골로 돌아오지 않았으면 댁은 일주일 전에 잡혀서 꼼짝 못하고 단단히 갇혀 있었을 것이네, 마나님. 네가 바보인 만큼 그건 당연한 일이었겠지만."

"내가 너만큼 꾀가 많지 않다는 것은 알아." 샬럿이 대답했다. "하지만 모든 것을 내 탓으로 돌리지 마. 그리고 꼭 내가 갇혔을 거라고 하지 마. 어쨌든 내가 갇히면 자기도 갇히는 거 아냐."

"너도 알다시피 돈궤에서 돈을 집어온 건 너였잖아." 클레이폴씨가 말했다.

"난 노어, 너를 위해서 집어온 거라고, 자기." 샬럿이 대꾸했다.

"내가 그 돈을 받았냐?" 클레이폴씨가 물었다.

"아니야, 자기가 나를 믿으니까 착하게도 내가 갖고 있으라고 했지, 다정한 자기." 숙녀가 그의 턱을 가볍게 치고 팔짱을 끼면서 말했다.

실제로 사실이 이러했다. 그러나 클레이폴씨는 누구한테건 맹목적이고 바보 같은 신임을 하지 않았으니, 이 신사를 정당히 대우하는 의미에서 지적해야 할 것이 있다면, 그가 샬럿을 이 정도까지 신뢰한 것은 그들이 추적을 당해 잡혔을 때 돈이 그녀에게서 나와, 자기는 도둑질을 하지 않았다고 주장할 기회를 남겨두어 쉽게 빠져나가려는 생각 때문이었다는 점이다. 물론, 그가 지금 이 단계에서는 자신의 속셈을 드러내지 않았기에 그들은 매우 다정하게 같이 걸어갔다.

이러한 조심스러운 계획에 따라서 클레이폴씨는 쉬지 않고 계속 걸어나가 이슬링턴의 에인절에 도착했는데, 거기서 그는 지나다니는 행인의 무리와 마차들의 숫자를 보고 런던에 제대로 왔구나 하고 현명하게 잘도 판단했던 것이다. 가장 붐비고, 따라서 가장 회피해야 할 거리가 어디인가를 살펴보느라 잠시 걸음을 멈춘 후에 그는 세인트 존가로 건너가서 곧 복잡하고 지저분한 길들이 모호하게 얽힌 곳으로 깊숙이 들어갔는데, 그곳은 그레이스인 거리와 스미스필드 가축시장 사이[85]에 위치하고 있어서, 런던 한가운데에 있지만 도시의 환경개선이 그냥 건너뛰어 지나간 가장 저급한 최악의 지역이었다.

노어 클레이폴은 이런 길들을 통과해서 샬럿을 자기 뒤로 질질 끌며 걸었다. 그는 어떤 작은 주막의 전체적인 외관을 한눈에 파악하려고 도랑으로 내려서기도 했는데, 그곳의 모습이 너무 공개적이어서 자기 목적에 부합하지 않는다고 생각했는지 그냥 다시 걸어가곤 했다. 마침내 그는 여태까지 보았던 다른 어떤 주막보다도 더 초라하고 더러운 주막 앞에 멈춰섰고, 길을 건너 반대쪽에서 그 집을 살펴본 후에 그날 밤 거기서 묵겠다는 의향을 품위 있게 공표했다.

"그러니 짐을 이리 줘." 노어가 여자의 어깨에서 짐을 풀어 자기 어깨에 메면서 말했다. "그리고 거 년 입을 다물고 있어, 내가 너한테 말할 때 말고는. 이 집 이름이 뭐야? 세…… 세 뭐라는 거야?"

"절름발이." 샬럿이 말했다.

"세 절름발이라." 노어가 반복했다. "간판 그림도 아주 좋구먼. 자, 그러면! 내 뒤를 바싹 따라들어와." 그는 이렇게 명령하며 덜거덕거리는 문을 밀치고 안으로 들어갔고 그의 동료가 따라들어갔다.

바에는 젊은 유대인 한사람밖에 없었는데 그는 두 팔꿈치를 계산대에다 괴고 더러워진 신문을 읽고 있었다. 그는 노어를 빤히 쳐다보았고 노어도 그를 빤히 쳐다보았다.

노어가 자선학교 복장을 하고 있었다면 유대인이 그렇게 눈을 크게 뜰 만도 했으나, 그는 양복저고리와 배지를 벗어버리고 가죽

---

85 런던 중심가에 북서쪽으로 인접한 지역.

바지 위에 짧은 작업복을 입었기에 그의 차림새가 주막에서 특별히 주의를 끌 이유는 없었다.

"이곳이 세 절름발이입니까?" 노어가 물었다.

"그것이 이 집의 이름입니다." 유대인이 대답했다.

"시골에서 올라오는 길에 한 신사분을 만났는데 그분이 이 집을 권하시더군요." 노어가 이렇게 말하며 팔꿈치로 샬럿을 쳤으니, 그것은 아마도 그녀에게 다른 사람의 존경을 끌어낼 수 있는 이 지극히 정교한 방법에 주의를 기울이도록 하고, 또한 놀라는 기색을 보이지 말라는 경고를 하기 위한 것 같았다. "오늘 밤 여기서 묵고자 합니다."

"그럴 수 있을디 난 잘 모드겠네요." 바니가 대답했으니 그가 바로 시중을 드는 요정이었던 것이다. "하지만 가서 아다보지요."

"자리로 안내하고, 가서 알아보는 동안 찬 고기랑 맥주 한모금 내주시겠나?" 노어가 말했다.

바니는 그들을 작은 뒷방으로 안내한 후, 요구한 음식물을 가져다주었다. 그런 다음 그는 여행객들에게 그날 밤 묵을 수 있다는 소식을 전하고 이 다정한 한쌍이 요기를 하도록 방에서 나갔다.

그런데 이 뒷방은 바로 바 뒤쪽으로 몇계단 아래에 있어서, 이 집과 관련된 사람이라면 누구라도 바닥에서 5피트 정도 높이에 있는 유리창의 작은 커튼을 걸으면 들키지 않고 뒷방 손님들을 내려다볼 수 있었다(유리창이 그늘진 벽의 구석에 있어서 그것과 커다랗게 위로 뻗은 기둥 사이로 끼어들기만 하면 됐다). 뿐만 아니라, 칸막이벽에 귀를 대면 그런대로 무슨 이야기를 하는지 확인할 수 있었다. 술집 주인이 이 탐색의 장소에서 눈을 돌린 지 오분도 안되었고 바니가 앞에 언급한 전갈을 막 전해주고 돌아왔을 때, 페이긴이 저녁 일과의 일환으로 자기의 몇몇 어린 제자들 소식을 알아보기 위해 바로 들어왔다.

"쉿!" 바니가 말했다. "옆방에 낯던 자들이 있더요."

"낯선 자들이라고!" 노인이 속삭이며 말을 따라 했다.

"아, 게다가 묘한 자들이에요." 바니가 덧붙였다. "시골에서 올라왔다는데 아마 당신 쪽으로 뭔가 있들 것 같아요, 내가 잘못 보디 않았드면."

페이긴은 이러한 정보를 매우 관심 있게 받아들이는 것 같았다. 그는 그 비밀스러운 관측소에서 등받이 없는 걸상에 올라가 창문에 눈을 대고 안을 들여다보았다. 클레이폴씨는 접시에 놓인 찬 쇠고기를 먹고 생맥주잔으로 흑맥주를 마셨는데, 곁에 참을성 있게 앉아 있는 샬럿에게는 식이요법식으로 두가지를 다 미소한 분량으로 조제해서 주고는 자기는 내키는 대로 먹고 마시는 것이었다.

"아하!" 그가 바니를 둘러보면서 속삭였다. "저 친구 눈빛이 맘에 들어. 우리한테 쓸모가 있을 것 같아. 여자를 길들이는 방법을 벌써 알잖아. 찍소리도 내지 마라, 애야. 쟤들이 하는 말 좀 들게…… 어디 들어보자고."

그는 다시 창문에 눈을 대고 칸막이벽으로 귀를 돌리고는, 늙은 도깨비가 갖고 있을 법한 미묘하고도 진지한 기색을 띠고 주의 깊게 귀를 기울였다.

"그래서 난 신사처럼 살려고 그래." 클레이폴씨가 다리를 쭉 뻗고 대화를 계속하고 있었는데, 페이긴은 늦게 도착해서 대화의 앞부분은 듣지 못했다. "더이상 그 낡아빠진 잘난 관 따위는 필요 없지, 샬럿. 대신 신사처럼 생활할 거야. 그리고 거 너도 원한다면 숙녀가 될 수 있지."

"물론 나도 좋아, 자기야." 샬럿이 대답했다. "하지만 매일 돈궤를 털고 도망다닐 수는 없잖아."

"돈궤는 무슨 놈의 돈궤!" 클레이폴씨가 말했다. "그것 말고도 털 게 많은데."

"무슨 말이야?" 그의 동료가 물었다.

"호주머니, 여자들 손가방, 집, 역마차, 은행!" 클레이폴씨가 흑맥주 술김에 더 의기양양해져서 말했다.

"하지만 그 일을 혼자 다 할 수는 없잖아, 자기." 샬럿이 말했다.

"그런 일을 할 수 있는 자들하고 한패가 될 생각이야." 노어가 대답했다. "그들은 이런저런 면에서 우리를 알차게 써먹을 수 있을 거야. 아니, 너도 여자 쉰명 값어치는 하잖니. 내가 허락만 한다면, 넌 누구보다도 교활하고 간교해지잖아."

"참, 자기가 그런 식으로 얘기해주니 정말 좋다!" 샬럿이 그의 못생긴 얼굴에 키스를 쪽 하고서 소리쳤다.

"자, 그만 해둬. 너무 다정한 척하지 말라고, 내가 기분 상할지도 모르니깐." 노어가 매우 엄숙하게 그녀를 뿌리치면서 말했다. "난 한 패거리의 두목이 되어서 말이야, 잔뜩 허풍을 떠벌리고, 몰래 남의 뒤를 쫓아다닐 거야. 이득이 많이 남으면 나한테 딱 맞는 일이겠지. 만약에 그런 방면에 있는 신사랑 동업을 하게 되면, 네가 갖고 있는 그 20파운드 은행권을 줘버려도 싼 편일 거라고…… 게다가 우리는 그걸 어떻게 처분해야 할지도 잘 모르잖아."

이렇게 의견을 개진한 클레이폴씨는 아주 지혜로운 얼굴로 생맥주잔을 들여다보고 그 내용물을 잘 흔든 다음, 선심 쓰듯이 샬럿에게 고개를 끄덕거려주고 한모금을 마셨으니 그것으로 그의 원기는 회복된 듯 보였다. 그가 한모금을 더 마실까 명상을 하고 있던 차에 갑자기 문이 열리더니 한 낯선 사람의 모습이 나타나 그를 가로막았다.

이 낯선 사람은 페이긴씨였다. 그는 가까이 다가와 매우 다정한 표정으로 깍듯이 절을 하고 가장 가까운 탁자에 자리를 잡더니 싱글거리는 바니에게 마실 것을 주문했다.

"상쾌한 밤이군요, 선생. 예년보다는 좀 선선한 편이지만." 페이긴이 두 손을 비비면서 말했다. "시골에서 올라오신 것 같은데, 안 그렇소?"

"그걸 어떻게 아쇼?" 노어 클레이폴이 물었다.

"런던에는 먼지가 그렇게 많지 않지." 페이긴이 노어의 신발과 그의 동료의 신발, 그리고 두개의 보따리를 가리키면서 대답했다.

"당신 아주 날카로운 양반이로구먼." 노어가 말했다. "하하! 하는 말 좀 들어보라고, 샬럿!"

"아니, 이보게나, 이 도시에서는 날카로울 필요가 있다고." 유대인이 은밀하게 속삭이는 투로 목소리를 낮추면서 대답했다. "그것이 진리일세."

페이긴은 이 말에 이어서 오른쪽 검지로 자기 코의 옆쪽을 쳤는데, 노어가 이 손짓을 흉내내려 했으나 그의 코는 페이긴을 흉내낼 만큼 충분히 크지가 않은지라 완전히 성공하지는 못했다. 그러나 페이긴은 이러한 시도를 자기 의견에 동의한다는 표시로 해석하는 듯했고, 바니가 다시 가져온 술잔을 매우 호의적인 태도로 권했다.

"아주 괜찮은데요, 이거." 클레이폴씨가 입맛을 다시면서 의견을 말했다.

"여보게!" 페이긴이 말했다. "누구든지 그런 것을 매일 마시려면 늘 돈궤나 호주머니나 여자 손가방이나 집이나 역마차나 은행을 털어야 할 걸세."

클레이폴씨는 자신의 얘기에서 추출해낸 이 말을 듣자마자 의자 등받이 쪽으로 움찔 물러앉았으며, 공포에 질려 잿더미처럼 창백해져서 유대인과 샬럿을 번갈아 둘러보았다.

"내게 신경 쓰지는 말게나, 자네." 페이긴이 의자를 바싹 끌어다 놓으며 말했다. "하하! 우연히 자네 얘기를 들은 사람이 그저 나였던 것이 다행이야. 단지 나였던 게 다행이라고."

"내가 훔친 게 아니에요." 노어는 자립한 신사처럼 쭉 뻗었던 다리를 의자 밑으로 최대한 꼬아넣으면서 더듬거렸다. "다 이 여자가 한 짓이에요. 거 네가 지금 갖고 있지, 샬럿. 그렇잖아."

"누가 갖고 있건, 또 누가 했건 상관없네, 여보게!" 페이긴이 날쌘 눈으로 여자와 두개의 보따리를 힐끗 보면서 이렇게 대답했다. "나도 그쪽 방면에 있거든. 그래서 그 때문에 자네가 맘에 들었어."

"어느 쪽이라고요?" 클레이폴씨가 다소 안심을 하고 물었다.

"그런 쪽의 사업 말이야." 페이긴이 대꾸했다. "이 집 사람들도 다 그래. 자네는 못대가리를 잘 맞춰서 처넣은 셈이지. 자네가 여기보다 더 안전하게 있을 곳은 없네. 이 도시에서 절름발이네보다 더 안전한 장소는 없다고. 그러니까, 내가 안전하게 놔두면 말이야. 난 자네하고 이 아가씨가 맘에 든다고. 그래, 내 말대로 자네들은 맘을 놓아도 될 거야."

노어 클레이폴은 이런 확언을 들은 후에 마음은 더 변해졌을지 모르나 몸은 확실히 그렇지 않은 모양이었다. 그는 이리저리 뒤척거리면서 갖가지 이상야릇한 자세로 몸을 비틀었고, 그런 자세를 한 채 공포와 의심이 뒤섞인 눈으로 그의 친구를 바라보았다.

"내가 더 얘기를 해주지." 페이긴이 친근하게 고갯짓을 하고 격려의 말을 중얼거리며 여자를 안심시킨 후에 말했다. "자네의 소중한 희망을 만족시켜주리라 생각되는 친구가 하나 있는데, 자네를 올바른 길로 인도할 거라고. 이 사업의 어떤 분야건 자네가 처음 시작하기에 가장 적합할 거라고 생각하는 일을 택하게 해주고, 나머지도 차차 다 배울 수 있게 해줄 거야."

"당신 마치 진담으로 하는 말씀 같은데." 노어가 대답했다.

"내가 자네에게 농담해서 무슨 이득이 있겠어?" 페이긴이 어깨를 으쓱하면서 물었다. "자! 밖에 나가서 둘이 한마디만 좀 하세."

"일부러 움직일 필요가 없습니다." 노어가 다리를 단계적으로 제자리에 갖다놓으면서 말했다. "이 여자가 그사이에 위층에 짐을 갖다놓으면 되니까. 샬럿, 짐 좀 처리해!"

샬럿은 매우 위엄 있게 전달된 그의 명령에 조금도 반대하는 기색 없이 복종을 했고, 문을 열어준 노어가 지켜보는 가운데 짐을 들고 낑낑거리며 나갔다.

"꽤 잘 잡아놓았지요, 안 그렇소?" 그가 다시 자리에 앉으면서 물었는데, 무슨 야수라도 길들여놓은 주인 같은 말투였다.

"아주 완벽해." 페이긴이 그의 어깨를 툭툭 치면서 응답했다. "자넨 천재야."

"글쎄, 만약에 내가 천재가 아니라면 아마 여기에 있지도 않겠지요." 노어가 대답했다. "어쨌든 말입니다, 저 여자가 돌아오기 전에 시간을 놓치지 말아야지요."

"그래, 어떻게 생각하나 자네?" 페이긴이 말했다. "내 친구가 자네 맘에 들면, 그 친구랑 한패가 되는 것보다 좋은 일이 있겠나?"

"사업을 잘하는 사람인가요? 그게 문제 아닙니까?" 노어가 그의 작은 두 눈 중 하나를 끔뻑거리면서 대답했다.

"업계의 수위를 달리고 있어. 많은 일꾼들을 고용하고 있고 사업상 가장 든든한 인맥이 있지."

"제대로 된 도시 출신들인가요?" 클레이폴씨가 물었다.

"촌놈은 단 하나도 없다고. 그리고 그 친구가 요즘에 일손이 달리지 않는다면 심지어 내가 추천한다 해도 자네를 쓰지 않아." 페이긴이 대답했다.

"이걸 내주어야 할까요?" 노어가 그의 바지 주머니를 툭툭 치며 말했다.

"안 그러면 어려울 거야." 페이긴이 매우 단호한 투로 대답했다.

"그렇지만 20파운드나…… 아주 큰돈인데!"

"처치할 수도 없는 은행권인 경우엔 그렇지도 않지." 페이긴이 반박했다. "번호와 날짜는 적어놨을 테지, 아마? 은행에서 지불이 정지되었을걸? 아! 그거 그 친구한테도 뭐 별 가치가 없는 거야. 그 돈이 외국으로 나가야 할 모양이니 시장에 팔아도 별로 많이 받을 수 없을 거야."

"그 사람을 언제 볼 수 있어요?" 노어가 의심스럽게 물었다.

"내일 아침."

"어디서요?"

"여기서."

"음!" 노어가 말했다. "보수는 어때요?"

"신사처럼 사는 거야 — 숙식제공, 파이랑 술은 공짜 — 자네가 버는 것의 반, 저 아가씨가 버는 것도 반을 받지." 페이긴이 대답했다.

노어 클레이폴씨의 탐욕이 폭이 좁은 편은 전혀 아니었으므로, 그가 온전히 자유로운 입장에서 이 그럴듯한 조건에 동의를 했을

지는 매우 의심스럽다. 그러나 만약 거절을 한다면 그 새 친구가 즉시 그를 고발할 수도 있다는 것을 상기하고는(게다가 그보다 훨씬 가능성이 적은 일도 일어났었으니) 그는 점차 수그러들어서 그 정도면 만족한다고 말했다.

"하지만, 이것 보세요." 노어가 말을 꺼냈다. "여자애가 일을 많이 할 수 있으니까 나는 좀 가벼운 일을 했으면 하거든요."

"가볍게 취미로 할 수 있는 일?" 페이긴이 제안했다.

"아! 뭐 그런 거죠." 노어가 대답했다. "지금 내게 맞는 일이 무엇이라고 생각하쇼? 왜 있잖아요, 너무 힘에 부치는 것 말고, 그리고 너무 위험한 것도 말고. 뭐 그런 일 말이에요!"

"자네가 남들 염탐하는 일을 얘기하는 것을 들었는데," 페이긴이 말했다. "내 친구는 그런 일을 잘하는 사람을 원하거든, 매우."

"아니, 제가 그 말을 하긴 했어요. 그리고 이따금 그런 일을 하는 것도 괜찮겠죠." 클레이폴씨가 서서히 대꾸했다. "하지만 그것만 해서는 남는 게 없잖아요, 왜."

"그렇지!" 진짜인지 가짜인지는 몰라도 유대인은 곰곰이 생각하는 척하면서 말했다. "그래, 남는 게 없을 수도 있지."

"어떻게 생각하쇼, 그러면?" 노어가 걱정스럽게 그를 쳐다보며 물었다. "뭔가 살그머니 하는 걸로, 일거리는 확실히 있고 집에 있는 것보다도 위험부담이 적은 걸로 말이에요."

"늙은 여자들은 어떤가?" 페이긴이 물었다. "그들의 가방이나 짐을 잡아채서 골목으로 도망가는 것도 꽤 돈벌이가 되지."

"그 여자들은 고래고래 소리를 지르고 어떤 때는 얼굴을 할퀴기도 하잖아요?" 노어가 고개를 흔들면서 물었다. "그 일은 나한테 맞지 않을 것 같아요. 다른 쪽으론 자리가 없나요?"

"잠깐!" 페이긴이 노어의 무릎에 손을 얹고서 말했다. "꼬마덫."

"그게 뭐예요?" 클레이폴씨가 물었다.

"꼬마란, 여보게," 페이긴이 말했다. "어미들이 6펜스나 1실링을 손에 쥐여주고 심부름 보내는 어린애들이고, 덫이란 그저 그애들의 돈을 가져오는 일이야 ─ 녀석들은 언제나 손에 돈을 들고 있거든. 그리고 개네들을 한대 쳐서 도랑에다 박아놓고 아주 천천히, 그저 아이 하나 넘어져서 다친 것 외엔 아무 일도 아닌 것처럼 걸어가는 거야, 하하하!"

"하하!" 클레이폴씨가 황홀해서 다리를 위로 걷어차며 쩌렁쩌렁 웃었다. "세상에, 바로 그거야!"

"진짜 그거지." 페이긴이 대답했다. "그리고 자네는 아이들한테 심부름을 보내는 캠든 타운, 배틀 브릿지, 그리고 그 비슷한 동네들[86]에 좋은 구역을 몇개 갖고서 말이야, 어느 때건 원하는 만큼 꼬마들을 덮칠 수 있다고. 하하하!"

이렇게 말하며 페이긴은 클레이폴씨의 옆구리를 쿡 찔렀고 그들은 길고도 커다란 웃음보를 함께 터뜨렸다.

"좋아, 그것 좋겠소!" 노어가 기분을 가라앉히고 말을 할 때 샬럿이 돌아왔다. "내일 언제로 할까요?"

"10시면 되겠나?" 페이긴이 물었고, 클레이폴씨가 좋다고 고개를 끄덕거리자 몇 마디를 덧붙였다. "내 친한 친구한테 어떤 이름으로 소개를 할까?"

"볼터[87]라고 해요." 이러한 위급한 상황에 미리 대비하고 있던 노어가 대답했다. "모리스 볼터. 이 사람이 제 처 볼터 부인입니다."

---

86 하인이 아니라 아이들에게 심부름을 보내는 서민들이 사는 런던 변두리 주택가.
87 달아나는 자라는 뜻임.

"볼터 부인의 비천한 종입니다."[88] 페이긴이 괴상망측하게 정중한 절을 하며 말했다. "곧 귀하를 더 잘 알게 되기를 희망합니다."

"이 신사분 말이 안 들려, 샬럿!" 클레이폴씨가 꽥 소리를 질렀다.

"그래, 노어, 자기!" 볼터 부인이 손을 내밀며 대답했다.

"아내는 애칭으로 나를 노어라고 부르기도 합니다." 모리스 볼터, 최근까지 클레이폴씨였던 자가 페이긴에게 몸을 돌리며 말했다. "이해하시죠?"

"아 그럼, 이해하고말고." 페이긴이 대답했는데, 이번만은 진실을 말한 것이다. "자, 그러면 편안히들 쉬시고!"

몇번씩이나 작별의 인사를 하고서 페이긴씨는 떠나갔다. 노어 클레이폴은 그의 마나님에게 잘 들으라고 하고, 거만함과 우월함을 풍기며 자기가 취해놓은 조처에 대해서 설명해주기 시작했으니, 그 기품은 여성보다 엄격한 남성의 한사람으로서뿐만 아니라 런던과 그 근교에서 꼬마덫이란 일에 특별하게 임명된 품위를 음미하는 이 신사에게 잘 어울리는 것이었다.

---

**88** 서양 전통예법에서 숙녀에게 처음 자신을 소개할 때 하는 인사말.

# 제43장
## 교묘한 미꾸라지가 곤경에 빠진다

"그래 당신 친구란 사람은 결국 당신이었나보죠?" 클레이폴씨 즉 볼터는 그들 사이에 약정한 계약에 따라 다음날 페이긴네 집으로 옮겨가서 이렇게 질문했다. "쳇, 어쩐지 지난밤부터 그럴 것 같더니만!"

"누구나 자기가 자기의 친구 아니겠나, 자네." 페이긴이 매우 음험하게 미소를 지어 보이며 대답했다. "자기 자신처럼 좋은 친구는 어디에도 없다네."

"그렇지만 늘 그런 건 아니죠." 모리스 볼터가 세상물정에 훤한 사람 같은 분위기를 풍기며 대답했다. "어떤 사람들은 그 누구의 적이 아니라 바로 자신의 적이잖아요, 왜."

"그것은 믿지 마." 페이긴이 말했다. "자신이 적이라면, 그건 자신을 제외한 다른 모든 사람들을 조심했기 때문이 아니라 스스로가 자신의 친구가 되지 못했기 때문일 뿐이야. 쯧쯧! 그런 일은 원래 있을 수 없는 법이니라."

"있다 해도 그래서는 안 될 일이지요." 볼터씨가 대답했다.

"그게 사리에 맞는 얘기야. 어떤 마술사들은 3이 마법의 숫자라 하고 누구는 또 7이라 하지. 하지만 둘 다 아니라네, 이 친구야. 둘 다 아니야. 마법의 숫자는 1번이야."

"하하!" 볼터씨가 소리쳤다. "영원히 1번이라."

"우리 같은 작은 공동체에서는, 여보게," 페이긴이 자기의 입장을 조정할 필요를 느끼고서 말했다. "우리는 공통적인 1번을 갖고 있다고, 그러니까 자네가 나와 그밖의 다른 애들을 모두 1번으로 간주하지 않고서 자신만을 1번으로 생각할 수 없다는 거야."

"에, 무슨 망할 놈의!" 볼터씨가 외쳤다.

"이것 보게." 페이긴이 상대의 반박에 아랑곳하지 않고 계속 말했다. "우리는 서로 뒤엉켜 있고 서로의 이해관계가 일치하기 때문에 그럴 수밖에 없다고. 예를 들어 자네가 1번을, 그러니까 자신을 돌보는 것이 자네의 목적이라고 하자고."

"물론이죠." 볼터씨가 대답했다. "그건 옳은 말씀이에요."

"그래! 그런데 자네가 자기 자신, 그러니까 1번을 돌볼래도, 나, 이 1번을 돌보지 않으면 그럴 수가 없다고."

"1번이 아니라 2번이죠." 볼터씨가 말했는데, 그는 이기심의 속성을 넉넉히도 타고났던 것이다.

"아니야, 그런 게 아니야!" 페이긴이 반박했다. "네가 네 자신한테 중요한 것만큼 나도 너한테 중요하다 이거야."

"내 말은 댁이 아주 좋은 분이고 저도 댁을 아주 좋아합니다만, 그걸 감안하더라도 우리가 그렇게 단짝은 아니라는 거예요." 볼터씨가 말을 막았다.

"이걸 생각해봐." 페이긴이 어깨를 으쓱거리고 손을 앞으로 펼치면서 말했다. "이걸 고려해보라고. 자네는 아주 모양 좋은 일을 하나 했고 그것 때문에 난 자네를 좋아한다고. 하지만 그것은 자네 목덜미에 넥타이를 매게 할 일이란 말이야. 매는 건 아주 쉽지만 풀 때는 아주 어려운 끈을…… 쉽게 말해서, 목을 매다는 밧줄 말일세."

볼터씨는 목이 거북스럽고 빡빡하다고 느꼈는지 목수건에 손을 갖다 대고는, 어조는 유보적이나 내용은 그렇지 않은 수긍의 말을 중얼거렸다.

"교수대는," 페이긴이 말을 계속했다. "교수대는, 여보게, 보기 흉한 안내판이야. 대담한 친구들이 큰길에서 벌이는 질주를 숱하게도 멈추게 한, 매우 짧고 가파르게 꺾어진 길을 가리키고 있다고. 그러니까 편안한 길로, 거기서 멀리 떨어져 다니는 것이 자네의 제1번 목적이지."

"물론 그렇지요." 볼터씨가 대답했다. "그런 얘기는 왜 하시는 거요?"

"그저 내 뜻을 자네에게 분명히 알려주기 위해서야." 유대인이 눈썹을 치켜뜨며 말했다. "자네가 그렇게 할 수 있을지의 여부는 나한테 달려 있네. 첫째는 자네의 1번, 둘째는 나의 1번. 자네가 자네의 1번을 소중히 여길수록 내 1번을 더욱 조심스럽게 생각해야 돼. 그래서 처음 얘기로 돌아가서…… 1번에 대한 돈뭉이 우리 모두를 한데 묶어준다네. 우리가 한꺼번에 산산조각 나지 않으려면 그렇게 해야만 한다고."

"그건 맞는 말이오." 볼터씨가 사려 깊게 대꾸했다. "아! 댁은 참으로 꾀 많은 괴짜 영감이구먼!"

페이긴씨는 자신의 능력을 인정하는 이 말이 단순한 찬사가 아니라, 새로 고용한 이자에게 자기의 꾀 많은 천재적 능력에 대한 인상을 확실히 심어준 것이라고 생각하며 기뻐했다. 서로를 알게 되기 시작할 때에 상대방이 그렇게 생각하는 것은 매우 중요한 일이었다. 이토록 바람직하고 유용한 느낌을 확고히 하기 위해서 그는 연타를 먹이는 셈으로 자기 사업의 폭과 수준을 다소 자세히 알리면서, 자기의 목적에 가장 잘 부합되도록 사실과 허구를 뒤섞었다. 이 양자는 매우 교묘하게 작용해서 볼터씨의 존경심을 현저하게 증가시켰으며, 동시에 공포감을 적당히 불러일으켰으니, 이는 페이긴씨로서는 매우 바람직한 일이었다.

"엄청난 손해를 본 와중에도 이러한 상호신뢰가 내게 위로가 되네." 페이긴이 말했다. "어제 아침에 내 가장 훌륭한 일손을 빼앗겼어."

"죽었다는 말은 아니지요?" 볼터씨가 소리쳤다.

"아니야, 아니야." 페이긴이 대답했다. "그렇게까지 나쁜 지경은 아니야. 그 정도는 아니지."

"그럼, 아마 그가……"

"체포되었어." 페이긴이 말했다. "그래, 체포됐다고."

"무슨 특별한 일로?" 볼터씨가 질문했다.

"아니야." 페이긴이 대답했다. "뭐 별거 아냐. 소매치기 미수 혐의를 썼는데, 몸에서 은제 코담뱃갑이 나왔어…… 그건 자기 것이었다고, 여보게. 자기 거였어. 녀석은 코담배를 아주 즐겼거든. 경찰은 오늘까지 재구속을 했는데 물건 임자를 찾을 수 있다고 생각했기 때문이야. 아! 녀석은 담뱃갑 오십 개 값어치는 되는데. 그만한 돈을 주고라도 다시 데려올 텐데. 자네가 이 미꾸라지를 알았어야 하는데, 미꾸라지를 알았어야 해."

"그래요, 하지만 앞으로 알게 되겠지요, 안 그래요?" 볼터씨가 말했다.

"거기에 대해서는 회의적이야." 페이긴이 한숨을 쉬며 대답했다. "경찰이 새로운 증거를 입수하지 못하면 즉심을 받게 될 거고, 육주 정도만 있으면 다시 그를 만나게 되겠지. 하지만 만약에 증거가 나오면 이건 빵살이 건이야. 걔가 얼마나 똑똑한 애인지 알고 있기 때문에 걔는 한평생 감이라고. 미꾸라지에게 한평생 이하로는 선고 안 할 거야."

"빵살이다 한평생이다 하는 게 무슨 소리요?" 볼터씨가 물었다. "나한테 그런 식으로 말해야 무슨 소용이 있어요, 왜 알아듣게 이야기하지 않는 거죠?"

볼터씨가 그것이 '종신 유배형'을 나타내는 말이라는 것을 알아듣게끔 페이긴이 막 이 신비한 표현을 속세의 말로 번역하려는 찰나, 베이츠군이 두 손을 바지주머니에 넣고 반쯤은 희극적인 비탄의 표정으로 얼굴을 찡그린 채 들어왔기 때문에 대화는 갑자기 중단되었다.

"다 끝장이에요, 페이긴." 새로운 동료가 누군지 서로 알게 된 후에 찰리가 말했다.

"무슨 말이야?"

"담뱃갑 주인을 찾았어요. 두세명이 더 와서 신원을 확인할 거고 미꾸라지는 출국할 예약이 됐다고요." 베이츠군이 대답했다. "난 정식으로 상복을 차려입고 모자에 상장까지 둘러야 해요, 페이긴. 그가 여행을 떠나기 전에 방문하게요. 잭 도킨스 — 대단한 잭 — 미꾸라지 — 교묘한 미꾸라지가 그저 2페니에 잔돈 반푼짜리 코담뱃갑 때문에 유배를 간다고 생각만 해도! 난 그가 최소한 시곗줄 달린 봉인된 금시계 정도 밑으로 걸릴 거라곤 한번도 생각한 적이 없어. 아, 노신사라도 하나 털어서, 아무런 명예나 영광도 없는 흔해빠진 좀도둑이 아니라 신사처럼 실려갔어야 했는데!"

베이츠군은 자기의 불행한 친구에 대해 이렇게 감정을 토로하면서 슬프고 낙담 어린 표정으로 가까운 의자에 앉았다.

"왜 걔가 아무런 명예도 영광도 없다고 말하는 거야?" 페이긴이 자신의 제자에게 성난 눈빛을 던지면서 소리쳤다. "걔는 언제나 너희들 중에 맨 윗자리에 있었잖아? 어떤 건수건 너네들 중에 걔를 따라잡거나 근처에라도 갈 수 있는 애가 있었어? 엉?"

"하나도 없었죠." 베이츠군이 회한으로 목이 잠겨서 대답했다. "단 한명도 없었어요."

"그런데 무슨 소리를 하는 거야?" 페이긴이 화난 듯이 대답했다. "왜 우는소리를 하는 거냐고?"

"왜냐하면 그건 기록에 남지 않기 때문이에요, 안 그래요?" 찰리는 회한이 몰려와 그의 존경스러운 친구에 대해 도전할 정도로 매우 화가 났다. "왜냐하면 그건 기소장에도 나오지 않을 거고, 그러면 그가 어떤 사람이었는지를 아무도 모를 것이기 때문이에요. 그가 뉴게이트 월력[89]에 어떻게 나오겠냐고요? 아마 아예 안 나올지도 모르죠. 아, 내 눈깔이야, 내 눈깔, 이거 진짜 한방 먹었다고!"

"하하!" 페이긴이 오른손을 펼치고 마치 중풍에라도 걸린 듯이 전신을 뒤흔들며 킬킬 웃더니 볼터씨에게로 몸을 돌리고 소리쳤다. "애야, 얼마나들 자기 직업에 자부심을 갖고 있는지 좀 보아라.

........................................
**89** 뉴게이트 형무소에 수감된 범죄자들을 소개한 잡지.

참 아름답지 않니?"

볼터씨는 고개를 끄덕거리며 수긍했고, 페이긴은 찰리 베이츠의 슬픔을 매우 흡족해하며 몇초간 감상한 후 그 어린 신사를 향해 앞으로 걸어나가서 어깨를 톡톡 쳐주었다.

"걱정 마라, 찰리." 페이긴이 달래듯이 말했다. "다 알려질 거야. 꼭 알려질 거라고. 사람들은 걔가 얼마나 똑똑한 친구였는지 다 알게 될 거야. 걔가 몸소 보여줄 거라고, 자기 옛 친구들과 선생들한테 불명예가 되지 않도록 말이야. 더욱이 걔가 얼마나 어린지를 생각해보라고! 대단한 영예야, 찰리, 그 나이에 종신 유배형을 받는다는 게!"

"글쎄, 그게 명예이긴 하지, 그래!" 찰리가 약간 위안을 받고 말했다.

"걔가 원하는 것을 다 가질 수 있게 해줄 거야." 유대인이 계속했다. "걔가 돌항아리에 있는 동안 말이야, 찰리. 신사처럼 지내게 할 거라고. 신사처럼! 매일 맥주 마시고, 주머니엔 수북한 돈을…… 쓸 수 없으면 톡톡 치며 갖고 놀기라도 하게."

"아니, 진짜 그럴 거요?" 찰리 베이츠가 큰 소리로 말했다.

"그래, 그럴 거라고." 페이긴이 대답했다. "그리고 우리는 큰가발[90]도 하나 데려올 거야, 찰리, 수다를 가장 잘 떠는 재주가 있는 놈으로. 그래서 변호를 맡기고, 그리고 원한다면 걔가 직접 연설을 할 수도 있을 거야. 그러면 우리는 신문에서 다 읽을 수 있겠시 ― '교묘한 미꾸라지…… 비명 같은 웃음소리…… 이때 법정은 진동했다' ― 에, 찰리, 엉?"

---

90 법정 변호사, 판사 등이 쓰는 흰색 가발.

"하하!" 베이츠군이 웃었다. "진짜 신나는 일이겠군요, 그렇죠, 페이긴? 미꾸라지가 그 작자들을 진짜 골치 아프게 만들 거라고요, 안 그래요?"

"그렇고말고!" 페이긴이 소리쳤다. "그럴 거야…… 암, 그렇지!"

"아, 물론, 그럴 거예요." 찰리가 말을 따라 하며 손을 비볐다.

"내 눈에는 그 모습이 선하다." 유대인이 제자에게 눈을 돌리고 소리쳤다.

"나도 그래요." 찰리 베이츠가 외쳤다. "하하하! 나도 그렇다니까요. 내 영혼을 걸고 말하지만 눈앞에 훤히 보인다고요, 페이긴. 무지무지 신나는군! 정말 신나는데 이거! 큰가발들이 모두 엄숙하게 보이려고 애쓰는데, 잭 도킨스가 말을 걸겠지요. 마치 만찬 석상에서 연설하는[91] 판사의 친아들처럼 친근하고 편안하게…… 하하하!"

사실인즉, 페이긴씨가 그 어린 친구의 별난 기분을 잘 맞춰주었기 때문에, 베이츠군은 처음에는 옥에 갇힌 미꾸라지를 피해자로 보는 시각을 갖고 있었으나, 이제는 그를 가장 기발하고 정교한 희극의 주인공으로 보게 되었고 그의 옛 동료가 능력을 발휘할 수 있는 그 적절한 기회가 빨리 오기를 안달하며 기다리게 되었던 것이다.

"무슨 적절한 방도를 써서 개가 오늘 어떻게 지내는지 알아야만 하겠구나." 페이긴이 말했다. "어디 보자."

"내가 가볼까요?" 찰리가 물었다.

"세상을 다 줘도 안 된다." 페이긴이 대답했다. "얘, 너 미쳤니, 아주 미쳤어. 네 발로 걸어서 곧장…… 안 된다, 찰리. 안 돼. 한번

---

**91** 당시의 예법상 정찬을 들고 건배를 하기 전에 하는 간단한 한마디.

에 하나를 잃는 것으로 족하다."

"그럼 당신이 몸소 가려는 것은 아니죠, 설마?" 찰리가 익살스러운 웃음을 지으며 말했다.

"그것도 적절하진 않겠지." 페이긴이 고개를 저으며 대답했다.

"그러면 신참을 보내지그래요?" 베이츠군이 노어의 팔에 손을 얹으며 물었다. "아무도 얘를 모르니까요."

"그래, 본인만 상관없다면……" 페이긴이 의견을 말했다.

"상관이라니!" 찰리가 끼어들었다. "자기가 상관할 게 뭐가 있겠어요?"

"아무것도 없지, 얘야." 페이긴이 볼터씨를 바라보며 말했다. "아무것도 없어."

"에, 그것은 내가 할 말인 것 같은데." 노어가 문 쪽으로 등을 돌리며 놀라서 정신이 번쩍 깨는 듯 고개를 흔들었다. "아니, 그건 안 돼요. 그런 일은 안 해요. 그게 내 업무는 아니잖아요, 아니라고."

"이 친구 업무가 뭐기에 그래요, 페이긴?" 베이츠군이 노어의 깡마른 체구를 매우 혐오스럽게 훑어보며 물었다. "뭔가 문제가 있으면 혼자 튀고, 모든 것이 잘될 때는 있는 밥그릇을 혼자 다 비우는 것, 그게 얘가 담당하는 분과인가요?"

"상관 마." 볼터씨가 반박했다. "그리고 거 너 윗사람한테 함부로 대하지 마라, 꼬마야. 아니면 엉뚱한 데로 보내줄 테니."

베이츠군은 이 엄청난 협박을 듣고 어찌나 격렬하게 웃어댔는지, 한참이 지나서야 페이긴이 끼어들어 볼터씨에게 경찰서 방문이 전혀 위험하지 않다는 것을 설명해주었다. 말인즉, 그가 관여한 그 조그만 사건이나 그의 인상착의가 아직 런던에 알려지지 않았을 것이며, 그가 런던을 은신처로 삼았으리라 의심할 가능성이 거

522

의 없다는 것이다. 위장만 제대로 한다면 런던의 그 어느 곳보다도 안전하게 다녀올 수 있으니, 자신의 자유의지로 경찰서에 가리라고는 아무도 생각할 수 없기 때문이라는 것이다.

볼터씨는 이러한 설명을 듣고 한편으로는 납득이 되었으나, 훨씬 더 크게는 페이긴에 대한 두려움에 압도되어 마침내는 마지못해 이 원정을 승낙했다. 페이긴의 지시에 의해서 그는 즉각 자신의 옷을 벗고 마차꾼 작업복과 우단바지에 가죽각반 차림이 되었는데, 이 물품들은 유대인이 언제라도 쓸 수 있도록 준비해둔 것이었다. 그는 또한 유료도로의 요금표들이 잔뜩 꽂혀 있는 중절모와 마부의 채찍을 갖추었다. 이렇게 차려입은 그는 코벤트 가든 시장[92]에서 온 시골 친구가 호기심을 채우러 온 것처럼 경찰서 안으로 어슬렁어슬렁 걸어들어가기로 했는데, 그가 그토록 어색하고 볼품없고 뼈만 남은 친구였으므로 페이긴씨에게는 그가 그 역을 완벽히 해내지 못할지도 모른다는 두려움은 전혀 없었다.

이러한 조치들을 다 취한 후에 그는 교묘한 미꾸라지를 알아보는 데 필요한 특징들이 무엇인지 얘기를 들었고, 베이츠군을 따라 어둡고 꼬불꼬불한 길을 통과해 보우가 근처에 도착했다. 찰리 베이츠는 경찰서의 정확한 상황을 묘사해주고, 아울러 노어에게 곧장 복도를 지나 안뜰에 닿으면 오른쪽에 있는 계단 문을 열고 방으로 들어가 모자를 벗으라고 자상하게 지시해주었다. 그런 다음 서둘러서 가라고 한 후, 헤어진 지점에서 그가 돌아올 때까지 기다리겠다고 약속했다.

노어 클레이폴, 혹은 독자가 원하시는 대로라면 모리스 볼터는

---

**92** 청과물시장.

그가 받은 지시에 착실히 따랐는데 — 베이츠군이 그 장소를 상당히 잘 알았던 까닭에 — 그 지시는 매우 정확해서 가는 도중에 다른 사람에게 질문을 하거나 그 어떤 방해도 받는 일이 없이 치안판사 앞에 이를 수 있었다. 그는 여자들이 대부분인 군중 속에서 이리저리 치였는데, 그들이 와글거리는 곳은 지저분하고 곰팡내 나는 방이었다. 방 정면에 다른 곳과는 난간으로 차단된 높은 단상이 있었고, 벽 앞 왼쪽에는 피고석, 가운데는 증인석, 오른쪽에는 판사석이 있었다. 마지막에 언급한 그 두려운 장소는 세간의 눈길을 차단하는 칸막이로 가려져 있어서 속된 대중들은 위엄에 넘친 법의 모습을 상상이나(할 수만 있다면) 하도록 했다.

피고석에는 여자 둘만이 앉아서 자신들을 흠모하는 친구들에게 고갯짓을 하고 있었고, 서기는 경찰관 둘과 탁자 위에 기댄 평복 차림의 사람에게 선서를 시키고 있었다. 간수 하나는 피고석 난간에 기대어서서 커다란 열쇠로 무심하게 자기 코를 톡톡 치고 있다가, 빈둥거리는 구경꾼들이 지나치게 떠들려는 기색을 보이면 조용하라고 명령을 해 진압하곤 했다. 그는 또 연약한 아기가 엄마의 숄에 가려 반쯤 숨이 막힌 채 미미하게 울어 법의 존엄을 침해하면 그 여자에게 "아기를 데리고 나가라"고 엄하게 지시하곤 했다. 방은 갑갑했으며 불쾌한 냄새가 났고, 벽은 먼지로 색이 바랬고 천장은 시꺼멓게 변색되어 있었다. 벽로 선반 위에는 연기에 그을린 낡은 흉상이 있었고, 피고석 위로는 먼지를 뒤집어쓴 시계가 있었는데 거기 있는 것들 중에는 그것만이 유일하게 제대로 돌아가는 것이었다. 타락이나 빈곤, 또는 이 둘과의 습관적인 친숙함이 모든 생명체들에 오점을 남겨놓았으며, 그 오점은 그들을 노려보고 있는 모든 무생물체들에 덮인 두꺼운 기름때만큼이나 불쾌했다.

노어는 미꾸라지를 찾아 열심히 주위를 둘러보았다. 그러나 그 탁월한 인물의 어머니나 누이로 제법 어울릴 법한 여자들이 몇 있었고 그의 아버지와 아주 뚜렷이 닮았다고 추정할 만한 남자가 한두 명 있었지만, 도킨스씨에 대한 묘사에 부합하는 사람은 볼 수가 없었다. 그는 상당히 걱정스럽고 불안한 상태로 기다리다가 상급 법원으로 송치되는 여자들이 삐기며 나간 뒤 새로 들어온 죄수의 모습을 보고 금세 안도를 했는데, 그가 다름 아니라 바로 자기가 방문한 목표임을 즉시 느꼈던 것이다.

실제로 그는 도킨스씨였다. 그는 평소대로 커다란 외투자락을 걷어올린 채 왼손은 주머니에 넣고 오른손은 모자를 들고, 도대체 형언할 수 없을 정도로 건들거리는 걸음으로 들어와 간수에게 다가가서 피고석에 자리를 잡은 후, 다 들릴 정도의 큰 목소리로 왜 자신이 이 불명예스러운 자리에 앉게 되었느냐고 물었다.

"입 닥치지 못해." 간수가 말했다.

"난 영국 국민이야. 그렇지 않아?" 미꾸라지가 대꾸했다. "내 기본권은 다 어디 간 거야?"

"기본권을 곧 얻게 될 테니 염려 마." 간수가 반박했다. "게다가 후춧가루를 듬뿍 쳐서."[93]

"내 기본권을 빼앗으면 내무대신이 저 매부리들한테 뭐라고 할지 어디 두고 보자고." 도킨스씨가 대답했다. "자, 그러면! 도대체 뭐가 문제야? 판사 양반들께선 나를 잡아두고 서류나 볼 게 아니라 빨리 이 안건을 처리해주면 고맙겠구먼. 왜냐하면 난 시내에서 한 신사분과 약속이 있거든. 난 내가 한 말은 책임지는 사람이고 사업

---

[93] 유배 가는 배에서 후춧가루를 실컷 먹을 거라는 뜻.

상 업무에는 시간을 엄수하는 사람이니까 내가 제시간에 가지 않으면 그 사람은 그냥 가버릴 거야. 그렇게 되면 나를 잡아두고 못가게 한 자들을 상대로 손해배상 소송을 할 거야. 어디 하나 안 하나 두고 보라고. 안 할 줄 알아, 어디 안 할 것 같냐고!"

이 대목에서 미꾸라지는 향후에 취하게 될 조치들을 매우 특별히 염두에 두는 척하면서 간수에게 "판사석에 앉은 두 영감태기의 이름"이 뭐냐고 물었다. 구경꾼들은 이 말을 듣고 어찌나 재미있었는지, 만약에 베이츠군이 그 자리에 있었다면 웃었을 정도로 신나게 웃어댔다.

"거기 조용히들 해!" 간수가 소리쳤다.

"이놈은 뭐야?" 한 판사가 물었다.

"소매치기 건입니다, 나리."

"전에도 여기 끌려온 적이 있나?"

"벌써 여러번 왔어야 할 애입니다." 간수가 대답했다. "다른 곳은 어디건 안 간 데가 없는 놈입니다. 제가 잘 아는 녀석입니다요, 나리."

"아! 날 안다고, 당신이?" 미꾸라지가 이 진술에 주목하면서 소리쳤다. "좋아. 이건 명예훼손 건이구면, 어쨌건."

여기서 또 한번 웃음이 터졌고 또 한번 조용히 하란 소리가 들렸다.

"자 그러면, 증인들은 어디 있나?" 서기가 말했다.

"아! 맞아." 미꾸라지가 덧붙였다. "어디 있어? 나도 좀 봤으면 좋겠구먼."

그의 바람은 즉시 충족되었으니, 경관 하나가 앞으로 나와서 말하길, 피고가 사람이 붐비는 곳에서 신원미상 신사의 호주머니를 털려 했고 실제로 손수건을 빼냈는데, 손수건이 매우 낡은 것이라서 자기 얼굴을 한번 닦은 후 유유히 다시 집어넣는 것을 보았노라고 했다. 이런 이유에서 그는 미꾸라지에게 다가가 즉시 체포했고, 상기 미꾸라지를 뒤지니까 뚜껑에 주인 이름이 새겨진 은제 코담뱃갑이 나왔다는 것이다. 신사록[94]을 조사해 신원이 밝혀진 그 신사가 바로 그 자리에 나와서 맹세하기를, 그 담뱃갑은 자기 것이고 전날 앞에서 언급된 대로 군중이 밀집한 그곳에서 빠져나오는 순간 없어진 것이라고 했다. 그는 또한 현장에서 길을 헤치고 나가느라 무척 애를 쓰던 한 젊은이가 눈에 띄었는데 그가 바로 앞에 있는 피고라고 했다.

"너는 증인에게 물어볼 것이 있느냐?" 판사가 말했다.

"나는 그자와 무슨 놈의 대화건 한마디라도 해서 나 자신을 비하시키지 않겠소." 미꾸라지가 대답했다.

"할 말이 있느냐고?"

"할 말이 있냐는 이 어른의 말씀이 안 들려?" 간수가 말 없는 미꾸라지를 팔꿈치로 쿡 찌르면서 물었다.

"미안하네만," 미꾸라지가 딴청을 피우며 올려다보고 말했다. "자네, 지금 나한테 뭐라고 말을 거셨는가?"

"이렇게 막돼먹은 꼬마 건달은 처음 봅니다요, 나리." 간수가 씩 웃으며 말을 했다. "무슨 할 말이 있냐고, 이 꼬마 사기꾼아?"

"없어." 미꾸라지가 대답했다. "여기서는 말하고 싶지 않아. 여기는 성의가 거래되는 곳이 아니고, 게다가 내 변호사가 지금 하원 부의장하고 아침을 먹고 있으니까. 하지만 다른 데서 나는 뭔가

---

**94** 궁궐 출입자 명단.

할 말이 있을 게다. 내 변호사나, 또 내가 아는 엄청나게 존경스러운 수많은 윗분들도 할 말이 있을 거고. 그분들한테 걸리면 저 매부리들은 차라리 태어나지 않았어야 하는 건데, 오늘 아침 나를 갖고 놀러 나오기 전에 하인들한테 옷걸이에 목을 매달아 죽여달라고 하는 건데 하면서 원통해할 거다. 내가 그냥……"

"자! 유죄!" 서기가 말을 막았다. "데리고 가."

"따라와." 간수가 말했다.

"아! 그래, 곧 갈 거다." 미꾸라지가 손바닥으로 모자를 털면서 대답했다. "아! (판사석을 향해) 겁에 질린 표정을 해봤자야. 안 봐줄 거야. 어림 반푼어치도 없다. 자네들은 꼭 이 대가를 지불하고 말 거야, 이 잘난 친구들아. 뭘 주더라도 그 자리에 대신 앉지는 않겠어! 자네들이 무릎을 꿇고 애원해도 난 풀려나가지 않을 거야. 자, 옥으로 날 데려가게! 어서 데려가!"

미꾸라지는 이렇게 마지막 말을 남기고 목덜미를 잡힌 채 끌려갔는데, 그는 안뜰로 나갈 때까지 의회 차원에서 문제 삼겠다고 공갈을 치더니 매우 기쁘고 만족한 표정으로 웃으며 간수의 얼굴을 쳐다보는 것이었다.

그가 작은 독방에 갇히는 것을 본 노어는 베이츠군과 만나기로 한 장소로 최대한 빨리 돌아갔다. 거기서 조금 기다리자 그 젊은이가 합류했는데, 그는 신중하게도 은밀한 구석에 숨어 조심스럽게 망을 보며 그의 새 친구가 어떤 버릇없는 작자에게 미행을 당하지나 않았는지 확인하고 나서야 자신의 몸을 드러낸 것이다.

둘은 미꾸라지가 그간 받아온 교육의 진가를 완전히 발휘하여 자신의 찬란한 명성을 드날렸다는 고무적인 소식을 페이긴씨에게 전해주려고 발걸음을 서둘렀다.

# 제44장
## 낸시가 로즈 메일리와 약속한 시간이 찾아왔다.
## 그러나 실패한다

꾀를 부리고 시치미를 떼는 데 있어서는 모든 기술에 정통한 낸시였지만, 여자인 그녀는 자기가 택한 길을 생각하고는 마음의 동요를 완전히 숨기지는 못했다. 그녀는 간교한 유대인과 야수적인 사익스가 자신이 믿을 만하고 의심스럽지 않다고 굳게 믿고 다른 사람들한테는 비밀로 한 그들의 계략을 털어놓았다는 것을 떠올렸다. 비록 그 계략이 사악하고 그것을 생각해낸 자들만큼이나 물불안 가리는 것이었으며, 자기를 조금씩 조금씩 점점 더 깊이 끌어들여 이제는 빠져나올 수 없는 죄악과 불행의 심연에 빠뜨린 페이긴을 향해 원한을 품고 있었지만, 그녀는 심지어 그자에게까지도 마음이 누그러들 때가 간혹 있었다. 그녀가 들춰낸 비밀로 인해, 그렇게도 오랫동안 피해다닌 강철 손아귀에 그가 붙잡히고 — 그런 최후를 맞는 것은 당연하지만 — 결국 파멸하게 될까봐 마음이 쓰였던 것이다.

비록 한가지 목표에 마음을 확고히 고정시켜 무슨 일이 있더라도 흔들리지 않겠다고 다짐을 한 그녀였지만 자기의 옛 동료와 패거리들로부터 완전히 벗어나지 못하는 데서 오는 일말의 심적 방황이 있었다. 만약 시간 여유만 있었다면 그녀는 사익스에 대한 걱정 때문에 뒷걸음질을 쳤을지도 몰랐다. 그러나 그녀는 자신의 비밀을 굳게 지켜줄 것을 조건으로 내세웠고 그를 노출시킬 만한 아무런 단서도 내비치지 않았으며, 심지어 그를 위해서 자기를 에워싼 죄와 비참함으로부터 피신하는 것마저 거절했으니 ─ 더이상 그녀가 뭘 어떻게 하겠는가! 그녀는 결심했다.

비록 그녀의 정신적 갈등은 모두 이러한 결론으로 귀착되었지만, 갈등은 그녀의 마음속에 계속 밀려들었고 또한 그 흔적을 남겼던 것이다. 그녀는 며칠도 안 되어서 창백하고 수척해졌다. 때로 그녀는 눈앞에서 벌어지는 일에 전혀 신경을 쓰지 않았으며 한때는 가장 크게 떠들곤 했을 대화에도 끼지 않았다. 어떤 때는 별로 즐겁지 않으면서도 웃었고 아무런 이유도, 아무런 의미도 없이 법석을 피웠다. 그런가 하면 곧 뒤이어서 턱을 괴고 아무 말없이 침울하게 앉아 생각에 잠겼다. 그녀는 다시 억지로 기운을 돋우려 했지만, 그러한 행동은 오히려 다른 조짐들보다 그녀가 불안해하고 있으며 동료들이 상의하고 있는 문제와 매우 다르고도 먼 문제들에 몰두해 있다는 것을 더 뚜렷이 보여주었다.

때는 일요일 밤이었고 인접한 교회의 종소리가 시간을 알려주었다. 사익스와 유대인은 얘기를 멈추고 귀를 기울였다. 낮은 의자에 쪼그려앉아 있던 여자는 얼굴을 쳐들고 같이 귀를 기울였다. 11시였다.

"자정이 한시간 남았구나." 사익스가 덧문을 올리고 밖을 내다본 다음 자리로 돌아서며 말했다. "게다가 어둡고 음침하고. 일하기 딱 좋은 밤이야, 이거."

"아!" 페이긴이 대답했다. "참 안됐어, 여보게 빌. 당장 할 일이 없으니 말이야."

"그 말은 맞구먼." 사익스가 퉁명스럽게 대답했다. "참 안된 일이지, 나도 일하고 싶은 기분인데 말이야."

페이긴이 한숨을 쉬고 낙담한 듯 고개를 흔들었다.

"사정이 괜찮아지면 허비한 시간을 보충해야 한다고. 난 그것밖에 모르오." 사익스가 말했다.

"그 말 참 잘했네, 자네." 페이긴이 과감하게 그의 어깨를 쳐주며 대답했다. "자네 말을 들으니 기분이 좋구먼."

"기분이 좋다고!" 사익스가 소리쳤다. "그래, 그러시겠지."

"하하하!" 페이긴이 웃었는데, 사익스가 이 정도라도 수긍해주니 마음이 놓이는 것 같았다. "오늘 자네 아주 자네답구먼, 빌! 아주 자네다워."

"그 깡마른 늙은 발톱을 내 어깨에 올려놓으면 난 나답게 느껴지지 않으니 걷어치우시지그래." 사익스가 유대인의 손을 밀치며 말했다.

"그게 자네를 초조하게 만드나, 빌? 체포되는 게 생각나서 그래?" 페이긴이 성을 내지 않으려 맘을 먹고 말했다.

"악마에게 체포되는 것 같소, 왜." 사익스가 대꾸했다. "당신 같은 얼굴을 한 인간도 없을 거야, 당신 아비가 아니면. 아마 그 양반은 지금쯤 허옇게 센 붉은 수염을 지옥불에 지지고 있을 거야, 당신이 다름 아닌 그 늙은 악마한테서 곧장 태어난 자식이 아니라면 말이야. 그렇다 해도 조금도 이상한 일이 아니지."

페이긴은 이러한 찬사에 대해 일체의 대답을 하지 않는 대신 사익스의 옷소매를 잡아끌며 낸시를 가리켰는데, 그녀는 이들이 대화하는 틈을 타서 보닛을 쓰고 막 방을 나가려는 참이었다.

　"어이!" 사익스가 소리쳤다. "낸스, 이 밤중에 어딜 가려는 거야?"

　"멀리 안 가."

　"무슨 대답이 그래?" 사익스가 대꾸했다. "어디 가냐고?"

　"말했잖아, 멀리 안 간다고."

　"내가 말했지, 어디 가냐고?" 사익스가 응수했다. "내 말 안 들려?"

　"어디 가는지 나도 몰라." 여자가 대답했다.

　"그러면 내가 알게 해주지." 사익스가 말했는데, 그는 여자가 나가는 것을 진짜로 반대해서가 아니라 그저 오기가 생겼던 것이다. "아무데도 못 가. 앉아."

　"몸이 좀 안 좋아. 저번에 말했잖아." 여자가 대꾸했다. "바람 좀 쐬고 싶다고."

　"창밖으로 머리를 내밀어." 사익스가 대답했다.

　"그걸로는 안 돼." 여자가 말했다. "길거리에서 바람을 쐬고 싶어."

　"그럼 다 그만둬." 사익스가 대답했다. 그는 이렇게 확고하게 말하더니 벌떡 일어서서 문을 잠그고 열쇠를 뽑은 다음, 그녀의 머리에서 보닛을 잡아채서 낡은 찬장 위로 던져버렸다. "자, 이제 그 자리에 가만히 있어, 알았지." 강도가 말했다.

　"모자가 없다고 내가 못 나갈 줄 알아." 여자가 매우 창백해지면서 말했다. "왜 이러는 거야, 빌? 지금 무슨 짓을 하고 있는 줄 알기나 해?"

　"알기나 하냐고…… 아니!" 사익스가 페이긴에게 몸을 돌리면서 소리쳤다. "이년 정신이 나갔어, 안 그래? 아니면 감히 나한테 그따

위로 말하지 않을 거요."

"자기 내가 물불 안 가리고 갈 데까지 가게 만들지 말라고." 여자
가 격렬하게 터져나오려는 무언가를 누르듯이 두 손을 가슴에 대
고 말을 뱉었다. "날 보내줘, 어서…… 지금…… 당장."

"싫어!" 사익스가 말했다.

"날 내보내주라고 해요, 페이긴. 그러는 게 좋을 거야. 그게 결국
이 사람한테도 더 좋을 거라고. 내 말 안 들려요?" 낸시가 바닥을
구르면서 소리를 질렀다.

"말이 안 들리냐고!" 사익스가 그녀를 마주 보기 위해 의자를 돌
려놓으며 말했다. "그래 들린다! 삼십초만 더 지껄이면 개가 네 목
을 물어뜯어서 그놈의 꽥꽥대는 목소리를 찢어발기게 할 거다. 너
왜 이 난리야, 이 걸레야! 뭣 땜에 그래?"

"날 보내줘." 여자가 매우 심각하게 말했다. 그러고선 문 앞에 주
저앉더니 이렇게 말했다. "빌, 날 보내줘. 자기는 지금 무슨 짓을 하
고 있는지 몰라. 진짜 모른다고. 단 한시간만이라도…… 응…… 응!"

사익스가 그녀의 팔을 거칠게 잡으면서 외쳤다. "이 계집이 완전
히 미친 게 아니라면, 내 팔다리를 하나씩 잘라내라고! 일어서."

"나를 보내주기 전엔 안 일어선다…… 보내주기 전에는…… 죽
어도…… 죽어도 못해!" 여자가 비명을 질렀다. 사익스는 기회를
포착하려고 일분 정도 노려보고 있다가 갑자기 그녀의 손을 묶고,
내내 몸부림치고 발버둥질하는 그녀를 옆의 작은 방으로 질질 끌
고 갔다. 거기서 그는 벤치에 앉았고, 그녀를 의자에 밀어넣고 힘으
로 눌러댔다. 그녀는 몸부림을 치기도 하고 애원을 하기도 하다가,
12시 종이 울리자 지치고 맥이 빠져서 더이상 고집을 부리지 않았
다. 사익스는 여러가지 욕을 섞어 오늘 밤 더이상 나갈 생각은 말

라고 경고를 한 후에, 그녀가 차분히 정신을 차리도록 남겨두고 다시 페이긴에게로 갔다.

"휴!" 집털이 강도가 얼굴의 땀을 닦아내며 말했다. "진짜 되게 별난 계집이라니까!"

"그렇게 말할 만해, 빌." 페이긴이 곰곰이 생각하며 대답했다. "그렇게 말할 만하다니까."

"왜 오늘 밤에 나가려고 한 것 같소, 당신 생각엔?" 사익스가 물었다. "이보슈, 당신이 나보다 개를 더 잘 알잖아. 무슨 까닭이지?"

"고집이지. 여자의 고집인 것 같네, 내 생각엔."

"그래, 그런 것 같아." 사익스가 으르렁댔다. "난 쟤를 길들인 줄 알았는데 여전히 엉망이야."

"더 나빠졌지." 페이긴이 곰곰이 생각하며 말했다. "난 쟤가 이런 하찮은 일로 저러는 걸 본 적이 없다네."

"나도 그래." 사익스가 말했다. "내 생각엔 쟤 피 속에 아직 그 열병[95]이 좀 남아 있는 것 같소, 그리고 그게 나오질 않는 거지…… 그렇지 않소?"

"아마 그럴 거야."

"또 저렇게 굴면 의사를 귀찮게 할 것도 없이 내가 손수 방혈[96]을 시켜줘야지." 사익스가 말했다.

페이긴은 이 치료법에 동의한다는 표로 고개를 끄덕거렸다.

"내가 밤낮으로 앓아누워 있을 때 내 주위에 붙어 있던 여자요. 생겨먹은 건 꼭 염통 시꺼먼 늑대 같은 당신은 온종일 근처에 얼씬도 안 하고 말이야." 사익스가 말했다. "게다가 우린 아주 돈에 쪼

---

**95** 성병.

**96** 放血, 피를 조금 흘리게 하는 옛 치료법.

들렸다고, 요즘 계속. 이런저런 이유에서 쟤가 걱정스럽고 짜증이 난 모양이야. 그리고 여기 너무 오래 갇혀 있어서 초조하기도 할 거고…… 그렇지 않소?"

"바로 그걸세, 이 사람아." 유대인이 속삭이는 말로 대답했다. "쉿!"

그가 이렇게 말할 때, 여자가 나타나서 아까 앉았던 자리로 갔다. 그녀의 눈은 통통 붓고 충혈되었는데, 앞뒤로 몸을 흔들다가 고개를 뒤로 젖혔고 조금 뒤에 웃음을 터뜨렸다.

"아니, 지금은 또 다른 쪽으로 바뀌었잖아!" 사익스가 아주 놀랍다는 표정을 짓고 자기 동료를 돌아보며 감탄의 소리를 질렀다.

페이긴은 아직은 그녀에게 신경 쓰지 말라고 고갯짓을 했고, 몇 분 뒤에 여자는 평소의 태도로 누그러졌다. 페이긴은 사익스에게 다시 아까와 같은 상황이 될 염려는 없다고 속삭인 후, 모자를 집어들고 작별인사를 했다. 그는 방문에 이르러 멈춰서더니 주위를 둘러보고 계단이 어두우니 누가 아래까지 불 좀 비춰주겠냐고 물었다.

"밑에까지 불을 비춰줘." 사익스가 파이프에 담배를 채우며 말했다. "영감이 자기 목을 부러뜨려서 구경꾼들을 실망시키는 것은 유감스러운 일이야. 불을 비춰주라고."

낸시는 촛불을 들고 아래층까지 노인을 따라갔다. 그들이 복도에 이르렀을 때 그는 입술에 손가락을 대고 여자에게 가까이 다가가 속삭였다.

"뭐니, 낸시, 응?"

"무슨 얘기예요?" 여자가 아까와 같은 어조로 대답했다.

"네가 난리를 피운 이유 말이야." 페이긴이 대답했다. "만약에 저 자가"——그는 앙상한 집게손가락으로 계단 위를 가리켰다——
"너한테 그렇게 심하게 굴면 (저 녀석은 진짜 야수야, 낸스. 짐승
같은 놈이라고) 왜 그냥……"

"뭘?" 페이긴이 말을 멈추자 여자가 말했는데, 그의 입은 거의
그녀의 귀에 닿을 정도였고 그의 눈은 그녀의 눈을 빤히 들여다보
고 있었다.

"지금은 그만 해두자. 다시 얘기를 하자고. 친구가 필요하면 나
한테 와, 낸스. 난 아주 충직한 친구지. 나는 조용하고 은밀하게 처
리할 수 있다고. 너를 개처럼 다루는 녀석…… 개처럼! 개한테 하
는 것보다 더하지, 저자도 때로는 자기 개의 비위는 맞춰주니 말이
야…… 그런 녀석에게 복수하고 싶다면 내게 와라. 진짜야, 나한테
오라고. 녀석은 그저 하루살이 목숨이야. 하지만 넌 옛날부터 나와
알고 지냈잖아, 낸스."

"당신을 잘 알고 있죠." 여자가 조금도 감정을 드러내지 않으며
대답했다. "잘 가요."

그녀는 페이긴이 자신에게 손을 내밀자 뒤로 움츠러들었으나,
차분한 목소리로 다시 잘 가라는 인사를 하고 그가 보내는 작별의
눈빛에 알았다는 고갯짓으로 대답한 후 문을 닫았다.

페이긴은 머릿속에서 돌아가고 있는 생각에 골몰하며 자기 집
쪽으로 걸어갔다. 페이긴에게——방금 일어난 일들이 그에게 확신
을 주긴 했어도 이전부터 서서히 그리고 조금씩——떠오른 생각은
자신에게 사납게 구는 집털이 강도에 지친 낸시가 새로운 친구에
게 연정을 품기 시작했다는 것이다. 그녀의 태도가 바뀌고 자꾸 혼
자 집에서 나가 있는 것이나, 한때는 그렇게도 열성적이던 패거리
의 관심사에 대해 상대적으로 무심해진 것, 그리고 덧붙여서 그녀

가 그날 밤 특별한 시간에 필사적으로 집을 나가려고 한 것, 이 모두가 이런 추측을 뒷받침했고, 적어도 그에게는 거의 확실해진 것이다. 그녀가 새롭게 좋아하게 된 사람이 그의 부하들 중의 하나는 아닐 것이다. 그 사람은 낸시 같은 일꾼과 더불어 값진 획득물이 될 것이니 (페이긴은 이렇게 논리를 폈는데) 지체 없이 그를 확보해야 할 것이다.

그가 바라는 음흉한 목적은 하나 더 있었다. 사익스는 너무 많은 것을 알고 있었고, 게다가 사익스의 막돼먹은 모욕으로 인해 페이긴은 비록 겉으로 드러내지는 않았지만 깊은 상처를 입고 있었던 것이다. 낸시가 사익스를 떨쳐버리면 그는 그녀를 가만두지 않을 것은 물론이요, 그녀가 새로이 마음을 준 사람에게 ― 다리를 부러뜨린다든지 또는 목숨을 빼앗는다든지 하는 ― 분노를 터뜨릴 것이 확실함을 낸시 자신도 잘 알 것이다. 페이긴은 생각했다. '조금만 설득하면, 그애가 놈을 독살하는 것보다 더 그럴 법한 일이 없을 거야. 여자들은 이전에도 그런 목표를 위해서 그런 짓을, 그보다 더한 짓도 늘 해왔으니까. 그러면 그 위험한 악당, 내가 혐오하는 녀석이 사라질 것이고, 또다른 녀석을 그 자리에 확실히 잡아둘 수 있을 거야. 게다가 내가 이 사건의 전모에 대해 알고 있으니 낸시에 대한 내 영향력은 무한할 것 아닌가.'

페이긴이 집털이 강도의 방에서 혼자 앉아 있던 짧은 시간에 이런 생각이 머릿속을 스쳐갔고, 그는 이것을 염두에 두고 기회를 포착해서 낸시와 헤어질 때 몇 마디 두서없는 암시로 떠보았던 것이다. 그때 그녀는 놀란 표정을 보이지도 않았고 무슨 말을 하는지 잘 모르겠다는 표정도 짓지 않았다. 여자는 분명히 그의 뜻을 이해했던 것이다. 헤어질 때의 그녀의 눈빛이 그것을 보여주지 않았던가.

그러나 그녀가 사익스의 목숨을 빼앗으려는 계략을 들으면 뒷걸음질을 칠지도 모를 일이니, 이 문제를 해결하는 것이 주된 목표의 하나였다. 페이긴은 집을 향해 살금살금 걸어가면서 생각했다. '어떻게 하면 내 말을 좀더 잘 듣게 할 수 있을까? 어떤 새로운 힘을 내 손에 쥘 수 있을까?'

　이런 머리들은 여러가지 계략을 풍부하게 생각해내는 법. 만약에 그녀가 자백을 하지 않는다 해도 감시망을 쳐서 그녀가 변심하게 된 대상을 발견해낸 다음, 그녀가 자기의 계획에 따르지 않는다면 모든 사실을 사익스에게 털어놓겠다고 협박을 하면 (그녀가 사익스를 보통 두려워하는 것이 아니니) 그녀가 순응하지 않겠는가?

　"그럴 수 있지." 페이긴이 거의 남에게 들릴 정도로 말했다. "그렇게 되면 감히 거절하진 못할 거야. 자기 목숨을 걸더라도, 목숨을 걸어도 말이야! 만사가 준비되어 있어. 방법은 마련되었고 곧 실행에 옮겨야지. 아직 넌 내 손아귀에 있어!"

　그는 자기보다 더 대담한 악당을 남겨둔 뒤편을 음흉한 눈빛으로 돌아다보았다. 그는 그쪽에다 위협조로 손을 휘두르고는, 마치 혐오하는 원수가 들어 있어 손가락의 동작 하나하나로 부수기라도 하듯 깡마른 손으로 누더기옷의 주름을 힘껏 비틀며 자기 갈 길을 갔다.

# 제45장
## 페이긴이 노어 클레이폴에게
## 비밀스러운 임무를 맡긴다

영감은 다음날 일찍 일어나서 그의 새 동료를 초조하게 기다렸는데, 그는 영영 안 나타날 듯이 꾸물거리던 끝에 마침내 모습을 드러내더니 게걸스럽게 아침상을 공략하기 시작했다.

"볼터." 페이긴이 의자를 끌어다놓고 그를 마주 보고 앉았다.

"뭐예요, 듣고 있어요." 노어가 대꾸했다. "무슨 문제요? 식사를 끝낼 때까지 내게 뭘 해달라고 부탁하지 마시라고. 그게 이곳의 큰 문제란 말이야. 밥 먹을 시간도 충분치가 않으니, 원."

"먹으면서도 얘긴 할 수 있잖아, 안 그래?" 페이긴은 그의 다정한 젊은 친구의 탐욕스러움을 마음속 가장 깊은 데서부터 저주하며 말했다.

"아 그래요, 얘기할 수 있어요. 얘기를 하면 난 더 잘 먹으니까." 노어가 빵을 큼직하게 잘라내면서 말했다. "샬럿은 어디 있소?"

"나갔어." 페이긴이 말했다. "오늘 아침 다른 여자애하고 같이 내보냈어, 우리 단둘이 있고 싶어서 말이야."

"아!" 노어가 말했다. "보내기 전에 버터 바른 토스트 좀 만들어 놓으라고 했으면 좋았을 걸 그랬수. 할 수 없지. 말해보슈. 먹는 데 는 지장이 없을 테니까."

사실 무엇이건 그를 방해할 염려는 별로 없는 것 같았는데, 그는 분명히 먹는 일에 전념하려고 맘을 먹고 앉아 있었던 것이다.

"어제 참 일을 잘했다, 얘." 페이긴이 말했다. "훌륭해! 첫날에 6실링 9페니 반이라! 꼬마덕으로 넌 한밑천 마련할 거야."

"거기다 1파인트들이 단지 세개하고 우유깡통 한개를 더하는 것 을 잊지 마슈." 볼터씨가 말했다.

"그래, 그래, 얘야. 단지는 아주 천재적인 솜씨였어. 또 우유깡통 도 완벽한 걸작이었고."

"초심자치고는 괜찮았어요, 내 생각에도." 볼터씨가 자기만족에 젖어 논평했다. "단지들은 집 바깥난간에서 집어왔고 우유깡통은 주막 밖에 혼자 서 있잖아요. 그게 비를 맞으면 녹이 슬거나 감기 에 걸릴 것 같아서, 왜 있잖아요. 에? 하하하!"

페이긴은 껄껄 웃는 체를 했고, 볼터씨는 실컷 다 웃은 다음에 큼직한 조각들을 연달아 물어뜯어 첫번째 버터 바른 빵조각을 해 치운 뒤, 두번째 빵조각을 먹는 데 열중했다.

"볼터, 난 자네가 말이야." 페이긴이 식탁 위로 몸을 기대면서 말 했다. "날 위해서 일을 하나 해주면 좋겠어. 그런데 아주 조심해야 하는 일이거든."

"내 말은," 볼터가 대꾸했다. "날 위험한 데 밀어넣거나 더이상 경찰서 같은 데로 보내지 말란 말이에요. 그건 내게 맞지 않아요, 안 맞는다고. 그러니 하는 말이오."

"여기에는 조금의 위험도 없어…… 아주 요만큼도 없다고." 유대인이 말했다. "그냥 여자 하나를 몰래 감시하면 되는 거야."

"늙은 여자요?" 볼터씨가 물었다.

"젊은 여자지." 페이긴이 대답했다.

"그런 일이라면 잘할 수 있을 것 같아요." 볼터가 말했다. "나는 학교 다닐 때 진짜로 교활한 고자질쟁이였으니까요. 그런데 뭐 때문에 몰래 감시하는 거죠? 무슨……"

"별거 아냐. 그냥 그 여자가 어디로 가고 누구를 만나고, 가능하다면 무슨 말을 하는지를 나한테 전해주면 돼. 그곳이 길거리면 어떤 길이고, 집이면 어떤 집인지를 기억했다가 가능한 한 모든 정보를 나한테 가져오는 거지."

"얼마 주겠소?" 노어가 컵을 내려놓고 고용인의 얼굴을 뚫어지게 쳐다보면서 물었다.

"일을 잘하면 1파운드다, 애야. 1파운드라고." 페이긴은 가능한 한 그가 미행에 흥미를 느끼길 원하며 말했다. "게다가 그 정도면 내가 지금까지 값나가는 물건을 얻을 때 말고는 어떤 일이건 간에 쳐준 적이 없는 액수라고."

"그 여자가 누구예요?" 노어가 물었다.

"우리 패야."

"아니 저런!" 노어가 코를 찡긋 추켜올리며 소리쳤다. "그런 여자를 의심하시는구먼, 그렇소?"

"걔가 다른 친구들을 만나고 있는데 말이다, 그들이 누구인지 꼭 알아내야 하거든." 페이긴이 대답했다.

"알겠소." 노어가 말했다. "그냥 그 사람들을 알고 지내려는 거지요, 만약에 괜찮게 사는 사람들이면, 에? 하하하! 내가 바로 그 일에 적격자요."

"그럴 줄 알았네." 페이긴은 자신의 제안이 받아들여지자 의기양양해서 외쳤다.

"물론이지, 물론이오." 노어가 대답했다. "그 여자 어디 있어요? 어디서 기다려야 해요? 어디로 가야 하죠?"

"그것은, 여보게, 내가 다 얘기해주지. 적절한 때가 되면 그 여자를 지목해줄 테니." 페이긴이 말했다. "준비를 해, 나머지는 나한테 맡기고."

그날 밤, 그리고 다음날 밤과 또 그 다음날 밤에도 이 염탐꾼은 짐마차꾼 차림을 하고 신을 신은 채 앉아서, 페이긴의 한마디에 곧장 출동할 준비를 하고 있었다. 엿새째 밤, 길고 지루한 엿새째 밤이 지나면서 페이긴은 매일 실망한 얼굴로 집에 돌아왔고 간략하게 아직 때가 안 되었다는 뜻만 내비쳤다. 이레째 밤에 그는 기쁨을 참지 못하는 태도로 다른 때보다 좀더 일찍 돌아왔다. 그날은 일요일이었다.

"걔가 오늘 밤에 외출을 한다." 페이긴이 말했다. "바로 그 일 때문이야. 확실하다고. 왜냐 하니 오늘 온종일 혼자 있었고, 그 여자가 무서워하는 사내가 날이 새기 전까지는 돌아오지 않을 테니까. 날 따라와라, 어서!"

노어는 한마디도 없이 벌떡 일어섰다. 유대인이 하도 강렬하게 흥분을 한 상태여서 그도 따라 흥분했던 것이다. 그들은 집에서 몰래 나와 미로 같은 길을 서둘러 지나쳐 마침내 어떤 주막 앞에 멈췄는데, 노어는 그곳이 바로 자기가 런던에 도착하던 날 밤에 묵었던 곳임을 알아차렸다.

그때는 11시가 지난 시간이었고 문은 잠겨 있었다. 페이긴이 낮은 휘파람 소리를 내자 돌쩌귀로 살그머니 문이 열렸다. 그들은 아무 소리도 없이 들어갔고 문은 그들 뒤로 닫혔다.

페이긴과 그들을 맞이한 젊은 유대인은 속삭이지조차 않으며 말 대신에 손짓을 했고, 노어에게 유리창을 가리키며 올라가서 옆방에 있는 사람을 관찰하라고 했다.

"저게 그 여자요?" 겨우 알아들을 만한 소리로 노어가 물었다. 페이긴은 그렇다고 고개를 끄덕거렸다.

"얼굴이 잘 안 보여요." 노어가 속삭였다. "머리를 숙이고 있는 데다가 촛불이 뒤에 있다고요."

"가만히 있어봐." 페이긴이 속삭였다. 그가 바니에게 손짓을 하자 바니는 물러갔다. 청년은 단숨에 옆방으로 들어가 초의 심지를 잘라내는 척하며 초를 적당한 위치에 옮겨놓았고 여자한테 말을 걸어 그녀의 얼굴을 들게 했다.

"자, 이제 보인다." 염탐꾼이 소리쳤다.

"훤하게?"

"천 명 가운데서도 알아보겠소."

방문이 다시 열리고 여자가 나가자 그는 서둘러서 내려갔다. 페이긴은 커튼으로 가려놓은 작은 칸막이 뒤로 그를 끌고 갔다. 잠시 후 그들이 숨어 있는 장소에서 몇 피트도 안 되는 거리에서 그녀가 숨을 죽인 채 지나쳐 그들이 들어왔던 문으로 나갔다.

"쉿!" 문을 잡고 있던 청년이 소리쳤다. "자, 출발해."

노어는 페이긴과 눈짓을 주고받은 후 쏜살같이 달려나갔다.

"왼쪽으로." 청년이 속삭였다. "왼쪽으로 가라고, 계속 길 반대쪽에서."

그는 그렇게 했다. 그리고 가로등의 불빛 속에서 여자가 벌써 자기 앞 저만치서 사라져가는 모습을 보았다. 그는 그녀의 행동을 좀더 잘 살피려고 자기가 신중하다고 생각하는 만큼 가까이 다가가, 길 반대편에서 걸어갔다. 그녀는 초조한 듯 두세번 뒤를 돌아보았고, 뒤에서 바싹 쫓아오던 남자 둘을 지나쳐 보내기 위해 한번은 멈춰서기도 했다. 그녀는 앞으로 나아가며 한층 더 용기를 얻은 듯 좀더 안정되고 확고한 발걸음으로 걷는 것 같았다. 염탐꾼은 그녀에게서 눈을 떼지 않고 계속 일정한 거리를 유지하면서 쫓아갔다.

# 제46장
## 만나기로 한 약속을 지키다

　두사람의 형체가 런던교에 나타났을 때 교회 종은 11시 45분을 알렸다. 날렵하고 재빠른 걸음걸이로 나타난 한사람은 만나기를 기대한 어떤 대상을 찾는 것처럼 애타게 주위를 둘러보는 여자의 모습이었다. 또다른 형체는 사내의 모습으로, 되도록 가장 어두컴컴한 곳으로 살금살금 움직이고 있었다. 그는 좀 떨어진 거리에서 그녀와 보폭을 맞추면서, 그녀가 멈추면 멈추고 다시 움직이면 은밀하게 따라갔는데, 열심히 추적을 하면서도 그녀의 발치 가까이에는 가지 않았다. 이렇게 그들이 미들섹스에서 서리 기슭 쪽으로 나아가던 중, 여자는 걱정스러운 표정으로 행인들을 살펴보다가는 실망했는지 돌아섰다. 이 움직임은 갑작스러운 것이었지만 그녀를 감시하던 자는 별로 놀라지 않았다. 그는 교각 위에 나 있는 틈새에 웅크리고 들어간 다음 좀더 잘 숨기 위해 난간 위로 몸을 기댄 채, 반대편 인도로 그녀가 지나갈 때까지 기다렸다. 그녀가 아까와 같은 거리만큼 앞으로 나아가자 그는 조용히 내려와서 다시 뒤를 따라갔다. 다리의 중간쯤 되는 곳까지 와서 그녀는 멈춰섰다. 사내 또한 멈춰섰다.

아주 어두운 밤이었다. 온종일 날이 좋지 않았으므로 그런 시간에 그런 장소로 돌아다니는 사람은 거의 없었다. 혹시 지나다니는 사람이 있더라도 서둘러 지나쳐갔으므로 그 여자나 그녀의 미행자를 보았을 가능성은 없었고, 눈여겨보았을 가능성은 더더욱 없었다. 그들은 그 밤에 머리를 누일 싸늘한 구름다리나 문도 없는 오두막집을 찾아 마침 다리를 건너가는 런던의 빈궁한 사람들이 절박한 눈길을 보낼 그런 차림새들은 아니었다. 그들은 그곳에 말없이 서서 지나가는 사람 그 누구한테도 말을 걸지 않았고, 그들에게 말을 거는 사람 또한 없었다.

강에 덮인 안개로 인해 런던의 여러 부두들에 정박해둔 작은 배들 위에 지펴진 불은 더욱 붉게 보였고, 둑 양쪽의 음울한 건물들은 더욱 어둡고 희미하게 보였다. 연기에 그을린 채 양편에 서 있는 낡은 창고들은 빽빽하게 밀집된 지붕과 박공들 위로 무겁고 둔탁하게 솟아올라서, 창고의 묵직한 형체가 비치지 않을 정도로 시커먼 물을 엄한 눈초리로 노려보고 있었다. 그렇게도 오랜 세월간 그 오래된 다리의 거대한 감시자였던 세인트 세이비어 교회의 탑과 세인트 매그너스 교회의 첨탑이 어둠 속에서 보였다. 그러나 다리 아래에 빽빽하게 늘어선 선박의 돛과 그 위로 짙게 흩어진 교회 종탑들은 거의 시야에서 가려져 있었다.

세인트 폴 교회의 둔중한 종소리가 또다시 하루가 막을 내렸음을 알리자 여자는──감시자가 숨어서 자세히 지켜보는 가운데──안절부절못하며 왔다 갔다 했다. 이 복잡한 도시에 자정이 찾아온 것이다. 궁궐과 다락방 침실, 감옥, 정신병자 수용소, 출산과 임종의 방들, 건강과 질병의 방들, 굳어진 시체의 얼굴과 고요히 잠자는 아이의 모습 — 이 모든 것 위에 자정이 다가온 것이었다.

자정이 지난 지 이분도 못 되어서 한 젊은 숙녀가 백발의 신사를 대동하고 다리와 멀지 않은 곳에 전세마차에서 내리더니, 마차를 보내고 곧장 다리를 향해 걸어왔다. 그들이 인도에 발을 내딛자마자 여자는 깜짝 놀라서 즉시 그들에게 갔다.

그들은 거의 실현되기 어려운 일에 대해 아주 약간의 기대만을 갖고 있는 기색으로 주위를 둘러보며 앞으로 나아가던 중 갑자기 새 동료와 합류하게 되었다. 그들은 깜짝 놀라 소리를 내며 멈춰섰으나 이내 그 소리를 억눌렀으니, 바로 그 순간에 시골 사람 차림의 남자가 가까이서 — 실제로 옷깃이 닿을 정도로 — 그들을 스치고 지나갔기 때문이다.

"여기서는 안 돼요." 낸시가 서둘러 말했다. "여기서는 무서워서 말할 수 없어요. 이리 오세요, 큰길 말고…… 저 아래쪽 계단으로요!"

그녀는 이렇게 말하면서 자기들이 갔으면 하는 방향을 가리켰고, 시골 사람은 뒤를 돌아보며 왜 길을 다 막고 섰냐고 거칠게 말하면서 지나갔다.

여자가 가리킨 층계는 서리 쪽 제방에 있는 것으로 세인트 세이비어 교회 쪽 다리 끝에서 강으로 내려가는 계단이었다. 시골 사람 차림의 사내는 은밀한 동작으로 급히 이곳으로 갔고 한순간 그곳을 살펴본 후에 밑으로 내려가기 시작했다.

계단은 다리의 일부로서, 세개의 층계참으로 이루어져 있었다. 두번째 줄 바로 아래로 가면, 왼쪽의 돌벽은 템즈 강을 향한 장식용 벽기둥으로 끝이 난다. 이 지점에서 아래쪽 계단들이 넓어지기 때문에, 벽의 각을 끼고 돌아서면 그 윗계단에 있는 사람들은 바로 한 계단 위에 있다 해도 이쪽을 볼 수 없게 되어 있었다. 시골 사람은 이 지점에 이르자 주위를 황급히 둘러보았는데, 그곳보다 더 좋은 은신처가 없었고 또한 썰물때라 공간이 충분해서 등을 벽기둥에 대고 옆으로 슬쩍 빠진 후 그곳에서 기다렸다. 그는 그들이 거기서 더 내려오지 않을 것이고, 설사 무슨 말을 하는지 듣지 못하더라도 적어도 다시 안전하게 미행할 수는 있다고 제법 확신이 섰다.

이 적막한 장소에서 시간은 얼마나 느릿느릿 흘러가는지, 또 기대했던 것과는 엄청나게 다른 이 상면相面의 동기가 무엇인지 간파하려는 욕망이 얼마나 간절했는지, 염탐꾼은 몇번이나 일을 그르쳤다고 체념하면서, 그들이 훨씬 위쪽에 서 있든지 아니면 비밀스러운 대화를 하기 위해 아예 다른 곳으로 갔다고 확신하게 되었다. 그가 막 그 은신처에서 나와 올라가려는 참에 발걸음 소리가 났고 뒤이어 가까이서 나는 목소리가 들렸다.

그는 벽에 몸을 바싹 붙이고 거의 숨을 멈춘 채로 주의 깊게 귀를 기울였다.

"이만하면 충분히 온 것 같소"라고 하는 말이 들렸는데 그것은 아마 신사의 목소리인 듯했다. "난 아가씨가 더이상 가는 것을 용납하지 않겠소. 다른 사람들 같으면 당신을 불신한 나머지 이만큼도 안 왔을 것이오, 하지만 보다시피 난 당신의 비위를 맞추고 있는 거요."

"비위를 맞춘다고!" 그들을 데리고 온 여자가 외쳤다. "아주 사려 깊으시군요, 정말로, 선생님. 제 비위를 맞춘다니! 그래, 뭐, 그것은 문제가 아니지."

신사가 한결 다정한 어조로 말했다. "왜, 어떤 이유에서, 어떤 목적에서 우리를 이 이상한 장소로 데려온 것이오? 왜 불빛이 있고, 움직이는 물체들이 있는 저 위에서 말을 못하게 하고 이 어둡고 음침한 구석으로 우리를 데려온 거냔 말이오?"

"이미 말했잖아요." 낸시가 대답했다. "거기는 무서워서 얘기가 나오지 않았어요." 여자가 부르르 떨며 말했다. "왜 그런지는 모르겠지만 오늘 밤은 너무 두렵고 무서운 느낌이 들어서 서 있지도 못하겠어요."

"무엇을 두려워하는 건가요?" 신사가 물었는데, 그는 그녀를 가엾게 여기는 것 같았다.

"저도 뭔지 잘 몰라요." 여자가 대답했다. "저도 알았으면 좋겠어요. 죽음에 대한 소름 끼치는 생각들, 피가 묻은 수의들, 그리고 불길에 휩싸인 듯 온몸을 태워버릴 것 같은 공포, 이것들이 하루 종일 나를 떠나지 않았어요. 오늘 밤엔 시간을 보내려고 책을 읽고 있었는데 그런 것들이 글자가 돼서 제게 다가왔어요."

"공상이오." 신사가 그녀를 달래며 말했다.

"공상이 아니에요." 여자가 목이 잠긴 소리로 대답했다. "진짜로 맹세하건대 책갈피마다 '관'이라는 검은 글자가 크게 쓰여 있었어요…… 그래요, 그리고 오늘 밤 길에서 내 근처로 관이 하나 지나갔고요."

"그건 뭐 별로 이상한 일도 아니지." 신사가 말했다. "나도 자주 지나쳤소."

"그것은 진짜 관이겠지요." 여자가 응답했다. "내가 본 건 그렇지 않았어요."

그녀의 태도가 너무나도 이상했기에 숨어서 엿듣던 자는 여자의 말을 들을 때마다 살이 스멀스멀하고 속에서 피가 차갑게 식는 것 같았다. 그는 젊은 숙녀가 그녀에게 차분하라고, 그렇게 두려운 환상에서 빨리 깨어나라고 간청하는 상냥한 목소리를 듣고 이제까지 경험한 적이 없는 안도를 느꼈다.

"이 사람한테 친절하게 말을 하세요." 젊은 숙녀가 자기의 동료에게 말했다. "불쌍한 사람! 그녀에게 필요한 건 그거예요."

"당신들의 거만한 종교인들은 오늘 밤 내 꼴을 보면 고개를 빳빳하게 쳐들고 지옥불과 인과응보에 대해 설교하겠지요." 여자가 큰 소리로 말했다. "아, 다정한 아가씨, 하느님의 백성이라고 자처하는 사람들이 왜 당신처럼 우리 불쌍한 것들한테 친절하고 다정하지 않지요? 당신이야말로 젊음도, 아름다움도, 그리고 그 사람들이 잃어버린 그 모든 것을 갖고 있으니 그렇게 겸손할 게 아니라 좀 거만하게 저를 대할 수 있을 텐데?"

"아!" 신사가 말했다. "터키인[97]도 기도를 할 때는 깨끗이 세수한 다음에 동쪽으로 얼굴을 돌리는데, 그 잘난 사람들은 속세에 자기들 얼굴을 얼마나 심하게 비벼댔는지 미소를 다 지워버린 후에 터키인들만큼이나 규칙적으로 천국의 가장 어두운 쪽으로 얼굴을 돌립니다. 이슬람교도와 바리새인[98] 둘을 놓고 택하라면 나는 전자 쪽이 더 낫다고 봅니다!"

이 말들은 젊은 숙녀에게 하는 것 같았는데 아마 낸시에게 정신을 가다듬을 시간을 줄 생각인 모양이었다. 신사는 그뒤에 곧 그녀에게 말을 걸었다.

"당신은 지난 일요일 밤에는 여기 나오지 않았던데." 그가 말했다.

"올 수가 없었어요." 낸시가 대답했다. "강제로 붙잡혀 있었어요."

---

**97** 주로 기독교도에 반대되는 부정적인 의미로 쓰이는 말.
**98** 신약에 나오는 위선적인 종교인.

"누구한테?"

"빌 — 지난번에 이 아가씨에게 말한 그 사람 말이에요."

"오늘 밤 우리가 이리로 오게 된 그 문제에 대해서 다른 사람과 연락을 주고받는다는 의심을 받는 건 아니겠지요?" 노신사가 걱정스럽게 물었다.

"아니에요." 여자가 고개를 저으면서 대답했다. "무슨 일인지 말하지 않으면 외출하기가 쉽지 않아요. 지난번에도 나가기 전에 로드넘 탄 것을 마시게 하지 않았더라면 아가씨를 볼 수 없었을 거예요."

"당신이 돌아오기 전에 그가 깨어났나요?" 신사가 질문했다.

"그렇지는 않았어요. 그 사람이나 그밖에 그 누구도 나를 의심하지 않았어요."

"좋소." 신사가 말했다. "이제 내 말을 들어보시오."

"준비됐어요." 그가 잠시 말을 멈추자 여자가 대답했다.

신사가 말을 시작했다. "이 젊은 숙녀분이 당신이 약 보름 전에 해준 얘기를 나한테 그리고 믿을 만한 몇몇 친구들에게 전해주었소. 솔직히 고백하면 처음엔 난 당신을 무조건 신뢰해도 될까 의심했지만, 지금은 당신을 확고히 믿고 있소."

"그래요." 여자가 진지하게 말했다.

"반복하지만 난 확고히 믿고 있소. 당신을 신뢰한다는 내 의사를 증명하기 위해서 숨김없이 말하는데, 우리는 그 비밀을, 그게 무엇이건 간에 몽스란 자를 위협해서 털어놓도록 만들 작정이오. 그러나 만약에, 만약에……" 신사가 말했다. "그를 확보할 수 없거나 확보했다고 해도 우리 생각대로 할 수 없는 경우에는 당신이 그 유대인을 넘겨줘야 합니다."

"페이긴을!" 여자가 뒤로 물러서며 외쳤다.

"그자를 당신이 넘겨줘야 합니다." 신사가 말했다.

"그렇게는 하지 않겠어요! 난 절대로 안 해요!" 여자가 대답했다. "그자는 악마지만, 나한테는 악마보다 더 나쁜 자였지만, 난 그짓은 절대로 안 합니다."

"안 하겠다고?" 신사가 말했는데, 그는 이런 대답에 충분히 대비를 한 것 같았다.

"절대로!" 여자가 응답했다.

"왜 그런지 말해주시오."

"한가지 이유는," 여자가 단호하게 대답했다. "한가지 이유는 이 숙녀분이 알고 있고, 또 나를 지지해줄 거예요. 그래주실 거라고 알고 있어요. 왜냐하면 나한테 한 약속이 있으니까요. 그리고 그밖에 또다른 이유가 있어요. 그가 비록 몹쓸 인생을 살았지만 그건 나도 마찬가지이고, 우리들 여럿이 같은 길을 가며 함께 지냈는데 그들을 밀고할 수는 없어요. 그들도, 그들 중 누구도 나를 밀고할 수 있었지만 안 했어요, 그들이 나쁜 사람들이긴 해도 말이에요."

"그러면," 신사는 마치 이것이 그가 원했던 논점인 듯 재빨리 말했다. "몽스를 내 손에 넘겨주고 그를 처리하게 해주시오."

"그가 다른 사람들을 밀고하면 어떻게 하죠?"

"만약에 그에게서 진실이 밝혀지면 거기서 문제를 끝낼 거라고 약속합니다. 올리버의 짧은 생애엔 아마 공적으로 들추어내기 괴로운 정황들이 개입돼 있을 것이오. 일단 진실을 유도해내면 그것들은 모조리 다 청산된 셈이 될 것이오."

"만약 진실을 밝히지 못한다면요?" 여자가 넌지시 말했다.

신사가 계속 이야기했다. "그럴 경우에도, 페이긴을 당신의 동의

없이 법정에 세우지 않겠소. 그런 경우라면 당신이 수긍하리라 생각되는 이유를 제시하겠소."

"아가씨도 그것을 약속하시는 건가요?" 여자가 물었다.

"그래요." 로즈가 대답했다. "참되고 진실되게 서약합니다."

"당신이 어떻게 이 일을 알게 되었는지 몽스가 모르게 하실 거죠?" 여자가 잠시 머뭇거리다가 말했다.

"전혀 모를 것입니다." 신사가 대답했다. "우리가 가지고 있는 정보는 그가 추측조차 할 수 없는 방식으로 그에게 영향력을 행사하게 될 것이오."

"난 거짓말쟁이였고 어릴 때부터 거짓말쟁이들 가운데서 자랐어요." 또다시 침묵이 흐른 뒤에 여자가 말했다. "하지만 나는 당신의 말을 믿겠어요."

두 사람 모두에게 믿어도 좋다는 확언을 받은 그녀는 하도 낮은 목소리로 얘기를 시작해서 종종 듣는 이가 말의 요지조차 알 수 없을 정도였다. 그녀는 이름과 정황을 통해서 자신이 그날 밤 추적을 받기 시작한 그 주막을 묘사했다. 그녀가 이따금씩 말을 멈추는 것으로 보아 이 신사는 그녀가 전하는 정보를 황망히 적는 모양이었다. 그녀는 그곳의 위치가 어디인지, 남의 눈에 띄지 않고 그곳을 가장 잘 지켜볼 수 있는 지점은 어디인지, 그리고 몽스가 습관적으로 거기에 들락거리는 날과 시간은 언제인지를 충분하게 설명하고는 그의 외모와 차림새를 좀더 자세히 떠올리려고 잠시 생각에 잠기는 듯했다.

"키가 커요." 여자가 말했다. "그리고 체구가 다부지지만 뚱뚱한 편은 아니고, 몰래 눈치를 살피며 걷는 걸음걸이인데, 걸으면서 계속 어깨 너머로 처음엔 이쪽 그다음엔 저쪽을 번갈아 돌아봅니다.

그것을 잊지 마세요, 왜냐 하니 그의 눈은 다른 사람보다 훨씬 더 머리통 쪽으로 움푹 꺼져 있어서 그것 하나만으로도 알아볼 수 있거든요. 얼굴은 검은 편이고 머리카락과 눈동자도 그래요. 그리고 나이는 스물여섯이나 여덟 이상은 안 된 것 같지만 생기가 없고 초췌해요. 입술은 자주 핏기가 없어지고 이빨 자국으로 일그러져 있어요. 그는 지독한 발작을 하기도 하고 때로는 손을 물어뜯어 상처 투성이가 되지요 — 왜 그렇게 놀라시죠?" 여자가 갑자기 말을 멈추었다.

신사는 별로 놀라지 않았다고 서둘러 대답하고서 얘기를 계속하라고 말했다.

"제 말 중에서 어떤 것은 좀 전에 말한 그 술집에 있는 다른 사람들에게서 알아낸 것이에요." 여자가 말했다. "난 그 사람을 두번밖에 못 봤고 게다가 그는 두번 다 커다란 망토로 몸을 싸고 있으니까요. 아마 그자를 알아볼 수 있도록 당신에게 말해줄 건 그게 전부인 듯해요. 잠깐만요." 그녀가 덧붙였다. "그의 목덜미 위쪽에, 얼굴을 돌릴 때면 목수건 밖으로 일부가 보일 정도로 아주 높이 나 있는……"

"커다란 붉은 흉터, 불이나 물에 화상을 입은 것 같은 거요?" 신사가 큰 소리를 쳤다.

"어떻게 된 거예요?" 여자가 말했다. "당신 그자를 아시는군요!"

젊은 숙녀는 놀라서 소리쳤고 그들은 잠시 동안 얼마나 잠잠히 있었는지 엿듣는 이가 그들의 숨소리를 뚜렷이 들을 수 있을 정도였다.

"그런 것 같소." 신사가 침묵을 깨면서 말했다. "당신이 묘사하는 대로라면 그런 것 같소. 두고 봅시다. 많은 사람들이 놀랍게도 서로 비슷하니까요. 같은 사람이 아닐 수도 있어요."

그는 짐짓 대수롭지 않은 듯 이런 뜻을 표명하며 숨어 있는 염탐꾼 근처로 한두걸음 더 다가갔는데, 염탐꾼은 그가 "그자인 것이 틀림없어!"라고 하는 말을 또렷하게 들었기 때문에 그가 가까이 왔다는 것을 알 수 있었다.

"자," 신사가 말했는데, 그 소리로 보아서 먼저 서 있던 장소로 돌아가는 것 같았다. "당신은 우리에게 매우 값진 도움을 주었소, 젊은 색시. 그리고 나는 이 일로 인해 당신의 형편이 더 나아지길 바랍니다. 어떻게 하면 댁을 도와줄 수 있겠소?"

"아무것도 필요 없습니다." 낸시가 대답했다.

"그렇게 고집하지 마시오." 신사가 더 단단하고 더 완고한 마음도 감동시킬 만큼 친절함을 담아 응답했다. "잘 생각해봐요. 자, 말해봐요."

"아무것도 필요 없습니다, 선생님." 여자가 울먹이며 말했다. "저를 돕기 위해서 하실 수 있는 일은 아무것도 없어요. 저는 아예 희망이 없는 사람입니다, 정말로."

"당신은 스스로를 희망의 울타리 밖에 버려두고 있소." 신사가 말했다. "과거는 당신에게 황량한 낭비였소. 당신은 젊은 혈기를 허비했고 하느님이 단 한번 주었던, 그 값진 보물들을 헤프게 써버렸던 것이오. 하지만 미래에 희망은 있소. 나는 우리가 당신에게 마음의 평화를 줄 힘이 있다고 말하지는 않겠소. 그것은 당신이 찾을 때만 오는 것일 테니. 하지만 여기 영국의 어디나, 아니 여기 남아 있는 것이 불안하다면 외국에 조용한 피신처를 제공하는 것은 우리의 능력으로도 가능할 뿐 아니라, 우리의 가장 간절한 희망이기도 하오. 동이 트기 전에, 이 강이 새벽빛에 깨어나기 전에, 과거의 당신 패거리들의 손이 전혀 닿지 않는 곳으로 가서 마치 이 순간 지구에서 사라진 듯 일절 자취를 남기지 않게 할 수 있소. 자! 난 당신이 그 어떤 옛 동료와 단 한마디라도 나누거나 예전의 소굴을 단 한번이라도 쳐다보거나, 당신에겐 역병이요 죽음이나 마찬가지인 그 탁한 공기를 들이마시게 하고 싶지 않소. 그 모든 것을 다 떠나시오, 시간이 있고 기회가 남아 있을 때!"

"그녀는 이제 우리 말대로 할 거예요." 젊은 숙녀가 소리쳤다. "흔들리고 있어요, 분명히."

"그렇지 않은 것 같소, 불행히도." 신사가 말했다.

"그렇습니다, 선생님, 그래요." 여자가 잠시 갈등한 후에 대답했다. "나는 과거의 삶에 사슬로 묶여 있습니다. 지금은 그것을 지긋지긋하게 혐오하지만 버리고 떠날 수는 없습니다. 돌아서기에는 이미 너무 멀리 온 것 같아요…… 그런데 잘 모르겠어요. 만약 이전에 그런 식으로 말씀하셨으면 전 그냥 비웃어버렸을 거예요. 하지만," 그녀가 황급히 주위를 둘러보면서 말했다. "두려움이 다시 밀려오는군요. 집에 가야만 해요."

"집이라니!" 젊은 숙녀가 힘주어 말을 따라 했다.

"집이요, 아가씨." 여자가 대꾸했다. "내가 인생 전부를 바쳐서 일으켜놓은 그 집 말이에요. 헤어져요. 누군가에게 감시를 당하거나 들킬 것만 같아요. 가요! 어서! 내가 여러분한테 뭔가 도움을 주었다면, 바라건대 내가 혼자 길을 가게 내버려두세요."

"소용없겠어요." 신사가 한숨을 쉬며 말했다. "여기 더 있다간 그녀의 안전을 위태롭게 할 수도 있소. 예상보다 훨씬 더 오래 지체한 것 같군요."

"그래요, 그래요." 여자가 재촉했다. "그랬어요."

젊은 숙녀가 소리쳤다. "도대체, 이 불쌍한 사람의 인생은 앞으로 어떻게 되는 건가요!"

"어떻게 되냐고요!" 여자가 말을 받았다. "아가씨, 앞을 바라보세요. 저 어두운 강물을 보세요. 나 같은 여자들이 걱정해주거나 통곡해주는 사람 하나 없이 물살에 뛰어드는 얘기를 읽어보셨어요? 몇년 후가 될지 아니면 그저 몇달 후가 될지 모르지만, 나는 결국 그 지경에 이를 거예요."

"제발 그렇게 말하지 마세요." 젊은 숙녀가 훌쩍거리며 대답했다.

"다정한 아가씨, 당신 귀에는 절대 그 소식이 닿지 않을 것입니다. 하느님 맙소사, 그런 끔찍한 얘기는 안 되고말고!" 여자가 대답했다. "잘 가세요, 잘 가요!"

신사는 돌아섰다.

"이 지갑이라도," 젊은 숙녀가 소리쳤다. "절 봐서라도 이것을 가져가세요. 궁핍하고 곤란에 처했을 때 쓸 수 있을 거예요."

"싫어요!" 여자가 대답했다. "돈 때문에 이 일을 한 것이 아니에요. 내가 그랬다는 것을 두고두고 생각하게 해주세요. 그렇지만…… 지니고 있는 무슨 물건을 줘요. 뭔가 갖고 싶어요. 아니야, 반지는 말고…… 장갑이나 손수건 같은 것…… 상냥한 아가씨, 당신의 물건을 내가 간직할 수 있게 말이에요. 자, 신의 가호가 있기를! 하느님이 축복하시길. 잘 가요, 잘 가요!"

여자가 격렬하게 흥분하고 있고, 또 행적이 탄로나면 학대와 폭행을 당하게 될까 염려한 신사는 그녀의 간청대로 헤어지기로 작정한 것 같았다. 물러가는 발걸음 소리가 들리고 얘기 소리는 그쳤다.

곧이어 젊은 숙녀와 그녀의 동료, 이 두사람의 모습이 다리에 나타났다. 그들은 계단 꼭대기에 멈춰섰다.

"잠깐!" 젊은 숙녀가 귀를 기울이며 소리쳤다. "그녀가 불렀나요! 목소리가 들린 것 같았는데."

"아니오, 아가씨." 브라운로우씨가 침통하게 뒤를 돌아보며 대답했다. "그녀는 꼼짝도 하지 않았고, 우리가 갈 때까지 그러고 있을 거예요."

로즈 메일리는 머뭇거렸으나 노신사는 자기 팔에 그녀의 팔을 끼우고 부드럽게 힘을 주어 이끌고 갔다. 그들이 사라지자 여자는 돌계단 하나에 큰대자로 쓰러져서 가슴속의 고통을 쓰라린 눈물로 토해냈다.

조금 뒤에 그녀는 일어섰고, 힘없이 비틀거리는 발걸음으로 도로로 올라왔다. 놀라며 얘기를 엿듣던 자는 그뒤 몇분간 움직이지 않고 서 있다가 여러차례 조심스레 주위를 둘러보고 아무도 없다는 것을 확인한 다음, 은닉처에서 서서히 기어나와 내려올 때와 마찬가지로 으슥한 벽을 따라 은밀히 올라갔다.

노어 클레이폴은 계단 맨 위에 이르러서도 몇번이나 주위를 돌아보며 아무도 없다는 것을 확인한 후, 그가 낼 수 있는 가장 빠른 속도로 달렸고 다리가 움직일 수 있는 최대한의 속력으로 유대인의 집으로 갔다.

# 제47장
## 치명적인 결과를 낳다

해가 뜨기까지 약 두시간이 남아 있었다. 일년 중 이 가을밤은 진정 죽음처럼 깊은 밤이라고 불릴 만큼 거리는 조용했고, 인적도 끊겨 있었다. 모든 소리들마저 잠자는 듯했고, 방탕과 난동은 비틀거리며 집으로들 돌아가서 꿈이나 꾸고 있었다. 이 적막하고 고요한 시간에 페이긴은 낡은 의자에 앉아 밤을 새우고 있었다. 얼굴이 얼마나 찌그러지고 창백해졌는지 눈은 또 얼마나 뻘겋게 충혈되었는지 사람이라기보다는 어떤 흉측한 유령이 축축하게 젖은 채로 무덤에서 나와 악령에 시달리며 앉아 있는 것 같았다.

그는 불기 없는 벽난로를 향해 낡은 이불로 몸을 싸고 웅크리고 있었고, 얼굴은 옆에 놓인 탁자 위에서 스러져가는 촛불을 보고 있었다. 그는 오른손을 입술에 가져가 생각에 잠긴 채 길고 검은 손톱들을 물어뜯었다. 이 없는 잇몸에는 흡사 개나 쥐의 이빨 같은 것들이 몇개 드러나 보였다.

바닥에 놓인 매트에는 노어 클레이폴이 길게 누워 잠에 빠져 있었다. 노인은 때로 그에게 한순간 눈길을 돌렸다가 다시 촛불을 쳐다보곤 했는데, 이미 오래전에 타버린 심지는 거의 접힐 정도로 늘어진데다가 뜨거운 촛농이 탁자에 덩어리로 엉겨 있는 것으로 보아 그의 생각은 분명히 다른 문제로 분주한 모양이었다.

실제로 그러했다. 자신의 훌륭한 계략이 무너져버린 데 대한 치욕감, 낯선 자들과 감히 흥정을 한 낸시에 대한 증오심, 자기를 밀고하는 것을 거절하며 그녀가 보인 진정성에 대한 철저한 불신, 사익스에게 복수할 수 없게 된 것에 대한 쓰라린 실망감, 수사망에 걸리고, 파멸하고 죽게 될 것에 대한 두려움, 그리고 이 모든 것들에 의해 불붙은 사납고 무시무시한 격분. 이것들이 페이긴의 뇌 속에서 꼬리를 물고 재빠르고 끊임없이 소용돌이치며 스쳐가는 격정적인 생각들이었으며, 그의 가슴속에선 온갖 사악한 생각과 음흉한 의도들이 꿈틀거리기 시작했다.

그는 조금도 자세를 바꾸지 않고 시간도 잊은 채 앉아 있었는데, 그때 바깥에서 나는 발걸음 소리가 그의 민첩한 귀에 들린 모양이었다.

"드디어," 그가 메마르고 열에 들뜬 입을 훔치면서 내뱉었다. "드디어 왔군!"

순간 조심스레 초인종이 울렸다. 그는 계단을 올라가 문 쪽으로 가더니, 한 팔에 보따리를 끼고 턱까지 감싼 사내를 대동하고 곧 돌아왔다. 사내가 자리에 앉아 외투를 벗어던지자 사익스의 굵고 튼튼한 덩치가 드러났다.

"자!" 그가 보따리를 탁자에 놓으면서 말했다. "그것 간수 잘하고, 값이나 잘 받아보시라고. 그걸 가져오느라고 힘깨나 들었으니까. 여기엔 세시간 전에 도착할 줄 알았는데."

페이긴은 보따리를 들어 찬장에 넣고 자물쇠를 채운 다음 말없이 다시 앉았다. 그런데 그는 이러는 동안 잠시도 강도에게서 눈을 떼지 않았다. 서로 정면으로 얼굴을 마주 보고 앉게 되자 그는 사익스를 응시했는데, 입술은 격렬하게 떨리고 감정에 압도되어 안색이 새하얗게 변했는지라 집털이 강도는 자기도 모르게 의자를 뒤로 밀고 깜짝 놀란 표정으로 그를 훑어보았다.

"또 뭐요?" 사익스가 소리쳤다. "왜 그렇게 사람을 쳐다보는 거지?"

페이긴은 오른손을 들어 떨리는 집게손가락을 허공에 흔들었지만, 너무도 흥분한지라 일순간 말할 힘을 잃어버렸다.

"빌어먹을!" 사익스가 경계의 눈빛을 하고 자신의 가슴께를 더듬거리면서 말했다. "영감이 미쳐버렸어. 이거 조심해야겠군."

"아니야, 아니야." 페이긴이 자신의 목소리를 되찾고서 대꾸했다. "아니야…… 자네한테 그러는 것이 아니야, 빌. 자네한테는 아무런…… 아무런 문제가 없어."

"아 그래, 그러냐고?" 사익스가 그를 노려보며, 보란 듯이 권총을 좀더 꺼내기 편리한 주머니에 옮겨놓았다. "그건 다행이군, 우리 중 하나한테 말이오. 그게 누군지야 별 상관없겠지."

"빌, 자네한테 얘기해줄 것이 있네." 페이긴이 의자를 끌어당기며 말했다. "얘길 들으면 자네가 나보다 더 심각해질 거야."

"그래?" 강도가 미덥지 않은 듯이 대꾸했다. "말해보슈! 서둘러요, 아니면 낸스는 내가 끝장난 줄 알 거라고."

"끝장이라고!" 페이긴이 소리쳤다. "걔는 벌써 그 문제를 제 맘속으로 결정했다고."

사익스는 굉장히 당혹스러운 표정을 하고 유대인의 얼굴을 들여다보았다. 그러나 거기서 그 수수께끼에 대한 만족스러운 설명을 읽어내지 못하자 큼직한 손으로 페이긴의 양복깃을 움켜쥐고 한참을 흔들어댔다.

"얘기를 해, 어서!" 그가 말했다. "얘기를 안 하면 숨이 넘어가서 말을 하고 싶어도 못하게 해줄 테니. 입을 열어서 쉬운 말로 얘기를 해보란 말이야. 어서, 이 벼락 맞을 늙은 개야, 어서 말하지 못해!"

"만약 저기 누워 있는 저놈이……" 페이긴이 입을 열었다.

사익스는 마치 아까는 못 보았던 것처럼 노어가 자고 있는 곳을 돌아보았다. "그래!" 그가 원래 자세로 돌아가면서 말했다.

"저놈이," 페이긴이 말을 이었다. "나발을 불고…… 우리 모두를 고자질했다면…… 먼저 자기 목적에 맞는 작자들을 찾아내서 길거리에서 만난 다음, 그들에게 우리의 모습을 자세히 설명해주고 우리를 알아볼 모든 특징과 우리를 쉽게 찾을 수 있는 술집을 일일이 묘사했다면 말이야. 그것뿐만 아니라 우리 모두가 관여하고 있는 계획도 어느 정도 털어놓았다고 하자고…… 그것도 자기가 좋아서 말이야. 붙들리고 갇혀서 목사가 구슬리고 맨빵에 물만 먹다가 그 지경에 이른 것이 아니고…… 자기가 좋아서 말이야. 자기 기분 맞추느라, 밤에 몰래 나가서 우리와 가장 적대적인 자들을 찾아서 불어대면 말이야. 내 말 들리나?" 유대인이 격노해서 눈을 번쩍거리며 소리쳤다. "쟤가 이런 짓을 다 했다고 치면, 어떻게 하겠나?"

"어떻게 하다니!" 사익스가 무지막지한 저주와 함께 대답했다. "내가 올 때까지 놈의 목숨을 남겨둔다면, 내 구두의 쇠굽으로 그 녀석의 골을 제 머리통의 머리카락 수만큼이나 여러조각으로 갈아버릴 테다."

"만약에 바로 내가 그랬다면 어떻게 할 텐가!" 페이긴이 거의 비명을 지를 듯이 외쳤다. "내가, 그렇게도 많은 것을 알고 있고 나 말고도 여러사람의 목을 매달게 할 수 있는 내가 말이야!"

"모르지." 사익스가 이빨을 악물고 말을 들은 것만으로도 하얗게 질려서 대답했다. "감방에서 쇠고랑을 찰 만한 짓을 한 다음, 당신하고 나란히 재판을 받게 되면 그대로 덮쳐서 쇠고랑으로 사람들 앞에서 당신 골을 빠개버릴 거야." 강도가 그의 억센 팔을 들어 보이며 내뱉었다. "난 엄청난 힘을 발휘해서 짐을 가득 실은 수레가 깔아뭉갠 것처럼 당신 머리통을 깨버릴 거야."

"그럴 거라고?"

"안 그러나 봐!" 집털이 강도가 말했다. "어디 보자고."

"만약에 그것이 찰리나, 미꾸라지나, 벳이나······"

"누구건 상관없어." 사익스가 성급하게 대답했다. "누구건 간에, 똑같이 해줄 테다."

페이긴은 강도를 한껏 노려보다가 조용히 하라고 한 후, 바닥의 침상으로 몸을 굽혀 자는 사람을 흔들어 깨웠다. 사익스는 의자에 앉아서 몸을 앞으로 기울여 두 손을 무릎에 얹고 바라보았는데, 이 모든 질의와 준비가 어디로 종착될지 매우 궁금한 듯했다.

"볼터, 볼터! 불쌍한 것!" 페이긴이 악마 같은 기대감으로 얼굴을 들며 천천히 그리고 분명히 강조하면서 말했다. "애는 지쳤어······ 그렇게 오랫동안 그 여자애를 감시하느라고······ 그 여자애를 감시하느라 말이야, 빌."

"무슨 뜻이야?" 사익스가 뒤로 물러서면서 물었다.

페이긴은 아무런 대답도 안하고 다만 잠자는 자에게 다시 몸을 숙인 다음, 그를 일으켜앉혔다. 그의 가명을 몇번 더 반복해 부르자, 노어는 눈을 비비고 크게 하품을 하면서 졸립다는 듯이 주위를 둘러보았다.

"다시 그 얘기를 해다오. 한번 더, 이 친구가 들을 수 있도록 말이야." 유대인이 사익스를 가리키며 말했다.

"뭘 말하라는 거요, 거?" 졸린 노어가 뿌루퉁해서 몸을 흔들며 물었다.

"그것 말이야…… 낸시 얘기." 페이긴은 사익스가 얘기를 다 듣기도 전에 집을 박차고 나가는 것을 막기라도 하듯이 그의 손목을 꽉 붙잡았다. "걔를 미행했다고?"

"네."

"런던교까지?"

"네."

"거기서 걔가 두사람을 만났다고?"

"그래요."

"하나는 웬 신사 양반이었고, 다른 하나는 낸시가 전에도 스스로 찾아가서 만난 적이 있는 어떤 숙녀였다면서? 그들이 걔한테 동료들을 다 넘기라고 했지, 몽스부터 시작해서 말이야. 그래서 그녀는 시키는 대로 했고…… 그의 인상착의를 묘사하라니까 그렇게 했고…… 그리고 우리가 자주 만나는 집이 어딘지 얘기하라니까 그렇게 했고…… 또 어디서 감시하는 게 가장 좋은지도 말해줬고…… 또 사람들이 언제쯤 그리로 가는지도 말해줬고. 걔가 모든 사실을 털어놓았다 이거지. 한마디 협박도 없었는데, 한마디도 머뭇거리지 않고 또박또박 다 말해줬다 이거지…… 그랬어, 안 그랬어?" 페이긴이 화가 나서 반쯤 정신이 나간 것처럼 소리쳤다.

"맞아요." 노어가 머리를 긁으면서 대답했다. "바로 그랬어요!"

"그자들이 뭐라고 했다고, 지난 일요일에 대해서?"

"지난 일요일에 대해서요?" 노어가 곰곰이 생각을 해보면서 대답했다. "아까 얘기했잖아요, 거."

"다시 해. 다시 얘기하란 말이야!" 페이긴이 사익스를 더욱 세게 움켜쥐고 한 손은 높이 휘두르며 입에 거품을 물고 소리쳤다.

"그들이 그 여자한테 물었어요." 아까보다 잠이 깬 노어는 사익스가 누군지 알아보기 시작하는 듯했다. "왜 약속대로 지난 일요일에 안 나왔냐고 물었어요. 그러니까 그 여자가 올 수 없었다고 했어요."

"왜, 왜? 그걸 얘기해줘."

"왜냐하면 자기가 지난번에 얘기한 그 빌이란 사람한테 강제로 붙들려 있었기 때문이라고요." 노어가 대답했다.

"그밖에 또 빌에 대해서 뭐라고 했어?" 페이긴이 외쳤다. "이전에 얘기해준 그 사내에 대해서 또 무슨 말을 했냐고? 그것을 말하라고, 그것을 말이야."

"글쎄, 어디 가는지 얘기하지 않으면 문 밖에 쉽게 나갈 수 없다고요." 노어가 말했다. "그래서 처음 그 숙녀를 만나러 갔을 때, 자기가 ─ 하하하! 그 얘기는 웃겼어요, 진짜 웃겼다고요 ─ 그 사람한테 로드넘을 타서 먹였다고 했어요."

"지옥불을 맞을 년!" 사익스가 유대인을 사납게 뿌리치면서 소리쳤다. "날 놔줘!"

그는 영감을 밀쳐내고 방에서 쏜살같이 뛰쳐나가 거칠고 난폭하게 계단으로 달려갔다.

"빌, 빌!" 페이긴이 그를 황급히 쫓아가면서 소리쳤다. "한마디만, 단 한마디만 더."

집털이 강도가 문을 열고 나갔다면 더이상 얘기를 나누지 못했을 것이나, 그는 문 앞에서 소용없는 욕지거리와 폭력을 퍼붓고 있었고, 바로 그때 유대인이 헐떡거리면서 올라왔다.

"날 내보내줘." 사익스가 말했다. "나한테 말 걸지 마, 위험하니까. 날 내보내줘, 어서!"

"내 말 한마디만 듣게." 페이긴이 문고리에 손을 대면서 대꾸했다. "혹시 너무……"

"뭐?" 상대방이 대답했다.

"자네 너무…… 너무 격렬하게는 안 할 거지, 빌?"

날이 밝아왔고 사내들이 서로의 얼굴을 볼 정도의 빛은 있었다. 그들은 짤막한 눈길을 한번 주고받았다. 그들 둘의 눈은 이글이글 타오르고 있었으니, 전혀 오해의 소지가 없었다.

"내 말은," 페이긴이 이제는 모든 가식이 쓸모없음을 느꼈다는 것을 드러내며 말했다. "안전을 위해서 너무 격렬하지 않게 말이야. 솜씨 좋게 해, 빌. 너무 거칠게 말고."

사익스는 대답하지 않았다. 다만 페이긴이 고리를 풀어준 문을 열더니 고요한 길거리로 달려갔다.

단 한순간도 쉬지 않고, 한순간도 다시 생각해보지 않고, 단 한순간도 좌우로 고개를 돌리지 않고, 하늘을 올려다보거나 땅을 내려다보지도 않으며 야만스러운 결심을 하고 곧장 앞만 보았다. 이를 얼마나 단단히 악물었는지 팽팽해진 턱이 피부를 뚫고 툭 튀어나올 듯한 상태로, 강도는 앞뒤를 가리지 않고 달려갔다. 자기 집 문에 이를 때까지 단 한마디도 하지 않고 근육 하나 이완시키지 않았다. 그는 문을 열었다, 살그머니, 열쇠로. 그는 계단을 가볍게 걸어올라가 자기 방에 들어간 후 이중으로 문을 잠근 다음, 묵직한 탁자를 문에다 기대놓고 침대의 커튼을 젖혔다.

여자는 침대에서 옷을 반쯤 벗고 잠들어 있었다. 그가 깨우자, 그녀는 깜짝 놀라서 서두르는 표정으로 몸을 일으켰다.

"일어나!" 사내가 말했다.

"자기구나, 빌!" 여자가 그가 돌아온 것을 반가워하는 표정으로 말했다.

"그렇다"라고 대답했다. "일어나."

촛불이 타고 있었지만 사내는 그것을 촛대에서 휙 빼내어 벽난로 망 밑으로 던졌다. 여자는 창밖의 희미한 새벽빛을 보고 커튼을 걷으려고 일어섰다.

"그냥 놔둬." 사익스가 불쑥 손을 내밀어 그녀를 막으며 말했다. "내가 할 일을 위해서는 이 정도 빛이면 충분해."

"빌," 여자가 놀란 듯이 나지막한 목소리로 말했다. "왜 그렇게 보는 거야!"

강도는 콧구멍이 커지고 가슴이 부푼 채로 몇초간 그녀를 바라보며 앉아 있다가 그녀의 머리와 목을 움켜잡더니, 방 한가운데로 끌고 가서 문 쪽을 한번 바라본 후 우악스러운 손으로 그녀의 입을 막았다.

"빌, 빌!" 여자가 죽음의 공포와 씨름하며 헐떡거렸다. "난…… 난 비명이나 소리를 지르지 않을게…… 절대로…… 내 말을 들어 봐…… 나한테 말을 해…… 내가 뭘 어쨌다는 건지 말을 해줘!"

"너 스스로가 알잖아, 이 악마 같은 계집!" 강도가 숨을 죽이면서 대답했다. "넌 오늘 밤 미행을 당했어. 네가 하는 말 한마디 한마디를 다 들었단 말이야."

"그렇다면 제발 목숨만은 살려줘, 내가 자기 목숨을 살려준 것처럼." 여자가 그에게 매달리며 응답했다. "빌, 사랑하는 빌. 나를 죽일 생각은 아니지. 아! 오늘 밤만 해도 내가 당신을 위해서 포기한 그 모든 것들을 생각해보라고. 생각해볼 시간을 좀 가질 거지, 그리고 살인을 범하지는 마. 난 절대 손을 안 놓을 거야. 나를 밀쳐버리지 못해. 빌, 빌, 사랑의 하느님을 위해서라도, 자기를 위하고, 나를 위해서라도, 내가 피를 흘리기 전에 멈춰! 난 자기한테 진실했다고, 내 죄지은 영혼에 걸고 맹세컨대!"

사내는 팔을 풀려고 격렬하게 씨름했으나, 여자의 두 팔이 그의 팔을 꽉 감싸고 있어서 그녀를 떼어내려 해도 그럴 수가 없었다.

"빌," 여자가 그의 가슴에 머리를 대려고 애쓰며 소리쳤다. "오늘 밤 그 신사분과 소중한 숙녀가 내게 여생을 혼자 조용히 보낼 수 있도록 외국에 집을 마련해주겠다고 했어. 내가 그들을 다시 만나, 무릎을 꿇고 자기한테도 똑같은 자비를 베풀어달라고 빌게 해 줘. 그리고 우리 둘 다 이 무시무시한 장소에서 멀리 떠나 떳떳한 생활을 하고, 기도할 때 외엔 우리가 어떻게 살았는가는 잊어버리고, 헤어져서 다시는 서로를 보지 마. 죄를 참회하는 데 너무 늦은 법이란 없는 거야. 그들이 나한테 그렇게 말했다고…… 난 지금 그것을 느껴…… 하지만 우리는 시간이 필요해…… 약간, 약간의 시간이!"

집털이 강도는 그의 한 팔을 빼내어 권총을 잡았다. 총을 쏘면 틀림없이 당장에 붙잡힐 거라는 생각이 격노의 와중에도 머릿속을 스쳐갔다. 그래서 그는 거의 그의 얼굴에 닿으려고 하는 여자의 치켜든 얼굴에 있는 힘을 다해서 권총을 두번 내리쳤다.

여자는 비틀거리면서 쓰러졌다. 이마의 깊은 상처에서 비처럼 쏟아지는 피 때문에 그녀는 눈앞이 거의 보이지 않았다. 그러나 힘겹게 몸을 일으켜 무릎을 꿇은 후 품 안에서 흰 손수건, 바로 로즈 메일리의 것이었던 손수건을 꺼내더니 마주 잡은 손으로 그녀의 미약한 힘이 허용하는 만큼 하늘로 높이 치켜들고 창조주에게 자비를 비는 기도 한마디를 내뱉었다.

그것은 눈 뜨고 보기에는 참으로 처절한 형상이었다. 강도는 비틀거리며 벽으로 뒷걸음질을 쳤고, 한 손으로 눈을 가리더니 무거운 곤봉을 집어들어 그녀를 내리쳤다.

# 제48장
## 사익스의 도주

    광활한 런던에 최초로 밤이 덮인 이래, 야음을 틈타 자행된 모든 악행 중에서 이것은 가장 흉악한 짓이었다. 아침 공기에 악취를 풍기며 솟아나는 그 모든 공포 중에서 이것은 가장 비열하고 가장 잔인한 짓이었다.

    태양이 —— 단지 빛뿐만 아니라 새로운 생명과 희망과 신선함을 인간에게 다시 가져다주는 그 밝은 태양이 —— 그 복잡한 도시에 맑고 찬란하게 불쑥 솟아올랐다. 호화롭게 칠한 유리창이나 종이를 댄 창문에도, 대성당의 둥근 천장이나 썩은 벽 틈에도 태양은 똑같은 빛을 비추었다. 태양은 살해당한 여인이 누워 있는 방도 밝게 비추었다. 과연 그랬던 것이다. 그는 햇빛을 막아보려고 했지만 빛이 흘러들어왔다. 그 광경은 이른 새벽에도 소름 끼치는 것이었는데, 이제 눈부시게 빛나는 햇빛 속에서는 어떠했겠는가!

    그는 움직이지 않았다. 움직이기가 두려웠던 것이다. 신음 소리가 한번 나고 손이 움직이자 그는 분노에 공포까지 겹쳐서 또다시 내리쳤던 것이다. 그는 시체 위로 깔개를 던져 덮어보기도 했다. 그러나 그 눈빛을 상상하고 자기를 향해 다가오는 그 모습을 머릿속에 그려보는 것은, 마치 선혈의 웅덩이가 햇빛에 반사되어 천장에서 파르르 떨리는 것을 바라보기라도 하듯 위로 치켜떠진 그녀의 두 눈을 직접 보는 것보다 한결 두려운 일이었다. 그는 다시 깔개를 걷어버렸다. 그러자 시체가 드러났다 — 그저 피로 범벅이 된 살덩어리일 뿐이었다 — 하지만 얼마나 처참하게 짓이겨진 살덩이와 얼마나 흥건한 피였는지!

그는 불을 켜서 화로를 지피고 거기에 곤봉을 던져넣었다. 곤봉 끄트머리에 묻어 있던 머리카락이 가벼운 재로 변해 공기에 실려 굴뚝 위로 빙빙 돌아나갔다. 아무리 억센 그였지만 그것에도 놀랐다. 그러나 그는 무기가 불에 타서 부러질 때까지 들고 있다가 석탄 위에 얹어 재로 만들어버렸다. 그는 손을 씻고 옷을 문질렀다. 지워지지 않는 자국들이 남아 있는 옷감은 잘라 태워버렸다. 방 여기저기에 얼마나 많은 핏자국이 흩어져 있던지! 개의 다리까지도 온통 피투성이였다.

이러는 동안 그는 단 한번도 시체에서 눈을 떼지 않았다. 단 한순간도 말이다. 그는 동작을 다 마친 후에 뒷걸음질을 치면서, 혹시나 개가 다시 발을 더럽혀 범죄의 증거를 길거리로 가져나가지 않도록 개를 질질 끌고 문으로 갔다. 그는 살그머니 문을 닫아걸고, 열쇠를 가지고 집을 떠났다.

그는 길을 건너가 창문을 올려다보고 밖에서는 아무것도 보이지 않는다는 것을 확인했다. 창문엔 여전히 커튼이 내려져 있었으니, 그녀는 좀 전에 자기가 다시는 보지 못하게 될 햇빛이 들어올 수 있도록 커튼을 열려고 했던 것이다. 시체는 바로 커튼 밑에 놓여 있었다. 그는 잘 알고 있었다. 세상에, 바로 그 지점에 햇빛이 얼마나 쏟아져내리는지!

그가 위를 힐끗 쳐다본 것은 한순간이었다. 방에서 벗어나니 마음이 놓였다. 그는 개에게 휘파람을 불고 재빨리 사라져갔다.

그는 이슬링턴을 지나 위팅턴[99] 기념비가 서 있는 하이게이트 언덕으로 올라갔다. 일정한 목표도 없고 어디로 갈지도 확실치 않은 채 하이게이트 언덕을 돌아가서, 언덕을 내려오자마자 다시 우측으로 꺾어들어갔다. 그런 다음 벌판을 가로지르는 오솔길을 타고 캔 숲 변두리를 돌아서 햄스테드 벌판으로 나왔다. 그는 헬스 계곡의 골짜기를 가로질러 반대쪽 둑으로 올라간 후, 햄스테드와 하이게이트 마을을 잇는 길을 지나서 벌판을 끝까지 따라 노스엔드의 들로 갔고, 그곳에서 어느 울타리 밑에 누워 잠을 잤다.

그는 곧 다시 일어나서 길을 떠났다. 멀리 시골로 간 것이 아니라 큰길을 따라 다시 런던 쪽으로 가다가 다시 돌아서서 나아갔고, 이미 지나왔던 지역을 다른 길로 통과했다. 그러다가 이리저리 들판에서 헤매며 도랑가에 누워서 쉬고, 다른 곳으로 가려고 다시 일어서서 똑같은 일을 반복하며 또 어슬렁어슬렁 걸어갔다.

그가 어디로, 그다지 멀지 않고 사람의 눈에 띄지 않는 어디로 가서 먹고 마실 것을 구할 수 있을까? 헨든. 그곳은 별로 멀지 않았고 사람들의 발이 닿지 않는 곳이었다. 그는 그리로 발걸음을 옮겼다. 때로는 뛰기도 하고 때로는 괴상한 기벽을 부리며 달팽이가 기어가듯 머뭇거리기도 하고, 또는 아예 멈춰서서 단장으로 나무울

---

**99** 자수성가로 유명한 런던의 옛 시장.

타리를 내리쳐서 때려부수기도 했다. 그러나 그가 거기에 도착했을 때 그가 만난 사람들은 모두 — 문 앞에 있는 아이들마저도 — 그를 수상하게 보는 것 같았다. 벌써 몇시간이나 음식을 입에 대지 못했지만 그는 빵 한조각 물 한모금 사먹을 용기도 나지 않아 다시 돌아섰다. 그리고 다시 한번 햄스테드 벌판에서 어디로 가야 할지 모르는 듯 어슬렁거렸다.

그는 수 마일을 방황했으나 다시 이전 장소로 돌아와 있었다. 아침과 정오가 지나 날이 저물어가는 중이었으나, 그는 여전히 같은 장소에서 왔다 갔다 하며 배회하고 이리저리 빙빙 돌면서 머뭇거렸다. 드디어 그는 해트필드 쪽으로 길을 잡아 떠났다.

밤 9시가 되었을 때, 기진맥진한 사내와 익숙지 않은 운동 때문에 다리를 절뚝거리는 개는 어느 조용한 마을의 교회 옆 언덕을 내려갔고, 좁은 길을 터벅터벅 걸어 희미한 빛의 인도를 받으며 작은 주막으로 기어들어갔다. 바에는 불이 지펴져 있었고, 몇몇 농부들이 그 앞에서 술을 마시고 있었다. 그들은 낯선 사내가 들어오자 자리를 내주었지만 그는 가장 구석진 곳에 앉아서 혼자 먹고 마셨다. 아니 더 정확히는 그의 개와 함께 먹었는데, 개한테 이따금 음식을 한조각씩 던져주었던 것이다.

거기 모인 사람들의 대화는 인근의 농지와 농장주들에 관해 맴돌았고 이 얘깃거리가 떨어지자 지난 일요일에 장례를 치른 어떤 노인의 나이에 대한 얘기가 나왔는데, 그 자리에 있던 젊은이들은 고인이 매우 나이가 많았다고 생각한 반면 노인들은 아직은 젊은 편이라고 말했다 — 머리가 허옇게 센 할아버지 한분이 말하기를, 기껏해야 자기 나이밖엔 안 됐을 거라고 — 적어도 앞으로 십년이나 십오년은 더 살 사람이었다고 했다 — 좀 조심을 했다면, 그저 조심만 했다면 말이다.

이런 얘기엔 주의를 끌거나 놀랄 만한 내용이 없었다. 값을 치른 강도는 다른 사람의 이목을 끌지 않고 조용히 앉아 있다가 잠에 빠졌는데, 누군가가 소란을 피우며 들어와 반쯤 잠이 깼다.

그는 기괴한 친구로 반은 행상꾼이었고 반은 약장수였는데, 시골로 돌아다니면서 기름숫돌, 가죽숫돌, 면도칼, 면도용 비누, 마구 馬具에 바르는 연고, 개와 말에 먹이는 약이며, 싸구려 향수류, 화장품 등등의 물건을 상자에 넣어 등에 둘러메고 팔러 다니는 사내였다. 그가 들어온 것을 신호로 시골 사람들은 갖가지 수수한 농담을 늘어놓기 시작했는데, 농담은 그가 저녁을 다 먹고 보물상자를 열 때까지 전혀 수그러들지 않았다. 그는 이제 교묘하게 사업과 오락을 결합하려고 작정했다.

"그런데 그 물건은 뭔가? 먹어도 되는 거야, 해리?" 촌부 한사람이 씩 웃더니 한구석에 있는 합성 빨랫비누를 가리키면서 물었다.

"이것으로 말씀드리면," 그자가 하나를 꺼내면서 말했다. "확실하고 진귀한 합성 빨랫비누로, 온갖 종류의 검댕, 녹, 때, 곰팡이, 옷때, 오점, 얼룩, 흙탕물 자국을, 비단, 공단, 아마포, 천, 축면사, 직물, 양탄자, 메리노 나사, 모슬린 능직, 삼베나 모직물에서 다 지워주는 것입니다요. 포도주 자국, 과일 자국, 맥주 자국, 물 자국, 페인트 자국, 역청 자국, 어떤 자국이건 이 확실하고 진귀한 합성비누로 한번만 문지르면 다 없어진다고요. 정조를 더럽힌 숙녀분들은 그저 이 비눗덩어리 하나를 삼키기만 하면 단번에 치료가 되지요. 이놈은 독약이니까요. 이것을 증명하고 싶으신 신사분께서는 그저 작은 덩어리를 하나 먹어보세요. 그러면 의문의 여지없이 해결될 테니까요. 이놈은 권총 총알만큼이나 만족스럽다니까요. 게

다가 맛은 훨씬 더 고약하니까 그것을 먹는 것은 더 대단한 일이지요. 한덩어리에 1페니요. 이 모든 효력에도 불구하고 그저 한덩어리에 1페니라니까요!"

당장에 두사람이 샀지만 더 많은 청중들은 명백히 망설이고 있었다. 이를 본 장사꾼은 더 수다스러워졌다.

"이건 만들기가 바쁘게 팔리는 물건이라고요." 그 작자가 말했다. "물방아 열네개하고 증기기관 여섯개, 그리고 화학전지 한개를 늘 돌리면서 일을 해도 주문을 못 맞출 정도라고요. 일꾼들이 하도 열심히 일을 하다 그냥 죽어버리니, 미망인은 곧장 연금을 받고 애들은 두당 일년에 20파운드씩, 그리고 쌍둥이면 웃돈까지 얹어준다고요. 한덩어리에 1페니! 반 페니짜리 두개도 마찬가지고, 4분의 1페니 네개도 기쁘게 받습니다요. 한덩어리에 1페니라! 포도주 자국, 과일 자국, 맥주 자국, 물 자국, 페인트 자국, 역청 자국, 진흙 자국, 핏자국도! 여기 있는 한 신사분 모자에 얼룩이 있는데 내가 깨끗이 지워버리겠습니다, 그 양반이 흑맥주 한 파인트를 주문하기도 전에 말입니다."

"어!" 사익스가 깜짝 놀라 일어서며 소리쳤다. "모자 돌려줘."

"깨끗이 지워드릴게요, 나리." 사내가 모여앉은 사람들에게 윙크를 하며 대답했다. "모자를 가지러 방을 건너오기도 전에요. 여러 신사분들, 이 신사분 모자에 있는 시커먼 얼룩을 보세요. 1실링짜리 동전보다 더 크진 않아도 반 실링짜리 동전보다는 더 두꺼운 자국입니다. 이게 포도주 자국인지, 과일 자국인지, 맥주 자국인지, 페인트 자국인지, 역청 자국인지, 진흙 자국인지, 아니면 핏자국인지……"

사내는 더이상 말을 할 수 없었는데, 사익스가 흉측한 욕을 하며 탁자를 뒤엎고 모자를 잡아채어 밖으로 뛰쳐나갔기 때문이다.

자신도 어쩔 수 없는 뒤틀린 감정과 망설임 때문에 하루 종일 시달리던 이 살인자는 사람들이 따라오지 않는다는 것을 깨닫고는, 아마 자기를 무슨 퉁명스러운 술주정뱅이쯤으로 여기겠거니 하고 생각하며 다시 런던을 향해 걸었다. 길에 서 있는 역마차 램프의 불빛을 피해 걷던 중에, 그는 작은 우체국 앞에 서 있는 역마차가 런던에서 온 것임을 알아챘다. 그는 무슨 소식이 있을지 대충 아는 셈이었으나 그래도 길을 건너가서 귀를 기울였다.

문에는 차장이 우편행낭을 기다리며 서 있었다. 그 순간 사냥터 지기 같은 옷차림을 한 어떤 사내가 나타나자 차장은 그에게 들고 갈 준비가 다 된 채 인도에 놓여 있던 바구니를 건네주었다.

"이것은 당신네 사람들 줄 걸세." 차장이 말했다. "자, 거기 안에 꽉꽉 못 움직이겠어. 저 망할 놈의 가방, 어젯밤에도 준비가 안 되더니, 이거 이래서 되겠냐 이거야!"

"저기 뭐 런던에선 무슨 소식이 있나, 벤?" 사냥터지기가 말들을 눈여겨보려고 덧창 쪽으로 물러서며 물었다.

"내가 알기론 별거 없어." 사내가 장갑을 끼면서 대답했다. "곡물 값이 좀 올랐고. 저쪽 스파이틀필즈 쪽에서 무슨 살인사건 얘기도 들었는데 별로 아는 게 없어."

"아, 그건 틀림없는 사실이라네." 안에서 창밖을 내다보던 한 신사가 말했다. "게다가 아주 끔찍한 살인이었다고."

"아, 그래요?" 차장이 모자를 만지작거리며 대답했다. "남자였나요, 아니면 여자였나요, 선생님?"

"여자라던데." 신사가 대답했다. "아마 그랬던 것 같아."

"자, 벤." 마부가 다급해서 대답했다.

"저 망할 놈의 가방." 문지기가 중얼거렸다. "아니, 당신 그 안에

576

서 잠잘 참이야?"

"곧 갑니다!" 우체국 사람이 뛰어나오면서 대답했다.

"곧 온다고?" 차장이 볼멘소리를 했다. "아 그래, 그 말은 재산깨나 있는 어떤 젊은 여자가 날 좋아한다나 어쩐다나 하면서 하는 소리지. 하지만 언제 올지를 알아야지 원. 자, 이거 잡으라고. 자, 됐어!"

경적을 몇번 신나게 울리고 나서 마차는 사라져버렸다.

사익스는 거리에 남아 있었는데, 금방 들은 이야기에 별다른 동요가 없었다. 다만 어디로 갈지 확실치 않아 좀 심란할 뿐이었다. 결국 그는 다시 돌아서서 해트필드에서 세인트 앨번즈로 이어지는 길을 따라갔다.

그는 완강하게 걸어나갔으나 마을을 뒤에 두고 떠나는 고독과 어둠에 빠져들자 심중까지 흔들어놓는 공포와 두려움을 섬뜩하게 느꼈다. 자기 앞의 모든 물체들은 실체건 그림자건, 가만히 있건 움직이건, 무시무시한 형상으로 보였지만, 이런 두려움은 그날 아침 소름 끼치는 모습이 발뒤꿈치를 떠나지 않고 따라온다는 느낌에 비하면 아무것도 아니었다. 그는 어둠 속에서도 그 그림자를 추적해낼 수 있었고, 그 윤곽의 세밀한 부분까지도 알아보았으며, 그것이 얼마나 뻣뻣하고 근엄한 자세로 성큼성큼 걷는가를 알 수 있었다. 그림자의 옷자락이 잎사귀에 스치는 소리가 들렸고, 시체가 마지막으로 낮게 외치던 소리가 불어오는 바람결에 실려왔다. 그가 멈추면 그것도 같이 멈췄다. 그가 뛰면 그것도 따라왔다 ─ 달려오는 것이 아니었다. 차라리 그랬다면 오히려 안도가 되었겠지만 그것은 그저 생명의 장치를 부여받은 시체처럼, 그리고 세차지도 수그러들지도 않는, 변함없이 느리고 음울한 바람에 실려 움직이는 것이었다.

때로 그는 필사적인 결심을 하고 돌아서서, 환영을 바라보다 죽는 한이 있더라도 그것을 쫓아버리려고 마음을 먹었다. 그러나 그의 머리에선 머리카락이 치솟고 피가 멈춰섰으니, 환영은 그와 함께 돌아서서 그의 등 뒤에 있었던 것이다. 그날 아침엔 그것이 눈앞에 있었으나 이제는 뒤에 있는 것이다 ─ 언제까지나. 그는 둑에 등을 기댔는데, 그것이 차가운 밤하늘을 배경으로 자기 위에 서 있는 것이 뚜렷이 보였다. 그는 길바닥에 몸을 던졌다 ─ 길에 등을 대고 누웠다. 그의 머리맡엔 그것이 말없이, 우뚝, 가만히 서 있었다 ─ 피로 비문을 쓴 살아 있는 묘비처럼.

사람들은 살인자들이 심판을 모면한다고 하면서 신의 섭리가 잠들어 있는 것이 분명하다고 함부로 말할 일이 아니다. 고통스러운 공포로 가득 찬 그의 기나긴 일분 속에는 수백번의 격렬한 죽음이 들어 있는 것이다.

그는 들판을 걷다가 잠자리가 될 만한 헛간을 발견했다. 문 앞에는 세그루의 커다란 포플러나무가 서 있었는데, 그 때문에 헛간 안은 매우 어두웠고, 바람은 나무들 사이에서 음침한 곡소리를 내며 신음하고 있었다. 해가 뜨기 전에는 더이상 걸을 수가 없었다. 그래서 그는 여기서 벽 근처에 몸을 누이고 ─ 새로운 고문을 당하기 시작했다.

이번에는 아까 그가 피해온 것보다 훨씬 무시무시한 환영이 끊임없이 나타났기 때문이다. 딱 부릅뜨고 노려보는 눈, 얼마나 생기가 없고 투명했는지 차라리 보지 않고 생각하는 것보다 보는 것이 더 나을 정도인 두 눈이 어둠의 한가운데서 나타났다. 눈 자체는 빛나지만 다른 사물을 비추지는 않았다. 눈은 그저 둘일 뿐이었는데도 사방이 온통 눈이었다. 그것을 보지 않으려고 눈을 감으면, 그

방에 있었던 낯익은 물건들 하나하나가 ─ 일부러 기억을 더듬어 생각하려 해도 생각나지 않을 것들까지도 ─ 각기 제자리에 있는 그대로 나타났다. 시신은 바로 그 자리에 있었고 그 눈은 그가 몰래 빠져나올 때 본 바로 그대로였다. 그는 일어서서 밖으로 뛰쳐나와 벌판을 달렸다. 형체는 바로 그의 뒤에 있었다. 그는 다시 헛간으로 돌아와서 다시 한번 쭈그리고 앉았다. 그가 길게 눕기도 전에 눈은 거기에 와 있었다.

그런데 그가 이곳에서, 사지는 떨리고 모든 땀구멍에서 식은땀이 솟아나며 자기 외엔 아무도 알 수 없는 공포를 느끼며 머물러 있을 때, 갑자기 밤공기 속으로 아련한 외침이, 경계와 공포가 뒤섞인 함성이 들려왔다. 그 적막한 장소에서는 그 누구의 소리이건, 그것이 비록 위험을 알리는 것일지라도 그에겐 위안이 되었다. 그는 신상의 위험을 예측하고는 힘과 활기를 되찾더니, 벌떡 일어서서 바깥으로 달려나갔다.

넓은 하늘이 온통 불타는 듯 보였다. 불똥의 소나기가 허공으로 솟아오르고 질펀하게 퍼진 불길이 치솟았는데, 그것이 수 마일 근방의 하늘을 비추면서 그가 서 있던 방향으로 구름 연기를 몰고 왔다. 새로운 목소리들이 가세해 함성을 부풀리자 외침은 더욱 커졌고, 경보 종소리와 육중한 물체들이 떨어지는 소리, 또다른 장애물 주위에 엉킨 불길이 새로운 먹이를 먹고 힘을 낸 듯이 높이 날아오르는 소리, 그리고 불이야! 하는 소리가 뒤엉켜서 들려왔다. 그가 바라보는 동안 소음은 점점 더 커졌다. 거기엔 남녀 할 것 없는 사람들이 불빛 속에서 법석을 떨고 있었다. 그것은 그가 보기엔 새로운 생명 같았다. 그는 앞으로, 곧장 앞으로 달려갔다. 자기 앞에서 쩌렁쩌렁하게 커다란 소리로 짖으며 달리는 개만큼이나 미친 듯이 찔레 가시와 덤불을 헤치고 달리며, 울타리와 담장을 뛰어넘었다.

그는 그곳에 도착했다. 거기엔 옷도 제대로 걸치지 못한 형체들이 이리저리 뛰어다니며, 어떤 자들은 마구간에서 놀란 말을 끌고 나오고 또 어떤 자들은 마당과 헛간에서 소를 몰고 나오고 있었다. 또 어떤 사람들은 소나기처럼 쏟아지는 불똥 가운데서 시뻘겋게 달아오른 대들보들이 무너져내리는 와중에 보따리를 등에 지고 빠져나오고 있었다. 단 한시간 전만 해도 문과 창문이었던 벽의 틈새들 사이로 한떼의 성난 불길이 모습을 드러냈다. 흔들거리던 벽은 용솟음치는 화염 속으로 무너져내렸고, 불에 녹은 납과 쇠가 하얗게 타버려 바닥에 쏟아졌다. 여자들과 아이들은 비명을 질렀고, 남자들은 크게 고함을 질러 서로를 독려했다. 물 펌프가 덜컹거리는 소리, 분출한 물이 불타는 나무에 떨어져 쉿 하는 소리가 그 어마어마한 함성에 가세했다. 그도 또한 목이 쉴 때까지 소리를 지르면서, 무서운 기억과 자기 자신으로부터 도주하여 군중이 가장 빽빽하게 모여 있는 곳으로 첨벙 뛰어들었다.

그는 그날 밤 이리저리로 몸을 던졌다. 금세 펌프에서 작업을 하다가 또 어느새 연기와 불을 급히 헤집고 다녔고, 어디건 소음과 사람들이 가장 많은 데서 분주하게 움직이는 것을 절대로 그치지 않았다. 사다리를 오르락내리락하고, 건물의 지붕에 올라가기도 하고, 그의 무게를 못 이겨 흔들거리는 마루를 딛고 넘어가기도 하며, 떨어지는 벽돌과 돌을 피해다니기도 하며 그는 그 큰 화재의 모든 지점에 있었다. 그러나 그는 마력에 걸린 목숨을 가졌는지, 다시 동이 트고 그저 연기와 시커먼 잿더미만 남을 때까지 찰과상이나 타박상도 입지 않고 지치지도 않고 아무런 생각도 없었던 것이다.

이 미친 듯한 흥분이 지나가자, 이제는 열배나 더 강하게 자신의 범죄에 대한 무서운 의식이 돌아왔다. 그는 의심스러운 눈초리로 주위를 둘러보았는데, 사람들이 여기저기 모여서 이야기를 나누고 있었다. 그는 자기가 그들의 화젯거리가 아닌가 두려웠다. 개는 그의 의미 있는 손짓에 순종했고, 둘은 함께 몰래 자리를 떴다. 그가 몇몇 사람들이 앉아 있는 물 펌프 근처를 지나자 그들이 함께 음식을 먹자고 불렀다. 그는 빵과 고기를 조금 먹고 맥주 한모금을 마시다가, 런던에서 온 소방수가 살인사건에 대해 말하는 것을 들었다. "버밍엄으로 갔다고 하던데." 한사람이 말했다. "하지만 그래봤자 붙잡힐 거야. 정찰대가 파견됐고 내일이면 온 나라에 소문이 쫙 퍼질 테니 말이야."

그는 곧 자리에서 일어나 땅바닥에 거의 주저앉게 될 때까지 걸었다. 그리고 길에 주저앉아, 번번이 잠에서 깨면서 불안한 잠을 길게 잤다. 그는 마음을 정하지 못하고 주저하면서, 또다시 외로운 밤을 맞을 것을 두려워하며 방황했다.

갑자기 그는 런던으로 돌아가리라는 자포자기한 결심을 했다.

'거기서는 어쨌건 말할 상대라도 있을 테니.' 그는 생각했다. '게다가 숨기도 좋은 장소이고. 이런 시골로 추적을 하고 다니니, 놈들이 거기서 나를 잡을 수 있으리라고는 절대로 생각하지 못할 거야. 뭐 한두주 꼼짝 않고 있다가 페이긴한테 돈을 좀 뜯어내서 프랑스로 가면 되잖아? 빌어먹을, 한번 해보자.'

그는 이러한 충동에 따라 지체 없이 행동했고 인적이 가장 뜸한 길을 골라서 되돌아가기 시작했다. 런던 근방에 숨어 있다가 땅거미가 지면 우회로로 들어가서 곧장 그가 목표로 한 지역으로 나아갈 참이었다.

그러나 개가 문제였다. 만약에 그의 인상착의가 알려졌다면, 함께 없어진 개가 필시 그를 따라갔으리라는 지적도 누락되지 않았을 것이다. 이것 때문에 그가 길을 지나다 체포될 수도 있는 일이었다. 그는 개를 물에 빠뜨려 죽이려 결심하고 걸어가면서 연못을 찾았고, 도중에 무거운 돌 하나를 집어 손수건에 묶었다.

이런 준비가 진행되는 중에 짐승은 주인의 얼굴을 올려다보았다. 본능적으로 그의 목적을 알아챘는지 아니면 강도가 흘겨보는 눈빛이 평소보다 더 엄했는지, 개는 보통 때보다 조금 뒤에서 슬그머니 따라왔고 주인의 걸음이 느려지자 몸을 사렸다. 주인이 웅덩이 가장자리에 멈춰서서 뒤를 돌아다보며 개를 부르자 개는 즉시 멈춰섰다.

"내 말 안 들려? 이리 와!" 사익스가 소리쳤다.

짐승은 습관의 힘에 이끌려 다가왔다. 그러나 사익스가 개의 목에 손수건을 묶으려고 하자, 개는 낮게 으르렁 소리를 내더니 놀라서 뒤로 물러섰다.

"돌아와!" 강도가 말했다.

개는 꼬리를 흔들었지만 움직이지 않았다. 사익스는 대충 올가미를 만든 다음 다시 개를 불렀다.

개는 앞으로 나오다가 다시 물러서서 잠시 멈춘 다음, 뒤로 돌아 전속력으로 달아났다.

사내는 연거푸 휘파람을 불며, 개가 돌아올 것을 기대하며 앉아 있었다. 그러나 개는 나타나지 않았으므로, 결국 그는 다시 여행을 계속했다.

## 제49장
## 몽스와 브라운로우씨가 드디어 만난다.
## 그들이 나눈 대화와 그 대화를 방해한 소식

브라운로우씨가 자기 집 대문 앞에 멈춘 전세마차에서 내려 가만히 문을 두드린 때는 이미 황혼이 깃들기 시작한 무렵이었다. 문이 열리자 체구가 다부진 남자가 마차에서 내려 계단 한쪽에 자리를 잡고 섰고, 또다른 남자가 마부석에 앉았다가 역시 내려서 반대쪽에 섰다. 브라운로우씨의 손짓에 따라 그들은 세번째 남자를 붙잡아내려 양옆에 끼고 서둘러 집 안으로 들어갔다. 이 사내는 몽스였다.

그들은 아무 말없이 똑같은 자세로 계단을 올라갔고, 브라운로우씨가 앞장서서 어느 뒷방으로 안내했다. 몽스는 마지못해하며 따라 올라오다가 방문 앞에서 멈춰섰다. 두 남자는 지시를 기다리듯이 노신사를 바라보았다.

"이 사람은 어떤 길을 택해야 할지 알 거요." 브라운로우씨가 말했다. "만약에 머뭇거리거나 지시도 하지 않았는데 손가락 하나라도 움직이면, 길거리로 끌고 나가 경관을 불러 내 이름을 대고 그를 중죄인으로 고소하시오.”

“감히 나한테 그렇게 얘기할 수 있나요?” 몽스가 물었다.

“감히 나한테 그렇게 하도록 부추기는 건가, 젊은이?” 브라운로 우씨가 차분한 눈빛으로 맞서며 그에게 대답했다. “자네 이 집에서 나갈 정도로 정신이 나갔나? 놔주시오. 자, 나가보시지. 나가는 것은 자네 자유이고 쫓아가는 것은 우리 자유니까. 그러나 내가 가장 엄숙하고 경건하게 여기는 모든 것들에 맹세하며 자네한테 경고하네만, 자네가 길에 발을 내딛는 순간, 바로 그 순간 자네는 사기 및 강도죄로 체포될 것이네. 나는 단호하고 요지부동하다고. 자네 역시 고집스럽게 나올 작정이면 그건 스스로 재앙을 초래하는 셈일 거야!”

“무슨 권리로 거리에서 나를 유괴해 이 개들의 손에 이끌려 이리로 오게 한 거요?” 몽스가 옆에 서 있는 사람들을 하나씩 돌아다 보면서 물었다.

“나의 권리네.” 브라운로우씨가 대답했다. “이 사람들은 나로 인해서 면책을 받네. 자네가 자유를 빼앗긴 것을 못마땅해한다면 — 자네는 이리로 따라오면서 자유를 되찾을 힘과 기회가 충분히 있었어. 하지만 자네는 조용히 있는 것이 더 낫다고 생각한 거야 — 다시 말하지만, 법의 보호 속으로 몸을 던지라고. 나도 법에 호소할 테니. 하지만 이미 돌이킬 수 없이 멀리 간 다음에 내게 자비를 간청하진 말게. 이미 다른 사람들 손으로 권한이 넘어가 있을 때 말일세. 그리고 자네가 자진해서 뛰어든 그 구덩이에 내가 떠밀었다고 말하지 말고.”

몽스는 선연히 당황했고, 게다가 놀란 듯 보였다. 그는 주저했다.

"빨리 결정하게나." 브라운로우씨가 매우 단호하고 차분하게 말했다. "자네가 나의 공식적인 고발을 원한다면, 나로선 몸서리치며 예상할 수는 있어도 막을 도리는 없는 끔찍한 형벌을 받는 신세가 되고 싶으면, 다시 말하지만, 자네가 그 길을 알고 있으니 그대로 하게. 만약에 그렇지 않다면, 자네가 나의 인내심과 자네로 인해 커다란 피해를 입은 모든 사람들의 자비에 호소할 생각이면, 두말없이 그 의자에 앉게. 지난 이틀 내내 자네를 기다리고 있던 의자이니."

몽스는 알아듣지 못할 무슨 말을 내뱉으며 여전히 머뭇거렸다.

"어서 결정하라고." 브라운로우씨가 말했다. "내 말 한마디면 대안은 영원히 사라져버릴 테니."

그래도 사내는 주저했다.

"난 말로 타협할 의향도 없고, 게다가 나는 다른 사람들의 소중한 이해관계를 변호하고 있으므로 그럴 권리도 없네." 브라운로우씨가 말했다.

"혹시……" 몽스가 머뭇거리며 물었다. "혹시…… 무슨 중도안은 없나요?"

"없네."

몽스는 걱정스러운 눈으로 노신사를 바라보았으나, 그의 표정에서 엄격함과 단호함 외엔 아무것도 읽어내지 못하자 방으로 걸어 들어가 어깨를 으쓱해 보이더니 앉았다.

"밖에서 문을 잠그시오." 브라운로우씨가 시중드는 사람들에게 말했다. "그리고 내가 종을 치면 오시오."

사람들은 그대로 했고, 단둘이 남게 되었다.

"이거 참 무척 잘해주시는군요, 그거." 몽스가 모자와 외투를 벗어놓으며 말했다. "제 부친의 가장 오랜 친구분이 말입니다."

"여보게, 내가 자네 부친의 가장 오랜 친구니까 그러는 걸세." 브라운로우씨가 대답했다. "행복했던 내 젊은 시절의 희망과 바람이 자네 부친, 그리고 그와 한핏줄인 한 아리따운 사람과 — 젊은 나이에 세상을 떠나 하느님과 재회하고 나를 여기에 외롭고 쓸쓸하게 남겨둔 바로 그 여인과 — 한데 묶여 있기 때문이네. 그리고 자네 부친이 아직 소년일 때, 나의 어린 아내가 될 예정이었던 — 하지만 하늘의 뜻은 그렇지가 않았지 — 그의 유일한 누이가 죽음을 맞이하던 그날 아침 임종의 침상 옆에서 자네의 부친이 나와 함께 무릎을 꿇었기 때문이야. 그때부터 그가 죽을 때까지, 그의 모든 시련과 실수들에도 불구하고 무감각해진 내 가슴이 그에게 집착하게 되었기 때문이고, 오래된 추억과 연상들이 내 가슴을 메우고 심지어 자네의 모습조차도 그에 대한 옛 생각을 떠올리기 때문이야. 이 모든 이유에서 내가 자네를 지금 — 그래, 에드워드 리포드, 지금까지도 — 친절하게 다루도록 마음이 움직인 걸세. 또 그래서 그 이름값도 못하는 자네를 수치스럽게 여기는 것이고."

"이름이 이 일과 무슨 상관이 있어요?" 젊은이는 반쯤은 침묵에 싸여, 그리고 반쯤은 완강하게 놀라며 상대의 흥분한 모습을 바라보다가 물었다. "이름이 나한테 무슨 가치가 있나요?"

"무가치하겠지." 브라운로우씨가 대답했다. "자네한텐 아무것도 아닐 거야. 하지만 그것은 바로 그녀의 성姓이었어. 그리고 이렇게 오랜 세월이 지나 난 노인이 됐지만, 모르는 사람이 그 이름을 부르는 것만 들어도 지난날처럼 얼굴이 달아오르고 짜릿한 느낌을 다시 받는다네. 자네가 이름을 바꾼 것은 아주…… 아주 다행이야."

"다 아주 좋은 얘기요." 몽스가(그의 가명을 계속 쓰자면) 오랜 침묵 끝에 말했다. 그러면서 그는 화가 난 듯이 반항적으로 몸을 앞뒤로 건들거렸는데, 브라운로우씨는 손으로 얼굴을 가리고 앉아 있었다. "그런데 나한테 원하는 것이 뭐요?"

"자네는 동생이 하나 있네." 브라운로우씨가 기운을 내서 말했다. "거리에서 자네 뒤로 가서 귓속에 그 이름을 속삭이는 것만으로도 자네가 깜짝 놀라고 당황해서 이리로 나를 따라오게 했던 그 동생 말이야."

"난 동생이 없어요." 몽스가 대답했다. "내가 외아들이라는 것을 아시잖아요. 무슨 동생 얘기를 하시는 거예요? 나만큼이나 잘 알고 계시잖아요."

"내가 알고 있는 사실이 무엇인지 주의해 듣게, 자넨 그것을 모를 테니." 브라운로우씨가 말했다. "내 이야기에 차차 관심을 갖게 될 테니 두고 봐. 자네의 불행한 부친은 가문의 자존심과 가장 비열하고 편협한 야망 때문에 어린 나이에 비참한 결혼을 강요당했고, 자네가 거기서 태어난 유일하고도 극히 부자연스러운 소산이었다는 사실을 난 알고 있네."

"난 심한 말들을 별로 좋아하지 않아요." 몽스가 비꼬는 듯 웃으며 끼어들었다. "사실을 알고 계시니, 그것으로 내게는 충분하군요."

"게다가 나는 또한, 그 잘못된 결합에서 야기된 불행과 서서히 지속된 고문, 끝없이 계속된 고뇌도 알고 있네." 노신사가 계속 말을 이어나갔다. "그 비참한 부부가 피차에게 독에 찌든 셈인 세상에서 각자가 얼마나 냉담하고 권태롭게 자신들의 무거운 사슬을 질질 끌고 나아갔는지도 알고. 나는 냉랭한 겉치레가 어떻게 노골적인 모욕으로 이어졌는지, 무관심이 어떻게 싫어하는 감정에 자리를 내주었는지 알고 있네. 그 감정은 다시 또 혐오로, 혐오는 증오로 변해버리고 마침내 그들은 삐걱거리는 결합을 비틀어 떼고 서로 멀리 헤어졌네. 오직 죽음이 아니면 그 나사못을 부술 수 없는 그 짜증나는 파편을 각자가 가져간 거지. 그들은 새로 사귄 친구들 사이에서 가능한 가장 쾌활한 모습으로 그것을 감추고자 했네. 자네의 모친은 성공했어. 그녀는 곧 다 잊어버렸지. 하지만 그것은 자네 부친의 가슴속에서 몇년 동안이나 녹이 슬고 부식되었다네."

"그래요, 양친은 헤어졌지요." 몽스가 말했다. "그런데 그것이 어쨌다는 거죠?"

브라운로우씨가 대답했다. "그들이 헤어진 지 제법 시간이 흐른 후에, 그리고 자네의 모친이 대륙에서 흥청거리는 생활에 빠져 자기보다 십년이나 아래인 어린 남편을 완전히 잊어버렸을 때, 그는 전망을 상실한 채 고국에 머물고 있었고 그러던 중에 새로운 친구들을 사귀게 됐어. 적어도 이 상황은 자네가 이미 알고 있는 것이네."

"난 몰라요." 몽스가 눈을 돌리고 모든 것을 다 부인하기로 결심한 듯이 발을 구르면서 말했다. "난 몰라요."

"자네의 행동 못지않게 자네의 그 태도가 스스로 그것을 한번도 잊지 않고 늘 씁쓸하게 생각해왔다는 것을 확신시켜주는군." 브라운로우씨가 응수했다. "난 십오년 전 얘기를 하고 있어. 자네가 기껏해야 열한살이고 자네 부친은 서른하나밖에 안 되었을 때 말이야. 다시 말하지만 자네의 할아버지가 결혼을 강요했을 당시 자네 아버지는 어린 소년이었을 뿐이니까. 내가 돌아가신 자네 부모의 어두운 과거로 꼭 돌아가야 하겠나, 아니면 그렇게 안 해도 되도록 내게 직접 진실을 털어놓겠나?"

"난 털어놓을 것이 아무것도 없어요." 몽스가 대꾸했다. "계속 얘기하고 싶으면 맘대로 하세요."

브라운로우씨가 얘기했다. "그 새 친구란 퇴역한 해군 장교였어. 그의 부인은 반년 전에 죽었고 그에게 두 아이를 남겨둔 처지였지 — 자식이 더 많았지만 그중에서 다행히도 둘만 살아남았던 거야. 자식들은 둘 다 딸이었어. 하나는 열아홉 된 아름다운 아가씨였고, 다른 하나는 그저 두세살밖에 안 된 어린애였네."

"그게 나하고 무슨 상관이에요?" 몽스가 물었다.

브라운로우씨는 방해하는 말에 개의치 않으며 말했다. "그들은 자네의 부친이 방황 중에 기거하게 된 그 지역에 살고 있었지. 서로 알게 되고, 친해지고, 곧이어 우정이 생겨났어. 자네의 부친은 보기 드물 정도로 타고난 장점이 많은 사람이야. 그는 자기 누이의 영혼과 외모를 갖고 있었지. 노장교는 그를 더욱 잘 알게 되자 그를 사랑하게 되었네. 거기서 끝났으면 좋았을 텐데. 그의 딸도 똑같이 그를 사랑하게 되었지."

노신사는 말을 멈추었다. 그는 시선을 바닥에 고정시키고 입술을 깨물고 있는 몽스를 보고 즉시 말을 이었다.

"일년 뒤에 그는 그 딸과 약혼을, 아주 엄숙한 약혼을 하게 되었지. 그는 그 순진한 여자의 최초의 진실하고 열렬하고 유일한 열정의 대상이 된 걸세."

* * *

"아저씨 얘긴 진짜 길군요, 참." 몽스가 의자에 앉아 불안하게 몸을 뒤척이며 말했다.

"이봐 젊은이, 이것은 비애와 시련, 그리고 슬픔이 어린 진실된 이야기일세." 브라운로우씨가 대답했다. "그런 얘기들은 대개 긴

법이야. 만약에 기쁨과 행복만으로 가득 찬 이야기였다면 매우 짧았을 거야. 마침내, 자네 부친을 희생시켜 자신의 이익과 권세를 강화하고자 했던, 이건 흔한 일이야 — 전혀 예외적인 경우가 아니지 — 그 부유한 친척 중 한사람이 죽었고, 그는 자기가 야기한 자네 부친의 불행을 보상해주는 의미로 스스로에게는 모든 비애에 대한 만병통치약, 즉 돈을 남겨주었네. 그래서 자네 부친은 그 친척이 요양차 머물고 있던 로마로 즉시 가야 했는데, 고인은 일을 뒤죽박죽으로 남겨놓고 거기서 세상을 떠났던 걸세. 그는 그리로 갔고 거기서 치명적인 병에 걸렸는데, 그 소식이 파리에 닿는 순간 자네를 데리고 있던 자네 모친이 그를 따라 로마로 갔어. 그는 그녀가 도착한 바로 다음날 죽었고, 아무런 유언도 남기질 않았어…… 아무 유언도 말이야…… 그래서 그 재산이 모두 다 자네 모친과 자네한테 굴러떨어진 거야."

이 대목에서 몽스는 숨을 죽였고, 비록 말하는 사람 쪽을 쳐다보지는 않았어도 몹시 놀란 얼굴로 듣고 있었다. 브라운로우씨가 말을 멈추자, 그는 갑자기 안도를 느낀 것처럼 자세를 바꾸고 뜨거워진 얼굴과 두 손을 닦았다.

"그가 외국으로 떠나기 전 런던을 지나는 길에," 브라운로우씨가 상대방의 얼굴을 응시하면서 천천히 말했다. "나한테 왔었네."

"그건 처음 듣는 얘기인데요." 몽스는 못 믿겠다는 투로 말했으나, 그보다는 비위에 거슬리는 놀라운 기색을 더 풍겼다.

"그는 내게 와서 여러가지 물건들을 맡겼는데 그중에 그림 하나가 — 자기가 그린 초상화인데 — 있지. 그것은 이 가엾은 여자의 초상화였는데, 그는 그것을 두고 떠나기가 싫었지만 황망한 여행길에 갖고 갈 수도 없었던 거야. 그는 불안과 자책감으로 거의 그림자처럼 초췌했어. 그는 정신 나간 사람처럼 자기가 초래한 몰락과 불명예에 대해 얘기했어. 그리고 어떤 손해를 치르더라도 자기의 전재산을 돈으로 바꾼 다음에, 새로 취득한 재산의 일부를 부인과 자네 앞으로 양도한 후 이 나라를 떠나서 — 난 그가 혼자 떠나려는 것이 아니라고 충분히 짐작할 수 있었지 — 다시는 돌아오지 않겠다는 의향을 내게 털어놓았네. 우리 둘 다에게 지극히 소중한 이가 묻혀 있는 이 땅에 뿌리박은 애착을 가진 오랜 친구인 내게조차…… 심지어 내게조차 더이상 특별한 고백은 일절 하지 않고, 다만 약속하기를 모든 것을 편지에 쓰겠다고, 그리고 다음에 다시 한번만 더 만나자고 했어, 죽기 전에 마지막으로 말이야! 아! 하지만 그것이 마지막이 될 줄이야. 나는 아무 편지도 받지 못했고, 그를 두번 다시 보지도 못했지."

"나는," 브라운로우씨가 잠시 숨을 돌린 다음에 말했다. "나는 모든 것이 다 끝난 후에, 그의 — 난 세상 사람들이 흔히 쓰는 표현을 그대로 쓰겠네. 이제는 세상의 가혹함이나 호의가 그에게는 마찬가지일 테니 — 죄 많은 사랑의 현장으로 갔네. 만약에 내가 걱정하는 대로 일이 벌어졌다면, 길을 잘못 든 그 아가씨에게 적어도 자신을 감싸주고 가엾게 여길 사람과 집 하나는 마련해줄 결심을 하고서 말일세. 그 일가는 일주일 전에 그곳에서 떠났더군. 남아 있던 자질구레한 채무를 다 정리하고 밤에 떠났다는 거야. 무슨 이유에서인지, 그리고 어디로 갔는지 아무도 알지 못했지."

몽스는 안도의 한숨을 내쉬었고 의기양양한 미소를 지으며 주위를 둘러보았다.

"자네의 동생이," 브라운로우씨가 상대방의 의자 쪽으로 가까이 다가가면서 말했다. "미약하고 남루하고 아무도 거들떠보지 않은 자네의 동생이 우연보다 더 강한 손에 의해 내 앞길에 나타났을 때, 그리고 내가 그 아이를 죄악과 비행의 삶에서 구출했을 때……"

"뭐요?" 몽스가 소리쳤다.

"내가 그 아이를 구했다고 했네." 브라운로우씨가 말했다. "내가 머지않아 자네의 흥미를 끌 것이라고 말하지 않았나. 내가 구출했다고 말하고 있는 거네 — 보아하니 자네의 간교한 동료가 내 이름은 밝히지 않은 모양이군. 하기야 자네가 내 이름을 알리라고 어찌 생각했겠나. 어쨌건, 내가 그 아이를 구출해서 그가 내 집에 누워 회복되던 중에, 그애가 아까 얘기한 그 그림과 매우 닮았다는 것을 알고 나는 깜짝 놀랐네. 심지어 때가 꼬질꼬질한 비참한 처지의 그 아이를 처음 보았을 때도 그 얼굴에는 어떤 표정이 남아 있어서, 어떤 옛 친구의 모습을 생생한 꿈속에서 언뜻 본 것 같은 생각을 하게 되었네. 내가 그의 이야기를 알기 전에 그 아이가 덫에 걸려 없어졌다는 것은 자네한테 얘기할 필요가 없겠지……"

"왜요?" 몽스가 황급히 물었다.

"왜냐하면 자네가 그것을 잘 알고 있기 때문이야."

"내가요?"

"부인해도 소용없네." 브라운로우씨가 대답했다. "내가 그 이상으로 더 알고 있다는 것도 보여주겠네."

"아저씨는…… 아저씨는…… 내게 불리한 증거를 아무것도 댈 수 없을 거예요." 몽스가 말을 더듬었다. "어디 한번 해보라고요!"

"그건 두고 보자." 노신사가 탐색하는 눈빛으로 대답했다. "나는 그 아이를 잃어버렸고 아무리 노력해도 찾을 수가 없었지. 자네의 모친은 죽었으니 그 수수께끼를 풀 사람은 오직 자네밖에 없다는 것을 알았네. 그리고 나는 자네 소식을 수소문한 끝에 자네가 서인

도제도의 자네 땅에 있다는 얘기를 듣고 그곳으로 — 자네도 잘 알다시피 모친이 사망하자 여기서 저지른 악행의 대가를 모면하려고 그곳으로 도피해가지 않았나 — 여행을 떠났네. 자네는 몇달 전에 그곳을 떠나 런던에 가 있을 거라고들 했지만 누구도 정확히 어디에 있는지는 알지 못했어. 나는 돌아왔네. 자네의 대리인들도 자네가 어디 사는지에 대한 단서를 갖고 있지 않았어. 그들의 말은 자네가 늘 하던 대로 이상하게 나타났다간 사라지곤 한다는 거야. 때로는 며칠씩 때로는 몇달씩. 어느모로 보나 자네가 사납고 방종한 아이였을 때와 마찬가지로 그 저급한 소굴로 돌아다니며 비행의 무리와 어울려지내는 것 같다고 말이야. 나는 그들이 지칠 정도로 자꾸 새로운 청을 했네. 밤낮으로 거리를 돌아다녔지만 바로 두시간 전까지도 나의 노력은 모두 허사였고, 자네를 단 한순간도 보지 못했던 거야."

"그래서 지금 나를 보고 있잖아요." 몽스가 대담하게 일어서면서 말했다. "그래서 어쨌다는 거예요? 사기와 강도는 아주 어마어마한 말들이에요. 어떤 어린 놈팡이 하나가, 죽은 사람이 그린 서투른 그림과 닮았다는 아저씨의 느낌이 겨우 그걸 뒷받침할 뿐이에요. 동생이라고! 아저씨는 심지어 그 눈물 짜는 남녀 사이에서 아이가 태어난지도 모르고 있잖아요, 그것도 모르면서 말이야."

"몰랐었지." 브라운로우씨도 똑같이 일어서면서 대답했다. "하지만 지난 보름 사이에 모든 것을 알게 되었네. 자네는 동생이 하나 있어. 자네는 그 사실을 알고 있고, 그애가 누군지도 아네. 유서가 하나 있었지만, 자네의 모친이 죽기 전에 그것을 없애버리고 그 비밀과 이득을 오직 자네한테만 남겨주었던 거야. 유서에는 이 슬픈 만남의 결과로 생겨날지도 모르는 아이에 대한 언급이 있었는데, 이 아이가 태어나게 되었고, 자네가 우연히 그 아이와 마주치자 부친을 닮은 그의 모습 때문에 자네의 의심이 처음 생겨난 거야. 자네는 그 아이의 출생지로 갔어. 거기에는 오랫동안 숨겨져 있던 그 아이의 출생과 부모에 대한 증거물이 있었지. 자네는 이 증거들을 파기했고, 이제 자네가 유대인 공범자에게 한 말 그대로, '그래서 그 아이의 신원을 밝혀줄 유일한 증거물은 강바닥에서 잠자고 있고, 그 물건을 아이의 어미로부터 받았던 할망구는 관 속에서 썩고 있다'는 거야. 그 아버지의 아들이라 하기에 부끄러운 놈, 겁쟁이, 거짓말쟁이. 밤이면 도둑놈 살인자 들과 함께 어두운 방에서 계략을 꾸미는 네가, 너의 모략과 간계로 너 같은 것들 수백만명보다 더 훌륭한 한 여인의 머리에 비참한 죽음을 쏟아부은 네가, 요람에서부터 네 부친의 가슴에 쓰디쓴 아픔이었고, 모든 악한 열정, 사악함, 방탕함이 고름이 되어 썩다가 흉측한 질병으로 터져나와 네 마음처럼 추악한 얼굴을 갖게 된 네가 — 너, 에드워드 리포드, 네놈이 아직도 나한테 감히 맞서느냐?"

"아니오, 아닙니다, 아니에요!" 이렇게 하나하나 죄상이 나열되자, 겁쟁이는 굴복하고 말았다.

"말 한마디 한마디!" 노신사가 소리쳤다. "너와 그 혐오스러운 악당 사이에서 오고간 말 한마디 한마디를 내가 다 안다. 벽에 비친 그림자가 너의 속삭임을 엿들었고 그것을 내 귀에까지 전해주었어. 학대받는 그 아이의 모습이 악 그 자체인 사람의 마음을 돌려놓았고 용기와 선의 속성을 갖게 해주었던 거야. 살인이 일어났고, 너는, 실질적이 아니라도 도의적으로 공범인 거야."

"아니에요, 아니에요." 몽스가 끼어들었다. "난…… 난…… 그것은 전혀 몰라요. 아저씨가 날 붙잡았을 때 막 진상을 알아보러 가는 참이었어요. 난 그 사건의 원인을 몰랐어요. 난 그냥 보통 말다툼인 줄 알았다고요."

"사건은 자네의 비밀을 부분적으로 드러낸 것에서 비롯됐네." 브라운로우씨가 대답했다. "나머지를 다 털어놓겠는가?"

"네, 그러겠습니다."

"진실을 밝히는 조서를 꾸미고 그것을 증인들 앞에서 반복하겠는가?"

"그것도 약속합니다."

"그 문서를 작성할 때까지 여기 조용히 있다가 내 뜻대로 그것을 입증하는 데 가장 적절한 장소로 함께 가겠는가?"

"그렇게 고집하시면 그렇게 하겠습니다." 몽스가 대답했다.

"그것으로 끝나는 게 아니야." 브라운로우씨가 말했다. "순진하고 죄 없는 아이에게 보상을 해줘야 해. 비록 옳지 못하고 지극히 불행했던 사랑의 산물이긴 해도 사실 그는 죄 없는 아이니까. 자네는 유언에 들어 있는 항목들을 잊지 않았을 거야. 자네의 동생이 관련된 부분만큼은 모두 그대로 하게. 그런 다음 어디든 가고 싶은 데로 가라고. 그러면 이 세상에서 나를 다시 만날 필요는 없을 거야."

몽스는 한편으로는 공포감에 다른 한편으로는 혐오감에 시달리며 이리저리 서성거렸고, 이 제안에 대해서, 그리고 그것을 회피할 가능성에 대해 저 어둡고 악한 얼굴로 곰곰이 생각했다. 그러던 중에, 한 신사(로스번씨)가 서둘러 문을 따고 매우 상기된 얼굴로 방에 들어왔다.

"그자를 체포한대요." 그가 소리쳤다. "오늘 밤에 체포한다고요!"

"살인자 말이오?" 브라운로우씨가 물었다.

"네, 네." 상대방이 대답했다. "그의 개가 어떤 낡은 소굴에서 숨어 기다리고 있는 걸로 봐서, 개 주인이 거기에 있거나 아니면 야음을 틈타서 그리로 올 거라는 게 확실하답니다. 수색조들이 사방으로 돌아다니고 있어요. 그를 체포할 임무를 띤 사람들하고 얘기를 해봤는데, 다들 탈출하지 못할 거라더군요. 당국에서 오늘 밤 현상금 100파운드를 걸었어요."

"내가 50파운드 더 걸지." 브라운로우씨가 말했다. "그곳에 가서, 바로 내 입으로 그것을 선언하겠소. 메일리씨는 어디 있지요?"

"해리요? 그는 선생의 친구가 선생과 함께 마차에 안전하게 있는 것을 보자마자 이 소식을 들은 곳으로 달려갔어요." 의사가 대답했다. "그리고 일행의 선두와 합류하기 위해 미리 약속된 외곽의 어느 지점으로 말을 몰아 달려갔습니다."

"페이긴은?" 브라운로우씨가 말했다. "그는 어떻게 됐나요?"

"내가 마지막으로 소식을 들었을 때는 아직 붙잡히진 않았지만 곧 잡히거나 아마 지금쯤은 잡혔을 겁니다. 잡을 게 확실하대요."

"자네 마음을 정했나?" 브라운로우씨가 낮은 목소리로 몽스에게 물었다.

"네." 그가 대답했다. "아저씨도…… 아저씨도…… 내 비밀을 지켜주실 거지요?"

"그러겠네. 내가 돌아올 때까지 여기서 기다리게. 그것이 자네의 안전을 기대할 수 있는 유일한 희망이야."

그들은 방을 떠났고 문은 다시 잠겼다.

"어떻게 했어요?" 의사가 속삭였다.

"내가 바라던 대로, 아니 그 이상으로 잘됐어요. 그 불쌍한 여자가 준 정보와 내가 알고 있던 사실, 그리고 현장에서 우리의 훌륭한 친구가 조사한 사실을 합쳐서 그가 도망갈 쥐구멍조차 남겨두지 않았고, 이것을 통해 모든 악행을 백일하에 드러내 보였소. 모레 저녁 7시에 모임을 갖자고 편지를 써서 약속을 잡아주시오. 우리는 몇시간 전에 그리로 내려가겠지만 휴식이 좀 필요할 거예요. 특히 아가씨는 선생이나 내가 지금 당장 예상할 수 있는 것보다 훨씬 더 마음을 단단히 먹을 필요가 있으니 말입니다. 여하튼 난 살인을 당한 그 불쌍한 이의 복수를 하려고 피가 끓고 있어요. 그들이 어느 쪽으로 갔습니까?"

"곧장 경찰서로 가시면 늦지 않게 도착하실 수 있을 겁니다." 로스번씨가 대답했다. "난 여기 남아 있겠습니다."

두 신사 모두 전혀 제어할 수 없는 흥분으로 열이 올라 황망히 헤어졌다.

# 제50장
## 추적과 탈출

　로더하이스의 교회에 인접한 템즈 강 부근에, 더럽기 그지없는 건물들이 강둑에 늘어서 있고 석탄선의 연기와 다닥다닥 붙은 지붕 낮은 집에서 나오는 연기로 강에 있는 배들도 온통 시꺼먼 그곳에, 런던에 숨어 있는 많은 지역 중 가장 지저분하고 괴상하고 별난 곳이 있었는데, 거기는 대부분의 런던 사람들에게도 그 이름조차 알려지지 않은 장소이다.

　이곳에 이르려는 방문객은 갑갑하고 비좁은 진흙투성이의 길을, 물가에 사는 사람들 중 가장 거칠고 가장 가난하며 그런 사람들이 할 법한 장사를 하며 사는 자들로 바글거리는 미로를 뚫고 들어가야 한다. 가장 값싸고 흔해빠진 식료품들이 가게에 한무더기씩 쌓여 있고, 가장 거칠고 흔한 옷가지류가 가게의 문에 대롱대롱 매달려 있거나 집 난간과 창문에서 줄줄이 넘쳐난다. 가장 저급한 계층의 일거리 없는 인부들, 배의 바닥짐을 들어올리는 일꾼들, 석탄선

인부들, 부끄러움을 모르는 여인들, 남루한 아이들, 그리고 강가의 인간쓰레기들과 어깨를 스치며 방문객이 어렵사리 길을 헤쳐나가면, 오른쪽 왼쪽으로 가지쳐나간 비좁은 골목의 역겨운 광경과 냄새에 공략당하게 되며, 길 모서리마다 불쑥 솟아나 첩첩이 늘어선 창고들에서 물건을 산더미처럼 싣고 나오는 묵직한 수레들의 덜컹거리는 소리에 귀가 멍멍해진다. 마침내 방문객이 지금까지 지나온 길보다 더 외지고 인적이 드문 길에 다다르면, 인도로 와르르 무너질 듯이 기울어진 가옥들, 지나가는 순간 바로 쓰러질 듯한 낡은 벽들, 반쯤은 부서졌지만 반쯤은 무너져내리기를 주저하는 것 같은 지붕들, 시간과 먼지로 거의 다 좀먹은 녹슨 철봉으로 막아놓은 창문들, 상상할 수 있을 만큼 황폐해지고 버려진 삶의 징표들 아래로 걸어가게 된다.

서덕 구역의 독헤드를 지난 곳에 있는 이 동네에는 제이컵의 섬이라는 곳이 있는데, 여기는 밀물이 들어오면 6~8피트 깊이에 15~20피트 너비의 진흙탕 도랑으로 둘러싸이는 곳으로, 한때는 밀 폰드라고 불린 적도 있으나 이 이야기가 전개된 시대에는 폴리디치라고 불렸다. 그곳은 템즈 강에서 들어오는 샛강 혹은 강어귀로, 그 옛 이름의 유래가 된 레드밀[100]의 수문을 열면 언제나 물이 최고 수위에 이른다. 이때 밀레인에서 그곳으로 내던지듯 걸쳐놓은 나무다리 하나에서 쳐다보면, 개천 양쪽에 사는 주민들이 집 뒷문과 창문에서 양동이며 바가지며 온갖 종류의 살림도구를 내려 물을 긷는 모습을 볼 수 있다. 그리고 이 작업 광경에서 집들로 눈을 돌리면 보는 이는 앞에 펼쳐진 광경에 대경실색하게 될 것이다. 여남

---

**100** 납공장이라는 뜻.

은 정도 되는 집들 뒤로 공통으로 연결된 무너져가는 베란다들에 바닥의 진흙이 내려다보일 정도로 구멍이 뚫려 있는 모습이며, 한 번도 걸린 적은 없지만 속옷 빨래를 말리기 위한 봉들이 무너져내 리고 더덕더덕 기운 창문들에서 불쑥 비집고 나온 것이며, 방이 어 찌나 작고 어찌나 더럽고 어찌나 갑갑한지 그 방에서 안식처를 마 련한 먼지와 불결함에게조차도 그 안의 공기가 너무 탁하게 보이 는 것이며, 진흙 위로 몸을 내밀고 그 속으로 — 정말 그렇게 되는 경우도 있지만 — 무너지겠다고 협박을 하는 목조 방들이며, 뒤발 라놓은 벽들과 무너져가는 건물의 토대들, 온갖 역겨운 가난의 윤 곽들, 온갖 지저분한 것, 썩는 것, 쓰레기들의 혐오스러운 모습들이 며 — 이 모든 것들이 폴리디치 둑을 장식하고 있었다.

　제이컵의 섬에 있는 창고들은 지붕도 없이 텅 비었고, 벽은 무너 지고, 창문은 더이상 창문이라고 할 수 없으며, 문은 길거리로 넘 어가는 중이고, 굴뚝은 시커멓게 변해 있지만 아무 연기도 나지 않 는다. 삼사십년 전 적자와 소유권 분쟁이 엄습하기 전에는 그곳은 번성한 곳이었지만, 지금은 정말로 적막한 섬일 뿐이었다. 집은 주 인이 없고, 용기가 있는 사람들이 문을 따고 들어가 거기서 살다가 또 거기서 죽었다. 제이컵의 섬에 은신하고자 하는 이들은 그렇게 비밀스러운 장소에 살지 않으면 안 될 중대한 이유가 있거나, 아니 면 정말로 빈궁한 처지로 몰락한 사람들임이 틀림없다.

　이러한 집들 중 하나 — 다른 곳은 무너져내릴 것 같지만 문과 창문은 튼튼하게 방어를 해놓고, 집 뒤편은 이미 묘사한 대로 도랑 을 내려다보고 있는 제법 큼직한 독채 — 의 위층 방에는 세 남자 가 모여 있었는데, 그들은 이따금씩 당혹스러운 기대감을 나타내 는 표정으로 서로를 바라보며 심오하고 음울한 침묵 속에 앉아 있었다. 그중 하나는 토비 크래킷이었고 다른 하나는 치틀링씨, 그리고 세번째는 쉰살 먹은 강도로, 과거에 어떤 난투극에서 맞았는지 코가 푹 주저앉았고, 얼굴에는 같은 이유로 추정되는 무시무시한 상처가 나 있었다. 이자는 몰래 돌아온 유배수[101]인데 이름은 캑스였다.

"거 왜." 토비가 치틀링씨를 돌아보며 말했다. "자네가 있던 그 두군데 소굴이 너무 으스스해졌다면 여기로 올 게 아니라 다른 집 구석을 골라 그리로 갈 걸 그랬네, 이 친구야."

"왜 그렇게 안 했어, 이 멍청아?" 캑스가 말했다.

"아니, 날 좀더 반갑게 맞으실 줄 알았는데." 치틀링씨가 우울한 투로 대답했다.

"이것 보시게, 젊은 신사." 토비가 말했다. "나처럼 아주 배타적으로 혼자 지내고, 그로 인해 아무도 엿보거나 냄새를 맡을 수 없게 안락한 지붕을 이고 사는 사람은 말이야, 당신 같은 형편에 있는 젊은 신사분이(형편이 좋을 때는 같이 카드놀이를 할 만한 존경스럽고 재미있는 분이라고 해도) 방문해주는 영광을 누리는 것은 깜짝 놀랄 일이야."

"특히 말이야, 그 배타적인 젊은이랑 같이 머무는 친구가 있는데, 외국에서 예상보다 좀더 일찍 돌아온 그 친구가 도착하자마자 판사들 앞에 귀국인사를 하러 나서기에는 너무 겸허한 사람인 경우에 말이야." 캑스가 덧붙였다.

짧은 침묵이 흘렀다. 그런 뒤에 토비 크래킷은 치틀링을 돌아보고 말했는데, 만사를 대수롭지 않게 여기며 허풍 떠는 평소의 말투

---

**101** 유배형은 종신형으로, 본국에 돌아온 것이 발각되면 사형에 처해진다.

를 계속하는 것이 더이상 소용없다고 포기한 듯했다.

"페이긴은 언제 잡혔다는 거야?"

"막 밥 먹을 때요. 오후 2시였어요. 찰리하고 나는 다행히 세탁소 굴뚝으로 도망쳤고, 볼터는 빈 물통으로 머리부터 거꾸로 들어갔는데, 다리가 무지 길어서 위로 불쑥 튀어나왔거든요. 그래서 그도 잡았어요."

"벳은?"

"불쌍한 벳! 그녀는 시신의 신원을 확인해보러 갔었어요." 대답을 하는 치틀링의 안색은 점점 더 어두워졌다. "그러고 나서 미쳐서 비명을 지르고 헛소리를 하고, 판자에 머리를 부딪쳤어요. 그래서 사람들이 그녀에게 구속복¹⁰²을 입혀서 병원으로 끌고 갔고…… 지금 거기 있어요."

"꼬마 베이츠는 어떻게 되었나?" 캑스가 물어보았다.

"그는 어두워지기 전에는 이리 안 온다며 돌아다니고 있는데, 곧 이리로 올 거예요." 치틀링이 대답했다. "지금 갈 데가 아무데도 없어요. 절름발이 술집에 있는 사람들은 이미 수감되었고 그 소굴의 바는 ― 내가 직접 가서 눈으로 보았는데요 ― 덫으로 꽉 차 있어요."

"이건 완패인데." 토비가 입술을 깨물면서 말했다. "이번 일로 갈 사람이 여럿이겠구먼."

"법원이 개정 중이니까," 캑스가 말했다. "만약에 검시가 끝나고 볼터가 공범자 증인¹⁰³으로 돌아선다면 ― 하고 다니던 말로 봐서 그는 분명히 그럴 거야 ― 페이긴이 이 사건을 교사했다는 것이 밝

---

102 정신병자에게 입히는 옷.
103 공범자의 죄를 증언하면, 증언자에게는 처벌을 면제해주는 제도가 있었음.

혀질 테고, 금요일에 재판을 진행하면 그는 오늘부터 엿새 안에 목이 매달릴 거라고, 맹세컨대!"

"사람들이 으르렁거리는 소리를 들었어야 해요." 치틀링이 말했다. "경찰들이 악마처럼 맞서지 않았으면 사람들이 그를 채어갔을 거예요. 한번은 그가 쓰러지니까 경찰들이 주위에 원을 만들며 밀치고 나갔어요. 영감이 진흙과 피로 온통 범벅이 된 채 주위를 둘러보며 마치 절친한 친구라도 되는 양 경찰들에게 달라붙어서 가는 것을 봤어야 해요. 군중들이 미는 통에 제대로 일어서지도 못하고, 경찰들 사이에 끼여 끌려가는 모습이 지금도 눈에 선해요. 사람들이 뒤에서 껑충껑충 뛰면서 이빨을 으르렁대며 덤벼드는 것이며, 그의 머리카락과 수염에선 피가 낭자한 것이며, 길모퉁이를 돌 때마다 여자가 비명을 지르며 군중들 한가운데로 달려가서 심장을 찢어발기겠다고 저주를 하는 것이며, 다 눈에 선하다고요!"

이 광경의 증인은 공포에 겨워 손으로 귀를 막고 눈을 감은 채 벌떡 일어서서 미친 사람처럼 격렬하게 왔다 갔다 했다.

그가 이러고 있고 두 사내는 시선을 내리깔고 조용히 앉아 있던 중, 계단에서 가볍게 툭탁거리는 발소리가 들리더니 사익스의 개가 방으로 들어왔다. 그들은 창문으로, 아래층으로, 그리고 길거리로 뛰어나갔다. 개는 열린 창으로 뛰어들어왔는데, 그들을 따라 밖으로 나가려고 하지 않았고 개의 주인 또한 아무데도 보이지 않았다.

"이게 다 뭐야?" 그들이 돌아오자 토비가 말했다. "그 친구 여기로 오는 거 아냐, 이거. 그러면 안 되는데."

"만약에 이리 왔다면 개와 함께 왔겠지." 캑스가 고개를 숙여 바닥에서 할딱거리는 짐승을 살펴보며 말했다. "자! 개한테 물 좀 먹여라. 기절할 정도로 뛰어온 모양이다."

"다 마셔버렸어요, 마지막 한방울까지." 치틀링이 한동안 개를 가만히 지켜본 후에 말했다. "진흙투성이고, 절뚝거리고, 눈은 반쯤 멀고…… 아마 꽤 먼 길을 달려온 모양인데."

"도대체 어디서 온 것일까!" 토비가 큰 소리로 말했다. "물론 다른 소굴에도 가봤겠지. 그런데 거기에 낯선 사람들이 꽉 찬 것을 보고 여러번 와본 적이 있는 이리로 온 거야. 하지만 처음엔 어디 있다가 온 것일까, 또 어떻게 주인도 없이 혼자 왔을까!"

"그가"――(아무도 살인자를 그의 옛 이름으로 지칭하지 않았다)――"그가 스스로 목숨을 끊었을 리는 없어요. 어떻게 생각하세요?" 치틀링이 말했다.

토비가 고개를 끄덕거렸다.

"만약에 그랬다면," 캑스가 말했다. "개가 우리를 현장으로 안내해 갈 거야. 아니야. 내 생각엔 그가 이 나라를 떴고 개만 남겨둔 것 같아. 어찌됐든 그가 개를 도망치게 해준 것이 분명해. 아니면 개가 그렇게 버젓이 돌아다니질 않을 거야."

이 해답이 가장 그럴듯했으므로 다들 옳다고 생각했다. 개는 의자 밑으로 기어들어가서 몸을 움츠리더니 잠에 빠졌고 더이상 아무도 개에 대해 신경 쓰지 않았다.

이제 밤이 어두워졌으므로 덧문은 닫히고 탁자 위엔 촛불이 켜졌다. 지난 이틀간의 끔찍한 사건들은 세사람 모두에게 깊이 각인되었고 신변의 위험과 불확실함으로 그 느낌은 더욱 심해졌다. 그들은 의자를 서로 가까이 끌어당기고 앉은 채 조그만 소리에도 깜짝깜짝 놀라곤 했다. 그들은 거의 말을 안 했고 한다고 해도 귓속말로 속삭이면서, 마치 옆방에 살해당한 여자의 유해가 있기라도 하듯 침묵과 공포에 젖어 있었다.

그들이 한동안 이렇게 앉아 있던 중 갑자기 아래층 문을 황급히 두드리는 소리가 들렸다.

"꼬마 베이츠구나." 캑스가 두려움을 억제하려고 화난 듯이 주위를 둘러보면서 말했다.

문 두드리는 소리는 다시 들렸다. 아니다. 그가 아니었다. 그는 절대로 그렇게 문을 두드리는 법이 없다.

크래킷은 고개를 움츠리고 온몸을 부들부들 떨면서 창문으로 갔다. 누가 왔는지 얘기할 필요가 없었다. 그의 창백한 얼굴로 충분했다. 개도 또한 일순간에 경계를 하고 우는소리를 내며 문으로 뛰어갔다.

"들어오라고 할 수밖에." 그가 촛불을 들고 말했다.

"무슨 다른 수가 없을까?" 다른 사내가 쉰 목소리로 물었다.

"없어. 들어오고야 말 거야."

"우리를 캄캄한 데 두고 가면 어떻게 해." 캑스가 벽로 선반에서 양초 하나를 내려 불을 붙이며 말했는데, 하도 손이 떨려서 불을 다 붙이기도 전에 문 두드리는 소리가 두번이나 더 반복되었다.

크래킷이 문으로 내려가더니, 손수건으로 얼굴의 아래쪽을 가리고 다른 손수건으로 모자 밑의 머리를 묶은 사내를 데리고 돌아왔다. 그는 서서히 손수건을 풀었다. 창백하게 핏기가 가신 얼굴, 쑥 들어간 눈, 움푹한 볼, 사흘 동안 자란 수염, 깡마른 몸, 짧게 헐떡거리는 숨 — 바로 사익스의 귀신 같은 형상이었던 것이다.

그는 방 한가운데 있는 의자에 손을 올려놓았으나, 거기에 푹 주저앉으려다 몸을 부르르 떨고 어깨 너머를 흘낏 쳐다보는 듯하더니, 의자를 최대한 벽 가까이로 끌어 바싹 붙인 다음, 자리에 앉았다.

서로 단 한마디 말도 주고받지 않았다. 그는 한사람씩 말없이 바라보았다. 혹시 누가 눈을 들다가 그의 눈과 마주치기라도 하면 즉시 눈을 피했다. 깊이 울리는 그의 목소리가 침묵을 깼을 때 그들은 셋 다 깜짝 놀랐다. 그런 목소리는 이전에 한번도 들어본 적이 없는 것 같았다.

"어쩌다 개가 이리로 온 거야?" 그가 물었다.

"혼자 왔어. 세시간 전에."

"오늘 석간신문에는 페이긴이 잡혔다고 하던데. 그게 사실이야 거짓말이야?"

"사실이야."

그들은 다시 조용해졌다.

"이 저주받을 놈들!" 사익스가 이마를 짚으면서 말했다. "나한테 할 말이 아무것도 없냐?"

그들은 좀 거북해하는 몸짓을 했지만 아무도 말은 하지 않았다.

"너, 이 집 지키는 놈 말이야." 사익스가 크래킷에게로 얼굴을 돌리며 말했다. "자네 날 팔아넘길 작정이야, 아니면 이 사냥이 끝날 때까지 여기 숨어 있게 해줄 거야?"

"안전하다고 생각한다면 여기서 머물러도 좋아." 사익스의 지목을 받은 사람이 좀 머뭇거리다가 대답했다.

사익스는 자기 뒤의 벽을 서서히 올려다보면서, 아니 실제로 그랬다기보다는 그냥 고개를 돌리려 애쓰면서 말했다. "그……그…… 시체 말이야…… 파묻었나?"

그들은 고개를 설레설레 저었다.

"왜 안 묻는 거야!" 그는 아까처럼 뒤를 돌아보면서 대꾸했다. "뭣하러 그렇게 흉한 것을 땅 위에 놔두냔 말이야? ─누가 문을 두드리는 거지?"

크래킷은 방을 떠나면서 두려워할 것 없다는 듯이 손짓을 했고, 곧장 찰리 베이츠를 대동하고 돌아왔다. 사익스는 문 반대편에 앉아 있었으므로 소년은 방에 들어오는 순간 그와 마주쳤다.

"토비." 사익스가 그에게 눈을 돌리자 소년은 뒤로 물러서며 말했다. "왜 얘기를 안 했어, 아래층에서?"

세 사람이 꽁무니를 사리는 것이 꽤 으스스한 느낌을 준지라, 이 비참한 인간은 이 소년에게조차 비위를 맞추고 싶어졌다. 그래서 그는 고개를 끄덕이며 악수 자세를 취했다.

"다른 방에 가 있을래." 소년이 뒤로 물러서면서 말했다.

"찰리!" 사익스가 앞으로 다가서면서 말했다. "너…… 너 날 모르니?"

"내게 가까이 오지 마." 소년이 한걸음 더 물러서며 공포에 질린 눈으로 살인자의 얼굴을 바라보았다. "이 괴물아!"

사내는 반쯤 가다가 멈춰섰고, 그들은 서로를 쳐다보았다. 그러다가 사익스의 눈은 점차 땅으로 떨어졌다.

"여기 셋 다 증인이 되라고." 소년이 불끈 쥔 두 주먹을 흔들면서 소리쳤고, 말을 하면서 그는 점점 더 흥분했다. "여기 셋 다 증인이 되라고 ─ 난 이 자가 두렵지 않아 ─ 만약에 사람들이 이리로 몰려온다면 난 그를 넘겨줄 거야, 그럴 거라고. 지금 내가 말해두지. 그 때문에 날 죽이고 싶으면 죽이라고 해. 감히 그럴 수 있다면 죽여보라고. 하지만 내가 여기 있는 한 나는 그를 넘겨줄 거야. 그가 끓는 물에 산 채로 처박힌다고 해도 그를 넘겨줄 거라고. 살인이야! 도와줘요! 당신들 셋 중 누구라도 조금이라도 사내다운 용기가 있다면 나를 도와줄 거야. 살인이야! 도와줘요! 그놈을 쓰러뜨려!"

소년은 이렇게 소리를 내지르는 것과 동시에 실제로 격한 몸짓을 하며 혼자 맨손으로 그 강한 사내를 덮쳤으니, 그 완강한 기세와 갑작스러운 기습으로 인해 사익스는 바닥에 벌렁 나가떨어지고 말았다.

세 구경꾼은 매우 놀란 듯 보였다. 그들은 아무도 말리려 하지 않았고 소년과 사내는 바닥에서 같이 뒹굴었는데, 소년은 비오듯 퍼부어지는 주먹질에도 아랑곳없이 살인자의 가슴팍을 더욱 힘껏 휘어잡으면서 온 힘을 다해 도와달라고 계속 외쳤다.

그러나 서로의 힘이 대등하지 않았기에 이 다툼은 오래가지 않았다. 사익스는 상대를 올라타고 무릎으로 목을 눌렀는데, 그때 크래킷이 깜짝 놀란 표정으로 그를 뒤로 잡아끌며 창문을 가리켰다. 창 아래쪽에는 불빛이 환했고, 큰 소리로 진지하게 얘기하는 소리들이 들렸다. 급박하게 다가오는 발걸음들이 — 그 숫자는 끝이 없는 것 같았는데 — 가장 가까이에 있는 나무다리를 건너는 소리가 들렸다. 군중 가운데 한 남자가 말을 타고 있는 것 같았는데, 울퉁불퉁한 포장도로에 말발굽이 달그락거리는 소리가 들렸다. 불빛이 점점 늘어났고 발걸음 소리가 더 둔탁하고 시끄럽게 들려왔다. 그러더니 문을 크게 두드리는 소리가 났고, 아무리 대담한 자라도 두려워할 만한 성난 목소리들이 한꺼번에 토해내는 낮고 쉰 듯한 소리가 들렸다.

"도와줘요!" 소년이 대기를 가르는 목소리로 소리쳤다. "그자가 여기 있어요! 문을 부수고 들어와요!"

"왕명이다!" 밖에서 외치는 소리들이 들렸고, 다시금 쉰 목소리들이 더 크게 아우성을 쳤다.

"문을 부수고 들어와요!" 소년이 비명을 질렀다. "이자들은 절대로 문을 열지 않을 거예요. 불빛이 보이는 방으로 곧장 달려와요.

문을 부수고 들어오라고요!"

그가 말을 멈추자 문과 아래층 덧창을 둔탁하고 육중하게 두드리는 소리가 났고, 군중들은 커다란 함성을 질러 듣는 이는 최초로 그 엄청난 규모를 알 수 있었다.

"이 꽥꽥거리는 악마새끼를 가둬놓게 아무 방이나 문을 좀 열어봐." 사익스가 사납게 소리치면서, 마치 빈 자루라도 되는 듯이 가뿐하게 소년을 질질 끌고 이리저리 뛰어다녔다. "저 문으로. 어서!" 그는 소년을 던져넣은 다음 빗장을 걸고 열쇠를 돌렸다. "아래층 문은 단단히 잠겨 있나?"

"이중으로 잠그고 고리까지 걸었어." 크래킷은 다른 두사람과 함께 어쩔 줄 모르고 당황해하며 멍하니 서서 대답했다.

"벽은…… 튼튼해?"

"철판으로 대났어."

"창문도 그런가?"

"응, 창문도."

"빌어먹을 것들아!" 악한이 창틀을 확 올리고 군중을 협박하며 필사적으로 소리쳤다. "실컷들 해봐! 그래봤자 너희들을 따돌릴 테니!"

사람의 귀로 들을 수 있는 온갖 무서운 고함 소리 중에, 이 성난 군중의 함성을 능가할 수 있는 것은 아무것도 없었다. 어떤 사람들은 옆 사람들에게 집에 불을 지르라고 소리쳤고, 또 어떤 사람들은 총으로 쏴죽이라고 경관들에게 쩡쩡 울리는 큰 소리로 외쳤다. 그러나 이들 중에서도 말을 타고 있는 사람보다 더 분노한 듯 보이는 자는 없었는데, 그는 몸을 던져 안장에서 내려선 후 마치 물을 가르듯이 군중 사이로 질주하더니, 창문 밑에서 다른 모든 사람들보

다 더 큰 목소리로 소리쳤다. "사다리를 가져오는 사람에게 20기니
를 주겠소!"

옆에 서 있던 사람이 그 소리를 받아서 따라 하자 메아리가 울리
듯 수백명이 그것을 반복했다. 어떤 사람들은 사다리를 가져오라
고 하고 어떤 사람들은 철퇴를 가져오라고 했다. 어떤 사람들은 그
것들을 찾아 횃불을 들고 이리저리 뛰어다녔고, 다른 이들은 돌아
와서 다시 소리를 질러댔다. 또 어떤 사람들은 무력한 저주와 욕설
을 하느라 숨을 헐떡거렸고, 어떤 사람들은 미친 듯이 환희에 젖어
앞으로 밀치고 나가며 뒤에서 오는 사람들의 길을 방해했다. 또 가
장 대담한 어떤 이들은 낙수받이와 벽의 갈라진 틈을 따라 기어올
라가려고 시도했으니, 모든 사람들이 저 밑 어둠 속에서 마치 성난
바람에 움직이는 밀밭처럼 앞뒤로 파도를 쳤고, 이따금씩 커다란
분노의 함성이 거기에 합류했던 것이다.

"조수를 타자." 살인자가 비틀거리며 물러서서, 문을 닫아 군중
들의 얼굴을 시야에서 차단해버리고 소리쳤다. "내가 들어올 때 만
조였어. 밧줄을 하나 줘, 긴 밧줄로. 저것들은 다 앞에 있어. 난 폴리
디치로 뛰어들어 그쪽으로 깨끗이 사라져버릴 거야. 밧줄을 달라
니까, 아니면 살인을 세번 더 하고 나도 죽어버릴 거야."

공포에 질린 세사람은 그런 물건들을 보관하는 장소를 가리켰
고, 살인자는 황급히 가장 길고 튼튼한 줄을 고르더니 서둘러 옥상
으로 올라갔다.

집 뒤의 창문들은 모두 이미 오래전에 벽돌을 쌓아 막아놓았지
만, 소년이 갇힌 그 방에는 작은 통로가 남아 있었는데, 그곳은 소
년의 몸이 빠져나가기엔 너무 작았다. 그러나 그는 이 구멍을 통해
서 후미를 조심하라고 밖에 있는 사람들에게 계속 소리를 질러댔

다. 그래서 마침내 살인자가 지붕에 있는 문을 통해 옥상에 나타났을 때, 누군가가 커다란 목소리로 집 앞에 있는 사람들에게 이 사실을 알렸고, 이들은 끊이지 않는 물결을 이루며 서로 밀치면서 즉각 몰려왔다.

그는 문을 막으려고 가져온 널빤지로 문을 단단히 받쳐놓아 밖에서는 좀처럼 열기 어렵게 해놓고는 기와 위로 기어올라가 낮은 난간 너머로 아래를 내려다보았다.

물은 빠져 있었고, 도랑은 진흙바닥을 드러내고 있었다.

이 짧은 순간, 군중들은 잠잠하게 그의 움직임을 지켜보며 그가 무엇을 하려는지 의아해하다가 마침내 의도를 깨닫게 되었다. 그의 계획이 실패한 것을 알아차린 군중들은 기세등등한 증오의 소리를 높이 외쳤으니 그에 비하면 지금까지의 모든 외침 소리들은 속삭임에 지나지 않을 정도였다. 또다시 소리가 울려퍼졌다. 너무 먼 거리에 있어 영문도 모르는 사람들까지 따라 소리쳤고, 그것은 또다시 메아리쳐 퍼져나갔으니, 마치 도시 전체가 사람들을 쏟아내어 그를 저주하는 듯했다.

앞쪽으로 사람들이 밀고 나왔다 ─ 앞으로, 앞으로 사람들이 밀치고 나오면서 성난 얼굴들은 강하게 굽이치는 물살을 이루었고, 번쩍거리는 횃불들은 여기저기서 그들의 모습을 비추며 그 모든 진노와 흥분을 보여주었다. 군중들이 도랑의 반대쪽에 있는 집들로도 쳐들어가서 창틀을 올리거나 통째로 뜯어내어, 모든 창문마다 얼굴들이 층층이 겹쳤고, 모든 옥상마다 사람들이 한덩어리씩 뭉쳐 있었다. 작은 다리들도 모두(보이는 것은 세개였는데) 올라선 군중들의 무게로 휘어져 있었다. 그럼에도 소리를 지르거나 단 한순간이라도 그 악한을 볼 수 있는 틈새를 찾아서 인파는 계속 쏟아져나왔다.

"이제 놈을 잡았구나." 가장 가까운 다리에서 어떤 사람이 소리 쳤다. "만세!"

군중은 들뜬 기분으로 모자를 벗어들었고, 다시금 외침이 치솟 았다.

"내가 50파운드를 주겠소." 같은 쪽에서 한 노신사가 소리쳤다. "그를 생포하는 사람한테 말이오. 난 여기서 돈을 타러 오는 사람 을 기다리겠소."

또다시 함성이 일었다. 이 순간, 드디어 대문이 열리고 맨 처음 에 사다리를 가져오라고 외쳤던 자가 방으로 올라갔다는 말이 군 중들 사이에 퍼져나갔다. 이 소식이 입에서 입으로 전해지자 인파 는 갑자기 돌아섰다. 창문에 고개를 내밀고 있던 사람들은 다리 위 의 사람들이 뒤로 몰려가는 것을 보고 그 자리를 떠나 길거리로 뛰 어나갔고, 이제 막 다리 쪽으로 아우성치며 몰려드는 인파에 합류 했다. 그들 모두는 서로 옆 사람을 밀치며 먼저 가려고 씨름을 했 고, 경관들이 범인을 데리고 나오는 것을 보기 위해 문 가까이로 가려고 안달하며 할딱거렸다. 거의 질식할 정도로 몰려 있거나 난 리통에 쓰러져서 짓밟히는 사람들의 고함과 비명은 끔찍했다. 좁 은 통로들은 완전히 막혀버렸고, 이때쯤엔 집 앞에 자리를 잡으려 고 달려가는 사람들과 군중 속에서 빠져나오려고 소용없는 씨름을 하는 사람들 속에서 비록 살인범을 잡겠다는 모든 사람들의 열의 는 최대한 커졌지만, 당장의 관심은 그에게서 다른 데로 돌려졌던 것이다.

사내는 군중이 사나워지고 탈출이 불가능하다는 것을 깨닫자 잔뜩 의기소침해져서 쭈그리고 앉아 있었으나, 이렇게 급작스럽게 변화가 일어나는 것을 그만큼이나 재빨리 알아채고 벌떡 일어섰다. 도랑으로 뛰어들어 숨이 막혀 죽는 한이 있어도 어둠과 혼란을 틈타 슬그머니 빠져나가려는, 목숨을 부지하기 위한 마지막 시도를 하겠다고 결심한 것이다.

새로운 힘과 활기가 솟아났고, 실제로 문을 뚫고 들어왔음을 알리는 소리가 집 안에 울려퍼지자 다급해진 그는 연통이 모여 있는 굴뚝에 발을 대고 밧줄의 한쪽 끝을 거기에 단단히 또 바짝 묶은 다음, 다른 쪽 끝은 거의 일초 만에 손과 이빨을 써서 단단한 올가미로 만들었다. 그는 밧줄에 몸을 묶었는데, 그 밧줄로는 지상에서 자기 키만큼도 안 되는 곳까지 내려갈 수 있었다. 그는 밧줄을 자르고 뛰어내리려고 칼을 들고 있었다.

그가 고리를 겨드랑이 밑으로 밀어넣기 위해 머리 위로 가져오는 순간, 그리고 이미 언급한 노신사(그는 군중이 밀치는 힘에 저항하며 제자리에 서 있기 위해 다리의 난간을 꽉 붙잡고 있었다)가 주위 사람들에게 그가 막 밑으로 내려오려고 한다고 힘껏 소리치는 순간 ─ 바로 그 순간 살인자는 지붕에서 뒤를 돌아보면서 두 팔을 머리 위로 쳐들고 공포의 비명을 질렀다.

"또 저 눈!" 그는 무시무시한 비명을 질렀다.

그는 마치 벼락을 맞은 듯 비틀거리다가 균형을 잃고 난간 너머로 떨어졌다. 고리는 그의 목에 걸려 있었다. 고리는 그의 몸무게로 인해 활시위처럼 팽팽하게, 시위를 떠난 화살같이 날쌔게 죄어들었다. 그는 35피트 아래로 떨어졌다. 밧줄이 한순간 갑작스럽게 몸을 확 잡아채니 팔다리는 엄청나게 경련을 했고, 뻣뻣해진 손으로 날이 펴진 접칼을 움켜쥔 채 그는 거기에 매달렸다.

낡은 굴뚝은 그 충격으로 부르르 떨었으나 결연히 버텨냈다. 살인자는 숨이 끊어져 벽에 대롱대롱 매달려 있었고, 소년은 자신의 시야를 가리며 흔들리는 시신을 밀쳐내며 제발 자기를 내보내달라고 소리쳤다.

지금까지 숨어서 보이지 않던 개 한마리가 음침한 소리로 짖어대며 난간에서 왔다 갔다 하다가 몸을 추슬러 뛸 준비를 하더니 죽은 자의 어깨를 향해 뛰어내렸다. 개는 목표물을 놓치고 도랑으로 곤두박질쳐, 돌에 머리를 부딪치고 뇌를 쏟아냈다.

# 제51장
## 여러가지 수수께끼가 풀리고 혼수, 지참금, 남편 재산 따위에 대한 아무런 언급이 없는 청혼이 등장한다

바로 앞장에 서술한 사건이 일어난 지 겨우 이틀밖에 안 되었을 때였다. 올리버는 오후 3시에 여행마차를 타고 그의 고향으로 급히 달려가고 있었다. 메일리 부인과 로즈와 베드윈 부인, 그리고 그 훌륭한 의사가 그와 함께 있었고, 브라운로우씨는 사륜마차를 타고 아직 이름을 밝히지 않은 사람과 동행해서 쫓아왔다.

그들은 도중에 별로 말이 없었다. 왜냐하면 올리버는 흥분과 불안으로 가슴이 두근거려 생각하고 말할 능력을 거의 잃어버렸고, 그것은 적어도 그만큼의 흥분을 공유하고 있는 그의 동료들에게도 거의 똑같은 효과를 나타냈기 때문이다. 브라운로우씨는 올리버와 두 숙녀에게 몽스의 자백에 대해 매우 조심스럽게 알려주었다. 그러므로 그들은 비록 이번 여행이 그렇게도 순조롭게 진행된 일을 마무리 짓기 위한 것임을 알았지만, 문제 전체는 아직도 의구심과 신비에 싸여 있었으므로 지극히 강렬한 긴장을 감내해야 했던 것이다.

이 친절한 양반은 로스번씨의 도움을 받아 아주 최근에 벌어진 끔찍한 사건들이 이들에게 알려질 만한 모든 창구를 조심스럽게 닫아놓았다. "물론," 브라운로우씨가 말했다. "그들도 머지않아 그 사실을 알게 되겠지만, 사실을 알리기에 더 적당한 때가 있을 것이오. 지금은 최악의 시기입니다." 그래서 그들 모두는 그들을 한자리에 모이게 한 그 문제에 대해 사색하느라 분주했지만 아무도 자신에게 몰려드는 생각을 발설하려 하지 않는 가운데 침묵을 지키며 여행을 했다.

올리버는 이러한 분위기 속에서 그가 한번도 본 적이 없는 길을 통해 자기의 출생지를 향해 달려가는 동안에는 조용히 있었다. 그러나 자기가 가난하고 집도 없이 방황하는 아이의 신세로 도와줄 친구 하나, 머리를 둘 지붕 하나 없이 걸어나왔던 길로 돌아들어갈 때, 그의 회상의 흐름은 모두 옛 시절로 흘러들었으며, 그의 가슴에는 온갖 감정이 용솟음쳤다.

"저기 봐요, 저기요!" 올리버가 로즈의 손을 간절히 잡고 마차의 창밖을 가리키며 소리쳤다. "저게 내가 넘어온 나무울타리예요. 저건 누가 나를 쫓아와 다시 끌고 갈까봐 밑으로 기어나왔던 문이에요! 저기 들판을 가로지르는 길이 있어요. 내가 어린아이였을 때 살던 그 집으로 닿지요! 아, 딕, 딕, 내 소중한 옛 동무야, 널 지금 다시 볼 수만 있다면!"

"이제 곧 만나게 될 거다." 로즈가 모아쥔 그의 두 손을 다정하게 잡으면서 대답했다. "넌 그애한테 네가 얼마나 행복한지, 그리고 얼마나 부자가 되었는지, 그리고 그 모든 행복 중에서도 그를 기쁘게 해주려고 다시 돌아온 것만큼 큰 행복이 없다는 것을 말해줄 수 있어."

"그래요, 그래요." 올리버가 말했다. "그리고 우린…… 우린 그 애를 여기서 구해내 옷을 입히고 공부를 가르치고 건강하게 지낼 수 있는 조용한 시골로 데려갈 거예요, 그렇죠?"

로즈는 "그래"라고 고개만 끄덕일 뿐이었는데, 아이가 기쁜 나머지 눈물을 흘리면서 미소를 지었으므로 말이 나오지 않았던 것이다.

"그애한테도 친절하게 잘 대해주실 거예요, 누구한테건 그러시니까요." 올리버가 말했다. "그애가 하는 얘기를 들으면 아마 눈물을 흘리실 거예요, 난 알아요. 하지만 괜찮아요, 괜찮아요. 그건 곧 지나갈 거고 다시 미소를 지으실 테니까요 — 그것도 난 알아요 — 그애가 얼마나 변했는가를 생각하시면 말이에요. 나한테도 똑같이 하셨잖아요. 그애는 내가 도망쳐나올 때 나한테 '하느님이 축복하시길'이라고 했어요." 다정한 감정이 북받쳐 소년은 큰 소리로 말했다. "이젠 내가 그에게 '하느님이 축복하시길'이라고 하겠어요, 그리고 그때 그 말을 듣고 내가 얼마나 고마워했는지도 보여주고요."

마차는 읍내에 가까워졌다. 마침내 읍내의 좁은 길로 지나가게 되자, 아이가 분별 있게 행동하도록 제어하는 것은 보통 어려운 일이 아니었다. 장의사 소어베리네가 다만 그의 기억보다 더 작고 외관이 덜 당당할 뿐인 채로 옛날 그대로 있었고 — 곳곳에 자잘한 추억들과 관련된 낯익은 가게며 집들이 있었고 — 낡은 주막의 문 옆에는 그가 아는 갬필드의 수레가 서 있었고 — 구빈원, 어린 시절의 그 울적한 감옥의 음침한 창문이 찡그리며 길거리를 내다보고 있었고 — 예전처럼 깡마른 짐꾼이 문에 서 있었는데, 올리버는 그를 보고 저도 모르게 뒤로 물러서더니, 자신이 바보같이 굴었다며 웃다가 울고, 다시 또 웃곤 했고 — 문과 창문마다 그가 제법 잘 알 만한 얼굴들이 수십명씩 보였으니 — 마치 그가 어제 이곳을 떠나왔고 최근의 삶은 모두 행복한 꿈이었던 양 거의 모든 것들이 옛날 그대로였다.

그러나 그것은 순수하고, 진지하고, 즐거운 현실이었다. 그들은 가장 큰 호텔(올리버가 경외감에 젖어 올려다보며 거대한 궁궐이라고 생각하곤 했던 곳이지만, 이제는 그 위풍이나 크기가 다소 줄어 보였다)로 곧장 갔다. 거기서 그들을 맞을 만반의 준비를 하고 있던 그림윅씨는 그들이 마차에서 내리자 젊은 숙녀와 노부인에게 키스를 했고, 마치 모든 사람들의 할아버지라도 되는 듯이 만면에 미소를 띠고 친절하게 대하며, 자기 머리통을 먹어버리겠다는 말은 단 한번도 하지 않았다. 심지어 매우 노련한 우편배달부에게 런던으로 가는 가장 짧은 길에 대해서 반론을 펴며, 비록 자기가 딱한번 그 길로 왔고 그것도 아주 깊이 잠들어 있을 때였지만 그 길을 가장 잘 알고 있다고 할 때조차도 머리통을 먹어버리겠다는 말을 하지 않았다. 식사가 준비되었고 침실이 마련되었으며 마치 누군가가 마법을 쓰는 것같이 모든 것들이 잘 정돈되어 있었다.

이 모든 일에도 불구하고, 도착한 후 부산했던 삼십분이 지나자 그 여행의 특징이었던 한결같은 침묵과 어색함이 감돌았다. 브라운로우씨는 식사시간에 그들과 합석하지 않고 별실에 남아 있었다. 다른 두 신사는 걱정스러운 얼굴로 황망히 왔다 갔다 하며 일동과 같이 있는 짧은 순간에도 자기들끼리 뭐라고 얘기를 했다. 한번은 메일리 부인을 불러냈는데, 그녀는 거의 한시간 정도 사라졌다가는 울어서 퉁퉁 부은 눈을 하고 돌아왔다. 로즈와 올리버는 새로운 소식을 하나도 듣지 못했으므로 이 모든 것들에 초조하고 불안해졌다. 그들은 몹시 궁금해하며 아무 말없이 앉아 있었고, 혹 몇 마디 말을 주고받을 때도 마치 자신들의 목소리조차 듣기 두려워하는 듯이 낮은 소리로 속삭였다.

마침내 9시가 되어 그들이 그날 밤에는 더이상 아무 얘기도 듣지 못하겠거니 하고 생각하기 시작할 때, 로스번씨와 그림윅씨가 방으로 들어왔고 브라운로우씨를 따라 한 남자가 들어왔다. 올리버는 그를 보고 놀라서 비명을 지를 뻔했다. 그들은 그 남자를 올리버의 형이라고 했는데, 그는 바로 올리버가 장이 서는 읍내에서 만났던 바로 그 사람이었고 페이긴과 함께 그의 작은 방 창문을 들여다보았던 바로 그 사람이다. 몽스는 심지어 그때까지도, 깜짝 놀란 아이에게 노골적인 혐오의 눈길을 던지면서 문 가까이에 앉았다. 브라운로우씨는 손에 서류를 들고, 로즈와 올리버가 앉아 있는 곳 근처의 탁자로 다가갔다.

"이것은 참 괴로운 일이네." 그가 말했다. "하지만 런던에서 여러 신사분 앞에서 서명한 이 진술의 내용을 여기서 다시 반복해야 하네. 자네가 이런 불명예를 당하지 않게 해줄 수도 있지만 우리가 헤어지기 전에 자네 입으로 하는 말을 꼭 들어야 하네. 왜 그런지는 자네도 알겠지."

"계속해요." 상대는 얼굴을 돌리면서 말했다. "빨리요. 내 생각엔 난 거의 할 만큼은 한 것 같은데. 날 여기 오래 붙잡아두지 마시오."

"이 아이는," 브라운로우씨가 올리버를 자기 쪽으로 끌어당겨 그의 머리에 손을 얹으면서 말했다. "자네의 이복동생이네. 자네의 부친, 내 절친한 친구 에드윈 리포드와 이 아이를 낳으면서 세상을 떠난 불쌍한 어린 애그니스 플레밍 사이에서 태어난 서자이네."

　　　　　　　　　　＊＊＊

　"그래요." 몽스는 부들부들 떠는 아이를 노려보면서 말했는데,
아이의 심장이 뛰는 소리를 아마 들었을 법했다. "저 아이가 그들
의 사생아요."

　"자네가 쓰는 그 표현은," 브라운로우씨가 엄하게 말했다. "벌써
오래전에 이 세상 사람들의 무기력한 질책이 미치지 않는 곳으로
떠나버린 이들에 대한 힐난이야. 그것은 그런 말을 쓰는 사람만을
치욕스럽게 할 뿐이야. 어쨌든 그건 그렇고, 이 아이는 이 읍에서
태어났네."

　"이 읍의 구빈원에서요"라는 것이 뿌루퉁한 대답이었다. "얘기
는 여기 다 있잖아요." 그는 신경질적으로 서류를 가리켰다.

　"난 여기서 다시 한번 들어야겠네." 브라운로우씨가 청중을 둘
러보면서 말했다.

　"그럼 들어봐요! 당신들!" 몽스가 대꾸했다. "그의 아버지가 로
마에서 병이 들자 그의 부인, 즉 부친과 오랫동안 별거 중이던 우
리 모친이 파리에서 나를 데리고 그리로 갔어요. 부친의 재산을 관
리하기 위해서요. 내가 아는 한, 어머니는 아버지에 대해 별 애정이
없으셨고 아버지 쪽에서도 그랬어요. 아버지는 우리가 온 것을 전
혀 알지 못했는데, 이미 의식을 잃은 상태였고, 이튿날까지 혼수상
태였다가 돌아가셨어요. 아버지의 책상에 있던 서류들 중에 처음
발병한 날짜로 되어 있는 두개가 아저씨에게 보내는 거였어요." 그
는 브라운로우씨에게 말했다. "그리고 겉봉투에 자신이 죽기 전에
는 전달하지 말라는 말과 함께 아저씨 앞으로 몇줄 적어둔 것이 있
었어요. 그 서류 중 하나는 그 애그니스라는 여자에게 보내는 편지

였고 다른 하나는 유서였어요."

"편지는 어떤 내용이었나?" 브라운로우씨가 물었다.

"편지요? ……지우고 다시 또 지운 한장의 편지였는데 잘못을 뉘우치는 고백과 그녀를 도와주십사 하느님께 비는 기도문이었어요. 아버지는 그 여자와 당장 결혼할 수 없는 어떤 말 못할 사연 ─ 언젠가는 설명해주겠지만 ─ 이 있다고 꾸며댔던 거예요. 그래서 그 여자는 인내심을 갖고 그를 신뢰하며 계속 따르다가 부친을 너무 믿었던 나머지, 아무한테서도 돌려받을 수 없는 그것을 잃게 되었던 거예요. 그녀는 그때 해산을 몇달밖에 남기지 않았어요. 부친은 만약 자신이 살아나면 그녀에게 해주려고 했던 것들, 즉 그녀의 수치를 가려주기 위해 어떤 조치들을 취할지 모두 말했고, 만약에 자신이 죽게 되면 자신을 저주하거나 그들의 죗값이 그녀나 아기에게 내릴 것이라고 생각하지 말도록 부탁했어요. 모든 죄는 다 자신의 탓이라는 거죠. 부친은 로켓과, 자신이 언젠가는 그녀에게 줄 수 있기를 바랐던 성姓은 빈자리로 남겨둔 채 그녀의 이름을 새긴 반지를 선물한 날을 상기시켰고, 잘 간직하고 있으라고, 언제나 그랬듯이 가슴에 품고 있으라고 부탁했고 ─ 뭐 이런 식으로 정신없이, 마치 정신이 나간 것처럼 계속 반복하고 있었어요. 난 부친이 제정신이 아니라고 생각했어요."

"유서는," 브라운로우씨가 입을 열었는데, 그때 올리버의 눈에선 눈물이 뚝뚝 떨어지고 있었다.

몽스는 말이 없었다.

브라운로우씨가 그를 대신해서 말했다. "유서는 편지와 똑같은 심정으로 쓴 것이었네. 그는 아내가 가져다준 불행과, 그의 유일한 아들인 자네의 반항적인 기질과 사악함, 악의, 그리고 어릴 때부터 보였던 못된 성질에 대해서 얘기했는데, 자네가 그를 혐오하도록 모친이 훈련을 시켰다는 거야. 그리고 자네와 자네 모친에게 각각 800파운드의 연금을 남겨주겠다고 쓰여 있지. 그의 재산의 대부분은 둘로 똑같이 나누어 반은 애그니스 플레밍에게, 그리고 반은 그들의 아이에게, 그가 무사히 태어나서 성년이 된다면 물려주도록 했던 것이지. 아이가 딸이라면 그 돈을 아무런 조건 없이 상속하겠지만, 아들이라면 그가 성년이 되기 전에 공적으로 불명예스럽고 비열하고 남에게 해를 끼치는 행위를 하지 않아야 한다는 조건이 있었네. 그의 말에 의하자면 그 이유는 자신이 아이의 모친을 신임한다는 것과 아이가 그녀의 고운 마음씨와 고상한 품성을 닮을 것이라는 확신을 — 죽음이 임박하자 이런 생각은 더 강해졌지 — 표시하기 위해서라는 거야. 이러한 그의 기대를 저버릴 때 돈은 자네에게 가도록 되어 있지. 단 그 경우에만, 두 자식이 동등해질 때만, 유산에 대한 자네의 장자로서의 청구권을 인정한다는 것이었어. 그의 마음속에서 자네는 자식의 권리를 주장할 수 없었지. 자네는 어린 아기 때부터 그에게 냉랭한 반감만 불러일으켰으니까."

몽스가 좀더 큰 소리로 말했다. "우리 모친은 여자들이 의당 해야 할 일을 했죠. 모친은 이 유서를 태워버렸어요. 편지는 가야 할 곳에 배달되지 못하게 했고, 혹시나 그들이 거짓말을 해서 불륜의 관계를 숨길 경우에 대비해서 그밖의 증거물들은 보관했어요. 어머니는 자기의 격한 증오심으로 — 지금은 그런 점 때문에 어머니를 사랑합니다만 — 덧붙일 수 있는 만큼 최대한 과장해서 그 여자의 부친에게 사실을 알려주었지요. 그는 수치심과 불명예로 괴로워하면서 자식들과 함께 웨일즈의 외딴 구석으로 도망갔고, 친구들이 그가 어디 숨어 있는지 알지 못하도록 이름도 바꾸었어요. 얼마 지나지 않아서, 그는 침대에 죽어 있는 채 발견되었어요. 여자는 그보다 몇주 전에 비밀리에 집을 나갔어요. 그는 딸을 찾아 모든 읍과 마을을 돌아다녔지만, 그녀가 자기와 아버지의 수치를 감추기 위해 자살했다고 확신하고 집으로 돌아온 그날 밤에 노쇠한 그의 가슴이 무너져내려 죽었던 것이죠."

여기서 짧은 침묵이 흐른 다음 브라운로우씨가 이야기의 꼬리를 이어받았다.

그는 말했다. "그로부터 몇년 뒤에 이 사람 ─ 에드워드 리포드의 모친이 내게 왔습니다. 그는 겨우 열여덟살 때 모친의 보석과 돈을 훔쳐 집을 나갔고, 도박을 하며 흥청망청 써버리고 사기를 친 후에 런던으로 달아나, 거기서 이년간 가장 저급한 부랑자들과 어울렸던 것입니다. 그녀는 고통스러운 불치의 병으로 점점 쇠약해지고 있었으니, 죽기 전에 아들을 다시 찾고 싶다고 했습니다. 일일이 돌아다니며 조사를 했고 아주 꼼꼼히 수색을 했지요. 오랫동안 헛수고였지만, 결국에는 그를 찾아내서 그녀는 아들과 함께 프랑스로 돌아갔습니다."

"거기서 어머니는 돌아가셨어요." 몽스가 말했다. "병석에 한참 누워 계시다가요. 그리고 모친은 임종을 하며 이 비밀을 내게 물려주셨죠. 거기에 관련된 모든 사람들에 대한 억제할 수 없는 극도의 증오심과 함께요 ─ 난 이미 오래전에 증오심을 상속받아서 새삼스럽게 물려받을 필요가 없었지만 말이에요. 모친은 그 여자가 스스로 목숨을 끊었다는 것을 믿으려 하지 않았어요. 아이도 살아 있다고 생각했는데, 사내아이가 태어났다는 막연한 느낌을 갖고 있었어요. 난 모친에게 맹세했어요. 혹시나 그놈과 마주치면 놈을 쫓아다니며 절대로 그냥 놔두지 않고, 가장 쓰디쓰고 가장 가혹한 적대감을 갖고 추적해서 나의 뿌리 깊은 증오심을 퍼붓고, 할 수 있으면 그놈을 교수대까지 끌고 가서 그 유서에 쓰여 있는 모욕적인 헛소리에 침을 퇘 뱉을 것이라고 말이에요. 모친은 옳았어요. 놈은 결국 나와 마주쳤어요. 시작은 참 좋았지요. 그리고 말 많은 갈보년들만 아니었으면, 시작처럼 끝도 좋았을 거라고요!"

이 악한이 팔짱을 끼고 자신의 악의가 좌절된 것에 대해 저주를 내뱉는 동안, 브라운로우씨는 주위의 놀란 사람들에게 고개를 돌리고 설명을 시작했다. 그의 공범자로 내통했던 유대인은 올리버를 올가미에 잡아두는 대가로 막대한 사례를 받았는데, 만약에 올리버가 구출될 시에는 그중 일부를 되돌려줘야 했기 때문에, 이 문제에 대한 분쟁으로 그들이 올리버의 신원을 확인하러 시골집에 나타났다는 것이다.

"로켓과 반지는?" 브라운로우씨가 몽스를 돌아보며 말했다.

"난 그것을 전에 얘기한 적이 있는 그 남녀에게 샀는데, 그 여자는 그것을 간호원한테 훔쳤고, 간호원은 시체에서 훔쳤던 거예요." 몽스가 눈을 내리깔고 대답했다. "그게 어떻게 됐는지는 알잖아요."

브라운로우씨가 그림윅씨에게 살짝 고갯짓을 하자, 그림윅씨는 매우 민첩하게 사라지더니 곧 범블 부인의 등을 밀며, 머뭇거리는 그녀의 배우자를 질질 끌고 들어왔다.

"내 눈이 나를 속이는 건가!" 범블씨가 거짓으로 흥분한 체하며 소리쳤다. "아니면 이게 꼬마 올리버인가? 아, 올-리-버, 너 때문에 얼마나 속을 태운지 넌 모를 거야……"

"입 닥쳐, 이 멍청아." 범블 부인이 중얼거렸다.

"그게 인지상정, 인지상정 아니요, 부인?" 구빈원장이 항의했다. "내가…… 교구 관리로 그를 키워낸 바로 이 사람이…… 매우 상냥한 신사숙녀분들과 함께 여기 자리하고 있는 저애를 보고 어찌 그런 느낌을 안 가질 수 있소! 난 언제나 저 아이가 마치 내…… 내…… 내 할아버지인 것처럼 사랑했소." 범블씨가 적절한 비유를 찾느라 더듬거리며 말했다. "올리버군, 아이구 애야, 흰 조끼 입고 다니던 그 축복받은 신사분을 기억하니? 아! 그분이 지난주에 천국으로 가셨단다. 도금한 손잡이가 달린 참나무관에 들어가서 말이다, 올리버."

"자, 이봐요." 그림윅씨가 단호하게 말했다. "당신 감정은 그 정도로 억누르라고."

"노력은 해보겠습니다요, 선생님." 범블씨가 대답했다. "안녕하세요, 선생님? 잘 지내고 계시지요?"

이 인사말은 브라운로우씨에게 건넨 것이었는데, 그는 이 존경스러운 부부에 가까이 다가섰던 것이다. 그는 몽스를 가리키면서 질문했다.

"당신들 이 사람을 아시오?"

"모릅니다." 범블 부인이 딱 잘라 대답했다.

"당신은 혹시 모르시나요?" 브라운로우씨는 그녀의 남편에게 말을 걸었다.

"내 평생 그를 본 적이 없습니다." 범블씨가 말했다.

"그에게 아무것도 판 적이 없고, 혹시?"

"없어요." 범블 부인이 대답했다.

"혹시 로켓하고 반지를 가지고 있던 적이 없소?"

"확실히 없어요." 간호부장이 대답했다. "무엇 때문에 이런 말도 안 되는 소리에 대답하라고 우리를 이리 데려온 거요?"

브라운로우씨는 그림윅씨에게 다시금 고갯짓을 했고, 이 신사는 다시 유달리 민첩하게 절뚝거리며 나갔다. 이번에 그는 뚱뚱한 남자와 그의 아내를 데리고 오는 대신, 걸을 때마다 몸이 흔들리고 비틀거리는 중풍 걸린 여자 둘을 이끌고 왔다.

"샐리 할멈이 죽던 날 밤 당신이 문을 닫았지." 앞에 있던 노파가 깡마른 손을 쳐들면서 말했다. "하지만 당신은 소리를 막거나 문틈까지 닫을 수는 없었어."

"그래, 그랬다고." 다른 노파가 주위를 둘러보고 이가 다 빠진 입을 오물거리며 말했다. "그래, 그래, 그랬다고."

"할멈이 자기가 한 짓을 당신한테 말하는 것을 들었어. 당신이 할멈 손에서 종잇조각을 가져가는 것도 봤고, 다음날 전당포에 가는 것도 봤다고." 첫째 할멈이 말했다.

"그래." 둘째 사람이 덧붙였다. "그것은 '로켓하고 금반지'였어. 우리는 그걸 보았고, 또 당신 손에 넘어가는 것도 보았다고. 우리가 바로 거기 있었어. 암! 바로 거기 있었고말고."

"우리가 아는 건 더 있지." 첫째 사람이 다시 말을 이었다. "아주 오래전에 할멈이 우리한테 얘기해줬는데, 그 나이 어린 애엄마가 자기한테 말했다는 거야. 병이 들어 애아버지 무덤으로 죽으러 가는 길이라고 말이야."

"전당포 주인을 직접 보고 싶소?" 그림윅씨가 문 쪽으로 몸을 돌리며 물었다.

"아뇨." 여자가 대답했다. "만약에 저 사람이"—그녀는 몽스를 가리켰다—"자백을 할 만큼 겁쟁이였다면, 내가 보니 그런 모양인데, 그리고 할멈들을 모조리 다 떠봐서 사람을 옳게 찾아냈다면, 난 더이상 할 말이 없소. 난 그것을 팔았고, 그것은 당신들 아무도 찾을 수 없는 데 있소. 또 원하는 게 뭐요?"

"아무것도 없소." 브라운로우씨가 대답했다. "다만 당신들 둘 다 책임 있는 자리에서 일하지 않도록 배려해주는 것 말고는."

"바라건대," 그림윅씨가 두 노파와 함께 사라지자 범블씨가 매우 구슬픈 표정으로 주위를 둘러보며 말했다. "바라건대, 이런 사소한 불상사 때문에 제가 교구직에서 쫓겨나진 않겠지요?"

"아니, 그렇게 될 거요." 브라운로우씨가 대답했다. "거기에 대해선 마음을 단단히 먹으시오. 그나마 그 정도인 것을 다행이라고 생각하고."

"그건 다 제 마누라의 짓이었어요. 그 여자가 자꾸 하자고 그랬어요." 범블씨는 먼저 자기 아내가 방에서 나간 것을 확인하느라 주위를 둘러본 다음에 애절하게 말했다.

"그것은 핑계가 되지 않소." 브라운로우씨가 대답했다. "당신은 그 장신구들을 없애버릴 때 거기에 있었소. 그리고 법의 눈으로 보면 둘 중에 더 죄가 많은 사람은 당신이오. 법은 당신의 부인이 당신의 지시에 따라 행동한다고 추정할 테니."

"만약에 그렇다면," 범블씨가 두 손으로 모자를 힘주어 움켜쥐면서 말했다. "법은 멍청이에 천치요. 그것이 법의 눈이라면 법은 홀아비일 거요. 내가 법에게 내릴 수 있는 가장 심한 저주는 법이 체험에 의해서 진상을 깨닫게 되라는 것이오, 체험에 의해서."

범블씨는 이 체험이란 말을 매우 강조해서 반복하면서 모자를 꽉 눌러쓰고 손을 주머니에 찔러넣은 후, 그의 아내를 따라 아래층으로 갔다.

"아가씨," 브라운로우씨가 로즈에게 몸을 돌리고 말했다. "제게 손을 주십시오. 떨지 마세요. 우리가 해야 할 말이 조금 남았지만 두려워하실 필요는 없습니다."

"만약에 그것이 — 설마 그렇지야 않겠지만, 만약 — 저와 관련된 이야기라면," 로즈가 말했다. "제발 다음에 들려주세요. 저는 지금 기운도 자신도 없습니다."

"아니오." 노신사가 그녀의 팔을 끼면서 대답했다. "당신은 분명 그 이상 강한 사람입니다. 이 아가씨를 아는가, 자네?"

"그렇소." 몽스가 대답했다.

"전 댁을 한번도 본 적이 없는데요." 로즈가 희미하게 말했다.

"난 당신을 자주 보았소." 몽스가 대답했다.

"그 불행한 애그니스의 부친은 딸이 둘이었어." 브라운로우씨가 말했다. "또 한명의 딸…… 그 어린아이의 운명은 어찌된 것인가?"

몽스가 대답했다. "그녀의 부친이 낯선 곳에서, 낯선 이름으로, 친구들이나 친척들을 찾을 만한 단서가 될 편지 한통, 책 한권, 종잇조각 하나 남기지 않고 죽었을 때…… 비천하고 가난한 농군 부부가 그 아이를 데려다가 친자식처럼 키웠어요."

"계속하게." 브라운로우씨가 메일리 부인에게 가까이 오라는 손짓을 하면서 말했다. "계속하지!"

"아저씨는 그 사람들이 사는 곳을 찾아내지 못했지만," 몽스가 말했다. "우정이 실패하는 경우에도 증오는 길을 뚫고 가는 법이에요. 우리 어머니는 일년 동안이나 영악스럽게 수색을 한 끝에 그곳을 찾아냈고…… 그래요, 그 아이를 찾았던 거예요."

"자네 모친이 그애를 데려갔나, 응?"

"아니요. 그 농부 내외는 가난했기 때문에 자기들이 그 잘난 인정으로 애를 맡은 것에 진절머리를 내기 시작했죠 — 적어도 남자는 그랬어요 — 그래서 모친은 아이를 그 집에 그냥 놔두고 별로 오래가지 않을 만큼의 돈만 조금 주었어요. 더 주겠다고 약속은 했지만 절대로 보내줄 생각은 없었지요. 하지만 모친은 그 아이를 불행하게 만들기 위해 단지 그들의 불만이나 가난만을 이용했던 것이 아니에요. 그 아이의 언니가 가지고 있는 수치스러운 과거를 당신 맘대로 조작해서 들려준 거죠. 또 그들에게 아이가 혈통이 나쁘니 조심하라고 당부했어요. 그애도 사생아니까 언젠가는 비뚤어질 것이라고 말해주었어요. 이 말은 여러 정황에 부합되었기에 사람들은 그 말을 믿게 됐어요. 거기서 아이는 심지어 우리조차 만족할 만큼 비참한 생활을 하고 있었는데, 당시 체스터에 살던 한 미망인이 우연히 그 아이를 보고 불쌍히 여겨서 자기 집으로 데려갔던 거예요. 우리에겐 뭔가 저주의 마술이 씌어 있던 모양이에요. 우리의 모든 노력에도 불구하고 그애는 거기에서 행복하게 지냈기 때문이죠. 난 그애를 이삼년간 보지 못했고, 몇달 전까지도 전혀 보지 못했어요."

"그녀를 지금 보고 있는가?"

"그래요. 아저씨 팔에 기댄 모습을."

"하지만 그렇다고 해서 얘가 내 조카가 아닌 것은 아냐." 메일리 부인이 정신을 잃을 정도로 놀란 로즈를 두 팔로 감싸안으며 소리쳤다. "그렇다고 해서 내 소중한 자식이 아닌 것은 아니야. 난 이제 얘를 놓치지 않겠어, 세상의 모든 보물을 준다 해도. 내 사랑하는 벗, 내 소중한 아이야!"

로즈가 그녀에게 매달리며 외쳤다. "제 유일한 벗이었어요. 가장 친절하고 가장 좋은 벗이에요. 가슴이 터질 것만 같아요. 그 모든 것을 감당할 수가 없어요."

"너는 이보다 더한 것도 이겨냈고, 그 모든 와중에도 널 알고 있는 모든 사람들에게 언제나 행복을 던져준 가장 훌륭하고 상냥한 애였어." 메일리 부인이 그녀를 다정히 껴안으면서 말했다. "자, 자, 애야, 지금 네게 안기려고 하는 이 불쌍한 애를 기억하니! 자, 여기 봐라…… 여길 보라고, 애야!"

"이모가 아니에요." 올리버가 팔을 벌려 그녀의 목을 안으면서 소리쳤다. "나는 절대로 이모라고 안 할래요…… 그냥 누나, 내 귀중한 누나라고요. 처음부터 무언가가 내 가슴에 간절한 사랑을 가르쳐줬어요! 로즈, 누나, 사랑하는 로즈 누나!"

떨어지는 눈물, 그리고 이 두 고아들이 오랫동안 꼭 끌어안고 주고받는 목멘 말들이여 신성할지어다. 아버지, 언니, 어머니를 그 순간에 얻었다가 잃은 것이다. 기쁨과 슬픔이 잔에 함께 섞여 있었다. 그러나 결코 쓰라린 눈물이 들어 있는 것은 아니었으니, 이는 심지어 가장 쓰라린 비통함도 지나치게 순화되고 지나치게 달콤하고 부드러운 회상에 감싸이면 엄숙한 즐거움으로 변하며 모든 고통의 특성을 다 잃기 때문이다.

그들은 오랫동안 단둘이 있었다. 이윽고 밖에 누군가가 왔음을 알리는 조용한 노크 소리가 들렸다. 올리버는 문을 열었고 해리 메일리에게 자리를 내주고는 슬쩍 나갔다.

"다 알고 있어요." 그가 이 아름다운 여자 옆에 자리를 잡고 앉으면서 말했다. "소중한 로즈, 난 다 알아요."

"난 여기에 우연히 온 것이 아닙니다." 한참이나 침묵이 흐른 후에 그가 덧붙였다. "그리고 이 모든 사실을 오늘 밤에 처음 들은 것도 아니에요. 난 어제…… 바로 어제 알았습니다. 내가 지난번에 당신이 한 약속을 상기시키기 위해 이리 온 것을 짐작하고 있소?"

"잠깐." 로즈가 말했다. "정말 전부 다 아시나요?"

"그래요. 당신은 내게 일년 안이라면 언제든지 우리가 지난번에 얘기했던 문제를 다시 꺼내도 좋다는 허락을 했소."

"그랬지요."

젊은 남자가 계속 말했다. "당신의 결심을 바꾸라고 압력을 주려는 것은 아니고 그 결심의 말을 다시 반복하는 것이라도 들었으면 해요, 그래주신다면요. 난 내가 소유하게 될 그 어떤 지위나 재산도 당신의 발치에 내려놓고, 만약에 그래도 당신이 이전의 결심을 고집한다면, 난 그 어떤 말이나 행동으로도 당신의 생각을 바꾸려고 애쓰지 않겠다고 맹세했습니다."

"그때 제게 영향을 끼친 이유들이 지금도 여전히 영향을 끼칠 것입니다." 로즈가 단호하게 말했다. "저를 빈곤과 고통의 삶에서 구원해주신 그 선량한 분께 엄격하고 굳은 도리를 느끼고 있는 제가, 오늘 밤 그 도리를 지키지 않는다면 도대체 언제 그러겠어요? 이것은 힘든 싸움입니다." 로즈가 말했다. "하지만 제가 자부심을 갖고 하는 싸움입니다. 마음 아픈 일입니다만 제가 속으로 견뎌내야 하는 거예요."

"오늘 밤에 드러난……" 해리가 입을 열었다.

"오늘 밤에 드러난 사실들로 인해서," 로즈가 조용히 대답했다. "당신에 관한 한 저는 이전과 똑같은 입장입니다."

"나를 향한 자신의 마음을 닫으려 하는군요, 로즈." 그녀의 연인이 다그쳤다.

"아, 해리, 해리." 젊은 숙녀가 눈물을 쏟으며 말했다. "그럴 수 있으면 좋겠어요, 그래서 이런 고통을 당하지 않게요."

"왜 스스로 그런 고통을 가하는 거예요?" 해리가 그녀의 손을 잡으면서 말했다. "생각해봐요, 사랑하는 로즈. 오늘 들은 것에 대해서 생각해봐요."

"아, 내가 뭘 들었나요! 내가 뭘 들었다는 거예요!" 로즈가 소리 쳤다. "제 친아버지는 깊은 수치심에 몹시 시달리다가 모든 것을 다 피해서…… 자, 그만. 우리 얘기는 충분히 했어요, 해리. 충분히 얘기했어요."

"아직 아니오." 그녀가 일어서는 것을 잡으며 젊은이가 말했다. "당신에 대한 사랑을 빼고는 나의 희망과 바람과 전망과 느낌, 인 생의 모든 생각이 달라졌어요. 지금 내가 당신에게 주고자 하는 것 이 있다면, 그것은 부산 떠는 군중 속에서 높은 지위를 가지는 것 도 아니고, 악의와 폄하로 가득 찬 세상, 실제로는 불명예도 수치도 아닌 일 때문에 정직한 사람들이 얼굴을 붉혀야 하는 이 세상과 뒤 섞이는 것도 아니고, 다만 한 가정 — 한 마음과 한 가정, 그렇소 나 의 가장 소중한 로즈, 그것만이, 오직 그것만이 내가 당신한테 줄 수 있는 전부요."

"무슨 뜻입니까!" 그녀가 머뭇거렸다.

"다만 이런 뜻일 뿐이오 — 지난번 당신과 헤어질 때, 난 당신과 나 사이의 모든 가상의 장벽들을 낮춰놓겠다는 굳은 결심을 했소. 만약 나의 세계가 당신의 것이 될 수 없다면, 당신의 세계가 나의 것이 되도록 하겠다고 작심을 한 것이오. 거창한 집안에서 태어난 자들 중 그 누구도 당신에게 입을 비쭉거리지 못하게 할 거요. 왜 냐하면 내가 그들에게서 돌아설 것이니까. 난 이 일을 실행에 옮겼 소. 이로 인해 나를 회피하는 사람들은 역시 당신을 회피하던 자들 이니 그만큼 당신 말이 옳았다는 것이 증명됐소. 권력자와 후견인, 영향력 있고 높은 지위에 있는 친척들이 이전에는 내게 미소를 짓 다가 이제는 나를 냉랭하게 바라봅니다. 하지만 영국에서 가장 풍 족한 시골읍에 미소 짓는 들판과 파도치는 나무들이 있소. 그 마을 교회당 ─ 내 교회 말이오, 로즈, 나의 로즈! ─그 교회당 옆에, 당신만 있다면 내가 포기한 그 모든 희망의 수천배나 될 자부심을 가질 시골집이 서 있습니다. 이제 이것이 나의 위상이요 지위입니다. 그리고 그것을 지금 여기 내려놓습니다!"

\* \* \*

"저녁상을 차려놓고 연인들을 기다리는 것은 정말 힘겨운 일이군요." 그림윅씨가 벌떡 깨어 일어나 머리 위에서 손수건을 끌어내리며 말했다.

사실, 저녁상은 지극히 오랜 시간 동안 대기 중이었다. 메일리 부인도 해리도 로즈도(그들은 모두 함께 들어왔는데) 정상을 참작해달라는 변명을 할 수 없었다.

"난 오늘 밤 아주 심각하게 내 머리통을 먹어버릴 생각을 했소." 그림윅씨가 말했다. "왜냐 하니 내 머리통 말고는 아무것도 얻어먹지 못할 거라는 생각이 들기 시작한 때문이오. 당신이 허락하신다면 미래의 신부에게 인사를 좀 하겠소."

그림윅씨는 얼굴을 붉히는 아가씨에게 지체 없이 자신의 통보를 실행하는 키스를 했고, 이 본보기는 다른 사람에게도 전염이 되어 의사와 브라운로우씨가 연이어 따라 했다. 어떤 사람들은 원래 해리 메일리가 어두운 옆방에서 선례를 보였다고 주장하기도 했으나, 가장 믿을 만한 소식통에 의하면 그가 아직 젊고 목사의 신분인 만큼 이것은 노골적인 중상모략이라고 했다.

"얘 올리버," 메일리 부인이 말했다. "어디 갔었니? 왜 또 그렇게 슬퍼 보여? 지금도 눈물을 흘리고 있네. 무슨 일이니?"

이 세상에는 실망할 일이 많은 법인데, 우리가 소중히 간직한 희망들, 그리고 우리의 인간성을 가장 명예롭게 만드는 희망들이 때로는 우리를 낙심하게 만드는 것이다.

불쌍한 딕이 죽었다니!

# 제52장
# 페이긴이 살아서 보낸 마지막 밤

　법정은 바닥에서 천장까지 사람 얼굴로 뒤덮여 있었다. 한뼘 한뼘의 공간마다 호기심에 가득 찬 눈들이 내다보고 있었다. 피고석 앞의 난간부터 방청석 한구석의 예리하게 각진 곳까지 모든 눈길은 한사람, 즉 유대인에게 고정되어 있었다. 앞뒤, 상하좌우로, 그는 반짝이는 눈으로 밝게 빛나는 밤하늘에 에워싸인 듯했다.

　그는 이 모든 사람들의 눈에서 발하는 광채 가운데 서서 한 손은 앞에 있는 나무판자에 얹고 다른 손은 귀에 댄 채, 배심원들에게 고소내용을 전하는 재판장의 입에서 떨어지는 말 한마디 한마디를 좀더 잘 듣기 위해 머리를 앞으로 내밀고 있었다. 때로 그는 배심원들에게 날카롭게 눈을 돌려 혹시 눈곱만치라도 자기에게 유리한 반응이 있는지를 살폈다. 그러나 그에게 불리한 점들이 끔찍스러울 정도로 또렷이 진술되자, 심지어 그 지경에서도 변호인에게 뭔가 자기를 위한 변명을 해달라고 말없이 호소하는 듯한 시선을 보냈다. 그는 이렇게 불안을 표출하는 것 외에는 손끝 하나 발끝 하나 움직이지 않았다. 그는 재판이 시작된 후 거의 움직이지 않았고, 판사가 말을 그친 뒤에도 계속 말을 듣고 있는 듯 앞을 쳐다보며 여전히 면밀하게 주의를 기울이는 긴장된 태도를 유지했다. 법정에서 약간의 소란이 일자 그는 다시 정신을 차렸다. 주위를 둘러보자, 배심원들이 함께 뒤로 돌아서서 판결에 대해 숙의하는 모습이 보였다. 그의 눈이 이리저리 방황하다가 방청석에 닿자, 사람들이 서로 상대방 머리 위로 목을 빼고 그의 얼굴을 보려고 하는 모습이 눈에 띄었는데, 어떤 사람은 서둘러 쌍안경을 눈에 대고 있었고, 또 어떤 사람은 혐오스러운 표정으로 옆에 앉은 사람과 속삭이고 있었다. 그에게는 신경 쓰지 않고 다만 배심원들만을 바라보면서 왜 저렇게 늦어질까 초조해하고 의아해하는 사람도 더러 있었다. 그러나 그 어떤 얼굴에서도 — 심지어 그 자리에 상당히 많이 있던 여인들에게서도 — 오로지 그가 단죄를 받을지에 주의를 기울이는 표정 말고는 아주 약간의 동정이나 그 어떤 다른 감정도 읽을 수 없었다. 그가 당혹스러운 눈길로 힐끗 쳐다보고 이 모든 것을 간파한 순간, 다시 죽음과 같은 침묵이 찾아왔고, 뒤를 돌아보니 배심원들이 판사를 향해 돌아서 있었다. 쉿!

그들은 다만 법정에서 나가 상의해도 좋다는 허락을 받으려 한 것뿐이었다.

그들이 지나갈 때 그는 기대에 찬 표정으로 한사람씩 얼굴을 바라보며, 대세가 어떤 쪽으로 기우는가를 보려 했으나 그것은 소용없는 일이었다. 간수가 그의 어깨를 툭 건드렸다. 그는 기계적으로 간수를 따라 피고석 끝으로 가서 의자에 앉았다. 간수가 손가락으로 가리키지 않으면 그는 아마 의자를 보지 못했을 것이다.

그는 다시 위쪽 방청석을 올려다보았다. 어떤 사람들은 음식을 먹었고, 어떤 사람들은 손수건으로 부채질을 하고 있었으니 사람들이 꽉 찬 그곳은 매우 더웠던 것이다. 한 젊은이는 작은 수첩에 그의 얼굴을 스케치하고 있었다. 그는 그림이 자기하고 닮았을까 궁금해하면서, 화가가 연필심을 부러뜨려 칼로 다른 연필을 깎자 할 일 없는 구경꾼이 그러하듯이 멀거니 구경을 했다.

똑같은 식으로 그는 판사 쪽으로 눈을 돌렸고, 그의 마음은 다시 판사의 옷맵시가 어떻고 그것이 얼마짜리이며 옷을 어떻게 입었는지를 살피느라 분주해졌다. 판사석에는 뚱뚱한 노신사가 있었는데, 반시간 전에 나갔다가 이제 돌아온 사람이었다. 그는 혼자 속으로 이 사람이 식사를 하러 나갔던 것인지, 무엇을 어디서 먹었는지가 궁금해졌고, 이러한 부질없는 생각을 연이어 쫓아가다가 다시 새로운 대상이 눈에 띄면 또다른 생각으로 옮겨가곤 했다.

그러나 이러는 동안에도 그의 생각은 단 한순간조차 그의 발치에 열려 있는 무덤에 대한 일관된 압박감에서 자유롭지 않았다. 그것은 언제나 그의 앞에 있었지만 희미하고 막연해서 거기에 생각을 고정시킬 수가 없었다. 그래서, 떨고 있을 때나 머지않아 죽을 것이라는 생각으로 온몸이 뜨겁게 달아오를 때조차도, 그는 자기 앞에 있는 난간의 쇠못 수를 세기 시작했고, 그중 한개의 머리가 어떻게 부러졌는지 그것을 수선할 것인지 아니면 그냥 놔둘 것인지가 궁금했다. 그러다가 그는 교수대와 처형대에 대한 온갖 공포를 떠올렸고 — 바닥을 식히기 위해 물을 뿌리는 사람을 구경하느라 생각을 멈췄다가 — 다시 또 생각을 하기 시작했다.

마침내 정숙하라는 소리가 들렸고 모든 사람들이 숨을 멈추고 문을 향해 시선을 집중했다. 배심원들은 돌아오면서 바로 그의 옆을 지나쳤다. 그는 그들의 얼굴에서 아무것도 알아낼 수 없었다. 그들의 얼굴은 돌로 만들어진 것 같았다. 완벽한 침묵이 이어졌다. 옷이 부스럭거리는 소리도, 숨소리 하나도 들리지 않았다—유죄!

건물은 엄청난 함성으로 진동했고 한번 더, 다시 한번 더 울렸다. 함성은 커다란 신음 소리로 메아리치더니 마치 성난 천둥처럼 부풀어오르며 커졌다. 그것은 밖에 있는 군중들이 페이긴이 월요일에 죽을 것이라는 소식을 전해듣고 반가워 소리치는 환희의 울림이었다.

소음은 잦아들었고, 페이긴으로 하여금 사형선고가 부당하다고 주장할 이유가 있으면 진술을 하도록 했다. 그는 다시 경청하는 자세를 하고 이렇게 이야기하는 자를 열심히 바라보았다. 그러나 그는 그 말이 두번이나 반복되고 나서야 겨우 알아들은 것 같았다. 그는 그저 자기는 늙은이라고…… 늙은이…… 늙은이라고…… 말했고, 그러고는 다시 뭐라고 낮게 중얼거리다가 침묵했다.

판사는 사형선고를 내릴 때 쓰는 검은 우단모자를 썼고, 죄수는 여전히 똑같은 분위기와 자세로 서 있었다. 이 끔찍스럽고 엄숙한 분위기에 놀라 한 여자가 방청석에서 무슨 소리를 질렀다. 그는 방해를 받은 것에 화가 난 듯이 갑자기 얼굴을 들고 더욱 주의 깊게 앞으로 몸을 굽혔다. 선고문은 엄숙하고도 인상적이었고, 선고는 듣기조차 두려운 것이었다. 그러나 그는 대리석 형상처럼 머리털 하나 꿈쩍하지 않고 서 있었다. 그는 수척한 얼굴을 앞으로 내민 채 아래턱을 밑으로 늘어뜨리고 눈은 전방을 노려보고 있었다. 그때 간수가 그의 팔을 끼고 나가자고 했다. 그는 멍청하게 주위를 잠깐 둘러보더니 그대로 따라나갔다.

간수들은 그를 법정 밑에 있는, 바닥이 포장된 방으로 데려갔다.

거기서 죄수들은 자기 차례를 기다리고 있었는데 일부는 마당이 내다보이는 철장 주위에 몰린 친구들과 얘기를 하고 있었다. 거기서도 페이긴에게 말을 걸려는 사람은 아무도 없었다. 그가 지나갈 때 죄수들이 뒤로 물러서서 철창에 매달려 있는 사람들에게 그의 모습을 잘 보이게 해주자, 그들은 페이긴에게 욕설을 퍼부으며 공격을 했고 비명을 지르며 야유를 해댔다. 그는 주먹을 흔들면서 침이라도 뱉어주고 싶었지만 간수들은 급히 서둘러 그를 침침한 등 몇개가 켜져 있는 음침한 복도를 지나 감옥 안으로 데려갔다.

거기서 그들은 그가 법을 앞질러 스스로 목숨을 끊을 도구를 가지고 있지 않은지 몸을 수색했고, 이러한 절차를 마친 후 사형수 감방 중 하나로 그를 데려가 수감했다 ─ 혼자 있도록.

그는 문 반대쪽에 있는 의자 겸 잠자리 구실을 하는 돌침상에 앉았고, 충혈된 눈으로 바닥을 바라보며 생각을 정리하고자 애썼다. 한참 후, 아까는 한마디도 알아들을 수 없었던 판사의 말이 조각조각 머리에 떠오르기 시작했다. 이것들은 차차 제자리를 찾아갔고 점차 더 많은 말들이 떠올라, 그는 짧은 시간에 전체를 거의 전문 그대로 맞춰놓을 수 있었다. 교수에 의한 사형 ─ 그것이 마지막 말이었다. 교수에 의한 사형.

날이 차차 어두워져감에 따라, 교수대에서 죽은 그가 아는 모든 사람들이 생각나기 시작했다. 어떤 사람들은 자기 때문에 죽은 이들이다. 그런 사람들이 잇따라 떠올라 거의 셀 수가 없을 정도였다. 그중 몇명은 죽는 것까지 직접 보았는데 ─ 기도를 중얼거리며 죽었다고 농담을 하며 흉을 본 일도 있었다. 엄청난 소리로 덜컹거리면서 툭 떨어지더니, 튼튼하고 건강한 사내들이 금세 덜렁거리는 한줌의 옷감으로 변하지 않았던가!

그중 어떤 사람들은 바로 이 감방에 거처했을 수도 있다 — 바로 그 자리에 앉았을 수도. 그곳은 매우 어두웠다. 왜 아무도 불을 가져오지 않는 것인가? 감방은 지은 지 여러해가 되었다. 수십명의 죄수들이 분명히 거기에서 최후의 시간을 보냈을 것이다. 죽은 시체들을 흩뿌려놓은 지하 납골당에 앉아 있는 것 같았다 — 사형수의 벙거지, 올가미, 꽁꽁 묶인 양팔, 그 흉측한 베일 밑으로 보이는 낯익은 얼굴들 — 불 좀 비춰줘, 불!

마침내 묵직한 문과 벽을 두드리느라 그의 손이 얼얼해졌을 때 두사람이 나타났다. 하나는 촛불을 들고 와서 벽에 붙어 있는 쇠촛대에 찔러넣었고, 다른 사람은 밤을 지새우기 위해 매트리스를 끌고 왔으니, 이 죄수를 더이상 혼자 내버려두지 않기로 한 것이었다.

이윽고 밤이 되었다 — 어둡고, 울적하고, 고요한 밤. 밤을 꼬박 새우는 다른 사람들은 교회의 종소리를 반갑게 듣는다. 그것은 생명과 다가오는 새날을 의미하기 때문이다. 그러나 유대인에게 그것은 절망만을 가져다줄 뿐이었다. 모든 쇠종에서 울려퍼지는 소리는 무겁고 공허한 하나의 소리를 싣고 왔다 — 죽음의 소리였다. 심지어 그곳까지도 뚫고 들어온 활기찬 아침의 소음과 소란이 그에게 다 무슨 소용이겠는가? 그것은 또다른 형태의 조종弔鐘이었고, 경고에다 조롱까지 더한 것이었다.

낮이 지나갔다. 낮이라고? 낮이란 것은 없었다. 낮은 올 때만큼이나 금세 지나가버렸다 — 그리고 밤이 다시 찾아온 것이다 — 무척 길지만, 그러나 참으로 짧은 밤이었다. 그 두려운 침묵 속에서는 너무 길었지만 쏜살같이 흘러가는 시간으로 보면 매우 짧았던 것이다. 그는 헛소리를 하며 신을 욕하기도 하다가 울부짖으며 머리를 쥐어뜯기도 했다. 유대교의 존경받는 원로들이 기도하려고 온

적도 있었지만 그는 그들을 저주하며 쫓아버렸다. 그들은 자비를 베풀고자 다시 한번 시도했지만 그는 그들을 물리쳤다.

토요일 밤. 그가 딱 하룻밤을 더 살 수 있다고 생각하는 사이에 날이 샜고 — 일요일이 되었다.

이 두려운 최후의 밤이 되어서야 자신이 어쩔 도리 없는 절망적인 처지에 있다는 압박감이 그의 병든 영혼으로 아주 강렬하게 엄습해왔다. 그는 사면赦免을 받으리라는 명백하고 긍정적인 희망을 가지고 있었던 것은 아니지만, 자기가 그렇게 곧 죽게 되리라고는 막연하게밖에 생각지 못했기 때문이다. 그는 교대로 곁을 지키던 두 사람 누구에게도 거의 말을 하지 않았고, 그들 쪽에서도 그의 주의를 끌려 하지 않았다. 그는 그곳에 앉아 또렷한 정신으로 꿈을 꾸고 있었다. 이제 그는 일분마다 깜짝 놀라 일어서서, 입을 딱 벌리고 피부가 타는 듯한 느낌을 받으며 서둘러 오락가락했다. 그가 두려움과 분노로 얼마나 심하게 발작을 일으켰는지 심지어 그런 광경에 익숙한 간수들도 두려워하며 그를 피했던 것이다. 결국 그는 자기의 사악한 심리가 만들어내는 온갖 고문에 시달려 참으로 끔찍스러워졌기 때문에 간수는 혼자 앉아서는 그를 지켜볼 수가 없어 둘이 함께 감시하기로 했다.

그는 돌침상에 쭈그리고 앉아서 과거에 대해 생각했다. 체포되던 날 군중들이 던진 무언가에 맞아 부상을 입었기 때문에 그는 머리에 리넨 천으로 붕대를 감고 있었다. 붉은 머리카락은 핏기 없는 얼굴로 흘러내렸고, 수염은 뜯기고 꼬여서 매듭이 졌으며, 눈은 무시무시하게 번쩍거렸고, 씻지 않은 살갗은 몸을 태울 듯한 고열로 갈라졌다. 8시…… 9시…… 10시. 그것이 그를 놀라게 만드는 장난이 아니라면, 그것들이 서로 발치를 밟고 쫓아오는 진짜 시간들이라면, 그 시간이 다시 돌아올 때 그는 어디 있겠는가! 11시! 그 앞 시간의 목소리가 울림을 그치기도 전에 다음 시간을 알리는 종소리가 울렸다. 8시가 되면 그는 자신의 장례행렬의 유일한 애도객이 될 것이다. 11시가 되면⋯⋯

뉴게이트의 그 무서운 벽들, 수없이 많은 불행과 말할 수 없는 고뇌를 너무도 자주 그리고 참으로 오랜 기간 동안 사람들의 눈뿐만 아니라 사람들의 생각에서도 가려왔던 그 벽들도, 이처럼 무시무시한 광경을 본 적이 없었다. 주변을 지나가다가 내일 교수형 당할 사람이 지금은 무엇을 할까 궁금해 머뭇거리는 사람들이 있었는데, 만약에 그들이 그를 보았다면 그날 밤 잠을 제대로 이루지 못했을 것이다.

이른 저녁부터 자정이 될 때까지 사람들이 두세명씩 경비실 문에 몰려와서, 혹시 집행이 유예되지 않았느냐고 걱정스러운 얼굴로 물었다. 이에 대해 아니라는 답변이 전해지자 그 반가운 소식은 길거리에 모여선 사람들에게 퍼져나갔다. 사람들은 서로에게 그가 어느 문으로 걸어나올지 또 사형대가 어디에 세워질지를 손가락으로 가리켰고, 내키지 않는 발걸음을 떼어놓으며 처형 장면을 다시 상상해보느라 돌아서곤 했다. 그러다가 그들은 하나씩 흩어졌고, 깊은 밤의 한시간 동안 거리에는 고독과 어둠만이 감돌았다.

형무소 앞의 공간을 치우고, 밀려들 군중을 막기 위해 검은 칠을 한 튼튼한 장애물 몇개를 설치하고 있을 때, 브라운로우씨와 올리버가 입구에 나타나서 지방 사법관의 서면이 든 면회허가서를 제시했다. 그들은 즉각 경비실 안으로 안내되었다.

"이 꼬마 신사도 갈 건가요, 선생님?" 안내를 담당한 사람이 말했다. "아이들이 볼 광경은 아닌데요."

"그렇긴 하오." 브라운로우씨가 대답했다. "하지만 내가 그자하고 볼 일은 이 아이와 밀접하게 연관되어 있소. 게다가 이 아이는 그가 한창 악행에 성공하고 있을 때 그를 보았으니, 다소 고통스럽고 두렵더라도 지금의 그의 모습을 보는 것도 좋으리라 생각하오."

이 말은 올리버에게 들리지 않도록 따로 떨어져서 한 얘기였다. 사내는 모자를 만지작거리더니 호기심에 가득 찬 눈으로 올리버를 흘낏 쳐다본 다음, 그들이 들어온 반대편의 철문을 열고 어둡고 꼬불꼬불한 길을 따라 그들을 안내하여 감방으로 갔다.

"여기가," 일꾼 두어사람이 깊은 침묵 속에서 무언가를 준비하고 있는 음침한 복도에 멈춰서서 사내가 말했다. "여기가 그가 지나가게 될 통로입니다. 이쪽으로 와서 서면 그가 나갈 문을 보실 수 있지요."

그는 구리솥을 설치해놓고 죄수의 식사를 만드는 석조 부엌으로 그들을 안내한 후 문 하나를 가리켰다. 문 위에는 격자창이 있었는데 그 사이로 망치질 소리, 판자를 내던지는 소음과 한데 뒤섞여서 남자들의 목소리가 들렸다. 그들은 교수대를 만들어 세우고 있었던 것이다.

여기서부터 그들은 육중한 문 몇개를 통과했는데 그때마다 안에서 간수들이 문을 열어주었다. 그들은 안마당으로 들어가서 좁다란 계단을 올라간 후, 왼편으로 육중한 문들이 나란히 서 있는 복도에 이르렀다. 간수는 그들에게 그 자리에 가만히 있으라고 손짓하고 열쇠꾸러미로 어떤 문을 두드렸다. 두 감시원은 잠깐 속삭이다가, 복도로 나와 잠시라도 휴식을 취하는 것이 반가웠는지 기지개를 켜는 방문객들에게 간수를 따라 감방으로 들어가라고 손짓했다. 그들은 안으로 들어갔다.

사형수는 사람의 얼굴이라기보다는 덫에 걸린 짐승의 얼굴을 하고 몸을 좌우로 흔들며 침상에 앉아 있었다. 그의 생각은 틀림없이 과거의 생활로 돌아간 모양이었으니, 그들이 와 있는 것을 환상의 일부로밖에 의식하지 못하는지 그는 계속 혼자 중얼거렸다.

"착한 아이, 찰리야…… 참 잘했구나……" 그는 중얼거렸다. "올리버도 왔니, 하하하! 올리버도 왔구나…… 이제 제법 신사가 되었구나…… 제법…… 이애를 데리고 가서 재워라!"

간수는 올리버의 손을 잡고 놀라지 말라고 속삭이면서 물끄러미 그를 바라보았다.

"애를 데리고 가서 재우래도!" 페이긴이 소리쳤다. "내 말 안 들려, 아무도? 애 때문에…… 그러니까…… 하여튼 이 모든 것이 애 때문이었다고. 얘를 그렇게 만드는 건 돈깨나 되는 일이었는데…… 볼터의 목을 따라, 빌…… 여자애는 놔두고…… 볼터의 목을 따라고, 최대한 깊이. 톱으로 모가지를 썰어버려!"

"페이긴." 간수가 말했다.

"그건 나요!" 유대인은 재판을 받을 때처럼 경청하는 자세로 즉시 돌아가면서 소리쳤다. "전 늙은이입니다, 판사님. 아주 늙은, 늙은 사람입니다요!"

"여기 봐." 간수가 페이긴의 가슴에 손을 대고 그를 진정시키면서 말했다. "누가 자네를 면회하러 왔어. 아마 물어볼 것이 좀 있으신가 봐. 페이긴, 페이긴! 정신 차려, 이 사람아!"

"얼마 안 있으면 난 더이상 사람이 아니다." 그가 격노와 공포 외엔 인간다운 표정이 남아 있지 않은 얼굴로 올려다보며 대답했다. "다 때려죽여라! 도대체 무슨 권리로 나를 도살하는 거야?"

그가 소리를 치다가 올리버와 브라운로우씨의 모습을 보았다.

그는 침상 구석으로 몸을 움츠리면서 그들이 무엇 때문에 왔는지 물었다.

"자, 진정해." 간수가 여전히 그를 누르면서 말했다. "자, 선생님, 용건을 말씀하십시오. 빨리요. 시간이 흐를수록 점점 더 상태가 악화되니까요."

"당신이 가진 서류가 있소." 브라운로우씨가 다가서며 말했다. "그것은 몽스란 자가 좀더 안전하게 보관하기 위해서 당신 수중에 맡긴 것이오."

"그건 다 거짓말이야." 페이긴이 대답했다. "난 아무것도…… 아무것도 없어."

"자비로운 하느님을 위해서라도," 브라운로우씨가 엄숙하게 말했다. "죽음의 문턱에 선 지금까지 와서도 그렇게 말하지 마시오. 그것이 어디 있는지 말해주시오. 사익스는 죽었고 몽스가 자백했으니 더 이상의 이득을 얻을 가망이 없다는 것도 알 것이오. 그 서류는 어디에 있소?"

"올리버야." 페이긴이 올리버에게 손짓을 하며 외쳤다. "이리 와, 이리로! 너한테 몰래 말해줄 테니."

"전 두렵지 않아요." 올리버가 브라운로우씨의 손을 뿌리치면서 낮은 목소리로 말했다.

"서류는 말이다," 페이긴이 올리버를 자기 쪽으로 잡아끌면서 말했다. "범포 가방에 넣어 맨 위층 앞방의 굴뚝 조금 위 구멍 안에 숨겨두었단다. 난 너하고, 애야, 얘기 좀 하고 싶어. 너랑 얘기하고 싶다고."

"네, 네." 올리버가 대답했다. "제가 기도하게 해주세요. 꼭요! 딱 한번만 기도하게 해주세요. 무릎을 꿇고 저와 함께 한번만 기도하고 내일 아침까지 이야기를 해요."

"밖에서, 밖에서 말이야," 페이긴이 아이를 문으로 밀고 나가며 올리버의 머리 너머를 멍하니 바라보면서 대답했다. "내가 잠이 들었다고 말해라 ─ 너는 믿어줄 거야. 넌 나를 여기서 나가게 해줄 수 있어, 네가 날 그렇게 데리고 가면 말이야. 자 어서, 자 어서!"

"아, 하느님! 이 불쌍한 인간을 용서하십시오!" 아이가 와락 울음을 터뜨리면서 소리쳤다.

"그래, 바로 그거야." 페이긴이 말했다. "그러는 게 우리에게 도움이 될 거야. 먼저 이 문을 나가야지. 자, 우리가 교수대를 지날 때 내가 벌벌 떨더라도 개의치 말고 서둘러서 곧장 가자꾸나. 자 어서, 어서!"

"이 사람한테 더 물어볼 것이 있습니까, 선생님?" 간수가 물었다.

"아무것도 없소." 브라운로우씨가 대답했다. "이 사람을 다시 제정신으로 돌아오게 할 수 있는 일이라면……"

"그건 불가능합니다." 남자가 고개를 흔들면서 대답했다. "그만 나가보시는 것이 좋을 겁니다."

감옥 문이 열리고 감시원들이 다시 돌아왔다.

"어서 가자꾸나, 어서 가자고." 페이긴이 소리쳤다. "가만 가만히, 하지만 그렇게 느리게는 말고. 더 빨리, 더 빨리!"

간수들이 그를 붙잡고 그의 손아귀에서 올리버를 떼어낸 후, 그를 제지했다. 그는 일순간 필사적인 힘으로 저항을 했고 거듭해서 비명을 질렀으니, 그 소리는 육중한 담벼락조차도 꿰뚫었고 그들이 바깥 안뜰에 이를 때까지 귓전을 울렸다.

그들이 감옥을 나가는 데는 시간이 좀 걸렸다. 올리버가 이 소름 끼치는 광경을 보고 하마터면 기절을 할 뻔했고 탈진을 해서 한두

시간가량 걸어갈 기력이 없었던 것이다.

그들이 다시 밖으로 나왔을 때는 동이 트고 있었다. 이미 많은 군중이 모여 있었다. 창문마다 사람들로 가득 차 있었고, 그들은 시간을 보내느라 담배를 피우고 카드놀이를 했다. 군중은 서로 밀치고 다투고 농담을 하고 있었다. 모든 것들이 생명과 활기를 띠고 있었으나 그 모든 것 한가운데 있는 어두운 한묶음의 물체들만이 — 검은 발판, 대들보, 밧줄, 그리고 모든 흉측스러운 죽음의 장치들만이 예외였다.

# 제53장
## 그리고 마지막으로

    이 이야기에 등장한 인물들의 운명에 대한 얘기는 거의 다 마무리가 되었다. 이들의 삶을 기록하는 필자가 전할 얼마 남지 않은 이야기는 몇 마디 간단한 말로 할 수 있다.

    그로부터 석달이 못 되어 로즈 플레밍과 해리 메일리는 향후 이 젊은 목사가 땀 흘려 일하게 될 시골 교회에서 결혼을 했고, 같은 날 그들은 행복한 새 가정을 갖게 되었다.

    메일리 부인은 아들 부부와 함께 살면서 가치 있는 삶이 노년에 누릴 수 있는 최대의 기쁨을 느끼며 평온한 여생을 보냈으니, 그것은 곧 훌륭한 삶을 살아온 이의 가장 따뜻한 애정과 다정한 보살핌을 끊임없이 받았던 두사람의 행복을 지켜보는 것이었다.

    완벽하고 조심스러운 조사를 통해 드러난 바에 의하면 몽스의 수중에 남아 있는 재산을(그 재산은 그의 수중에 있을 때나 그의 모친의 수중에 있을 때나 절대로 불어난 적이 없었는데) 그와 올리버에게 동등하게 나누면, 각자에게 3천 파운드 정도밖에는 돌아가지 않았다. 그의 부친의 유언에 따르면 올리버는 전재산을 상속할 권리가 있었다. 그러나 브라운로우씨는 장자에게서 과거의 죄를 갚고 정직하게 살아갈 수 있는 기회를 빼앗고 싶지 않아서 재산을 반씩 분배하는 방식을 제안했고, 이에 그의 어린 피보호자가 동의했던 것이다. 몽스는 여전히 가명으로 행세하며 그의 몫을 받아 신대륙의 오지로 갔는데, 거기서 곧 돈을 탕진한 다음 다시 예전 생활로 돌아가 사기와 속임수를 저질러서 오래도록 옥살이를 하다가 결국 지병의 공격을 받고 쓰러져서 감옥에서 죽었다. 그의 친구 페이긴의 패거리 중 살아남아 있던 주요인물들도 마찬가지로 이역만리 타향에서 죽고 말았다.

브라운로우씨는 올리버를 양자로 맞았다. 그는 올리버와 늙은 가정부와 함께, 그의 친구들이 사는 목사관에서 1마일도 안 되는 곳으로 이사를 감으로써 올리버의 따뜻하고 진지한 마음속에 남아 있는 유일한 바람을 만족시켜주었다. 이렇게 해서 그들은 하나의 작은 사회로 서로 연결되었는데, 이곳의 형편은 이 변화무쌍한 세상에서 누릴 수 있는 가장 완벽한 행복에 근접했던 것이다.

젊은이들의 결혼식 이후 훌륭한 의사는 곧 처트시로 돌아갔다. 거기서 그는 옛 친구들이 곁에 없었기 때문에, 만약에 그의 기질만 아니었다면 퍽 불만스러워했을 것이고, 또 그가 그렇게 할 줄만 알았다면 꽤 까다로운 사람으로 변했을 것이다. 두세달 동안 그는 그곳의 공기가 자기한테 맞지 않는 것 같다고 귀띔하는 데 그치다가, 결국 그곳이 자기한테는 더이상 옛날과 같지 않음을 느꼈다. 그는 조수에게 업무를 물려주고 그의 젊은 친구가 목사로 있는 마을 변두리에서 독채로 홀아비 살림을 차리더니 즉시 기운을 회복했다.

여기서 그는 정원 가꾸는 일, 나무 심는 일, 낚시, 목수 일, 그리고 이와 유사한 종류의 다양한 일들에 몰두했는데, 이 모든 일을 그의 성격대로 맹렬히 해냈다. 이 모든 일 하나하나에 있어 그는 그 동네에서 최고의 권위자로 이름을 날리게 되었다.

의사는 이사 오기 전부터도 그림윅씨에게 아주 강한 친분을 느꼈는데, 그 괴팍한 신사도 이에 정중히 화답했다. 따라서 그림윅씨는 연중에 아주 여러번 그를 방문한다. 이런 경우에 그림윅씨는 나무를 심고, 낚시를 하고, 매우 열심히 목수 일을 하는데, 모든 것을 매우 유별나고 선례가 없는 방식으로 하지만 언제나 그가 즐겨쓰는 맹세를 하며 자기의 방법이 옳은 것이라고 주장한다. 일요일이면 그림윅씨는 젊은 목사의 면전에서 그의 설교를 비판하는 일을 절대로 거르지 않는데, 그는 그런 다음에는 언제나 로스번씨에게 엄격한 비밀로 하고 말하길 설교는 아주 훌륭했지만 그렇게 말하지 않는 것이 좋을 것 같다고 한다. 브라운로우씨는 그림윅씨가 옛날에 올리버를 두고 한 예언에 대해 놀리며 그들이 시계를 사이에 두고 앉아 올리버가 돌아오기를 기다리던 밤을 상기시키는 농담을 즐겨 했지만, 그림윅씨는 자기가 대체로 옳았다고 주장하며, 그 증거로 올리버가 어쨌건 돌아오지 않았다는 지적을 했는데 그러면서도 웃음을 터뜨리고 유쾌해했다.

노어 클레이폴씨는 페이긴에 대한 증인으로 받아들여져 국가의 사면을 받았다. 그는 자신의 직업이 바라는 만큼 전적으로 안전한 것은 아니라고 생각했는데, 무엇을 하며 먹고살지 몰랐으므로 얼마간 과중한 업무의 부담 없이 빈둥거리며 지냈다. 좀 생각을 해본 후에 그는 밀고자로서 사업을 개시했는데, 이 직업으로 그는 괜찮은 수입을 올린다. 그의 계략이란 일주일에 한번 예배시간에 맞춰

멀쩡히 차려입고 샬럿을 대동해 외출하는 것이다. 숙녀는 인정 많은 주인이 경영하는 술집 앞에서 기절을 하고, 신사는 그녀를 깨운다고 3페니어치 브랜디를 산 다음,[104] 이튿날 그것을 고발해서 벌금의 반을 챙기는 것이다. 때로 클레이폴씨가 직접 기절을 하기도 하지만 결과는 마찬가지이다.

범블씨와 범블 부인은 공직을 상실한 다음 점차 몹시 빈곤하고 불행한 처지가 되어서, 결국 그들이 한때 남들 위에서 군림하던 바로 그 구빈원의 극빈자가 되었다. 범블씨가 했다는 말에 의하면, 이렇게 신세가 역전되고 몰락한 처지에서는 자기 부인과 떨어져 있는 것에 대해 고마워할 기운도 없다는 것이다.

자일스씨와 브리틀스는 어떤고 하면, 비록 전자는 대머리가 되었고 후자로 언급한 소년은 머리가 제법 허옇게 세었지만, 여전히 예전의 직업에 종사한다. 그들은 목사관에서 지냈는데, 그곳 사람들과 올리버, 브라운로우씨, 또 로스번씨에게 매우 동등하게 시중을 들어주기 때문에 마을 사람들은 오늘날까지도 그들이 원래 어느 집 소속인지 알 수가 없었다.

찰리 베이츠군은 사익스의 죄에 질려서 결국 정직하게 사는 것이 가장 좋은 게 아닐까 하는 생각을 계속해서 하기 시작했다. 그리하여 분명히 그렇다는 결론에 도달하자 그는 예전의 일에서 등을 돌리고 새로운 활동영역에서 새 삶을 시작하기로 결심했다. 그는 한동안 악전고투하며 많은 고생을 했으나, 분수를 아는 기질이 있고 목적이 올바르기 때문에 결국에는 성공을 했다. 그는 농장에서 집일과 운수업자의 심부름을 하다가 지금은 노샘턴셔에서 가장

---

**104** 그 당시까지도 일요일 오전 예배시간에 술을 파는 것은 위법이었음.

쾌활한 젊은 목축업자이다.

이제 이 이야기를 적어온 손은 그 과업의 종료에 가까이 가자 머뭇거리게 된다. 이제 조금만 더 이 모험의 가닥을 엮어나가도록 하겠다.

나는 그렇게도 오랜 시간을 함께했던 사람들 곁에 기꺼이 머물고, 그들의 행복을 묘사하려 노력하면서 그 행복을 공유하고 싶다. 나는 로즈 메일리가 젊은 여성답게 우아함으로 활짝 피어나, 자신의 한적한 삶에 부드럽고 상냥한 빛을 던져주며 그녀와 함께 그런 삶을 사는 모든 사람들을 밝게 비춰 그들의 마음속까지 환하게 하는 모습을 보여주고 싶다. 나는 화롯가에 모여앉은 사람들과, 활달하게 여름 화합을 갖는 사람들의 생기와 기쁨을 그녀에게 그려주고 싶다. 나는 열기가 감도는 정오의 초원을 걷는 그녀의 뒤를 따르고, 달빛 어린 저녁 산책길에서 낮게 속삭이는 그녀의 목소리를 듣고 싶다. 나는 그녀가 집 밖에서 선행과 자선을 베푸는 모습을, 그리고 집 안에서 미소를 지으며 지치지 않고 가사를 돌보는 모습을 지켜보고 싶다. 나는 그녀의 조카가 서로에 대한 사랑으로 행복하게 지내는 모습을, 그리고 둘이서 몇시간씩이나 너무도 슬프게 잃어버린 혈육의 얼굴들을 상상해보는 모습을 그리고 싶다. 나는 내 앞에 다시금 그녀의 무릎에 모인 그 행복에 겨운 작은 얼굴들을 불러내어 그들이 흥겹게 재잘거리는 소리를 듣고 싶다. 나는 그 맑은 웃음의 음조를 다시 떠올리고 그 부드럽고 파란 눈에 반짝이는 동정의 눈물을 불러내고 싶다. 이런 것들과 함께 수천의 표정과 미소들, 생각과 말투의 변화들 ─ 나는 이 모든 것 하나하나를 다시 떠올리고 싶다.

어떻게 브라운로우씨가 날마다 양자의 머리를 지식의 보고로 만들어주었는지, 또 올리버의 소질이 계발되고 브라운로우씨의 희망대로 클 씨앗들이 번성하는 모습을 보일수록, 그가 어떻게 더 올리버에게 애정을 갖게 되었는지 ─ 어떻게 브라운로우씨가 올리버의 외모에서 젊은 시절 옛 친구의 새로운 면모들을 발견해내고 우울하지만 달콤하고 위안이 되는 옛 추억을 가슴속에 떠올렸는지 ─ 어떻게 시련에 단련된 두 고아들이 다른 이들에 대한 자비, 또한 서로의 사랑과 그들을 보호하고 지켜준 하느님에 대한 열렬한 감사를 통해 그 시련의 교훈을 잊지 않고 기억했는지 ─ 이 모든 것들은 굳이 이야기할 필요가 없을 것이다. 나는 그들이 진정으로 행복했다고 이미 말한 바 있다. 강한 애정과 가슴에서 우러나오는 인정, 그리고 자비를 율법으로 삼고 모든 숨 쉬는 것들에 대한 박애를 가장 큰 속성으로 하는 하느님에 대한 감사 없이 행복은 절대 얻을 수 없는 것이다.

　오래된 마을 교회당 제단 안에는 흰 대리석 판이 있는데 거기에는 '애그니스'란 단 한마디가 쓰여 있다. 그 무덤에 관이 들어 있는 것은 아니며, 그 위에 또다른 이름이 새겨지는 것은 아주아주 여러 해 뒤가 되길 빈다. 그렇지만 만약 죽은 이들의 영혼이 혹시나 이 땅으로 되돌아와, 생전에 알고 지내던 이들의 ─무덤을 넘어서는─사랑으로 거룩해진 장소를 방문한다면, 나는 애그니스의 그림자가 때로 그 엄숙한 구석에서 배회하리라고 믿는다. 비록 그곳이 교회 안에 있고, 그녀가 나약했고 잘못을 범했다고 해도 나는 그것을 믿는다.

作品해설

# 『올리버 트위스트』의 대중성과 예술성

　19세기 영국의 대표적인 장편소설가 찰스 디킨스의 고전적인 가치는 무엇보다도 그에게는 대중성과 예술성이 서로 별개의 것이 아니었다는 데 있다. 그의 대중적 매력은 오늘날에도 크리스마스가 되면 즐겨 반복되는 '스크루지 이야기'가 잘 대변해준다. 디킨스의 여러 장편 중 굳이『올리버 트위스트』를 권하는 것은, 이 소설이『크리스마스 캐럴』(*A Christmas Carol*)과 함께 현재에도 만화영화나 기타 여러 형태로 대중적 인기를 누리고 있다는 사실이나 이 소설이 디킨스의 장편치고는 상대적으로 짧다는 점 때문만은 아니다.『올리버 트위스트』의 가치는 무엇보다도 대중적 상업성과 사회소설로서의 예술성이 동전의 앞뒤처럼 맞물려 있는 모습을 비교적 선명하게 보여준다는 데 있다고 하겠다.

디킨스가 『올리버 트위스트』를 집필할 때는 이미 '보즈'(Boz)란 필명으로 하루아침에 베스트셀러 작가로 등장한 뒤였다. 『보즈의 스케치』(*Sketches by Boz*)를 통해서 당대 런던 사람들의 삶을 서민적 해학과 예민한 묘사력으로 그려낸 후에, 디킨스는 『피크윅 문서』(*Pickwick Papers*)라는 희극소설을 통해서 당시 사회의 모습을 생생히 잡아낼 뿐 아니라, 샘 웰러(Sam Weller)가 대표하는바 생생하고도 독특한 인물의 창조자로서도 진가를 구가했다. 『보즈의 스케치』와 『피크윅 문서』에서 각기 묘사와 인물창조의 재주를 과시한 디킨스는 『올리버 트위스트』에 이르러 당시 사회의 어두운 면에 대한 본격적인 문제제기를 통해 한층 통일적인 플롯을 구성해내는 심화된 소설가적 기량을 본격적으로 보여주었다. 생생한 장면묘사와 실감나는 인물묘사에 덧붙여 사회에 대한 일관된 문제의식을 문학적으로 구현하고 있다는 점에서 이 작품은 그뒤에 이어진 디킨스 장편들의 전형 내지는 원형을 보여주기도 한다.

『올리버 트위스트』가 디킨스 문학의 특징적 면모를 잘 보여주는 것은 무엇보다도 이 소설에서 사회에 대한 문제의식과 상업적 대중성이 유기적으로 결합되어 있다는 점이다. 소설의 앞부분에서 제기되는 자선, 구빈법, 고아, 아동노동 등의 문제는, 이 소설이 당시 1834년에 개편된 구빈법에 대한 논란을 배경으로 삼으면서 『벤틀리의 잡지』(*Bentley's Miscellany*)라는 정기간행물에 연재되었다는 사실과 아울러, 당시 독자들에게 이 소설의 시사성을 담보해주는 주제가 되었다. 곧이어 주인공이 자기 운명을 개척하러 런던으로 오자마자 페이긴 일당을 만나면서 이른바 '뉴게이트 소설'(Newgate novel)이라고도 불린 범죄소설로 작품의 주조가 바뀌고, 독자들로

하여금 런던의 범죄자 소굴로 들어가는 재미를 만끽하게 할 뿐 아니라 런던의 범죄라는 사회문제를 다루되, 그것이 반합법적인 사업이란 점과 올리버와 같은 고아들을 유린한다는 면을 부각시키기도 한다.

작가는 머리말에서 주로 이 소설의 범죄소설적 측면에 대해 언급하면서 오락성보다는 교훈성을 강조하고 있다. 그러나 독자가 페이긴, 미꾸라지, 사익스 등의 생생한 인물들에 빠져들어 다음 연재를 기다리게 되는 이유는 꼭 이런 범죄자들에 대한 문제의식이나 증오심 때문만은 아니다. 이 소설이 사회의 어두운 구석을 다루는 부분과 거기에서 올리버를 구출해내는 밝은 세계의 대변자들을 다루는 부분을 비교해볼 때 어느 쪽이 더 예술적으로, 또는 감각적으로 실감나고 생생하게 그려져 있는지는 쉽사리 판가름 나는 문제이다. 이것이 꼭 작가의 도덕적인 문제의식과 그의 예술적 감각이 대립한다는 얘기는 아니다. 문제는 오히려, 왜 디킨스가 이 소설에서 제시하는 '밝은' 유한층의 세계가 근본적으로 생기 없고 감상적이고 재미없게 그려질 수밖에 없는가 하는 점이다.

대중소설의 특징의 하나는 일반 대중들의 유토피아적 염원을 대변하는 것이다. 결국엔 악한 자, 못된 자 들을 처단하고 선한 자들이 승리하여, 정의가 실현되고 불의는 궁극적으로 무너지는 그런 세상에 대한 염원을 담아내는 것이 소설이거 영화거 확실한 상업적 성공의 담보가 될 수 있다. 물론 이러한 권선징악의 효과는 악한 자에 대한 공포심과 악에 매료되는 재미를 충분히 즐기게 하는 것과 밀접한 관계가 있다. 또한 그것은 선과 악의 기준이 어떤 것인가 하는 문제와 불가분의 관계에 있다. 중산층 독자를 염두에 둔 대중소설이 기본적으로 위반할 수 없는 제약조건 가운데는 단

순한 권선징악이 아니라 궁극적으로 부르주아의 시각에서 본 선과 악의 구분이어야 한다는 요구가 있으리라는 것은 쉽게 생각할 수 있다. 그런데 이 소설의 후반부에서 작가가 역점을 두는 메일리가의 자선과 브라운로우씨의 현명함은 전반부의 구빈원 이사들과 치안판사 팽 등의 편협함이나 비인간성과 분명히 대립된다. 계급적으로 유사한 부류인 이들이 이렇게 선과 악으로 양분되는 것은 이 소설의 기준이 꼭 계급적인 것만은 아니라는 점을 시사해준다.

오히려 이 소설에서 일관되고 있는 선악 구분의 기준은 소박한 의미에서 한 인간이 상대방을 어떻게 보고 어떻게 다루는가 하는 윤리의 문제라고 하겠다. 합법적인 세계의 인물들뿐 아니라 범죄자 집단 내에서도 예컨대 낸시, 베이츠, 미꾸라지 등의 '가난한' 범죄자들은 페이긴, 사이크스, 노어 클레이폴, 또 계급이 적어도 한단계 위인 몽스 등과 현저히 대조되는 인간적인 면을 갖고 있다. 어떤 인물이 실정법을 어겼는가의 여부와는 상관없이, 페이긴이 노어 클레이폴에게 하는 설교대로, 나 하나만 생각하는 이기심에 반대해서 동료나 특히 올리버같이 자기보다 더 무력한 상대를 어떻게 대할 것인가라는 문제가 소설 전체에 깔린 윤리적 고민이자 기준이다. 이것은 자선의 문제로 이어져서 구빈원이라는 제도화된 자선의 허상을 극명하게 드러내주는 근거가 되기도 한다. 또한 그것은 이 소설 전체를 에워싸고 있는 법률의 문제에 대한 작가의 지극히 대중적 내지는 민중적인 입장과도 일치한다.

페이긴은 대표적인 위법자이긴 해도 그 자신은 자기 실리에 철저히 밝은 사업가이기도 하다. 실리에 밝기를 따지자면 올리버를 놓고 갬필드와 흥정하는 구빈원 이사들도 뒤지지 않는다. 또한 이 소설에서 제도화된 국법을 가장 부지런히 대변하는 범블도 이 점에서는 같은 부류에 들어간다. 반면에 이 소설에서 가장 이타적인 행동을 하고, 그럴 용기와 능력을 갖춘 인물은 몸과 영혼이 다 더럽혀진 창녀 낸시인 것이다. 실제로 낸시가 아니었다면 올리버를 일단 메일리 부인의 품으로 구출한 다음 소설의 플롯이 머뭇거리며 더이상 진행되기 어려웠을 만큼, 그녀는 후반부에서 가장 중요한 인물이다. 그리고 이 부분에서 우리는 대중적 성공에 민감한 작가가 중산층의 편견과 금기를 과감히 무시한 용기를 치하해야 한다. 창녀 낸시를 인간적으로 그릴 뿐 아니라 그녀를 서부 런던으로 끌고 가서 대담하게 로즈 메일리와 대면시키는 이 대중 상업 소설가의 용기는 구빈원에 대한 신랄한 풍자와 더불어 왜 소설의 예술성이 사회적 편견에 대한 도전으로 이어질 수밖에 없는가를 분명히 보여준다.

이 소설은 사기, 간통, 유괴, 가택침입, 매춘, 절도, 심지어 살인 등 온갖 종류의 범죄를 직간접적으로 망라하면서도, 제도화된 법률의 심판을 집요하게 회피하고 있다. 물론 마지막에 페이긴을 법의 심판을 받게 하지만, 작가는 블레이더즈와 더프 같은 형사들을 비웃고, 팽 같은 치안판사를 풍자하고, 온 장안이 다 동원되어 살인자 사익스를 잡으려 할 때도 결국 제도화된 법의 테두리 밖에서 그를 죽게 하고, 범죄의 피해자들이 법에 의존하는 대신 오히려 자기들끼리 발 벗고 나서서 문제를 해결하는 특이한 모습을 보여준다. 소설의 앞부분에서 제시하는 구빈원에 대한 비판도 그것의 제도화되고 공식화된 경직성에 대한 비판이기도 하다. 작가의 이러한 태도만큼 제도화된 관료사회나 법률에 대한 일반 서민의 기피와 불신을 잘 대변하는 것도 없다. 이는 특히 미국 할리우드 영화에 자주 등장하는 형사나 변호사 주인공들과 비교할 때, 디킨스의 영국에서 면면히 이어내려온 민간 자치와 자율의 전통을 보여주는 것이기도 하다. 이미 『피크윅 문서』부터 시작된 제도권 법률과의 경쟁적 대립은 『올리버 트위스트』에서 가장 뚜렷하게 극화되지만, 이것은 『올리버 트위스트』에 이어진 장편 모두에 유유히 흐르는 대주제의 하나이다. 적어도 디킨스와 그의 독자들 사이에서 장편소설은 법을 포함한 제반사회적 규범을 검토하고 재구성하는 하나의 열린 광장이었던 것이다. 그것이 궁극적으로 이 소설의 예술적 대중성 내지는 대중적 예술성의 의미라고 하겠다.

디킨스의 작품을 번역하는 작업은 영어와 한국어 사이의 일상적인 괴리를 넘는 일에 덧붙여서, 길고 화려하게 꾸며졌으면서도 결코 난삽하지 않은 문장을 되살려야 할 뿐 아니라 그의 탁월한 문체가 지닌 '다의성(多義性)'을 미미하게나마 드러내야 하는 의무로 인해 더욱 힘겹다. 이처럼 난삽한 작업을 감히 떠맡은 이유는 일단 필자의 최종 학위논문이 디킨스에 관한 것이라는 책임의식에서 찾아야 하겠으나 좀더 거창한 포부가 없는 것도 아니다. 즉 디킨스를 번역하여 국내 독자들에게 다시금 제시해야 하는 궁극적인 이유를 디킨스의 이 초기작 하나가 오늘의 우리 소설에 주는 교훈과 문제제기의 무게에서 찾고자 한 것이다. 디킨스 이후 서양 소설이 대중소설과 예술소설로 분열된 과정은 잘 알려진 이야기이다. 또한 서양 소설을 논하는 비평가들이나 미학자들도 대중들에게서 등을 돌린 예술소설의 특별한 모습들에 열중하면서 소설 본래의 대중 계도적인 정치적 가능성을 망각해온 면이 있다. 디킨스를 현재의 한국어로 되살리는 이 어렵고 지극히 어설픈 작업은 바로 서구 장편소설 고유의 사회적 힘을 이 땅에서라도 복원할 가능성을 타진하는 데 일조하려는 바람으로 정당화되어야 할 것이다.

『올리버 트위스트』는 초판 이후 다양한 판본으로 존재하는 소설인데, 본 번역의 원본으로는 피터 페어클로(Peter Fairclough)가 편집한 펭귄(Penguin)판(1966)을 택했다. 한층 더 정확한 판본은 옥스퍼드 클래런던(Oxford Clarendon)판이겠으나 펭귄판이 구입하기 쉬우면서도 읽기 쉬운 판본인 까닭이다.

이 번역서의 출간을 가능하게 해준 여러분 중에, 번역자의 엉성한 모국어 문장을 다듬어주었을 뿐 아니라 원문을 대조하며 오역을 예방해준 동료 디킨스 학자 성은애 교수와 창비 편집부 여러분께 특별히 감사드린다. 또다른 면에서 이 소설의 번역에 기여한 여러사람이 있다. 그들은 1993년 2학기 한남동 교정에서 『올리버 트위스트』를 함께 읽으며 많은 얘기를 나눈 단국대 영문과 학생들이다. 이 번역서를 이들과의 만남에 대한 개인적인 기념비로 삼고자한다. 지난 이년 동안, 힘겨운 마라톤과도 같은 고역을 곁에서 응원해준 사랑하는 아내와 또 그 기간 내내 무럭무럭 자라준 어린 딸에게 이 책을 바친다.


윤혜준(연세대 영문과 교수)

## 작가연보

1812년   영국 남부 포츠머스(Portsmouth)에서 해군성에 근무하는 아버지
         의 장남으로 태어나다.

1822년   부친이 런던으로 발령을 받아 디킨스 가족은 런던의 캠든 타운
         (Campden Town)으로 이주한다. 부친의 헤픈 씀씀이로 인해 집안
         형편이 어려워지고 디킨스는 학교를 그만두게 된다.

1824년   집안 형편이 더 악화되던 중 급기야 디킨스는 워런즈 구두약 공장
         (Warren's Blacking Warehouse)에서 일주일에 6실링의 임금을 받
         고 일하게 된다. 디킨스는 당시의 경험을 평생 잊지 못한다. 같은
         해 부친이 빚을 지고 투옥되고 가족은 채무자 감옥으로 이사해서
         산다. 석달 후에 부친이 석방되고 다소 형편이 나아지자 디킨스는

공장 일을 그만두고 학교에 다니게 된다.

1827년 집세 미납으로 온 가족이 쫓겨나는 등 사정이 다시 악화되자 디킨스는 학업을 중단하고 변호사 사무원으로 취직한다. 이때 속기를 배우기 시작한다.

1829년 디킨스는 머라이아 빗넬(Maria Beadnell)이란 아가씨와 첫사랑에 빠지게 되며 독학으로 부지런히 자기발전을 도모한다.

1832년 속기술을 연마한 디킨스는 제1차선거법 개정으로 한창 시끄럽던 의회에서 출입기자로 일하게 된다.

1833년 첫사랑인 빗넬과의 관계가 끝날 무렵, 그는 런던 풍속을 스케치하여 잡지에 게재하기 시작한다.

1834년 디킨스는 '보즈'(Boz)라는 필명의 스케치 작가로, 또한 속기 기자로 왕성한 활동을 한다.

1835년 디킨스는 자신의 스케치를 게재해주는 잡지 편집인의 딸, 캐서린 호가스(Catherine Hogarth)와 사랑에 빠져서 그해에 약혼한다.

1836년 캐서린 호가스와 결혼한다. 『보즈의 스케치』(Sketches by Boz)가 단행본으로 출판된다. 또한 후에 그의 소설을 많이 출판한 채프맨과 홀(Chapman and Hall) 출판사와 『피크윅 문서』(Pickwick Papers) 계약을 하고 집필을 시작하여 첫호가 나온다. 그해 중반부에 이르러 『피크윅 문서』는 베스트셀러가 된다. 연말에는 『보즈의 스케치』 추가분이 출판된다.

1837년 디킨스가 편집하는 『벤틀리의 잡지』(Bentley's Miscellany)에 『올리버 트위스트』(Oliver Twist)를 연재한다. 첫아들을 낳고, 『피크윅 문서』의 연재를 종료한다.

1838년 세번째 장편 『니콜라스 니클비』(Nicholas Nickleby)를 연재하기 시작했고 연말에는 『올리버 트위스트』를 단행본으로 출간한다.

**1839년**     출판업자 벤틀리와 『바나비 럿지』(*Barnaby Rudge*)를 쓰기로 계약하는데, 나중에 이 계약으로 곤욕을 치른다.

**1840년**     채프맨과 홀 출판사와 계약한 『험프리님의 시계』(*Master Humphrey's Clock*)라는 주간지를 편집·출판한다. 여기에 『오래된 골동품가게』(*The Old Curiosity Shop*)를 연재한다. 『바나비 럿지』를 탈고한다.

**1842년**     부부동반으로 미국을 여행한다. 이 경험을 『미국 여행 노트』(American Notes)로 출판한다.

**1843년**     『마틴 처즐윗』(*Martin Chuzzlewit*)의 연재를 시작한다. 이 소설의 판매가 부진하자 그해 겨울 『크리스마스 캐럴』(*A Christmas Carol*)을 출판한다.

**1844년**     채프맨과 홀 출판사와 손을 끊고 브래드버리와 에번스(Bradbury and Evans)사와 손잡는다.

**1845년**     부인과 함께 이탈리아 여행을 한다.

**1846년**     『이탈리아에서 보낸 그림들』(*Pictures from Italy*)을 출판한다. 『돔비 부자』(*Dombey and Son*)의 연재를 시작한다.

**1848년**     『돔비 부자』 연재를 종료한다.

**1849년**     『데이비드 코퍼필드』(*David Copperfield*) 연재를 시작한다.

**1850년**     자신이 편집하고 소유한 잡지인 『매일 쓰는 말들』(*Household Words*)의 발행을 시작한다. 『데이비드 코퍼필드』를 탈고한다.

**1852년**     『블리크 하우스』(*Bleak House*) 연재를 시작한다.

**1853년**     『블리크 하우스』 연재를 종료한다. 버밍엄에서 『크리스마스 캐럴』 공개 독회를 개최하여 큰 호응을 얻는다. 이후 디킨스는 이렇게 자신의 작품을 대중들 앞에서 자주 공개적으로 읽는다.

**1854년**     자신의 잡지에 『어려운 시절』(*Hard Times*)을 연재한다.

| 1855년 | 『막내 도릿』(*Little Dorrit*)의 연재를 시작하여 1857년에 마무리한다. |
|---|---|
| 1858년 | 여배우 엘런 터넌(Ellen Ternan)과의 관계로 구설수에 오른다. 부인과의 불화 등으로 가정생활에 위기가 온다. |
| 1859년 | 새로운 잡지 『일년 내내』(*All the Year Around*)의 발행을 시작한다. 여기에 『두 도시 이야기』(*A Tale of Two Cities*)를 연재한다. |
| 1860년 | 같은 잡지에 『막대한 유산』(*Great Expectations*) 연재를 시작한다. |
| 1861년 | 『막대한 유산』 연재를 종료한다. |
| 1864년 | 『우리 둘 다 아는 친구』(*Our Mutual Friend*) 연재를 시작한다. |
| 1865년 | 『우리 둘 다 아는 친구』 연재를 종료한다. |
| 1867년 | 제2차 미국 여행을 한다. |
| 1869년 | 『올리버 트위스트』에서 낸시가 죽는 장면을 선정적으로 각색한 「사익스와 낸시」를 공개독회에서 처음으로 공연한다. 『에드윈 드루드의 미스터리』(*The Mystery of Edwin Drood*) 집필을 시작한다. |
| 1870년 | 『에드윈 드루드의 미스터리』를 집필하는 도중 쓰러져서 그 다음 날 사망한다. |

# 고전의 새로운 기준, 창비세계문학

오늘날 우리는 인간의 존엄과 개성이 매몰되어가는 시대를 살고 있다. 물질만능과 승자독식을 강요하는 자본주의가 전지구적으로 확산되면서 현대사회는 더 황폐해지고 삶의 질은 크게 훼손되었다. 경제성장만이 최고의 선으로 인정되고 상업주의에 물든 문화소비가 삶을 지배할수록 문학은 점점 더 변방으로 밀려나고 있다. 삶의 본질을 성찰하는 문학의 자리가 위축되는 세계에서는 가진 자와 못 가진 자 할 것 없이 모두가 불행할 수밖에 없다.

이 시대야말로 인간답게 산다는 것의 의미가 무엇인지 근본적인 화두를 다시 던지고 사유의 모험을 떠나야 할 때다. 우리는 그 여정에 반드시 필요한 벗과 스승이 다름 아닌 세계문학의 고전이라는 점을 강조한다. 고전에는 다양한 전통과 문화를 쌓아올린 공동체의 경험이 녹아들어 있고, 세계와 존재에 대한 탁월한 개인들의 치열한 탐색이 기록되어 있으며, 새로운 세상을 꿈꾸는 아름다운 도전과 눈물이 아로새겨 있기 때문이다. 이 무궁무진한 상상력의 보고이자 살아 있는 문화유산을 되새길 때만 개인의 일상에서 참다운 인간적 가치를 실현하고 근대적 삶의 의미와 한계를 성찰하는 지혜를 얻을 수 있을 것이다.

'창비세계문학'은 이러한 문제의식에서 출발한다. 세계문학의 참의미를 되새겨 '지금 여기'의 관점으로 우리의 정전을 재구성해야 할 필요성이 그 어느 때보다 절실하다. '정전'이란 본디 고정된 목록으로 존재하는 것이 아니라 그때그때 주어진 처소에서 새롭게 재구성됨으로써 생명을 이어가는 것이다. 우리는 먼저 전세계 문학들의 다양성과 차이를 존중하면서 국가와 민족, 언어의 경계를 넘어 보편적 가치에 기여할 수 있는 가능성에 주목하고자 한다. 근대를 깊이 성찰한 서양문학뿐 아니라 아시아와 라틴아메리카, 중동과 아프리카 등 비서구권 문학의 성취를 발굴하고 재평가하는 것 역시 세계문학의 지형도를 다시 그리려는 창비의 필수적인 작업이 될 것이다.

여러 전집들이 나와 있는 세계문학 시장에서 '창비세계문학'은 세계문학 독서의 새로운 기준이 되고자 한다. 참신하고 폭넓으면서도 엄정한 기획, 원작의 의도와 문체를 살려내는 적확하고 충실한 번역, 그리고 완성도 높은 책의 품질이 그 기초이다. 독서시장을 왜곡하는 값싼 유행과 상업주의에 맞서 문학정신을 굳건히 세우며, 안팎의 조언과 비판에 귀 기울이고 독자들과 꾸준히 소통하면서 진정 이 시대가 요구하는 세계문학이 무엇인지 되묻고 갱신해 나갈 것이다.

1966년 계간 『창작과비평』을 창간한 이래 한국문학을 풍성하게 하고 민족문학과 세계문학 담론을 주도해온 창비가 오직 좋은 책으로 독자와 함께해왔듯, '창비세계문학' 역시 그러한 항심을 지켜나갈 것이다. '창비세계문학'이 다른 시공간에서 우리와 닮은 삶을 만나게 해주고, 가보지 못한 길을 걷게 하며, 그 길 끝에서 새로운 길을 열어주기를 소망한다. 또한 무한경쟁에 내몰린 젊은이와 청소년들에게 삶의 소중함과 기쁨을 일깨워주기를 바란다. 목록을 쌓아갈수록 '창비세계문학'이 독자들의 사랑으로 무르익고 그 감동이 세대를 넘나들며 이어진다면 더없는 보람이겠다.

2012년 가을
창비세계문학 기획위원회
김현균 서은혜 석영중 이욱연 임홍배 정혜용 한기욱

창비세계문학 94

# 올리버 트위스트

초판 1쇄 발행 / 1996년 10월 30일
개정1판 1쇄 발행 / 2007년 1월 5일
개정2판 1쇄 발행 / 2024년 2월 7일

지은이 / 찰스 디킨스
옮긴이 / 윤혜준
펴낸이 / 염종선
책임편집 / 박지호
조판 / 박지현
펴낸곳 / (주)창비
등록 / 1986년 8월 5일 제85호
주소 / 10881 경기도 파주시 회동길 184
전화 / 031-955-3333
팩시밀리 / 영업 031-955-3399 편집 031-955-3400
홈페이지 / www.changbi.com
전자우편 / lit@changbi.com

한국어판 ⓒ (주)창비 2024
ISBN 978-89-364-6491-2  03840